中国当代
文艺批评发展论

ZHONGGUODANGDAI
WENYIPIPINGFAZHANLUN

李明军 著

本书经中国艺术科技研究所
全国艺术科学规划项目管理中心的鉴定
获得较高评价

中国书籍出版社
China Book Press

图书在版编目(CIP)数据

中国当代文艺批评发展论 / 李明军著. -- 北京：中国书籍出版社, 2022.5
ISBN 978-7-5068-8963-6

Ⅰ.①中… Ⅱ.①李… Ⅲ.①文艺评论-中国-当代 Ⅳ.①I206.7

中国版本图书馆CIP数据核字(2022)第042813号

中国当代文艺批评发展论

李明军 著

图书策划	许甜甜 成晓春
责任编辑	李 新
责任印制	孙马飞 马 芝
出版发行	中国书籍出版社
地 址	北京市丰台区三路居路97号（邮编：100073）
电 话	(010)52257143(总编室) (010)52257140(发行部)
电子邮箱	eo@chinabp.com.cn
经 销	全国新华书店
印 刷	成都兴怡包装装潢有限公司
开 本	787毫米×1092毫米 1/16
字 数	430千字
印 张	21.75
版 次	2022年5月第1版
印 次	2022年5月第1次印刷
书 号	ISBN 978-7-5068-8963-6
定 价	68.00元

版权所有 翻印必究

关于"理论批评"的理论批评的感受
——李明军《中国当代文艺批评发展论》序

徐文海

李明军与我经常遥相致意,但互相都严肃不起来。虽然他经常不带姓氏地叫我"老师"(他也这样称呼本科班主任、硕导、博导),但总感到不那么郑重其事,没准儿下面就开始扯什么"闲淡",化解了"老师"的庄严感。

这次例外——微信里不仅称"您",而且"斟酌再三,一直不好意思"——原来他做了几年的大课题转化成了一本书,他谦虚地称"所谓书稿",第一时间让我看一下。

他这一严肃,我知道又摊上一个"大活儿",也轻松不起来了!

我说过,要想文字硬,人就得软。有时候,文字没硬起来,人早就软了——我理解李明军,几十万字的理论书籍写下来,他得软到什么程度!

打开文件,立刻感到一份沉重:因他;因书里的话题。

李明军是从"底层"上来的,尽管他不愿接受"底层"这个概念,但确实称得上"底层"——家乡的纵横沟壑都长在他的脸上,使他老早就成了"老李大哥",既像王蒙,又像陈忠实,以至于在吉林大学读博期间,刘中树老校长也偶尔调侃一下"老李大哥",惹出一片欢笑。

他本科学的是中文系汉语言文学专业,硕士、博士都是中国现当代文学专业,在这个领域已经深耕了几十年了!而且,他不但长得接地气,性格也接地气。老早就博士毕业,在麻雀都东南飞的时候,他这个孔雀却永远落户在科尔沁草原,而且,在海外留学的孩子也回到他的身边——他为家乡,献青春,献子孙。

他其实要"打一眼深井"。

立足一个点，他却视野宽广，思维敏捷。正所谓静若处子，动如脱兔。这个重点课题的获得，就是具体体现。

当然，难！

当代文学难！当代理论批评的理论批评，难乎其难！因为，当代历史最长，涉及的东西最多，古代的、近代的、现代的、外国的，都得研究。而且，当代是"现在进行时"，面对"动态发展"的过程，只能站在历史的高度看昨天、今天，再让历史告诉未来，才能理解与甄别一些物是人非。所以，就这样的宽度、长度加速度来说，拿这样的课题不容易，完成它更不容易，这样的洋洋大观又抽丝剥笋般地呈现，他是怎么做到的！

我不想说他"填补空白""创新""独到"之类的俗语，但我从他的敏锐与尖锐、真诚与直率中，看到扎根乡土的原生力量与博采众长的理论支撑。

这一切，又是在不断的困顿与挣扎当中，"熬鹰"一样地"熬"出来的。

我们在北京，别人感受不到我们的文化，因为每个出租车司机都是一个文化使者；李明军扎根在科尔沁，当然是实实在在的文化大家，总有人请他去说"文化"，酒桌上纵横捭阖之后，回到跃层的家里，通常是不近四楼的女色，直奔五楼的书屋，思如泉涌与奋笔疾书——多年前就严重失眠，失眠就"干活儿"，"干活儿"更失眠，循环往复，更像老了的"王蒙"与"陈忠实"。

对于当代文艺理论批评这一块，我没下过他那样大的力量，所以，不敢随意地"捧杀"与"骂杀"，但却能够引发我的一些思考与感触。

比如"阶层"问题，连带的还有年代、地域、性别、地位、职业，是不是都是影响文学艺术写作、传播、评判的因素？

我正好在做一套文化丛书，写到"中国茶"有这样一段，引来：

前一两天，电视上一个综艺节目，分别邀请了 20 世纪 50 年代出生、60 年代出生、70 年代出生、80 年代出生、90 年代出生及 00 后出生的几个演员表演才艺加上谈天说地，回顾历史感奋今天。其中，出生于 50 年代与 60 年代的两个大城市人，说那个时代物质匮乏，买冰棍儿两个人一起买，三分钱的冰棍，一个出两分钱，一个出一分钱，吃的时候，出两分钱的一次咬两口，出一分钱的一次咬一口。出生于 60 年代的，说到差不多的经历，议论到她父辈的生活，大致意思是物质生活匮乏，但精神世界是幸福的，满满的幸福的回忆。一个出生在东北农村的 70 年代的女演员说吃冰棍儿等，仅仅是那个年代的她的梦想，因为她出生的地方，没有冰棍，别说没钱，有钱也买不到！

如果让我来说，我连这个梦想都不可能有，因为没听说这种东西。这就是所谓"贫穷限制思维"，像鲁迅说到的那样，农村人想象皇帝挑水是不是得用金扁担。那时候的农村人觉得自己已经有超强的想象力了，但却想象不到皇帝可以不挑水，全国臣民都可以为他挑水。

再说啦，那个时候，谁会轻易得到 3 分钱呢？对有些人来说，有了 3 分钱激动得血压都得升高！

因为我是 77 级，上了大学几年，偶尔去通辽北市场吃一顿钢丝面，只有 2 角 8 分！我 1982 年底结婚，全系老师给集资凑份子，加到一起也只是 3 块钱。

一个小品说，什么是厚道，厚道就是当你能吃上肉，别人吃不上肉的时候，我们做不到给别人分一块肉，但要尽量做到不"吧嗒嘴"。一个挺好的人，她在那里非常真诚地回忆过去，确实主观上没有故意"吧嗒嘴"的意思，但在我听来，就觉得她稍微有那么一丢丢的"吧嗒嘴"，客观效果就是有那么一丢丢的"不厚道"。

至于另一个说的父辈的"精神上"的"幸福"，而且是那个时代的"精神幸福"，我没有感受到——整体为生计发愁，经常饥肠响如鼓，衣服怕露肉，精神能放松起来吗？

正所谓"煤油大王理解不了拣煤渣老太太的心酸，贾府的焦大是不会爱林妹妹的！"以前我曾写杂文反驳鲁迅，认为煤油大王肯定理解不了拣煤渣老太太的心酸，但贾府的焦大有可能会爱林妹妹！现在收回。

——引这一段话，就是说处在不同阶层的人，对生活的感受是不一样的。

李明军书中提到对路遥的作品"看走眼"的问题，作为"回乡知青"的我，就没看走眼，而且，还高看多少眼——82 级及之后的几个年级的当代文学史课上，我都在讨论路遥的作品——那样的感同身受，那样的痛彻心扉！

做这样关于"理论批评"的理论批评，如同你在楼上看风景，别人又把你当风景来看，仁者见仁智者见智也在所难免。本来，关于文艺问题，很难有恒定的标准，但以"仁"之心发现问题，以"智"之力提出解决问题的设想，也是一种"灵魂"的写作吧！

2021 年 11 月 17 日，北京甲乙村

目 录
CONTENTS

绪论　推进中国当代文艺理论的有序发展 …………………………… 1

第一章　中国当代社会转型与当代文艺批评 ……………………… 18
　第一节　当代文艺批评发展的困境与出路 …………………………… 18
　第二节　当代社会转型与当代文艺批评 ……………………………… 30
　第三节　文艺理论的彻底与文艺批评的透彻 ………………………… 43
　第四节　当代社会转型与文艺理论发展 ……………………………… 55

第二章　中国文艺批评的理论自觉 ………………………………… 69
　第一节　文艺批评不能止于表态 ……………………………………… 69
　第二节　文艺争鸣与文艺批评的发展 ………………………………… 74
　第三节　文艺批评的理论分歧不能政治解决 ………………………… 82
　第四节　文艺批评的理论自觉 ………………………………………… 88
　第五节　文艺批评不能卸掉理论武装 ………………………………… 96

第三章 中国当代文艺批评发展的瓶颈与突破 ········· 105
第一节 历史的碎片化与理论感的丧失 ········· 105
第二节 当代文艺思想解放的先驱在当代的困境 ········· 110
第三节 切实磨砺当代文艺批评的锋芒 ········· 121
第四节 文艺批评与文艺评奖 ········· 129
第五节 文艺理论终结与文艺理论自觉 ········· 131

第四章 中国文艺理论分歧的解决与文艺批评的深化 ········· 140
第一节 理论分歧的搁置与文艺批评的迷失 ········· 140
第二节 促进当代文艺理论分歧的解决 ········· 153
第三节 理论分歧的解决与文艺批评的深化 ········· 163

第五章 中国当代文艺批评的走向 ········· 174
第一节 中国当代文艺批评界的分化 ········· 174
第二节 元文学批评与具体文学批评 ········· 180
第三节 当代文艺批评的走向 ········· 195

第六章 强化当代文艺批评的历史批评 ········· 204
第一节 文艺批判与现实批判 ········· 204
第二节 文学伦理学批评与当代文学的道德批判 ········· 214
第三节 文艺批评不可或缺的历史批评 ········· 228
第四节 恢复马克思主义文艺批评的批判力量 ········· 233

第七章 优化当代文艺批评的生态环境 ········· 240
第一节 当文艺批评失效时 ········· 240
第二节 共同营造文艺批评的生态环境 ········· 248
第三节 尊重文艺批评家的个性 ········· 252
第四节 文艺批评在反省和反馈中完善 ········· 255

第八章 文艺批评家的社会责任与文艺批评家的气度 ... 274
第一节 文艺批评家的社会责任 ... 274
第二节 文艺批评家的气度 ... 279
第三节 文艺批评的尊严 ... 288

第九章 中国当代文艺批评家的任务 ... 300
第一节 别林斯基的文艺批评及其对中国当代文艺批评的意义 ... 300
第二节 当代文艺批评家的任务 ... 313

结语 建构新时代的文艺批评 ... 325

后记 ... 332

绪论　推进中国当代文艺理论的有序发展

中国当代社会正从学习模仿的追赶阶段转向自主创新的创造阶段。在这一社会转型时期，理论创新是先导。然而，中国当代文艺理论界却出现了中青年文艺理论人才的断档危机，这是很不适应当代社会转型阶段的。中国当代文艺理论的发展缓慢，既是有些文艺理论家对文艺理论分歧的搁置造成的，也与有些文艺理论家囿于理论偏见有关。因而，只有彻底清除当代文艺理论界日渐弥漫的鄙俗气和清理文艺批评界的含混概念，积极开展文艺理论争鸣，才能真正推动当代文艺理论创新。

一、清除当代文艺理论界的鄙俗气

在中国当代文艺理论界，文艺理论争鸣的开展日益艰难，不少文艺理论家尤其是文艺理论史家身上的鄙俗气日趋严重。这种鄙俗气主要表现为一些文艺理论家尤其是文艺理论史家不是把握中国当代文艺理论发展的客观规律，并在这个基础上客观公正地评价文艺理论家的理论贡献，而是以个人关系的亲疏远近代替历史发展的客观规律。这类文艺理论家尤其是文艺理论史家追求人际关系的和谐甚于追求客观真理，他们既不努力挖掘文艺理论家的独特贡献，也不继续肯定这些文艺理论家在当代文艺发展中仍起积极作用的理论，而是停留在对一些与个人利益密切相关的文艺理论家的评功摆好上。这种鄙俗气严重地制约了这些文艺理论家尤其是文艺理论史家客观公正地把握当代文艺理论的发展，并极大地助长了当代文艺理论发展中的歪风邪气。

当代文艺理论界的鄙俗气，首先表现为某些文艺理论家不是追求客观真理，而是迎合狭隘需要。这种倾向严重恶化了当代文艺理论的生态环境。

有批评家曾指出，1980年代初以来，中国文艺理论界在反思中国现代文艺发展史时重申了知识分子的审美趣味。[1]这并无不可。但是，美学家却将人民大众的审美趣味和知识分子的审美趣味完全对立起来，认为人民大众追求的是头缠羊肚肚手巾、身穿土制布衣裳、"脚上有着牛屎"的朴素、粗犷、单纯的美，知识分子则追求的是纤细复杂、优雅恬静和多愁善感的高贵的美。而知识分子工农化，就是把知识分子那种种悲凉、苦痛、孤独、寂寞、心灵疲乏的心理状态统统抛去，在残酷的血肉搏斗中变得单纯、坚实、顽强。这是"既单纯又狭窄，既朴实又单调"。这带来了知识分子"真正深沉、痛苦的心灵激荡"[2]。20世纪80年代初以来，知识分子的审美趣味重新抬头并逐渐占据主导地位。在这种审美趣味的轮回中，李泽厚鲜明地提出："追求审美流传因而追求创作永垂不朽的'小'作品呢？还是面对现实写些尽管粗拙却当下能震撼人心的现实作品呢？当然，有两全其美的伟大作家和伟大作品，包括如陀思妥耶夫斯基、托尔斯泰、歌德、莎士比亚、曹雪芹、卡夫卡等等。应该期待中国会出现真正的史诗、悲剧，会出现气魄宏大、图景广阔、具有真正深度的大作品。但是，这又毕竟是可遇不可求的。如果不能两全，如何选择呢？这就要由作家艺术家自己做主了。"而"选择审美并不劣于或低于选择其他，'为艺术而艺术'不劣于或低于'为人生而艺术'。但是，反之亦然。世界、人生、文艺的取向本来就应该是多元的"[3]。李泽厚尽管承认艺术作品是有价值高下的，即大作品在艺术价值上比那些"小"作品高得多，但他却认为文艺的取向是多元的，即"选择审美并不劣于或低于选择其他，'为艺术而艺术'不劣于或低于'为人生而艺术'。但是，反之亦然"。这又否定了文艺作品的价值高下判断。李泽厚之所以在美学理论上左右摇摆，难以彻底，就是因为他在迎合中国当代文艺多元化发展的潮流中迷失了方向。不少文学批评家深受这种迎合狭隘需要的文艺批评的影响，在跟着文学现象跑时陷入了自相矛盾的境地。

当代文艺理论界的鄙俗气，其次表现为某些文艺理论家不是积极修正已知的理论错误，而是陶醉在文艺理论的社会影响中。文艺理论家缺乏深刻的反省非常不利于当代文艺理论的发展和提高。

20世纪80年代中期影响很大的刘再复的"人物性格的二重组合原理"，不但在哲学和逻辑上存在错误，即其思维方式是形而上学的，且对文学作品中人物形象的具体分析也存在错误，而没有看到人物性格的前后变化和发展。

正如法国存在主义哲学家萨特所说的，一个人不是天生就是懦夫或者英雄。懦夫可以振作起来，不再成为懦夫，而英雄也可以不再成为英雄。[4]

刘再复认为："在反对斯宾诺莎的机械论时，黑格尔的巨大贡献，正是阐明了这种正确的辩证内容，道破偶然性就是双向可能性，必然性与偶然性正是统一在这种双向可能性的矛盾运动之中。"黑格尔在把握必然与偶然的辩证法时提出，凡是偶然的东西，总是既具有这样的可能性，也具有那样的可能性。黑格尔在《逻辑学（下）》中说："可能与现实的统一，就是偶然。——偶然的东西是一个现实的东西，它同时只被规定为可能的，同样有它的他物或对立面。"又说："偶然的东西，因为它是偶然的，所以没有根据；同样也因为它是偶然的，所以有一个根据。"刘再复以黑格尔的这些论断为前提提出："所谓偶然性正是双向可能性。就是说，凡是偶然的东西，总是既有这样的可能性，也有那样的可能性。这种对偶然性的见解是非常重要的，它正是我们打开必然与偶然这对哲学范畴之门的钥匙，也是我们理解二重组合原理哲学基础的关键。"接着，他又进一步指出："偶然性的真正含义在于双向可能性，也就是说，偶然性包含着可能性的两极，而这两极的最终统一，就是必然性。人物性格的二重组合的深刻根源就是事物的必然性与偶然性的矛盾运动，就是这种可能性两极的对立统一运动。在哲学科学里，个性与共性、现象与本质、偶然与必然、差异与同一都是同一序列的概念。在典型塑造中，必然性就是人物性格的共性，偶然性则是人物的个性。必然性是抽象的存在，偶然性才是具体的存在。必然性总是寓于偶然性之中，共性总是寓于个性之中。这里问题的关键在于偶然性是双向的可能性，即既可能这样又可能那样，既可能是善的，又可能是恶的，既可能是美的，又可能是丑的，既可能是圣洁的，又可能是鄙俗的，等等。因此，偶然性本身是二极的必然性。这就是必然性与偶然性的内在矛盾，因此，任何事物都是必然性规定下的双向可能性的统一。就一个人来说，每个人的性格都是在性格核心规定下的两种性格可能性的统一，这就是二重组合原理的哲学根据。"[5]刘再复的这些论断涉及可能性、偶然性和必然性这样三个范畴。对这三个范畴，黑格尔在《小逻辑》中分别对它们及其关系做了深刻的把握。

首先，刘再复想当然地认为："事物的必然性表现为无限的可能性，但这种可能性并不是朝着同一逻辑方向运动，而是双向逆反运动。只有这种双向的可能性才是真正的偶然性。也就是说，必然性正是通过双向可能性的矛盾运动才与偶然性构成一对辩证范畴。"[6]这种幻想不但歪曲了黑格尔关于可能性的思想，而且割裂了黑格尔关于必然性的思想。黑格尔明确地指出："凡认为是可能的，也有同样的理由可以认为是不可能的。因为每一内容（内容总是具体的）不仅包含不同的规定，而且也包含相反的规定。"但是，"一切都是可能的，但不能说，凡是可能的因而也是现实的"。这就是说，一个事物是可能的或是不可能的，不都是现实的。因为"一个事物是可能的还是不可能的，取决于内容，这就是说，取决于现实性的各个环节的全部总合，而现实性在它的开展中表明它自己是必然性""发展了的现实性，作为内与外合而为一的更替，作为内与外的两个相反的运动联合成为一个运动的更替，就是必然性"。[7]黑格尔曾经讥笑："一个人愈是缺乏教育，对于客观事物的特定联系愈是缺乏认识，则他在观察事物时，便愈会驰骛于各式各样的空洞可能性中。"[8]刘再复与黑格尔所讥笑的这种缺乏教育的人一样幻想无限的可能性。

其次，黑格尔认为："偶然的事物系指这一事物能存在或不能存在，能这样存在或能那样存在，并指这一事物存在或不存在，这样存在或那样存在，均不取决于自己，而以他物为根据。"[9]刘再复在引用这段话的时候，把"或"曲解为"和"了。黑格尔关于偶然的事物的思想是丰富的，"或"存在三种现实情形：一是不可同假但可同真，一是一真一假，一是一假一真。而"和"只有一种情形：可以同真。这样，刘再复就阉割了黑格尔丰富的辩证思想。

显然，刘再复对黑格尔关于偶然性的思想的理解是肤浅和错误的。

其实，1987年即有学者对刘再复的《性格组合论》进行了全面的清理和批判，并指出著者不仅混淆了可能性与偶然性，把可能性视为偶然性，而且混淆了动机和行为的现实，把动机当作了行为的现实，典型地表现出了一种新的形而上学思维方式——亦此亦彼的形而上学思维方式。可以说，刘再复的人物性格二重组合原理不过是建立在流沙上而已。[10]到了1999年，刘再复在再版《性格组合论》时并没有修正这些理论错误，而是陶醉在没被遗忘之中。而当代文艺理论界在总结中国当代文艺理论发展时不是深入地探究这个"人物性格的二重组合原理"的是非，而是侧重肯定它的影响力。这种重视文艺理论影响而轻视文艺理论是非的倾向助长了当代文艺理论界重视"怎么说"

而不关心"说什么"的倾向。文艺理论界如果不认真甄别所说内容的真假，而只注重怎么说，就会模糊甚至混淆是非、善恶和美丑的界限。

当代文艺理论界的鄙俗气，还表现为文艺理论家在文艺争鸣中不尊重对方，而是自以为是。这种倾向严重影响了文艺理论争鸣的充分开展，极大地阻碍了文艺理论的有序发展。

近年来，我们和文艺理论家王元骧围绕文艺的审美超越论进行了激烈的论争。在深入而系统地批判后，我们发现文艺的审美超越论，不过是一种精致的自我表现论。王元骧认为，文学作品所表达的审美理想愿望不仅仅只是作家的主观愿望，同样也是对广大人民群众的意志和愿望的一种概括和提升。这种将作家的主观愿望完全等同于广大人民群众的意志和愿望的审美超越论不仅妨碍广大作家深入人民创作历史活动并和这种人民创作历史活动相结合，而且在当代社会是不可能实现的。恩格斯在把握人类社会历史时指出："人们自己创造自己的历史，但是到现在为止，他们并不是按照共同的意志，根据一个共同的计划，甚至不是在一个有明确界限的既定社会内来创造自己的历史。"他们的意向是相互交错的。[11]这就是说，作家的主观愿望与广大人民群众的意志和愿望是不可能完全吻合的。既然作家的主观愿望与广大人民群众的意志和愿望不是完全等同的，那么，作家的主观愿望是如何成为广大人民群众的意志和愿望的概括和提升的？难道是自然吻合的？王元骧还说："文学作品所表达的审美理想愿望自然是属于主观的、意识的、精神的东西，但它之所以能成为引导人们前进的普照光，就在于它不仅仅只是作家的主观愿望，同样也是对于现实生活的一种反映，因为事实上如同海德格尔所说的'形而上学是"此在"内心的基本形象'，'只消我们生存，我们就是已经处在形而上学中的'。理想不是空想，它反映的正是现实生活中所缺失而为人们所热切期盼的东西，在这个意义上，作品所表达的审美理想从根本上说都是以美的形式对于现实生活中人们意志和愿望的一种概括和提升，所以鲍桑葵认为'理想化是艺术的特征'，'它与其是背离现实的想象的产物，不如说其本身就是终极真实性的生活与神圣的显示'，是现实生活中存在于人们心灵中的一个真实的世界，是人所固有的本真生存状态的体现，它不仅是生活的反映，而且是更真切、更深刻的反映，它形式上是主观的，而实际上是客观的。"[12]这实际上是认为广大作家在文学创作中只要挖掘自我世界就可以了。

首先，这种人所固有的本真生存状态是人生来就有的，还是人类历史发展的产物？这是很不同的。如果这种人所固有的本真生存状态是人生来就有的，那么，作家在文学创作中只要开掘自我世界就可以了。如果这种人所固有的本真生存状态不是人生来就有的，而是人类历史发展的产物，那么，作家所愿望看到的样子（"应如此"）与广大人民群众所愿望看到的样子（"应如此"）不可能完全相同，有时甚至根本对立。

其次，既然在现实世界中作家的主观愿望与广大人民群众的意志和愿望之间是存在很大差异甚至对立的，那么，这种历史鸿沟是如何填平或化解的？如果作家在审美超越中可以填平或化解这种历史鸿沟，那么，作家在文学创作中只要挖掘自我世界就行了。

显然，这种将作家的主观愿望完全等同于广大人民群众的意志和愿望的审美超越论，不过是一种精致的自我表现论而已，就是以更为精致的形式提出了类似中国现当代文艺理论家朱光潜、刘再复等人的自由主义文艺理论的文艺思想。这场文艺理论论争虽然并不亚于20世纪80年代中期的重大文艺理论论战，但却并未引起当代文艺界应有的重视。这充分反映了当代文艺批评界理论兴趣的丧失。有批评者深入而系统地分析了王元骧近年来在文艺理论上的探索，初步把握了中国当代文艺理论的分歧。[13]随后，王元骧在《理论的分歧到底应该如何解决》一文中对此进行了反批评。[14]这种文艺理论争鸣本来是有助于解决中国当代文艺理论分歧的，但是，王元骧的反批评却既没有真正把握中国当代文艺理论的分歧，也没有全面回应批评者的质疑，而主要是自我申辩。

在反批评中，王元骧提出了论辩原则，认为在开展文艺争鸣时，文艺理论家如果能准确地理解对方的思想，抓住彼此之间思想的根本分歧，从根本上把正误是非的道理说透彻了，那么，无须给对方扣上多少帽子，对方的理论也会不攻自破。王元骧提出的论辩原则是我们非常赞同的，但可惜的是，王元骧并没有遵循这些论辩原则。在反批评中，王元骧只引用了我们的结论而阉割了这个结论的理论前提，就认为我们全盘继承了"打棍子""扣帽子"这种简单粗暴的作风。这种割裂结论和前提的联系的反驳，可以说既不能真正解决文艺理论分歧，也是对对方的不尊重。在《理论分歧的解决与文艺批评的深化》一文中，我们深入地比较了彼此的理论并鲜明地指出了彼此理论分歧所在。[15]接着，在《文艺批评家的气度》一文中，我们还认为王元骧在文艺争鸣中不仅缺乏文艺理论家的气度，而且不够尊重对方，没有真正把握对方在理论上的发展，而是割裂对方理论前提和结论的联系，以自我证明代替对对方理论的逐层驳斥。[16]王元骧的这种自我申辩既无助于文艺理论争鸣的充分开展，也无助于当代文艺理论的有序发展。

当代文艺理论界的鄙俗气，还表现为文艺理论家在梳理和总结当代文艺理论发展史时不是尊重前人的劳动成果，而是阉割历史。这也极大地挫伤了当代文艺理论家的创造心理。

中国当代社会实行改革开放近30年后，文艺理论发展在新世纪进入了一个转折关头。对于这段文艺理论的发展历史，文艺理论界进行一定的反思和总结是很有必要的。一段时间以来，文艺理论界相继有人对这一段文艺理论的发展进行了总结和反思。2006年12月，春风文艺出版社以"文学创作·理论研究·教材编写丛书"的形式隆重推出的文艺理论家朱立元主编的《新时期以来文学理论和批评发展概况的调查报告》（以下简称《调查报告》），既凝结了此前文艺理论界对这段时期文艺理论发展总结和反思的成果，也凸显了文艺理论界反思和总结这段时期文艺理论发展的不同立场。这个《调查报告》既是童庆炳主持的一项马克思主义文艺理论研究的重大课题的子课题的最终成果，也是教育部重大攻关项目"马克思主义文艺理论中国化研究"的中期成果之一。2004年，这个《调查报告》还被列入中国作家协会重点作品扶持工程。可见，《调查报告》是经过不少文艺理论权威专家论证和多次讨论后才出版的。所以，我们讨论这个《调查报告》所存在的严重不足和根本缺陷就不是针对极个别人。也就是说，这个《调查报告》所暴露的问题是普遍的，而不是个别的。

《调查报告》在对一些重要文艺理论问题的把握上可以说是既很不客观，也很不全面。譬如，在关于马克思主义文艺理论体系的研究部分，《调查报告》只是分别列举了两种针锋相对的倾向，即否认马克思主义文艺理论有理论体系和承认马克思主义文艺理论有理论体系。但是，它没有全面考察这些倾向的源流、先后和主次，只是平行地罗列了一些文艺理论专家的认识。这就很不客观。20世纪70年代末以来，中国文艺理论界较早涉及这个文艺理论问题的是陆梅林。陆梅林提出这个文艺理论问题主要不是针对文艺界一些人的片面认识，而是针对中国思想理论界的某些人的糊涂思想。1978年底，陆梅林在第一次全国马列文艺论著研究会上应邀就这个问题作了一次发言，较为系统地把握了马克思、恩格斯文艺思想的科学体系和精神实质，并指出，我们过去没有提出和探讨过这个问题，在如何评价马克思、恩格斯的文艺理论遗产上产生一些不同的看法，是很自然的事情。这需要我们做大量的研究和阐发工作，深化我们的认识。发表在《马克思主义文艺理论研究》创刊号上的《体系和精神》一文是陆梅林在这个发言基础上整理出来的，此文随后分别收入《中国新文艺大系》（理论一集）和《马克思主义与文学问题》二书中。此后，陆梅林又在《马克思主义美学的崛起（一、二）》和《从整体上把握马克思美学思想》等文中继续探讨了这个文艺理论问题。至于中国文艺理论界有人大肆散布马克思主义文艺理论没有理论体系，只是"断简残章"，那已是20世纪80年代初才出现的事情。这当然遭到了广大正直的文艺理论家的抵制和批判。《调查报告》不仅没有客观地梳理这个发展过程，在一定程度上还遮蔽了马克思主义文艺理论研究发展史，而且对抵制和批判"断简残篇"说的各种思想出现的时间及先后顺序也没有严格区分。这样，《调查报告》所提及的各种思想是没有任何逻辑顺序的，有些则是因人设事的。这种对前人劳动成果的不尊重严重地干扰了当代文艺理论的发展秩序，很不利于当代文艺理论的有序发展。

当代文艺理论界的鄙俗气严重地妨碍了当代文艺理论争鸣的充分开展和当代文艺理论分歧的科学解决。其实，不少文艺理论家在文艺理论发展上是存在根本分歧的。当代文艺理论界只有正视并解决这种文艺理论分歧，才有助于当代文艺理论的有序发展。毛泽东在倡导"双百"方针时曾尖锐地指出："同旧社会比较起来，在社会主义社会中，新生事物的成长条件，和过去根本不同了，好得多了。"但是压抑新生力量，仍然是常有的事。不是有意压抑，只是鉴别不清，也会妨碍新生事物的成长。在中国当代文艺理论界，不少文艺理论家不敢正视并解决文艺理论分歧，而是搁置这些文艺理论分歧，甚至打压和排斥那些挑战既有秩序的新生力量，以至于出现了中青年文艺理论人才的断档危机。

二、清理当代文艺批评的含混概念

20世纪末期以来，中国文艺批评界出现了"告别理论"的倾向。有些文艺批评家虽然没有公开拒绝文艺理论，但却对文艺理论相当忽视；有些文艺批评家对文艺理论即使在口头上重视，但在实际上却是基本上不重视；有些文艺批评家以为加强文艺批评，就是增加文艺批评的数量。这是本末倒置的。这不仅是当代历史碎片化的产物，而且充分暴露了当代文艺批评发展的危机。有些文艺批评之所以难以透彻，是因为文艺批评家在理论上不彻底，提出并推销了一些似是而非的含混概念。因此，当代文艺批评界只有彻底清理这些似是而非的含混概念，才能有精准的文艺批评。

第一，不能囿于生命写作。

本来，文学应为历史存正气。但是，不少作家在中国当代社会不平衡发展中却没有自觉抵制文学的边缘化发展趋势，而是躲避崇高，甚至自我矮化。有的文学批评家在诊断中国当代文学的弊病时不是严格区分弘扬历史正气的文学与宣泄人间戾气的文学，而是提出了一些似是而非的含混概念。这难以有效地抵制当代文学的边缘化发展趋势。这些文学批评家认为，中国当代文学的缺失，首先是生命写作、灵魂写作的缺失。显然，这种文学批评没有把握中国当代文学缺失的要害。作家的才能虽然有高低大小，但只要他是真正的文学创作，就是生命的投入和耗损，就是灵魂的炼狱和提升，就不能不说是生命写作、灵魂写作。这种对中国当代文学缺失的判断没有深入区分生命写作、灵魂写作的好与坏、高尚与卑下，而是提倡生命写作、灵魂写作这些似是而非的含混概念，就不可能从根本上克服中国当代文学的缺失。

19世纪俄国作家列夫·托尔斯泰曾这样界定艺术活动，认为："在自己心里唤起曾经一度体验过的感情，并且在唤起这种感情之后，用动作、线条、色彩，以及言词所表达的形象来传达出这种感情，使别人也能体验到这同样的感情，——这就是艺术活动。"[17]俄国文艺理论家普列汉诺夫尖锐地批判了这种艺术论，认为艺术不"只是表现人们的感情"。普列汉诺夫指出，列夫·托尔斯泰"说艺术只是表现人们的感情，这一点也是不对的。不，艺术既表现人们的感情，也表现人们的思想，但是并非抽象地表现，而是用生动的形象来表现。艺术的最主要的特点就在于此"[18]。在这种补充的基础上，普列汉诺夫还修正了列夫·托尔斯泰的艺术论。这就是普列汉诺夫所指出的，任何情感都有一个真善美与假恶丑的区别，而不是所有的情感都是文学表达的对象。普列汉诺夫在把握艺术与社会生活的关系时认为："没有思想内容的艺术作品是不可能有的。甚至连那些只重视形式而不关心内容的作家的作品，也还是运用这种或那种方式来表达某种思想的。"在这个基础上，普列汉诺夫进一步指出："如果说不可能有完全没有思想内容的艺术作品，那也不是说任何思想都可以在艺术作品中表达出来。赖斯金说得非常好：一个少女可以歌唱她所失去的爱情，但是一个守财奴却不能歌唱他所失去的钱财。他还公正地指出：艺术作品的价值决定于它所表现的情绪的高度。他说：'问问你自己，任何一种能把你深深控制住的感情，是否都能够为诗人所歌唱，是否都能够真正从积极的意义上使他激动？如果能够，那么这种感情是崇高的。如果它不能够为诗人所歌唱，或者它只能使人觉得滑稽可笑，那就是卑下的感情。'"[19]因此，普列汉诺夫对艺术所要表现的思想内容作了两个深刻的规定：一是一个艺术家要看见当代最重要的社会思潮，"艺术作品没有思想内容是不行的。但是一个艺术家如果看不见当代最重要的社会思潮，那么他的作品中所表达的思想实质的内在价值就会大大地降低。这些作品也就必然因此而受到损害"[20]。二是艺术要表现正确的思想，"一个有才能的艺术家要是被错误的思想所鼓舞，那他一定会损害自己的作品"[21]。而"不管怎样，可以肯定地说，任何一个多少有点艺术才能的人，只要具有我们时代的伟大的解放思想，他的力量就会大大地增强。只是必须使这些思想成为他的血肉，使得他正像一个艺术家那样把这些思想表达出来"[22]。普列汉诺夫的这种文艺思想是19世纪俄国文学批评家别林斯基文艺思想的发展。别林斯基在《给果戈理的信》这篇战斗檄文中不但指出了当时存在两种文学，而且区分了这两种文学的内在质地和价值高下。这就是别林斯基所指出的："在这个社会中，一种新锐的力量沸腾着，要冲决到外部来，但是，它受到一种沉重的压力所压迫，它找不到出路，结果就导致苦闷、忧郁、冷漠。只有单单在文学中，尽管有鞑靼式的审查，还保留有生命和进步。这就是为什么在我们这里作家的称号是这样令人尊敬，为什么甚至是一个才能不大的人文学上是这样容易获得成功的缘故。诗人的头衔，文学家的称号在我们这里早就使肩章上的金银线和五光十色的制服黯然失色。"[23]别林斯基热情地肯定了进步文学，坚决地否定了那些宣扬基督教的顺从与虔敬、拥护农奴制和专制制度、歌颂沙皇和教会的反动文学。1846年12月，作家果戈理出版了反动的《与友人书信选集》，一方面否定了他以前所写的一系列优秀文学作品，认为那些文学作品毫无用处；另一方面极力宣扬基督教的顺从与虔敬，拥护农奴制和专制制度，歌颂沙皇和教会。别林斯基并没有丝毫的姑息，而是毫不留情地进行了尖锐的批判，认为："一个曾经通过他奇妙的艺术的和深刻的真实的创作强大有力地促进俄罗斯的自觉，让俄罗斯有机会像在镜子里一样，看到了自己的伟大作家现在却带着这本书出现，他在这本书中为了基督和教会教导野蛮的地主向农民榨取更多的钱财，教导他们把农民骂得更凶……这难道不应当引起我的愤怒吗？"[24]别林斯基认为不管怎么样，果戈理的《与友人书信选集》绝不会成功，不久就将被人遗忘。显然，果戈理的《与友人书信选集》被人忘却绝不是缺少生命写作、灵魂写作，而是思想反动、灵魂卑下。而当代文学批评家提出中国当代文学缺失生命写作、灵魂写作这种似是而非的含混概念不过是历史的倒退。因此，真正优秀的中国当代作家绝不能躲避崇高，甚至自我矮化，而应与中国当代社会这个伟大的进步的变革时代相适应，站在人类历史发展的先进行列，勇立潮头唱大风，创造文学的高峰。

第二，不能拘于底层文学。

在人类文学史上，凡是伟大的文学作品都绝不会局限于反映某一社会阶层，而是在深刻把握整个历史运动的基础上尽可能反映广阔的社会阶层。然而，在中国当代文学批评界，有些文学批评家却不是深刻把握整个历史运动，而是热衷于抢占山头，甚至画地为牢，提出了不少的狭隘的文学概念。"底层文学"这个概念就是文学批评家抢占山头的产物。

21世纪初，我们提出中国当代作家应直面现实、感受基层这种深入生活的方向，是有感于中国当代文坛所有最具活力、最有才华和最有前途的青年作家几无生活在社会底层的现象。这种深入生活的方向既不是要求广大作家只写中国当代社会底层生活，也不是要求广大作家肢解中国当代社会。而"底层文学"这个概念却狭隘地划定创作范围，既肢解了中国当代社会，也限制了广大作家的视野。

首先，社会底层生活是整个社会生活不可分割的有机组成部分。社会底层人民的艰难不完全是社会底层人民自己造成的。作家如果仅从社会底层人民身上寻找原因，就不可能深刻把握这种社会底层人民艰难困苦的历史根源。那些反映社会底层生活的优秀作家不仅写了自己艰辛劳作时的汗水，写了自己孤独绝望时的泪水，写了工友遭遇不幸时的愤懑，而且写了他们在争取自身权利时与邪恶势力的斗争，是不可能完全局限于社会底层生活的。如下岗工人诗人王学忠在《石头下的芽》一诗中就既深情地讴歌了压在"石头下的芽"不妥协、不屈服的抗争行为，也愤怒地谴责了压迫嫩芽的石头的淫威与卑鄙："压吧，用你全部的淫威与卑鄙/但千万不要露出一丝缝隙/否则，那颗不屈的头颅/便会在鲜血淋漓里呼吸//呼吸，只要生命还在/抗争便不会停息/风雨雷电中、继续/生我的叶、长我的枝……"石头下的嫩芽的弯曲和变形绝不是自身基因的变异，而是嫩芽身上的石头的压迫和扭曲。这就是说，作家如果不把社会底层生活置于整个历史运动中把握，就不可能透彻地反映社会底层生活。

其次，文学批评家可以提倡广大作家反映社会底层生活，但是，广大作家却不能完全局限于这种社会底层生活，而是应从这种社会底层生活出发，又超越这种社会底层生活。这就是说，作家只有既有入又有出，才能真正创作出深刻的文学作品，才能达到高远的艺术境界。

有些文学批评家在把握中国当代社会底层文学时不仅没有看到这种文学作品的根本缺陷，而且以局部代替整体，在底层文学与人民文学之间画上等号。这是相当错误的。21世纪初期，诗人王学忠的身份曾引发文学批评界的一次争论。王学忠是一位下岗工人，写出了不少反映下岗工人在沉重生活中挣扎的诗。有的文学批评家认为他是工人诗人，有的文学批评家则认为他是工人阶级诗人。这虽然只有两字之差，但却有根本的区别。前者是从职业上识别诗人，后者是从思想上界定诗人。其实，王学忠是工人阶级诗人还是工人诗人，文学批评界不能仅从职业上判断。王学忠的诗虽然集中反映了在社会生活边缘挣扎奋斗的中国当代工人阶级的一部分的命运，但却没有揭示整个当代工人阶级的历史命运。这些在社会生活边缘的工人不是当代工人阶级的整体。当代工人阶级在中国现代化建设的过程中已然发生了很大的变化。在中国当代工人阶级这个整体中，不同的人有不同的工作境遇：有的下岗，有的在岗；不同的人所在的单位性质也不相同：有的在国营企业，有的在合资企业，有的在私营企业。当代工人阶级因为工作环境和地位的不同，境遇就各不相同，他们对生活的具体感受也就千差万别。也就是说，作为整体的中国当代工人阶级在一定程度上发生了分化，有的仍然是主人，有的却转化为雇佣工人。这种历史的巨变不仅造成工人阶级的每一部分对现实生活的感受很不相同，而且造成工人阶级的不同部分无法沟通、理解和支持。这就造成了不少当代工人对工人阶级的历史命运和历史使命缺乏充分的理论觉悟。王学忠作为一位下岗工人，不仅饱受了现实生活的艰辛、苦涩、痛苦，而且比较真切地表现了这种具体的感受。但是，这种具体的感受还不是整个中国当代工人阶级的深切感受。有的文学批评家认为，王学忠是近年来从下岗工人中出现的诗人。他的不少诗相当真实地描写了众多下岗工人的困苦命运及底层人民的生活。可以说，王学忠是一个在中国当代诗坛崛起的工人阶级的诗人，至少他已经向这个目标大步迈进了。这是不确切的。如果文学批评界认为那些描写中国当代工人阶级的一部分人的生活的诗人是工人阶级诗人，那么，这是将一部分工人当作整个中国当代工人阶级了。因而，王学忠不是工人阶级诗人，而是工人诗人。有些文学批评家之所以在工人诗人与工人阶级诗人之间画上等号，是因为他们没有看到中国当代社会底层并非铁板一块，而是分化的，因而将中国当代底层文学等同于人民文学。

在中国当代历史发展中，无论是工人阶级、农民阶级，还是知识分子，都已不是一个完整的整体，而是处在不断分化重组中。这正是中国当代社会的巨大活力所在。有些文学批评家看不到这种巨大变化，仍以那些固定模式框定这种巨大变化，是徒劳的。这些文学批评家在肯定诗人王学忠时犯了这种错误，在肯定艺术家赵本山时仍犯了这种错误。有肯定小品《不差钱》的文学批评家认为，赵本山——刘老根——"二人转"代表的是农民文化、民间文化和外省文化；而赵本山在主流媒体上争到了农民文化的地位和尊严。赵本山通过与"毕老爷"的来往吐露了中国当代社会底层的"二人转"艺人攀登"主流文艺"与"上流社会"的辛苦，他们感谢上流社会的"八辈祖宗"，绝对听"毕老爷"的话。赵本山不但代表中国八九亿农民发出了宣言和吼声，即我们农民要上"春晚"，我们农民要上北京忽悠城里人，而且悄悄地进行了一点点农民文化革命。这种所谓的赵本山农民文化革命论混淆了具有农民身份的个人与农民阶级的区别。真正的农民文化革命是那些维护和捍卫农民的根本利益、反映和满足他们的根本需要的文化成为主流文化的一个有机组成部分，而不是那些具有农民身份的个人跻身上流社会、成为有文化的人。这些跻身上流社会的有文化的个人往往可能最后背叛农民。这种现象在中国当代社会是屡见不鲜的。在小品《不差钱》中，赵本山和徒弟小沈阳、毛毛（丫蛋）所演的农民角色只是会唱歌、想唱歌，而不是倾力演唱反映中国当代农民命运的歌，倾力演唱吐露中国当代农民心声的歌。因此，他们跻身上流社会除了个人命运的改变以外，根本看不到中国当代农民命运的丝毫改变。这哪里有农民文化革命的一丝影子？赵本山和徒弟小沈阳、毛毛（丫蛋）本身就是地道的农民，随着他们在演艺圈走红，他们的命运的确发生了根本改变，并且过上了奢华的生活，但是他们原来所属的社会阶层即农民的命运，并没有因为他们的变化而改变。显然，这种认为赵本山掀起了农民文化革命的文艺批评不过是将局部等同于整体，混淆了局部与整体的辩证关系，因而不可能真正准确地把握艺术作品。

第三，不能止于生理快感。

在中国当代文学界，不是所有的作家都能深刻认识到单纯感官娱乐并不等于精神快乐这个美学的基本道理。正如有的文学批评家所指出的，有些作家没有认识到生理快感和心理美感的本质区别，而是乐此不疲地叙写人的欲望生活、渲染人的原始本能、粗俗的野蛮行为和毫无必要地加进了许多对脏污事象与性景恋事象的描写。从世界美学史上看，这种文学创作的恶劣倾向不过是德国诗人、戏剧家和美学家席勒所批判的一些不良现象的沉渣泛起。

18世纪末期，席勒尖锐地批判了当时德国艺术的一些不良现象，认为许多德国小说和悲剧仅仅引起眼泪流干和感官情欲的轻快，而精神却空空洞洞的，人的高尚力量全然不由此变得强大；那些流行音乐更是只有令人愉快的搔痒的东西，而没有吸引人、强烈感动人和提高人的东西。也就是说，感官在尽情享受，但人的精神或自由的原则却成为感性印象的强制的牺牲品。接着，席勒对人的自然本性和道德本性在艺术中的表现进行了深刻的把握。在《论激情》一文中，席勒特别反对艺术单纯表现情绪激动，认为"情绪激动，作为情绪激动，是某种无关紧要的东西，而表现它，单从它来看，不会有任何美学价值；因为，我们再重复一遍，没有什么仅仅与感性本性相联系的东西是值得表现的"[25]。而"激情的东西，只有在它是崇高的东西时才是美学的。但是，那仅仅来自感性源泉和仅仅以感觉能力的激发状态为基础的活动，从来就不是崇高的,无论它显示出多大的力量,因为一切崇高的东西仅仅来源于理性"[26]。这就是说,人的感官上的欢娱不是优美的艺术的欢娱,而能唤起感官喜悦的技能永远不能成为艺术,"只有在这种感性印象按照一种艺术计划来安排、加强或者节制,而这种合计划性又通过表象被我们所认识的时候,才能成为艺术。但是,即使在这种情况之下,也只有能成为自由快感的对象的那些感性印象才会是属于艺术的。也就是说,只是使我们的知性快乐的、安排好的审美趣味,才会是属于艺术的,而不是肉体刺激本身,这种刺激仅仅使我们的感性欢快"[27]。在这个基础上,席勒区分了艺术的庸俗的表现和高尚的表现。席勒指出:"表现单纯的热情(不论是肉欲的还是痛苦的)而不表现超感觉的反抗力量叫作庸俗的表现,相反的表现叫作高尚的表现。"[28]然而,中国有些当代作家却并不执着于艺术的高尚的表现,而是热衷于庸俗的表现。有的文学批评家曾尖锐地批评作家贾平凹1990年代初期的消极写作,认为在贾平凹这段时期的小说中,关于性景恋和性畸异的叙写,都是游离的,可有可无的,都显得渲染过度,既不雅又不美,反映出作家追求生理快感的非审美倾向。这种过度的性景恋和性畸异叙写是一种应该引起高度重视的文学病象。[29]其实,这种文学病象不仅贾平凹有,而且在20世纪90年代以来的中国文学创作中还形成了一种不大不小的潮流。这就是不少文学作品不以真美打动人心,而以眩惑诱惑人心。这种眩惑现象突出地表现为:一是在人物的一些对话中,不顾及人物的个性和身份,一律都以性方面的内容为谈资;二是硬塞进一些既不是整个故事情节发展的必要环节,也与人物性格的刻画、环境气氛的渲染烘托没有特殊联系的性描写;三是将私人生活主要是性生活赤裸裸地暴露出来,没有任何掩饰和净化;四是在集中描写人物的社会生活方面的行为时,不管人物的身份、个性等,刻画人物的一些琐碎的趣味,尤其是在性方面的趣味,似乎不突出这方面就不足以写出人物的整个"人性"。这些文学作品有意无意地添加一些恶俗笑料和噱头,甚至脱离历史胡编乱造,肆意歪曲历史。这些恶俗笑料和噱头正如古希腊哲学家柏拉图所批判的,满足和迎合人的心灵的那个低贱部分,养肥了这个低贱部分。"眩惑"这个概念是20世纪初期文学批评家王国维在引进叔本华的美学思想研究中国古代长篇小说《红楼梦》时提出来的。王国维在《〈红楼梦〉评论》中所说的"眩惑"这个概念就是19世纪德国哲学家叔本华所说的"媚美"概念。19世纪早期，叔本华认为有两种类型的"媚美"：一种是积极的媚美，还有一种消极的媚美。消极的媚美比积极的媚美更糟，那是令人作呕的东西。叔本华认为，在艺术领域里的媚美既没有美学价值，也不配称为艺术。[30]显然，那些仅以眩惑诱惑人心的中国当代作家从根本上违背了美的规律。

不过，有的文学批评家虽然准确地看到了贾平凹等作家的小说存在的病态现象，但却没有深入把握这种病态现象产生的根源。贾平凹等作家乐此不疲地叙写人的欲望生活，渲染人的原始本能以及粗俗的野蛮行为和毫无必要地加进许多对脏污事象与性景恋事象的描写，绝不仅是贾平凹等作家过高地估计了包括性在内的本能快感的意义和价值，没有认识到生理快感和心理美感的本质区别，忽略了人的深刻的道德体验和美好的精神生活的意义，而是他们没有上升到更高的阶段，不能在沉重生活中深入地开掘出真美，仅能以眩惑诱惑人心。美国美学家乔治·桑塔耶纳明确地指出，感性的美虽然是最原始最基本而且最普遍的因素，但却不是效果的最大或主要的因素。[31]美学家蔡仪在深刻把握生理快感与美感的辩证关系的基础上认为，快感只是美感的阶梯，快感在美感心理中只能居于从属地位，"我们并不否认快感在美感中的作用，我们承认快感可以作为美感的阶梯，例如：过强的光线刺目，过弱的光线费眼，过高的声音和不协和的噪音震耳欲聋，都会使感官不快，也不能产生美感。但美感毕竟不能归结为快感，因为美不能完全属于单纯的现象（除部分现象美外），而美感也不能全都停留在感性阶段。这是第一点。第二点，美感固然以快感为重要条件和感性基础，但快感在美感心理中只能居于从属地位"[32]。贾平凹等作家由于在审美理想上发生了蜕变，所以不能开掘沉重生活中的真善美，不能从感性的美上升到更高的阶段，即不能以真美感动人，就只能以眩惑诱惑人心。

参考文献：

[1] 参见李明军、熊元义：《理论分歧的搁置与文艺批评的迷失》，《江汉论坛》2014年第2期。

[2] [3] 李泽厚：《中国现代思想史论》，东方出版社，1987，第235-246页、第263-264页。

[4] 萨特：《存在主义是一种人道主义》，上海译文出版社，1988，第20页。

[5][6] 刘再复：《性格组合论》，上海文艺出版社，1986，第 346-348 页、第 346 页。

[7][8][9] 黑格尔：《小逻辑》，商务印书馆，1982，第 298-310 页、第 299 页、第 301 页。

[10] 参见熊元义：《回到中国悲剧》，华文出版社，1998。

[11] 中共中央马克思、恩格斯、列宁、斯大林著作编译局：《马克思恩格斯选集》第 4 卷，人民出版社，1995，第 732-733 页。

[12] 陈飞龙、王元骧：《求实严谨的科学态度 求真创新的学术精神——王元骧教授访谈》，《文艺理论与批评》2014 年第 2 期。

[13] 邓树强、熊元义：《中国当代文艺理论的分歧及理论解决》，《河南大学学报》2011 年第 4 期。

[14] 王元骧：《理论的分歧到底应该如何解决——就文艺学的若干根本问题答熊元义等同志》，《学术研究》2012 年第 4 期。

[15] 李明军、熊元义：《理论分歧的解决与文艺批评的深化——兼与王元骧先生商榷》，《河南大学学报》2014 年第 4 期。

[16] 王金双、熊元义：《文艺批评家的气度》，《南方文坛》2014 年第 5 期。

[17][18][19][20][21][22] 普列汉诺夫著、曹葆华译：《普列汉诺夫美学论文集》，人民出版社，1983，第 308 页、第 308 页、第 836-837 页、第 848 页、第 863 页、第 886 页。

[23][24] 别林斯基著、辛未艾译：《别林斯基选集》第 6 卷，上海译文出版社，2006，第 471 页、第 466 页。

[25][26][27][28] 席勒著、张玉能译：《席勒美学文集》，人民出版社，2011，第 151 页、第 152 页、第 50-51 页、第 152 页。

[29] 李建军：《消极写作的典型文本——再评〈怀念狼〉兼论一种写作模式》，《南方文坛》2002 年第 4 期。

[30] 叔本华著，石冲白译：《作为意志和表象的世界》，商务印书馆，1982，第 290-291 页。

[31] 乔治·桑塔耶纳著，缪灵珠译：《美感》，中国社会科学出版社，1982，第 52 页。

[32] 蔡仪：《蔡仪文集》第 9 卷，中国文联出版社，2002，第 273 页。

第一章　中国当代社会转型与当代文艺批评

第一节　当代文艺批评发展的困境与出路

一、文艺批评家在文艺理论发展上的片面认识

曾几何时，中国当代文艺批评的生态环境出现过非正常化的情形，不少透彻的文艺批评往往被淹没在众声喧哗中，而无法引领当代文艺的有序发展。如何彻底改变这种非正常化的当代文艺批评的生态环境？如何彻底扭转不正常的当代文艺批评格局？这恐怕是当代文艺批评家不可推卸的历史使命。中国当代文艺批评界如果要从根本上改善非正常化的文艺批评的生态环境，推动当代文艺批评的有序发展，就必须纠正文艺批评家在文艺理论发展上的片面认识和提高文艺批评家的素养。

文艺批评家是从事精神劳动的，不能不承担他们在社会分工中的社会责任。这就是说，文艺批评家不但要明白他们的社会角色是社会分工的产物，而且不能忘记他们在这种社会分工中的社会责任，即文艺批评家不仅要反映不同时代的民族和阶级或集团对文艺的根本要求，而且要集中反映不同时代的民族和阶级或集团的审美需要和审美理想，而不只是跟在文艺创作后面跑。当然，文艺批评家必须将这种不同时代的民族和阶级或集团对文艺的根本要求与文艺创作有机结合起来，否则，就难以引领文艺创作。但是，不少中国当代文艺批评家却深陷文艺纯审美论的泥淖，沉溺在历史碎片中，完全被文艺现象牵着鼻子走，放弃了他们在社会分工中本应承担的社会责任。这些文艺批评家认为，没有文艺的产生和存在，就不可能有文艺理论的出现。而文

艺理论是关于文艺的理论，本质上是对某一特定时期文艺实践的经验总结和规律梳理。其中，最重要的，是文艺理论对文艺创作取材、构思、技法以及对文艺作品审美风格、形式构成、语言特质的理论归纳和概括。这就不仅没有看到文艺理论必须反映不同时代的民族和阶级或集团对文艺的根本要求，而且容易陷入文艺的纯审美论的泥淖。

首先，这些文艺批评家认为中国当代文艺理论颠倒了理论与实践的关系，即中国当代文艺理论来自外来文艺理论的生硬"套用"，文艺理论与文艺实践处于倒置状态。因此，中国当代文艺理论的发展应重新校正长期以来被颠倒的理论与实践的关系，抛弃对一切外来文艺理论的过分倚重，回到对中国当代文艺实践的梳理和总结。这不过是一种历史虚无主义而已。中国当代文艺理论虽然引进了不少外来文艺理论，但却在和当代文艺实践的结合中形成了鲜明的民族特色，绝不都是外来文艺理论的生硬"套用"。因此，这种看不到中国当代文艺理论对外来文艺理论的超越的历史虚无主义是令人难以接受的。

其次，这些文艺批评家认为西方当代文艺理论从根本上脱离了西方当代文艺实践，省略和放弃了对文艺实践的爬梳，而是源自对其他理论的直接"征用"。这种西方当代文艺理论无关文艺、没有文艺，或者文艺只是充当了理论的佐证工具，成了凌空蹈虚的"空心理论"。这种对西方当代文艺理论的指责是站不住脚的。文艺理论虽然必须与文艺创作相结合，但它在自身发展的历史长河中却从不拒绝人类文明的成果，总是吸收和借鉴那些非文艺领域的有益思想来丰富自己和发展自己。这是一个无法阻挡也是不可能阻挡的自然的历史发展过程。鲁迅曾尖锐地指出："我们曾经在文艺批评史上见过没有一定圈子的批评家吗？都有的，或者是美的圈，或者是真实的圈，或者是前进的圈。没有一定的圈子的批评家，那才是怪汉子呢。"[1]在这个基础上，鲁迅认为："我们不能责备他有圈子，我们只能批评他这圈子对不对。"[2]既然文艺批评家在文艺批评时须有一定的"圈子"，那么，他就不能不从一定圈子出发。因此，首先，我们不能责备文艺批评家有一定圈子，只能批评"他这圈子对与不对"。其次，我们在判断文艺批评家的圈子对与不对后，更重要的是还要看文艺批评家是否把握了这圈子与文艺作品的辩证关系。在这两者之间，圈子固然重要，但这个圈子与文艺作品的辩证关系却更重要。在文艺批评史上，不少文艺批评家的圈子虽然早已被扬弃，但是他们对文艺作品的精妙解剖和真切感悟却仍然闪耀着思想的光芒。这就是说，文艺批评家对文艺创作提出某种理想要求，与作家、艺术家在文艺创作中实现这种文艺理想时达到了什么程度是两回事，这是绝不能混淆的。文艺批评家绝不能因为作家、艺术家没有完全达到这种理想要求，就全盘否定他们在文艺创作中所取得的成就。因此，西方当代文艺理论的错误不在于它搬用或"征用"了非文艺领域的理论，而在于它只看到了它所搬用或"征用"的这种非文艺领域的理论与具体的文艺作品的某种联系，而没有详细考察它们之间的细微差别。

最后，这些文艺批评家在尖锐批判中国当代文艺理论和西方当代文艺理论的发展后提出文艺理论是文艺实践的经验总结和规律梳理，而中国当代文艺理论是中国当代文艺实践的经验总结和规律梳理。这无疑将中国当代文艺理论的立足点狭窄化了。中国当代文艺批评界重视中国当代文艺理论的民族特色是非常可取的，但片面推崇当代文艺理论的民族化则是不可取的。

在这个狭隘的基础上，有的文艺批评家甚至认为，文艺批评家的批评活动不能拿着理论的条条框框教条化地去"硬套"具体的文本，不能用既定的理论去要求作家、艺术家照样创作。也就是说，在面对具体的文艺创作、具体的作品文本时，文艺批评家所有的理论成见都要抛开，要回到文本的具体阐释，从中发现文本的意义，或者提炼出文本的理论素质。这种片面的文艺批评观显然没有看到文艺理论不仅反映不同时代的民族和阶级或集团对文艺的根本要求，而且集中反映不同时代的民族和阶级或集团的审美需要和审美理想，无疑推卸了文艺批评家在社会分工中本应承担的社会责任。从某种意义上说，中国当代文艺批评的生态环境非正常化就是文艺批评家推卸他们的社会责任的结果。

首先，文艺批评家如果抛开了所有的理论成见，完全回到文本的具体阐释，从中发现文本的意义，那么，就不可能与作家、艺术家对话了。法国文艺理论家茨维坦·托多洛夫在倡导对话文艺批评时认为："批评是对话，是关系平等的作家与批评家两种声音的相汇。"[3]在这个基础上，茨维坦·托多洛夫尖锐地批评了教条论批评家、"印象主义"批评家和历史批评家，认为教条论批评家、"印象主义"批评家以及主观主义的信徒们都只是让人听到一种声音即他们自己的声音，而历史批评家又只让人听到作家本人的声音，根本看不到批评家自己的影子，这都是片面的。而"对话批评不是谈论作品而是面对作品谈，或者说，与作品一起谈，它拒绝排除两个对立声音中的任何一个"[4]。既然文艺批评不仅有作家的声音，还有文艺批评家的声音，那么，文艺批评家就不能只是跟在文艺创作后面跑，不能"颂赞"满天飞。因而，文艺理论绝不只是对文艺创作的概括和归纳，否则，文艺理论就会堕落为文艺创作的附庸。

其次，文艺创作是多样化的，文艺批评家究竟肯定哪种类型的文艺创作呢？如何判断哪种文艺创作更能成为未来文艺呢？这绝不可能从文艺创作中总结和概括出来。如果中国现代作家鲁迅只是跟在文艺创作后面跑，就不可能深刻把握中国现代小品文的生存与危机的重要原因并找到中国现代小品文的出路。无论是19世纪俄国杰出的文艺批评家杜勃罗留波夫在《黑暗王国的一线光明》这篇战斗檄文中，对俄国作家奥斯特罗夫斯基的戏剧作品《大雷雨》的高度肯定，还是鲁迅对属于"别一世界"的白莽的诗歌的大力举荐，都不是着眼于艺术的圆熟简练与静穆幽远，而是着眼于人民大众未来的挣扎和战斗。尤其是当文艺创作在价值观上相互矛盾时，如果文艺批评家只是跟在文艺创作后面跑，就会陷入自相矛盾的泥淖。这种现象已在一些颇为活跃的当代文艺批评家身上频频发生。这种缺乏是非判断的文艺批评的盛行，既是非正常化的当代文艺批评的生态环境的产物，也助长了当代文艺批评的生态环境的非正常化。因而，当代文艺批评家只有集中反映不同时代的民族和阶级或集团对文艺的根本要求，才能在把握文艺发展方向的基础上克服这种自相矛盾的困境，在一定程度上扭转当代文艺批评格局。

二、文艺批评的理论分歧

不少文艺批评史上的文艺批评分歧究其实质是理论分歧。文艺批评家只有较好地处理这种文艺批评的理论分歧，才能从根本上处理好文艺批评分歧，推动文艺批评的有序发展。而文艺理论创新就有可能在这种对文艺批评的理论分歧的处理中产生。在中国当代社会转型时期，不少有影响、有地位的文艺批评家不能正视文艺批评分歧，而是搁置这种文艺批评分歧。这些文艺批评家对那些尖锐而泼辣的文艺批评不是"罢看"，就是斥为"酷评"，很少从理论上全面回应。他们不太重视当代文艺批评的理论分歧，遑论处理好这些文艺批评的理论分歧。这不但不能处理好当代文艺批评分歧，反而影响了人际关系的和谐，恶化了当代文艺批评的生态环境。这种对文艺批评分歧的搁置大概是中国当代文艺批评学在20世纪80年代前期出现短暂的繁荣后一直疲软不振的重要原因。

19世纪德国哲学家黑格尔曾深刻地指出："生命的力量，尤其是心灵的威力，就在于它本身设立矛盾，忍受矛盾，克服矛盾。"[5]有些文艺批评家似乎不谙这种生命的运动，不解决那些矛盾，而是"停留在单纯的矛盾上面"，信奉所谓的历史进步与道德进步的二律背反论，认为这种历史进步与道德进步的二律背反不仅是社会生活的悖论，即这种"悖论"是社会生活的本真，而且是文艺的悖论，即作家、艺术家只有写出这种"悖论"，才是好的文艺作品。因而，他们高度肯定了那些无力解决历史观与价值观矛盾的文艺作品。这显然是违背艺术规律的。

首先，文艺不应搁置现存冲突，而应在深刻反映现存冲突的基础上努力解决这些现存冲突。恩格斯在区别不同历史环境的基础上虽然强烈反对在文艺作品中"硬塞"对社会冲突的历史的未来的解决办法，但却并不完全反对作家提供这种历史的未来的解决办法，只是强调作家在不同历史环境里对社会冲突的历史的未来的解决办法应有所不同。[6]作家、艺术家对现存冲突的历史的未来的解决既有对现实世界的揭露和批判，又有对理想世界的憧憬和创造。不过，作家、艺术家创造的理想世界却不是向壁虚构的，而是现实世界的可能发展和对这种可能发展的肯定。因此，那种认为只要写出了社会生活的悖论就是成功的文艺作品的文艺理论是站不住脚的。

其次，有些文艺批评家虽然看到中国当代社会经济发展出现了一些负面的东西，诸如环境的污染、生态的失衡、贪腐的加剧、贫富差距的加大、城市农村发展不平衡、东西部发展的不平衡，还有精神层面的拜物主义、拜金主义的抬头，但却认为这些都是中国当代社会经济快速发展的伴随物，是不可避免的。而一些作家、艺术家受到这种不可避免论的影响，在文艺创作中不仅对中国当代社会经济发展出现的各种不平等、不人道的消极现象的批判羞羞答答，既不坚决也不彻底，而且对正义终将战胜邪恶的人类未来发展产生了怀疑。其实，这些文艺批评家之所以提出这种不可避免论，是因为他们在理论上不彻底。有些文艺批评家在历史观上不彻底，以为恶是历史发展的动力，因而认为历史发展必然伴随邪恶横行。这就造成了这些文艺批评家的历史观与价值观的矛盾。而恶只是历史发展的表现形式，绝不是历史发展的动力本身。无论是黑格尔，还是马克思、恩格斯，都认为恶是历史发展的动力的表现形式，而不是历史发展的动力本身。在《路德维希·费尔巴哈和德国古典哲学的终结》中，恩格斯说得十分清楚："在黑格尔那里，恶是历史发展的动力的表现形式。"[7]在这一点上，马克思、恩格斯和黑格尔没有根本的区别。他们的区别在于，黑格尔不在历史本身中寻找这种动力，反而从外面，从哲学的意识形态把这种动力输入历史，恩格斯则从历史本身寻找这种动力。对恶是历史发展的动力的表现形式，恩格斯进一步地指出："这里有双重的意思，一方面，每一种新的进步都必然表现为对某一神圣事物的亵渎，表现为对陈旧的、日渐衰亡的、但为习惯所崇奉的秩序的叛逆，另一方面，自从阶级对立产生以来，正是人的恶劣的情欲——贪欲和权势欲成了历史发展的杠杆，关于这方面，例如封建制度的和资产阶级的历史就是一个独一无二的持续不断的证明。"[8]这种恶不过是人的动机。恩格斯在把握人的动机与历史发展的关系时指出："在历史上活动的许多单个愿望在大多数场合下所得到的完全不是预期的结果，往往是恰恰相反的结果，因而它们的动机对全部结果来说同样地只有从属的意义。"接着，恩格斯提出"在这些动机背后隐藏着的又是什么样的动力？在行动者的头脑中以这些动机的形式出现的历史原因又是什么？"[9]恩格斯在深入挖掘这种隐藏的动力的基础上认为，旧唯物主义的历史观在本质上是实用主义的，即它按照行动的动机判断一切。而新唯物主义的历史观则是探究那些隐藏在历史人物的动机背后并且构成历史发展的真正的最后动力的动力。因而，恶绝不是历史发展的动力本身，而是历史发展的动力的表现形式。这就是说，历史发展的动力既然可能以恶为表现形式，那么，也可能以善为表现形式。在深刻地把握历史发展的动力的基础上，马克思高度科学地概括了历史发展的两条道路，一是采取较残酷的形式，一是采取较人道的形式。马克思说："正像18世纪美国独立战争给欧洲中产阶级敲起了警钟一样，19世纪美国南北战争又给欧洲工人阶级敲起了警钟。在英国，变革过程已经十分明显。它达到一定程度后，一定会波及大陆。在那里，它将采取较残酷的还是较人道的形式，那要看工人阶级自身的发展程度而定。所以，撇开较高尚的动机，现在的统治阶级的切身利益也要求把一切可以由法律控制的、妨害工人阶级的障碍除去。"[10]这就是说，历史的发展既有较残酷的形式，也有较人道的形式。而历史的发展采取较残酷的形式符合统治阶级的根本利益，采取较人道的形式则符合广大人民群众的根本利益。[11]

中国特色社会主义发展道路是社会的全面进步，是历史的进步与道德的进步的统一，理所应当采取较人道的形式。因而，优秀的文艺批评家绝不能容忍中国当代社会发展在历史变革和社会转型时期出现一些畸形发展即采取一些较残酷的形式的现象。中国当代社会的一些畸形发展不仅是精神倒退，而且是历史倒退。优秀的文艺批评家对这些畸形发展既要道德批判，也要上升到历史批判，并将这种道德批判和历史批判有机结合起来。

在中国当代文艺批评界，不少文艺批评分歧虽然有对中国当代社会发展道路追求的不同，也有对文艺作品认识的差异，但从根本上说还是理论分歧。如果文艺批评家不能处理好这种文艺批评的理论分歧，就不可能处理好当代文艺批评分歧，就很难推进当代文艺批评的深化，遑论改善非正常化的当代文艺批评的生态环境了。

三、非正常的文艺争鸣

在处理文艺批评的理论分歧时，文艺批评家既要重视文艺批评家的文艺理论创新，也要重视对这些文艺理论创新的集大成，并在这个基础上建构文艺理论体系。然而，不少当代文艺批评家在激烈的文艺争鸣中并不尊重并虚心地接受对方已取得的文艺理论成果，并不真诚面对彼此的理论分歧，而是固执己见，甚至作茧自缚。这很不利于改善非正常化的当代文艺批评的生态环境。

本来，文艺批评家是在思想交流和交锋中进步的。文艺批评家在文艺争鸣中不仅可以学习和汲取更优秀的文艺理论成果，而且可以激发和磨砺文艺批评的锋芒。20世纪早期中国文艺界为什么出现了大师辈出、群星璀璨的生动局面？就是因为当时中国文艺界展开了激烈的文艺争鸣。正是在这种激烈的文艺争鸣中，一个又一个新的学说涌现出来，一批又一批新生力量成长起来。但是，不少当代文艺批评家却不仅疏于和懒于参与文艺争鸣，而且限制和抵制文艺争鸣。有些文艺批评家即使被迫卷入文艺争鸣，也不是追求真理，澄清是非，而是斤斤计较于狭隘利益的得失，甚至诋毁对方，既不承认错误，也不见贤思齐。那些在文艺争鸣中能够自我反省和自我批判的文艺批评家尤其稀少。因此，我们反复肯定资深文艺批评家李希凡的自我反省和自我批判、老作家王蒙和文艺理论家鲁枢元与时俱进的文艺思想调整。

李希凡在回顾自己近大半个世纪文艺批评的风云时，既没有像有些文艺批评家那样自视一贯正确，也没有像有些文艺批评家那样彻底否定过去，而是追求真理和服膺真理。在哄抬胡适和贬损鲁迅的浊浪一浪高过一浪的当代文艺批评界，李希凡没有完全否定过去对胡适、俞平伯等新红学家的批判，仍然认为中国古典长篇小说《红楼梦》感人的艺术魅力，绝不只是俞平伯过去所说的那些"小趣味儿和小零碎儿"，更不是胡适一贯坚持的所谓的"平淡无奇的自然主义"，而是伟大的现实主义对封建社会的真实反映和艺术形象的深刻概括和创造。与此同时，李希凡对他过去轻视对《红楼梦》的考证工作进行了自我批评，认为"曹雪芹的身世经历，特别是《红楼梦》，只是一部未完成的杰作，确实也需要科学的考证工作"[12]。李希凡没有百般掩饰或有意忘却过去的错误，而是毫不留情地解剖了他在年轻气盛的时候所犯的幼稚病和粗暴的错误。

在中国当代社会转型阶段，王蒙虽然没有明确地反省和批判自己过去的文艺思想，但却主动地调整了他以往的文艺思想。这种文艺思想调整在一定程度上就是对他以往文艺思想的扬弃。20世纪90年代中期，王蒙热烈地欢呼市场经济的到来，认为这种市场经济提供了人人靠正直的劳动与奋斗获得发展的机会。而计划经济却无视真实的活人而执着于所谓大公无私的人。王蒙认为："中国这么大，当然只能是有各式各样的作家。"而要求作家人人成为样板，其结果只能消灭大部分作家。中国当代文艺批评界应从承认人的存在出发，既"承认人的差别而又承认人的平等，承认人的力量也承认人的弱点，尊重少数的'巨人'，也尊重大多数的合理的哪怕是平庸的要求"。从这个意义上说，"痞子"或被认为是痞子或自己做痞状的也仍然是人。王蒙坚决反对要求中国当代作家向鲁迅看齐，认为中国当代"作家都像鲁迅一样就太好了么？完全不见得"。随着时代的发展，王蒙看到黄钟喑哑、瓦釜轰鸣的颠倒局面，又坚决反对一味市场化，强调政府、市场与专家在文化生活中所应起到的恰如其分的均衡、适当的良性互动互补作用。王蒙在感慨唯独缺少权威的、有公信力、有自信力的专家队伍时，认为"我们仍然可以不懈地追求独到、高端的思想智慧。尤其是，我们可以勇敢地告诉大家，除了传播上的成功还有学识与创造上的成功，除了传播上的明星还有真知灼见的学人与艺术家，除了搞笑的段子还有或应该有经典"[13]。在中国当代社会转型阶段，王蒙积极扬弃他过去的文艺思想，从强调多样化的文艺发展到尽力追求蕴涵独到、高端的思想智慧的经典作品创造。从害怕中国当代作家都像鲁迅到为中国当代文艺界很难出现像鲁迅、茅盾这样的优秀作家而忧心忡忡，提出了中国当代文坛除了要有给人挠痒、逗人笑的东西，更要有能提高整个社会精神品位和文化素质的文艺作品，并认为这是国家文化实力所在。

而文艺理论家鲁枢元则在梳理近30年来的文艺思想的发展时也既没有抱残守缺，故步自封，也没有自视一贯正确，而是在清醒认识中国当代社会发展的基础上进行了深刻的自我批判。20世纪80年代，鲁枢元相信人类中心主义，相信人类的利益至高无上。30年过去，鲁枢元发现人类作为天地间的一个物种太自私、太过于珍爱自己，总是把自己无度的欲望建立在对自然的攻掠上，以及对于同类、同族中弱势群体的盘剥上，有时竟显得那么鲜廉寡耻！鲁枢元深刻地认识到，人类作为一个整体也是会犯错误的，而且犯下的是难以挽回的错误。[14]鲁枢元的这种自我反省不仅是哲学观的变化，而且是文艺观的调整，在一定程度上推进了20世纪后期中国文艺界那些激烈而尖锐的思想斗争的终结。文艺批评家的这种自我批判和自我调整无疑有助于他们全面把握和热情肯定中国当代作家、艺术家的艺术进步并引领中国当代文艺的有序发展。因而，这种文艺批评家的自我批判和自我调整既是中国当代文艺批评发展的必然产物，也是文艺批评家追求真理的结果，可以说是文艺批评发展的不竭动力之一。[15]

四、客观公正的文艺批评家的缺失

文艺批评如果始终不渝地追求真理和捍卫真理，竭力在把握文艺批评发展规律的基础上客观公正地评价文艺批评家的理论贡献，那么，就可以避免在非正常的文艺批评的生态环境中被扭曲，甚至可以在一定程度上改善非正常的文艺批评的生态环境。但是，不少当代文艺批评家却更看重文艺批评家在社会上的位置而不是他们在文艺批评秩序中的位置。这在很大程度上助长了当代文艺批评的生态环境的恶化。

在中国当代文艺批评界，一些指鹿为马、颠倒是非的文艺批评家颇为走红，而那些脚踏实地、守正弘道的文艺批评家则备受压抑；一些忽"左"忽"右"的文艺批评家异常活跃，而那些一以贯之的文艺批评家则颇为寂寞。譬如，一些颇为活跃的文艺批评家大肆攫取红包和从事人情批评，与此同时，他们竟然也是呼吁守住文艺批评的底线并制定文艺批评的道德准则的急先锋。在这种非正常的文艺批评的生态环境里，中国当代文艺批评界既得利益群体大多抱残守缺，极力抵制新生力量的崛起，而不是与时俱进，吐故纳新。前车之鉴，后事之师。1954年的"评红批俞"运动之所以导致政治力量介入，是因为有些既得利益群体看不到新生力量的崛起，甚至打压这些新生力量。1954年，中华人民共和国在文化发展上亟须大批新生力量，以便巩固新文化秩序。但是，崛起的新生力量却遭到漠视，甚至无情打压。有的文艺批评家在回顾1954年"评红批俞"运动时不是承认它在《红楼梦》批评史上乃至中国当代文艺批评史上的进步作用，而是认为它引起了一场影响深远的政治斗争风暴，而李希凡、蓝翎与俞平伯的商榷不过是不自觉地充当了这场政治斗争的工具而已。这种历史发展的工具论没有注意到毛泽东对两个"小人物"的有力支持和对"大人物"的严厉批判。这些幸运的历史"小人物"如果没有毛泽东的有力支持，就不可能很快脱颖而出并茁壮成长为大树。他们的成长和发展本身就是历史发展的目的。在激烈的思想斗争中，毛泽东看到那些"大人物"不作为即容忍甚至投降，甘当俘虏，还阻拦甚至压制一些"小人物"的作为，不能不深度介入和出面干预。毛泽东之所以重视两个"小人物"的遭遇，亲自为他们的成长和发展鸣锣开道，是因为他对压制"小人物"崛起的不合理秩序的强烈不满。中国当代文艺界的思想政治斗争之所以异常激烈，是因为既得利益群体的存在。这些既得利益群体严重阻碍了不合理的现存秩序的改变。而这恰恰涉及新生政权的巩固，毛泽东岂能置之不理，放任自流？毛泽东极度不满的这种现象在中国当代文艺批评界不仅没有完全断绝，而且日益严重，还滋生出一种相当傲慢的强权文化。

当代文艺评奖较为突出地表现了这种强权文化。譬如，在第八届茅盾文学奖评奖时，一些关心中国当代文学发展的网民看到"不少作家协会主席、副主席的长篇小说入围"时，认为茅盾文学奖评奖似乎不太重视发掘文学新人新作，并提出了强烈的质疑。这是真正热爱中国当代文学的网民提出的非常有价值的文学理论话题。这些真正热爱中国当代文学的网民不希望中国当代文坛始终只有文学名家的身影，而看不到文学新人辈出的热闹景象。但这个极有价值的文艺理论话题却被一些颇有身份的文学批评家全盘否定，认为"这是一个伪话题"。在这些文学批评家看来，作家协会主席、副主席只是代表一个有创作实力的作家，和行政官员完全不是一回事。由于作家有创作实力，所以成为作家协会主席；同样有实力的作家作品参评茅盾文学奖也是理所当然。这实际上认为强的永远是强的，否认了江山代有才人出的文学发展规律。的确，作家协会主席、副主席是有创作实力的作家不假，但是，有创作实力的并不等于始终能够创作出优秀文学作品和始终能够创作出比后起之秀优秀的文学作品，这也是不言而喻的。如果文学界强的永远是强的，那么，文学新人就只有永远匍匐在文学名家的脚下而没有出头之日。文艺批评的重要形式的权威地位不是外在权力赋予的，而是历史形成的，即在历史长河中逐步确立的。但是，不少中国当代文艺评奖却不是在历史发展中逐步形成权威地位的，而是外在权力赋予的即文艺评奖的权威地位的高低取决于文艺奖项所属系统的级别的高低。一些文艺批评家没有正确认识当代文艺评奖的名实关系，而是凭借外在权力获得话语权，肆意摆弄当代文艺评奖并引导当代文艺按照他们的意图发展。在这种非正常化的文艺批评生态环境里，有些文艺批评家尤其是文艺批评史家不是追求真理和捍卫真理，而是趋炎附势。他们不是在把握当代文艺批评发展规律的基础上客观公正地评价文艺批评家的贡献，而是以个人关系的亲疏远近代替历史发展规律。这些文艺批评家尤其是文艺批评史家追求文艺批评界人际关系的和谐甚于追求真理，他们既不努力挖掘文艺批评家的独特贡献，也不继续肯定这些文艺批评家在当代文艺发展中仍起积极作用的文艺批评观，而是停留在对一些与个人利益密切相关的文艺批评家的评功摆好上。这种当代文艺批评家尤其是文艺批评史家身上的鄙俗气严重地制约了这些文艺批评家尤其是文艺批评史家真实地把握当代文艺批评的发展，极大地助长了中国当代文艺批评界的歪风邪气。中国当代文艺批评界如果不从根本上改变这种非正常化的当代文艺批评的生态环境，就不仅不能正确梳理和总结当代文艺批评史，而且还将极大地挫伤优秀的文艺批评家的创造力。

正如德国哲学家黑格尔在考察哲学史时所指出的：全部哲学史是一有次序的进程。"每一哲学曾经是，而且仍是必然的，因此没有任何哲学曾消灭了，而所有各派哲学作为全体的诸环节都肯定地保存在哲学里。但我们必须将这些哲学的特殊原则作为特殊原则，和这原则之通过整个世界观的发挥区别开来。各派哲学的原则是被保持着的，那最新的哲学就是所有各先行原则的结果，所以没有任何哲学是完全被推翻了的。"[16]文艺批评史也不例外，既不是长生的王国，也不是"死人的王国"，而是一有秩序的进程。文艺批评这一有秩序的进程既是一个不断提高和丰富的发展过程，也是一个由浅入深、从零散到系统的发展过程。因此，文艺批评家尤其是文艺批评史家如果准确地把握和公正地评价某位文艺批评家的成就，就不能仅看他在社会中的位置（包括社会名望），而是主要看他的文艺批评在文艺批评这一有秩序的进程中的位置。也就是说，文艺批评家尤其是文艺批评史家如果准确地把握和公正地评价某位文艺批评家的成就，就既要看到他的文艺批评满足现实需要的程度，也要看到他的文艺批评在文艺批评发展史环节中的作用，并将这二者有机地结合起来。

参考文献：

[1][2]鲁迅：《鲁迅全集》第5卷，人民文学出版社，1981，第428页，第428-429页。

[3][4]茨维坦·托多洛夫著，王东亮、王晨阳译：《批评的批评》，生活·读书·新知三联书店，1988，第175页，第175-176页。

[5]黑格尔著，朱光潜译：《美学》第1卷，商务印书馆，1979，第154页。

[6][7][8][9]中共中央马克思、恩格斯、列宁、斯大林著作编译局：《马克思恩格斯选集》第4卷，人民出版社，1995，第673页，第237页，第237页，第248页。

[10]中共中央马克思、恩格斯、列宁、斯大林著作编译局：《马克思恩格斯选集》第2卷，人民出版社，1995，第101页。

[11]参见熊元义：《文艺理论终结与文艺理论自觉》，《武陵学刊》2014年第1期。

[12]孙伟科：《文艺批评的世纪风云——文艺批评家李希凡访谈》，《文艺报》2013年5月15日第3版。

[13]参见王蒙：《触屏时代的心智灾难》，《读书》2013年第10期。

[14] 刘海燕：《文艺理论要关注时代精神状况——文艺理论家鲁枢元访谈》，《文艺报》2012 年 11 月 5 日第 3 版。

[15] 参见李明军、熊元义：《理论分歧的解决与文艺批评的深化》，《河南大学学报（社会科学版）》2014 年第 4 期。

[16] 黑格尔著，贺麟、王太庆译：《哲学史讲演录》第 1 卷，商务印书馆，1959，第 40 页。

第二节　当代社会转型与当代文艺批评

随着中国当代社会从以模仿挪移为主的赶超阶段逐渐转向以自主创新为主的创造阶段，民族文艺发展也从对西方现当代文艺的模仿挪移逐渐转向推陈出新。在这种历史转折关头，促进与中国当代社会转型相适应的文艺批评转型是广大文艺批评家不可推卸的历史使命。文艺批评家只有在推动广大作家艺术家与时俱进的艺术调整中走出中国当代文艺批评发展的困境，才能真正促进中国当代文艺批评转型。

一、全面推进当代文艺批评的转型

中国当代文艺批评转型不仅是中国当代文艺批评自身嬗变的结果，而且是中国当代社会转型的产物。

首先，当代文艺批评转型是文艺批评家在推动广大作家艺术家艺术调整的过程中调整文艺思想。

在文艺批评史上，不少文艺批评分歧究其实质乃是理论分歧。文艺批评家如果不积极解决这种文艺理论分歧，就不可能彻底解决文艺批评分歧。从中国当代"朦胧诗"批评发展史上可以看出，文艺批评的发展和深化最终是对文艺理论分歧的解决。

20 世纪 70 年代末，中国文艺界出现了"朦胧诗"现象。中国当代文艺批评界对这种"朦胧诗"现象的把握大致经过了两个阶段。

第一个阶段是文艺批评家为"朦胧诗"在诗歌百花园中争一席之地。1980 年，文艺批评家谢冕肯定了"朦胧诗"现象，认为"它带来了万象纷呈的新气象,也带来了令人瞠目的'怪'现象",而"世界是多样的,艺术世界更是复杂的。即使是不好的艺术,也应当允许探索,何况'古怪'并不一定就不好"。[1]诗坛对这些"古怪"的诗的容忍和宽容是有利于诗歌发展的。1980年,文艺批评家孙绍振在深刻把握诗人舒婷的诗歌后,认为舒婷"表现的往往不是生活的具体场景和过程,而是去寻觅、探索、挖掘沸腾的生活溶解在自己心灵中的情绪,捕捉那些更深、更细、更微妙的心灵的秘密的颤动"。这不是战斗的号角,而是月下的提琴曲。孙绍振并没有做出非此即彼的选择,而是强调这二者的共存,"难道我们可以因为她不是号手而否认她的作品是诗吗?难道时代的旋律只有号角才能演奏,而其他乐器都没有问津的权利吗?"[2]在这个阶段,谢冕、孙绍振、刘登翰没有完全停留在"朦胧诗"的表现方式上,而是从时代发展和诗歌发展两个方面肯定了"朦胧诗"的合理性存在。

  第二个阶段是文艺批评家从理论上高度肯定"朦胧诗"现象。1981年,孙绍振从理论上肯定了"朦胧诗"创作倾向,认为这是一种新的美学原则在崛起,"与其说是新人的崛起,不如说是一种新的美学原则的崛起"。这种新的美学原则包括三个方面:一是这批崛起的青年诗人不仅是对理想主义的失望情绪的自然流露,而且是"不屑于做时代精神的号筒,也不屑于表现自我感情世界以外的丰功伟绩",他们不是直接去赞美生活,而是追求生活溶解在心灵中的秘密;二是这批崛起的青年诗人强调社会学与美学的不同,强调个人在社会中应该有一种更高的地位,"既然是人创造了社会,就不应该以社会的利益否定个人的利益,既然是人创造了社会的精神文明,就不应该把社会的(时代的)精神作为个人的精神的敌对力量";三是这批崛起的青年诗人在与传统的艺术习惯作斗争时更侧重在继承其他民族的习惯中形成新的习惯。孙绍振甚至认为,美的法则是主观的,是心灵创造规律的体现。[3]在这个阶段,有些文艺批评家在鼓吹新的美学原则时排斥了其他美学原则,则走向了极端。文艺批评家程代熙尖锐地批判了这种新的美学原则,认为根本不是什么"新的美学原则",而是步了西方现代主义文艺老路的自我表现论。不仅"抒人民之情"和诗人的"自我表现"是两种相互排斥的艺术观,而且人民之情和诗人的"自我之情"也是存在鸿沟的。程代熙尖锐地指出:"我们丝毫不反对艺术表现人性。我们关心的是艺术家的人性、诗人的人性和人民大众的人性是否相通，或者是否基本相通。如果诗人的人性和人民大众的人性南辕北辙，或者诗人根本不关心人民的痛痒，则不管诗人个人的感情如何的丰满，他个人的悲欢如何的非比寻常，甚至把他个人的心灵世界全部敞开，也终因和人民大众缺少'灵犀一点'，而不能相通。"[4]这是深刻的。程代熙对孙绍振所提出的"新的美学原则"的质疑凸显了文艺批评界的理论分歧。即使孙绍振在推崇这批崛起的青年诗人时，也看到了有些崛起的青年诗人在思想上和艺术上走上了另一个极端。其实，人民之情和诗人的"自我之情"虽然存在差异甚至矛盾，但却不是绝对排斥的。作家艺术家虽然是从自我出发来写作的，即从自己感受最强烈的地方入手和写自己最有把握的那一部分生活，但是，作家艺术家感受最强烈的地方却是和整个社会生活分不开的，是整个社会生活的有机组成部分。作家艺术家如果局限在自己感受最强烈的地方，而不是从这个地方出发并超越这个地方，就很难反映出他所处时代的一些本质的方面。因而，广大作家艺术家应在主观批判与人民的历史批判的有机结合、批判的武器与武器的批判的有机统一中化解人民之情和作家艺术家的"自我之情"的差异甚至冲突，而不是蜷缩在自我世界里深挖人所固有的本真生存状态。然而，处在文艺思想斗争中的双方都没有及时纠偏，并在深入解决理论分歧中解决文艺批评分歧，而是被狭隘的既得利益和观念束缚住了。

20世纪70年代末以来，随着自由主义文艺理论在中国文艺界重新抬头，不少作家艺术家退回到内心世界里，不仅热衷于表现自我，甚至把自我世界当成整个世界，而且躲避崇高，甚至自我矮化。有些文艺理论家在把握和肯定这种文艺创作倾向时，认为这是对知识分子审美趣味的尊重。这不仅将知识分子的审美趣味和人民大众的审美趣味完全对立起来，而且没有看到知识分子的审美趣味的局限性。

随着知识分子的审美趣味在中国文艺界重新抬头并盛行起来，当时颇有影响的美学家李泽厚在尊重作家艺术家的自主选择时割裂了作家艺术家的创作自由与社会责任的辩证关系，一味地迎合那些躲避崇高的作家艺术家的审美追求。李泽厚提出："追求审美流传因而追求创作永垂不朽的'小'作品呢？还是面对现实写些尽管粗拙却当下能震撼人心的现实作品呢？当然，有两全其美的伟大作家和伟大作品，包括如陀思妥耶夫斯基、托尔斯泰、歌德、莎士比亚、曹雪芹、卡夫卡等等。应该期待中国会出现真正的史诗、悲剧，会出现气魄宏大、图景广阔、具有真正深度的大作品。但是，这又毕竟是可遇不可求的。如果不能两全，如何选择呢？这就要由作家艺术家自己做主了。"本来，李泽厚既然认为大作品在艺术价值上比那些"小"作品高得多，即艺术作品是有审美价值高下的，就应大力倡导当代作家艺术家"取法乎上"，勇攀文艺"高峰"，力争创作出气魄宏大、图景广阔、具有真正深度的大作品，而不是在尊重作家艺术家的自主选择下放弃艺术的价值高下选择。然而，李泽厚却在赞成选择多元时又否定了文艺作品存在审美价值高下之分，认为："选择审美并不劣于或低于选择其他，'为艺术而艺术'不劣于或低于'为人生而艺术'。但是，反之亦然。世界、人生、文艺的取向本来应该是多元的。"[5]这种在理论上左右摇摆的文艺批评显然是文艺批评家囿于狭隘的既得利益的结果。

苏珊·桑塔格晚年在反思1964年提出的反对阐释时，虽然没有在理论上左右摇摆，但她却承认这是维护新文艺作品，认为："尽管我并不笃信'现代'，但维护新作品，尤其是那些一直遭人轻视、忽略、误判的作品，比为自己喜欢的那些老作品进行辩护，似乎更有用。"苏珊·桑塔格虽然为了维护新作品而反对阐释，但是，她却在新作品和老作品之间放弃了必要的价值高下选择。苏珊·桑塔格说："我所称赞的那些当代作品，并没有十分偏离我所崇敬有加的那些杰作。欣赏那种被称为'事件剧'的表演形式的放肆劲儿和风趣，并没有使我对亚里士多德和莎士比亚稍有懈怠。我曾经赞成——现在也赞成——某种多元的、多形态的文化。那么，就不存在等级了吗？当然，存在一种等级。如果我非得在'大门乐队'与陀思妥耶夫斯基之间作一选择，那么——当然——我会选择陀思妥耶夫斯基。但是，我非得进行选择吗？"[6]苏珊·桑塔格放弃艺术的价值高下选择，并不是她在理论上反对艺术等级的存在，而是她为了称赞那些当代艺术作品。苏珊·桑塔格虽然看到了陀思妥耶夫斯基比她所称赞的那些当代作家在价值上要高，但却在赞成多元的、多形态的文化时放弃了艺术的价值高下选择。苏珊·桑塔格对多元的、多形态的文化放弃选择的称赞可以说既不利于当代文艺的超越，也不利于文艺"高峰"的崛起。当代文坛出现黄钟喑哑、瓦釜轰鸣现象无疑与文艺批评家主动放弃艺术的价值高下选择有关。中国当代作家王蒙在看到中国当代文艺黄钟喑哑、瓦釜轰鸣现象时没有抱残守缺，而是与时俱进，进行了一定的文艺思想的调整。这就是王蒙在中国当代社会转型阶段从强调多样化的文艺发展到尽力追求蕴涵独到、高端的思想智慧的经典作品创造："越是触屏时代，越是要有清醒的眼光，要有对于真正高端、深邃、天才的文化果实苦苦的期待。"王蒙的这个转变足以发人深省。[7]中国当代作家贾平凹提倡文学创作"要往大处写"，即"把气往大鼓，把器往大做，宁粗砺，不要玲珑。做大袍子了，不要在大袍子上追究小褶皱和花边"，坚决反对作家忘却大东西的叙写和沉溺小情趣的文学写作。这就是贾平凹并不反对作家从"我"出发，而是要求作家从"我"出发要走向"我们"，而不是从"我"出发又回到"我"处。[8]这些作家艺术家的艺术调整不仅是与中国当代社会转型阶段相适应的，而且是符合文艺发展规律的。因而，文艺批评家应在推动广大作家艺术家与时俱进的艺术调整的过程中调整文艺思想，解决文艺批评的理论分歧。

其次，当代文艺批评转型是文艺批评家在推举文艺人才和文艺作品时要看这些文艺人才和文艺作品是否有利于民族文化乃至人类文明的健康发展，而不是唯名是举。

在中国当代社会转型阶段，新的文艺思想和审美理想将会不断涌现，并与旧的文艺思想和审美理想发生碰撞和冲突。这种新旧文艺思想和审美理想的冲突最好是在文艺争鸣中解决。不怕不识货，就怕货比货。只有充分开展文艺争鸣，才能激浊扬清，凸显先进的文艺思想和审美理想的魅力。这不但可以减轻历史的阵痛，而且有利于文艺批评的有序发展。

在20世纪早期，中国文艺界之所以能够出现大师辈出、群星璀璨的活跃局面，就是因为当时文艺界展开了激烈的文艺争鸣。正是在这种激烈的文艺争鸣中，一批又一批年轻人才成长起来，一个又一个崭新学说涌现出来。然而，在当代文艺批评界，不少文艺批评家却囿于狭隘利益，并不热心参与文艺争鸣和追求客观真理。即使偶尔出现文艺争鸣，也是在没有充分展开的情况下草草收场。这种没有充分展开的文艺争鸣除了制造混乱以外，不可能真正分清孰是孰非，孰优孰劣，遑论彻底完成真理最终战胜谬误和优胜劣汰这一历史过程。这是很不利于文艺批评有序发展的。在中国当代社会转型时期，文艺批评家不仅要推动广大作家艺术家进行与这个伟大的进步的变革相适应的艺术调整，而且要促进他们在艺术思想和审美理想上的根本转变。这一目的只有在充分展开的文艺争鸣中,才能真正实现。不过,这种充分展开的文艺争鸣却不是少数人暗箱操作出来的,而是社会广泛参与文艺批评的结果。因而,文艺批评家在推进文艺争鸣的后续发展中应将圈内与圈外的文艺争鸣结合起来,应将自发与自觉的文艺争鸣结合起来,以此促进文艺批评的深化。

中国当代文艺批评界倡导文艺批评家说真话、讲道理不是文艺批评转型,而是文艺批评家起码的道德规范。如果文艺批评家没有在文艺思想和审美理想上的自觉,就没有文艺批评的自觉。在当代文艺批评界,不少文艺批评分歧不全是文艺批评家审美认识差异的产物,而是他们在文艺思想和审美理想上发生根本分歧的结果。因此,文艺批评家应在理论上解决这种文艺批评分歧,而不是流于个人之间的意气之争。尤其是在推举新人新作上,文艺批评家不要在狭隘利益上拉帮结派,而要积极推出有利于民族文化乃至人类文明的健康发展的优秀的文艺人才和文艺作品。过去,有些报刊集中推出所谓的"50后"作家艺术家,"60后"作家艺术家,"70后"作家艺术家,"80后"作家艺术家,甚至"90后"作家艺术家,都是以生理年龄为标准,而不是以文艺思想和审美理想为标准。同一时代、同一年龄阶段的作家艺术家在个人成长经历上可能有类似之处,但在文艺思想和审美理想上却可能有完全不同的特点。在中国当代历史转折关头,不少作家艺术家在文艺思想和审美理想上发生了分化。这种简单的"几零后"划分法不过是在不同年龄阶段的人身上贴上固化标签而已。这深刻地反映了有些文艺批评家陷入了外部的线性时间发展论的怪圈。文艺批评家不仅深刻反映不同时代的民族和阶级或集团对文艺的根本要求,而且集中反映不同时代的民族和阶级或集团的审美理想。因此,文艺批评家应在把握整个历史运动的基础上推举新人新作,将真正有利于民族文化乃至人类文明的健康发展的优秀的新人新作推荐出来。

在中国当代文艺批评界,不少文艺批评基本上是褒扬和自我褒扬的结合。尤其是针对那些名家大家的文艺作品,不少文艺批评家对它们除了恭维以外,还是恭维。这貌似团结了广大作家艺术家,实质上是毒化了文艺生态环境,很容易形成文艺界既得利益群体,极不利于文艺新生力量的崛起和成长。如果文艺批评仅为褒扬和自我褒扬,那么,文艺批评家就很容易围绕名家大家旋转,而不是努力发现和推出新人新作。美国当代文艺理论家哈罗德·布鲁姆曾说:"对前人作品的解读需要一定的防范意识,因为对前人作品一味赞扬会抑制创新，而且不仅仅是出于心理学的原因。"[9]这就是说，如果文艺批评界总是"颂赞"满天飞，就不可能出现长江后浪推前浪的文艺发展。因此，文艺批评界对新人多扶持，对名家多批评，是有利于文艺生态环境健康发展的。不过，文艺批评界即使以推出新人新作为目的，也不能一味地赞美，甚至吹捧浮夸，而是要既有肯定也有针砭。这不但有助于青年作家艺术家清醒地认识自己的文艺创作，而且有助于他们正确把握时代的审美风尚，及时地调整文艺创作走向。

二、超越当代文艺批评转型的歧途

在中国当代社会转型时期，有的文艺批评家不是在推动广大作家艺术家与时俱进的艺术调整的过程中促进文艺批评转型，而是在猛烈批判中国当代文艺理论发展时提出了所谓的"本体阐释"论和"强制阐释"论。[10]这种"本体阐释"论认为，中国当代文艺理论来自外来文艺理论的生硬"套用"，理论与实践处于倒置状态。因此，中国当代文艺理论的发展应重新校正长期以来被颠倒的理论与实践的关系，抛弃对一切外来文艺理论的过分倚重，回到对中国当代文艺实践的梳理和总结上来。首先，这种"本体阐释"论是片面的。中国当代文艺理论是有自主创新的，绝不可能都是来自外来文艺理论的生硬"套用"。其次，这种"本体阐释"论是狭隘的。它只看到了外来文艺理论对中国当代文艺理论的影响，而没有看到中国当代文艺理论是对本民族和阶级的根本要求的反映。这种"本体阐释"论是以"强制阐释"论为前提的。"强制阐释"论虽然是对西方当代文艺理论的批判，但它的最终目的却是在批判中国当代文艺理论的基础上，寻找中国当代文艺理论发展的途径。这种"本体阐释"论和"强制阐释"论对中国当代文艺理论的片面把握，在很大程度上加深了中国当代文艺批评发展的困境：一是文艺理论引导文艺创作的困境，二是文艺批评运用文艺理论的困境。这都是中国当代文艺批评转型的歧途。这种中国当代文艺批评转型的歧途尽管没有找到中国当代文艺理论发展的科学途径，但却居高声自远，一时间附和者颇众。为了促进文艺批评转型，中国当代文艺批评界应走出这种当代文艺批评转型的歧途。

首先，在中国文艺界，"本体阐释"论和"强制阐释"论在抛弃对一切外来文艺理论的过分倚重中，将中国当代文艺理论推向了闭关自守的发展道路，完全排斥了中国当代文艺理论对一切外来文艺理论的借鉴和汲取，是一种典型的关门主义。

这种"本体阐释"论和"强制阐释"论在尖锐批判中国当代文艺理论和西方当代文艺理论的发展时，认为文艺理论是文艺实践的经验总结和规律梳理，而中国当代文艺理论是中国当代文艺实践的经验总结和规律梳理。这不仅没有看到中国现当代文艺理论是在接受外来文艺理论的影响下发展起来的，而且将中国当代文艺理论的立足点狭窄化了。中国当代文艺理论的发展尽管不能数典忘祖，但却不能不超越中国古代文艺理论的局限。文艺批评家叶嘉莹深刻总结了近代开辟中国文学批评新途径的先进人物王国维在外来文化的冲击下的三点重要的觉醒，高度肯定了王国维在这种觉醒中所提出的一项基本原则。她认为，王国维的"三点重要的觉醒"是："第一，中国之学术思想有时因传统过久而趋于停滞，因此往往需要外力之刺激始能有新的发展和开拓。第二，中国的思想之特质其缺点乃在于缺乏对抽象概念之推理思辨的能力，固有赖于西方思想理论为之补足。第三，欲借西方之思想理论以补中国之不足，则在于接受其思想理论时自不得不同时接受其借以表现之语言。""一项基本原则"是"要将西方之思想理论与中国固有之文化传统相融会"。叶嘉莹在总结王国维文艺批评的得与失时高度肯定了中国文艺批评借助西方思想理论弥补不足的演进发展，尖锐批判了中国文艺批评界在这种演进中的缺陷，这就是"中国的文学批评界对于如何把西方之新理论新观念融入中国固有之传统中的一点原则，却未能做到完善的地步，因此有时对西方思想理论的援用就仅只成了李戴张冠的假借，而并未能如食物之被消化吸收而将之转化为自己的营养和生命"。在这个基础上，叶嘉莹提出了文艺批评家将西方富于思辨的理论概念融入中国传统之中的历史责任。[11] 因此，中国当代文艺批评界在发展文艺理论时绝不能因噎废食，绝不能将外来先进文艺理论拒之门外。中国当代文艺批评界重视中国当代文艺理论的民族特色是可取的，但极力推动中国当代文艺理论的民族化则是不可取的。

在中国当代社会转型阶段，中国当代文艺既不能在发展中作茧自缚，也不能在纷乱中迷失自我，而要在世界文艺发展的格局中把握中国当代文艺的前进方向，即不仅在大胆吸收一切外来文艺的有益养分的基础上努力克服民族文艺的狭隘局限，而且要积极推动民族文艺融入世界进步文艺中并为人类文艺的发展做出自己独特的贡献。

中国当代作家的艺术创造不仅是民族的，而且是世界的。在中国当代文艺界，那种越是民族的就越是世界的民族文艺观是很有市场的。有的作家艺术家甚至认为，土就是洋，洋就是土；越土越洋，越洋越土。这是偏颇的。这种将中国当代文艺当作一个封闭自足体并陶醉其中的人无疑是井底之蛙，必将为人类进步文艺发展所抛弃。在世界当代文艺发展的格局中，如果一个民族的文艺要在世界文艺中占有一席之地，就必须对人类文艺的发展做出自己独特的贡献。这就是说，越是对人类文艺发展做出独特贡献的民族文艺，越是世界的。这是中国当代文艺创作不可或缺的文化自觉。因此，中国当代作家艺术家应与中国当代社会转型阶段相适应，创造出对人类文艺发展做出独特贡献的民族文艺作品。否则，中国当代文艺将很难成为世界当代文艺的重要组成部分。也就是说，如果一个民族的文艺没有推动世界文艺的有序发展，就不可能在世界文艺中占有重要地位和产生重要影响。如果一个民族的文艺始终都处在以模仿挪移为主的赶超阶段，那么，这个民族的文艺就不可能真正跻身于世界文艺的先进行列，甚至还会与世界进步文艺的距离越来越大。这就是说，一个缺乏真正创造的民族文艺，不但不可能完全跻身于世界文艺的先进行列，而且迟早将被历史发展所抛下。中国当代文艺界提出中国当代文艺走向世界这个方向就是承认中国当代文艺在世界当代文艺中的地位和影响不够显著，或者中国当代文艺只是世界当代文艺微不足道的一部分，而不是认为中国当代文艺在世界当代文艺以外。至于那种以为生活在这个世界上的任何一个民族的文艺都是世界文艺的一部分而无须走向世界的论调，不过是甘居世界当代文艺的边缘而已。这就是说，真正优秀的中国当代文艺作品在直面现实和解剖现实时不可缺少这样两个品质：一是充分地展现中华民族的独特魅力，即中华民族对人类发展的独特贡献；二是充分地展现中华文化的独特魅力，即中华文化对人类文明发展的独特贡献。中国当代作家艺术家比较关注当代文艺作品走向世界并在世界文化市场上产生影响。但是，有些作家艺术家却不是主动地开拓世界文化市场，而是被动地卷入世界文化市场，极少数作家艺术家甚至逢迎西方世界那些有损民族尊严的偏见。这些作家艺术家是根本不可能真正走向世界的。即使暂时有所成功，也终将在历史上站不住脚。中国当代文艺不能独自发展，中国当代文艺理论岂能独自发展？

其次，在中国文艺界，"本体阐释"论和"强制阐释"论推卸了文艺理论家在社会分工中的社会责任，不仅没有看到文艺理论必须反映不同时代的民族和阶级或集团对文艺的根本要求，而且陷入了文艺的纯审美论的泥淖。

思想家包括文艺理论家是从事精神劳动的，不仅从属于他们所属的阶级，而且积极反映本阶级的幻想和思想。这就是说，这些参与反映他们所属阶级的幻想和思想的文艺理论家不但要明白他们的社会角色是社会分工的产物，即不是高人一等的，而且不能忘记他们在这种社会分工中的社会责任。马克思、恩格斯坚决反对把统治阶级的思想与统治阶级本身分割开来，认为这会导致统治阶级的思想独立化，是社会虚假意识形态产生的思想根源。因此，文艺理论家不仅要深刻反映不同时代的民族和阶级或集团对文艺的根本要求，而且要及时反映不同时代的民族和阶级或集团的审美需要和审美理想。当然，文艺批评家必须将这种不同时代的民族和阶级或集团对文艺的根本要求与文艺创作有机结合起来，否则，就难以真正引领文艺创作。

在中国现代文艺史上，鲁迅敏锐地看到"躲避时事"的"小摆设"与"杀出血路"的小品文是对立的，不仅深刻地指出这两种小品文虽然都能给人愉快和休息，但是，"躲避时事"的"小摆设"将粗犷的人心磨得平滑，即由粗暴而变为风雅，是抚慰与麻痹；而"杀出血路"的小品文则是劳作和战斗之前的准备，是休养，而且从身处风沙扑面、虎狼成群之境的人的根本需要出发，认为前者是小品文的末途，后者才是生存的小品文。正如前文所说的，无论是19世纪俄国杰出的文艺批评家杜勃罗留波夫对奥斯特罗夫斯基戏剧作品《大雷雨》的高度肯定，还是中国1930年代鲁迅对白莽的诗歌的大力推荐，都是着眼于人民大众未来的挣扎和战斗，但是，不少文艺批评家却推卸了他们在社会分工中本应承担的社会责任，深陷文艺的纯审美论的泥淖，沉溺在历史碎片中，完全被文艺现象牵着鼻子走。"本体阐释"论和"强制阐释"论则从理论和声势上进一步地强化了这种文艺批评倾向。

"本体阐释"论和"强制阐释"论对西方当代文艺理论和中国当代文艺批评的批判只看到理论之间的相互影响，而没有看到不同文艺理论对不同民族和阶级或集团对文艺的根本要求的反映，显然是本末倒置的。与特里·伊格尔顿对西方当代文艺理论的批判相比，"本体阐释"论和"强制阐释"论对西方当代文艺理论的把握和批判不仅本末倒置，而且大步倒退。

在中国当代文艺批评界，文艺理论家对西方当代文艺理论存在两种截然相反的把握：一种是基本肯定，认为西方当代文艺理论是在19世纪西方文艺理论的基础上曲折前进的，在总体上是历史的进步，而不是历史的倒退；一种是基本否定，认为西方当代文艺理论颠倒了实践与理论的关系，西方当代文艺理论的生长不是基于文学的实践，而是基于理论自身的膨胀，基于场外理论的简单挪移。因此，认为其文艺批评则不是依据文本得出结论，而是从抽象的原则出发，用理论肢解文本，让结论服从理论。无论是基本肯定，还是基本否定，都没有深刻把握西方当代文艺理论的根本性质。特里·伊格尔顿在深刻地批判所谓"纯"文艺理论时，不仅深刻地把握了西方当代文艺理论的根本弊病，而且对这种"纯"文艺理论进行了有力的批判。

首先，特里·伊格尔顿认为所谓"纯"文艺理论不过是神话。任何文艺理论都是为了"加强特定的人们在特定时间里的特定利益的"。

其次，特里·伊格尔顿在深刻把握西方现代文艺理论与政治制度的特殊关系的基础上尖锐地指出：西方现代文艺理论"在有意或无意地帮助维持这个制度并加强它"，"即使是在避开各种现代意识形态的行动中，文学理论也表现出它与这些意识形态往往是无意识的牵连，并且恰恰是在它运用文学文本时认为是很自然的那种'美学的'或'非政治的'语言中暴露出它的优越感、性别歧视或个人主义"。因而，特里·伊格尔顿认为："真正应该反对的是文学理论中所包含的政治性质。"[12]

特里·伊格尔顿还深入地把握了美学的政治史，认为"美学不是简单的艺术或艺术产品，而是工艺品特有的意识形态在18世纪盛行的方式"。在这个基础上，特里·伊格尔顿高度肯定了文艺批评家的角色的巨大变化："之前躲在自己的小角落里草草写着无伤大雅之作的文学批评家，忽然露出了锋芒。"

特里·伊格尔顿还结合莎士比亚悲剧作品对美国的贪婪进行了有力的批判。在解读莎士比亚的悲剧《李尔王》时，特里·伊格尔顿认为，李尔王是绝对统治权妄自尊大的典范，想象自己无所不能。李尔王在暴风雨中终于认识到他的脆弱和限度，减少了他妄自尊大的幻想，最后从幻觉中被救赎了出来。特里·伊格尔顿指出："西方，特别是美国，总的来说，并没有汲取李尔的教训。"这种批判还是很犀利的。

与特里·伊格尔顿相比,"本体阐释"论和"强制阐释"论并没有真正把握西方当代文艺理论的根本缺陷,因而,它对西方当代文艺理论的批判是不得要领的。

最后,"本体阐释"论和"强制阐释"论不仅狭隘地把握了文艺理论与文艺创作的关系,而且大大地降低了文艺理论家的地位。

这种"本体阐释"论和"强制阐释"论在批判西方当代文艺理论的根本缺陷时认为,西方当代文艺理论的生成和展开不是从实践到理论,而是从理论到实践;不是通过实践总结概括理论,而是用理论阉割、碎化实践,颠倒了实践与理论的关系。这就狭隘地把握了文艺理论与文艺创作的关系。如果文艺理论完全是文艺创作的概括和总结,那么,文艺理论就不可能引导文艺创作,而只能跟在文艺创作的后面跑。康德在论天才时深刻地指出:"天才(一)是一种天赋的才能,对于它产生出的东西不提供任何特定的法规,它不是一种能够按照任何法规来学习的才能,因而独创性必须是它的第一特性;(二)也可能有独创性的,但却无意义的东西,所以天才的诸作品必须同时是典范,这就是说必须是能成为范例的。它自身不是由摹仿产生,而它对于别人却须能成为评判或法则的准绳。"[13] 虽然艺术独创是艺术的第一特性,但这种艺术独创却既有可能是有意义的,也有可能是无意义的。如果文艺理论只是概括和总结天才的诸作品,就无法在区别有意义的文艺创新和无意义的文艺创新的基础上批判那些无意义的文艺创新。在对话中,文艺理论家与作家艺术家的关系是平等的。如果文艺理论家完全跟在文艺创作后面跑,就不可能与作家艺术家平等对话,而是"颂赞"满天飞。这岂不是大大地降低了文艺理论家的地位?因而,"本体阐释"论和"强制阐释"论既很难打破中国当代文艺批评发展的困境,又很不利于中国当代文艺批评转型。

与这种"本体阐释"论相比,文学文本解读学虽然早出,但却更为极端。"本体阐释"论主张"理论的建构必须以文本为中心,对单个文本的阐释做出分析,对大批量文本的阐释做出统计,由个别推向一般,上升飞跃为理论"[14]。而文学文本解读学却认为这种文学理论是贫乏、不完全的,总是落伍于文学创作和文学阅读实践,提出文学理论"从哲学美学中独立出来,通向独立的文学文本解读学"。这种文学文本解读学夸大文学理论与文学文本个案之间的矛盾,提出超越普遍的文学理论,认为"从某种意义上说,文学理论越普遍,涵盖面越广泛,就越有价值。然而,文学理论越普遍,其外延越大,内涵则相应缩小。而文学文本越特殊,其外延递减,内涵则相应递增。不可回避的悖论是,文学文本个案以独一无二、不可重复为生命,但文学理论是对无数唯一性的概括。在此意义上,二者互不相容"[15]。这种文学文本解读学虽然企图将告别文学理论的文学批评提升为理论形态,但却将一种片面的文学批评推向了极端。中国当代文艺批评转型就是要超越这些片面的文学批评。

参考文献:

[1][2][3][4] 参见姚家华编:《朦胧诗论争集》,学苑出版社,1989,第12页、第15页、第113页、第145页。

[5] 李泽厚:《中国现代思想史论》,东方出版社,1987,第263-264页。

[6] 苏珊·桑塔格著、程巍译:《反对阐释》,上海译文出版社,2011,第336-337页。

[7] 王蒙:《触屏时代的心智灾难》,《读书》2013年第10期。

[8] 贾平凹:《关于写作的贴心话》,《文学报》2014年12月11日。

[9] 哈罗德·布鲁姆著,江宁康译:《西方正典》,译林出版社,2011,第7页。

[10][14] 参见张江:《当代西方文论若干问题辨识——兼及中国文论重建》,《中国社会科学》2014年第5期;《当代文论重建途径——由"强制阐释"到"本体阐释"》,《中国社会科学报》2014年6月16日;《强制阐释论》,《文学评论》2014年第6期。

[11] 叶嘉莹:《迦陵文集》第2卷,河北教育出版社,1997,第122-126页。

[12] 特里·伊格尔顿:《文学原理引论》,文化艺术出版社,1987,第229-230页。

[13] 康德著,宗白华译:《判断力批判》上卷,商务印书馆,1964,第153页。

[15] 孙绍振:《文论危机与文学文本的有效解读》,《中国社会科学》2012年第5期。

第三节　文艺理论的彻底与文艺批评的透彻

随着中国当代社会的变革，中国当代文艺批评界对中国当代文艺理论在中西当代文化交流中处于弱势地位越来越不满。这本来有助于推动中国当代文艺理论的发展。然而，有些文艺批评家却不是在把握西方现当代文学理论的根本性质的基础上超越西方现当代文学理论的局限，而是基本否定了西方现当代文学理论，认为西方现当代文学理论在文学文本解读上是低效或无效的，甚至质疑了文学理论在解读文学文本上的能力。这种贬低文学理论的倾向在中国当代文艺批评界很有市场，并有占据主导地位的发展趋势。这不仅无助于中国当代文艺批评的有序发展，而且严重地阻碍了中国当代文艺理论的健康发展。

在中国当代文艺批评界，有些文学批评家无限夸大文学理论与文学批评的矛盾，甚至将文学理论与文学批评完全对立起来。2004年，文学批评家陈晓明提出文学理论应该更多地向具体的文学批评发展，认为文学批评在相当长的时期里属于文学理论，它们二者共同维护着文学实践的秩序。而当下文学创作实践却更多地转向了个人经验，曾经作为规范的文学理论，现已不能规范文学批评，更不用说规范当下文学创作实践。它能在一定程度上解释中国特殊时期的历史，但不能有效解释当下中国文学创作实践。当代文学批评与旧有的文学理论分道扬镳是时代变异使然。文学理论应该更多地向具体的文学批评发展。[1]这种元理论的终结论不仅阉割了文艺批评的规范功能，而且贬低了文艺理论，认为"无穷大的理论就是无穷空的理论，就是永远固定的条目，它只是规定和立法，不是激发和创造"。2012年，陈晓明进一步指出："某种意义上来说，'是文学作品给文学立法，而不是批评给文学立法'。文学作品无限丰富，作家的每一次写作都是一个挑战，所以批评家要更多地尊重作品，尊重作家，尊重原创。"[2]在文艺批评中，陈晓明不看无限丰富的文学作品在价值上是存在矛盾的，而是盲目肯定所有的文学作品，陷入了自相矛盾的境地。这就是阉割文艺批评的规范功能的结果。2014年，陈晓明在阉割文学批评的规范功能的同时从根本上排斥了文学理论，认为文学"批评活动不能拿着理论的条条框框教条化地去套具体的文本，不能用既定的理论去要求作家照样创作。理论只具有思维方式的意义，即是说，在面对具体的文学创作、具体的作品文本时，所有的理论成见都要抛开，所有现成的理论结论都不具有权威性和绝对性，而是要回到文本的具体阐释，从中发现文本的意义，或者提炼出文本的理论素质"。[3]陈晓明虽然没有完全否定西方现当代文学理论，但却认为西方现当代文学理论只是现当代文学批评的理论化或历史化。他认为，在欧美的文学批评活动中，"文学原理"常常只是对文学批评的概括和归纳。其中，英国当代文艺理论家特里·伊格尔顿的文学理论著作《文学原理引论》并非自己归纳的一套文学的基本原理或规律，而是归纳新批评、结构主义、符号学、阐释学、接受美学或现象学有关文学研究或批评的一些基本思想和方法论。[4]而"国外文学理论的这些发展"值得中国当代文艺批评界借鉴。这种论断显然既不准确也不全面。

在世界文艺理论史上，意大利现代艺术批评史家里奥奈罗·文杜里曾强调美学与艺术批评、艺术史的统一，认为美学与艺术批评、艺术史的分立就将使得它们变得空洞无物。里奥奈罗·文杜里在把握美学与艺术批评、艺术史之间的关系时尖锐地指出：艺术的历史需要一种理论，以便甄别出一件绘画或雕塑是否是艺术作品，"同样的道理，假使批评家唯一依靠的是他的感受，最好还是免开尊口。因为，如果抛弃了一切理论，他就无法确定自己的审美感受是否比一个普通路人的更有价值"。这样，"任何个人的爱好都可以有其历史地位，无所谓判断上的真实或虚假，审美趣味上的优良或低劣了。那么艺术史也不再成其为历史，不过是一堆材料广博的纯粹史料"[5]。美国当代文学理论家勒内·韦勒克虽然强调文学理论、文学批评和文学史三者的区别，但他却反对割断理论和实践的辩证联系，认为"文学理论不包括文学批评或文学史，文学批评中没有文学理论和文学史，或者文学史里欠缺文学理论与文学批评，这些都是难以想象的"[6]。伊格尔顿的文学理论著作《文学原理引论》并不只是对欧美当代文学批评的概括和归纳，它还有非常深刻的批判，甚至"从头到尾谈的都是马克思主义"，并认为理论是重要的。[7]伊格尔顿坚决反对那种敌视理论的倾向，认为"倘若没有某种理论，且不说这种理论是何等抽象和含蓄，我们首先就不会知道什么是'文学作品'，或者我们如何去阅读它"[8]。这就是说，如果没有文学理论，文学批评家就无法在海量的写作中甄别出真正的文学作品，遑论在众多的文学作品中判断出这些文学作品的价值高下优劣。因此，这种文学批评理论既不符合人的认识规律，也不符合文学批评规律。

而文学文本解读学和"本体阐释"论则是将当代文坛阉割文学批评的规范功能的文学批评理论提升为文学理论。不过，这种文学批评理论并不完全否定国外的文学理论，而是要求借鉴国外文学理论的一些发展，而文学文本解读学和"本体阐释"论则是从批判西方现当代文学理论出发并基本否定了西方现当代文学理论。

"本体阐释"论认为，当代文学理论的发展始终没有解决好理论与实践的关系。一些西方现当代文学理论脱离文学实践，相当程度上源自对其他学科理论的直接"征用"，而中国当代文学理论脱离文学实践则表现为对西方现当代文学理论的生硬"套用"。从这个意义上讲，东西方的文学理论和文学实践都处于一种倒置状态。因此，当代文学理论发展的根本是重新校正长期以来被颠倒的理论和实践的关系，抛弃一切对场外理论的过分倚重，从对先验理论的追逐回到对实践的认识，让文学理论归依文学实践。"本体阐释"论就是"以文本为中心，对单个文本的阐释做出分析，对大批量文本的阐释做出统计，由个别推向一般，上升飞跃为理论"。"本体阐释"论呼吁创立文本统计学，认为"自古代希腊始，文学理论和批评始终停留于混沌的定性分析的状态，依靠个体对个别文本的主观的、模糊的感受立论。文学理论要成为科学，要对无限产出的文本做科学严谨的批评，必须引入现代统计方法，在大规模定量分析的基础上再做定性分析，建立具有科学统计依据的自洽体系"[9]。

而文学文本解读学更为偏颇。这种文学文本解读学认为，文学文本解读学和文学理论虽有联系，但却有重大的区别。理论的基础及其检验的准则来自实践，理想的文学理论应是在文学创作和阅读实践的基础上作逻辑的和历史统一的提升。"文学理论的生命来自创作和阅读实践，文学理论谱系不过是把这种运动升华为理性话语的阶梯，此阶梯永无终点。脱离了创作和阅读实践，文学理论谱系必定是残缺和封闭的。问题的关键在于，文学理论对事实（实践过程）的普遍概括，其内涵不能穷尽实践的全部属性。与实践过程相比，文学理论是贫乏、不完全的，因而理论并不能自我证明，实践才是检验真理的准则。"而文学文本解读学则能够超越这种文学理论无力解读文学文本的局限。这就是文学文本解读学不像文学理论那样满足于理论的概括,而是在具体个案分析特别是在微观分析的基础上建构解读理论,再回到个案中,对文本进行深层的分析,从而拓展衍生解读理论。因而,这种独立的文学文本解读学提出,文学理论从哲学美学中独立出来,通向独立的文学文本解读学。[10]

与伊格尔顿对西方现当代文学理论的批判和对文学理论的把握相比,这种独立的文学文本解读学不仅是肤浅的,而且难以真正克服西方现当代文学理论的根本缺陷。

首先,这种独立的文学文本解读学没有看到西方现当代文学理论的意识形态属性,无法深刻把握西方现当代文学理论的根本缺陷,因而对西方现当代文学理论的批判是不到位的。

文学理论家孙绍振在倡导独立的文学文本解读学时,尖锐地批判了西方现当代文学理论的美学化、哲学化倾向,认为西方现当代文学理论不是建立在文学创作和阅读的基础上,而是偏执于把文学理论当作一种知识谱系。因此,这种文学理论是架空的理论,"往往是脱离文学创作经验、无能解读文本的"。这种以超验为特点的文学理论虽然可以批量生产出所谓的"文学理论家",但这些文学理论家对文学审美规律却是一窍不通的,在不少权威那里,还有不可救药的性质。"在创作和阅读两个方面脱离了实践经验,就不能不在创作论和解读的迫切需求面前闭目塞听,只能是从形而上的概念到概念的空中盘旋,文学理论因而成为某种所谓的'神圣'的封闭体系。在不得不解读文学文本时,便以文学理论代替文学解读学"[11]。这种对西方现当代文学理论的批判显然避开了西方现当代文学理论的意识形态属性。而孙绍振之所以回避文学理论的意识形态属性,即伊格尔顿所说的"文学理论中所包含的政治的性质",是因为他认为最理想的文学理论应该是一篇又一篇的文本解读的积累和概括。从这个意义上说,文学文本解读应该是文学理论的基础(之一)。没有大量的文学文本的解读,文学理论根本就无从产生。这貌似是对的,实则是片面的。文学理论家高建平敏锐地看到了孙绍振所说的"最理想的文学理论应该是一篇又一篇的文本解读的积累和概括"的片面之处,认为那种建立在文学创作和解读的基础上的"诗文评"还不是文学理论,而是文学理论形成前的"文学理论"。"现代形态的'文艺学',则比'诗文评'完整、全面。但是,'文艺学'并不只是来源于'诗文评',它至少还有另一个源头"[12]。

高建平在总结文学理论产生的历史时,看到了文学理论产生有两种方式,即"自下而上"和"自上而下",他认为,不仅要看到从"诗文评"生长出"文艺学"的一面,也要看到柏拉图经托马斯·阿奎那、康德以及众多现代思想家对文学理论的贡献。高建平一方面认为文学理论与文学的关系是皮与毛的关系,即文学是"皮",关于文学的理论是"毛"。皮之不存,毛将焉附。另一方面认为文学理论还来自思想家对文学的思考,即一些思想家对文学的思考、分析,更重要的,是这些人试图将文学与其他学科联系起来的努力。高建平认为:"文学理论不是从文学经验中直接归纳出来,不是从其他更为抽象、更为普遍的理论中直接演绎而来。这两者都有可能,都不完全排斥,建立文学理论的方式,还是需要两者在实践中的碰撞,相互作用,形成的独特的理论创造。"[13]这的确比孙绍振所说的"最理想的文学理论应该是一篇又一篇的文本解读的积累和概括"全面深刻。然而,高建平却认为:"在起源时期,文学理论却起源于并非专属于文学的理论。文学理论从起源上说,是从原有的元学科分化而来的,而非凭空建构起来。这也就是说,先有理论,然后才有专门的文学理论。"[14]这虽然是深刻的,但却只强调了理论之间的相互影响,而没有进一步探究文学理论的历史根源。

其实,文艺理论不仅深刻反映不同时代的民族和阶级或集团对文艺的根本要求,而且及时反映不同时代的民族和阶级或集团的审美需要和审美理想。在把握人类的社会分工时,马克思、恩格斯深刻地指出:分工以精神劳动和物质劳动的分工的形式在统治阶级中间表现出来,"在这个阶级内部,一部分人是作为该阶级的思想家出现的,他们是这一阶级的积极的、有概括能力的玄想家,他们把编造这一阶级关于自身的幻想当作主要的谋生之道,而另一些人对于这些思想和幻想则采取比较消极的态度,并且准备接受这些思想和幻想,因为在实际中他们是这个阶级的积极成员,很少有时间来编造关于自身的幻想和思想"[15]。这就是说,思想家包括文艺理论家是从事精神劳动的,不仅从属于他们所属的阶级,而且积极编造本阶级的幻想和思想。马克思、恩格斯坚决反对把统治阶级的思想与统治阶级本身分割开来,认为这是使统治阶级的思想独立化。马克思、恩格斯深入地批判了这种统治阶级的思想独立化的严重后果，认为这是社会虚假意识形态产生的思想根源。伊格尔顿对这一点是有深刻认识的。他在深刻把握西方当代文学理论同这个社会的政治制度的特殊的关系的基础上尖锐地指出：西方当代文学理论"在有意或无意地帮助维持这个制度并加强它"。在深刻把握西方当代文学理论的意识形态属性的基础上，伊格尔顿进一步地指出："即使是在避开各种现代意识形态的行动中，文学理论也表现出它与这些意识形态往往是无意识的牵连，并且恰恰是在它运用文学文本时认为是很自然的那种'美学的'或'非政治的'语言中暴露出它的优越感、性别歧视或个人主义。"因此，"真正应该反对的是文学理论中所包含的政治性质"[16]。伊格尔顿还深入地把握了美学的政治史，认为"美学不是简单的艺术或艺术产品，而是工艺品特有的意识形态在18世纪盛行的方式"。这就是说，"美学不等同于任何艺术话语，它指的是一个非常具体的历史话语，这个历史话语开始于18世纪，并设法以一种贴合早期资本主义意识形态的方法来重建艺术作品"[17]。与伊格尔顿对西方当代文学理论的批判相比，孙绍振在理论上是不彻底的，陷入了文艺纯审美论的泥淖，因而难以把握西方当代文学理论的根本缺陷，遑论克服西方当代文学理论的根本局限。

其次，孙绍振不仅认为西方现当代文学理论无力解读文学文本，而且认为西方当代文学理论家相对缺乏创作才能和体验。这是不符合事实的。

孙绍振认为，"西方文论家大都是学院派，相对缺乏创作才能和体验。本来，这种缺失当以文学文本个案的大量、系统解读来弥补，但学院派却将更多精力耗于五花八门的文学理论（如'知识谱系'）的梳理。这些文论家的本钱，恰如苏珊·朗格所说，只有哲学化的'明晰'和'完整'的概念。他们擅长的方法也就是逻辑的演绎和形而上学的推理。这种以超验为特点的文学理论可批量生产出所谓的'文学理论家'，但这些理论家往往与文学审美较为隔膜。这就造成一种偏颇：文学理论往往是脱离文学创作经验、无力解读文学文本的"[18]。这种对西方现当代文学理论家的才能的指责是不符合事实的。事实上，即使西方现当代文学理论无力解读文学文本，也与西方现当代文学理论家的能力无关。孙绍振特别批判了伊格尔顿，认为1980年代以来规模空前的西方当代前卫文学理论堂而皇之地否认文学的存在，伊格尔顿就直截了当地宣告，文学这个范畴只是特定历史时代和人群的建构，并不存在文学经典本身。"号称文学理论,但却否认文学本身的存在,还被当成文学解读的权威经典,从而造成文学解读和教学空前的大混乱,无效和低效遂成为顽症"[19]。这是很不准确的。伊格尔顿既没有否认文学本身的存在,也不乏文学创作才能。

首先,伊格尔顿并没有否认文学经典本身的存在,而是认为价值评定是千变万化的。他指出:"这并不是说所谓的'文学准则'——'无可非议的'民族文学的'伟大传统',必须认作是在某一时期,因某些原因,而为某些人所形成的一种'结构'。说一部分文学作品或一种文学传统的价值在其自身,而不考虑任何人对它会说些什么或将说些什么,纯属无稽之谈。"[20]在这里,伊格尔顿并没有孙绍振所批判的否认了文学经典本身的存在,而是他认为被称为文学的东西是一个极不稳定的实体。伊格尔顿只是强调了所有的文学作品都是由阅读它们的社会"再创作"的,而没有否定文学作品本身的存在。伊格尔顿认为,"不仅是文学并不像昆虫存在那样存在着,它得以形成的价值评定因历史的变化而变化,而且,这些价值评定本身与社会意识形态有着紧密的联系。它们最终不仅指个人爱好,还指某些社会阶层得以对他人行使或维持权力的种种主张"[21]。可见,他并不否认文学的客观存在。"文学或许是一个哲学上的可疑概念,但它仍然是一个有影响力的客观存在的事实"[22]。

其次,伊格尔顿不仅重视文学文本的细读,而且还先后出版了研究莎士比亚的文学批评专著《莎士比亚与社会》和研究勃朗特姐妹的文学批评专著《权力的神话》。在文艺创作上伊格尔顿也颇有才华:在青年时代创作并发表了一些诗歌,在中年以后创作了小说《圣徒与学者》和戏剧(包括《布莱希特及其剧团》《白色、金色和坏疽》《不翼而飞》《上帝的蝗灾》《圣奥斯卡》),还和德里克·贾曼合作过一部关于维特根斯坦的电影。应该说,伊格尔顿也是名副其实的诗人、小说家和戏剧家。

最后,伊格尔顿还强调文学的外部研究和文学的内部研究的相互交错,并在理论上出版了总结文本细读经验的文学理论专著《如何读一首诗》。伊格尔顿认为,内容分析本身很好,但它并不是文学批评。而"为了读好一首诗,你必须学会听它的语调、感受它的文采、感悟它的节奏或情绪上的变化"[23]。

西方当代文艺理论家巴赫金、阿多诺、本雅明、詹姆逊、克里斯蒂娃、哈特曼、德里达、德曼在做细读上都很出色。这恐怕不能说西方现当代文学理论家相对缺乏创作才能和体验，并对于具体文学作品的解读"一筹莫展"吧？

孙绍振批评西方现当代文学理论在解读文学文本上低效或无效是笼统的。首先，西方现当代文学理论在文学文本解读上是否都是低效或无效的？这恐怕不能一概而论。西方现当代文学理论在增强有效解读文学文本上是有很多发现的。中国当代文学批评界是全盘否定西方现当代文学理论，还是拿来以后再去芜存菁？其次，西方现当代文学理论是在文学文本解读上低效或无效是文学理论自身的缺陷，还是具体西方现当代文学理论的局限，这是有根本区别的。中国当代文学批评界可以尖锐批判西方现当代文学理论的具体缺陷，但却不能否定文学理论本身。

孙绍振曾指出，早在20世纪中期，美国当代文学理论家勒内·韦勒克和奥斯汀·沃伦就曾宣告：多数文学理论家"在遇到要对文学作品作实际分析和评价时，便会陷入一种令人吃惊的一筹莫展的境地"。此后50年，西方文学理论走马灯似的更新，但情况并未改观。这导致西方文学理论在20世纪后期出现了否定文学存在的危机。[24]与勒内·韦勒克和奥斯汀·沃伦相比，孙绍振对西方现当代文学理论否定得更加彻底。勒内·韦勒克和奥斯汀·沃伦指出，由于对文学批评的一些根本问题缺乏明确的认识，多数文学理论家"在遇到要对文学作品作实际分析和评价时，便会陷入一种令人吃惊的一筹莫展的境地"。这只是他们批判了过去的文学史家，因为这些文学史家由于过分地关注文学的背景，对于作品本身的分析很不重视；而在近年来则出现了与此相对的一种健康的倾向，"那就是认识到文学研究的当务之急是集中精力去分析研究实际的作品"[25]。勒内·韦勒克和奥斯汀·沃伦将西方现当代文学理论分为所谓的文学的外部研究和所谓的文学的内部研究这两种类型，认为文学的外部研究对文学文本解读是低效或无效的，而文学的内部研究则对文学文本解读是有效或高效的。这是对文学的外部研究的贬低和对文学的内部研究的抬高。其实，西方现当代文学理论在文学文本解读上低效或无效是因为西方现当代文学理论没有将文学的外部研究和内部研究有机地统一起来，是因顾此失彼造成的。20世纪以来，西方文艺理论就经历了从"外部研究"到"内部研究"，最后又返回到"外部研究"的复杂过程。因此，孙绍振对西方现当代文学理论的全盘否定无助于中国当代文学理论找到克服文学理论危机的根本出路。

最后，孙绍振在尖锐批判西方现当代文学理论的同时贬低了文学理论，认为文学理论是贫乏、不完全的，甚至总是落伍于文学创作和阅读实践，不能有效地解读文学文本。这是站不住脚的。

孙绍振鲜明地提出，文学理论"从哲学美学中独立出来，通向独立的文学文本解读学"。这种独立的文学文本解读学夸大文学理论与文学文本个案之间的矛盾，提出超越普遍的文学理论，认为"不可回避的悖论是，文学文本个案以独一无二、不可重复为生命，但文学理论是对无数唯一性的概括。在此意义上，二者互不相容"[26]。这种文学文本解读学虽然将排斥文学理论的文学批评理论提升为文学理论形态了，但却将这种片面的文学批评理论推向了极端。

（一）孙绍振认为文学理论带着超越感性的性质，既有上升为理性的可能，又有脱离文本、腾空而为的空话，成为遮蔽的框框的可能。而西方当代那些纯粹从理论到理论的文学理论就文学文本解读的要求而言，就算是没有偏颇，也是空洞的、无血肉的骨架。文学理论只有在文本的解读过程中才能获得血肉和灵魂。文学理论应该是开放的，应该从文本解读的深化中获得生命，一味封闭，则不可避免地面临李欧梵所说的"城堡在而理论亡"的结局。

（二）孙绍振认为文学理论是贫乏、不完全的。文学理论是对事实（实践过程）的普遍概括，其内涵不能穷尽实践的全部属性。孙绍振指出："文学理论的生命来自创作和阅读实践，文学理论谱系不过是把这种运动升华为理性话语的阶梯，此阶梯永无终点。脱离了创作和阅读实践，文学理论谱系必定是残缺和封闭的。问题的关键在于，文学理论对事实（实践过程）的普遍概括，其内涵不能穷尽实践的全部属性。与实践过程相比，文学理论是贫乏、不完全的，因而理论并不能自我证明，实践才是检验真理的准则。"[27]

孙绍振在夸大文学理论与文学作品之间的矛盾时贬低了文学理论。这种对文学理论的贬低是不符合人的认识规律的。列宁深刻地指出："一切科学的（正确的、郑重的、不是荒唐的）抽象，都更深刻、更正确、更完全地反映自然。从生动的直观到抽象的思维，并从抽象的思维到实践，这就是认识真理、认识客观实在的辩证途径。"[28]科学的文学理论不仅植根于具体文学作品，而且吸收具体的艺术创造成果，绝不会堕落为智力的游戏。伊格尔顿对这种轻视文学理论的倾向进行了有力的批判。首先，伊格尔顿认为文学理论不是细读的障碍。伊格尔顿明确地指出："成为细读的障碍的不是理论，而是经验本身的商品化。"[29]这是十分深刻的。他还相当鄙视那些反对理论的倾向，认为"许多对理论的反对要么错误，要么微不足道"[30]。其次，伊格尔顿认为，文学理论是文学批评的高级形式，文学理论做细读工作的能力胜过实践批评。伊格尔顿不仅认为文学理论是文学批评的高级形式，是任何人都可以参与进来的，而且认为文学理论"不应只将自己解释成批评的高级形式。但是当它分析文本的时候，文本仍然可以被充分地把握"[31]。

伊格尔顿牢记文学批评家在社会分工中本应承担的社会责任，深刻地指出："在文化实践领域内工作的人不会错把自己的活动看作是绝对重要的。男人女人都不是光靠文化过活的，在历史上绝大多数人从来都没有靠文化过活的机会，现在少数人之能幸运地靠文化过活是由于那些不能这样做的人的劳动。任何文化或批评的理论如果不从这个最重要的事实出发，并始终牢记这一点，我看，那是没有多大价值的。没有一份文化的文献同时不是野蛮的状态的记录。"[32]在这个基础上，伊格尔顿认为，文学批评家是对修辞的细析和公共话语两方面意义进行理想结合的特殊人物，并高度肯定了奥尔巴赫、巴赫金、燕卜荪、瑞恰慈和萨义德这些文学批评家的角色的巨大变化。而孙绍振则极为忽视文学批评家的社会责任，不仅否定了这些西方当代文学批评家的角色的巨大变化，而且企图倒转这个历史发展。孙绍振突出强调了文学文本解读学与文学理论的分化，认为文学理论越发达，文学文本解读越无效，而独立的文学文本解读学则往形而下的感性方面还原，注重审美的感染力，能够揭示出文学文本的特殊和唯一，能够有效地阐释文学文本。[33]这不仅割裂了文学批评在修辞的细析和公共话语这两方面的有机统一，而且无法甄别属于未来的文学与即将没落的文学，甚至无法判断不同文学的是非和价值高下优劣。这是同以晚年鲁迅的文学批评为代表的中国现当代文学批评优秀传统背道而驰的。

在中国现代文学批评史上，晚年鲁迅的文学批评既有文艺理论的彻底，也有文艺批评的透彻。然而，中国当代文学批评界却很少系统而深刻地总结晚年鲁迅的文学批评并发扬光大之，反而在"重写文学史"中不断消解这种优秀传统。晚年鲁迅在文学批评上之所以透彻，是因为他通过翻译、阅读科学的文艺理论，明白了先前的文学史家们说了一大堆还是纠缠不清的疑问，并纠正了他只信进化论的偏颇。[34]这种在文艺理论上的提高或彻底相当有助于鲁迅透彻地解读文学文本。中国当代文学批评只有深刻地总结类似晚年鲁迅的文学批评，并沿着晚年鲁迅开辟的文学批评道路继续前进，才能有文艺批评上的透彻。

晚年鲁迅在文学批评家的社会责任上是自觉的而不是模糊的。鲁迅严格地甄别了属于未来的文学与即将没落的文学，并在这个基础上既热烈地主张着所是，也热烈地攻击着所非。1933年，鲁迅敏锐地看到"躲避时事"的"小摆设"与"杀出血路"的小品文是不同的。鲁迅不仅深刻地指出这两种小品文虽然都能给人愉快和休息，但是，"躲避时事"的"小摆设"将粗犷的人心磨得平滑即由粗暴而变为风雅，是抚慰与麻痹，而"杀出血路"的小品文则是劳作和战斗之前的准备，是休养，而且从身处风沙扑面、虎狼成群之境的人的根本需要出发，认为前者是小品文的末途，后者是生存的小品文。[35]1936年，鲁迅在推荐诗人白莽的诗集《孩儿塔》时认为："这《孩儿塔》的出世并非要和现在一般的诗人争一日之长，是有别一种意义在。这是东方的微光，是林中的响箭，是冬末的萌芽，是进军的第一步，是对于前驱者的爱的大纛，也是对于摧残者的憎的丰碑。一切所谓圆熟简练、静穆幽远之作，都无须来作比方，因为这诗属于别一世界。"[36]为什么诗集《孩儿塔》"属于别一世界"，而所谓"圆熟简练、静穆幽远之作"不属于这"别一世界"？在白色恐怖笼罩下，晚年鲁迅虽然没有进一步地界定别一世界和别一种意义，但却在向往别一世界时肯定了诗集《孩儿塔》有别一种意义在，同时还揶揄了当时一般的诗人和所谓圆熟简练、静穆幽远之作，至少明确地指出了当时世界和当时一般的诗人不是属于未来的。同时，晚年鲁迅并没有停留在对属于未来的文学与即将没落的文学的甄别上，而是在深入解剖所谓圆熟简练、静穆幽远之作的基础上深刻地批判了那种推崇圆熟简练、静穆幽远之作的歪理邪说。

与美学家朱光潜相比，鲁迅不仅在文艺理论上是彻底的，而且在文艺批评上也是透彻的。在解读晋代诗人陶潜上，鲁迅就比朱光潜全面深刻。1936年，鲁迅尖锐地批判了朱光潜对诗人陶潜的解读。鲁迅认为，陶潜就是诗，除"悠然见南山"之外，也还有"精卫衔微木，将以填沧海，刑天舞干戚，猛志固常在"之类的"金刚怒目"式，在证明着他并非整天整夜的飘飘然。

这"猛志固常在"和"悠然见南山"的是一个人，倘有取舍，即非全人，再加抑扬，更离真实。因而，鲁迅认为，朱光潜对诗人陶潜的把握既不全面也不准确。在这个基础上，鲁迅进一步批判了朱光潜的艺术理想。鲁迅认为，"鼎在当时，一定是干干净净，金光灿烂的，换了术语来说，就是它并不'静穆'，倒有些'热烈'。这一种俗气至今未脱，变化了我衡量古美术的眼光，例如希腊雕刻罢，我总以为它现在之见得'只剩一味醇朴'者，原因之一，是在曾埋土中，或久经风雨，失去了锋棱和光泽的缘故，雕造的当时，一定是崭新，雪白，而且发闪的，所以我们现在所见的希腊之美，其实并不准是当时希腊人之所谓美，我们应该悬想它是一件新东西"[37]。希腊雕刻即使"只剩一味醇朴"，也是历史沉淀的结果。鲁迅认为朱光潜"立'静穆'为诗的极境，而此境不见于诗，也许和立蛋形为人体的最高形式，而此形终不见于人一样"。这种对文艺作品的历史批评是透彻的，而文学文本解读学则很难看到文艺作品的历史变化，很有可能误读文艺作品。

参考文献：

[1] 陈晓明：《元理论的终结与批评的开始》，《中国社会科学》2004年第6期。

[2] 转引自饶翔：《文艺批评如何更有力有效》，《文艺报》2012年2月2日。

[3][4] 陈晓明等：《当下的批评是不是学问》，《人民日报》2014年8月15日。

[5] 里奥奈罗·文杜里著，迟轲译：《西方艺术批评史》，江苏教育出版社，2005，第4、13页。

[6][25] 勒内·韦勒克、奥斯汀·沃伦著，刘向愚等译：《文学理论》，文化艺术出版社，2010，第32-33、149-150页。

[7][17][22][23][29][31] 特里·伊格尔顿著，王杰、贾洁译：《批评家的任务》，北京大学出版社，2014，第176-178、207、178、271、166、113页。

[8][16][20][21][32] 特里·伊格尔顿著，刘峰等译：《文学原理引论》，文化艺术出版社，1987，第2页、第229-230页、第14页、第1-20页、第250页。

[9] 张江:《当代文论重建途径——由"强制阐释"到"本体阐释"》,《中国社会科学报》2014年6月16日。

[10][11][18][19][24][26][27][33] 孙绍振:《文论危机与文学文本的有效解读》,《中国社会科学》2012年第5期。

[12][13][14] 高建平:《文学理论的历史如何可能?》,《湖北大学学报》2014年第4期。

[15] 中共中央马克思、恩格斯、列宁、斯大林著作编译局:《马克思恩格斯选集》第1卷,人民出版社,1995,第99页。

[28] 列宁:《列宁全集》第55卷,人民出版社,1990,第142页。

[30] 特里·伊格尔顿著,商正译:《理论之后》,商务印书馆,2009,第98页。

[34][35] 鲁迅:《鲁迅全集》第4卷,人民文学出版社,1981,第6页、第575-577页。

[36][37] 鲁迅:《鲁迅全集》第6卷,人民文学出版社,1981,第494页、第422页、第428页。

第四节 当代社会转型与文艺理论发展

随着中国当代社会的转型,中国当代文艺理论界出现了对西方现当代文艺理论从基本肯定到基本否定的转向。

过去,有些文艺理论家基本肯定了西方现当代文艺理论,认为西方现当代文艺理论是人类文艺理论发展的最高阶段。有的文学批评家宣称,现代文学理论和现代物理学、现代化学一样,是西方创立的学科,更准确地说,它是现代知识大转型的一部分,无论西方还是东方,都在进行着现代知识转型,只是现在这个过程表现为自西方向东方运行而已;西方当代文学理论已经取得相当高的成就,中国当代文学理论除了认真学习以外,没有必要急着说"自己的话"。[1]有的文艺理论家进一步地认为,西方当代文艺理论"总体上对人类思想文化的发展和进步起到了一定的推动作用""整个20世纪西方资本主义国家创造的生产力远远超过前两个世纪自由资本主义创造的生产力的总和。在此意义上，资本主义社会仍取得了重要的经济进步。与此相适应，西方资本主义的精神文化也取得了新的进展。……从总体上说，当代西方文化的基本趋向是在19世纪的基础上曲折前进的，它体现了历史的进步，而不是倒退。对当代西方文论，总体上亦应作如是观。虽然它贯穿着离经叛道的反传统倾向，但是，总的看来，它对传统西方文论仍有所继承，并在继承基础上有一系列重大的推进和超越"。而"20世纪西方文论也在理论上从各个方向向资本主义的现代异化发起攻击。可以说，揭露、批判现代资本主义（从制度到思想文化），已成为当代西方文论的主旋律"。西方当代文艺理论是西方思想文化中的"异端"。[2] 这种对西方当代文艺理论的高度肯定是中国当代文艺理论家在以模仿挪移为主的赶超阶段盲目崇拜西方当代文艺理论的结果。

而有些文艺批评家则基本上否定了西方当代文艺理论，认为西方当代文艺理论是架空的理论和场外理论的简单挪移。有的文艺理论家尖锐地批判了西方当代文艺理论的美学化、哲学化的倾向，认为西方当代前卫文艺理论虽然号称文学理论，但却否认文学本身的存在，且被当成文学解读的权威经典，从而造成文学解读空前的大混乱，低效和无效遂成为顽症；这种西方当代文学理论不是建立在创作和解读的基础上，而是偏执于把文学理论当作一种知识谱系。因此，这种文学理论是架空的理论，"往往是脱离文学创作经验、无能解读文本的"。这种以超验为特点的文学理论虽然可以批量生产出所谓的"文学理论家"，但这些文学理论家对文学审美规律却是一窍不通的，在不少权威那里，还有不可救药的性质；"在创作和阅读两个方面脱离了实践经验，就不能不在创作论和解读的迫切需求面前闭目塞听，只能是从形而上的概念到概念的空中盘旋，文学理论因而成为某种所谓的'神圣'的封闭体系。在不得不解读文学文本时，便以文学理论代替文学解读学"[3]。有的文艺批评家则进一步认为，西方当代文艺理论颠倒了实践与理论的关系；西方当代文艺理论的生长不是基于文学实践，而是基于理论自身的膨胀，基于场外理论的简单挪移，而文艺批评则不是依据文本得出结论，而是从抽象的原则出发，用理论肢解文本，让结论服从理论。这位文艺批评家认为"强制阐释"这四个字足以概括西方当代文艺理论的根本缺陷，并将西方当代文艺理论的这种"强制阐释"概括为四个特征："第一，场外征用。广泛征用文学领域之外的其他学科理论将之强制移植到文论场内，抹煞文学理论及批评的本体特征，导引文论偏离文学。第二，主观预设。论者主观意向在前，预定明确立场，无视文本原生含义，强制裁定文本的意义和价值。第三，非逻辑证明。在具体批评过程中，一些论证和推理违背了基本的逻辑规则，有的甚至是明显的逻辑谬误，所得结论失去依据。第四，混乱的认识路径。理论构建和批评不是从实践出发，从文本的具体分析出发，而是从既定理论出发，从主观结论出发，颠倒了认识与实践的关系。"[4]这种对西方当代文艺理论的猛烈批判是中国当代文艺理论家在中国当代社会转型阶段盲目排斥西方当代文艺理论的产物，而不是对西方当代文艺理论的科学把握。

在中国当代社会转型阶段，中国当代文艺理论如何适应这个变革的进步的时代？如何科学发展？

中国当代文艺理论家在推动中国当代文艺理论的发展时，不能只是重视古今和中外文艺理论之间的相互影响，还要及时而又集中地反映中国当代社会转型阶段人民对文艺的根本要求。这是中国当代文艺理论家不可推卸的社会责任。

随着中国当代社会转型，广大人民对文艺的根本要求发生了巨大变化。不少作家艺术家敏锐地意识到了这种巨变，进行了与时俱进的艺术调整。文艺理论家在重视古今和中外文艺理论之间的相互影响的同时要及时而又集中地反映中国当代社会转型阶段人民对文艺的根本要求。但是，中国当代社会改革开放后，文艺理论界一直偏重古今和中外文艺理论之间的相互影响，却相对忽视这个历史阶段的人民对文艺的根本要求。无论是提出中国古代文艺理论的"现代转换"，还是提出西方当代文艺理论的中国化，文艺理论界都是停留在古今和中外文艺理论之间的相互影响上，基本上忽视了这个历史阶段的人民对文艺的根本要求，因而收效微乎其微。

其实，文艺理论不仅深刻反映不同时代的民族和阶级或集团对文艺的根本要求，而且集中反映不同时代的民族和阶级或集团的审美需要和审美理想。正如前文所论，马克思、恩格斯在把握人类的社会分工时深刻地指出：分工以精神劳动和物质劳动的分工的形式在统治阶级中间表现出来，"在这个阶级内部，一部分人是作为该阶级的思想家出现的，他们是这一阶级的积极的、有概括能力的玄想家，他们把编造这一阶级关于自身的幻想当作主要的谋生之道，而另一些人对于这些思想和幻想则采取比较消极的态度，并且准备接受这些思想和幻想，因为在实际中他们是这个阶级的积极成员，很少有时间来编造关于自身的幻想和思想"[5]。这就是说，思想家包括文艺理论家是从事精神劳动的，不仅从属于他们所属的阶级，而且积极编造本阶级的幻想和思想。马克思、恩格斯坚决反对把统治阶级的思想与统治阶级本身分割开来，认为这会使统治阶级的思想独立化。马克思、恩格斯深入地批判了这种统治阶级的思想独立化的严重后果，认为这是社会虚假意识形态产生的思想根源。因此，从事精神劳动的文艺理论家不仅要深刻反映不同时代的民族和阶级或集团对文艺的根本要求，而且要集中反映不同时代的民族和阶级或集团的审美需要和审美理想。

英国当代文艺理论家特里·伊格尔顿在深刻把握西方现代文学理论同西方社会的政治制度的特殊关系的基础上，尖锐地指出：西方现代文学理论"在有意或无意地帮助维持这个制度并加强它"。在深刻把握西方当代文学理论的意识形态属性的基础上，特里·伊格尔顿进一步指出："即使是在避开各种现代意识形态的行动中，文学理论也表现出它与这些意识形态往往是无意识的牵连，并且恰恰是在它运用文学文本时认为是很自然的那种'美学的'或'非政治的'语言中暴露出它的优越感、性别歧视或个人主义。"因此，特里·伊格尔顿认为，"真正应该反对的是文学理论中所包含的政治性质"[6]。特里·伊格尔顿还深入地把握了美学的政治史，认为："美学不是简单的艺术或艺术产品，而是工艺品特有的意识形态在18世纪盛行的方式。"这就是说，"美学不等同于任何艺术话语，它指的是一个非常具体的历史话语，这个历史话语开始于18世纪，并设法以一种贴合早期资本主义意识形态的方法来重建艺术作品"[7]。因此，中国当代文艺理论界无论是批判西方当代文艺理论，还是发展当代文艺理论，都不能阉割文艺理论的意识形态属性，而应在把握文艺理论的意识形态属性的基础上，及时而又集中地反映中国当代社会转型阶段的人民对文艺的根本要求。

随着中国当代社会转型，中国当代文艺理论将从三个方面发展。

第一，中国当代社会转型不仅是从以模仿挪移为主的赶超阶段转向以自主创新为主的创造阶段，而且是促进社会的共同发展。随着中国当代社会转型，不少作家艺术家进行了艺术调整，自觉地把主观批判和历史批判有机结合起来，把批判的武器和武器的批判有机统一起来。他们不是汲汲挖掘中国当代社会转型阶段的人民的保守、封闭的痼疾,而是在批判这些保守、封闭的痼疾的同时有力地表现了中国当代社会转型阶段的人民创造历史和推动历史发展的伟大力量。中国当代文艺理论不仅在把握和肯定作家艺术家的艺术调整中发展,而且在推动广大作家艺术家与时俱进的艺术调整中发展。

第二,中国当代社会反腐斗争在很大程度上是清除阻碍中国当代社会转型的障碍。人类历史发展既有较残酷的形式,也有较人道的形式。历史的发展只有采取较人道的形式,才真正符合广大人民群众的根本利益。在整个世界当代历史发展中,中国当代社会转型是竭力摈弃采取较残酷的形式的历史发展,尽可能采取较人道的形式的历史发展。而腐败势力却极力阻碍这种中国当代社会转型,无疑是中国当代社会转型的绊脚石。文艺理论家岂能置身反腐斗争以外?岂能对那些肆意采取较残酷的形式的腐败势力听之任之?因此,中国当代文艺理论只有猛烈批判采取较残酷的形式的历史发展,积极推动中国当代社会转型,才能科学发展。

第三,中国当代文艺理论应在促进中国当代民族文艺发展观的完善中发展。在中国当代社会转型阶段,中国当代民族文艺既不能在发展中作茧自缚,也不能在纷乱中迷失自我,而是在世界文艺发展的格局中把握中国当代民族文艺的前进方向。中国当代作家艺术家的艺术创造不仅是民族的,而且是世界的。中国当代作家艺术家应与中国当代社会转型阶段相适应,创造出对人类文艺发展做出独特贡献的民族文艺作品。否则,中国当代文艺将很难成为世界当代文艺的重要组成部分。也就是说,如果一个民族的当代文艺没有推动世界文艺的有序发展,就不可能在世界文艺中占有重要地位并产生重要影响。中国当代文艺理论不仅积极促进中国当代民族文艺在大胆吸收一切外来文艺的有益养分的基础上克服民族文艺的狭隘局限,而且积极推动中国当代民族文艺融入世界进步文艺中,并为人类文艺的发展做出自己独特的贡献。

但是,曾几何时,中国当代文艺理论界却存在阉割文艺理论的意识形态属性的倾向。这严重地制约了中国当代文艺理论的科学发展。有的文艺批评家认为,现代文艺理论和现代物理学、现代化学一样,是西方创立的学科,更准确地说,它是现代知识大转型的一部分,无论西方还是东方,都在进行着现代知识转型,只是现在这个过程表现为自西方向东方运行而已。[8]因此认为,现代文艺理论是世界现代知识大转型的一部分,并不具有意识形态属性。

甚至有的文艺批评家认为，存在一种所谓科学的、客观的文艺理论，可以从根本上阐释一切文艺现象，正如门捷列夫化学元素周期表那样的理论，既与现实相吻合，又能预见文学发展的必然趋势；只是现在还没有找到这样的文艺理论而已，这正如冯友兰所认为的，"存在必有存在之理"，"未有飞机之前，已有飞机之理"；"飞机之理"是早已客观存在的，但也只有到近代人类才认识到这个理，并开始依据这个理来设计制造飞机；因此，不能说"飞机之理"是近代才诞生的，而只能说关于飞机之理的认识是直到近代才诞生的；所以说，文艺之理与文艺理论之间也应当是这种关系。[9]可以说，这是没有区别属于意识形态的文艺理论与不属于意识形态的"飞机之理"，是混淆了两种不同对象，完全阉割了文艺理论的意识形态属性的认识。这种阉割文艺理论的意识形态属性的倾向在一定程度上造成了文艺理论的灰色化。

21世纪以来，中国当代文艺批评界出现了贬低文艺理论的倾向。有的文学批评家提出了文学理论贫乏论，认为文学理论的生命来自文学创作和阅读实践，文学理论谱系不过是把这种运动升华为理性话语的阶梯，此阶梯永无终点；文学理论谱系如果脱离了文学创作和阅读实践，就必定是残缺和封闭的："文学理论对事实（实践过程）的普遍概括，其内涵不能穷尽实践的全部属性。与实践过程相比，文学理论是贫乏、不完全的，因而理论并不能自我证明，实践才是检验真理的准则。"[10]这种认识不仅认为文学理论只是对文学创作和阅读实践的概括，而且认为文学理论是贫乏、不完全的。有的文艺批评家则提出了文艺理论局限论，认为文艺理论与文艺现象是冲突的；这就是文艺理论从自足的理论体系而言，它是言之凿凿、自成一体的，但一旦与现象、现实相比照，就显得那么苍白、困窘；从理论自身来说，理论越有概括力，便越抽象、越苍白，这是因为理论所取的是共性，在择取共性的同时个性则被舍弃，所以共性有遮蔽个性的危险；这是文艺理论作为一种理论的形态所天然具有的局限。[11]

在贬低文艺理论上，文艺理论局限论和文学理论贫乏论是如出一辙的。正如前文所论述的，有的文学批评家提出了"本体阐释"论，认为当代文学理论的发展始终没有解决好理论与实践的关系；一些西方当代文学理论脱离文学实践，相当程度上源自对其他学科理论的直接"征用"，而中国当代文学理论脱离文学实践则表现为对西方当代文学理论的生硬"套用"；从这个意义上讲，东西方的文学理论和文学实践都处于一种倒置状态。因此，"本体阐释"论认为，当代文学理论发展必须重新校正长期以来被颠倒的理论和实践的关系，抛弃一切对场外理论的过分倚重，从对先验理论的追逐回到对文学实践的认识，让文学理论归依文学实践。而文学理论要成为科学，要对无限产出的文本作科学严谨的批评，必须"以文本为中心，对单个文本的阐释做出分析，对大批量文本的阐释做出统计，由个别推向一般，上升飞跃为理论"[12]。这种"本体阐释"论虽然没有直接贬低文艺理论，但却与文学理论贫乏论和文艺理论局限论一样，狭隘地把握了文艺理论与文艺创作的关系，认为文艺理论只是文艺创作的概括和归纳。这既不符合文艺理论产生的规律，也间接地贬低了文艺理论。

如果文艺理论只是文艺创作的概括和归纳，就只能跟在文艺创作后面跑，甚至被层出不穷的现象所淹没。有的文艺理论家就在这样狭隘地把握文艺理论与文艺创作的关系时陷入了自相矛盾。有文艺理论家一方面认为艺术批评的规范是从艺术的历史发展和艺术的现实生成的实际存在中概括、总结出来的，另一方面又认为艺术批评是在一定审美理想支配下对艺术现象、艺术作品所做的阐释与评价，而这种审美理想则是审美领域对于有缺陷的现实的超越，即对丑的或不够美的事物的超越，对更美的事物的憧憬和追求，并不来自对文艺的历史发展和文艺的现实生成的实际存在的概括、总结。[13]这就是说，艺术批评的规范并不是从文艺的历史发展和文艺的现实生成的实际存在中概括、总结出来的。

康德在论艺术天才时指出，虽然艺术独创是艺术的第一特性，但这种艺术独创却既有可能是有意义的，也有可能是无意义的。[14]如果文艺理论只是概括和归纳天才的诸作品，就无法在辨别有意义的文艺创新和无意义的文艺创新的基础上批判那些无意义的文艺创新。法国当代文艺理论家茨维坦·托多洛夫在倡导对话批评时认为，文艺批评是对话，"是关系平等的作家与批评家两种声音的相汇"[15]。在这种文艺批评对话中，文艺理论家与作家艺术家的关系是平等的。

如果文艺理论家完全跟在文艺创作后面跑，就不可能与作家艺术家平等对话，而有可能是"颂赞"满天飞。这就会极大地降低文艺理论家的地位。这种对文艺理论家的轻视甚至忽视在文艺批评中常常表现为排斥文艺理论的倾向。文学批评家陈晓明就曾明确地宣称，文学批评活动不能拿着理论的条条框框教条化地去套具体的文本时，不能用既定的理论去要求作家照样创作："理论只具有思维方式的意义，即是说，在面对具体的文学创作、具体的作品文本时，所有的理论成见都要抛开，所有现成的理论结论都不具有权威性和绝对性，而是要回到文本的具体阐释，从中发现文本的意义，或者提炼出文本的理论素质。"[16]这种对文艺理论家的轻视甚至忽视恐怕是中国当代文艺理论界中青年文艺理论人才严重凋零的重要原因。

中国当代文艺理论界必须清除这些文艺理论发展的误区，否则，就难以推进当代文艺理论的科学发展。中国当代文艺理论不仅及时而又集中地反映中国当代社会转型阶段的人民对文艺的根本要求，而且在推进中国当代文艺批评的有序发展中发展。

首先，中国当代文艺理论在深入解决文艺批评的理论分歧中发展。

在文艺批评史上，不少文艺批评的分歧究其实质是理论分歧。20世纪80年代早期，中国当代文艺批评界在把握"朦胧诗"时分化了。1980年代初，文艺批评家孙绍振在肯定"朦胧诗"的创作倾向时认为，这是一种新的美学原则在崛起，"与其说是新人的崛起，不如说是一种新的美学原则的崛起"。这种新的美学原则主要是这批崛起的青年诗人不仅是对理想主义的失望情绪的自然流露，而且是"不屑于做时代精神的号筒，也不屑于表现自我感情世界以外的丰功伟绩"。这批崛起的青年诗人不是直接去赞美生活，而是追求生活溶解在心灵中的秘密。而文艺批评家程代熙则尖锐地批判了这种新的美学原则，认为这种新的美学原则根本不是什么"新的美学原则"，而是步了西方现代主义文艺的足迹的自我表现论。程代熙尖锐地指出，不仅"抒人民之情"和诗人的"自我表现"是两种相互排斥的艺术观，而且人民之情和诗人的"自我之情"是存在鸿沟的。"我们丝毫不反对艺术表现人性。我们关心的是艺术家的人性、诗人的人性和人民大众的人性是否相通，或者是否基本相通。如果诗人的人性和人民大众的人性南辕北辙，或者诗人根本不关心人民的痛痒，则不管诗人个人的感情如何的丰满，他个人的悲欢如何的非比寻常，甚至把他个人的心灵世界全部敞开，也终因和人民大众缺少'灵犀一点'，而不能相通。"[17]程代熙对孙绍振所提出的"新的美学原则"的质疑凸显了文艺批评界的理论分歧。

21世纪初期，文艺理论家王元骧力求解决多年没有解决的程代熙与孙绍振的理论分歧，提出了文艺的审美超越论。王元骧认为，文学作品所表达的审美理想愿望不仅仅只是作家的主观愿望，同样也是对广大人民群众的意志和愿望的一种概括和提升。这种将作家的主观愿望完全等同于广大人民群众的意志和愿望的审美超越论不仅妨碍广大作家深入人民创作历史活动并和这种人民创作历史活动相结合，而且在当代社会是不可能实现的。在中国当代社会，作家的主观愿望与广大人民群众的意志和愿望是不可能完全吻合的。既然作家的主观愿望与广大人民群众的意志和愿望不是完全等同的，那么，作家的主观愿望是如何成为广大人民群众的意志和愿望的概括和提升的？难道是自然吻合的？王元骧认为："文学作品所表达的审美理想愿望自然是属于主观的、意识的、精神的东西，但它之所以能成为引导人们前进的普照光，就在于它不仅仅只是作家的主观愿望，同样也是对于现实生活的一种反映，因为事实上如同海德格尔所说的'形而上学是此在内心的基本形象'，'只消我们生存，我们就是已经处在形而上学中的'。理想不是空想，它反映的正是现实生活中所缺失而为人们所热切期盼的东西，在这个意义上，作品所表达的审美理想从根本上说都是以美的形式对于现实生活中人们意志和愿望的一种概括和提升，所以鲍桑葵认为'理想化是艺术的特征'，'它与其是背离现实的想象的产物，不如说其本身就是终极真实性的生活与神圣的显示'，是现实生活中存在于人们心灵中的一个真实的世界，是人所固有的本真生存状态的体现，它不仅是生活的反映，而且是更真切、更深刻的反映，它形式上是主观的，而实际上是客观的。"[18]这实际上是认为广大作家在文学创作中只要挖掘自我世界就可以了。

这种将作家的主观愿望完全等同于广大人民群众的意志和愿望的审美超越论不过是一种精致的自我表现论。首先，这种人所固有的本真生存状态是人生来就有的，还是人类历史发展的产物？这是很不同的。如果这种人所固有的本真生存状态是人生来就有的，那么，作家在文学创作中只要开掘自我世界就可以了。如果这种人所固有的本真生存状态不是人生来就有的，而是人类历史发展的产物，那么，作家所愿望看到的样子（"应如此"）与广大人民群众所愿望看到的样子（"应如此"）不可能完全相同，有时甚至根本对立。其次，在现实世界中，既然作家的主观愿望与广大人民群众的意志和愿望之间是存在很大差异甚至对立的，那么，这种历史鸿沟是如何填平或化解的？如果作家在审美超越中可以填平或化解这种历史鸿沟，那么，作家在文学创作中只要挖掘自我世界就行了。其实，人民之情和诗人的"自我之情"虽然存在差异甚至矛盾，但却不是绝对排斥的。作家虽然是从自我出发来写作的，即从自己感受最强烈的地方入手和写自己最有把握的那一部分生活，但是，作家感受最强烈的地方却是和整个社会生活分不开的，是整个社会生活的有机组成部分。作家如果局限在自己感受最强烈的地方，而不是从这个地方出发并超越这个地方，就很难反映出他所处时代的一些本质的方面。因而，广大作家应在作家的主观批判与人民的历史批判的有机结合、批判的武器与武器的批判的有机统一中化解人民之情和作家艺术家的"自我之情"的差异甚至冲突，而不是蜷缩在自我世界里深挖人所固有的本真生存状态。[19]正是在不断解决文艺批评的理论分歧中，中国当代文艺理论发展了。

其次，中国当代文艺理论在清理文艺批评的含混概念中发展。

在中国当代文艺批评中，不少似是而非的含混概念都是理论不彻底的产物。中国当代文艺理论只有彻底清理这些似是而非的含混概念，才能推进中国当代文艺批评的有序发展。不可否认，中国当代文艺批评在20世纪50年代崛起时的确存在简单粗暴和说理不够充分的地方，但是这些文艺批评却深刻反映了中国当代社会刚刚站起来的人民对文艺的根本要求。这样说是丝毫不过分的。但是，中国当代社会改革开放后，文艺理论界在高度重视文艺的审美特性时却阉割了文艺的意识形态属性。不少文艺批评家在回避文艺的意识形态属性时提出了一些似是而非的概念，"几零后"作家艺术家、"美女作家艺术家"这些以生理年龄和外貌特征为标准的外在标签和"灵魂写作""生命写作"这些似是而非的空洞概念满天飞，至今仍然流行。中国当代文艺理论界如果不清理这些似是而非的含混概念，就无法推进中国当代文艺批评的有序发展。

有的文学批评家认为，中国当代文学的缺失，首先是生命写作、灵魂写作的缺失。[20]这种文学批评貌似深刻，实则没有把握中国当代文学缺失的要害。作家的才能虽然有高低大小，但只要他是真正的文学创作，就是生命的投入和耗损，就是灵魂的淬炼和提升，不能不说是生命写作、灵魂写作。这种对中国当代文学缺失的判断没有深入区分生命写作、灵魂写作的好与坏、高尚与卑下，而是提倡生命写作、灵魂写作这些似是而非的含混概念，就不可能从根本上克服中国当代文学的缺失。

在世界文学史上，凡是伟大的文学作品都绝不会局限于反映某一社会阶层，而是在深刻把握整个历史运动的基础上尽可能反映广阔的社会阶层。然而，在中国当代文学批评界，有些文学批评家却不是深刻把握整个历史运动，而是热衷于抢占山头，甚至画地为牢，提出了"底层文学"这个狭隘的概念。2001年，中国当代文艺批评界有感于中国当代文坛所有最有活力、最有才华和最有前途的青年作家几无生活在社会底层的这种现象，尖锐地提出了中国当代作家直面现实、感受基层这个深入生活的方向。这个深入生活的方向既不是要求广大作家只写中国当代社会底层生活，也不是要求广大作家肢解中国当代社会。而"底层文学"这个概念却狭隘地划定文学创作范围，既肢解了中国当代社会，也限制了广大作家的视野。

首先，社会底层生活是整个社会生活不可分割的有机组成部分。社会底层民众的苦难就不完全是社会底层民众自己造成的。作家如果仅从社会底层民众身上寻找原因，就不可能深刻把握这种社会底层民众的苦难的历史根源。

其次，广大作家可以集中反映社会底层生活，但却不能完全局限于这种社会底层生活，而是应从这种社会底层生活出发而又超越这种社会底层生活。广大作家只有既有入，又有出，才能真正创作出深刻的文学作品，才能达到高远的艺术境界。可以说，中国当代文艺批评的一些似是而非的含混概念是一些文艺批评家刻意回避文艺的意识形态属性的结果。这种理论不彻底的文艺批评既不可能把握中国当代文艺的未来，也不可能推动中国当代文艺的科学发展。因此，中国当代文艺理论对这些似是而非的含混概念的批判和驳斥至关重要，既可以促进当代文艺的科学发展，也可以在推动当代文艺批评的有序发展中发展。

再次，中国当代文艺理论在梳理和总结中国当代文艺批评发展时既不能过于看重文艺批评家的社会身份，也不能过于重视文艺批评的社会影响，而是主要看文艺批评在这一有秩序的进程中的位置。

也就是说，中国当代文艺理论梳理和总结文艺批评既要看到文艺批评满足现实需要的程度，也要看到文艺批评在文艺批评发展史中的环节作用，并将这二者有机地结合起来。20世纪80年代以来，不少文艺批评家积极推动了中国当代文艺的发展。但是，有些文艺批评却将中国当代文艺引入歧途。20世纪90年代中后期，有的文学批评家提倡分享艰难的文学，认为："中国的发展乃是当代历史最为重要的目标，在这个发展的过程之中，为了社群的利益和进步的让步和妥协乃至牺牲都似乎变成了一种不得不如此的严峻选择，分享艰难的过程是比起振臂一呼或慷慨激昂更为痛苦也更为坚韧的。"这种文学批评不过是迎合中国当代历史发展的邪路而已。21世纪以来，不少有身份有影响的文艺批评家在文艺批评中掀起了一波又一波的中国当代文艺造神运动，打造了一座又一座的中国当代文艺"高峰"。有的文艺批评家把喜剧演员赵本山与世界喜剧艺术大师卓别林相提并论，认为赵本山和美国的卓别林是东西方两株葳蕤的文化大树，赵本山是从草根文化成长起来的葳蕤的文化大树。有的文艺批评家则宣称赵本山争到了农民文化的地位和尊严，悄悄地进行了一点点农民文化革命。有的文学批评家认为作家阎连科的长篇小说《受活》丝毫不逊色于长篇小说《百年孤独》，而女作家严歌苓的长篇小说《小姨多鹤》的文学成就则远远高于长篇小说《百年孤独》。有的文学批评家已不满足于把作家莫言和卡夫卡相提并论，而是认为莫言超越了卡夫卡，而作家贾平凹的长篇小说《秦腔》则在美学上超过了中国古代长篇小说顶峰《红楼梦》。不少文艺批评家在这种打造中国当代文艺高峰的造神运动中不仅与那些有地位有影响的作家艺术家形成了相互取暖的利害关系，而且攫取了额外利益并在很大程度上实现了他们的狭隘目的。这些文艺批评虽然是恶劣的，但却在日趋鄙俗化的当代文艺生态环境中占尽了风流。这严重地干扰甚至破坏了当代文艺批评的有序发展。因此，中国当代文艺理论应激浊扬清，清理这些影响恶劣的文艺批评，改善日趋鄙俗化的当代文艺生态环境，在推进当代文艺批评的有序发展中发展。

然而，有的文学批评家却宣告了元理论的终结，认同只有那些只是对文学批评的概括和归纳的具体文学理论。这位文学批评家指出，在欧美的文学批评活动中，"文学原理"常常只是对文学批评的概括和归纳。而"国外文学理论的这些发展，有供我们借鉴之处"[21]。这虽然没有完全否定那些国外的文学理论，但却认为"文学原理"只是对文学批评的概括和归纳。这种"文学理论"不仅无法甄别文学批评的优劣高下，而且将在根本对立的文学批评中无所适从。这些文学批评家强调，不是文学批评为文学立法，而是文学作品为文学立法。文学批评家在面对具体的文学创作、具体的作品文本时要抛开所有的理论成见，既不能拿着理论的条条框框教条化地去硬套具体的文本，也不能用既定的理论去要求作家照样创作。这不仅难以甄别文学作品的价值高下优劣，而且从根本上阉割了文学批评的规范功能。有的文艺理论家甚至认为文学理论是无力解读文学文本的，提出超越普遍的文学理论的文学文本解读学，关注个体而非类型，与西方当代文艺理论一较高下。[22]这是站不住脚的。意大利现代艺术批评史家里奥奈罗·文杜里在把握艺术史、艺术批评与美学之间的关系时强调艺术史、艺术批评和美学这三种学科的统一，反对它们的分离，认为艺术史、艺术批评与美学这三种学科的分离就将使得它们变得空洞无物。里奥奈罗·文杜里在把握美学与艺术批评的关系时深刻地指出："假使批评家唯一依靠的是他的感受，最好还是免开尊口。因为，如果抛弃了一切理论，他就无法确定自己的审美感受是否比一个普通路人的更有价值。"这样，"任何个人的爱好都可以有其历史地位，无所谓判断上的真实或虚假，审美趣味上的优良或低劣了。那么艺术史也不再成其为历史，不过是一堆材料广博的纯粹史料"[23]。英国当代文艺理论家特里·伊格尔顿指出："倘若没有某种理论，且不说这种理论是何等抽象和含蓄，我们首先就不会知道什么是'文学作品'，或者我们如何去阅读它。"[24]这就是说，如果没有文学理论，文学批评家就无法甄别出真正的文学作品，遑论在众多的文学作品中判断出这些文学作品的价值高下优劣。

因此，无论是文艺理论应该更多地指向具体的文艺批评发展论，还是文学文本解读学，都是当代历史碎片化的产物，绝不可能成为中国当代文艺理论发展的科学途径。

参考文献：

[1][8] 陈晓明：《第三种批评：出路还是误区？》，《文论报》1997 年 8 月 1 日。

[2] 朱立元：《当代西方文艺理论》，华东师范大学出版社，2014，第 431-433 页。

[3][10][22] 孙绍振：《文论危机与文学文本的有效解读》，《中国社会科学》2012 年第 5 期。

[4] 张江:《强制阐释论》,《文学评论》2014年第6期。

[5] 中共中央马克思、恩格斯、列宁、斯大林著作编译局:《马克思恩格斯选集》第1卷,人民出版社,1995,第99页。

[6] 特里·伊格尔顿著,何百华等译:《文学原理引论》,文化艺术出版社,1987,第229-230页。

[7] 特里·伊格尔顿著,王杰、贾洁译:《批评家的任务》,北京大学出版社,2014,第207页。

[9][11] 王文革:《文艺理论:逃离抑或建设?》,《中国艺术报》2013年3月27日。

[12] 张江、毛莉:《当代文论重建路径:由"强制阐释"到"本体阐释"——访中国社会科学院副院长张江教授》,《中国社会科学报》2014年6月16日。

[13] 李心峰:《开放的艺术》,中国文联出版社,2014,第155页、第152-153页。

[14] 康德著,宗白华译:《判断力批判》上卷,商务印书馆,1964,第153页。

[15] 茨维坦·托多洛夫著,王东亮、王晨阳译:《批评的批评》,北京三联书店,1988,第175页。

[16][21] 陈晓明等:《当下的批评是不是学问》,《人民日报》2014年8月15日。

[17] 姚家华:《朦胧诗论争集》,学苑出版社,1989,第143-145页。

[18] 王元骧:《求实严谨的科学态度 求真创新的学术精神》,《文艺理论与批评》2014年第2期。

[19] 熊元义等:《文艺批评家的气度》,《南方文坛》2014年第5期。

[20] 雷达:《当前文学创作症候分析》,《光明日报》2006年7月5日。

[23] 里奥奈罗·文杜里著,迟轲译:《西方艺术批评史》,江苏教育出版社,2005,第4页、第13页。

[24] 特里·伊格尔顿:《文学原理引论》,文化艺术出版社,1987,第2页。

第二章 中国文艺批评的理论自觉

第一节 文艺批评不能止于表态

文艺批评是不能止于表态的。文艺批评不仅仅是表态，而且是心灵感悟与理论把握的有机统一，是生命体验与科学解剖的有机统一。如果文艺批评止于表态阶段而不深化，就难以推动文艺的有序发展。但是，有些当代文艺批评家在文艺批评时却止于表态阶段而不深化，这种表态文艺批评的盛行严重地扰乱了当代文艺批评的有序发展。

表态文艺批评既不需要文艺批评家的辛勤劳动，也不需要文艺批评家的深思熟虑，而只需要文艺批评家的鲜明表态。表态文艺批评的盛行是文艺批评家思想懒惰的结果。因此，这种表态文艺批评的盛行助长了文艺批评家华而不实的浮躁之风。

当代文艺批评界在对文艺走向的把握上多的是空洞的宏观把握，少的是具体的微观推进，很少将宏观把握与微观推进有机结合起来。可以说，不少宏观把握止于表态，大多是雷声大雨点小。尤其是在解决文艺批评分歧上，有些当代文艺批评家思想懒惰，不仅不愿深入解决文艺批评的理论分歧，而且搁置这种文艺批评的理论分歧，对那些可能有损自己狭隘利益的尖锐而泼辣的文艺批评不是斥为"酷评"，就是"罢看"，很少从理论上回应。这种表态的文艺批评严重阻碍了当代文艺批评的有序发展。

在文学批评史上，不少文学批评分歧究其实质乃是理论分歧。而中国当代文学批评界的分化则大多是这种文学理论分歧引起的。例如，有的文学批评家坦承中国当代文学史对作家路遥及其长篇小说《平凡的世界》的疏忽是由于"看走了眼",并认为这种看走眼的现象在文艺批评中是偶然的,是难以避免的。文学批评家的这种自我批判虽然可贵,但却并不到位,在一定程度上回避了中国当代文学界的理论分歧。路遥及其《平凡的世界》在中国当代青年尤其是在社会底层艰难拼搏的年轻人群中影响深远,而当代文学史家则普遍轻视甚至忽视路遥及其《平凡的世界》。这种集体短视并不是个别文学史家看走了眼,而是众多文学史家的集体疏忽。这种集体疏忽深刻地暴露了中国当代文学批评界的理论分歧。中国当代文学批评界如果不能深入而彻底地解决这种文艺批评的理论分歧,就不可能克服理论偏见并推进文艺批评的深化。但是,有些当代文艺批评家不仅回避对这种当代文艺批评的理论分歧的解决,而且解除了理论武装。这些文艺批评家轻视文艺理论,甚至告别文艺理论,这不过是为他们随意表态大开方便之门而已。

文艺理论家周扬对文艺理论与文艺发展的关系曾有深刻的把握,他认为:"如果文艺理论是正确的,可以推动文艺向正确的方向发展;如果是错误的,便会引导文艺向错误的方面发展。当然,一个时代的文艺发展趋向,有它深刻的社会原因,不单是文艺理论所能决定的;可是文艺理论对于文艺运动的发展,会起一定的影响,却是不可否认的。文艺理论有着指导作用。"[1]这是符合文艺发展规律的。然而,有些文艺批评家在文艺批评中却贬低和排斥文艺理论的指导作用。这些文艺批评家认为,文艺批评家的批评活动不能拿着理论的条条框框教条化地去硬套具体的文本,不能用既定的理论去要求作家艺术家照样创作。也就是说,在面对具体的文艺创作和具体的作品文本时,文艺批评家所有的理论成见都要抛开,应回到文本的具体阐释,从中发现文本的意义,或者提炼出文本的理论素质。这就彻底否定了文艺理论在文艺批评中的指导作用。首先,文艺批评家如果抛开了所有的理论,完全回到文本的具体阐释,从中发现文本的意义,那么,就不可能与作家艺术家对话了。这无疑是降低文艺批评家的作用。其次,当代文艺创作是多样化的,文艺批评家究竟肯定哪种类型的文艺创作呢?如何判断哪种文艺创作更能成为未来文艺呢?尤其是当文艺创作在价值观上相互矛盾时,如果文艺批评家解除理论武装,只是跟着文艺创作后面跑,就会陷入自相矛盾的泥淖。这种现象已在那些颇为活跃、很有影响的当代文艺批评家身上频频发生。这些文艺批评家在解除理论武装后既不认真甄别当代文艺创新有无意义,也不科学判断哪种文艺创作更能成为未来文艺,而是肯定一切,甚至提出数个"第一"这种无法成立的结论,掉进阴沟里翻了船。这恐怕是表态文艺批评无法避免的历史宿命。

表态文艺批评既不需要文艺批评家明辨是非,也不需要文艺批评家担负责任,而只需要文艺批评家站位表态。表态文艺批评不是文艺批评家思想递进的产物,而是文艺批评家迎合时尚的结果。因此,这种表态文艺批评的盛行助长了文艺批评家不负责任的墙头草作风。

在中国当代文艺批评界,不少文艺批评家在文艺批评中不是一以贯之的,而是左右摇摆,甚至左右通吃的。1990年代前半期,在对作家贾平凹创作的长篇小说《废都》的批评上,有些文艺批评家从早期的全盘否定转变为后来的高度肯定。这种转向并不是这些文学批评家思想递进的产物,而是他们讨好作家的结果。这些文学批评家坦承,过去他们批判《废都》批判错了,是狭隘而简单化的,而现在认识到《废都》的价值和意义,认为贾平凹在那个时代比所有人都敏感地意识到整个文明变异和中国当代社会结构变化给文人、知识分子和中国的人文价值带来了什么样的影响。这就是"百年中国知识分子一直有为民代言,为万世开太平的传统。但是改革开放以后突然发现,知识分子这个价值受到了挑战,当经济生活成为我们社会生活核心定位已经确立以后,无法兑现为民代言的知识分子对自己的功能和价值产生了强烈的自我怀疑。《废都》写出了那个年代知识分子的心理波澜"[2]。但是,文学批评家的这种转向却不是他们思想进步的结果,而是他们自我矮化的产物。《废都》虽然深刻地反映了中国当代知识分子的鸵鸟心态和庸人心态,但却放弃了道义担当。在中国当代社会发展中,文艺出现了边缘化的发展趋势。在这种中国当代文艺的边缘化发展趋势中,中国当代作家分化了,有的作家否认这种中国当代文艺的边缘化发展趋势的存在,认为中国当代文艺并没有出现真正意义上的边缘化;有的作家则甘居社会边缘,甚至躲避崇高、自我矮化。其实,这种中国当代文艺的边缘化发展趋势并不可怕,这种现象在很多时代都出现过,可怕的是有些作家在这种中国当代文艺的边缘化发展趋势中随波逐流,放弃"铁肩担道义"。这种中国当代文艺的边缘化发展趋势既是中国当代社会发展不平衡的产物,也是一些中国当代作家自我矮化的结果。优秀的作家应摒弃鸵鸟心态和庸人心态,正视并批判这种文艺边缘化的发展趋势,自觉地承担在社会分工中的社会责任。

表态文艺批评既不需要文艺批评家冒险调整不合理的文艺秩序，也不需要文艺批评家着力发现和积极扶持文艺新生力量，而只需要文艺批评家的跟风表态。表态文艺批评的排序并不是按照文艺批评的分量大小安排，而是按照文艺批评家的社会地位高低排列。这种表态文艺批评的盛行助长了文艺批评家唯上不唯实的浮夸之风。

表态文艺批评被重视的程度并不取决于文艺批评本身，而是取决于文艺批评家的社会身份。表态文艺批评一般不由崭露头角的后起之秀完成，主要由那些有身份、有影响的大家名家完成。因此，表态文艺批评盛行之时，后起之秀不但被边缘化，而且很难找到立足之地。其实，文艺批评的有序发展既有赖于发挥余热的大家名家，也有赖于不断崛起的青年才俊。当代文艺批评界如果只有大家名家的耀眼身影而没有青年才俊的脱颖而出，就不可能出现文艺批评的长江后浪推前浪的有序发展。在整个文艺批评史上，优秀的文艺批评家都是追求真理的，而绝不趋炎附势的。正如中国现代文学批评家李健吾所说的，文学批评家全不巴结。文学批评家注意大作家主要突出他不为人所了解的方面；文学批评家更注意无名作家唯恐他们遭受埋没，永世不得翻身。因此，当代文艺批评家不能趋炎附势和唯上是瞻，而是应该热爱真理和追求真理，努力发现和积极推出优秀的无名作家艺术家以及文艺作品，推进当代文艺批评的有序发展。

在中国当代文艺批评界，随着文艺批评的生态环境日益鄙俗化，表态文艺批评也盛行起来。不少有身份、有影响的文艺批评家不是追求真理，而是掀起了一波又一波的文艺造神运动，打造了一座又一座的所谓"文艺高峰"。正如前文所述，有的文艺批评家把喜剧演员赵本山与世界喜剧艺术大师卓别林相提并论，宣称赵本山为农民文化争到了地位和尊严，悄悄地进行了一点点农民文化革命。有的文学理论家盛赞贾平凹的文学创作，认为"贾平凹的文学创作是具有才、胆、识、力的，是当乎理、确乎事、酌乎情的伟大创作"[3]。贾平凹描写中国当代农村生活中那些似乎看起来是很琐屑的一些小事，但是里面能够透露出诗意的情感。这就是小说，这就是诗，这就是真正的文学，是伟大的文学。有的文学批评家飙捧贾平凹的长篇小说《秦腔》，认为《秦腔》不仅为故乡树起了一块牌子，而且在美学上已经超过了《红楼梦》，"即使把《秦腔》放在世界文学丛林，比如说德格拉斯的《铁皮鼓》、福克纳的《喧哗与骚动》和辛格的作品，放在这些作品中间它也是毫不逊色的"。有的文学批评家高度肯定作家余华的长篇小说《兄弟》，认为《兄弟》有着"强烈的震撼力与穿透力"，堪比拉伯雷《巨人传》的"一部活生生的现实力作"。有的文学批评家高度赞扬作家阎连科的长篇小说《受活》，认为《受活》有着强大的震撼力和冲击力，丝毫不逊色于《百年孤独》。同时，他们又高度赞赏女作家严歌苓的长篇小说《小姨多鹤》，认为《小姨多鹤》是近年来中国小说不可多得的一部优秀之作，是几十年来首屈一指的文学作品。正如有文学批评家所尖锐指出的，如果严歌苓的《小姨多鹤》是几十年来首屈一指的文学作品，那么，它的文学成就就必定在《受活》之上。而《受活》"丝毫不逊色于《百年孤独》"，《小姨多鹤》的文学成就岂不是远远高于《百年孤独》？有的文学批评家远不满足于把作家莫言和卡夫卡相提并论，而是认为莫言超越了卡夫卡。他们高度称赞莫言的长篇小说《生死疲劳》，认为《生死疲劳》"是一个变形记的故事，卡夫卡的形而上的变形记，在这里被改变为一种历史的变形记，一个阶级的变形记，人在历史中的变形记。在这个意义上，莫言把卡夫卡中国本土化了，并超越了卡夫卡"。在一些有身份、有影响的文学批评家的频频加封下，很多中国当代作家似乎超越了卡夫卡、马尔克斯，并创作出了不少即使置身于世界文学之林也毫不逊色的文学作品。这种打造中国当代文艺高峰的造神运动不仅巩固了一些有影响的文艺批评家与有地位的作家艺术家的相互取暖的关系，而且在很大程度上实现了他们的狭隘目的。然而，中国当代文艺界却并没有出现文艺"高峰"，而是缺乏"高峰"。那些讨好作家艺术家的表态文艺批评在文艺批评史上不过是徒增笑柄而已。当代文艺批评界如果不能深入反省这种中国当代文艺造神运动，不能彻底清理这些在这种文艺造神运动中行情猛涨的文艺批评家所制造的文艺泡沫，就不可能拨乱反正并彻底扭转正不压邪的当代文艺批评格局。但是，文艺批评界在中国当代社会反腐败斗争中却置身事外，至今没有哪位在这种中国当代文艺造神运动中名利双收的文艺批评家承担后果并自我反省。看来，当代文艺批评界从根本上改善日益鄙俗化的当代文艺批评的生态环境还任重道远。

表态文艺批评在当代文艺批评界的盛行既是一些文艺批评家言不由衷的产物，也是一些文艺批评空心化的结果。因此，当代文艺批评界应大力推进当代文艺批评的深化，坚决遏制这种表态文艺批评的泛滥。

参考文献：

[1] 周扬：《周扬文集》第3卷，人民文学出版社，1990，第29-30页。
[2][3] 乔燕冰：《青天一鹤见精神》，《中国艺术报》2013年11月13日。

第二节 文艺争鸣与文艺批评的发展

中国当代社会的发展正从赶超的模仿和学习阶段逐渐转向自主的创造和创新阶段。在这种历史转折阶段，新的文艺思想将会不断涌现并与旧的文艺思想发生碰撞和冲突。这种新旧文艺思想的冲突最好是在文艺争鸣中解决。只有充分开展文艺争鸣，才能激浊扬清，凸显先进的文艺思想。这不但可以减轻历史的阵痛，而且有利于文艺批评的有序发展。但是，中国当代文艺批评家却很不善于开展文艺争鸣并在这种文艺争鸣中追求客观真理和服膺客观真理。即使偶尔出现文艺争鸣，也是在没有充分展开的情况下草草收场。这是极不利于中国当代文艺批评有序发展的。

中国当代文艺批评家不但要积极参与文艺争鸣，而且要在这种文艺争鸣中尊重对方；不但要看到对方的积极作用，而且能够从对方吸取合理之处，超越自身局限，达到更高的境界。

文艺批评是在文艺争鸣中向前推进的，而不是在一团和气中发展壮大的。虽然有些文艺争鸣暴露了中国当代文艺界的一些思想分歧和矛盾，并不同程度地影响了文艺界的团结，但要看到，这既是正常的，也是暂时的。中国当代文艺界只有正视并积极解决这些客观存在的思想分歧和矛盾，才能真正促进文艺界的团结。中国当代文艺界之所以在文艺争鸣中不时出现一些不和谐的声音，是因为有些文艺批评家不是在文艺争鸣中发现不足并完善自我，而是故步自封，抱残守缺，过于计较个人狭隘利益的得失。因此，无论是文艺批评家，还是作家、艺术家，都不能故步自封、抱残守缺，而应积极参与文艺争鸣，并在文艺争鸣中追求客观真理和服膺客观真理。

中国文艺界为什么在20世纪早期出现了大师辈出、群星璀璨的活跃局面？就是因为当时中国文艺界展开了激烈的文艺争鸣。正是在这种激烈的文艺争鸣中，一个又一个新的学说涌现出来。例如，"新红学"就是在顾颉刚与俞平伯等人的相互辩诘中产生的。顾颉刚认为"新红学"与"旧红学"的根本区别就是"研究的方法改过来了"，旧红学的研究方法不注重于实际的材料而注重于猜度力的敏锐，专喜欢用冥想去求解释。而新红学则"处处把实际的材料做前导，虽是知道的事实很不完备，但这些事实总是极确实的，别人打不掉的"。顾颉刚在总结新红学的诞生时指出以下几点：第一，俞平伯了解高鹗续书的地位，差不多都出于俞平伯与他的驳辩；第二，俞平伯与他没有互相附和，而是各立自己的主张，相互辩诘，逼得对方层层剥进；第三，俞平伯与他没有意气之私，为了学问，有一点疑惑的地方就毫不放过，非辩出一个大家信服的道理来总不放手；第四，俞平伯与他在这种辩诘中没有计较个人利益的得失，而是以可以听到诤言为快幸，以获得正确的知识为快乐。但是，俞平伯与顾颉刚的这种激烈的文艺争鸣在中国当代文艺批评界却很难出现。即使偶尔出现，不是难以充分展开，就是容易被扭曲。

20世纪50年代中期，中国文学批评界对新红学开展了激烈的批判运动。这场对新红学的批判运动极大地提高了文艺界乃至全社会对《红楼梦》的认识，空前地推动了《红楼梦》的普及，以至于"红学"一跃成为世界瞩目的中国"三大显学"之一。但是，20世纪80年代以来，中国文学批评界对这场文学批评运动的总结和反思不仅过于侧重在政治层面上，很少注意新生文学批评力量的崛起和发展这个层面，而且不分是非地遮蔽这场批判运动在中国文学批评史上的进步作用。其实，中国文学批评界在20世纪50年代中期展开的对以往《红楼梦》研究的批判运动不仅是两种不同文学思想的斗争，而且是新生文学批评力量对既得利益群体的冲击和崛起，是打破既得利益群体形成的铜墙铁壁，给不可胜数的年轻力量开辟了出路，因而可以说起到了解放文艺思想的巨大作用。这是不可抹杀的。胡适认为《红楼梦》只是老老实实地描写了一个坐吃山空、树倒猢狲散的自然趋向，它不过是一部自然主义的杰作。俞平伯也认为《红楼梦》在世界文学中的位置是不很高的，《红楼梦》与中国的闲书性质相似，不得入于近代文学之林。新红学这种对《红楼梦》的把握的确是短视的。而李希凡则认为《红楼梦》不但可以昂然进入"世界文学之林"，而且完全可以名列前茅，可称为世界文学的珍品，毫不逊色。[1]

从《红楼梦》的批评史上看，中国当代文艺批评界1954年对新红学的批判，极大地提高了中国古典小说《红楼梦》在世界文学中的地位。但是，中国当代文艺批评界在总结这场文艺批评运动时不是承认它在《红楼梦》批评史上的进步作用，而是认为它引起了一场影响深远的政治斗争风暴，而李希凡、蓝翎与俞平伯的《红楼梦简论》的商榷不过是不自觉地充当了这场政治斗争的工具而已。显然，这是不符合历史事实的。如果李希凡、蓝翎与俞平伯的《红楼梦简论》的商榷只是思想政治斗争的导火索，那么，这场文艺争鸣不过是不自觉地充当了这场政治斗争的工具就还算说得过去。但是，这场文艺争鸣在《红楼梦》批评史上却起到了划时代的作用，即《红楼梦》从"闲书"变为"封建社会末世的百科全书"，并举世公认。这恐怕不能完全从思想政治斗争出发来看待这场"红学革命"。因而，那种认为1954年这场"红学革命"是外加在红学发展上的所谓外加论也是不得要领的。而这场激烈的文艺争鸣之所以引爆一场影响深远的政治斗争风暴，不是因为李希凡、蓝翎批评了俞平伯乃至胡适的新红学，而是因为文艺批评的新生力量受到了压制。这种话语权的争夺就是一场激烈的政治斗争。无论是袁水拍对《文艺报》编者的质疑，还是《文艺报》主编冯雪峰的检讨，主要都集中在不同力量对话语权的争夺上。

在1954年10月28日《人民日报》上，袁水拍在质问《文艺报》编者时指出了一个至今仍被人们忽视的现象，这就是对名人、老人，不管他宣扬的是不是资产阶级的东西，一概加以承认，认为"应毋庸置疑"；对无名的人、青年，因为他们宣扬了马克思主义，于是一概加以冷淡，要求全面，将其价值尽量贬低。如果我们把袁水拍所说的"资产阶级的东西"换成"错误的东西"，"马克思主义"换成"真理"这些概念，尽量抹去政治色彩，那么，袁水拍在质问《文艺报》编者时所指出的这种现象是否存在并在今天是否愈来愈严重呢？这恐怕是不可否认的历史事实。袁水拍进一步地指出："这绝不单是《文艺报》的问题，许多报刊、机关有喜欢'大名气'、忽视'小人物'、不依靠群众、看轻新生力量的错误作风。文化界、文艺界对新作家的培养、鼓励不够，少数刊物和批评家，好像是碰不得的'权威'，不能被批评，好像他们永远是'正确'的，而许多正确的新鲜的思想、力量，则受到各种各样的阻拦和压制，冒不出头；万一冒出头来，也必挨打，受到这个不够那个不够的老爷式的挑剔。资产阶级的'名位观念''身份主义''权威迷信''卖老资格'等等腐朽观念在这里作怪。"如果将袁水拍所说的"资产阶级"这些定语拿掉,那么,袁水拍所说的"名位观念""身份主义""权威迷信""卖老资格"等等腐朽观念在今天仍然是很盛行的。在当代文学批评实践中,不少文学批评家互不尊重,"文人相轻",不能老实接受对方合理的文学批评成果。这种互不尊重、"文人相轻"难道不是"名位观念""身份主义""权威迷信""卖老资格"等等腐朽观念在这里作怪?这些"名位观念""身份主义""权威迷信""卖老资格"等等腐朽观念的盛行严重阻碍了新生力量的崛起和发展。在1954年《文艺报》第20期上,文艺批评家冯雪峰在检讨他在《文艺报》所犯的错误时指出:"第一个错误是我没有认识到这是马克思列宁主义反对资产阶级唯心论的严重的思想斗争,表现了我对于资产阶级唯心论的投降。第二个错误,更严重的,是我……贬低了马克思列宁主义的新生力量——也是文艺界的新生力量。"而在这两个错误中,冯雪峰认为"贬低了马克思列宁主义的新生力量——也是文艺界的新生力量"是更严重的错误,特别应该引起文艺界的注意。[2]可见,中国当代文艺界的思想政治斗争之所以异常激烈,是因为存在压制文艺界的新生力量的既得利益群体。这种既得利益群体严重阻碍了不合理的现存秩序的改变。中国当代不少文艺批评史家虽然很不情愿提及这种现象,但是,这种现象却不时出现并困扰中国当代文艺批评的有序发展。

中国当代文艺批评界在反思这段文艺思想批判历史时是很反感外力干预文艺争鸣的。不过,这种历史反思并没有结出像样的果实,文艺界乃至全社会是越来越重椟不重珠了。其实,如果文艺批评家在文艺争鸣中追求客观真理和服膺客观真理,那么,外力就无法介入。然而,中国当代文艺界却存在一种抵制文艺批评的倾向,严重阻碍了文艺争鸣的充分展开。1994年4月,有的作家在抵制文艺批评时提出:"在怎么活的问题上,没有应当怎样不应当怎样的模式,谁也不能强求谁。"时隔19年,2013年4月,仍有作家在抵制文艺批评时认为:"大千世界,人各有志,每个人都有权力自由选择自己的生活方式和入世方式,作家从来就不是别样人物,把作家的地位抬举得太高是对作家的伤害——其实在中国,作家的高尚地位,基本上是某些作家的自大幻想。"这种认为凡是存在的就是合理的粗鄙存在观不过是对萨特的存在主义思想的肢解，即他们强调了选择的自由，但却忽视了人在自由选择时所应承担的社会责任。这种抵制文艺批评的不良风气严重制约了文艺批评家在文艺争鸣中对一些思想分歧和矛盾的解决，为外力干预文艺争鸣留下了空间。

因此，在文艺争鸣中，文艺批评家不能像19世纪后期德国知识界那些发号施令的、愤懑的、自负的、平庸的模仿者们对待黑格尔那样，而应像马克思对待黑格尔那样对待对方，即一方面在相互辩诘中发现对方的缺陷，从而超越局限，达到一个更高的境界；另一方面在相互辩诘中吸收对方的远见卓识和合理之处，完善自我，在相互辩诘中获得一种助推力，促进文艺批评的深入和发展。

中国当代文艺批评界不能搁置甚至掩盖各种理论分歧，而应在文艺争鸣中积极推动这些理论分歧的解决，从而促进文艺批评的深化和发展。

中国当代文艺批评界的一些文艺争鸣之所以难以充分展开，是因为有些文艺批评家不是深入地解决各种理论分歧，而是搁置这些理论分歧。这些文艺批评家不是在相互辩诘中发展，而是回避正面交锋，尤其是理论交锋。他们不是在文艺争鸣中追求客观真理和服膺客观真理，而是哗众取宠，赚取"知名度"。他们不是在文艺论战中辨别双方的对与错并吸收对方的合理之处，丰富和提升自己，而是拒绝一切不利于自己的批评，甚至揣度对方的动机，进行不恰当的反击。这种"瞎折腾"是很难获得可信的道理和真确的知识的。

文艺批评不仅是对文艺作品的好坏高下所做出的判断，而且是不同美学理论的较量。中国当代文艺界对文艺批评的有无多寡是比较重视的，但对文艺批评的后续发展却是忽视的。而文艺批评如果缺乏这种后续发展，就不可能深化。因此，这种忽视文艺批评后续发展的倾向严重阻碍了中国当代文艺批评的有序发展。

文艺批评的后续发展就是作家、艺术家和文艺批评家对文艺批评的批评和反思。这种对文艺批评的批评和反思主要以文艺争鸣的形式展开。第一，文艺批评是在作家、艺术家的反馈中发展的。作家、艺术家对文艺批评不能无动于衷，甚至盲目排斥，而应有则改之，无则加勉。这样，文艺批评才能在作家、艺术家的不断反馈中继续发展。因此，文艺争鸣首先在作家、艺术家与文艺批评家之间展开。这种文艺争鸣既可以是直接交锋，也可以是间接交锋，即作家、艺术家在文艺创作中回应文艺批评。如果作家、艺术家故步自封，就不可能在艺术上有较大的发展。有些作家、艺术家抵制文艺批评，不断重复已有的弊病，几成沉疴。而文艺批评在作家、艺术家的这种抵制下也难以丰富和升华。这显然是不利于文艺创作和文艺批评共同发展的。第二，文艺争鸣不仅在作家、艺术家与批评家之间展开，而且在文艺批评家之间展开。文艺批评家对文艺批评的反思不仅是矫正不准确的文艺批评，而且是从根本上解决文艺批评的理论分歧。中国文艺批评界在20世纪60年代初出现的不太看好《创业史》中梁生宝这个艺术形象的声音就绝不只是所谓话语权的争夺，还有深层的美学理论分歧。

1960年，文学批评家邵荃麟曾说：在长篇小说《创业史》中，"梁三老汉比梁生宝写得好，概括了中国几千年来个体农民的精神负担"。与此同时，青年文学批评家严家炎在积极褒扬作家柳青塑造的人物形象梁三老汉和他晚年高度肯定作家姚雪垠的长篇小说《李自成》时，都强调了人物形象的历史真实。严家炎认为：柳青的长篇小说《创业史》创造的最成功的艺术形象是梁三老汉，而姚雪垠的长篇小说《李自成》中的李自成、高夫人都是中国历史上相当杰出、了不起的人物，作家在塑造这些历史人物时没有特别地拔高。而在实际生活中，梁生宝这种新人还只是萌芽，而像他这样成熟的尤其少。与生活原型王家斌相比，艺术形象的梁生宝有了许多变动和提高，在政治上显然成熟和坚定得多。而作家在拔高时却忽视了这个现实基础，脱离了这个现实基础。跟梁三老汉、甚至跟高增福相比，梁生宝倒是在不少地方显出了自己的弱点和破绽的。接着，严家炎指出了梁生宝这个人物形象塑造存在"三多三不足"的特点：即写理念活动多，性格刻画不足；外围烘托多，放在冲突中表现不足；抒情议论多，客观描绘不足。从严家炎这种褒贬中可以看出，严家炎在强调人物形象的历史真实时不恰当地贬抑了人物形象塑造的理想化的倾向。其实，人物形象创造既可以是以生活原型为基础的典型化，也可以是超越现实生活的理想化。不同的作家、艺术家虽然可以偏重不同的人物形象创造范式，但在艺术世界里这两种人物形象创造范式不是对立的，而是可以统一的。显然，这种贬抑理想化的人物形象的美学追求无疑是一种美学理论偏见。

1979年，余英时在排斥1954年那场"红学革命"时指出，这场"红学革命"只看见《红楼梦》的现实世界，而无视于它的理想世界。余英时虽然认为1954年这场"红学革命"熄灭了俞平伯所燃起的一点红学革命的火苗是不太准确的，但他指出1954年这场"红学革命"对曹雪芹最苦心建构出来的"太虚幻境"和"大观园"最缺乏同情的了解，却是看到了在《红楼梦》研究上的这种美学理论分歧。[3]可惜的是，余英时没有从理论上解决这种美学理论分歧，而是局限在推动新的红学革命上，甚至认为作家的理想或"梦"是决定《红楼梦》的整个格局和内在结构的真正动力，就不免有些偏颇。

不可否认，在文学史上，不少人物形象或多或少存在理想化的倾向。这些理想人物往往寄托了作家、艺术家在现实生活中一些难以抑制的郁结或梦想，不仅具有很强的艺术生命力，也更有艺术的震撼力量。从元代剧作家关汉卿的悲剧作品《窦娥冤》所塑造的窦娥这个艺术形象身上不难看出，窦娥不仅是一个现实人物，而且是一个理想人物，剧作家在窦娥身上寄托了自己不可压抑的悲愤和诅咒。在《窦娥冤》的第三折中，窦娥由怨生怒，说："有日月朝暮悬，有鬼神掌着生死权。天地也只合把清浊分辨，可怎生糊突了盗跖颜渊：为善的受贫穷更命短，造恶的享富贵又寿延。天地也，做得个怕硬欺软，却原来也这般顺水推船。地也，你不分好歹何为地。天也，你错勘贤愚枉做天！"窦娥这种对掌着生死权的天地强有力的鞭挞不过是司马迁的质疑的翻版。司马迁在《史记·伯夷列传》中就深刻地质疑了"天道无亲，常与善人"。司马迁说："若伯夷、叔齐，可谓善人者非邪？积仁洁行如此而饿死！且七十子之徒，仲尼独荐颜渊为好学。然回也屡空，糟糠不厌，而卒早夭。天之报施善人，其何如哉？盗跖日杀不辜，肝人之肉，暴戾恣睢，聚党数千人横行天下，竟以寿终。是遵何德哉？此其尤大彰明较著者也。若至近世，操行不轨，专犯忌讳，而终身逸乐，富厚累世不绝。或择地而蹈之，时然后出言，行不由径，非公正不发愤，而遭祸灾者，不可胜数也。"对所谓的现世报应，司马迁不仅是怀疑，"甚惑焉"，而且还对"天道"提出了质疑："倘所谓天道，是邪非邪？"司马迁这种愤怒的谴责，在窦娥这个十七岁的小媳妇身上是很难出现的。这显然是剧作家借窦娥之口发泄了他对现实世界的愤怒和不满。但是，关汉卿这种理想化的创造是相当成功的，不但深化了窦娥的反抗性格，而且宣泄了社会极度压抑的愤怒情绪。如果窦娥只是悲悲凄凄地赶赴刑场就死，那么，窦娥和《窦娥冤》就没有震撼人心的艺术力量了，也很难列入世界大悲剧之中。在梁生宝身上，作家的人物形象塑造不但没有脱离和超越历史的发展，而且蕴含了历史必然发生的现实内容。尤其是在20世纪末到 21 世纪初这个历史时期,跟梁三老汉、甚至跟高增福相比,梁生宝这个艺术形象更富有强大的艺术生命力。在 2004 年《读书》第 6 期上,武春生提出"寻找梁生宝"。他说,当年,一大批年轻的知识分子——瞿秋白、何叔衡、刘少奇、周恩来,他们出身于大家,本可以子承父业,舒舒服服地继续做地主、资本家,做人上人,但是他们不,他们背叛了自己的家庭、自己的阶级,舍弃一切,提着脑袋干起了革命。今天,当各色人等都在争先恐后、不择手段地争着抢着想挤上"先富起来的一部分人"这驾马车的时候,救中国、救穷人还是不是我们年轻人一代又一代不悔的选择?可见,把屁股坐在穷人一边并带领穷人走共同富裕的道路的梁生宝并没有过时。1953 年春天,在因为忙公众的事务而耽搁了收获的自家那一亩三分荸荠地里,梁生宝曾质问他继父,为了自己能活好而不惜拔人家的锅,叫人家活不成,"你好意思吗?爹!"一大批能够自己率先富起来的共产党员却把自己的命运和任老四这样的吃不饱饭的穷人的命运绑在一起。区委书记王佐民一到蛤蟆滩就钻进穷人的草棚屋,忍受着蚊虫的叮咬和任老四们一起制订互助组的生产计划。他为什么不钻到姚士杰的四合院和富农一起称兄道弟就着猪头肉喝酒"傍大款"呢?这就是梁生宝等人真正的时代英雄本色。在《创业史》中,土改前,郭振山是穷佃户们崇拜的英雄,他满足了他们藏在内心不敢表达的愿望;土改后,郭振山变富了,"他再不能像解放初期,特别是土改初期发动贫雇农的时候那样,对穷苦人说些热烈的同情话了"。"不是前两年的郭振山了。他表面上是共产党员,心底里是富裕中农了。"郭振山的这种演变不仅是一个人的演变,也是一个阶级的地位发生变化后的演变。《创业史》反映了这种历史分化,"在合力扫荡了残酷剥削贫农、严重威胁中农的地主阶级以后,不贫困的庄稼人,开始和贫困的庄稼人分化起来"。在这种历史分化面前,中国共产党人也发生了分化,这就是梁生宝和郭振山分道扬镳了。同时,《创业史》还深刻地反映了历史重心的转化,这就是县委杨副书记所说的,靠枪炮的革命已经成功了,靠多打粮食的革命才开头哩。至于历史走了弯路,很难说是前人认识上的局限。为了多打粮食,当时中国农民也认识到了两个变革:一是依靠科学技术种田,这是生产力的变革;二是依靠互助合作,这是生产关系的变革。高增福和郭振山的分歧,主要是对生产关系在发展生产中的作用认识不同。郭振山说,人们都该打自个人过光景的主意了。要从发展生产上,解决老根子的问题。而高增福则认为,"我高增福倒凭什么发展生产呢?你郭振山能发展生产了!"高增福们虽然最早进行科技种田并率先引进新的稻种,但他们却没有发展农业生产的资金。而富农和富裕中农这些经济上有势力的人却是抵制"活跃借贷"的。看来,农民仅仅依靠科学技术种田而不调整生产关系,是不可能实现农村和农业的现代化的。随着这种历史重心的转移,梁生宝出场了。因此,梁生宝的理想和革命并没有脱离和超越历史的发展。即使在历史发展进行了暂时调整的时刻,梁生宝的理想和革命也没有真正褪色。半个多世纪过去了,无论是在现实生活中,还是在艺术世界里,梁生宝都越来越焕发出魅力。这恐怕是邵荃麟、严家炎等文学批评家所没有想到的。可见,作家、艺术家那些比较合乎历史发展规律的理想都在现实世界里生根发芽开花结果了。

因此,中国当代文艺批评界不应维持现状,你吹我捧,更不应依据个人好恶判断是非高下,而应积极开展文艺争鸣并在文艺争鸣中追求客观真理和服膺客观真理,达到更高的境界。这就要求文艺批评家在文艺争鸣中不能进行政治攻讦,而是认真辨清彼此的是非;不能进行人身攻击,而是严肃辨出可信的道理;不能从声势上压倒对方,而是获得真确的知识。这样,文艺批评就会在文艺争鸣中得到极大的繁荣和发展。

参考文献:

[1] 李希凡:《李希凡自述——往事回眸》,东方出版中心,2013。

[2] 张炯主编:《中国新文艺大系(1949—1966):理论史料集》,中国文联出版公司,1994。

[3] 赵建忠:《〈红楼梦〉与津沽文化研究》第1辑,百花文艺出版社,2013,第61-81页。

第三节 文艺批评的理论分歧不能政治解决

中国当代文艺批评的发展虽然与政治有较多的纠结,但仍经历了一个有序进程。我们只有从理论上总结和梳理这一进程,才能有效地推进文艺批评的正常发展,由此看来,文艺批评界对1954年"评红批俞"运动很少从理论上总结和梳理,而是过多从政治上清理和批判,很值得反思。

1979年,余英时在《近代红学的发展与红学革命》这篇影响当代红学和文艺批评发展的论文中,适时提出了"红学革命"论,然而,余英时却没有从理论上甄别以李希凡、蓝翎为代表的"革命红学"和他倡导的红学新"典范"的分歧,而是从政治上贬低和否定了以李、蓝为代表的"革命红学"。余英时认为,以李、蓝为代表的"革命红学"对于《红楼梦》研究而言毕竟是外加的,是根据政治需要而产生的,而不是红学自身发展的产物。有人继而认为,李、蓝在1954年对新红学家俞平伯的批评,不是用文艺批评的方式,而是用政治批判的方式,引发了一场大批判运动。这是罔顾历史事实的。李、蓝对俞平伯的《红楼梦》研究的批判没有着眼于政治,而是认为俞平伯的《红楼梦》研究是反现实主义批评,因为俞平伯否认《红楼梦》是一部现实主义文学作品。这绝不是政治批判,而是文艺批评。至于这一文艺批评碰巧成为一场激烈的政治斗争的导火索,既不能由李、蓝负责,也不能要求李、蓝未卜先知。

不过,余英时对以李、蓝为代表的"革命红学"的批评却是矛盾的。首先,余英时在文中认为以李、蓝为代表的"革命红学"是革命的红学,而不是红学的革命即红学自身发展的产物。索隐派红学和考证派红学都是中国红学史上的典范,而以李、蓝为代表的"革命红学"则不是中国红学史上的典范。这是站不住脚的。余英时认为,以李、蓝为代表的"革命红学"和索隐派红学、考证派红学都是把《红楼梦》当作一种历史文件来处理,区别只在于它们把《红楼梦》当作哪一种历史文件来处理(索隐派的政治史和自传说的家族史或以李、蓝为代表的"革命红学"的社会史)。如果索隐派红学和考证派红学是红学自身发展的产物,那么,以李、蓝为代表的"革命红学"也不例外,否则,就陷入了矛盾。其次,余英时认为,1954年,俞平伯对《红楼梦》自传说进行了自我批判和反省,认为考证派虽比索隐派着实得多,但却无奈又犯了一点过于拘滞的毛病,这也是他从前犯过的。尤其是近年的《红楼梦》考证很明显有三种的不妥当:"第一,失却小说所以为小说的意义。第二,像这样处处粘合真人真事,小说恐怕不好写,更不能写得这样好。第三,作者明说真事隐去,若处处都是真的,即无所谓'真事隐',不过把真事搬了个家，而把真人给换上姓名罢了。"[1]余英时认为俞平伯的这种修正论不是外铄的，而是从红学研究的内部逼出来的，是红学因"技术崩溃"而产生危机以后的一个必然归趋。而1954年"评红批俞"运动扭转了俞平伯的《红楼梦》研究方向，扼杀了俞平伯的新"典范"的萌芽。在这里，一方面，余英时认为俞平伯对自传说的自我批判是自发的，1954年"评红批俞"运动打断了俞平伯的研究步骤；另一方面，余英时又认为以李、蓝为代表的"革命红学"是乘考证派自传说之隙而起的，李、蓝对自传说的尖锐批判是受了俞平伯对自传说的自我批判的暗示，而俞平伯对自传说的自我批判和反省则是红学新"典范"的萌芽。这又陷入了矛盾。既然以李、蓝为代表的"革命红学"是受到了俞平伯的自我批判的暗示，那么，它就不是外加的。这些矛盾不过是余英时从政治上否定以李、蓝为代表的"革命红学"的必然产物。

余英时认为，1954年"评红批俞"运动熄灭了俞平伯所燃起的一点红学革命的火苗，终于和以李希凡、蓝翎为代表的"革命红学"汇流了。这是只看到了俞平伯1958年用现实主义文艺理论来揭破"自传"之说，而没有看到俞平伯1954年用现实主义文艺理论来把握《红楼梦》的社会价值。1954年1月25日，俞平伯认为《红楼梦》在中国小说中是一部空前伟大的作品。它的伟大不仅仅在于它的结构的庞大严整、人物的典型生动、语言的流利传神等等艺术方面的成就上，更重要的是在于它是反映封建社会的一面最忠实的镜子，是一部中国古典文学中现实主义的巨著。[2]1954年2月，俞平伯还认为《红楼梦》写出了一个封建大家庭由盛而衰的经过，真实地刻画出了封建家庭、封建社会的本质，像一面反映现实的最忠实的镜子，成为中国古典文学中最伟大的现实主义的巨著。[3]这些对《红楼梦》的重新认识虽然汲取了他人思想，但却都是俞平伯认可的。在重新评价《红楼梦》的社会价值时，俞平伯反复引用了恩格斯的现实主义文学理论，认为这原则应用于《红楼梦》也是很恰当的。这和李、蓝运用恩格斯的现实主义文学理论批评《红楼梦》虽有到位与否的深浅之别，但无实质差别。而俞平伯的这些转变都不是1954年"评红批俞"运动所引发的。这就是说，余英时只看到了俞平伯在超越《红楼梦》自传说上的变化，而没有看到俞平伯在现实主义文学理论上的改变。

余英时之所以贬低和否定以李、蓝为代表的"革命红学"，是因为他对现实主义文学理论的极度轻视。余英时在比较以李、蓝为代表的"革命红学"

与他所倡导的红学新"典范"的基础上，认为"革命红学"只看到了《红楼梦》的现实世界，而无视于它的理想世界；新"典范"则同时注目于《红楼梦》的两个世界，尤其是两个世界之间的交涉。这是不准确的。其实，以李、蓝为代表的"革命红学"并非只看到了《红楼梦》的现实世界，而无视于它的理想世界。李希凡、蓝翎认为："曹雪芹之所以伟大，就在于现实主义的创作方法战胜了他落后的世界观。""曹雪芹虽有着某种政治上的偏见，但并没有因此对现实生活作任何不真实的粉饰，没有歪曲生活的真面目，而是如实地从本质上客观地反映出来。作家的世界观在创作中被现实主义的方法战胜了，使之退到不重要的地位。"[4]这就是说，以李、蓝为代表的"革命红学"并非无视《红楼梦》的理想世界，而是认为《红楼梦》的现实世界决定这种《红楼梦》的理想世界。而余英时则认为《红楼梦》在客观效果上反映了旧社会的病态是一回事，而曹雪芹在主观愿望上是否主要为了暴露这些病态则是另一回事。而红学新"典范"是由外驰转为内敛，即攀跻到作家所虚构的理想世界或艺术世界。这种红学新"典范"强调作家的生活经验在创造过程中只不过是原料而已。曹雪芹的创作企图，即他的理想或"梦"——才是决定《红楼梦》的整个格局和内在结构的真正动力。这就是认为《红楼梦》的理想世界决定《红楼梦》的现实世界，即《红楼梦》从根本上说是作家曹雪芹的精神世界的表现。余英时和李、蓝在共同反对《红楼梦》为曹雪芹自传时都强调《红楼梦》是一部小说。在这一点上，他们没有根本分歧，而是余英时所说的"友军"。他们在《红楼梦》研究上的分歧主要集中在对《红楼梦》的现实世界与理想世界的关系的把握上。李、蓝认为《红楼梦》所反映的现实世界是一个有自身发展规律的有机整体，作家不能从根本上改变，而余英时则认为《红楼梦》所处理的现实世界是作家创作的原料，作家可以随意驱使。显然，这种文艺批评的分歧是理论分歧。中国当代文艺批评界在批评文艺的审美超越论时就是从理论上解决这种文艺批评的理论分歧，并反复强调文艺的审美超越不能脱离人的现实超越，应和人的现实超越有机结合，认为人的审美超越与现实超越是相互促进的，而不是完全脱节的，文艺的审美超越应反映人的现实超越。而文艺的审美超越反映人的现实超越就是作家的主观创造和人民的历史创造有机结合，作家的艺术进步与人民的历史进步有机结合。中国当代文艺批评界在反对将作家的主观愿望完全等同于广大人民群众的意志和愿望的自我表现论时认为，从事精神劳动的作家与从事物质劳动的人民群众之间的矛盾甚至对立只能在作家深入人民创作历史活动并和这种人民创作历史活动相结合中化解，只能在作家的"批判的武器"与人民群众的"武器的批判"的有机结合、作家的主观批判与人民群众的历史批判的有机结合中化解。只有在这个基础上解决余英时和李希凡、蓝翎在《红楼梦》研究上的理论分歧，才能推进中国当代红学和中国当代文艺批评的有序发展。

既然俞平伯在现实主义文学理论上已有很大改变，那么，李、蓝在1954年对新红学家俞平伯的批评又怎么引发了一场大批判运动呢？有的文艺批评家在回顾1954年"评红批俞"运动时不是承认它在《红楼梦》批评史上的进步作用，而是认为它引起了一场影响深远的政治斗争风暴，而李、蓝与俞平伯的商榷不过是不自觉地充当了这场政治斗争的工具而已。这种历史发展的工具论没有注意到毛泽东对两个"小人物"的有力支持和对"大人物"的严厉批判。这些幸运的历史"小人物"如果没有毛泽东的有力支持，就不可能很快脱颖而出并成长为大树。有的文艺批评家则反对总结1954年"评红批俞"运动舍本逐末，抓住形式不管内容，认为毛泽东没有看到俞平伯在《红楼梦》研究上的惊人变化，为了与胡适的考证派红学彻底决裂，因而发动了大规模批判运动。这种说法是很难站住脚的。首先，俞平伯在《红楼梦》研究上已有很大变化，毛泽东与李、蓝不可能没有看到俞平伯的这种变化。如果认为毛泽东与李、蓝没有看到俞平伯的"惊人"变化，岂不是说这场影响深远的政治运动是当事人的"偏颇"甚至"无知"所导致的？俞平伯在《红楼梦》研究上的变化在被批判的论文《〈红楼梦〉简论》中已出现。在《〈红楼梦〉简论》这篇论文中，俞平伯就有被余英时称为新"典范"的萌芽的自我批判。俞平伯明确地批判了近年对《红楼梦》的考证，反对把贾氏的世系等于曹氏的家谱，把贾宝玉和曹雪芹合为一人，认为近年的这种考证视《红楼梦》为曹雪芹的自传有三种的不妥当。而李、蓝与俞平伯的商榷是肯定了俞平伯的这种变化的，认为俞平伯在专著《〈红楼梦〉研究》中对旧红学家进行了批判，在论文《〈红楼梦〉简论》中也曾对近年来把《红楼梦》完全看成作者家事的新考证派进行了批评，都有一定的价值。因此，毛泽东选择批判俞平伯的《红楼梦》研究发动大规模批判运动，而没有选择针对当时对胡适的考证派红学发扬光大的青年学子周汝昌的《红楼梦》研究肯定另有原因。其次，毛泽东虽然对《红楼梦》颇有研究，但却并不企求在《红楼梦》研究上开宗立派。因而，即使他要与胡适的考证派红学彻底决裂，也没有必要发动大规模批判运动。如果控制话语权的"大人物"阻拦甚至压制"小人物"对胡适的考证派红学的批评，就是另外一回事了。毛泽东不仅严厉批判了错误的思想包括文艺思想，而且更根本的是追究了文化领导人的领导责任。这才是毛泽东在文艺大批判运动中最有价值也最遭质疑的地方。毛泽东既不可能只顾形式而不问内容，也不可能只管内容而不顾形式，而是二者并重。在激烈的思想斗争中，毛泽东看到"大人物"不作为即容忍甚至投降，甘当俘虏，还阻拦"小人物"的作为，甚至压制，不能不出面干预。毛泽东之所以重视两个"小人物"的遭遇，亲自为他们的成长和发展鸣锣开道，是因为他对压制"小人物"崛起的不合理秩序强烈不满。

李、蓝在1954年对新红学家俞平伯的批判之所以引爆一场影响深远的政治斗争风暴，不是因为他们批评了俞平伯乃至胡适的考证派红学，而是因为文艺批评的新生力量受到了阻拦甚至压制。这种话语权的争夺就是一场激烈的政治斗争。无论是袁水拍对《文艺报》编者的质疑，还是《文艺报》主编冯雪峰的检讨，主要都集中在不同力量对话语权的争夺上。而这恰恰涉及新生政权的巩固，毛泽东对此岂能置之不理？可见，在1954年"评红批俞"运动中，既有由文艺理论分歧引起的文艺纷争，也有争夺话语权的政治斗争。这是不能混淆的。中国当代文艺批评界只有认真区分这场"评红批俞"运动中的文艺纷争和政治斗争，才能真正解决文艺批评的理论分歧并促进其有序发展。

参考文献：

[1] 俞平伯：《红楼心解：读〈红楼梦〉随笔》，陕西师范大学出版社，2005，第12页。

[2] 俞平伯：《我们怎样读〈红楼梦〉》，见《俞平伯点评红楼梦》，团结出版社，2004。

[3] 俞平伯：《〈红楼梦〉的思想性与艺术性》，《东北文学》1954年2月号。

[4] 李希凡、蓝翎：《关于〈《红楼梦》简论〉及其他》，《文史哲》1954年第9期。

第四节　文艺批评的理论自觉

在中国当代文学批评界，不少文学批评家寄生于当代历史碎片中，拒绝从理论上把握整个历史运动，完全丧失了理论感，以至于出现一些文学批评家所概括的现象即"无论是好评，还是酷评，都是不科学的"。但是，有的文学批评家却认为匡正这种中国当代文学批评的时弊，解决这种中国当代文学批评的乱象，"恐怕还是要靠文学批评学"。这是治标不治本的。一些文学批评之所以是不科学的，并不是因为一些文学批评家缺少严格的文学批评学训练，而是因为他们缺乏理论感。因而，增强文学批评的理论自觉是中国当代文学批评界发展科学的文学批评的当务之急。

文学批评的理论自觉首先表现为文学批评家对他们在社会分工中的社会责任的自觉担当。马克思、恩格斯在考察统治阶级中间的社会分工时不但深刻地指出思想家包括文学批评家在这种社会分工中的社会角色，而且深刻地指出这些思想家包括文学批评家在这种社会分工中的社会责任。马克思、恩格斯指出：分工以精神劳动和物质劳动的分工的形式在统治阶级中间表现出来，"在这个阶级内部，一部分人是作为该阶级的思想家出现的，他们是这一阶级的积极的、有概括能力的玄想家，他们把编造这一阶级关于自身的幻想当作主要的谋生之道，而另一些人对于这些思想和幻想则采取比较消极的态度，并且准备接受这些思想和幻想，因为在实际中他们是这个阶级的积极成员，很少有时间来编造关于自身的幻想和思想"[1]。这就是说，思想家包括文学批评家是从事精神劳动的，不仅从属于他们所属的阶级，而且积极编造这个阶级的幻想和思想。因此，这些参与编造他们所属阶级的幻想和思想的文学批评家不但要清醒认识他们的社会角色是社会分工的产物即不是高人一等的，而且要自觉担当他们在这种社会分工中的社会责任。同时，文学批评家还要促进广大作家和他们一起铁肩担道义，即自觉担当他们在社会分工中的社会责任。

在现实生活中，广大作家对他们在社会分工中的社会责任并不都有自觉担当，甚至有些颇有影响的作家还反对这种责任担当。正如统治阶级的思想和统治阶级本身的分割现象经常发生，从事精神劳动的作家与从事物质劳动的人民群众也时常发生矛盾甚至对立。这种矛盾甚至对立只能在广大作家深入人民创作历史活动并和这种人民创作历史活动相结合中化解，只能在作家的"批判的武器"与人民群众的"武器的批判"的有机结合、作家的主观批判与人民群众的历史批判的有机结合中化解。但是，有的文学理论家却认为作家的主观愿望与广大人民群众的意志和愿望之间的矛盾甚至对立在审美超越中可以化解。有的文学理论家将作家的主观愿望完全等同于广大人民群众的意志和愿望，认为文学作品所表达的审美理想愿望不仅仅只是作家的主观愿望，同样也是对广大人民群众的意志和愿望的一种概括和提升。这种将作家的主观愿望完全等同于广大人民群众的意志和愿望的审美超越论不仅妨碍广大作家深入人民创作历史活动并和这种人民创作历史活动相结合，而且在当代社会是不可能实现的。

  恩格斯在把握人类社会历史时指出："人们自己创造自己的历史，但是到现在为止，他们并不是按照共同的意志，根据一个共同的计划，甚至不是在一个有明确界限的既定社会内来创造自己的历史。"他们的意向是相互交错的。[2]这就是说，作家的主观愿望与广大人民群众的意志和愿望是不可能完全吻合的。既然作家的主观愿望与广大人民群众的意志和愿望不是完全等同的，那么，作家的主观愿望是如何成为广大人民群众的意志和愿望的概括和提升的？难道是自然吻合的？这位文学理论家接着认为："文学作品所表达的审美理想愿望自然是属于主观的、意识的、精神的东西，但它之所以能成为引导人们前进的普照光，就在于它不仅仅只是作家的主观愿望，同样也是对于现实生活的一种反映，因为事实上如同海德格尔所说的'形而上学是"此在"内心的基本形象'，'只消我们生存，我们就是已经处在形而上学中的'。理想不是空想，它反映的正是现实生活中所缺失而为人们所热切期盼的东西，在这个意义上，作品所表达的审美理想从根本上说都是以美的形式对于现实生活中人们意志和愿望的一种概括和提升，所以，鲍桑葵认为'理想化是艺术的特征'，'它与其是背离现实的想象的产物，不如说其本身就是终极真实性的生活与神圣的显示'，是现实生活中存在于人们心灵中的一个真实的世界，是人所固有的本真生存状态的体现，它不仅是生活的反映，而且是更真切、更深刻的反映，它形式上是主观的，而实际上是客观的。"[3]这实际上是认为广大作家在文学创作中只要深入挖掘自我世界，就可以了。首先，这种人所固有的本真生存状态是人生来就有的，还是人类历史发展的产物？这是很不同的。如果这种人所固有的本真生存状态是人生来就有的，那么，作家在文学创作中只要开掘自我世界就可以了。如果这种人所固有的本真生存状态不是人生来就有的，而是人类历史发展的产物，那么，作家所愿望看到的样子与广大人民群众所愿望看到的样子不可能完全相同，有时甚至根本对立。其次，既然在现实世界中作家的主观愿望与广大人民群众的意志和愿望之间是存在很大差异甚至对立的，那么，这种历史鸿沟应如何填平呢？如果作家在审美超越中可以填平这种历史鸿沟，那么，作家只要深入挖掘自我世界就行了。可见，这种将作家的主观愿望完全等同于广大人民群众的意志和愿望的审美超越论不过是一种精致的自我表现论而已。这种文艺的审美超越论在中国当代社会转型阶段不仅不能准确把握中国当代作家的艺术调整，而且不能推动广大作家进行这种艺术调整。中国当代社会正从以模仿挪移为主的赶超阶段转向以自主创新为主的创造阶段，一些优秀的作家进行了与时俱进的艺术调整，努力把个人的追求与社会的追求融为一体，在人民的进步中实现艺术的进步。文学批评家在这种中国当代社会转型阶段不应蜷缩在自我世界里，咀嚼一己的悲欢苦乐，而应在深入人民创作历史活动并和这种人民创作历史活动相结合中化解与广大人民群众之间的差异甚至矛盾，并在这个基础上积极推动广大作家进行与中国当代社会转型阶段相适应的艺术调整，联合那些进步作家在这个伟大的进步的变革时代勇立潮头唱大风。

　　文学批评的理论自觉，其表现为文学批评家在遵循文学批评发展规律的基础上自觉推进文学批评的有序发展。文学批评史既不是长生的王国，也不是19世纪德国哲学家所批判的"死人的王国"，而是一有秩序的进程。文学批评这一有秩序的进程既是一个不断提高和丰富的发展过程，也是一个由浅入深、从零散到系统的发展过程。这就是说，文学批评家应该在前人的基础上继续前进，而不是各说各的话，各唱各的调，甚至相互否定，来回折腾。

　　19世纪俄国文学批评家别林斯基、杜勃罗留波夫和车尔尼雪夫斯基前后相继，不断冲破当时黑暗世界的禁锢，推动俄国优秀作家走出独创的、从一切异己的和旁人的影响下解放出来的坦直大道。杜勃罗留波夫、车尔尼雪夫斯基没有各说各的话，各唱各的调，甚至相互否定，来回折腾，而是在别林斯基开拓的文学批评道路上继续前进的。中国现当代文学批评家俞平伯和李希凡的自我批判也既有对前人包括自己过去认识的丰富和深化，也有对前人包括自己过去局限的克服和超越。俞平伯在遭到批评后既不固执己见，也不来回折腾，而是在超越前人包括自己局限的基础上继续前进。这就是俞平伯晚年超越索隐考证歧路，强调中国古典长篇小说《红楼梦》是小说，属于文艺的范畴，提倡多从文、哲两方面加以探讨。晚年俞平伯在全面比较"索隐派"与"自传说"的基础上认为："索隐派"与"自传说"虽然在研究方向和研究方法上不同，但都把《红楼梦》当作一种史料来研究。"索隐、自传殊途，其视本书为历史资料则正相同，只蔡视同政治的野史，胡看作一姓家乘耳。既关乎史迹，探之索之考辨之也宜，即称之为'学'亦无忝焉。所谓中含实义者也。两派门庭迥别，论证牴牾，而出发之点初无二致，且有同一之误会焉。"[4]在深刻反省的基础上，俞平伯既反对"索隐派"与"自传说"喧宾夺主，钻牛角尖，认为这是求深反惑，又不废索隐与考证之功，认为可以从历史、政治、社会各个角度来看《红楼梦》，并明确地提出从文、哲两方面探讨《红楼梦》应是主要的。后人不是全面把握晚年俞平伯的红学观，而是各取所需地肢解它，来回折腾。文学批评家李希凡桑榆之年既没有完全否定自己过去对胡适、俞平伯等新红学家的批判，仍然认为中国古典长篇小说《红楼梦》感人的艺术魅力，绝不只是俞平伯所说的那些"小趣味儿和小零碎儿"，更不是胡适所谓的"平淡无奇的自然主义"，而是伟大的现实主义对封建社会的真实反映和艺术形象的深刻概括和创造，又从三个方面进行了深刻的自我批评。

首先，李希凡认真清理了他在1957年的那种"左"的、教条主义的文学思想。李希凡坦承在1957年将刘绍棠那篇《我对当前文学问题的一些浅见》作为所谓"右派"文学观来进行批判的也有他一份，并深感内疚。[5]

其次，李希凡绝不讳言他在年轻气盛的时候所犯过的幼稚病和粗暴的错误。李希凡虽然强烈反对那种认为《红楼梦》是"生活实录"的论调，但在批评中篇小说《组织部新来的年轻人》时却犯了这种错误。这就是李希凡不认为中国首善之区的北京存在官僚主义，并用这种条条框框评论了这部文学作品，还给作家扣上了一顶大帽子，就不自觉地陷入了小说是中国当代社会"生活实录"的误区。[6]

再次，李希凡还对他过去轻视考证工作进行了自我批评，认为"曹雪芹的身世经历，特别是《红楼梦》，只是一部未完成的杰作，确实也需要科学的考证工作"[7]。

李希凡的这种自我批评和俞平伯晚年的深刻反省可谓殊途同归，都是有助于《红楼梦》研究和红学的健康发展的。但是，有的文学批评家却看不到俞平伯和李希凡的这种自我批判和自我调整，甚至认为李希凡、蓝翎在1954年对新红学家俞平伯的批判，不是用文艺批评的方式，而是用政治批判的方式，引发了一场大批判运动。这是罔顾历史事实的。有的文学批评家还认为当时何其芳、吴组缃等人对俞平伯的《红楼梦》研究的批评虽然写得很好，但也是大有问题的——问题不只在这些文学批评本身，而更在于这些文学批评只是这场批判运动的产物，是这场政治批判的一部分。既然这场批判运动本身是极"左"的、错误的，那么，就不能认为这些写得很好的文学批评是真正的文学批评。这种政治批判是一种典型的历史虚无主义倾向。正如人类历史上的异化，虽然人的异化是不好的，但是人也是在这种异化中发展的。我们绝不能在批判人的异化时阉割这种人的发展。这种肢解历史的历史虚无主义倾向不是从理论上克服过去所犯的错误，而是重蹈了过去的错误。因此，文学批评家如果随意割断文学批评这一有次序的进程，就既不可能公正地对待前人的文学批评成果，也不可能做出自己独特的贡献。然而，不少文学批评家却对文学批评的反馈重视不够，极度轻视文学批评的后续发展和充分展开，甚至忽左忽右，前后矛盾。

20世纪80年代中期，有些文学批评家高标所谓"纯文学"，在为文学"松绑"的同时促使文学摆脱政治、现实的羁绊，让文学"纯之又纯"；21世纪初，这类文学批评家又回过头来说什么文学没有力量了，太纯了，与社会、现实疏远了。甚至有些文学批评家今天说这个好，明天又说那个好。当一些所谓"美女作家""横空出世"时，这类文学批评家拼命地追捧这些"美女作家"，还制造一系列概念诸如美女作家、私小说等等。但随着外力干预，他们又转而不理睬这些美女作家了，甚或跟着臭骂一顿。与俞平伯、李希凡真诚的自我反省相反，这类文学批评家不是在遵循文学批评发展规律的基础上开拓前进，而是跟着现象跑。有的文学批评家明确地提出"是文学作品给文学立法，而不是文学批评给文学立法"，文学批评只要面对文学文本就足够了。甚至认为文学作品无限丰富,作家的每一次写作都是一个挑战,文学批评家要更多地尊重文学作品、尊重作家、尊重艺术原创。这类文学批评家只关心文学作品说了什么,而不是深入探究文学作品说的是否有价值,完全被现象牵着鼻子走,不管作家写什么,完全照单全收,甚至在盲目肯定相互矛盾的文学作品时陷入了自相矛盾的泥淖。这些忽左忽右、前后矛盾甚至自相矛盾的文学批评都是文学批评家缺乏理论自觉的产物。

文学批评的理论自觉还表现为文学批评家应敢于直面文艺批评的理论分歧,并在解决这种理论分歧中推动文学批评的深化和文学理论的发展。文学批评家对文学作品的阐释与判断是受一定理论制约的。在文学批评史上,不少文学批评的分歧究其实质,乃是理论分歧。有的文学批评家在坦承中国当代文学史写作对作家路遥及其长篇小说《平凡的世界》的疏忽时承认这是自己看走了眼,并认为这种看走眼的现象在文艺批评中是不可避免的。文学批评家的这种自我批判虽然是可贵的,但却并不深刻和到位,在一定程度上回避了中国当代文学界的理论分歧。路遥及其《平凡的世界》在中国当代年轻人中,尤其是在底层艰难拼搏的人群中影响越来越大,而中国当代文学史家则普遍轻视甚至忽视路遥及其《平凡的世界》。这种集体短视显然不是个别文学批评家看走了眼,而是一些文学批评家身上严重地存在一种文学理论偏见。因为这不是个别文学批评家看走了眼,而是众多文学史家的集体疏忽。这种集体疏忽深刻地暴露了中国当代文学批评界在文学理论上的严重分歧。而这种文学理论分歧则或明或暗、或显或隐地撕裂着中国当代文学批评界。文学批评家如果不积极解决这种文学理论分歧并超越那些偏颇的文学理论,就不可能彻底解决这些文学批评的分歧。然而,不少文学批评家却不是立足中国当代文学批评实践并解决这些文学批评深层次的理论分歧,而是搁置这些理论分歧,各说各的话,各唱各的调。这严重地阻碍了中国当代文学批评的深化和文学理论的发展。

在中国现当代文学批评史上,哲学家牟宗三与红学家周汝昌在对《红楼梦》后四十回的把握上的根本对立,主要源于他们在悲剧理论上的差异。牟宗三的悲剧观认为:"有恶而不可恕,以怨报怨,此不足悲。有恶而可恕,哑巴吃黄连,有苦说不出,此大可悲,第一幕悲剧也。欲恕而无所施其恕,其狠冷之情远胜于可恕,相对垂泪,各自无言,天地暗淡,草木动容,此天下之至悲也。第二幕悲剧是也。"[8]而周汝昌的悲剧观则认为:"世界上伟大的悲剧，像埃斯库罗斯呀，莎士比亚呀，其他的悲剧家呀，他们的伟大和深刻，绝不是这么个陈套子：佳人才子，本应美满，却出了个坏蛋，从中破坏了。……伟大的悲剧看了不是让你痛哭流涕，而是让你震动，让你深思。眼泪并不是称量悲剧是否伟大的砝码。"[9]正是因为牟宗三和周汝昌的悲剧理论不同，所以他们对高鹗所续的《红楼梦》后四十回的认识和评价截然相反。牟宗三认为："然若没有高鹗的点睛，那辛酸泪从何说起？"在牟宗三看来，"前八十回固然是一条活龙，铺排得面面俱到，天衣无缝，然后四十回的点睛，却一点成功，顿时首尾活跃起来。"[10]因此，牟宗三高度肯定了高鹗所续的《红楼梦》。而周汝昌则对高鹗所续的《红楼梦》后四十回不以为然，认为《红楼梦》"这个伟大的小说的结尾，应该是个伟大的悲剧，现在被变成一个什么呢？就是'移花接木''掉包儿'，用一个她来改扮另一个她，然后来骗他一下。我认为世界上的伟大悲剧作品没有这样的，没有这么廉价的，这能值几个钱呀？"[11]如果说牟宗三认为造成大悲剧的罪魁是贾母，那么，周汝昌则认为对宝、黛进行封建压迫与毁灭的主凶是元春、贾政、王夫人、赵姨娘。因而，牟宗三和周汝昌的这种文学批评分歧的解决不仅有赖于对《红楼梦》这部文学作品认识的深化，而且有赖于他们理论分歧的最终解决。然而，不少文学批评家却不是积极解决中国当代文学批评的理论分歧，而是大搅浑水或抹稀泥，结果，无论是在文学批评上，还是在文学理论上，都无很大进展。这大概是中国当代文学批评学在20世纪80年代中期出现短暂的繁荣后一直疲软的重要原因。

其实，文学批评家不仅要在理论上超越文学作品，而且要在理论上磨砺文学批评的锋芒。文学批评家如果不能从理论上把握整个历史运动，就不可能准确把握文学发展方向，就会为现象所左右，从而丧失文学批评的锋芒。中国当代不少文学批评家不能从理论上把握整个历史运动，往往热衷于抢占山头，画地为牢。"底层文学"这类概念就是一些文学批评家画地为牢的产物。人类社会生活是一个有机整体，而社会底层和社会上层都是人类社会生活不可分割的组成部分。如果反映社会底层生活的作家画地为牢，坐井观天，就不可能真正把握社会底层民众生活难以改变的实质即社会底层民众生活的贫穷和苦难不完全是自身造成的。那些文学批评家炮制"底层文学"这类似是而非的概念除了割裂局部和整体的辩证联系以外，不仅重蹈了题材决定论的覆辙，难以准确地把握那些反映社会底层民众生活的文学作品，而且在一定程度上撕裂了中国当代文学界。

文学理论家刘再复在20世纪80年代中期提出的"深邃的文学"这个概念则在一定程度上割裂了未来与历史的辩证联系，很不利于广大作家在现实生活中捕捉未来的真正的人。刘再复认为："没有眼泪，就没有文学。至少可以说，没有眼泪，就没有深邃的文学。"[12]在界定"深邃的文学"这个概念时，刘再复虽然没有完全否定文学的歌颂即文学应当歌颂一切光明的、进步的事业，歌颂光明的、伟大的时代，但却认为被歌颂的对象已在克服人间忧患中立下历史功勋，并要在文学创作中提醒被歌颂的对象的某些局限。显然，那些还来不及立下历史功勋的有生命力的新生力量就被排斥在被歌颂的对象之外了。难怪有些文学批评家津津乐道作家柳青塑造的梁生宝的养父梁三老汉这个艺术形象的鲜活真实而看不到新生力量梁生宝这个艺术形象的艺术魅力？当他们肯定梁三老汉这个概括了中国几千年来个体农民的精神负担的艺术形象写得好时，他们却没有看到梁生宝这个未来的真正的人将随着历史发展而日益显出其艺术生命力。恩格斯在把握伟大作家巴尔扎克最重大特点之一时则指出，巴尔扎克经常毫不掩饰地赞赏的人物，却正是他政治上的死对头，圣玛丽修道院的共和党英雄们，这些人在那时（1830—1836年）的确是人民群众的代表。这样，巴尔扎克不得不违反自己的阶级同情和政治偏见而行动。[13]恩格斯认为现实主义的最伟大胜利之一不完全是因为巴尔扎克的伟大作品是对上流社会无可阻挡的崩溃的一曲无尽的挽歌，还因为他在当时唯一能找到未来的真正的人的地方看到了这样的人。如果巴尔扎克的文学作品没有写出这种未来的真正的人，那么，巴尔扎克还能成为伟大的现实主义大师？这种未来的真正的人是新生力量，还来不及在克服人间忧患中立下历史功勋，难道他们就不应在文学世界内占有一席之地？这些未来的真正的人虽然不乏单薄稚嫩，但他们毕竟是有旺盛生命力的。文学批评家不但不能过于苛求，而且还要促进广大作家在尖刻嘲笑那些注定要灭亡的阶级和辛辣讽刺无可阻挡的崩溃的上流社会的同时歌颂这些未来的真正的人。在中国当代文学批评史上，一些深层次的理论分歧严重地制约着文学批评的长足发展。文学批评家只有敢于直面这些文学批评的理论分歧并努力解决它，才能有力推动中国当代文学批评的深化和文学理论的发展。

参考文献：

[1] 中共中央马克思、恩格斯、列宁、斯大林著作编译局：《马克思恩格斯选集》第1卷，人民出版社，1995，第99页。

[2] 中共中央马克思、恩格斯、列宁、斯大林著作编译局：《马克思恩格斯选集》第4卷，人民出版社，1995，第732-733页。

[3] 王元骧：《求实严谨的科学态度 求真创新的学术精神》，《文艺理论与批评》2014年第2期。

[4] 俞平伯：《索隐与自传说闲评》，《俞平伯全集》第6卷，花山文艺出版社，1997，第435页。

[5] 李希凡：《李希凡文集》第6卷，东方出版中心，2014，第412页。

[6] 李希凡：《李希凡文集》第1卷，东方出版中心，2014，第692页。

[7] 李希凡：《李希凡文集》第1卷，东方出版中心，2014，第686页。

[8] 牟宗三：《〈红楼梦〉悲剧之演成》，载苗怀明选编《红楼二十讲》，华夏出版社，2009，第111页。

[9] 周汝昌：《献芹集》，中华书局，2006，第184页。

[10] 牟宗三：《〈红楼梦〉悲剧之演成》，载苗怀明选编《红楼二十讲》，华夏出版社，2009，第90页。

[11] 周汝昌：《献芹集》，中华书局，2006，第187页。

[12] 刘再复：《刘再复集》，黑龙江教育出版社，1988，第101页。

[13] 中共中央马克思、恩格斯、列宁、斯大林著作编译局：《马克思恩格斯选集》第4卷，人民出版社，1995，第684页。

第五节　文艺批评不能卸掉理论武装

21世纪以来，文艺理论在中国当代文艺界越来越边缘化。这不仅表现在一些文艺批评家告别文艺理论上，而且表现在一些文艺批评家解除文艺理论武装上。这种轻视甚至忽视文艺理论的倾向不仅无法把握文艺理论在文艺批评中的地位和作用，而且难以享受文艺理论的独特魅力。

在中国当代文艺批评界，这种轻视甚至忽视文艺理论的倾向经过了三个阶段。

一是有些文艺批评家提出了"感悟说",强调感悟主体是纯粹的认识主体。新世纪初,有的文艺批评家在把握文艺经典时认为:"感悟是我们把握世界的第一感觉,是我们对经典生命的第一印象,所以我们要把我们的感悟和分析结合起来,既追求学理的灵动,又追求学理的透彻。"这位文艺批评家要求我们"把重要的经典当作伟大的个案,进行细读,进行感悟,把它上升到学理的高度进行思辨,这是我们返回中国文化的原点,确认中国作家的文化发明专利权的基本方法。这就需要我们直接面对经典文本,重视自己的第一印象。"这种第一印象是那种有血有肉的、真正有意义深度的直觉,它那里包含着最初理论萌芽。这种发现中国诗学原创的基本方法虽然反对套用西方的文艺理论代替对中国诗学的独特内容的把握是可取的,但完全拒绝引进西方现代先进文艺理论把握中国诗学却是偏颇的。这不仅否认了文艺理论在人从感性认识上升到理性认识这个认识过程中的指导作用,而且没有看到中国传统文艺批评是在西方现代先进理论的刺激下发展起来的。这位文艺批评家所说的感悟主体不过是纯粹的认识主体而已。这种"感悟说"强调感悟主体是纯粹的认识主体,不但不符合人的认识规律,而且这种感悟所得极为不可靠。首先,既然要求我们细读和感悟重要的经典文本,那么,这个重要的经典文本是如何确定的?又是谁确定的?其次,我们对这个所谓重要的经典文本的感悟是否是普遍有效的?再次,如果不同的人对这个所谓的经典文本的感悟不同,那么,人们怎么确定谁的感悟是准确的呢?显然,这种"感悟说"是一种经验主义的形而上学思维方式。看来,有的文艺批评家要求感悟主体是纯粹的认识主体,不过是为了否定文艺理论在人的感性认识到理性认识整个认识过程中的指导作用。

二是有些文艺批评家提出告别文艺理论,强调文艺作品为文艺立法,反对文艺批评为文艺立法,认为无穷大的理论就是无穷空的理论,就是永远固定的条目,它只是规定和立法,不是激发和创造。这些文艺批评家认为,在相当的时期里,文艺批评臣属于文艺理论,它们二者也共同维护着文艺实践的秩序。而当下文艺创作实践却更多地转向了个人经验,曾经作为规范的文艺理论,现已不能规范文艺批评,更不用说规范当下文艺创作实践。当代文艺批评与旧有的文艺理论分道扬镳是时代变异使然。文艺理论应该更多地向具体的文艺批评发展。在这个基础上,这些文艺批评家认为文艺批评家应该有更广阔的容忍空间,既看到文艺作品的差异,也看到作家艺术家的不同。文艺作品无限丰富,作家艺术家的每一次创作都是一个挑战,所以文艺批评家要更多地尊重文艺作品,尊重作家艺术家,尊重艺术原创。这是站不住脚的。首先,文艺理论绝不是"隔"在文艺批评家与文艺作品之间的厚网,而是更好地把握文艺作品。英国文艺理论家特里·伊格尔顿反复强调文艺理论不是文本细读的障碍,认为文艺"批评概念最大的用处,是使我们可以接触艺术品,而不是将我们与艺术品隔绝。它们是理解艺术品的方式。其中有些方式比另一些方式更为有效,不过这种差别和理论与非理论的差异没有联系。批评概念,即使是无用且模糊的批评概念,也并非一个猛然落入我们与作品之间的屏障,它是用来进行文学批评的一种方式,有的批评概念有用,有些没用"[1]。文艺理论是有助于文艺批评家解释艺术作品的,而不是相反。其次,文艺批评家即使尊重艺术原创,也应该严格甄别有意义的艺术原创与无意义的艺术原创,否则,就是盲目的。19世纪德国哲学家康德在论天才时深刻地指出:"天才(一)是一种天赋的才能,对于它产生出的东西不提供任何特定的法规,它不是一种能够按照任何法规来学习的才能;因而独创性必须是它的第一特性;(二)也可能有独创性的,但却无意义的东西,所以天才的诸作品必须同时是典范,这就是说必须是能成为范例的。它自身不是由摹仿产生,而它对于别人却须能成为评判或法则的准绳。"[2]尽管艺术独创是艺术的第一特性,但是,这种艺术独创既有可能是有意义的,也有可能是无意义的。如果文艺批评家盲目崇拜作家艺术家的艺术创作,那么,就无法区别有意义的文艺创新和无意义的文艺创新。这恐怕是不言而喻的。

  三是有些文艺批评家解除了文艺批评的理论武装。这些文艺批评家认为,文艺批评家的批评活动不能拿着理论的条条框框教条化地去硬套具体的文本,不能用既定的理论去要求作家艺术家照样创作。也就是说,在面对具体的文艺创作、具体的作品文本时,文艺批评家所有的理论成见都要抛开,而是要回到文本的具体阐释,从中发现文本的意义,或者提炼出文本的理论素质。这种抛开所有理论成见的文艺批评观不仅卸掉了文艺批评的理论武装,而且违背了文艺批评规律。首先,文艺批评家在面对具体的文艺创作、具体的作品文本时抛开所有的理论成见既是不可能的,也是行不通的。文艺批评是按照文艺的构成标准对文艺作品进行挑选、分类、纠正和改写的。正如特里·

伊格尔顿所指出的："没有某些先入之见，我们压根儿辨认不出何为艺术作品。"对一艺术作品完全客观的批评，"若不是从某一特定角度切入，就会难以理解"[3]。其次，文艺批评家如果抛开了所有的理论成见，完全回到文本的具体阐释，从中发现文本的意义，那么，就不可能与作家艺术家对话了。法国文艺理论家茨维坦·托多洛夫在倡导对话文艺批评时认为：文艺"批评是对话，是关系平等的作家与批评家两种声音的相汇"[4]。既然文艺批评不仅有作家的声音，还有文艺批评家的声音，那么，文艺批评家就不能"颂赞"满天飞，即完全跟着文艺创作后面跑。最后，文艺批评家如果抛开了所有的理论成见，完全回到文本的具体阐释，就将陷入自相矛盾的困境。当代文艺创作是多样化的，甚至在价值观上是完全对立的，文艺批评家如果抛弃了一切理论，就无法判断哪种文艺创作是值得肯定的，无法判断哪种文艺创作更能成为未来文艺。如果文艺批评家只是跟着文艺创作后面跑，盲目地肯定一切，就会陷入自相矛盾的困境。这种现象已在一些颇为活跃的当代文艺批评家身上频频发生。

特里·伊格尔顿曾对反对文艺理论的倾向进行了有力的批判。特里·伊格尔顿相当鄙视那些反对理论的倾向，认为"许多对理论的反对要么错误，要么微不足道"[5]。首先，特里·伊格尔顿认为文艺批评家在文艺批评时不可能不受理论支配，那些对理论持敌视态度的人常常意味着只反对他人的理论而忽略自己的理论。特里·伊格尔顿尖锐地指出："经济学家凯恩斯曾经这样说过：那些厌恶理论的经济学家，或宣称没有理论可以过得更好的经济学家，不过是受一种较为陈旧的理论支配罢了。这对于研究文学的人和批评家来说，也是如此。"这就是说，"倘若没有某种理论，且不说这种理论是何等抽象和含蓄，我们首先就不会知道什么是'文学作品'，或者我们如何去阅读它。对理论持敌视的态度，常常意味着只反对他人的理论而忽略自己的理论"[6]。其次，特里·伊格尔顿特别反对那种认为只有当文艺理论用以说明艺术作品时该理论才有价值的假设，认为这是"市侩实用主义"。特里·伊格尔顿深刻地指出："理论可以凭自身能力使人大开眼界"，并认为"文化理论的任何一个分支——女性主义、结构主义、精神分析学、马克思主义，符号论等等——在理论上都不只局限于对艺术的讨论，或只源自对艺术的讨论"[7]。在这个基础上，特里·伊格尔顿认为：文艺"理论不应只将自己解释成批评的高级形式。但是当它分析文本的时候，文本仍然可以被充分地把握"[8]。这就是说，文艺理论不仅能够更深入地把握文艺作品，即理论做细读工作的能力胜过实践批评，而且不只是文艺批评的高级形式，文艺"理论可以凭自身能力使人大开眼界"[9]。有的时候，理论甚至比这理论所阐释的艺术作品更令人兴奋，更引人注目。因此，特里·伊格尔顿尖锐地批判了那种敌视理论的倾向，认为"我们永远不能在'理论之后'，也就是说没有理论，就没有反省的人生"[10]。中国当代文艺理论家王元骧也有力地批判了中国当代文艺批评界"告别文艺理论"的倾向。王元骧深刻地指出，文艺理论对文艺现状不应只是追随和认同，甚至屈从和谄媚，而应有所反思和批判，甚至有所规范和引领。文艺理论不仅不是什么"无限大的"和"无限空的"理论，它所要探究的恰恰是我们为了反思、批判所首先必须予以解决的最最根本的思想观念。文艺"批评的开始不是'元理论的终结'而恰恰应是元理论的加强！它应该成为一个真正的批评家所应有的一种修炼和学养。这样，我们的批评才会具有远见卓识，对于当今文学创作的反思才能见出力度，才能对文学创作起到真正的引导和促进的作用，而不至于只停留在表达个人的直感和随想的水平上"[11]。这对那些完全依靠直觉的文艺批评的批判可谓一针见血。然而，这种轻视甚至忽视文艺理论的倾向并没有在一些文艺理论家的有力抨击下偃旗息鼓，反而在中国当代文坛渐成气候，岂不是咄咄怪事？

有些文艺批评家之所以强烈要求文艺批评家在文艺批评中抛开所有的理论成见，是因为他们认为文艺理论是从文艺的历史发展和文艺的现实生成的实际存在中概括、总结出来的。这些文艺批评家在把握文艺理论发展上认为，没有文艺的产生和存在，就不可能有文艺理论的出现。而文艺理论是关于文艺的理论，本质上是对某一特定时期文艺实践的经验总结和规律梳理。其中最重要的，是文艺理论对文艺创作取材、构思、技法以及对文艺作品审美风格、形式构成、语言特质的理论归纳和概括。这不仅没有看到文艺理论必须反映不同时代的民族和阶级或集团对文艺的根本要求，而且很容易陷入文艺的纯审美论的泥淖，并在一定程度上推卸了文艺理论家的社会责任。马克思、恩格斯在把握人类的社会分工时深刻地指出：分工以精神劳动和物质劳动的分工的形式在统治阶级中间表现出来。马克思、恩格斯看来，思想家包括文艺理论家是从事精神劳动的，不仅从属于他们所属的阶级，而且积极编造本阶级的幻想和思想。也就是说，这些参与编造他们所属阶级的幻想和思想的文艺理论家不但要明白他们的社会角色是社会分工的产物即不是高人一等的，而且不能忘记他们在这种社会分工中的社会责任。[12]马克思、恩格斯坚决反对把统治阶级的思想与统治阶级本身分割开来，认为这是使统治阶级的思想独立化。马克思、恩格斯深入地批判了这种统治阶级的思想独立化的后果，认为这是社会虚假意识形态产生的思想根源。因此，文艺理论家不仅要深刻反映不同时代的民族和阶级或集团对文艺的根本要求，而且要及时反映不同时代的民族和阶级或集团的审美需要和审美理想。

在中国现代文艺史上，中国现代作家鲁迅敏锐地看到"躲避时事"的"小摆设"与"杀出血路"的小品文是对立的，不仅深刻地指出这两种小品文虽然都能给人愉快和休息，但是，"躲避时事"的"小摆设"将粗犷的人心磨得平滑即由粗暴而变为风雅，是抚慰与麻痹，而"杀出血路"的小品文则是劳作和战斗之前的准备，是休养，而且从身处风沙扑面、虎狼成群之境的人的根本需要出发，认为前者是小品文的末途，后者是生存的小品文。无论是19世纪俄国杰出的文艺批评家杜勃罗留波夫对挖掘和表现了与当时俄国人民生活的新阶段相呼应的坚强性格的俄国作家奥斯特罗夫斯基的戏剧作品《大雷雨》的高度肯定，还是鲁迅对属于别一世界的白莽的诗的大力推荐，都是着眼于人民大众未来的挣扎和战斗。

特里·伊格尔顿在深刻把握西方现代文艺理论同这个社会的政治制度非常特殊的关系的基础上，强调了文艺理论家的社会责任。特里·伊格尔顿认为："在文化实践领域内工作的人不会错把自己的活动看作是绝对重要的。男人女人都不是光靠文化过活的，在历史上绝大多数人从来都没有靠文化过活的机会，现在少数人之能幸运地靠文化过活是由于那些不能这样做的人的劳动。任何文化或批评的理论如果不从这个最重要的事实出发，并始终牢记这一点，我看，那是没有多大价值的。没有一份文化的文献同时不是野蛮的状态的记录。"[13]这就是说，文艺理论家不能推卸自己在社会分工中的社会责任，否则，就难以做出有价值的文艺理论创新。

康德在论美的艺术是天才的艺术时曾经指出："对于这些天才们艺术或已停止进步，艺术达到一个界限不再能前进，这界限或早已达到而不能再突破；并且这样一种技巧也不能传达，而是每个人直接受之于天，因而人亡技绝，等待大自然再度赋予另一个人同样的才能。他（这天才）仅需要一个范本的启发，以便同样地发挥他自己已意识到的才能。"[14]康德强调天才的艺术是创造出来的，而不是模仿出来的。其实，人类文艺是不断创新的，而不是重复模仿的。人类未来的文艺是天才的作家艺术家从无到有的创造，而不是过去艺术的重复。因而，那种从文艺的历史发展和文艺的现实生成的实际存在中概括、总结出来的文艺理论是难以真正解释未来文艺的。有些文艺理论家由于刻意回避文艺理论的立场，看不到所谓"纯"文艺理论不过是神话，文艺理论是"为了加强特定的人们在特定时间里的特定利益的"[15]，所以在把握文艺的审美理想上不仅没有把握新旧艺术交替的复杂联系，而且陷入了自相矛盾的泥淖。这些文艺理论家一方面认为文艺批评的规范是从文艺的历史发展和文艺的现实生成的实际存在中概括、总结出来的，另一方面又认为文艺批评是受一定审美理想支配的。而这种审美理想是审美领域对于有缺陷的现实的超越，完全不是从文艺的历史发展和文艺的现实生成的实际存在中概括、总结出来的。这就没有看到文艺理论不仅反映不同时代的民族和阶级或集团对文艺的根本要求，而且集中反映不同时代的民族和阶级或集团的审美需要和审美理想，在一定程度上推卸了文艺理论家在社会分工中本应承担的社会责任。这些文艺批评家不仅提出中国当代文艺理论建设全方位回归中国文艺实践，还非常错误地总结了中国现当代文艺理论的发展，认为中国现当代文艺理论脱离文艺实践，源自对外在理论的生硬"套用"，理论和实践处于倒置状态。因而，他们认为中国当代文艺批评的发展有赖于重新校正长期以来被颠倒的理论和实践的关系，抛弃对一切外来先验理论的过分倚重。这不仅彻底忘却了文艺批评家的社会责任，而且没有看到外来先进思想理论在中国古代文艺批评转向现当代文艺批评的过程中的推动作用。文艺批评家叶嘉莹在总结近代开辟中国文学批评新途径的先进人物王国维文艺批评的得与失时，高度肯定了中国文艺批评借助西方思想理论弥补不足的演进发展，尖锐批判了中国文艺批评界在这种演进的发展中的缺陷，这就是"中国的文学批评界对于如何把西方之新理论新观念融入中国固有之传统中的一点原则，却未能做到完善的地步，因此有时对西方思想理论的援用就仅只成了李戴张冠的假借，而并未能如食物之被消化吸收而将之转化为自己的营养和生命"。在这个基础上，叶嘉莹提出了文艺批评家将西方富于思辨的理论概念融入中国传统之中的历史责任。[16]因而,中国当代文艺批评界不能因噎废食,不能将外来先进思想理论拒之门外。

这种轻视甚至忽视文艺理论的倾向在当代文艺批评中造成的恶果之一是文艺批评的影响力主要取决于文艺批评家的地位和身份,而不取决于文艺批评的好坏与高下。在中国当代文艺批评界,那些有地位有身份的文艺批评家之所以比一般文艺批评家更有社会影响力,不是因为这些文艺批评家在文艺批评这一有秩序的进程中的位置重要,而是因为他们在社会中的位置重要。意大利现代艺术批评史家里奥奈罗·文杜里强调艺术史、艺术批评与美学的统一,认为艺术史、艺术批评与美学的分立就将使得它们变得空洞无物。里奥奈罗·文杜里在把握艺术史、艺术批评与美学之间的关系时尖锐地指出:艺术的历史需要一种理论,以便甄别出一件绘画或雕塑是否是艺术作品。"假使批评家唯一依靠的是他自己的感受,最好还是免开尊口。因为,如果抛弃了一切理论,他就无法确定自己的审美感受是否比一个普通路人的更有价值。"如果每个人的爱好都有历史地位,就无所谓判断上的真实或虚假,审美趣味上的优良或低劣。这样,"艺术史也不再成其为历史,不过是一堆材料广博的纯粹史料"[17]。当文艺批评家抛弃了一切理论之后,文艺界就无法确定谁的审美感受更有价值了。这时,文艺批评家的地位和身份就变得重要了。当文艺界只重文艺批评家在社会中的位置时,那些没有地位和身份而很有才华和实力的文艺批评家将长久地淹没在众声喧哗中,难以脱颖而出。因而,这种鄙俗气盛行的当代文艺批评环境是很不利于青年文艺批评家的崛起的,是很不利于文艺批评界新旧交替的。而那些对理论持敌视态度的文艺批评家正好在这种鄙俗气盛行的当代文艺批评环境里浑水摸鱼。

这种轻视甚至忽视文艺理论的倾向在当代文艺批评中造成的恶果之二是文艺批评家在文艺批评中信口雌黄后,既不需要负责,也不需要反省。在中国当代文艺批评界,不少有身份有影响的文艺批评家在文艺批评中掀起了一波又一波的文艺造神运动,打造了一座又一座的文艺"高峰"。然而,中国当代文艺界在实际上却是严重缺乏"高峰"的。一些有身份有影响的文艺批评家虽然睁眼说了瞎话,但却不仅没有受到任何抵制,反而在这种文艺造神运动中实现了他们的狭隘目的,身份更高了,影响更大了,报酬更丰了。难怪这种文艺造神运动在中国当代文艺批评界一浪高过一浪!从这种文艺造神运动可以看出,文艺批评不过是一些有身份有影响的文艺批评家攫取狭隘利益的工具,至于文艺批评发展规律根本不在他们眼里。

参考文献:

[1][3][5][7][9][10]特里·伊格尔顿著,商正译:《理论之后》,商务印书馆,2009,第91页、第91页、第98页、第84页、第84页、第213页。

[2][14]康德著,宗白华译:《判断力批判》上卷,商务印书馆,1964,第153页、第155页。

[4]茨维坦·托多洛夫著,王东亮、王晨阳译:《批评的批评》,生活·读书·新知三联书店(北京),1988,第175页。

[6][13][15]特里·伊格尔顿:《文学原理引论》,文化艺术出版社,1987,第1-2页、第250页、第229页。

[8]特里·伊格尔顿著,王杰、贾洁译:《批评家的任务》,北京大学出版社,2014,第113页。

[11]王元骧:《论美与人的生存》,浙江大学出版社,2010,第17页。

[12]中共中央马克思、恩格斯、列宁、斯大林著作编译局:《马克思恩格斯选集》第1卷,人民出版社,1995,第99页。

[16]叶嘉莹:《迦陵文集》第2卷,河北教育出版社,1997,第125-126页。

[17]里奥奈罗·文杜里著,迟轲译:《西方艺术批评史》,江苏教育出版社,2005,第4页、第13页。

第三章　中国当代文艺批评发展的瓶颈与突破

第一节　历史的碎片化与理论感的丧失

21世纪初，中国文学批评界出现了"告别理论"的思想倾向。有的文学理论家看到过去文学理论的局限，指出中国当代文学理论既无力抗拒又无法容纳现代主义文学和大众文学，并在这两类文学的冲击下频频受挫，认为每个文学理论家、批评家可以有自己关注和熟悉的专门领域和研究重点，但他的心里要装着文学世界的全部、整体，就是说，要意识到、要承认整体的存在。文学理论家、批评家应充分注意身边至鄙至俗、极浅极近的文学，努力从中提炼出新的美学原则。有的文艺批评家看到过去文艺理论的缺陷，即个别文学作品只是文学理论的佐证，认为这种无穷大的理论就是无穷空的理论，就是永远固定的条目，它只是规定和立法，不是激发和创造。他们指出，在相当的时期里，文学批评臣属于文学理论，它们二者也共同维护着文学实践的秩序。而当下文学创作实践更多转向了个人经验，曾经作为规范的文学理论，现在并不能规范文学批评，更不用说规范当下文学创作实践。当代文学批评与旧有的文学理论分道扬镳是时代变异使然。文学理论应该更多转向具体的文学批评。他们认为文学的表现形态是多样的，批评家应该有更广阔的容忍空间，既应看到文学作品的差异，也应看到作家的千差万别。

一些文艺理论家有力地批判了这种"告别理论"的思想倾向。他们认为，文艺理论对文艺现状不应该只是追随和认同，而应该有所反思和批判。文艺理论不仅不是什么"无限大的"和"无限空的"理论，它探究的恰恰是我们为了反思、批判首先必须予以解决的最根本的思想观念。"批评的开始不是

'元理论的终结'而恰恰应是元理论的加强！它应该成为一个真正的批评家应有的一种修炼和学养。这样，我们的批评才会具有远见卓识，对于当今文学创作的反思才能见出力度，才能对文学创作起到真正的引导和促进的作用，而不至于只停留在表达个人的直感和随想的水平上。"[1]其实，中国当代文学批评界的这种"告别理论"的思想倾向不过是中国当代历史碎片化倾向的折射。这就是中国当代有些文学批评家放弃从整体上把握历史的"碎片"，而是孤立地看待这种"碎片"，从而割裂了这些历史的"碎片"和整体的联系。

中国当代历史的碎片化倾向有三大显著的特征。第一大显著特征是时间与空间的分裂。文学批评家如果将整个历史看成一堆碎片，那么这个世界就将成为一个互不联系的世界，任何事物都只有空间存在，而没有时间存在。这就割裂了时间与空间的辩证联系。第二大显著特征是局部和整体的分裂。文学批评家如果迷信感觉，不能把握整个社会生活，就难以区分历史的假象与历史的真相、历史的主流与历史的暗流。有些作家、文学批评家迷信的感觉不但难分社会生活的主次，而且可能以历史的假象为历史的本质，以历史的暗流为历史的趋势。这就割裂了局部和整体的辩证联系。第三大显著特征是个人和集体的分裂。文学批评家如果只关注个人命运的变化，而不关注个人所属的共同体的根本改变，就看不到这种个人所获得的自由是虚假的甚至异化的。这种个人脱离他所属共同体的浮沉，并非整体历史改变的量变积累。因而，这种个体命运的变化不但没有触动不合理的现存秩序，反而在一定程度上强化了这种不合理。这些个人在自由选择时放弃了社会责任。这就割裂了自由选择和社会责任的辩证联系。寄生在中国当代历史的碎片中的文学批评家几乎完全丧失了理论感，不能把握整个历史运动，从而只见树木，不见森林。

理论感这一概念是恩格斯在《德国农民战争》1870年第二版"序言"的补充中提出的。恩格斯在比较德国工人与欧洲其他各国工人时指出，德国工人保持了德国那些所谓"有教养的人"几乎完全丧失了的理论感。德国工人虽然起步时间较晚，但却能够处于无产阶级斗争的前列，主要原因之一就是德国工人有理论感。而英国工人运动前进得非常缓慢，主要原因之一就是对于一切理论的漠视。[2]接着，恩格斯在《自然辩证法》中进一步批判了那种蔑视一切理论的最肤浅的经验论，认为"对一切理论思维尽可以表示那么多的轻视，可是没有理论思维，的确无法使自然界中的两件事实联系起来，或者洞察二者之间的既有的联系。在这里，问题只在于思维的正确或不正确，而轻视理论显然是自然主义地进行思维、因而是错误地进行思维的最可靠的道路。但是，根据一个自古就为人们所熟知的辩证法规律，错误的思维贯彻到底，必然走向原出发点的反面"[3]。中国当代有些文学批评在"告别理论"中不但丧失了批判锋芒，难以透彻，而且"缺位"和"缺信"。从中国当代文学批评界对文艺"过度娱乐化"倾向的批判中可以看出，有些文学批评在理论上不彻底，既不透彻，也没有击中文艺"过度娱乐化"倾向的要害，往往不是极度抬高批评对象，就是极度贬低。这种不彻底就是混淆了可笑性和真正的喜剧性这两个范畴，混淆了"乐人"与"动人"这两个概念。中国元代文学家高明在"南戏之祖"《琵琶记》中说："论传奇，乐人易，动人难。"高明所说的乐人与动人并非喜剧与悲剧之分，而是艺术作品的艺术效果的层次之分。有些文学批评家认为这是喜剧与悲剧之分，是浅薄的。19世纪德国美学家黑格尔深刻地指出："艺术并不是一种单纯的娱乐、效用或游戏的勾当，而是要把精神从有限世界的内容和形式的束缚中解放出来，要使绝对真理显现和寄托于感性现象，总之，要展现真理。"[4]中国当代有些文学作品追求无聊的趣味，出现了"过度娱乐化"倾向。诚然，那些无聊的趣味也能令人入迷，但却不能打动人心。而艺术感染力则能打动人心，令人感动。中国当代有些文学批评家没有从理论上严格甄别生理快感和美感的区别和联系、无聊的趣味和艺术感染力的区别和联系，而是严重混淆可笑性和真正的喜剧性这两个范畴。这种理论的不彻底必然制约文学批评的锋芒。

德国美学家沃尔夫冈·伊瑟尔在探究文艺理论兴起的原因时指出："毫无疑问，理论的兴起还有其他原因，比如媒介的普及，以及对文化关系和跨文化关系兴趣的日益增长；但是，最主要的推动力量有三个：首先来自人们对艺术本体这一信念越来越怀疑，其次是印象式批评造成的混乱越来越大，最后是对意义的追寻和由此产生的阐释冲突。"他认为"理论的兴起标志着批评历史的转变"[5]。伊瑟尔所说的"印象式批评"所造成的混乱和阐释冲突已在中国当代文学批评界泛滥成灾。因此，文艺理论的兴起将是不可避免的。

而文学批评界如果要真正克服历史碎片化倾向的侵蚀，就必须深刻认识社会文化发展的基本矛盾并合理地解决这个基本矛盾。中国当代社会文化发展在解决这样两对矛盾中左右摇摆，一对是人民日益增长的精神文化需要同落后的社会精神文化生产之间的矛盾，一对是丰富多样的精神文化产品与社会主义先进文化这个发展方向之间的矛盾。中国当代文学批评界有的偏重前者，强调解放精神生产力，重视精神文化产品的极大丰富和多样；有的偏重后者，认为社会精神文化产品即使极其丰富，甚至可能在一些方面出现过剩的现象，它们也并不都能满足人民日益增长的精神文化需要，有些精神文化产品甚至是违背人民的精神文化需要的。他们强调中国当代文化发展在解决人民日益增长的精神文化需要同落后的社会精神文化生产之间的矛盾后，还要进一步解决这些丰富多样的精神文化产品与社会主义先进文化这个发展方向之间的矛盾。这就是说，中国特色社会主义文化提倡文化的多样化发展，但是这种多样化发展不能完全各行其道、漫无依归，而应是有方向的。多样化的文化在历史发展过程中必然出现进步与落后的分别，甚至还会出现消极的、有害的、异己的文化。中国特色社会主义文化在积极汲取人类有益艺术文化养分的同时，必须坚决抵制和批判一些异质文化对中国特色社会主义文化发展的不良影响和侵蚀作用。但是，那些力倡文学创作多元论的文学批评家在解决了人民日益增长的精神文化需要同落后的社会精神文化生产之间的矛盾后，拒绝进一步解决这些丰富多样的精神文化产品与社会主义先进文化这个发展方向之间的矛盾。不可否认，这些文学批评家是解放精神生产力的急先锋。但是，他们却放弃了精神文化产品的价值高下判断，不能积极引领当代文学健康而有序的发展。这种理论失误还可以从中国当代文学批评界肢解法国哲学家和文学家萨特的存在主义思想中清晰地看出。

20世纪90年代以来，有些文学批评家在倡导文学创作多元论时提出："在怎么活的问题上，没有应当怎样不应当怎样的模式，谁也不能强求谁。"这些文学批评家强调了选择的自由，却忽视了人在自由选择时所应承担的社会责任。这在一定程度上反映了中国当代一些文学批评家在理论上的局限，即他们在引进萨特的存在主义思想时往往只截取他们需要的，而不是完整准确地把握这种思想并进行深入的批判。的确，人可以自由选择，但是，这种选择是有价值高下分别的。萨特指出，人就是人。这不仅说它是自己认为的那样，而且也是他愿意成为的那样——是他（从无到有）从不存在到存在之后愿意成为的那样。人除了自己认为的那样以外，什么都不是。但是，人要对自己是怎样的人负责。萨特在《存在主义是一种人道主义》这篇著名论文中指出:"只要我承担责任,我就非得同时把别人的自由当作自己的自由追求不可。我不能把自由当作我的目的,除非我把别人的自由同样当作自己的目的。"[6]萨特认为,当我们说人对自己负责时,我们并不是指他仅仅对自己的个性负责,而是对所有的人负责。所以,"人在为自己作出选择时,也为所有的人作出选择。因为实际上,人为了把自己造成他愿意成为的那种人而可能采取的一切行动中,没有一个行动不是同时在创造一个他认为自己应当如此的人的形象。在这一形象或那一形象之间作出选择的同时,他也就肯定了所选择的形象的价值;因为我们不能选择更坏的"。在萨特看来,"我们选择的总是更好的;而且对于我们来说,如果不是对大家都是更好的,那还有什么是更好的呢?"[7]因此,中国当代文学批评家是不能回避自由选择的真假判断和价值高下判断的。

可见,中国当代文学批评之所以难以深入甚至出现分裂,是因为有些文学批评家对中国当代社会文化发展的基本矛盾认识不够深入。如果文学批评家深入地把握并合理地解决了中国当代社会文化发展的基本矛盾,就不会发生分裂,其文学批评在理论上就不难透彻。

参考文献:

[1] 王元骧:《论美与人的生存》,浙江大学出版社,2010,第17页。

[2] 中共中央马克思、恩格斯、列宁、斯大林著作编译局:《马克思恩格斯选集》第2卷,人民出版社,1995,第635-636页。

[3] 中共中央马克思、恩格斯、列宁、斯大林著作编译局:《马克思恩格斯选集》第4卷,人民出版社,1995,第300-301页。

[4] 黑格尔:《美学》第3卷下册,商务印书馆,1981,第335页。

[5] 沃尔夫冈·伊瑟尔:《怎样做理论》,南京大学出版社,2008,第5页。

[6] 萨特:《存在主义是一种人道主义》,上海译文出版社,1988,第27页。

[7] 萨特:《存在主义是一种人道主义》,上海译文出版社,1988,第8-9页。

第二节　当代文艺思想解放的先驱在当代的困境

　　1986 年至 1988 年，作家姚雪垠与刘再复进行了一场文艺论战。这场文艺论战在一定程度上深刻地反映了姚雪垠与刘再复在文艺理论上的分歧。本来，文艺理论的分歧应在理论上解决。但是，刘再复等人不是在文艺理论上解决理论的是非，而是用政治判断代替文艺理论的是非判断，甚至进行政治讨伐。这严重地影响了中国当代文艺理论的发展。为了中国当代文艺理论的科学发展，为了中国当代文艺界更好地开展文艺争鸣，我们需要辨清姚雪垠与刘再复在这场文艺论战中没来得及辨清的理论是非，拨开笼罩在这场文艺论战上的层层迷雾。

　　有人认为，姚雪垠在这场与刘再复的文艺论战中败得一塌糊涂，扣在他头上的极"左"帽子再难摘下。[1]其实，这种帽子是掩盖不住姚雪垠的光辉的。在反对极"左"文艺思想的斗争中，姚雪垠绝不逊色于刘再复，甚至作用更大。至少在"文化大革命"结束前后，姚雪垠积极参与并推动了中国文艺界的思想解放运动。从 1974 年 7 月到 1980 年 2 月，在这六年时间里，姚雪垠为长篇历史小说《李自成》的创作问题和作家茅盾通信 88 封。《茅盾姚雪垠谈艺书简》收入了茅盾、姚雪垠二人围绕长篇历史小说《李自成》的创作问题和其他重要文艺理论问题的通信 73 封。姚雪垠和茅盾通信中的美学思想曾经极大地推动了 20 世纪 70 年代末和 80 年代初中国文艺界的思想解放。1977 年 6 月 25 日，姚雪垠摘抄茅盾关于《李自成》第二卷的评论在《光明日报》上发表，认为这是一个新的历史时代开始的标志。可以说，姚雪垠（包括茅盾）是中国当代文艺思想解放运动的先驱。

　　姚雪垠和茅盾在通信中不但有力地抵制了当时文艺批评不谈艺术的不良倾向，而且尖锐地批评了当时文学创作的简单化、公式化、表面化的现象。姚雪垠认为茅盾关于长篇小说艺术方面的探讨"正是我们文艺评论界多年来所忽略了的或回避不谈的"[2]，而"许多年来，没有人能细谈艺术，文学作品的欣赏和评论，只剩了几条筋，影响很坏"。姚雪垠坚决反对文艺创作的简单化、公式化、表面化，而追求"艺术的完美和深度"。姚雪垠关于人物描写的美学思想直接影响了后来的朱光潜和刘再复。不过，朱光潜在 1980 年的《谈美书简》中反对描写见不出冲突发展的"平板人物"，提倡描写见出冲突发展的"圆整人物"；刘再复在 1984 年提出"人物性格的二重组合原理"，虽然和姚雪垠关于人物描写的美学思想近似，但比姚雪垠的文艺思想要僵化得多。在这个基础上，姚雪垠认为："一部长篇小说应该给读者积极的思想教育，也应该给读者丰富健康的美学享受。忽略了后者，小说就不能感人深刻更不能使读者多看不厌。"姚雪垠在写《李自成》的过程中有意识地探索了长篇小说的美学问题。

姚雪垠和茅盾的通信从《李自成》的创作实际出发，除内容方面的问题之外，集中探索了一些艺术上的问题，包括如何追求语言的丰富多彩，写人物和场景如何将现实主义手法和浪漫主义手法并用，细节描写应如何穿插变化，如何铺垫和埋伏，如何有虚有实，各种人物应如何搭配，各单元应如何大开大阖、大起大落、有张有弛、忽断忽续、波诡云谲……姚雪垠把这些需要在文学创作实践中探索的艺术技巧问题统称为"长篇小说的美学问题"，茅盾则用"艺术技巧"概称。姚雪垠高度肯定了茅盾的文艺评论，认为茅盾"具有十分丰富的创作经验与学力，总是从小说创作的角度看小说作品，而不同于从干枯死板的条条框框出发"。茅盾的这些文字，是茅盾晚年留下的重要文献，会引起后代的重视。这不仅因为茅盾是"五四"新文学运动以来具有重大贡献的老作家，而且还因为他提供了诸多关于长篇小说艺术方面的精辟意见。姚雪垠反对简单化的文艺批评，认为"简单化是目前文艺批评与创作的大病"，而提倡茅盾的文艺批评。

姚雪垠还积极推动了中国当代红学界的思想解放。为了纠正中国当代文学在人物刻画上的概念化、公式化、简单化、不感人的倾向，姚雪垠总结了《红楼梦》的创作经验，认为"曹雪芹如果考虑的不是写栩栩如生的人物个性，而是考虑如何写出同一阶级的共性，便写不出那么多有血有肉的典型人物"[3]。1980 年姚雪垠要求《红楼梦》研究要从《红楼梦》本身出发，竭力避免将我们现代人的政治感情、思想觉悟强加在曹雪芹和《红楼梦》的人物身上："彻底摆脱从政治出发给学术研究所定的调子或框框，也摆脱从政治概念和历史概念出发，对《红楼梦》做些不实事求是的比拟或解释。"1993 年姚雪垠还批评了中国当代红学界的新迷信：一是认为"从美学上（或艺术上）

分析《红楼梦》的成败得失就不能算是学问"；二是将《红楼梦》看成十全十美，无法逾越的里程碑。[4]姚雪垠在积极推动中国当代红学界思想解放的基础上致力扭转中国当代红学的发展方向，反对《红楼梦》研究重思想轻艺术的倾向。而且，姚雪垠推动中国当代红学的发展没有仅停留在红学上，而是要求通过对《红楼梦》的研究，总结和探索"产生一个伟大作家或伟大作品的若干规律"。这些规律既指出了历史经验，也对中国当代文学的发展起到了启发和指导作用。

1980年代中期中国当代文艺界出现了一种片面强调"内部规律"的文艺潮流。有人提出，近年来文学研究的重心已转移到内部规律，即研究文学本身的审美特点，文学内部各要素的相互关系，文学各种门类自身的结构方式和运动规律等等，总之，是回复到文学自身。在这种片面强调"内部规律"的文艺潮流中，姚雪垠当时提出的文学研究的科学方法遭到遮蔽就不可避免了。但是，中国当代文艺经过了多年的发展，伟大的文艺作品却仍然难觅。因此，我们很有必要重提姚雪垠当时提出的深刻的美学思想。

首先，姚雪垠提出中国现代文学史的两种编写方法，推动了中国现代文学史写作的深入。1980年1月15日，姚雪垠在致茅盾的信中认为，中国现代文学史应对"五四"前夜的文学历史潮流给予充分论述，并提出了关于中国现代文学史的两种编写方法：一种是目前通行的编写方法，只论述"五四"新文学以来的白话体文学作品；另外有一种编写方法，打破这个流行的框框，论述的作品、作家、流派要广阔得多，故名之曰"大文学史"的编写方法。[5]姚雪垠所说的"大文学史"，包括"五四"新文学运动以来的旧体诗词，还有民国初年和"五四"以后的章回体小说。姚雪垠着重提出了与新文学运动对抗的流派"礼拜六派"。在发表此信所加的《跋》中，姚雪垠又提了这样几个作家：从"礼拜六派"分化出去，为"五四"新文学运动做出过贡献的作家刘半农，在包天笑和张恨水这一部分作家中起过较大影响的徐枕亚，抗战末期和大陆解放前夕应该提一提徐訏，当时上海的女作家应该提到张爱玲。另外，有些在海外的华裔作家，只要具有一定影响，当然也应该写进中国现代文学史中。而这种"大文学史"观就是对当时通行的中国现代文学史的"重写"。

1980年7月19日姚雪垠提出了宏伟的红学史观。姚雪垠所构想的研究

《红楼梦》的学术史既包括索隐派，也包括王国维，带有总结性质；台湾的、港澳的、日本和欧美的"红学"研究也包括进去了；重新评价胡适和俞平伯，还历史的本来面目；极"左"思想的影响，教条主义的干扰，也都应写进去。这部红学史既要反映"红学"的研究成就，也要反映历史进程中的某些弯路。[6] 姚雪垠提出的这种红学史观是其"大文学史"观的一个有机组成部分。姚雪垠的这种"大文学史"观是他推进中国当代文艺评论深入的结果。

1980年9月28日姚雪垠提出了编写中国现当代文学史的两个原则：一是编写文学史必须从具体作品出发，尽可能做到实事求是；二是编写现代和当代文学史要站在中华民族的立脚点进行工作，放眼各个流派、各个方面。姚雪垠坚决反对文学史编写的"关门主义"倾向，即一部文学史成为宗派文学史，认为"文学派别不等于政治派别。尤其在中国近代史上，知识分子不断分化，不断重新组合。所以现代文学史应以分析作品为主要任务，不应该轻视作家的具体作品而偏重政治倾向。政治倾向应该注意，但对作家来说，最应该重视的还是他们的作品。作品是作家的主要的社会实践"。[7] 现今看来，那些当时提倡所谓"重写文学史"的人不但埋没了姚雪垠这种独特的贡献，而且在重写文学史中很少提甚至不提姚雪垠。

姚雪垠虽然在20世纪80年代初率先提出"重写"中国现代文学史，但是他的中国现代文学史的"重写"观与另一些"重写文学史"的人的"重写"观是根本不同的。第一，姚雪垠重视对历史运动规律的认识和反映。长篇历史小说《李自成》就深刻地揭示了李自成失败的历史命运，"英雄人物在事业发展和有巨大成就时，他同广大群众（甚至旧日战友）之间的关系发生变化，有时是自觉的，有时是不自觉的，往往是二者相兼具。随着身份地位的改变，总会有一批人由于各种原因在领袖人物周围筑起一道墙，甚至几道墙"[8]。这是《李自成》在历史哲学上对历史上的长篇历史小说的根本超越。而20世纪80年代末另一些人兴起的"重写文学史"潮流恰恰引导中国文学回避对历史运动规律的认识和把握。第二，姚雪垠提出的"大文学史"一方面要求尊重客观的文学事实，另一方面坚决反对无原则的兼容并收，即没有主次的分别。而有人意欲扩大中国现当代文学研究范围，认为不能停留在形式上，最根本的是要转变文学观念，修正文学批评尺度，即坚决否认鲁迅、茅盾、张恨水、程小青、王度庐、还珠楼主、周瘦鹃等作家的文学作品存在价值高下的分别。[9]因此，那些鼓吹改变价值观的"重写文学史"的人忽略、遗忘甚至遮蔽姚雪垠的独特贡献就不是偶然的了。

姚雪垠不仅在"文化大革命"结束前后积极参与并推动了中国文艺界的思想解放运动，而且从20世纪50年代起就同"左"的教条主义进行了斗争。1956年，姚雪垠尖锐地指出："创作题材的狭隘，内容的千篇一律，风格的单调，正面人物形象的四平八稳，如泥塑木雕，都同清规与戒律的作祟有关。由于清规与戒律太多，恐怕有不少作家的潜力不能够很好地发挥。"[10]他认为"只有不断地打破清规与戒律，文学的园地里才能够开满大小不同、形状各异、色彩千变万化、无限鲜艳和灿烂的花朵"。可以说，姚雪垠提出不断地打破清规与戒律，就是反对各种各样的教条主义。1957年初，姚雪垠坚决反对轻视甚至忽视老作家独具的生活经验的"左"的思想倾向，认为"如果说旧的生活经验完全无用，或轻视旧的生活经验，显然也是十分错误的。这是机械地把生活经验划分新旧，割断了生活的纵的关系，不承认生活永远是历史的运动过程，前后承接"[11]。尤其在"文化大革命"中，姚雪垠不但在公开场合同庸俗社会学和"左"的教条主义进行斗争，而且在长篇历史小说《李自成》的创作中进行抵制。姚雪垠在创作长篇历史小说《李自成》第二卷的过程中蔑视所谓"三突出"的创作经验，公开质疑所谓的"三突出"创作原则，认为所谓的"三突出"创作原则固然有一定道理，但只适用于一定领域，不是放之四海而皆准的。对于山水画、抒情诗、小歌曲等等这些不写人物的文艺作品，不以"三突出"创作原则去硬套，将有利于文艺事业的发展，否则就会妨碍其发展。[12]姚雪垠亲身感受和经历了中国当代文艺思想发展史中正确的和比较正确的马克思主义文艺思想同错误的文艺思想的斗争过程。

因此，姚雪垠指出，中国"现、当代文学运动中虽然受过庸俗社会学和'左'的教条主义的干扰。甚至在某些时期泛滥成灾，但是始终有正确的和比较正确的马克思主义文艺思想同错误的思想在进行抵制和斗争，从来不是一面倒。……在某些历史阶段，虽然庸俗社会学和'左'的教条主义甚嚣尘上，甚至用组织和政治手段推行这种错误思想，但它是不科学的，是不符合发展文学艺术的创作规律的，是不得人心的，所以是没有生命力的。真正的马克思主义文艺思想尽管在某些时候受压抑，受打击，坚持的人不是多数，但它是有生命力的，而且是中国文学运动史的主旋律"[13]。可以说，姚雪垠对中国现当代文艺思想发展史的这种把握是比较符合历史事实的。

如果说姚雪垠认为中国现当代文艺思想史始终存在着两种思想的斗争，而真正的马克思主义文艺思想是中国文艺运动史的主旋律，那么，刘再复则抹杀了中国现当代文艺思想史始终存在着两种思想的斗争，却没有看到真正的马克思主义文艺思想的发展。而刘再复在中国现当代文艺思想发展史中看不到真正的马克思主义文艺思想的发展，是由他的文艺理论的根本缺陷所造成的。

首先，刘再复的"人物性格的二重组合原理"是建立在流沙上的狭隘人物形象理论，阉割了人物形象在历史发展过程中的丰富形态。刘再复在《性格组合论》中认为，"在反对斯宾诺莎的机械论时，黑格尔的巨大贡献，正是阐明了这种正确的辩证内容，道破偶然性就是双向可能性，必然性与偶然性正是统一在这种双向可能性的矛盾运动之中"[14]。黑格尔在把握必然与偶然的辩证法时提出的最重要的观点就是，凡是偶然的东西，总是既具有这样的可能性，也具有那样的可能性。刘再复以黑格尔的论断为前提提出："所谓偶然性正是双向可能性。就是说，凡是偶然的东西，总是既有这样的可能性，也有那样的可能性。这种偶然性的见解是非常重要的，它正是我们打开必然与偶然这对哲学范畴之门的钥匙，也是我们理解二重组合原理哲学基础的关键。"并且指出，"偶然性的真正含义在于双向可能性，也就是说，偶然性包含着可能性的两极，而这两极的最终统一，就是必然性。人物性格的二重组合的深刻根源就是事物的必然性与偶然性的矛盾运动，就是这种可能性两极的对立统一运动。在哲学科学里，个性与共性、现象与本质、偶然与必然、差异与同一都是统一序列的概念。在典型塑造中，必然性就是人物性格的共性，偶然性则是人物的个性。必然性是抽象的存在，偶然性才是具体的存在。必然性总是寓于偶然性之中，共性总是寓于个性之中。这里问题的关键在于偶然性是双向的可能性，即既可能这样又可能那样，既可能是善的，又可能是恶的，既可能是美的，又可能是丑的，既可能是圣洁的，又可能是鄙俗的，等等。因此，偶然性本身是二极的必然性。这就是必然性与偶然性的内在矛盾，因此，任何事物都是必然性规定下的双向可能性的统一。就一个人来说，每个人的性格都是在性格核心规定下的两种性格可能性的统一，这就是二重组合原理的哲学根据"[15]。刘再复的这些论断涉及可能性、偶然性和必然性这样三个范畴。对这三个范畴，黑格尔在《小逻辑》中分别对它们及其关系作了深刻的把握。刘再复想当然地认为，"事物的必然性表现为无限的可能性，但这种可能性并不是朝着同一逻辑方向运动，而是双向逆反运动。只有这种双向的可能性才是真正的偶然性。也就是说，必然性正是通过双向可能性的矛盾运动才与偶然性构成一对辩证范畴"。这种幻想不但歪曲了黑格尔关于可能性的思想，而且割裂了黑格尔关于必然性的思想。黑格尔曾明确地指出，"凡认为是可能的，也有同样的理由可以认为是不可能的。因为每一内容（内容总是具体的）不仅包含不同的规定，而且也包含相反的规定"。但是，"一切都是可能的，但不能说，凡是可能的因而也是现实的"。这就是说，一个事物是可能的或是不可能的，不都是现实的。因为"一个事物是可能的还是不可能的，取决于内容，这就是说，取决于现实性的各个环节的全部总合，而现实性在它的开展中表明它自己是必然性"，"发展了的现实性，作为内与外合而为一的更替，作为内与外的两个相反的运动联合成为一个运动的更替，就是必然性"[16]。幻想无限的可能性的刘再复可以说就是黑格尔所讥笑的这种缺乏教育的人。黑格尔认为，"偶然的事物系指这一事物能存在或不能存在，能这样存在或能那样存在，并指这一事物存在或不存在，这样存在或那样存在，均不取决于自己，而以他物为根据"[17]。刘再复在引用黑格尔的这段话的时候，把"或"曲解为"和"了。黑格尔关于偶然的事物的思想是丰富的，"或"存在三种现实情形：一是不可同假但可同真，一是一真一假，一是一假一真。而"和"只有一种情形：可以同真。这样，刘再复就阉割了黑格尔丰富的辩证思想。显然，刘再复建立在对黑格尔关于偶然性的思想的阉割的基础上的"人物性格的二重组合原理"是片面的和狭隘的。

其次，刘再复的文学的主体性理论不是建立在现实世界中，而是建立在理想世界里，并且这个理想世界是彻底否定和排斥现实世界的。也就是说，刘再复的《论文学的主体性》一文所说的艺术活动是发生在理想社会里，而不是植根在现实世界中。刘再复认为，"社会历史的运动是从人类诞生的那一天开始的，经历了'人的否定'这一曲折的痛苦的历程，最后又回到人自身。当理想社会实现时，人不仅是调节外部自然的强大力量，而且是调节自身内部自然的强大力量，唯其在那时，人的价值才充分获得实现，人类的'正史时代'才开始"。而当今人类社会"仍然处于'前史'时代，这种社会总是有缺陷的。处于这种社会总体状态中的人，还不能充分地全面地占有自己的自由本质，作为客体的世界，还不是真正的人的对象，它对于人还只具有有限的价值和意义，它还不能把人应有的东西归还给人"。在刘再复看来，"在现实生活中，人由于受制于各种自然力量和社会力量的束缚，因此，往往自我得不到实现，自己不能占有自己的本质，自身变成非自身"。而在艺术活动中，主体和客体不再处于片面的对立之中，客体成为真正的人的对象，并使人的全面发展的本质力量对象化；在艺术活动中，人自身复归为全面的完整的人。也就是说，"人总要受到社会和自然的限制，总是要感受到受限制的痛苦，因此，人总是要想办法来调节自己的认识和感情，超越这种限制。于是，他们就把审美活动作为一种超越手段，并通过它实现在现实世界不可能实现的一切"。刘再复这种文学的主体性理论将艺术世界和现实世界完全对立起来了。马克思曾经深刻地指出：劳动为富人生产了奇迹般的东西，但是为工人生产了赤贫；劳动生产了宫殿，但是给工人生产了棚舍；劳动生产了美，但是使工人变成畸形；劳动用机器代替了手工劳动，但是使一部分工人回到野蛮的劳动，并使另一部分工人变成机器；劳动生产了智慧，但是给工人生产了愚钝和痴呆。在这种残酷的异化劳动中，虽然工人自身异化了，但是人类仍然在发展。虽然异化劳动生产了赤贫、棚舍、畸形、愚钝和痴呆，但奇迹般的东西、宫殿、美和智慧也在异化劳动中生产出来了。因此，在现实生活中，如果只是看到人的异化，而看不到人的发展，就是片面的。显然，刘再复这种文学的主体性理论只看到了人在艺术世界里的发展，而没有看到人在现实世界中的发展，以及这二者的联系。因此，刘再复这种建立在理想社会里的文学的主体性理论片面地突出了作家艺术家的主观建构能力和批判能力，而忽视了人在现实世界里的建构能力和批判能力。

与刘再复侧重强调作家艺术家的主观建构能力和批判能力不同，姚雪垠则强调了作家艺术家对现实生活的艺术反映，反对离开现实单纯强调理想，认为脱离现实生活基础的"革命理想"是架空的。[18]在这个基础上，姚雪垠提出了"深入"与"跳出"的文学理论，认为"写历史小说毕竟不等于历史。先研究历史，做到处处心中有数，然后去组织小说细节，烘托人物，表现主题思想。这是历史真实与艺术虚构的关系，也就是既要深入历史，也要跳出历史。深入与跳出是辩证的，而基础是在深入"。姚雪垠深刻地指出，"凡是有重大成就的长篇小说作家，除应有丰富的生活阅历外，还必须是思想家、语言艺术家、学问家。这三个条件,对写长篇历史小说的作家来说,尤为重要。不重视这些条件恐怕是不行的"[19]。而作为思想家的作家是"需要知道许多历史的规律,写出历史事件的本质和成败关键的一些规律,人物发展的规律"。可见,姚雪垠偏重人在现实世界里的建构能力与批判能力,且偏重作家艺术家对这种建构能力与批判能力的艺术反映。

因此,姚雪垠和刘再复在文艺理论上的思想冲突是不可避免的。而姚雪垠和刘再复在文艺理论上的这种分歧不是中国当代文论系统的转换,而是中国当代文艺理论发展的两个极端。正如在伟大的文艺作品中作家艺术家的主观批判和历史的客观批判是有机结合的,中国当代文艺理论必须在解决姚雪垠和刘再复的文艺理论分歧的基础上得到发展。

1980年代末严家炎认为,在姚雪垠对刘再复的《论文学的主体性》的批评中,"包含着某些属于'异元批评'的问题";刘再复的《论文学的主体性》"依据的不仅是传统的现实主义理论,也吸收并体现了现代主义文学、浪漫主义文学的某些要求",这些"都不是单纯用现实主义理论所能解释得了的";姚雪垠的批评"无意中跨入了'异元批评'或'跨元批评'的区域"[20]。这是极不准确的。如果刘再复在遭到姚雪垠的批评后能够和姚雪垠从文艺理论层面上继续进行争辩,就可以更好地发现他们各自的优势和不足,并在更高的层次上超越彼此的局限,共同推进中国当代文艺理论的发展。但是,刘再复不是认真辨清这种文艺理论的是非,而是从政治上对姚雪垠进行猛烈的讨伐。刘再复在《刘再复谈文学研究与文学论争》《近十年的文学精神和文学道路》等文中认为,姚雪垠对中国20世纪70年代末以来的文学创作和文艺批评不满,甚至抵触,"对新的文学潮流不满和对新一代作家学人强烈排拒"。这种说法是不客观的。首先,中国20世纪70年代末以来的文学创作和文艺批评既包括刘再复等作家和批评家的文学创作和文艺批评,也包括姚雪垠等作家和批评家的文学创作和文艺批评。刘再复竟然将姚雪垠等作家和批评家的文学创作和文艺批评排斥在中国20世纪70年代末以来的文学创作和文艺批评以外,认为姚雪垠批评刘再复的文艺观就是对中国20世纪70年代末以来的文学创作和文艺批评不满甚至抵触。显然这是站不住脚的。其次,新一代作家学人并不是铁板一块,并不都是姚雪垠的对立面。这么显然的历史事实,刘再复却不愿看到。因此,刘再复这种不辨理论是非的政治批判对中国当代文艺理论的发展所造成的负面效应是无法估量的，不说严重地阻碍了中国当代文艺理论的发展，至少在一定程度上迟滞了中国当代文艺理论的发展。

有人在严家炎这种批评的基础上认为，姚雪垠和刘再复所倚重的理论资源是根本不同的：姚雪垠是一个深受革命现实主义文学影响的作家；刘再复的"文学的主体性"理论在根本上是对革命现实主义文学的颠覆，因而，姚雪垠和刘再复的文艺论战是观念之争，而不是一个简单的谁是谁非的问题。[21]显然，这种放弃是非判断的"亦此亦彼"的思维方式是一种典型的形而上学的思维方式。

20世纪80年代以来，我们在思维方式上不是辩证的，而是形而上学的，这就是用"亦此亦彼"的思维方式代替"非此即彼"的思维方式。有些人将辩证法和"亦此亦彼"的思维方式混同，认为唯物辩证法就是"亦此亦彼"的思维方式，是绝对排斥"非此即彼"的。有人提出"如果把辩证法，把对立统一理解为非此即彼，一方吃掉一方，当然有些不妥；但若理解为亦此亦彼，理解通过辩证思维，可以取别人之长，补自己之短，使自己的认识更加全面、完整、减少片面性，并且使之不断地有所超越，有所前进，这不是很好吗？"[22]这是严重违背唯物辩证法的。恩格斯明确地界定了唯物辩证法：辩证法不知道什么绝对分明的和固定不变的界限，不知道什么无条件的普遍有效的"非此即彼"！它使固定的形而上学的差异互相过渡，除了"非此即彼"，又在适当的地方承认"亦此亦彼"，并且使对立互为中介；辩证法是唯一的、最高度地适合于自然观的这一发展阶段的思维方式。显然，"亦此亦彼"的思维方式不是真正的唯物辩证法。这种"亦此亦彼"的思维方式在逻辑上表现为将形式逻辑和辩证逻辑对立起来，甚至排斥形式逻辑。它只讲矛盾的双方共存和互补，否认矛盾的双方相互过渡和转化；看到了事物相互间的联系，忘记了它们的相对静止；它只见森林，不见树木，仍然是一种形而上学的思维方式。因此，我们不但要从"非此即彼"这种形而上学的思维方式中挣脱出来，也要摆脱"亦此亦彼"这种形而上学的思维方式的束缚，真正坚持唯物辩证法。

由于我们在思维方式上走入了误区，所以不能科学地把握中国当代文艺发展史上真正的理论创新。这严重地挫伤和打压了那些追求真理、捍卫真理和弘扬正气的人，严重地遮蔽和遗忘了那些真正的理论创新。尤其是在这个重视炒作的时代,那些制造"理论泡沫"的人不但控制了一些重要核心期刊和核心期刊的不少版面,而且大多窃据了显赫的位置。这就造成了一个很大的错觉:似乎历史主要是这些人创造的。因此,没有大浪淘沙的过程,就不可能给予那些追求真理、捍卫真理和弘扬正气的人应有的公正的历史地位。我们宽容犯错误,但绝不能宽容错误。在追求真理的过程中,人们难免出现偏差和失误。我们可以容许犯错,甚至宽容犯错。但是,对于各种错误,我们就不应当宽容,就应当坚决地毫不妥协地加以批判。如果对各种错误的泛滥听之任之,就不但是有害的,而且将极大地妨碍真理的传播。否则,今后还有谁执着地追求真理、捍卫真理和弘扬正气?

参考文献:

[1] 许建辉:《姚雪垠传》,湖北人民出版社,2007,第337页。

[2][5][8] 姚海天:《茅盾姚雪垠谈艺书简》,人民文学出版社,2006,第67页、第129页、第123页。

[3] 姚雪垠:《致上海师范大学中文系》,《姚雪垠书系》第21卷,中国青年出版社,2000,第571页。

[4] 姚雪垠:《致张国光》,《姚雪垠书系》第20卷,中国青年出版社,2000,第510-511页。

[6] 姚雪垠:《致〈红楼梦〉学术讨论会》,《姚雪垠书系》第21卷,中国青年出版社,2000,第591-592页。

[7] 姚雪垠:《致吴小如》,《姚雪垠书系》第20卷,中国青年出版社,2000,第439-440页。

[9] 高玉:《放宽评价尺度,扩大研究范围》,《文艺争鸣》2008年第3期。

[10] 姚雪垠:《谈打破清规与戒律》,《姚雪垠书系》第17卷,中国青年出版社,2000,第465页。

[11] 姚雪垠:《创作问题杂谈》,《姚雪垠书系》第17卷,中国青年出版社,2000,第477页。

[12] 参见许建辉:《姚雪垠传》,湖北人民出版社,2007,第230-231页;程涛平:《"文革"中姚雪垠对"三突出"的质疑》,《新文学史料》2010年第3期。

[13] 姚雪垠：《创作实践和创作理论》，《姚雪垠书系》第18卷，中国青年出版社，2000，第218-219页。

[14][15] 刘再复：《性格组合论》，上海文艺出版社，1986，第346、348页。

[16][17] 黑格尔著，贺麟译：《小逻辑》，商务印书馆，1982，第299、301页。

[18] 姚雪垠：《文学创作问题答问》，《姚雪垠书系》第18卷，中国青年出版社，2000，第459-460页。

[19] 姚雪垠：《关于当代长篇小说的一些认识》，《姚雪垠书系》第18卷，中国青年出版社，2000，第103页。

[20] 严家炎：《走出百慕大三角区——谈二十世纪文艺批评的一点教训》，《文学自由谈》1989年第3期。

[21] 参见周志雄：《刘再复与姚雪垠论争的回顾与反思》，《艺术广角》2010年第5期。

[22] 王元骧：《审美超越与艺术精神》，浙江大学出版社，2006，第329页。

第三节　切实磨砺当代文艺批评的锋芒

改革开放以来，中国当代文艺批评虽然积极主动推动当代文艺创作的发展，但仍然差强人意。从责难中国当代文艺批评"失语""缺信"和"缺位"到提出"真正透彻的批评为何总难出现？""文艺批评的锋芒哪去了？"就可看出中国当代文艺批评这一推动文艺发展之翼始终不够坚硬。中国当代文艺批评如何走出这种被质疑的困境并磨砺其锋芒呢？

在求真中磨砺文艺批评的锋芒。

中国当代文艺批评界一直流行一种肉麻吹捧而遮蔽真相的风气。1986年，俞平伯敏锐地指出了《红楼梦》研究界笼罩在《红楼梦》上的烟雾，即"数十年来，对《红楼梦》与曹雪芹多有褒无贬，推崇备至，中外同声，且估价愈来愈高，像这般一边倒的赞美，并无助于正确的理解"。并尖锐地批评了

《红楼梦》研究界"误把缺点看作优点；明明是漏洞，却说中有微言"[1]。俞平伯在批评《红楼梦》研究界这种肉麻吹捧之风的同时也作了自我批评，认为他早年的《红楼梦辨》（1922年）对《红楼梦》的评价并不太高，甚至偏低了，原是错误的。而后来的《红楼梦研究》（1950年）则放弃前说，走到"拥曹迷红"的队伍里去了，应当说是有些可惜的。其实，从《红楼梦辨》到《红楼梦研究》，俞平伯对《红楼梦》的评价并没有发生特别的变化。

在《红楼梦辨》中，俞平伯认为，"《红楼梦》在世界文学中底位置是不很高的"。"《红楼梦》在世界文学中，我虽以为应列第二等，但雪芹却不失为第一等的天才。"而"在现今我们中国文艺界中，《红楼梦》依然为第一等的作品，是毫无可疑的。这不但在理论上很讲得通，实际上也的确如此"。在《红楼梦研究》中，俞平伯依然认为："在现今我们中国文艺界中，《红楼梦》仍为第一等的作品，实际上的确如此。"[2]不同的是，俞平伯在《红楼梦辨》阶段评价了《红楼梦》在世界文学中的位置，而在《红楼梦研究》阶段则删掉了这些评价。不过，俞平伯这种澄清《红楼梦》真相的批评还是切中肯綮的。而周汝昌就缺乏俞平伯这种清醒的反省。2011年2月22日，李泽厚在《文汇报》上以一问一答的形式批评了《红楼梦》和红学，认为"有两种《红楼梦》，一个是一百二十回，一个是八十回加探佚成果。后者境界高多了，情节也更真实，更大气。但可惜原著散佚了，作为艺术作品有缺陷"。并高度肯定了周汝昌的《红楼梦》研究，认为"周汝昌的探佚把整个境界提高了，使之有了更深沉的人世沧桑感，展示了命运的不可捉摸，展现了色即是空，空即是色"。"在百年来《红楼梦》研究里，他是最有成绩的。不仅考证，而且他的'探佚'，很有成就。"周汝昌则认为李泽厚的这一"答问""真是通俗而简明，热情又恳切"。并在这一"答问"中"才找到了真师和真理"。[3]这种互相吹捧除了相互抬高以外是无助于澄清《红楼梦》真相的。

俞平伯所指出的《红楼梦》批评界的这种溢美现象在中国当代文艺批评界是普遍存在的。尤其在这个只认强弱不认是非的时代，中国当代不少文艺批评家不是追求真理，而是重成败轻是非。这就是中国当代不少文艺批评已退化为文艺表扬，有些文艺批评甚至堕落为肉麻的吹捧。这些文艺批评夸夸其谈，言过其实，甚至言之无物，既不能很准确地解剖批评对象，也不能正确地把握批评对象在文学史上的特殊地位和价值。中国当代文艺批评界这种溢美现象之所以泛滥成灾，除了狭隘圈子利益驱使以外，还因为有些文艺批评家颠倒了文艺批评家"说什么"与"怎么说"、文艺经典与文艺批评的辩证关系。

在对文艺批评家"说什么"与"怎么说"的关系的把握上，中国当代文艺批评界不少人不是追求真理，而是重视文艺批评家"怎么说"，而忽视文艺批评家"说什么"。有人认为，文艺批评必须保持对文艺作品的距离，即它在说"是"的同时也要说"不"，反之，在说"不"的同时也要说"是"。其实，文艺批评既能只说"是"，也能只说"不"，而绝不能抽象地规定文艺批评说"是"与"不"。文艺批评是说"是"，还是说"不"，不取决于文艺批评自身，而取决于文艺批评所把握的对象。文艺批评如果没有正确地把握所是和所非这种客观对象，而是盲人摸象或睁眼说瞎话，那么，无论是鲜明的"是"与"非"，还是热烈的"是"与"非"，都可能陷入"捧杀"与"棒杀"的尴尬境地。因此，文艺批评说"是"，还是说"不"，不取决于批评主体，而取决于批评对象。如果批评对象值得说"是"，批评主体就应该说"是"；如果批评对象不值得说"是"，批评主体就应该说"不"。这才是实事求是的。还有人认为文艺批评最是盛气不可无。文艺批评家如果具有这种充实而勃郁的浩然之气，就能克服内心的顾虑和恐惧，淋漓尽致地表达自己的思想和情感，而不是左顾右盼、言不由衷地说漂亮话，虚头巴脑地说好听话。"对一个批评家来讲，情、识、才、学也很重要，但相对而论，浩然之气更为重要，因为，没有它的推激和支持，批评家的内心就缺乏勇气和活力，他的情、识、才、学就很难被充分地表现出来。"的确，追求真理、澄清真相需要勇气。但是，这种无畏既可能是无知无畏，也可能是有知无畏。对于文艺批评家来说，当然是理直才能气壮。否则，文艺批评家的"盛气"就不是"浩然之气"，而是戾气了。

在对文艺经典与文艺批评的关系的把握上，中国当代不少文艺批评家不是追求真理，而是过于夸大文艺批评家在文艺经典诞生中的作用，似乎文艺经典不是广大作家艺术家刻苦创作出来的，而是文艺批评家吹捧出来的。这完全颠倒了文艺经典与文艺批评的辩证关系。不可否认，中国当代文艺界的确存在不少妄图打造文艺经典的恶劣现象。虽然鲜有成功，但培植的社会势力不小。这严重地阻碍了中国当代文艺批评的健康发展。中国当代文艺批评界存在两种夸大文艺批评家作用的现象：一是认为文艺经典是在文艺批评家的炒作中产生的。有人认为，"经典"的价值不仅不是自动呈现的，而且更是需要不断地被发现，被赋予，被创造，被命名的。一个时代的作品，如果没有被同时代人阅读、研究、评论、选择，那么，这个时代的"经典"是不会自动"现身"的。这是不准确的。经典就是经典，伪经典就是伪经典。伪经典即使混入了经典的行列，显赫一时，也不可能成为真经典，迟早会被遗忘。也就是说，真正的经典是客观存在的，而不是自封的或他封的。因此，文艺经典既不是文艺批评家吹捧出来的，也不是文艺批评家所能轻易否定的。二是认为一个阶级或集团能"炮制"文艺经典。有人指出，经典并不是自然地形成的，而是被历史地建构出来的。经典的确立和崩溃的过程，反映了意识形态的兴起和死灭。的确，文艺经典的确立和崩溃的过程在一定程度上反映了意识形态的兴起和死灭。文艺经典不仅是意识形态的产物，而且是人类文明发展进步长河上的航标，是人类文明史的里程碑。但是，人类文明史上真正的文艺经典是绝不受各种意识形态限制的。而过于夸大文艺批评家在文艺经典诞生中的作用是十分有害的，这将助长有些作家不是在写作上精益求精而是在炒作上费尽心机的不良风气。

当然，否定文艺批评家在文艺经典诞生中的决定作用并不是完全否定文艺批评家在文艺经典诞生中的作用。文艺批评家不但能发现文艺经典和推广文艺经典，而且能帮助作家创作文艺经典。优秀的文艺批评家不仅是清道夫，还要积极发现和挖掘一些在文学史上遭到遗漏或埋没的优秀文艺作品。中国当代文艺批评家不应受到各种奖项和名号的限制，而是积极发现和挖掘一些优秀的文艺作品，创造一个公平竞争的人文环境。只有在这种公平竞争的人文环境里，优秀的文艺作品才有可能大量涌现，而文艺经典就会在这些优秀的文艺作品中诞生。

中国当代文艺批评家在文艺批评中如果不能摆正文艺批评家"说什么"与"怎么说"、文艺经典与文艺批评的关系，只认强弱不认是非，那么，就将遗漏或埋没大量的优秀文艺作品。正如毛崇杰所指出的："真理是烛照人生、驱散黑暗的火把。一个个人，不选择真理作为最高价值，就失去了与种种假恶丑作斗争的思想武器和人格力量。一个民族、一个国家不是以真理而是以金钱和权力为动力就没有可能引领全体人民战胜各种腐败，是没有前途和希望的。"[4]中国当代文艺批评家只有在这种追求真理中,才能在前人正确认识的基础上进一步地前进,才能在捍卫优秀文艺传统的基础上继续前进,才能形成进步的合力,而不是形成宗派小圈子,并在相互吹捧中遮蔽真相。

从理论上磨砺文艺批评的锋芒。

中国当代文艺批评界之所以没有摆正文艺批评家"说什么"与"怎么说"、文艺经典与文艺批评的关系,是因为理论的贫困。可是,中国当代文艺界在推进文艺批评的发展时却不太重视文艺理论的发展。有些人对文艺理论虽然在口头上重视,但在实际上却是不重视的,有时甚至相当忽视。有些人舍本求末,以为加强文艺批评,就是增加文艺批评的数量。其实,中国当代文艺批评之所以没有出现飞跃发展,不是因为在数量上增加不快,而是因为在理论上不彻底,有时甚至糊涂。中国当代文艺批评界的不少分歧虽然既有对一些文艺作品认识的差异,也有对中国当代社会发展道路的追求不同,但从根本上说都是理论贫困的产物。

20 世纪 80 年代以来,中国文艺批评界之所以对一些文艺作品的认识和评价不同,往往是因为在中国当代社会发展观上发生了分歧。中国当代文艺批评界对贾平凹 1983 年创作的中篇小说《鸡窝洼的人家》的不同把握就可以明显地看出文艺批评家在中国当代社会发展观上的分歧。20 世纪 80 年代中期,有的文艺批评家在批评《鸡窝洼的人家》时认为这部中篇小说的山山、烟峰、禾禾与麦绒四个纯洁灵魂的呼唤和组合,是两种生活方式、两种道德观念和两种价值准则冲突的必然结果。山山与烟峰、禾禾与麦绒,都曾是和睦之家。但是,中国当代社会现代化发展搅乱了他们平静的日出而作、日没而息的生活。复员归来的禾禾要折腾出个新的活法;殷实人家的女儿麦绒不满丈夫禾禾折腾败家,闹到离婚;虽不识字却一心思变的烟峰竟因同情、支持禾禾,并向往着也像禾禾那样折腾一番,却遭到世俗中伤和丈夫山山的猜忌,终于离异。结果,同是安于现状的山山与麦绒在相互体贴中产生了情愫,明媒正娶;而禾禾与烟峰也在共同进取中发展了友情,结为伴侣。因此,山山、麦绒与禾禾、烟峰的矛盾就是安于现状与勇于进取的冲突。这种文艺批评不过是一些文艺批评家在理论上短视和盲目跟风的产物。其实,禾禾、烟峰的不安分是对当农民的不安分,即在他们看来,"苦到这农民就不能再苦了";禾禾的多种经营不是发展现代农业,而是挣脱土地,背弃农业。而山山虽然反对禾禾瞎倒腾，但是对禾禾倒腾实实在在的活还是肯定和帮助的。因此，山山、麦绒与禾禾、烟峰的矛盾绝不是两种生活方式、两种道德观念和两种价值准则的冲突。

21世纪之初，有的文艺批评家在理论上深入地反思了中国当代社会现代化发展道路，并在这个基础上重评了《鸡窝洼的人家》，认为这部中篇小说主要描写了这样两对关系密切的夫妻：山山、烟峰和禾禾、麦绒从分别离异到重新组合。这种"互换老婆"从表面上看，这两对夫妻从分别离异到重新组合是志向不同，即山山和麦绒都是勤劳、厚道、地里刨食的实在人，而禾禾和烟峰却是喜欢折腾、喜欢摆脱土地，是不安分者，实质上是贫困与富裕、没钱与有钱这个经济原因在起决定作用。禾禾瞎折腾，"原先一个好过的人家，眼见折腾得败了"。麦绒和他离了婚。烟峰进了一趟县城，心就变了，和山山离了婚。后来，麦绒找了山山，禾禾找了烟峰，"这两家人活该要那么一场动乱，各人才找着了各人合适的位置"。可是，渐渐地，日日过得顺，人人都眼红，出门在外总被首推富裕人家的山山苛苦起来。山山"出门总是身上带两种烟，一种是纸烟，见了干部或者头面人物才肯拿出来；自己却总是抽旱烟"。"夫妻俩最舍得的，也是叫所有人惊叹的是那一身的好苦。"这样会过日子的勤劳人家，肯定是越来越富裕。然而，他们的日子却越过越紧巴，越过越拮据。过去，"山山哥真是过日子的把式"，日日滋润。现在，山山叹气了，"我只说咱当农民的把庄稼做好，有了粮什么也都有了，可谁知道现在的粮食这么不值钱，连个电灯都拉不起，日子过得让外人笑话了"。而禾禾却从一个败家子成了神人。会倒腾的禾禾时代取代了会过日子的山山时代。但是，如果历史发展没有道德的进步，那么这种历史发展就是畸形的，很难说是历史的全面进步。这种历史发展是以牺牲千千万万基层民众的根本利益为代价的，是不能容忍和该诅咒的。山山勤劳不能致富，丰收虽然没有成灾，但却贬值了，这恐怕不会是山山的过错吧！作家虽然敏锐地感应到并反映了中国当代社会在现代化实践中的一些畸形发展，但却没有深入地批判这种畸形发展，而是毫不吝啬地肯定了禾禾时代，奚落了山山时代，"说来说去，原来那山山才是个没本事的男人"[5]。

而20世纪80年代的中国文艺批评家却没有深刻地批评贾平凹等作家的这种盲视，而是大力肯定了他们的鄙俗气。20世纪80年代以来，中国当代社会有些现代化实践不是追求社会的全面进步，而是偏于为发展而发展的。21世纪初以来，这种片面发展道路的危害愈来愈凸显。从歌曲《春天的故事》到《春天里》，就可看到中国当代人对这种片面的现代化发展道路从憧憬到困惑的变化。"也许有一天 我老无所依/请把我留在 在那时光里/如果有一天 我悄然离去/请把我埋在 在这春天里 春天里"。旭日、阳刚吼出的歌曲《春天里》不仅是极少数人的困惑和焦虑，而且是千千万万基层民众的困惑和焦虑。中国当代社会基层民众的春天到底在哪里？中国当代社会基层民众的好日子到底在哪里？中国当代文艺批评界在对中国当代社会这种片面发展的尖锐批判中发生了严重的分化。

而中国当代文艺批评界这种在中国当代社会发展观上的分歧不完全是立场的不同，主要是有些文艺批评家在理论上陷入了误区。马克思在《资本论》中高度科学地概括了历史发展的两条道路：一是采取较残酷的形式，一是采取较人道的形式。这就是说，历史的发展既有较残酷的形式，也有较人道的形式。而历史发展的这两种形式是有根本区别的，历史的发展采取较残酷的形式往往损害的是基层民众的根本利益，采取较人道的形式则比较符合基层民众的根本利益。中国当代不少文艺批评家之所以容忍甚至认可那些采取较残酷的形式的历史发展，虽然不能说他们都是站在基层民众的对立面上，但因为他们认为恶是历史发展的动力，所以他们不但肯定有些作家艺术家躲避崇高的创作倾向，而且提出了"妥协""磨合"论。其实，无论是黑格尔，还是马克思、恩格斯，都认为恶是历史发展的动力的表现形式，而不是历史发展的动力本身。在《路德维希·费尔巴哈和德国古典哲学的终结》中，恩格斯说得十分清楚："在黑格尔那里，恶是历史发展的动力的表现形式。"[6]在这一点上，马克思、恩格斯和黑格尔没有根本的区别。他们的区别在于，黑格尔不在历史本身中寻找这种动力，反而从外面，从哲学的意识形态把这种动力输入历史，恩格斯则从历史本身寻找这种动力。对恶是历史发展的动力的表现形式，恩格斯进一步地指出："这里有双重的意思，一方面，每一种新的进步都必然表现为对某一神圣事物的亵渎，表现为对陈旧的、日渐衰亡的、但为习惯所崇奉的秩序的叛逆，另一方面，自从阶级对立产生以来，正是人的恶劣的情欲——贪欲和权势欲成了历史发展的杠杆，关于这方面，例如，封建制度的和资产阶级的历史就是一个独一无二的持续不断的证明。"[7]这绝不是说恶是历史发展的动力。因为"在历史上活动的许多个别愿望在大多数场合下所得到的完全不是预期的结果,往往是恰恰相反的结果,因而它们的动机对全部结果来说同样地只有从属的意义"[8]。恩格斯在深入挖掘这些动机背后隐藏着的动力的基础上认为旧唯物主义的历史观在本质上是实用主义的,即它按照行动的动机判断一切。而新唯物主义的历史观则是探究那些隐藏在历史人物的动机背后并且构成历史发展的真正的最后动力的动力。显然,恶绝不是历史发展的动力,而仅是历史发展的动力的表现形式。因此,真正的作家艺术家绝不能容忍甚至认可那些采取较残酷的形式的历史发展,而是积极地追求和促进未来历史的发展采取较人道的形式,促进历史发展尽可能地符合人类的未来理想。显然,中国当代有些文艺批评家之所以对中篇小说《鸡窝洼的人家》等文艺作品的批评不到位,就是因为他们没有在理论上正确地认识历史发展的动力,误以为恶是历史发展的动力,容忍甚至认可了那些采取较残酷的形式的历史发展。因此,中国当代文艺批评只有在理论上克服了糊涂认识,才能避免在中国当代社会发展观上是非不分,盲目跟风,才能真正到位和具有锋芒。

而中国当代文艺批评在求真中磨砺其锋芒和从理论上磨砺其锋芒这两个方面是相互促进的。中国当代文艺批评如果不追求真理,不破除主观主义倾向,就不会从理论上进一步地澄清是非,就难以磨砺其锋芒。反之,中国当代文艺批评如果在理论上不彻底,甚至糊涂,就不可能真正把握真理,就不可能磨砺其锋芒。

参考文献:

[1] 俞平伯:《俞平伯全集》第6卷,花山文艺出版社,1997,第429页。

[2] 俞平伯:《俞平伯全集》第5卷,花山文艺出版社,1997,第161-162页。

[3] 见周汝昌:《老而非骥 梦在千里》,2011年7月25日《文艺报》。

[4] 毛崇杰:《真理与马克思主义哲学体系问题》,《云梦学刊》2009年第3期。

[5] 参见熊元义:《中国特色社会主义文艺理论研究》,人民出版社,2010,第121-122页。

［6］［7］［8］中共中央马克思、恩格斯、列宁、斯大林著作编译局：《马克思恩格斯选集》第4卷，人民出版社，1995，第237页、第237页、第248页。

第四节　文艺批评与文艺评奖

重大的文艺评奖一般是以科学的文艺批评为基础的。这种重大的文艺评奖，不仅要高度集中科学的文艺批评，而且可以积极推动科学的文艺批评的发展，是检视重大的文艺评奖是否客观公正的试金石。而以科学的文艺批评为基础的文艺评奖则不仅能够保证客观公正，而且容易形成社会共识。这种以科学的文艺批评为基础的文艺评奖所评选出来的优秀文艺作品必将得到社会广泛的认可和接受，必将对文艺创作和文艺消费起到积极的引领作用。

如果说科学的文艺批评不仅是在众多的文艺作品中甄别出优劣和高下，而且是在它们之间找出差距，以便促进平庸的向优秀的看齐，那么，客观公正的文艺评奖，就是在这种科学的文艺批评充分展开的基础上推出优秀的文艺作品。如果没有科学的文艺批评的充分开展，就很难有客观公正的文艺评奖。正如真理是在斗争中发展起来的，任何客观公正的文艺评奖都必须面对一些相左的声音并有所回应。在世界文艺发展史上，不少优秀的文艺作品都曾遭遇各种各样的歪曲甚至否定。但是，这些优秀的文艺作品并没有在这些尖锐泼辣的文艺批评中有所损耗和减退光芒，反而在不断否定中得到了更为广泛的传播和接受。即使那些比较尖锐泼辣的文艺批评很不准确，甚至有失公允，也不能置之不理。这是对文艺批评应有的尊重。如果文艺评奖不能有效地回应这些很不准确甚至有失公允的文艺批评，就是不够尊重这些比较尖锐泼辣的文艺批评。而不太尊重文艺批评的文艺评奖则很难客观公正。即使这种不以科学的文艺批评为基础的文艺评奖评出了优秀的文艺作品，也不可能在人民群众中产生广泛的影响并确立这些优秀的文艺作品的历史地位。但是，在当代文艺界，有些重大的文艺评奖却有意无意地轻视甚至漠视一些文艺批评尤其是声音相左的文艺批评，完全置这些声音相左的文艺批评于不顾，径直将大奖授予一些文艺作品。这在一定程度上拒绝了社会的广泛参与和监督。从这些文艺评奖中可以看出，一些文艺批评家虽然在口头上重视并提倡百家争鸣，但在实际上却是轻视甚至漠视百家争鸣的。这很不利于科学的文艺批评的充分展开和继续发展。那些不以科学的文艺批评为基础的文艺评奖很不利于形成社会共识，很不利于获奖文艺作品在社会上的广泛接受和传播。这不是对文艺作品的嘉许，而是亵渎。因此，中国当代文艺界必须彻底整顿和汰除那些阻碍科学的文艺批评充分展开和继续发展的文艺评奖，充分保障重大的文艺评奖的客观公正，并以客观公正的文艺评奖促进文艺批评的有序发展。

以科学的文艺批评为基础的文艺评奖既是对作家艺术家及其文艺作品的尊重，也是对文艺批评家的尊重。这种文艺评奖不仅是作家艺术家的盛宴，也是文艺批评家的盛宴。文艺评奖虽然是对获奖文艺作品的肯定和褒扬，但却不是获奖文艺作品的盖棺论定。因此，文艺评奖不应终结文艺批评，而应激发更多的文艺批评的蓬勃开展。也就是说，任何获奖文艺作品都不应看作钦定的，都不应不容许争论，都应经受尖锐泼辣的文艺批评的冲击，都应接受历史的反复质疑甚至批判。不断遭受历史的质疑可以说是获奖文艺作品的历史宿命。也就是说，获奖文艺作品只有在经受住历史的反复质疑后，才能有效地确立其不可撼动的历史地位，甚至迈进经典行列。作家艺术家积极参与文艺评奖，主要不是获取文艺以外的格外利益，而是渴望获得更多知音。这既是作家艺术家的自重，也是作家艺术家对自己的文艺作品的尊重。作家艺术家只有尊重自己的文艺作品，才能赢得文艺批评家以及文艺批评家以外的人的尊重。获奖文艺作品不能只是颂赞满天飞。不应该拒绝尖锐泼辣的文艺批评。

既然重大的文艺评奖不但是以科学的文艺批评为基础的，而且是文艺批评的重要形式，那么，这种文艺评奖就不可能完全排除评委的主观意志的影响甚至左右。参与文艺评奖的评委是文艺批评家，即使客观公正，也不可能没有主观好恶偏向。重大的文艺评奖如何尽量避免这种主观意志的影响甚至左右呢？这就是制定科学的文艺评奖标准并严格地按照这个科学的文艺评奖标准进行文艺评奖，而不是随行就市，在矮子里面拔长子（将军）。

在当代文艺界，有些重大的文艺评奖之所以屡遭质疑甚至诟病，是因为文艺评奖标准前后不一，有些随行就市。很简单，如果文艺评奖标准前后不一，就很难避免主观意志的影响甚至左右。而没有统一的文艺评奖标准，文艺评奖就很难在文艺创作和文艺消费中产生积极影响。在当代文艺界，不少重大的文艺评奖实际上徘徊在评出真正优秀的文艺作品与评出在一段时间里出现的优秀文艺作品之间，陷入了两头都顾而两头都很难顾上的尴尬境地。重大的文艺评奖评出真正优秀的文艺作品与评出在一段时间里比较优秀的文艺作品是很不相同的。如果是评出真正优秀的文艺作品，那么，就应严格按照真正优秀的文艺作品的标准衡量，宁缺毋滥。而评出在一段时间里比较优秀的文艺作品，就难免在矮子里面拔长子。

第五节　文艺理论终结与文艺理论自觉

在文艺批评实践中，文艺理论与文艺批评是互相促进的，还是分道扬镳的？21世纪初中国文艺批评界在把握文艺理论与文艺批评的关系上出现了两种截然对立的倾向，一种倾向认为文艺理论的终结就是文艺批评的开始，中国当代文艺批评与文艺理论分道扬镳则是时代变异使然。这种倾向指出，在相当的时期里，文艺批评臣属于文艺理论，一旦文艺理论确定了原理和原则，一切解释都要还原到这些理论上去。个别文艺作品只有成为理论的佐证才有价值，否则将被视为错误或无聊的东西。这就最大可能排除了异质的东西，导致丰富多样的文艺世界单调和枯竭。这种无穷大的文艺理论就是无穷空的文艺理论，它只是规定和立法，不是激发和创造。并宣告曾经作为规范的文艺理论，现在已不能规范文艺批评。这种倾向的确看到了文艺理论与文艺批评的矛盾，但却没有看到它的统一。另一种倾向则强调文艺理论与文艺批评的统一，认为虽然由于文艺理论与文艺现象之间所固有的内在联系，使得在文艺理论研究中这种演绎不像数学推算那样，仅凭抽象的逻辑思辨开展，而必须时时返回到对经验现象的分析和归纳；但是若要发现本质与现象以及现象与现象之间的内在联系，而使它们成为一个知识的有机整体，仅仅凭经验的归类和归纳而没有一定的理论思维的能力是绝对不能完成的。这种倾向推崇伟大文艺作品，认为"真正美的、优秀的、伟大的作品不可能只是一种存在的自发的显现，它总是这样那样地体现作家对美好生活的期盼和梦想，而使得人生因有梦而变得美丽。尽管这种美好生活离现实人生还十分遥远，但它可以使我们在经验生活中看到一个经验生活之上的世界，在实是的人生中看到一个应是人生的愿景，从而使得我们不论在怎样艰难困苦的情况下对生活始终怀有一种美好的心愿，而促使自己奋发进取；在不论怎样幸福安逸的生活中始终不忘人生的忧患，而不至于走向沉沦"。坚决而彻底地批判和否定了那些只是供人娱乐消遣的文艺作品，认为"并非那些轰动一时、人人争读的作品都可以称作是文艺的。克尔凯戈尔在谈到什么是人时说：'人是什么？只能就人的理念而言，……那些庸庸碌碌的千百万人不过是一种假象、一种幻觉、一种骚动、一种噪声、一种喧嚣等等，从理论的角度看他们等于零，甚至连零也不如，因为这些人不能以自己的生命去通达理念。'这'理念'以我的理解就是'本体观'。这话同样适合于我们看待文艺"[1]。我们如果只是承认那些充分体现文艺的理想境界的文艺作品是文艺，那么，这个世界的文艺作品就所剩无几了。这种倾向虽然强调文艺理论与文艺批评的统一，但在文艺批评实践中却忽视了它的矛盾。可见，中国当代文艺批评界的这两种截然对立的倾向虽然交锋异常激烈，但都没有正确地把握文艺理论与文艺批评的辩证关系。

中国当代文艺批评界之所以不能正确地把握文艺理论与文艺批评的辩证关系，是因为在不同程度上混淆了作为指南的文艺理论与作为公式的文艺理论的根本不同，缺乏高度的理论自觉。恩格斯晚年曾明确地区分了作为指南的理论与作为公式的理论的区别，并同贴标签的研究倾向进行了坚决的斗争。恩格斯指出："如果不把唯物主义方法当作研究历史的指南，而把它当作现成的公式，按照它来剪裁各种历史事实，那么它就会转变为自己的对立物。"[2]他尖锐地批评了当时德国许多青年作家，认为"唯物主义的"这个词对这些青年作家来说只是一个套语，"他们把这个套语当作标签贴到各种事物上去，再不作进一步的研究，就是说，他们一把这个标签贴上去，就以为问题已经解决了"[3]。中国当代文艺批评界过去曾出现过教条主义文艺批评，就犯了这种剪裁各种历史事实的错误。不过，这种教条主义文艺批评的错误不在于它搬用了一些完美的圈子，而在于它只看到了这些完美的圈子与具体的文艺作品的差别，而没有看到它们之间的联系。这就是说，文艺批评家针对作家艺术家的文艺创作提出某种理想要求，与作家艺术家在文艺创作中实现这种理想要求时达到了什么程度是两回事。这是绝对不能混淆的。文艺批评家绝不能因为作家艺术家没有完全达到这种理想要求，就全盘否定他们在文艺创作中所取得的成就。教条主义文艺批评就是因为看不到理想尺度与具体文艺作品的联系而陷入虚无主义的泥淖。有些反教条主义文艺批评不是深入地挖掘教条主义文艺批评的这个失足之处,而是因噎废食,否定了圈子本身。也就是说,这些反教条主义文艺批评在同教条主义文艺批评的斗争中没有吸收对方的合理方面,而是彻底否定了对方,结果走向另一个极端,滋生出了一种忽视甚至轻视文艺理论的倾向。这种忽视甚至轻视文艺理论的倾向必然是抵制和拒绝文艺批评的。

20世纪90年代以来,中国文艺界不但抵制文艺批评的风气很盛,而且还形成了文艺思想派别。1994年,有的作家在抵制文艺批评时提出:"在怎么活的问题上,没有应当怎样不应当怎样的模式,谁也不能强求谁。"时隔十九年,2013年,仍有作家在抵制文艺批评时认为:"大千世界,人各有志,每个人都有权力自由选择自己的生活方式和入世方式,作家从来就不是别样人物,把作家的地位抬举得太高是对作家的伤害——其实在中国,作家的高尚地位,基本上是某些作家的自大幻想。"这种认为凡是存在的就是合理的粗鄙存在观不过是对法国哲学家和文学家萨特的存在主义思想的肢解,即他们强调了选择的自由,但却忽视了人在自由选择时所应承担的社会责任。这在一定程度上反映了中国当代文艺界在理论上的不彻底。中国当代文艺批评界在引进萨特的存在主义思想时往往只是截取他们所需要的一些东西,而不是完整地准确地把握这种思想并进行深入的批判。的确,人可以自由选择,但是,这种选择是有价值高下分别的。萨特指出,人就是人。这不仅说他是自己认为的那样,而且也是他愿意成为的那样——是他(从无到有)从不存在到存在之后愿意成为的那样。人除了自己认为的那样以外,什么都不是。但是,人要对自己是怎样的人负责。

在《存在主义是一种人道主义》这篇论文中,萨特曾深刻地指出:"只要我承担责任,我就非得同时把别人的自由当作自己的自由追求不可。我不能把自由当作我的目的,除非我把别人的自由同样当作自己的目的。"[4]萨特认为,当我们说人对自己负责时,我们并不是指他仅仅对自己的个性负责,而是对所有的人负责。所以,"人在为自己作出选择时,也为所有的人作出选择。因为实际上,人为了把自己造成他愿意成为的那种人而可能采取的一切行动中,没有一个行动不是同时在创造一个他认为自己应当如此的人的形象。在这一形象或那一形象之间作出选择的同时,他也就肯定了所选择的形象的价值;因为我们不能选择更坏的"。在萨特看来:"我们选择的总是更好的;

而且对我们说来，如果不是对大家都是更好的，那还有什么是更好的呢？"[5]因此，这是不能回避的自由选择的真假判断和价值高下判断。

但是，中国当代有些文艺批评家提倡文艺批评的多元化，回避这种真假判断和价值高下判断，认为应该尊重每一个人的判断，每个人对文艺作品的需要是不一样的，每个人从同一部文艺作品中汲取的营养也是不一样的。因而，批评的标准就存在于每个人心中。而所谓"好作品"就是能够满足这个时代现实需要的作品。这种文艺批评的多元化是根本站不住脚的。的确，每个时代的文艺作品应该满足它所处时代的现实需要，而不是独立于这个时代之外。但是，任何作家艺术家都应该看到他所处时代的局限，对他所处时代的现实需要有所甄别，而不是全面认同。正如中国现代美学家朱光潜所指出的："文艺上一时的风尚向来是靠不住的。"[6]即使在伟大的时代，也不是凡是现存的都是合理的。作家艺术家应该适应合理的现实需要，抵制不合理的现实需要。否则，作家艺术家的与时俱进就很可能变成阿世媚俗。

法国思想家卢梭在《论科学与艺术》中曾经指出，一切艺术家都愿意受人赞赏。他的同时代人的赞誉乃是他的酬报中最可珍贵的一部分。如果他不幸生在那样一个民族，生在一个让轻浮的少年们左右着风气的时代，为了要博得别人的赞赏，他会做出什么事情来呢？他就会把自己的天才降低到当时的水平上去的，并且宁愿写一些生前为人称道的平庸作品，而不愿写出唯有在死后很长时间才会为人赞美的优秀作品了。"如果才智卓越的人们中间偶尔有一个人，有着坚定的灵魂而不肯阿世媚俗，不肯以幼稚的作品来玷污自己，那他可就要不幸了！他准会死于贫困潦倒和默默无闻的。"[7]在这样一个让轻浮的少年们左右着风气的时代，真正的艺术家应该有坚定的灵魂，不能阿世媚俗，不是降格以求，写一些生前为人称道的平庸作品。这恐怕是不言而喻的。因此，任何时代的文艺作品不但要满足当时的现实需要，而且要超越当时的现实需要。也就是说，"好作品"既要满足时代的现实需要，也要满足人类文明发展的历史需要。这两个方面是统一的，而不是对立的。否则，这些所谓的"好作品"除了赢得同时代轻浮少年们的廉价吹捧以外，必将是过眼烟云。

有些文艺批评家还认为，应该"是文艺作品给文学立法，而不是批评给文艺立法"。文艺作品无限丰富，作家艺术家的每一次创作都是一个挑战，所以文艺批评家要更多地尊重文艺作品，尊重作家艺术家，尊重原创。其实，这些文艺批评观不过是克罗齐派文艺批评观的翻版。朱光潜扼要地概括了克罗齐派文艺批评观，这就是创造的批评，即艺术作品的精神方面时时在"创化"中，创造欣赏都不是复演[8]。"真正的艺术的境界永远是新鲜的，永远是每个人凭着自己的性格和经验所创造出来的。"[9]朱光潜在介绍克罗齐派文艺批评观时曾尖锐地指出这种文艺批评观难以克服的困难，这就是克罗齐忽略了艺术的价值高下判断，自然对于文艺批评是一种困难。文艺的多样化的发展是有价值高下的，而不是等量齐观的。正如毛泽东所说的："文艺家几乎没有不以为自己的作品是美的，我们的批评，也应该容许各种各色艺术品的自由竞争；但是按照艺术科学的标准给以正确的批判，使较低级的艺术逐渐提高成为较高级的艺术，使不适合广大群众斗争要求的艺术改变到适合广大群众斗争要求的艺术，也是完全必要的。"[10]在文艺家都以为自己的作品是美的情况下，文艺批评不能不严格区分较低级的艺术与较高级的艺术，并促使较低级的艺术逐渐提高成为较高级的艺术。如果只是文艺作品给文艺立法，而不是文艺批评给文艺立法，那么，文艺批评将只有拜倒在各种文艺作品的脚下，而不可能真正引领文艺有序而健康的发展。中国当代文艺批评就是在这种"告别理论"或终结理论的过程中逐渐丧失锋芒的。

在中国当代文艺批评实践中，有些文艺批评家敏锐地感受到时代审美风尚的变化，但是他们在理论上却不彻底，以至于他们的批评难以透彻，甚至陷入矛盾。

21世纪初，有些作家艺术家在文艺创作中出现了这种现象，即作家艺术家们在表现消极、落后、阴暗、丑陋的时候，得心应手，很有感染力，也容易得到人们的认同；但是作家艺术家写光明、温暖、积极、进步、向上的时候，功力普遍不足，哪怕是写真人真事，也容易让人指为虚假写作。这种创作现象虽然反映了一些作家艺术家艺术表现力的缺乏（即不能将真善美的东西表现得真实感人）和一些人接受心理的畸变，但从根本上说是一些作家艺术家世界观矛盾的产物。有些作家艺术家的历史观与价值观是矛盾的。在历史观上，他们认为恶是历史发展的动力，邪恶的横行是历史发展难以避免的；在价值观上，他们还是痛恨邪恶横行的。因此，在文艺创作中，这些作家艺术家虽然对现实生活中出现的各种不平等、不人道的消极现象进行了一定的批判，但是，这种批判不够坚决和彻底，有些羞羞答答，对正义终将战胜邪恶的未来则半信半疑。有些文艺批评家甚至提出了历史进步与道德进步的二律背反，肯定那些在矛盾中没有排斥任何一方的作家艺术家的文艺创作。其实，历史观与价值观是统一的。有些文艺批评家之所以陷入历史观与价值观的矛盾，是因为他们在历史观上理论不彻底，不能深刻地认识恶不过是历史发展的表现形式，而不是历史发展的动力本身。无论是黑格尔，还是马克思、恩格斯，都认为恶是历史发展的动力的表现形式，而不是历史发展的动力本身。在《路德维希·费尔巴哈和德国古典哲学的终结》中，恩格斯说得十分清楚："在黑格尔那里，恶是历史发展的动力的表现形式。"[11]在这一点上，马克思、恩格斯和黑格尔没有根本的区别。他们的区别在于，黑格尔不在历史本身中寻找这种动力，反而从外面，从哲学的意识形态把这种动力输入历史，恩格斯则从历史本身寻找这种动力。恩格斯认为恶是历史发展的动力的表现形式，恶不过是人的动机。在把握人的动机与历史发展的关系时，恩格斯指出："在历史上活动的许多单个愿望在大多数场合下所得到的完全不是预期的结果，往往是恰恰相反的结果，因而它们的动机对全部结果来说同样地只有从属的意义。"接着，恩格斯提出："在这些动机背后隐藏着的又是什么样的动力？在行动者的头脑中以这些动机的形式出现的历史原因又是什么？"[12]恩格斯在深入挖掘这种隐藏的动力的基础上认为旧唯物主义的历史观在本质上是实用主义的，即它按照行动的动机判断一切。而新唯物主义的历史观则是探究那些隐藏在历史人物的动机背后并且构成历史发展的真正的最后动力的动力。显然，恶绝不是历史发展的真正动力，而是历史发展的动力的表现形式。也就是说，历史发展的动力既然可能以恶为表现形式，那么，也可能以善为表现形式。

在《资本论》第一卷"序言"中，马克思在深刻地把握历史发展的动力的基础上高度科学地概括了历史发展的两条道路，一是采取较残酷的形式，一是采取较人道的形式。马克思说："正像18世纪美国独立战争给欧洲中产阶级敲起了警钟一样，19世纪美国南北战争又给欧洲工人阶级敲起了警钟。在英国，变革过程已经十分明显。它达到一定程度后，一定会波及大陆。在那里，它将采取较残酷的还是较人道的形式，那要看工人阶级自身的发展程度而定。所以，撇开较高尚的动机，现在的统治阶级的切身利益也要求把一切可以由法律控制的、妨害工人阶级的障碍除去。"[13]这就是说，历史的发展既有较残酷的形式，也有较人道的形式。而历史的发展采取较残酷的形式符合统治阶级的根本利益，采取较人道的形式则符合广大人民群众的根本利益。

20世纪70年代末以来，经过40多年的改革开放，中国不但走出了一条中国特色社会主义发展道路，而且确定了中国特色社会主义在世界全球化的进程中发展的历史方位。过去，全球化至少面临着两个方面的激烈反对和批判。首先，有人认为全球化是西方资本主义国家所设立的一个陷阱，全球化就是全球资本主义，换言之，倡导全球化也就是倡导全球资本主义化。其次，有人认为只存在一个经济一体化的过程，而不存在一般的全球化过程，特别是，不存在政治的全球化趋势。全球化不仅是一个客观的世界历史发展进程，而且是人类历史的一个整体变迁过程。它首先表现为经济一体化，但在经济一体化的过程中，人类的政治生活和文化生活也不可避免地受到了深刻的影响。现在，中国积极参与了全球化进程。在这个全球化进程中，时任党的总书记的胡锦涛深刻地确定了中国特色社会主义的发展方位并在客观认识社会主义及其命运的基础上提出了两种"全球化"思想。2001年11月5日，胡锦涛深刻地指出："只有建立在各国平等基础上的全球化，才能真正实现全球经济可持续发展。"这个重要思想是胡锦涛在法国国际关系研究所以《21世纪的中国与世界》为题所作的演讲中提出来的。2001年11月6日，《人民日报》对这一演讲作了报道。胡锦涛说，近年来世界许多地方出现了反全球化运动，发人深思。迄今为止，发达国家是经济全球化的主要受益者，而发展中国家从中获益甚少，甚至有被边缘化的危险。只有建立在各国平等基础上的全球化，才能真正实现全球经济可持续发展。我们将致力于各国平等参与制定世界经济的决策和规则，建立新的合理的国际金融和贸易体制，减少发展中国家面临的风险，遏止"贫者愈贫，富者愈富"的现象。南北差距的缩小将不仅有利于全球经济的健康发展，也有利于从根本上消除世界上许多不安定因素。2004年，美国学者理查德·T.范恩的《历史学必须全球化吗？》一文提出了同样的思想。他说："我并不认为历史学家的话会对政治家的行为产生多少影响，但这并不是说我们可以不负道德责任地选择谈论的话题并发表意见。这当然得取决于发展的是哪一种全球化，采取的是哪种评判标准。一种是，使第三世界国家摆脱负担，并建立起可行的国际法体系的全球化；另一种是，在某个企图将第三世界的财富吞噬到第一世界的最大银行账户中的霸权势力的控制下而产生的全球化。倘若是第一种,人们自然会对全球化另眼相看。"[14]这就是说,无论是现代化,还是全球化,都不是抽象的。

中国当代历史是一个未完成时,中国在实现现代化的发展道路上是重复前人的错误甚至为了发展而犯罪,还是另辟蹊径?中国特色社会主义发展道路是科学发展的道路。这条科学发展的道路是社会的全面进步,是历史的进步与道德的进步的统一。在历史的变革和社会的转型时期,既有一些作家艺术家着意于对当代中国社会出现的一些为了历史的发展而采取的较残酷形式的现象的描写而放逐了历史批判,甚至还有一些作家艺术家放弃了道德批判,拼命地肯定并跻身那些不合理的现存秩序,也有不少作家艺术家猛烈地批判了中国当代社会出现的一些较残酷的形式。在当代作家艺术家的这种分化中,当代文艺批评不应回避是非判断和价值高下判断,而应以高度的理论自觉,深入地把握中国特色社会主义发展道路,并在这个基础上坚决反对那些迎合当代历史发展所采取的一些较残酷的形式并拼命跻身那些不合理的现存秩序的作家艺术家及其文艺创作,倡导当代历史发展采取较人道的形式并积极肯定那些敢于批判不合理的现存秩序的作家艺术家及其文艺创作。

20世纪90年代以来,中国作家艺术家从20世纪80年代的思想分歧逐渐发展到社会分化。有些作家艺术家不但发生了精神背叛,而且发生了社会背叛。这些作家艺术家在精神上的退却和背叛,实际上是他们社会背叛的结果。而这些作家艺术家这种社会背叛又是中国当代社会发生历史演变的产物。因而,中国作家艺术家的这种社会分化是中国当代社会分化的一个部分。恩格斯在为马克思的《法兰西内战》1891年单行本所写的"导言"中指出:"以往国家的特征是什么呢?社会为了维护共同的利益,最初通过简单的分工建立了一些特殊的机关。但是,随着时间的推移,这些机关——为首的是国家政权——为了追求自己特殊的利益,从社会的公仆变成了社会的主人。这样的例子不但在世袭君主国内可以看到,而且在民主共和国内也可以看到。"[15]恩格斯认为这种由社会公仆演变为社会主人的现象在从古至今所有的国家中都是不可避免的。为了防范这种演变,恩格斯在把握这种人类社会发展规律的基础上深刻地指出:"工人阶级为了不致失去刚刚争得的统治,一方面应当铲除全部旧的、一直被利用来反对工人阶级的压迫机器,另一方面还应当保证本身能够防范自己的代表和官吏,即宣布他们毫无例外地可以随时撤换。"[16]这两个方面是缺一不可的。这就是说,马克思、恩格斯没有彻底否定资本主义社会在政治文明上所取得的优秀成果，而是尽量除去这个祸害的最坏方面。恩格斯所总结的这些人类社会发展的规律是普遍的，绝不是特殊的，或者只是适应世界部分地区。中国当代有些文艺作品不仅深刻地反映了这种由社会公仆演变为社会主人的现象，而且对它进行了猛烈的批判。在这种批判中，有些文艺作品的批判只是主观的批判，还没有上升到主观的批判和客观的批判的有机结合。但是，有些文艺批评家没有在把握人类社会发展规律的基础上深刻认识这些深刻批判，即这种由社会公仆演变为社会主人的现象的文艺作品，而是有意或无意地遮蔽或部分遮蔽它们。而这些文艺批评家之所以难以准确地把握和有力地推动中国当代文艺的发展，不是理论束缚了他们，而是主观主义制约了他们认识不深或者认识片面。

可见，文艺批评如果在理论上不彻底，甚至糊涂，就不可能把握真理，就不可能具有锋芒。因此，中国当代文艺批评界应自觉地从理论上磨砺文艺批评的锋芒，而不是"告别理论"或终结理论。

参考文献：

[1] 王元骧：《论美与人的生存》，浙江大学出版社，2010，第92页。

[2][3][11][12] 中共中央马克思、恩格斯、列宁、斯大林著作编译局：《马克思恩格斯选集》第4卷，人民出版社，1995，第688页、第692页、第237页、第248页。

[4][5] 萨特：《存在主义是一种人道主义》，上海译文出版社，1988，第27页、第8-9页。

[6][8][9] 朱光潜：《朱光潜全集》第8卷，安徽教育出版社，1993，第487页、第372页、第378页。

[7] 卢梭：《论科学与艺术》，商务印书馆，1963，第25-26页。

[10] 毛泽东：《毛泽东选集》第3卷，人民出版社，1991，第869页。

[13] 中共中央马克思、恩格斯、列宁、斯大林著作编译局：《马克思恩格斯选集》第2卷，人民出版社，1995，第101页。

[14] 理查德·T. 范恩：《历史学必须全球化吗？》，《新华文摘》2004年第8期。

[15][16] 中共中央马克思、恩格斯、列宁、斯大林著作编译局：《马克思恩格斯选集》第3卷，人民出版社，1995，第12页、第13页。

第四章　中国文艺理论分歧的解决与文艺批评的深化

第一节　理论分歧的搁置与文艺批评的迷失

　　21世纪以来，中国当代文艺批评界在重大文艺理论上既有直接交锋，也有间接交锋。这些文艺理论交锋是中国当代文艺批评界理论分歧的必然产物。如果这些文艺理论分歧得不到彻底解决，就将从根本上影响中国当代文艺批评界的团结，并严重阻碍中国当代文艺批评的深化。可是，有些文艺批评家却有意回避甚至掩盖这些文艺理论的分歧，各说各的话，各弹各的调。这种鸵鸟心态是中国当代文艺批评失效乏力甚至迷失方向的重要主观原因。

　　在中国当代文艺理论的发展上，文艺理论家王元骧与王先霈虽然没有直接交锋，但却有间接交锋。他们这种文艺理论的冲突就是中国当代文艺批评界虚无存在观与粗鄙存在观的对立在文艺理论上的发展。这是中国当代文艺批评界不能回避的文艺理论论战。2002年，王先霈认为中国当代原有的文学理论立脚的基础太窄小了：一是不能把握20世纪80年代初期破土而出的朦胧诗、意识流小说，二是不能把握繁盛的大众文学。而中国当代原有的文学理论把现代主义文学和大众文学从"纯"文学领域驱逐出去的努力始终未见明显成效。这就是文艺理论与文艺现象的矛盾。而文艺批评家解决这种文艺理论与文艺现象的矛盾，一是调整原有的文艺理论，适应文学创作的巨大变化；二是批判那些坏的文艺现象，引导文学创作的健康发展。这二者在不同的时候可以偏重，但却不可偏废。否则，文艺批评家不是与新生的文艺现象失之交臂，就是与即将灭亡的文艺现象同流合污。在解决这种文艺理论与文艺现象的矛盾时，王先霈过于强调文艺理论的调整和适应，认为"当文学创作出现显著的巨大的变化时,原有的理论难以对之适应,不能不作出调整,不能不发生变化",而相对忽视文艺理论对一些坏的和不真的文艺现象的批判和否定。王先霈提出:"每个文学理论家批评家往往有自己关注和熟悉的专门领域和研究重点,但他的心里要装着文学世界的全部、整体,就是说,要意识到、要承认整体的存在。"[1]每个文学理论家批评家对自己身边至鄙至俗、极浅极近的文学,是否也应给与更充分的注意,努力从中提炼出新的美学原则。[2]王先霈强调每个文学理论家批评家承认文学世界的整体存在,虽然看到了文艺世界的联系,但却没有看到文艺世界的差别。王先霈所说的文学世界的全部、整体既有好的和真的文艺现象,也有坏的和不真的文艺现象。也就是说,这个文学世界是充满矛盾和对立的。在这个充满矛盾和对立的文学世界里,文艺批评家如果承认文学世界这个整体的存在,即存在即合理,而不是激浊扬清,就不但放弃了真正的文艺批评,而且不可避免地陷入自相矛盾中。文艺批评家陈晓明的文艺批评就是这样陷入自相矛盾的。

2004年,陈晓明在《元理论的终结与批评的开始》一文中认为,文学批评过去一直在理论的压力之下,不能面对文本,不能给文学以活的解释;提出文学批评应该告别这种无穷大的理论即无穷空的理论,只要面对文学文本就足够了。同时,陈晓明认为文学批评有必要采取多元化的观念,"如果固守住一套理论标准,框定作品文本,也很危险"[3]。陈晓明的这种文学批评必然是不管作家写什么,都将照单全收。正如有人尖锐地指出的,陈晓明的文学批评出尔反尔,既卖矛,又卖盾。如陈晓明一方面指出,作家阎连科的长篇小说《受活》丝毫不逊色于《百年孤独》,这种作品给人的震撼和冲击是非常强大的,对乡土中国历史的书写是所有中国文学都无法企及的。另一方面又认为,贾平凹不管从哪方面来说都是中国乡土叙事在当代最卓越的代表。这是自相矛盾的。既然《受活》是所有中国文学都无法企及的,那么贾平凹的作品怎么又成了"中国乡土叙事在当代最卓越的代表"?难道贾平凹不是中国的作家而是外国作家?又如陈晓明认为,贾平凹、莫言、张炜、李锐、路遥、陈忠实等等,都是首屈一指的当代中国乡土文学作家,如果要追究他们与中国现代乡土文学的联系,可能是徒劳的。这是没有搞懂"首屈一指"的基本意思。在现代汉语成语中,"首屈一指"就是"弯下手指头计算,首先弯下大拇指,表示第一"。这种将莫言等五六个作家并列在一起还能够称得上是首屈一指吗？[4]这样，文学批评就从文艺理论的附庸堕落为文艺现象的吹鼓手。文艺批评家如果只是跟着文艺现象走，最后就会被层出不穷的文艺现象所淹没，甚至陷入自相矛盾的境地。

有些思想糊涂的文艺批评家深受这种排斥文艺理论倾向的影响，虽然没有直接附和排斥文艺理论的倾向，但却提出了一种似是而非的文艺理论的局限论。

首先，这种文艺理论的局限论认为文艺理论与文艺现象是冲突的。这就是文艺理论从自足的理论体系而言，它是言之凿凿、自成一体，但一旦与现象、现实相比照，就显得那么苍白、困窘。从理论自身来说，理论所取的是共性，在择取共性的同时个性则被舍弃，存在共性遮蔽个性的危险。这是文艺理论作为一种理论形态的局限。这虽然是对王先霈的中国当代文学理论窄小论的深化，但却更加偏颇。不可否认，个别跟一般相对立。但是，这种对立面是同一的。列宁在把握辩证法的实质时指出："个别一定与一般相联而存在。一般只能在个别中存在，只能通过个别而存在。任何个别（不论怎样）都是一般。任何一般都是个别的（一部分，或一方面，或本质）。任何一般只是大致地包括一切个别事物。任何个别都不能完全地包括在一般之中，如此等等。"[5]恩格斯正是看到任何一般只是大致地包括一切个别事物，所以特别指出"马克思的世界观不是教义，而是方法"[6]。本来，文艺理论是文艺批评家在把握文艺现象时的指南，不是裁剪文艺现象的现成的公式。而那些思想糊涂的文艺批评家却没有这样做，而是在按照文艺理论裁剪文艺现象时发现二者有出入，就质疑文艺理论的局限。显然，这在一定程度上夸大了个别跟一般的对立。

其次，这种文艺理论的局限论盲目地崇拜艺术的独创。德国哲学家康德在论天才时指出，尽管独创是艺术的第一特性，但是，这种艺术独创既有可能是有意义的，也有可能是无意义的。[7]如果盲目崇拜精神生活的例外，个体的审美感受，那么，就无法区别有意义的文艺创新和无意义的文艺创新。文艺批评家如果盲目地追新逐异，就可能阿世媚俗。

最后，这种文艺理论的局限论之所以不能深刻地把握文艺理论与文艺现象的辩证关系，是因为没有区别属于意识形态的文艺理论与不属于意识形态的飞机之理，而是混淆了这两种不同对象。这种文艺理论的局限论认为存在一种所谓科学的、客观的文艺理论，可以从根本上阐释一切文艺现象，正如门捷列夫化学元素周期表那样的理论，既与现实相吻合，又能预见文学发展的必然趋势。只是现在还没有找到这样的文艺理论而已，正如冯友兰所认为的，"存在必有存在之理"，"未有飞机之前，已有飞机之理"。飞机之理是早已客观存在的，但也只有到近代人类才认识到这个理、并开始依据这个理来设计制造飞机。因此不能说飞机之理是近代才诞生的，而只能说关于飞机之理的认识是直到近代才诞生的。文艺之理与文艺理论之间也应当是这种关系。[8]这就完全抹煞了文艺理论的意识形态属性。正如王元骧所说的，丹纳所标榜的完全客观的、中立的，"既不禁止什么，也不宽恕什么，它只是鉴定和说明"，就像植物学家那样，纯客观"用同样的兴趣时而研究橘树和桑树，时而研究松树和桦树"的文学理论是没有的。[9]文艺现象既有富有生命力的，也有即将灭亡的，既有健康的，也有畸形的，文艺批评家对文艺现象不可能不分好坏、真伪地都照单全收。文艺批评家在批判一些文艺现象时必然冒犯一些作家艺术家的既得利益，而有些作家艺术家抱残守缺，拒绝这种文艺批判也是难免的。因此，有些文艺批评家不能批评到"点"上，不能批评到作家艺术家的心坎上，不能使作家艺术家心服口服，主要是文艺批评家的能力不足或者是违拗了作家艺术家的癖好，恐怕不能完全责怪文艺理论本身。即使文艺批评家的文艺理论影响了文艺批评的锋芒，也是由于文艺批评家的文艺理论不够彻底，而不是文艺理论本身所造成的。

其实，那些深受排斥文艺理论倾向影响的文艺批评家在质疑中国古代"诗，穷而后工""国家不幸诗家幸，赋到沧桑句便工"等等文艺理论命题时就暴露了破绽。这些文艺批评家首先认为"诗，穷而后工""国家不幸诗家幸，赋到沧桑句便工"等等文艺理论命题是要教人如何去受苦从而成为作家，似乎不遭受苦难、没有丰富的生活和思想情感就不能成为文学家，然后颇为赞赏地援引了作家苏童对作家创作与生活苦难的关系的论断并想当然地认为这是对"诗，穷而后工"论的否定。这是很不准确和妥当的。苏童在答复"人生苦难并不多，是否也能把文学作品写得很深刻？"这个提问时，说："苦难，对于一个作家意味着什么？一个生活在政治意识形态影响下的作家，他可能是一个被当成过右派的人，可能是一个在'文革'时代受过创伤的人，也可能是一个经历过改革开放，见证这个社会主义国家发展变化的人。如果他的某一部分生活是苦难的,人们会习惯性地把这一部分生活夸大、演绎为一个作家所必须的生活,而忽略了作为一个普通人的看上去风平浪静的生活。哪一个是作家的写作资源,我认为在这里有很多认识误区,千万不能认为一个作家必须拥有不同于常人的生活才能创作,恰恰相反,提供永久不衰的写作素材的,往往是那些被遮蔽的日常生活。千万不要觉得自己因为没有经历过苦难就对苦难失去了发言权,因为没有如意的爱情就失去了描绘爱情的能力。写作最奇妙的功能,就是让一个人拥有两个甚至两个以上的灵肉俱在的生活。一个作家可以不在意是否有过苦难的经历,但一定要信任作为一个普通人的那双眼睛对世界的认识和观察。"[10]

苏童的这种答复显然偏离了提问的人所提的问题。首先,提问的人非常了解苏童这类才子型的作家没有经历人生的太多苦难甚至没有经历人生的苦难,很巧妙地询问苏童你们这些没有经历太多人生苦难的才子型作家能否写出深刻的文学作品,并不是询问他们能否写出文学作品。苏童没有正面回答这个问题,而是避开这个问题,大谈特谈作家的直接经验和间接经验与文学创作的关系即文学创作与社会生活的关系。这就是说,苏童虽然没有否定中国古代的"诗,穷而后工"论,但却偏离了提问的人所提的真正问题。其次,虽然苏童没有明确回答提问的人所提的问题,但是这个问题非常重要。这个问题的正确解答无论对于中国当代文艺界把握中国古代文艺理论的现代价值,还是对于中国当代文艺创作,都是很有意义的。那些深受排斥文艺理论的倾向影响的文艺批评家不但曲解了苏童对作家创作与生活苦难的关系的论断,而且质疑和否定了中国古代的"诗,穷而后工"论。这种质疑和否定无疑是偏颇的。很简单,中国古人提出"诗,穷而后工"这类文艺理论命题并非是说只有经受穷苦,才能创作,而是说只有经受了穷苦,才能创作出真正的好作品。文艺批评家钱锺书曾对这个问题进行了系统的梳理和很好的辨正。

钱锺书在《诗可以怨》一文中深刻地指出,苦痛比快乐更能产生诗歌,好诗主要是不愉快、烦恼或"穷愁"的表现和发泄。这在中国古代不但是诗文理论里的常谈,而且成为写作实践里的套板。《诗·大序》并举"治世之音安以乐""乱世之音怨以怒""亡国之音哀以思",并没有侧重或倾向哪一种"音"。《汉书·艺文志》申说"诗言志",也不偏不倚:"故哀乐之心感,而歌咏之声发。"《史记》的作者司马迁也许是最早两面不兼顾的人,他撇开了

"乐",只强调《诗》的"怨"或"哀"了;作《诗》的人都是"有所郁结"的伤心人或不得志之士,诗歌也"大抵"是"发愤"的叹息或呼喊了。随着后世文学体裁的孳生,这个对创作的动机和效果的解释也从诗歌而蔓延到小说和戏剧。而在唐代文学家韩愈那里,这个问题演变为难工与易好的问题。韩愈认为"夫和平之音淡薄,而愁苦之声要眇,欢愉之辞难工,而穷苦之言易好也"。司马迁、钟嵘只说穷愁使人作诗、作好诗,王微只说文词不怨就不会好。韩愈把反面的话添上去了,说快乐虽也使人作诗,但作出的不会是很好或最好的诗。有了这个补笔,就题无剩义了。钱锺书还对难工与易好的问题进行了辨正,认为虽然在质量上"穷苦之言"的诗未必就比"欢愉之词"的诗来的好,但是在数量上"穷苦之言"的好诗的确比"欢愉之词"的好诗来的多。因为"穷苦之言"的好诗比较多,从而断言只有"穷苦之言"才构成好诗,这在推理上有问题,韩愈犯了一点儿不很严重的逻辑错误。为什么有"难工"和"易好"的差别呢?钱锺书从心理学上探究了这种分别的原因,认为欢乐趋向于扩张,忧愁趋向于收紧。乐的特征是发散、轻扬,而忧的特征是凝聚、滞重。欢乐"发而无余",要挽留它也留不住,忧愁"转而不尽",要消除它也除不掉。用歌德的比喻来说,快乐是圆球形,愁苦是多角物体形。圆球一滚就过,多角体"辗转"即停。最后,钱锺书提出了这样一个没有解决的问题:"古代评论诗歌,重视'穷苦之言',古代欣赏音乐,也'以悲哀为主';这两个类似的传统有没有共同的心理和社会基础?"[11]而那些深受排斥文艺理论的倾向影响的文艺批评家不是继续解决钱锺书还没有解决的问题,而是质疑和否定"诗,穷而后工"这类文艺理论命题,这不但不能很好地吸收中国古代文艺理论的精华,而且还会误导中国当代文艺创作。

可见,文艺批评家批评不到"点"上,批评不到文艺家的心坎上,不能令文艺家心服口服,绝不是文艺理论本身的局限,而是文艺批评家自身的缺陷,即文艺批评家无论在审美感受上,还是在思想理论上,都不够深刻和彻底。

在中国当代文艺批评界,文艺理论家王元骧较早抵制和批判了中国当代文艺批评界排斥文艺理论的倾向。从 2006 年起,王元骧在多篇论文中指出了中国当代文艺批评界这种排斥文艺理论的倾向的实质和危害。王元骧在深刻地把握文艺理论与文艺批评的辩证关系的基础上认为,那种没有理论功底和理论深度的、就事论事的感想批评是不可能真正承担起文学批评的使命的。[12]在全面地区别文艺鉴赏与文艺批评的基础上,他认为文艺批评如果缺乏坚实的理论支撑,就必然是肤浅浮面的,不但难见深度和力量,而且在纷繁复杂现象面前无所适从,只是跟着感觉走以至于批评主体达到完全丧失的地步。

接着,王元骧深入地探讨了文艺理论与文艺现象的辩证关系。首先,王元骧认为文艺理论是反思和批判的,而不是一味追随现状、屈就现状、谄媚现状。否则,文艺理论就将堕落成为马尔库塞所说的拍马屁的理论。这就是说,文艺理论家"研究现状并非是为消极的认同现状、屈从现状,甚至谄媚现状,而是为了积极地改变现状,使现状变得更合理、更符合人们的理想和愿望"。而有些文学批评家之所以把文艺理论看作是一种"幻觉的蛊惑"、一种束缚和阻碍文学批评健康发展的力量,是与他们无视理论的反思和批判的功能,而把它看作只不过是用来直接说明文学现象的一种工具是分不开的。因此,王元骧不仅坚决抵制文艺理论堕落成为把文艺日益推向私人化、欲望化、消费化、娱乐化的吹鼓手,而且挖掘并批判了这种文艺理论的哲学根基。王元骧认为"现实的人"不等于"感性的人",一方面人作为"有生命的个人存在"总是有感性方面的需求的,否则就难以存活;另一方面人还有理性的一面,还有一种精神上的追求,才会有自觉抵制物质诱惑的能力,而不至于使自己完全沦为物的奴隶。它能在人身上形成一种张力,使人在经验生活中看到一个经验生活以上的世界,从而不断把人引向自我超越:"作为真正的人,他不可能没有理性的一面,没有精神的生活,唯此,他的生活才会形成一种必要的张力,才会激发他的生存自觉;否则,只能说是一具行尸走肉!"

20世纪80年代以来,中国文艺界出现了一种片面的人性观,助长了文艺的低俗化、颓废化的倾向。王元骧尖锐地指出,刘晓波率先提出"人的本质不是理智的动物,而是情欲的动物","还人以个人感性的本体",把人还原为动物。李泽厚则进一步地宣称只有排除"理性的主宰",张扬"个人的感性的本体",才能实现对人性的回归,因而"现实生活的感性人生方向",这也正是由理性的现代走向感性的后现代之路。王元骧认为刘晓波、李泽厚的这种人性观绝不是一种"现代的人性观",而是一种片面的人性观。而那些深受刘晓波、李泽厚的这种片面的人性观所毒害的文艺理论对于现状已经不再反思和批判了，而是一味地迎合现状、谄媚现状和粉饰现状。这种文艺理论认为"消费时代"的美学的特征就在于"距离的消失"，"因而公众不再需要灵魂的震动和'真理'，他自足于美的消费和放纵——这是一种拉平一切、深度消失的状态，一种无须反思，不再分裂，更无所谓崇高的状态，这是消费文化逻辑的真正胜利"。这种文艺理论成了把文艺日益推向私人化、欲望化、消费化、娱乐化的吹鼓手。王元骧认为中国当代文艺批评界就应该与这种拍马屁的文艺理论告别。与王先霈过于强调文艺理论对文艺现象的调整和适应不同，王元骧在抵制拍马屁的文艺理论的同时则强调文艺理论对文艺现象的批判和引导。

其次，与王先霈强调每个文学理论家批评家应充分注意自己身边至鄙至俗、极浅极近的文学并从中提炼出新的美学原则不同，王元骧则认为并非那些轰动一时、人人争读的作品都可以称作是文艺的。也就是说，王元骧仅仅肯定了真正美的文艺作品，而对那些泛滥成灾、大行其道并充斥视听空间的商业文化、消费文化却是嗤之以鼻的。在中国当代文艺的多元发展中，王元骧在严格区分良莠的基础上推崇真正伟大的文艺作品，认为"真正美的、优秀的、伟大的作品不可能只是一种存在的自发的显现，它总是这样那样地体现作家对美好生活的期盼和梦想，而使得人生因有梦而变得美丽。尽管这种美好生活离现实人生还十分遥远，但它可以使我们在经验生活中看到一个经验生活之上的世界，在实是的人生中看到一个应是人生的愿景，从而使得我们不论在怎样艰难困苦的情况下对生活始终怀有一种美好的心愿，而促使自己奋发进取；在不论怎样幸福安逸的生活中始终不忘人生的忧患，而不至于走向沉沦"[13]。坚决否定那些只是供人娱乐消遣的文艺作品，认为"并非那些轰动一时、人人争读的作品都可以称作是文艺的。克尔凯戈尔在谈到什么是人时说：'人是什么？只能就人的理念而言，……那些庸庸碌碌的千百万人不过是一种假象、一种幻觉、一种骚动、一种噪声、一种喧嚣等等，从理论的角度看他们等于零，甚至连零也不如，因为这些人不能以自己的生命去通达理念。'（《克尔凯戈尔日记选》，彼德·罗德选编，上海社会科学院出版社1992年版，第129页。）这'理念'以我的理解就是'本体观'。这话同样适合于我们看待文艺"。这就完全将一些轰动一时、人人争读的作品排斥在文以外了。王元骧看到文艺世界是有差别的，即真正美的、优秀的、伟大的文艺作品与那些一些轰动一时、人人争读的一般文艺作品是有价值高下之别的，这是对的。但是，王元骧却完全否定了那些轰动一时、人人争读的一般文艺作品，没有看到文艺世界的联系，这就难免有些矫枉过正。黑格尔指出："按照较深的意义来说，真理就在于客观性和概念的同一。譬如，当我们说到一个真的国家或一件真的艺术品，都是指这种较深的意义而言。这些对象是真的，如果它们是它们所应是的那样，即他们的实在性符合于它们的概念。照这样看来，所谓不真的东西也就是在另外情况下叫作坏的东西。坏人就是不真的人，就是其行为与他的概念或他的使命不相符合的人。然而完全没有概念和实在性的同一的东西，就不可能有任何存在。甚至坏的和不真的东西之所以存在也是因为它们的某些方面多少符合于它们的概念。那彻底的坏东西或与概念相矛盾的东西，因此即是自己走向毁灭的东西。"[14]黑格尔的这个思想是辩证的。黑格尔一方面看到坏人就是不真的人，就是其行为与他的概念或他的使命不相符合的人，另一方面看到坏的和不真的东西之所以存在也是因为它们的有些方面多少符合于它们的概念。同样，那些轰动一时、人人争读的一般文艺作品虽然不能充分体现文艺的概念，艺术价值低些，但却或多或少地符合文艺的概念。王元骧看不到这种文艺世界的联系，彻底地否定了文艺世界的多样存在。这就是说，王元骧虽然尖锐地批判了粗鄙存在观，抵制和批判了排斥文艺理论的倾向，但在理论上却很不彻底即存在虚无存在观的偏颇，和王先霈一样都没有深入地把握文艺世界的辩证关系。

王先霈与王元骧的这种理论不彻底严重地制约了他们深入地认识和科学地解决中国当代文化发展的基本矛盾。不过，在一些习惯简单贴标签的人那里，王先霈与王元骧这种文艺理论的分歧却不是理论不彻底的产物，而是思想步调不一致的结果，即强调文艺理论对文艺现象的调整和适应的王先霈是思想解放的，而强调文艺理论对文艺现象的批判和引导的王元骧则是思想僵化的。这种政治思维习惯很顽固，极大地阻碍了中国当代文艺批评界对一些重大分歧的理论解决。

中国当代文艺批评界常常在解决这两对矛盾中左右摇摆：一对矛盾是人民日益增长的精神文化需要同落后的社会精神文化生产之间的矛盾，一对矛盾是丰富多样的精神文化产品与社会主义先进文化这个发展方向之间的矛盾。

中国当代文艺批评界有的偏重解决人民日益增长的精神文化需要同落后的社会精神文化生产之间的矛盾，强调精神生产力的解放，重视精神文化产品的丰富多样；有的偏重解决丰富多样的精神文化产品与社会主义先进文化这个发展方向之间的矛盾，认为社会精神文化产品即使极大地丰富甚至可能出现过剩的现象，也不会都能满足人民日益增长的精神文化需要，有些精神文化产品甚至是违背人民的精神文化需要的。他们重视社会主义先进文化的发展，并强调这种先进文化对其他文化的引领。其实，这两对基本矛盾在中国当代文化的发展过程中是不可分割的整体。

中国当代文艺界既要"丰富人民精神文化生活"，也要"让人民享有健康的精神文化生活"即"为人民提供更好更多精神食粮"。这就是说，中国当代文化提倡文化的多样化发展，但是中国当代文化的这种多样化发展不能完全各行其是，漫无依归，而是有方向的。多样化的文化在历史发展的过程中必然出现进步与落后的分别，甚至还会出现消极的、有害的、异己的文化。中国当代文化在积极汲取人类有益艺术文化的同时，必须坚决抵制和批判一些异质文化对中国当代文化发展的不良影响和侵蚀作用。这就是说，中国当代文化发展在解决人民日益增长的精神文化需要同落后的社会精神文化生产之间的矛盾后还要进一步地解决这些丰富多样的精神文化产品与社会主义先进文化这个发展方向之间的矛盾。在精神文化产品极度贫乏时，中国当代文艺批评界着重解决人民日益增长的精神文化需要同落后的社会精神文化生产之间的矛盾是不可厚非的。但是，随着精神文化产品的日益丰富，中国当代文艺批评界在解决人民日益增长的精神文化需要同落后的社会精神文化生产之间的矛盾后就要进一步地解决这些丰富多样的精神文化产品与社会主义先进文化这个发展方向之间的矛盾。否则，中国当代文艺批评界就会在纷繁复杂的文艺现象面前无所适从，甚至迷失方向。

在把握和解决中国当代文化发展的基本矛盾中，王先霈比较重视解决人民日益增长的精神文化需要同落后的社会精神文化生产之间的矛盾，但他在强调文艺生产力的解放时却忽视了社会主义先进文化对其他文化的积极引领，没有进一步地解决丰富多样的精神文化产品与社会主义先进文化这个发展方向之间的矛盾，无法有效地遏止一些消极的、有害的、异己的文化的冲击。王元骧则比较重视解决丰富多样的精神文化产品与社会主义先进文化这个发展方向之间的矛盾，强调社会主义先进文化对其他文化的积极引领。不过，王元骧在解决丰富多样的精神文化产品与社会主义先进文化这个发展方向之间的矛盾的过程中没有辩证地把握社会主义先进文化与其他文化的关系，没有看到一些非先进文化的合理成分。这严重妨碍了王元骧对丰富多样的精神文化产品与社会主义先进文化这个发展方向之间的矛盾的科学解决。王先霈与王元骧这种对中国当代文化发展的基本矛盾不全面的认识和不彻底的解决在一定程度上加深了他们在文艺理论上的分歧。

不过，王先霈与王元骧这种文艺理论的分歧却不是突然冒出的，而是中国当代文艺批评界一些理论分歧长期积累的结果。中国当代文艺批评界这些理论分歧之所以长期得不到解决，是因为有些文艺批评家囿于狭隘利益的束缚，不能在中国当代文艺多元化的发展潮流中勇敢地把握中国当代艺术的发展方向，克服各种理论偏见。20世纪70年代末以来，中国文艺批评界在反思中国现代文艺发展史时重申了知识分子的审美趣味。但是，有的美学家却将基层民众的审美趣味和知识分子的审美趣味完全对立起来，认为基层民众追求的是头缠羊肚肚手巾、身穿土制布衣裳、"脚上有着牛屎"的朴素、粗犷、单纯的美，知识分子则追求的是纤细复杂、优雅恬静和多愁善感的美；而知识分子工农化，就是把知识分子那种种悲凉、苦痛、孤独、寂寞、心灵疲乏的心理状态统统抛去，在残酷的血肉搏斗中变得单纯、坚实、顽强。这是"既单纯又狭窄，既朴实又单调"；这带来了知识分子"真正深沉、痛苦的心灵激荡"。[15]而在20世纪80年代初以来，知识分子的审美趣味重新抬头并逐渐占据主导地位。在这种审美趣味的轮回中，这位美学家鲜明地提出："追求审美流传因而追求创作永垂不朽的'小'作品呢？还是面对现实写些尽管粗拙却当下能震撼人心的现实作品呢？当然，有两全其美的伟大作家和伟大作品，包括如陀思妥耶夫斯基、托尔斯泰、歌德、莎士比亚、曹雪芹、卡夫卡等等。应该期待中国会出现真正的史诗、悲剧，会出现气魄宏大、图景广阔、具有真正深度的大作品。但是，这又毕竟是可遇不可求的。如果不能两全，如何选择呢？这就要由作家艺术家自己做主了。"而"选择审美并不劣于或低于选择其他，'为艺术而艺术'不劣于或低于'为人生而艺术'。但是，反之亦然。世界、人生、文艺的取向本来就应该是多元的"[16]。这位美学家虽然承认艺术作品是有价值高下的，即伟大作品在艺术价值上比那些"小"作品和现实作品高得多，但他却认为"选择审美并不劣于或低于选择其他，'为艺术而艺术'不劣于或低于'为人生而艺术'。但是，反之亦然。世界、人生、文艺的取向本来应该是多元的"。这又否定了文艺作品的价值高下判断。这位美学家之所以在理论上左右摇摆，难以彻底，就是因为他在迎合中国当代文艺多元化发展的潮流中迷失了方向。

其实，知识分子的审美趣味不是不重要，自有它不可否认的价值，但是，这种知识分子的审美趣味的泛滥却不利于中国当代文艺的健康发展。20 世纪 70 年代末，中国文艺界出现了"表现自我"的思潮；20 世纪 90 年代中期，中国文艺界出现了"躲避崇高"的思潮。这些文艺思潮推动中国当代文艺逐步从对人类社会生活的关注转向对自我内心体验的感受，从对"大我"的表现转向对"小我"的揭秘。有些文艺创作在这种蜕变中甚至堕落为自娱自乐的游戏，完全丧失了社会担当。而中华民族的伟大复兴绝不是极少数人的发展，而是中国人民的共同发展。也就是说，没有中国人民的共同发展，就没有中华民族的伟大复兴。真正有出息的作家艺术家应该积极参与中华民族的伟大复兴，并在艺术创作中把这种历史进步有力地反映出来，创作出震撼人心的艺术作品，而不是置身事外，一味地在自我世界里沉醉。如果作家艺术家完全局限在这种自我世界里，就会丧失对社会的思想能力，甚至堕落为社会的弃儿。在中国当代社会发展的历史转折关头，一些比较有出息的作家艺术家看到中国当代社会基层民众在沉重现实中没有消沉甚至堕落，而是在改造客观世界中脚踏实地地创造着美好的未来。这些社会基层民众虽然没有改天换地的伟力，但却有水滴石穿的威力，并以滴水丰富和扩张着人类历史的海洋。他们既不稍成即安，也非永不餍足，而是在不断进步中充实自己并享受生活的快乐。这些比较有出息的作家艺术家虽然没有完全摒弃知识分子的审美趣味，但却进行了艺术调整，自觉地超越自我世界，并从汲汲挖掘中国当代社会基层民众的一些保守自私、固步自封的阴暗痼疾转向着力表现他们主动创造历史的敞亮心胸和伟岸身影。中国当代文艺批评界如果囿于狭隘利益的束缚，囿于各种理论偏见，就不可能看到这种惊涛拍岸的艺术潮流并勇立历史潮头唱大风，就会在纷乱的艺术潮流中迷失方向，甚至被历史潮流所抛弃。

因此，中国当代文艺批评界只有克服各种理论偏见和摆脱既得利益的束缚，才能从理论上彻底解决王元骧与王先霈的文艺理论分歧，即理论彻底，才能深入地认识和科学地解决中国当代文化发展的基本矛盾，并在这个基础上正确地把握中国当代文艺的发展方向，积极引领中国当代文艺有序而健康的发展。

参考文献：

［1］［2］王先霈：《中国文学批评的解码方式》，华中师范大学出版社，2010，第114页、第116页。

［3］陈晓明：《元理论的终结与批评的开始》，《中国社会科学》2004年第6期。

［4］唐小林：《评论家的"矛"与"盾"》，《文学报》2012年11月29日。

［5］列宁：《列宁全集》第55卷，人民出版社，1990，第307页。

［6］中共中央马克思、恩格斯、列宁、斯大林著作编译局：《马克思恩格斯选集》第4卷，人民出版社，1995，第742页。

［7］康德：《判断力批判》上卷，商务印书馆，1964，第153页。

［8］王文革：《文艺理论：逃离抑或建设？——略谈"诗，穷而后工"作为文艺理论命题的真伪》，《中国艺术报》2013年3月27日。

［9］［12］［13］王元骧：《论美与人的生存》，浙江大学出版社，2010，第274页、第76页、第76页。

［10］怡梦：《聆听苏童——用一生承受以文字探索世界的苦与乐》，《中国艺术报》2013年2月1日。

［11］钱锺书：《七缀集》，生活·读书·新知三联书店，2002，第115-130页。

［14］黑格尔：《小逻辑》，商务印书馆，1982，第399页。

［15］［16］李泽厚：《中国现代思想史论》，东方出版社，1987，第235-246页、第263-264页。

第二节　促进当代文艺理论分歧的解决

众所周知，文艺争鸣在中国当代文艺理论界很难开展。不少文艺理论家在狭隘利益的束缚下不敢正视并积极参与文艺争鸣，而是回避文艺争鸣，各说各话。不少偶发的文艺争鸣大多在没有达到更高阶段前甚至在没有解决文艺理论分歧前就不了了之了。有些文艺争鸣甚至还引起了外在力量的干预。这对中国当代文艺理论的发展造成了极大的伤害。比如梳理中国当代文艺理论的发展线索，会发现王元骧与王先霈在文艺理论发展上是根本对立的。不论在对文艺理论发展的认识上，还是在对当代大众文化的认识上，他们都存在较大的分歧。如果这种文艺理论的分歧不解决，就将严重影响中国当代文艺理论的有序发展。为了推进中国当代文艺理论的有序发展，我们不能搁置王元骧与王先霈在文艺理论发展上的分歧，而是应努力在更高阶段上解决这种文艺理论的分歧。

我们在梳理和总结中国当代文艺批评的发展时，曾经概括虚无存在观文艺批评观与粗鄙存在观文艺批评观这两种尖锐对立的中国当代文艺批评观，认为王元骧与王先霈在文艺理论发展上的对立不过是这两种中国当代文艺批评观分歧在文艺理论上的发展和延伸。因此，王元骧与王先霈即使没有直接的思想交锋，也有间接的思想交锋。而中国当代文艺理论的发展则不可能完全绕开这种文艺理论的分歧。也就是说，即使在王元骧与王先霈之间没有出现直接的思想碰撞，在其他文艺理论家身上也将不可避免地发生这种思想冲突。王先霈在回应相关的批评时认为批评者把他作为"中国当代文艺批评界不能回避的文艺理论论战"的一方并尖锐地批评他"回避文艺理论分歧"的"鸵鸟心态"，感到很委屈。王先霈认为他从来没有感觉到身在这场文艺理论"论战"中，甚至不清楚这场文艺理论"论战"的存在，因而很难参与到他并未意识过的这场文艺理论"论战"中去。[1]这种反批评首先戴错了帽子。批评者并没有批评王先霈存在"回避文艺理论分歧"的"鸵鸟心态"，只是在梳理王元骧与王先霈在文艺理论发展上的分歧时批评了王先霈文艺理论的缺陷，提出中国当代文艺理论发展就是对这种文艺理论分歧的解决。其次，虽然王先霈认为他并不清楚他与王元骧在文艺理论发展上的分歧，但却不能否认这种分歧的存在。在中国当代文艺理论界，不少文艺理论家并不是不清楚一些文艺理论分歧的存在，只是为了人际关系的和谐，往往间接回应对方，而不是挑明分歧，进行论战。至于王先霈是否直接或间接回应了他与王元骧在文艺理论发展上的分歧，并不重要；重要的是他与王元骧在文艺理论发展上存在根本分歧。是搁置这种文艺理论的分歧，还是力争解决？这是中国当代文艺理论能否长足而有序发展的关键。科学存在观文艺批评观是我们解决虚无存在观文艺批评观与粗鄙存在观文艺批评观的分歧的结果。我们梳理和总结王元骧与王先霈在文艺理论发展上的分歧并促进中国当代文艺理论界解决这种文艺理论的分歧，就是为了推动中国当代文艺理论的有序发展，在理论上进一步地完善科学存在观文艺批评观。

王先霈在回应中还认为，文艺理论的分歧会"影响团结""阻碍深化""迷失方向"，难有同感；对我们期望的"重大文艺理论分歧彻底解决"，不抱乐观态度，并且不以为一定是要去追求的目标。因为文艺理论总是在分歧、讨论、争论中发展，越是"重大文艺理论分歧"，越是难有"彻底"的解决，"彻底解决"了，没有了分歧，文艺理论不仅不能深化，倒是必定会走向停滞。王先霈的这种反批评与我们所说的又是相反的。我们明确地认为："如果这些文艺理论分歧得不到彻底解决，就将从根本上影响中国当代文艺批评界的团结，并严重阻碍中国当代文艺批评的深化。可是，有些文艺批评家却有意回避甚至掩盖这些文艺理论的分歧，各说各的话，各弹各的调。这种鸵鸟心态是中国当代文艺批评失效乏力甚至迷失方向的重要主观原因。"[2]也就是说，我们并没有认为文艺理论的分歧"影响团结""阻碍深化""迷失方向"，而是认为这种文艺理论分歧的搁置和不能科学解决"影响团结""阻碍深化""迷失方向"。我们之所以推动中国当代文艺批评界解决中国当代文艺理论的分歧，重要原因之一就是深深地感到中国当代文艺界不重视甚至轻视文艺理论。近些年来，我们集中而系统地思考了文艺理论与文艺批评的关系，认为中国当代文艺批评之所以没有出现飞跃发展，不是因为在数量上增加不快，而是因为在理论上不彻底有时甚至糊涂。中国当代文艺批评界的不少分歧虽然既有对一些文艺作品认识的差异，也有对中国当代社会发展道路的追求不同，但从根本上说都是理论贫困的产物。当然，我们在推动中国当代文艺理论界解决文艺理论的分歧上绝没有幻想毕其功于一役。在这一点上，我们和王先霈没有特别分歧。不同的是，我们侧重强调了中国当代文艺理论界不从根本上解决文艺理论分歧的严重后果。

我们在概括王元骧与王先霈在文艺理论发展上的分歧时认为王先霈过于强调文艺理论对文艺现象的适应和调整，而王元骧在抵制拍马屁的文艺理论的同时则强调文艺理论对文艺现象的批判和引导。"在中国当代文艺理论的发展上，文艺理论家王元骧与王先霈虽然没有直接交锋，但却有间接交锋。他们这种文艺理论的冲突就是中国当代文艺批评界虚无存在观与粗鄙存在观的对立在文艺理论上的发展。这是中国当代文艺批评界不能回避的文艺理论论战。"[3] 并没有完全否定王先霈的文艺理论。我们和王先霈都强调了文艺批评应从文艺现象出发，在这个基础上，我们还强调了文艺批评不能被文艺现象牵着鼻子走。而王先霈却在没有分歧的地方反复申辩，"文本事实都没有弄清楚，就下判断，就做出结论，怎么能服人呢？离开文本实际、离开文学现象实际凭空做出的结论，无论是从历史的角度还是从审美的角度，对于读者能有多少启迪呢？"文学批评家、文学史家、文学理论家第一要务是把握文学现象的事实。"事实没有弄得清楚准确，却气势磅礴地褒贬，不容分辩地抑扬，即使文采焕然，又有多少价值，又怎么经得住实践的检验？多年以来，文学理论研究与当代文学创作实际和大众文学接受的实际存在距离的状况需要进一步改变；对于具体文本细腻敏锐的感受力，还强调得不够，也是很值得注意的薄弱之处。"王先霈严厉批评的这种现象的确在不少中国当代文艺批评家身上屡屡出现。一些有地位有身份的赶场文艺批评家甚至宣称没有来得及看文艺作品或看完文艺作品，但他们却敢口若悬河地对文艺作品指指点点。结果，中国当代文艺批评界不少文艺批评实话、真话和切中肯綮的话半句无，而空话、套话和隔靴搔痒的话则连篇累牍。对这种浮夸的文艺批评现象，我们也是深恶痛绝的，多次尖锐地批判这种浮夸的文艺批评现象。在这一点上，我们和王先霈没有任何分歧，也不会臆造王元骧与王先霈在这一点上的分歧。

与王先霈一样，王元骧明确地强调了文学批评坚定不移地从文学作品的客观实际出发这一点，认为在对文学作品进行评判的时候，文学批评"包含认识判断和价值判断这样双重的性质。而在认识与评价两者之间，认识是基础、是前提"。文学批评家的一切正确的评价，总是通过对文学作品的认真阅读和深入阐释而得出的结论。文学批评首先是一项科学活动，必须排除个人的主观好恶和偏见，坚定不移地从文学作品的客观实际出发。[4]我们和王先霈的主要分歧在于我们还强调了民族、阶级和时代对文艺的本质诉求，这是王先霈等不少文艺理论家所有意忽略的。

首先，我们坚决反对文艺理论只是跟着文艺创作后面跑。文艺创作是不断创新的，如果文艺理论只是跟着文艺创作后面跑，就无法甄别有意义的艺术创新与无意义的艺术独创，就将既不能批判文艺创作，也不能引领文艺创作。有的文艺批评家认为文艺批评家应该有更广阔的容忍空间，看到文艺作品的差异，看到作家艺术家的千差万别，认为如果没有根本意义上的多元化，多样化实际上是不成立的。这些文艺批评家完全被现象牵着鼻子走，不管作家写什么，都照单全收，甚至在盲目肯定相互矛盾的文艺作品时陷入了自相矛盾的泥淖。法国文艺理论家托多洛夫在倡导对话文艺批评时认为："批评是对话，是关系平等的作家与批评家两种声音的相汇。"[5]在这个基础上，托多洛夫批评了教条论批评家、"印象主义"批评家和历史批评家，认为教条论批评家、"印象主义"批评家以及主观主义的信徒们都只是让人听到一种声音即他们自己的声音，而历史批评家又只让人听到作家本人的声音，根本看不到批评家自己的影子。这都是片面的。而"对话批评不是谈论作品而是面对作品谈，或者说，与作品一起谈，它拒绝排除两个对立声音中的任何一个"[6]。既然文艺批评不仅有作家的声音，还有文艺批评家的声音，那么，文艺理论就不能只是跟着文艺创作后面跑，不能"颂赞"满天飞。

其次，文艺理论不能只是面对文艺现象，还要反映民族、阶级和时代对文艺的本质诉求。马克思、恩格斯在考察统治阶级中间的分工时不但深刻地指出思想家包括文艺理论家在这种分工中的社会角色，而且深刻地指出这些思想家包括文艺理论家在这种分工中的社会责任。马克思、恩格斯指出：分工以精神劳动和物质劳动的分工的形式在统治阶级中间表现出来，"在这个阶级内部，一部分人是作为该阶级的思想家出现的，他们是这一阶级的积极的、有概括能力的玄想家，他们把编造这一阶级关于自身的幻想当作主要的谋生之道，而另一些人对于这些思想和幻想则采取比较消极的态度，并且准备接受这些思想和幻想，因为在实际中他们是这个阶级的积极成员，很少有时间来编造关于自身的幻想和思想"[7]。也就是说，思想家包括文艺理论家是从事精神劳动的，不仅从属于他所属的阶级，而且积极编造这个阶级的幻想和思想。因此，这些参与编造他们所属阶级的幻想和思想的文艺理论家不但要明白他们的社会角色是社会分工的产物即不是高人一等的，而且不能忘记他们在这种社会分工中的社会责任。马克思、恩格斯明确地指出，"一定时代的革命思想的存在是以革命阶级的存在为前提的"。马克思、恩格斯坚决反对把统治阶级的思想与统治阶级本身分割开来，认为这是使统治阶级的思想独立化。马克思、恩格斯深入地批判了这种统治阶级的思想独立化的严重后果，认为这是社会虚假意识形态产生的思想根源。文艺理论家不仅参与编造本阶级的幻想和思想，而且推动作家艺术家编造和表现本阶级的幻想和思想。而文艺理论家在这个基础上提出的审美理想就不全是文艺创作的概括和总结，还包含了民族、阶级和时代对文艺的本质诉求。恩格斯在总结法国伟大现实主义作家巴尔扎克的创作经验时提出了文艺应表现未来的真正的人这个审美理想。而文艺应表现未来的真正的人这个审美理想不仅是总结了一切进步文艺的成功经验，而且包含了恩格斯对未来文艺的期许。

1888年，恩格斯在批评作家哈克纳斯的中篇小说《城市姑娘》时指出，这部中篇小说只是表现了工人阶级生活的消极面，即不积极地反抗、消极地屈从于命运，而没有表现工人阶级生活的积极面，即"工人阶级对他们四周的压迫环境所进行的叛逆的反抗，他们为恢复自己做人的地位所作的极度的努力——半自觉的或自觉的，都属于历史，因而也应当有权在现实主义领域内要求占有一席之地"[8]。恩格斯对工人阶级文学提出的这一审美理想显然不是既有工人阶级文学的总结和概括，而是在批评既有工人阶级文学的基础上对未来工人阶级文学的殷切期望。比恩格斯稍早，1847年，俄国伟大文艺批评家别林斯基在《给果戈理的信》中要求俄国进步文学保留有生命和进步，即表现当时俄国社会新锐的力量："在这个社会中，一种新锐的力量沸腾着，要冲决到外部来，但是，它受到一种沉重的压力所压迫，它找不到出路，结果就导致苦闷、忧郁、冷漠。只有单单在文学中，尽管有鞑靼式的审查，还保留有生命和进步。这就是为什么在我们这里作家的称号是这样令人尊敬，为什么甚至是一个才能不大的人文学上是这样容易获得成功的原故。诗人的头衔，文学作家的称号在我们这里早就使肩章上的金银线和五光十色的制服黯然失色。而这也就是为什么，在我们这里，任何一种所谓自由倾向，甚至即使是才能贫乏的人的，都特别受到大家普遍关注的原故，这也就是为什么一些不管是真诚地还是不真诚地，卖身投靠正教、专制制度、国粹的伟大的才能，他们的声名立刻就会下降的缘故。"[9]在当时俄国社会中，这种新锐的力量还处在萌芽状态之中。别林斯基是在批判作家果戈理的《与友人书简选粹》时提出文艺要表现这种新锐的力量的。这无疑是当时俄国进步文学还没有完全实现的审美理想。

直至1860年，在俄国文艺批评家杜勃罗留波夫批评奥斯特罗夫斯基的戏剧作品《大雷雨》时，俄国进步文学才鲜明地表现出这种审美理想。在杜勃罗留波夫看来，"衡量作家或者个别作品价值的尺度，我们认为是：他们究竟把某一时代、某一民族的（自然）追求表现到什么程度"[10]。杜勃罗留波夫之所以高度肯定奥斯特罗夫斯基的喜剧，是因为奥斯特罗夫斯基的"喜剧的价值并不是只在于力量的程度：我们引为重要的是，他在对生活的普遍（要求）还是隐藏着、表现得很少而且很微弱的时候，就发现了它们的本质"[11]。尤其是奥斯特罗夫斯基的最果断的作品《大雷雨》有一种使人神清气爽、令人鼓舞的东西，不但暴露了专制统治的动摇和日暮途穷，而且揭示出了一种新的生命，即卡德琳娜的反抗。别林斯基、杜勃罗留波夫高度肯定当时俄国进步文学所表现的新锐的力量，不过是他们在现实生活中与那些压迫这种新锐的力量的顽固独夫搏斗的延续。

因此，文艺理论家文艺批评家对文艺作品无论是否定，还是肯定，都不仅在文艺作品中汲取诗情，而且从人类历史发展中汲取力量即反映民族、阶级和时代对文艺的本质诉求。文艺理论家文艺批评家如果仅仅局限在文艺作品里面，就不可能透彻地把握文艺作品并挖掘出文艺作品那些没有成为过去而是属于未来的东西。而王先霈却以不是每个文艺理论家都敢于承当"深入地认识和科学地解决中国当代文化发展的基本矛盾"这种重大的社会责任为由推卸了文艺理论家本应集中反映民族、阶级和时代对文艺的本质诉求这种社会责任。

王先霈在反思过去的文艺理论时，认为原有的文学理论的立脚点太窄小了，而"理论能够到达的深度，与它据以出发的实际材料是单一还是丰富、片面还是全面关系极大"。在这个基础上，王先霈提出了文艺理论研究应该扩展范围，认为"文学理论关注文学实践，需要处理好点和面的关系。……文艺理论研究依据于实际，既需要了解文学发展的历史过程，还要着重于当前的文学实际；既要关注文人创作，即所谓雅文学，也要关注民间的、大众的文学，即所谓俗文学；既要着重于本土的文学，也必须参照域外的文学；既要关心文学创作的实际，也要了解文学传播和文学接受的实际，了解不同人群的文学接受的复杂情况"。王先霈认为文艺理论关注文艺实践，需要处理好点和面的关系，不能只看到、只关心、只承认一种形式，而是探寻对象的"各种形式"，是不同形式之间的联系和转换。这是我们并不反对的。我们甚至提出，在文艺理论创造上，真正富有创造力的文艺理论家甚至可能化腐朽为神奇，而不被对立物所同化。因而，文艺理论家不要先验地区分人类所创造的一切文化成果的精华和糟粕，而是将人类所创造的一切文化成果都作为文艺理论创新的养料，并在文艺理论创造中吐故纳新和推陈出新。而文艺接受与文艺创造是有所不同的，并不是所有的文艺作品都有利于欣赏能力养成，即鉴赏力不是观赏一般的文艺作品而是要观赏最好的文艺作品才能养成的，并且应以优秀的文艺作品为主。因此，我们和王先霈的分歧焦点不在文艺理论立足点的宽窄上，而在文艺理论对不同的文艺现象有无是非判断和价值高下判断上。

王先霈在强调每个文艺理论家文艺批评家心里要装着文艺世界的全部、整体时提出文艺理论家文艺批评家要意识到、要承认文艺世界这个整体存在，文艺理论的立足点应将浅俗、低俗的文艺作品乃至恶俗的文艺作品包括在内，即文艺史不能成为单纯的优秀文艺的历史。而王元骧则认为并非那些轰动一时、人人争读的作品都可以称作是文艺的，文艺理论的立足点是真正的文艺。显然，这是尖锐对立的。而心里装着文艺世界的全部、整体的王先霈不可能不看到他和王元骧的这种文艺理论分歧的存在，不能不至少间接地回应，除非王先霈根本不屑于关注王元骧的这种文艺本体论。这种假设对王先霈来说是自相矛盾的，因而是不可能的。这就是说，王先霈认为他并未意识到他和王元骧在文艺理论发展上的分歧，因而很难回应，也是不成立的。我们指出王元骧与王先霈在文艺理论发展上的分歧，不是为了挑起中国当代文艺理论界的斗争（这种斗争是客观存在的），而是为了推动中国当代文艺理论界正视并更好更快地解决这种文艺理论的分歧，迈上更高的发展阶段。

的确，文艺现象是丰富多彩的，并在时时变化中，文艺理论家不能不关注。然而，这种"文艺现象既有富有生命力的，也有即将灭亡的，既有健康的，也有畸形的，文艺批评家对文艺现象不可能不分好坏、真伪地都照单全收"。而"王先霈强调每个文学理论家批评家承认文学世界的整体存在，虽然看到了文艺世界的联系，但却没有看到文艺世界的差别。王先霈所说的文学世界的全部、整体，既有好的和真的文艺现象，也有坏的和不真的文艺现象。也就是说，这个文学世界是充满矛盾和对立的。在这个充满矛盾和对立的文学世界里，文艺批评家如果承认文学世界这个整体的存在，即存在即合理，而不是激浊扬清，就不但放弃了真正的文艺批评，而且不可避免地陷入自相矛盾中"[12]。

20世纪90年代中期，一些文艺批评家尖锐地批评了王朔的小说创作。作家王蒙、王朔在反击和抵制这些文艺批评时认为，应该从承认人的存在做起，作家都像鲁迅一样"不见得太好"。而王先霈认为每个文学理论家文艺批评家要意识到、要承认文学世界这个整体的存在，不能仅仅研究成功的文学作品。可见，王先霈和王蒙等作家在文艺观上是步调一致的。而我们从王蒙文艺思想的转变中则不难看出我们的批评是击中要害的。

王蒙在2013年终于从强调多样化的文艺发展到追求蕴涵独到、高端的思想智慧的经典创造，"越是触屏时代，越是要有清醒的眼光，要有对于真正高端、深邃、天才的文化果实苦苦的期待"。从害怕中国当代作家都像鲁迅到为中国当代文艺界很难出现像鲁迅、茅盾这样的好作家而忧心忡忡，提出了中国当代文坛除了要有给人挠痒、逗人笑的东西，更要有能提高整个社会精神品位和文化素质的文艺作品，认为这才是一个国家的文化实力所在。[13]王蒙在中国当代社会转型中转变了，王先霈能否这样与时俱进？令人遗憾的是，王先霈不但没有与时俱进，反而指责批评者的批评不实。王先霈认为，他和其他文艺理论家都没有说过，文艺理论研究要对文艺现象"不分好坏真伪地照单全收"。似乎我们的批评是不实的。无独有偶，文艺理论家陈众议的类似批评更尖锐、更到位。陈众议在辛辣嘲讽今天说这个好、明天又说那个好的文艺批评家时认为，卫慧、棉棉这批作家"横空出世"时，文艺批评界有许多人追捧她们，还由此制造了一系列概念，诸如美女写作、私小说等等，在实际上起到了推手的作用，把文艺引向了一个可疑的甚至错误的方向。但当遇到外力干涉时，这些文艺批评家又转而不理睬这些作家了，甚或跟着臭骂一通。因此,"关注文艺现象,却并不被现象牵着鼻子走,不能把'存在即合理'带入文艺批评、为现象当吹鼓手"。他坚决反对"有人一旦看好一个作家,不管对方写什么,都照单全收,这便丧失了文艺批评家的基本立场。文艺批评家如果只是跟着现象走,最后就会被层出不穷的现象所淹没"[14]。可见,我们的批评并非无的放矢,并非虚立靶标。王先霈认为我们不该把"至鄙至俗、极浅极近"的文学与"坏的文学"联接上,暗示我们将"至鄙至俗、极浅极近"的文学与"坏的文学"等同起来了。王先霈的这种反批评正好暴露了王先霈与我们的分歧。我们既不可能将"至鄙至俗、极浅极近"的文学等同于"好的文学",也不可能将"至鄙至俗、极浅极近"的文学等同于"坏的文学"。我们之所以批评王元骧,就是因为他将那些轰动一时、人人争读的作品完全排斥在文艺以外了。我们只是认为这些"至鄙至俗、极浅极近"的文学存在"坏的文学",应该严格甄别出来,即中国当代文艺批评界重视研究这些"至鄙至俗、极浅极近"的文学是可以的,但却不可放弃是非判断和价值高下判断。王先霈热情肯定文艺新生事物,对那些善于从被冷落的文艺新生事物中提炼、抽象出文艺理论的李贽、巴赫金、本雅明等文艺理论家非常推崇。这都是我们赞同的。

的确,不少成为经典的文艺作品在文艺史上虽然曾经遭遇一些文艺批评的质疑、否定和曲解,但最终确立这些文艺作品的经典地位的却不是这些质疑、否定和曲解的文艺批评,主要是那些肯定阐释和深度开掘的文艺批评。我们曾经在20世纪90年代中后期概括出了反映中国当代社会生存的痛苦的现实主义文学潮流,21世纪初期提出中国当代青年作家直面现实、感受基层这种深入生活的方向,2013年又推动中国当代优秀作家艺术家的艺术调整。王先霈相当不满文艺理论仅仅研究成功的文艺作品,认为浅俗、低俗的文艺作品乃至恶俗的文艺作品都可以也应该作为文艺理论批评的研究对象。这是极有见地的。但是,王先霈却忽视一些尖锐批评文艺新生事物的文艺批评的价值,即这些文艺批评是文艺批评发展不可缺少的环节,没有看到有些文艺新生事物不仅是在肯定中发展和壮大的,而且还是在质疑中改进和完善的。这就不免有些自相矛盾了。

在梳理和总结一些文艺理论论战时,我们惊讶地发现不少文艺理论家在文艺争鸣中既不尊重甚至不承认已有的文艺理论成果,也不弄清各种文艺理论分歧的焦点，而是自说自话。这对于那些热衷引进和袭用域外文艺理论的文艺理论家是难免的。然而，这种文艺理论发展现状却既不适应中国当代社会转型即从以模仿挪移为主的赶超阶段转向以自主创新为主的创造阶段，也很不利于当代文艺理论的有序发展。在文艺论战中，无论是王先霈还是王元骧，都是在没有完全弄清论战双方的分歧焦点时就自说自话。过去，在我们和王元骧围绕文艺的审美超越论展开的论战中，我们不是反对文艺的审美超越，而是不敢苟同王元骧仅仅从作家、艺术家的主观层面上界定文艺的审美超越。而王元骧则反复申辩文艺存在审美超越和人类社会需要审美超越，而这都不是我们所反对的。因此，不少文艺理论论战往往不在同一层面上展开，而是在不同层面上进行，出现了文艺理论论战的三岔路口现象。而我们和王先霈的文艺理论论战也出现了这种现象，这是非常令人遗憾的。

我们在把握中国当代文化发展时认为："中国当代文化在积极汲取人类有益艺术文化的同时，必须坚决抵制和批判一些异质文化对中国当代文化发展的不良影响和侵蚀作用。"而王先霈则提出，中国当代文化界对异质文化既不要见异思从、见异思迁，也用不着见异思堵，见异思斥。我们和王先霈在对待异质文化上本来没有分歧，但王先霈却认为我们将"异己文化""异质文化"一概作为排斥对象。这就不是在同一层面上论战了。我们所说的异质文化的不良影响和侵蚀作用这种现象恰恰是在不同文化的广泛交流中产生的。如果我们完全排斥"异己文化""异质文化"并将其堵在外面，就无异质文化的不良影响和侵蚀作用这些麻烦了。而任何民族文化在与不同文化广泛交流时都存在被异质文化同化的可能，这种现象在人类文化发展历史上并不鲜见，我们对民族文化发展提出这种警惕是很有必要的。难道这还要遭到"维护意识形态"的揶揄？文艺理论的发展不是无序，而是有序的。而中国当代文艺理论之所以出现混乱无序的发展状态，是因为不少文艺理论家不能科学总结和深刻把握文艺理论发展规律，并在这个基础上尊重文艺理论的创新和推进文艺理论的发展。在这种浑水摸鱼的无序发展状态中，文艺理论论战既可以弄清文艺理论界在文艺理论发展上的分歧焦点，也可以凸显文艺理论家在文艺理论发展上的独特贡献。这是我们不得不参与文艺理论论战的重要原因之一。

参考文献:

[1] 王先霈:《文艺理论研究者的学术视野与理论的品格》,《江汉论坛》2014年第2期。

[2][3][12] 李明军、熊元义:《理论分歧的搁置与文艺批评的迷失》,《江汉论坛》2014年第2期。

[4] 王元骧:《文学原理》,广西师范大学出版社,2002,第244页。

[5][6] 托多洛夫:《批评的批评》,生活·读书·新知三联书店,1988,第175页、第175-176页。

[7] 中共中央马克思、恩格斯、列宁、斯大林著作编译局:《马克思恩格斯选集》第1卷,人民出版社,1995,第99页。

[8] 中共中央马克思、恩格斯、列宁、斯大林著作编译局:《马克思恩格斯选集》第4卷,人民出版社,1995,第683页。

[9] 别林斯基著,辛未艾译:《别林斯基选集》第6卷,上海译文出版社,2006,第471页。

[10][11] 杜勃罗留波夫著,辛未艾译:《杜勃罗留波夫选集》第2卷,上海译文出版社,1983,第358页、第374-375页。

[13] 王蒙:《触屏时代的心智灾难》,《读书》2013年第10期。

[14] 陈众议:《重构当代文艺理论》,《文艺报》2013年2月18日。

第三节 理论分歧的解决与文艺批评的深化

2011年,我们在《中国当代文艺理论的分歧及理论解决》[1]一文中系统地批判了文艺理论家王元骧近些年在文艺理论方面的探索,初步把握了中国当代文艺理论的分歧。2012年,王元骧在《理论的分歧到底应该如何解决》[2]一文中对我们进行了反批评。这种文艺理论争鸣是有助于解决中国当代文艺理论分歧的。但是,王元骧的这种反批评主要是自我申辩,既没有全面回应我们的质疑,也没有真正把握中国当代文艺理论的分歧。这不仅无助于中国当代文艺理论分歧的解决,而且在一定程度上扩大了中国当代文艺理论的分歧。与此同时,我们在与王元骧商榷时还发现,文艺理论家王先霈与王元骧在把握文艺理论发展上存在根本分歧。这种文艺理论的分歧是中国当代文艺批评界虚无存在观文艺批评观与粗鄙存在观文艺批评观的尖锐对立在文艺理论上的延伸。我们提倡科学存在观文艺批评观，就是对虚无存在观文艺批评观与粗鄙存在观文艺批评观的扬弃。这就是说，我们与王元骧在文艺理论发展上的分歧不仅关乎中国当代文艺理论的发展，而且关乎中国当代文艺批评的深化。中国当代文艺理论界只有很好地解决这种文艺理论的分歧，才能推进中国当代文艺批评的深化。

一、优秀的文艺作品是对客观对象的开掘和主观创造的有机结合

在解决中国当代文艺理论分歧的过程中，我们提出了科学存在观文艺批评观。科学存在观文艺批评观没有彻底否定虚无存在观文艺批评观与粗鄙存在观文艺批评观，而是把它们作为中国当代文艺批评发展的必要环节进行了扬弃。可以说，虚无存在观文艺批评观、粗鄙存在观文艺批评观和科学存在观文艺批评观是中国文艺批评界20世纪90年代中期以来重新分化的结果。而王元骧在反批评时仍然停留在20世纪80年代中国文艺批评界的对立中，似乎我们倒退到直观的、机械的唯物论，而他则坚持和发展了马克思主义。这不过是时代错位。我们不但认为王元骧的这种虚无存在观文艺批评观是中国当代文艺批评发展的必要环节，没有完全否定，而且高度肯定了王元骧对中国当代文艺批评界排斥文艺理论的倾向的有力批判。我们在梳理王元骧与王先霈在文艺理论发展上的分歧时认为："从2006年起，王元骧在多篇论文中指出了中国当代文艺批评界这种排斥文艺理论的倾向的实质和危害。王元骧在深刻地把握文艺理论与文艺批评的辩证关系的基础上认为，那种没有理论功底和理论深度的、就事论事的感想批评是不可能真正承担起文学批评的使命的。在全面地区别文艺鉴赏与文艺批评的基础上，他认为文艺批评如果缺乏坚实的理论支撑，就必然是肤浅浮面的，不但难见深度和力量，而且在纷繁复杂现象面前无所适从，只是跟着感觉走以至于批评主体达到完全丧失的地步。王元骧对陈晓明等文学批评家的这种批判不幸在陈晓明的文学批评上言中了。"[3]这种辩证地把握怎么陷入了所谓的"机械的唯物论"泥淖呢？

无论是与王元骧商榷，还是与王先霈商榷，我们都是不可能回到20世纪80年代对真假马克思主义的甄别上的，而是在梳理王元骧与王先霈在文艺理

论发展上分歧的基础上努力解决这种文艺理论的分歧,认为中国当代文艺理论发展就是对这种文艺理论分歧的解决。而王元骧则既没有弄清中国当代文艺理论分歧的焦点,也没有汲取对方的"合理内核",而是自说自话。在我们和王元骧围绕文艺的审美超越论展开的文艺论战中,我们不是反对文艺的审美超越,而是不敢苟同王元骧仅仅从作家艺术家主观层面上把握文艺的审美超越。也就是说,人不仅在精神生活中可以实现超越,而且在物质生活中也可以实现超越,后者是前者的基础。而王元骧则反复强调的是人在精神生活中的审美超越和人类社会发展需要这种审美超越,这都不是我们所反对的。这就造成了中国当代文艺理论论战的三岔路口现象,即不少文艺理论论战往往不在同一个层面上进行。这无形中模糊了中国当代文艺理论界分歧的焦点。

在与王元骧商榷时,我们认为美的客观内容是"不依赖于主体、不依赖于人、不依赖于人类"的,根本没有规定美是什么。而王元骧则认为"美并非完全由物的自然属性,而更是由物与人之间所形成的一种关系属性,亦即价值属性所决定的,它与整个人类历史一样,都是人类实践活动的产物"。在这个基础上,王元骧批判我们把美排除在人的活动历史之外而视之为一种物的自然属性。[4]显然,王元骧的这个批判"不够实事求是而无的放矢了"。我们强调美的客观内容是"不依赖于主体、不依赖于人、不依赖于人类"的,就是促进作家、艺术家深入人类的社会生活,在沉重生活中开掘真善美,开掘有生命力的有价值的东西,而不是蜷缩在自我世界里无病呻吟,甚至胡编滥造。因此,在文艺创作上,我们坚决反对现实人生游戏化的倾向。法国雕塑家罗丹说得好:"美是到处都有的。对于我们的眼睛,不是缺少美,而是缺少发现。"[5]我们强调美的艺术作品是作家、艺术家的这种对客观对象的开掘和主观创造有机结合的产物,而不是单纯的作家、艺术家的主观创造。

在文艺批评上,我们坚决反对文艺经典作品空心化的倾向。这种文艺经典作品空心化的倾向,过分夸大文艺批评家在文艺经典作品形成中的作用和影响,似乎文艺经典作品的形成不是由文艺经典作品自身决定的,而是取决于文艺批评家。在中国当代文艺批评界,这种文艺经典作品空心化的倾向主要表现为过于夸大文艺批评家的阐释作用。一是认为文艺经典作品是被文艺批评家炒作出来的,即文艺"'经典'的价值不仅不是自动呈现的,而且更是需要不断地被发现,被赋予,被创造,被命名的。一个时代的作品,如果没有被同时代人阅读、研究、评论、选择，那么，这个时代的'经典'是不会自动'现身'的"。二是认为文艺经典作品是被阶级或集团炮制出来的，即文艺"经典并不是自然地形成的，而是被历史地建构出来的。经典的确立和崩溃的过程，反映了意识形态的兴起和死灭"。然而，真正的文艺经典作品是客观存在的，绝不是文艺批评家分封的。也就是说，真正的文艺经典作品既不是文艺批评家吹捧出来的，也不是文艺批评家所能轻易否定的。有些文艺经典作品即使一时遭到遮蔽，也不可能永远被埋没。除非这些文艺经典作品是站不住脚的。那种过于夸大文艺批评家对文艺经典作品的阐释作用的论调，将助长有些作家、艺术家不是在艺术创作上精益求精而是在炒作上费尽心机的不良习气。[6]因此，文艺批评家不能随意颠倒文艺经典作品的各种辩证关系，而应着力把握文艺经典作品的固有特质，并在这个基础上探究那些文艺经典作品是如何产生的以及它们产生的各种条件，促进新的文艺经典作品的产生。为了继续清理文艺创作的现实人生游戏化倾向和文艺批评的文艺经典作品空心化倾向的消极影响，我们仍有必要进一步地与王元骧商榷。

二、文艺批判是"批判的武器"与"武器的批判"的有机结合

其一，王元骧认为，"文学作为一种精神产品，一种社会的意识形态，它的社会功能毕竟不是属于马克思说的'武器的批判'而只能是'批判的武器'，只能是借助审美理想来陶冶人的情操，提升人的境界，为人的实践活动充实心理能量和精神动力"[7]。与王元骧不同，我们强调文艺批判是"批判的武器"与"武器的批判"的有机结合，是作家、艺术家的主观批判和人民的历史批判的有机结合。这就是说，我们没有否定文艺作为"批判的武器"这个社会功能，而是反对王元骧孤立地把握文艺作为"批判的武器"这个社会功能。

西方马克思主义文艺理论家马尔库赛文艺理论的致命伤就是割裂这种"批判的武器"与"武器的批判"的有机结合，割裂作家、艺术家的主观批判和人民的历史批判的有机结合。王元骧就犯了马尔库赛的这种致命错误。也就是说，如果单纯地强调"批判的武器"和作家、艺术家的主观批判，而不强调这种"批判的武器"与"武器的批判"的有机结合，作家、艺术家的主观批判与人民的历史批判的有机结合，文艺批判就很容易苍白无力。

王元骧一方面认为："文学艺术是通过作家的情感体验来反映生活的，是属于黑格尔所说的'感性意识'的领域。它不仅是以感觉、体验、想象、幻

想的形式把现实世界中人的生活全貌具体地展示在人们面前，而且在情感机制的作用下，还会使得作家整个内心世界都得到全面激活，把一些虽然感觉到但却尚未为意识所把握的，以及潜伏在自己心底的潜意识心理都调动起来投入其中。这就有可能使作家在自己的作品中超出个人意识的限制，凭着自己的感觉和体验，把一些社会上所弥漫的思想情绪也反映到自己的作品中来，以致作家心胸如同高尔基所说的是一个'社会的共鸣器'。"[8]另一方面又说："文学是通过作家的情感体验来反映生活的，情感对于反映的对象具有选择和调节的作用，它所反映的不仅只是契合主体所需要的那些方面，而且经过情感的调节，还使对象无不打上作家思想、情感的烙印。所以它又与认识（科学）这种反映方式不同，所反映的不是事物本身的样子（'是什么'）而总是人们所愿望看到的样子（'应如此'）。文学也因此才被人认为是美的。"[9]这是矛盾的。王元骧既然认为文学"只反映契合主体所需要的那些方面"，那么，作家的心胸就很难成为"社会的共鸣器"。很简单，作家、艺术家所愿望看到的样子（"应如此"）与人民所愿望看到的样子（"应如此"）不可能自然而然地吻合。这两者的差异只能在作家、艺术家的"批判的武器"与"武器的批判"的有机结合，作家、艺术家的主观批判与人民的历史批判的有机结合中化解，否则，作家、艺术家的心胸就很难成为"社会的共鸣器"。王元骧的这种割裂"批判的武器"与"武器的批判"的有机结合、作家艺术家的主观批判和人民的历史批判的有机结合的文艺批判观虽然无法把握那些违反自己阶级同情和政治偏见的伟大作家的文学创作，但在中国当代作家那里却很有市场。不过，王元骧比有的作家自信，相信在根本上存在共同人性，认为文艺的审美理想"不仅仅只是作家个人的一种主观愿望，从根本上说，都是以艺术的方式对广大人民群众的意志和愿望的一种概括和提升"[10]，而不是碰巧同步。

而有的作家则强调，作家应该从自我出发来写作，从自己感受最强烈的地方入手，写自己最有把握的那一部分生活，并认为如果作家从表现自我出发的文学作品超越他的个人恩怨，那不过是作家的痛苦和时代的痛苦碰巧是同步的，而不是作家应负的社会责任。这就把人民的思想感情与人民本身分割开来了，并使这些思想感情独立化。我们在把握作家、艺术家的社会责任时认为，作家、艺术家感受最强烈的地方是和人类的社会生活这个整体分不开的，是整个人类的社会生活的有机组成部分。作家、艺术家如果局限在他感受最强烈的地方，而不是从这个地方出发并超越这个地方，那么，就很难反映出他所处时代的一些本质的方面。[11]在这些思想感情独立化中，文学也独立化了。这虽然不是王元骧所愿看到的，但却是王元骧文艺理论发展的必然结果。

其二，王元骧强调，真正的文艺应凭借审美理想，"为人们在经验生活中创造一个经验生活之上的世界，让人们在实是的人生中看到一个应是人生的愿景，使得人们在艰难困苦的情况下对生活始终怀有一种美好的心愿，而促使自己奋发进取；在幸福安逸的生活中始终不忘人生的忧患，而不至于走向沉沦"，即真正的文艺通过对个人心理的影响达到对社会心理的改造，抵制中国当代社会奢靡、享乐的风气蔓延。[12]我们并不反对王元骧追求人在精神上的审美超越，还非常认同王元骧对中国当代社会奢靡、享乐之风包括宣扬拜金主义和享乐主义的大众文化的抵制和批判。我们与王元骧的主要分歧在于：王元骧没有深入地把握人在精神生活上的审美超越与人在物质生活中的现实超越的辩证关系，没有强调文艺的审美超越应反映人的现实超越。

我们认为，人的审美超越与现实超越是相互促进的，而不是完全脱节的，因而，文艺的审美超越应反映人的现实超越。也就是说，我们强调作家、艺术家的主观创造和人民的历史创造的有机结合，强调作家、艺术家的艺术进步与人民的历史进步的有机结合。如果单纯地强调作家、艺术家的主观创造和艺术进步，就难以避免自由主义文艺理论的根本错误。这种割裂作家、艺术家的主观创造和人民的历史创造的有机结合，割裂作家、艺术家的艺术进步与人民的历史进步的有机结合的文艺本体论无论使用何种理论或概念包装，都没有超越狭隘的自我表现论。王元骧批判我们"把反映与创造两者对立起来"了，认为人在物质生活中是异化和物化的，真正优秀的文艺是超越这种异化和物化的，可以提升人的境界。作家、艺术家在艺术创造中可以超越人的异化和物化，难道人民在历史创造中不能超越人的异化和物化？王元骧只看到了杰出的作家艺术家的审美超越，而没有看到人民的现实超越。这种割裂作家、艺术家的艺术进步与人民的历史进步的有机结合的文艺就不可避免地陷入表现作家、艺术家自我的狭隘境地。王元骧认为文艺的审美超越可以先行于人的现实超越，并强调这种文艺的审美超越对人的异化和物化的批判。的确，文艺的审美超越有时是人的现实超越的先导。但是，如果人始终沉溺在异化和物化中而没有任何超越，就难以真正接受文艺的审美超越。正如马克思所指出的："光是思想力求成为现实是不够的，现实本身应当力求趋向思想。"[13]真正的接受绝不是完全被动的,甚至是强制的。这就是说,文艺的审美超越如果不能与人的现实超越有机结合,就不仅行之不远,而且不可能深化。因而,如果只是强调文艺的审美超越先行于人的现实超越,那么,这种文艺的审美超越就不可能反映人的现实超越。这难道是"将审美超越建立在现实超越的基础上"?难道不是脱离"物质层面而单纯追求精神层面上的自由解放"?

三、在沉重社会生活中开掘真善美

由于王元骧强调文艺的审美超越是先行于人的现实超越的,所以王元骧虽然没有反对文艺对社会生活的反映,但在文艺的反映与创造的关系中却认为作家、艺术家的创造是主导的。王元骧认为,即使是现实世界中一副美的面孔,如果画家的趣味不高,也可能被画成丑的;反之,哪怕是一副丑的面孔,如果画家的趣味是高雅的,也完全可以被画成是美的。这就足以说明反映与创造在艺术作品中不是彼此分离而是互相渗透的。[14]而在文艺的反映与创造的关系中,作家、艺术家的创造则是主导的,即文艺不仅是社会生活的反映,而且更是作家、艺术家的创造。这就是说,文艺作品的美主要取决于作家、艺术家的主观创造。王元骧的这种文艺本体论虽以罗丹的艺术创作论为据,但却完全不同于罗丹的现实主义文艺观。

一是王元骧没有厘清美的艺术作品与创作对象的复杂关系。美的艺术作品和创作对象的关系是复杂的。美的艺术作品既可只描写单纯美的对象,也可反映美丑混杂的对象。罗丹认为:"在美与丑的结合中,结果总是美得到胜利。"[15]艺术作品在反映美丑混杂的对象时如果不反映美的最终胜利,就不可能令人振奋。王元骧没有看到这种美的最终胜利,以为作家、艺术家可以化丑为美,就陷入了作家、艺术家主观决定论。如果作家、艺术家可以变丑为美,那么,美丑就不是客观存在的。罗丹认为:"在自然中一般人所谓的'丑',在艺术中能变成非常的美。"[16]罗丹所说的这种现象绝不是作家、艺术家可以将丑转化成美,而是作家、艺术家在所谓丑的对象中发现了美。正如鲁迅在肯定陀思妥耶夫斯基的拷问时所深刻指出的,陀思妥耶夫斯基"到后来,他竟作为罪孽深重的罪人,同时也是残酷的拷问官而出现了。他把小说中的男男女女,放在万难忍受的境遇里,来试炼它们,不但剥去了表面的洁白,拷问出藏在底下的罪恶,而且还要拷问出藏在那罪恶之下的真正的洁白来"[17]。这就是说，作家、艺术家的拷问只是拷问出藏在表面洁白底下的罪恶和拷问出藏在那罪恶底下真正的洁白，而没有把罪恶转化为洁白。无论是罪恶，还是洁白，都不是作家、艺术家主观创造出来的，而是作家、艺术家在客观对象身上开掘出来的。首先，罗丹反对艺术家改变自然，认为"如果那时我有意要改变所见的东西，要做得更美些，那恐怕反倒不能做出任何美好的作品来"[18]。其次，罗丹反对艺术家美化自然，而是强调艺术家"把看见的东西抄录下来"，并认为这是"艺术上的唯一原则"。当然，艺术家所见到的自然不同于普通人眼中的自然，即艺术家能够"看见"自然的内在真实。

二是王元骧混淆了创作对象在不同层次上的美丑关系。有些创作对象是美丑混杂的。罗丹认为："名副其实的艺术家，应该表现自然的整个真理，不仅外表的真理，而且特别是内在的真理。"这就是说，如果艺术家只是抄写自然，而不是深入地开掘那些底层民众在打压和毁灭中的挣扎和抗争，就很难具有震撼人心的力量。罗丹的不少雕塑作品之所以震撼人心，是因为这些雕塑作品表现了人的心灵不顾沉重和卑怯的肉体，向着幻梦飞跃。而伟大的艺术家所追求的幻梦就是人类能够铲除仍在压抑个人的一切专横，消灭社会上种种不平——这些不平等的制度逼迫穷人做富人的奴隶，女人做男人的奴隶，弱者做强者的奴隶。在这种逐渐促成旧社会的改变和创造新方向中，艺术家不是孤立的，而是优秀知识分子的一部分。[19]罗丹的雕塑作品《欧米哀尔》从人物的外形来看，是丑的，而从人物的内心来看，却是美的。一是罗丹深刻地批判了资本主义社会对人的异化和扭曲，对美的践踏和毁灭。衰老的欧米哀尔是美的毁灭，足以激起人们对毁灭美的黑暗社会的憎恶和反抗。二是尽管欧米哀尔在不少方面被扭曲和戕害了，但她却没有妥协和屈服，而是控诉和不服。这种为争取做人的尊严的努力和抗争就是美的，就是感动人的。这就是说，罗丹既不是为表现丑而表现丑，也不是将丑转化为美，而是从那些"丑"的人物身上开掘出真善美的东西，开掘出有生命力的、有价值的东西。这既是艺术家的主观创造，也是艺术家在客观对象中的开掘，而不是所谓的化丑为美。

四、文艺理论家应在与时俱进中自我批判和自我调整

王元骧不仅认为文艺作品的美主要取决于作家、艺术家的主观创造，而且认为世界是按照人的目的和愿望发展的。王元骧这种化解差异的目的论是根本站不住脚的。首先，虽然在社会历史领域内活动的人都是有预期的目的

的，但是人却很少完全实现这种预期的目的。如果世界真是完全按照人的目的和愿望发展的，那么，就不会出现我们现在很难喝到干净的水和呼吸到干净的空气这些忍无可忍的现象了。其次，在这个两极分化愈来愈严重的当代世界，不同的人的预期的目的是根本对立的。即使这个世界真是按照人的目的和愿望发展的，也不是按照所有的人的目的和愿望发展的。王元骧的文艺本体论虽然没有只问"人是什么"，而是追问了"人应该是什么"，但却没有看到在这个日益分化的当代世界，不同的人对"人应该是什么"追问的结果是不同的。

在中国当代社会，不同作家、艺术家对"人应该是什么"追问的结果是根本不同的。在 20 世纪 90 年代，不少作家、艺术家纷纷躲避崇高，甘居社会边缘，甚至自我矮化。而随着中国当代社会转型，不少优秀的作家、艺术家纷纷超越自我世界，与时俱进，进行了艺术调整，即从执着于表现自我和开掘人的内宇宙到超越狭隘的自我世界，自觉地把个人的追求同社会的追求融为一体，在人民的进步中追求艺术的进步；从甘居社会边缘甚至自我矮化到抵制和批判中国当代文艺的边缘化发展趋势，自觉地把"批判的武器"和"武器的批判"有机统一起来，把自我的主观批判和人民的客观批判有机结合起来，在时代的进步中追求艺术的进步。[20]在中国当代社会，无论是有些作家、艺术家渴望堕落，还是有些作家、艺术家追求崇高，都是对"人应该是什么"的追问。如果这种对"人应该是什么"的追问不和中国当代历史发展结合起来，就很难判断它的是非了。与那些作家、艺术家自我矮化的艺术调整不同，这些抵制和批判中国当代文艺的边缘化发展趋势的作家、艺术家追求崇高的艺术调整，则是与中国当代社会这个伟大的进步的变革时代相适应的艺术进步。文艺批评家只有在时代进步中，才能把握这种艺术进步。因此，在中国当代社会转型阶段，文艺批评家应在严格甄别那些遵循人类文艺发展规律的艺术创新与偏离人类文明发展轨道的标新立异的基础上，坚决唾弃那些貌似创新实则模仿的文艺作品，积极推动文艺界尊重艺术原创的审美风尚的形成。显然，王元骧的文艺本体论很不利于文艺批评家把握中国当代作家、艺术家的这种艺术进步。

随着中国当代社会转型，不少优秀的文艺批评家与时俱进，自觉地超越狭隘利益的束缚和克服一些理论偏见，勇立潮头唱大风，提出并完善与中国当代社会这个伟大的进步的变革时代相适应的审美理想。一些资深文艺批评家的自我批判是格外引人注目的。资深文艺批评家李希凡晚年在回顾近大半个世纪文艺批评的风云时,既没有像有些文艺批评家那样彻底否定过去,也没有像有些文艺批评家那样自视一贯正确,而是追求和服膺客观真理。在哄抬胡适和贬低鲁迅的浪潮一浪高过一浪的时期,李希凡没有完全否定过去对胡适、俞平伯等新红学家的批判,仍然认为中国古典长篇小说《红楼梦》感人的艺术魅力,绝不只是俞平伯所说的那些"小趣味儿和小零碎儿",更不是胡适所谓的"平淡无奇的自然主义",而是伟大的现实主义对封建社会的真实反映和艺术形象的深刻概括和创造。与此同时,李希凡对自己过去轻视考证工作进行了自我批评,认为"曹雪芹的身世经历,特别是《红楼梦》,只是一部未完成的杰作,确实也需要科学的考证工作"。李希凡虽然强烈反对那种认为《红楼梦》是"生活实录"的论调,但在批评王蒙的短篇小说《组织部新来的年轻人》时却犯了这种错误。这就是李希凡不认为中国首善之区的北京存在官僚主义,并用这种条条框框评论了这部文学作品,还给作家扣上了一顶大帽子,就不自觉地陷入了小说是中国当代社会"生活实录"的误区。[21]李希凡的这种自我批判没有掩饰过去的错误,而是毫不留情地解剖了在年轻气盛的时候所犯的幼稚病和粗暴的错误。文艺批评是在这种不断反省中逐渐完善的。李希凡的这种追求真理、修正错误的自我批判,无疑有助于中国当代文艺批评的有序发展。

文艺理论家鲁枢元在梳理自己近30年来的文艺思想的发展时就既没有抱残守缺,固步自封,也没有自视一贯正确,而是在清醒认识中国当代社会发展的基础上进行了深刻的自我批判。20世纪80年代,鲁枢元相信人类中心主义,相信人类的利益至高无上。30年过去,鲁枢元发现人类作为天地间的一个物种太自私、太过于珍爱自己,总是把自己无度的欲望建立在对自然的攻掠上,以及对于同类、同族中弱势群体的盘剥上,有时竟显得那么鲜廉寡耻!鲁枢元深刻地认识到,人类作为一个整体也是会犯错误的,而且犯下的是难以挽回的错误。[22]鲁枢元的这种自我反省不仅是哲学观的变化,而且是文艺观的调整。鲁枢元的这种文艺思想的调整既是中国当代历史发展的必然产物,也是中国当代文艺理论发展的结果,并在一定程度上推进了20世纪后期中国文艺界那些激烈而尖锐的未完成的思想斗争的完成。文艺批评家的这种自我批判和自我调整无疑有助于他们全面把握和肯定中国当代作家、艺术家真正的艺术进步并引领中国当代文艺的有序发展。因而,这种文艺批评家的自我批判既是中国当代文艺批评发展的必然产物,也是文艺批评家追求真理的结果，可以说是文艺批评发展的不竭动力之一。而王元骧何时进行这种自我批判和自我调整呢？

在中国当代社会转型阶段，我们积极参与文艺理论争鸣，绝不是制造矛盾或哗众取宠，而是为了更好地解决中国当代文艺理论的分歧，促进文艺批评家与中国当代社会转型阶段相适应的文艺思想调整，推进中国当代文艺批评的深化。而那些抱残守缺的文艺批评家必将被历史发展所抛弃。

参考文献：

[1] 熊元义：《中国当代文艺理论的分歧及理论解决》，《河南大学学报》2011年第4期。

[2][4][7][8][9][10][12][14] 王元骧：《理论的分歧到底应该如何解决》，《学术研究》2012年第4期。

[3] 李明军、熊元义：《理论分歧的搁置与文艺批评的迷失》，《江汉论坛》，2014年第2期。

[5][15][16][18] 罗丹：《罗丹艺术论》，北京人民美术出版社，1978，第58页、第57页、第21页、第91页。

[6] 熊元义：《当文艺批评失效时》，《云梦学刊》2013年第4期。

[11] 李明军、熊元义：《作家的铁肩与道义》，《长江丛刊》2014年第1期。

[13] 中共中央马克思、恩格斯、列宁、斯大林著作编译局：《马克思恩格斯选集》第1卷，人民出版社，1995，第11页。

[17] 鲁迅：《鲁迅全集》第6卷，人民文学出版社，1981，第411页。

[19] 参阅罗丹：《罗丹艺术论》，北京人民美术出版社，1978，第91页、第95页、第121-124页。

[20] 熊元义：《尊重文艺批评家的个性》，《团结报》2014年1月11日。

[21] 孙伟科：《文艺批评的世纪风云——文艺批评家李希凡访谈》，《文艺报》2013年5月15日。

[22] 刘海燕：《文艺理论要关注时代精神状况——文艺理论家鲁枢元访谈》，《文艺报》2012年11月6日。

第五章 中国当代文艺批评的走向

第一节 中国当代文艺批评界的分化

20世纪90年代初期,《上海文学》发起了关于中国当代人文精神的讨论;20多年后,《文学报》又重新发起了中国当代人文精神的讨论。在20多年中,中国当代人文精神发生了很大的变化,这种巨大变化既包括文艺理论的发展,也包括现实生活的发展。这些发展带来的新变化是中国当代文艺思想界重新讨论人文精神的现实基础,如果离开了这个现实基础,中国当代文艺思想界重新讨论人文精神将会无的放矢,甚至找不到前进方向。如果不认真地梳理和总结文艺理论发展的经验和教训,中国当代文艺思想界就不可能有真正的重新讨论。

一、中国当代人文精神重新讨论的理论前提

1993年,王晓明等人在对话录《旷野上的废墟——文学和人文精神的危机》中曾尖锐地指出了中国当代某些知识分子包括作家的精神后退现象。他们认为中国当代文学的危机已经非常明显,这种文学危机实际上暴露了中国当代人文精神的危机[1],这不但体现在公众文化素养的普遍下降,更表现为整整几代人精神素质的持续恶化,整个社会对文学的冷淡也从一个侧面证实了中国当代人精神生活的缺失。在此基础上,王晓明等人指出中国当代文学存在一种共同的后退倾向,这种后退是一种精神立足点的不由自主的后退,是从"文学应该帮助人强化和发展对生活的感应能力"这个立场的后退,甚至是从"这个世界上确实存在着精神价值"这个立场的后退。

王晓明等人所指出的这种中国当代文学发展的症结，的确是客观存在的。20多年来，中国当代文艺思想界不仅深刻地认识到中国当代有些知识分子包括作家这种精神后退的性质，而且深入地挖掘了这种精神后退的历史根源。20世纪90年代以来，中国有些知识分子包括作家从20世纪80年代的思想分歧逐渐发展到社会分化。这些中国当代知识分子包括作家的这种社会分化是中国当代社会分化的一个部分。

恩格斯曾指出："以往国家的特征是什么呢？社会为了维护共同的利益，最初通过简单的分工建立了一些特殊的机关。……这些机关——为首的是国家政权——为了追求自己特殊的利益，从社会的公仆变成了社会的主人。这样的例子不但在世袭君主国内可以看到，而且在民主共和国内也同样可以看到。"[2]恩格斯在这里所说的"社会的公仆"演变成"社会的主人"的这种历史演变在中国当代社会转型中也时有发生。有些知识分子包括作家不但发生了社会背叛，而且发生了精神背叛。中国当代文学对这些中国当代知识分子包括作家的这种背叛现象进行了深刻的反思。

在长篇小说《国画》中，王跃文生动地描写了知识分子朱怀镜在社会背叛过程中的心理变化。朱怀镜只是真切地感到这社会的确越来越阶层化了，有些人更是越来越贵族化了。尽管做官的仍被称作公仆，尽管有钱的人仍尊你为上帝，可事实就是事实，下层人想快些进入上层、实现超常规发展，就得有超常规的手段。朱怀镜经过激烈的思想斗争，终于认同了异化并走向了背叛。在分化和背叛后，朱怀镜逐渐地如鱼得水、步步高升。在长篇小说《沧浪之水》中，作家阎真更细腻、更充分地凸现了知识分子池大为在社会背叛过程中的内心斗争、痛苦和煎熬。和朱怀镜这种典型的官员不同，池大为是一个典型的中国知识分子形象，他既有从社会基层民众中分化出来、跻身社会上层的痛苦和矛盾，也有放弃一个知识分子的清高和骨气的失落和空虚。阎真不但淋漓尽致地刻画了池大为的衍变和蜕化，而且深入地挖掘了这种蜕变的历史根源。池大为是双重背叛：一是从社会基层民众中分化出来，彻底地背叛了基层民众；二是主动地放弃了真正知识分子的价值和尊严。前者是后者的基础。在这种背叛中，一些中国当代知识分子包括作家在精神上发生了霉变。在这些中国知识分子包括作家中，有的是没有感觉到这种精神霉变，有的是不承认这种精神霉变，有的还认为这种精神霉变是一种进步，有的甚至在反省和忏悔中自觉地实现这种精神霉变。阎真在长篇小说《沧浪之水》中深刻地反映了一些中国当代知识分子包括作家的这种社会背叛。池大为舍弃理想主义、顺从现世主义，这表面上是一种精神背叛，实际上是一种社会背叛。例如，在池大为参与的一次全省血吸虫抽样调查中，他发现华源县的血吸虫发病率为6%，而他们的调查报告却上报为3.62%。虽然池大为心里想着那些无助的病人，很久都安定不下来，因为当年他的父亲和他在那个偏远的山村也处于这样一种无助的状态，但他还是沉默了，放弃了"吁一声的责任"。这就意味着2.38%的病人将面临缺医少药的处境，将增加痛苦和死亡。而这个谎言虽然损害和践踏了底层民众的利益，但维护了特殊利益集团利益和个人利益。在人民利益和少数集团利益（包括个人利益）的斗争中，池大为选择了说假话。池大为的这种沉默和放弃就是对这2.38%的病人犯罪，就是参与对底层民众的犯罪活动。这种行为不仅是一种精神背叛，而且是一种社会背叛。他背叛了他的父亲，背叛了像他的父亲一样无助的人。也就是说，池大为背叛了他的社会出身。

可见，一些中国当代知识分子包括作家在精神上的退却和背叛，实际上是他们社会背叛的结果。而这些中国当代知识分子包括作家的这种社会背叛又是中国当代社会发生某种历史演变的产物。因此，一些中国当代知识分子包括作家在精神上发生退却和背叛在很大程度上折射出了中国当代社会不少社会的公仆演变成社会的主人的这种历史演变。因而，中国当代文艺思想界坚决反对有些中国当代知识分子包括作家远离基层、浮在上面、迎合需要、精神背叛，提倡中国当代知识分子包括作家直面现实、感受基层、超越局限、精神寻根。这是中国当代知识分子包括作家的真正出路。[3]

在这场文艺思想的讨论中，一些中国当代文艺批评家对一些作家、艺术家的批评是相当尖锐而深刻的。但是，有些作家、艺术家却抵制批评，不仅依然故我，而且愈走愈远，甚至还成为一个时代的典型。因此，中国当代文艺思想界重新讨论中国当代人文精神不能仅仅重复和辩证一些概念，而应拨乱反正，清除在前进道路上的一些炫目的泡沫和虚假的偶像，这在一定程度上就是改变中国当代文艺界既有的较为稳固的利益结构，为新生力量的崛起开辟前进的道路。

中国当代文艺批评界在这种中国当代一些作家、艺术家对文艺批评的顽强抵制中重新分化了。这就是中国当代文艺批评界在这场文艺思想的讨论后超越了 20 世纪 80 年代思想僵化和思想解放的划线,出现了三大文艺批评派别,即粗鄙存在观、虚无存在观、科学存在观。这三大文艺批评派别的分歧首先是对人的全面发展的把握不同,其次是对理想与现实的关系的把握不同。

18 世纪末期,德国哲学家费希特指出:一个丧魂落魄、没有神经的时代对一切强有力的和高尚的东西是麻木不仁的、无动于衷的,它把自己所不能攀登的一切称为狂想。[4] 20 世纪 90 年代以来,中国有些作家、艺术家在抵制文艺批评时提出"在怎么活的问题上,没有应当怎样不应当怎样的模式,谁也不能强求谁",认为"大千世界,人各有志,每个人都有权力自由选择自己的生活方式和入世方式,作家从来就不是别样人物,把作家的地位抬举得太高是对作家的伤害——其实在中国,作家的高尚地位,基本上是某些作家的自大幻想"。他们强调了选择的自由,但却忽视了人在自由选择时应承担的社会责任。这是一种典型的粗鄙存在观。这种粗鄙存在观强调"如果真的致力于人文精神的寻找与建设,恐怕应该从承认人的存在做起",并要求作家人人成为样板,其结果只能是消灭大部分作家。寻找或建立一种中国式的人文精神的前提是对于人的承认。很明显,这种粗鄙存在观只承认人的存在,否认了人的发展和超越。这种反对"理想"与"要求"的谬论,不过是满足现状、不求进取的庸人哲学罢了。而虚无存在观则只看到了现实和理想的差距,看不到它们之间的辩证联系,这实质上无异于取消了多样的存在。

在深入地批判虚无存在观和粗鄙存在观的过程中,中国当代文艺批评界形成了辩证地批判现实的科学存在观。这种科学存在观既承认人的局限性,又承认人的超越性。它既不是完全认同现实,也不是彻底否定现实,而是要求既要看到理想和现实的差距,又要看到现实正是理想实现的一个阶段。也就是说,中国当代文艺批评界针对现实提出某种理想,与作家、艺术家在实现这种理想时达到了什么程度是两回事。中国当代文艺批评界绝不能因为有些作家、艺术家没有完全达到这种要求,就全盘否定他们的努力。这种科学存在观反对中国当代有些文艺批评家在高扬文艺的批判精神时脱离现实生活和脱离批评对象,认为文艺的批判精神是作家、艺术家的主观批判和历史的客观批判的有机结合,是"批判的武器"和"武器的批判"的有机统一,是扬弃,而不是彻底的否定。作家、艺术家的批判必须和现实生活自身的批判相统一的，否则，作家、艺术家的批判就是"用头立地"。也就是说，文艺批判是内在的，不是外在的；是在肯定变革历史的真正的物质力量的同时否定阻碍历史发展的邪恶势力；是站在基层民众的立场上，不是站在人类的某个绝对完美的状态上。中国当代文艺思想界如果不能真正解决这种中国当代文艺批评界的理论分歧，而是继续搁置这些理论分歧，就不可能继续推进中国当代人文精神的发展。这恐怕是中国当代文艺思想界重新检视中国当代知识分子包括作家的人文精神状况的理论基础。

二、中国当代人文精神重新讨论的现实基础

中国当代社会的发展正由赶超的模仿和学习阶段逐渐转向自主的创造和创新阶段。在这种历史转折阶段，中国当代知识分子包括作家在精神上绝不能因循守旧，而应奋发图强、开拓创新；绝不能对一切强有力的和崇高的东西麻木不仁、无动于衷，而应对崇高和人的尊严保持敬畏。在中华民族历史上，涌现了不少英雄人物，既有开疆拓土的英雄，也有保家卫国的英雄。在中华民族伟大复兴的征程中，不仅需要岳飞、文天祥这样保家卫国的英雄，更需要卫青、霍去病、薛仁贵这样开疆拓土的民族英雄激励整个民族奋发图强、开拓创新。这也是中华民族实现全面现代化应有的精神准备。

19世纪早期，德国哲学家黑格尔在把握19世纪上半叶德国历史时曾概括德国人的精神所发生的历史变化："在短期内，一方面由于时代的艰苦，使人对于日常生活的琐事予以太大的重视；另一方面，现实上最高的兴趣，却在于努力奋斗首先去复兴并拯救国家民族生活上政治上的整个局势。这些工作占据了精神上的一切的能力，各阶层人民的一切力量，以及外在的手段，致使我们精神上的内心生活不能赢得宁静。世界精神太忙碌于现实，太驰骛于外界，而不遑回到内心，转回自身，以徜徉自怡于自己原有的家园中。"[5]而现在现实潮流的重负已渐减轻，于是时间已经到来，除了现实世界的治理之外，思想的自由世界也会独立繁荣起来。在这种历史趋势中，黑格尔坚决反对精神沉陷在日常急迫的兴趣中和被一些空疏浅薄的意见所占据。

19世纪上半叶德国人精神的这种变化正在中国当代社会悄然出现。20世纪70年代末，中国文艺界出现了"表现自我"的思潮；20世纪90年代中期，中国文艺界出现了"躲避崇高"的思潮。这些文艺思潮推动了中国当代文艺

逐步从对人类社会生活的关注转向对自我内心体验的感受，从对"大我"的表现转向对"小我"的关注。有些文艺创作在这种蜕变中甚至堕落为自娱自乐的游戏，完全丧失了社会担当。中华民族的伟大复兴绝不是极少数人的发展，而是中国人民的共同发展。也就是说，没有中国人民的共同发展，就没有中华民族的伟大复兴。真正有出息的作家、艺术家应该积极参与中华民族的伟大复兴并在艺术创作中把这种历史进步有力地反映出来，创作出震撼人心的艺术作品，而不是置身事外，一味地沉醉在自我世界里。如果作家、艺术家完全局限在这种自我世界里，就会丧失对社会的思想能力，甚至堕落为社会的弃儿。

在中国当代社会发展的历史转折关头，一些作家、艺术家与时俱进、精神寻根，在历史的进步中追求艺术的进步，积极捕捉中国当代社会基层民众的发展。这就使中国当代社会基层民众在沉重现实中没有消沉甚至堕落，而是在改造客观世界中脚踏实地地创造着美好的未来。他们虽然没有改天换地的伟力，但却有水滴石穿的威力，并以滴水丰富和扩张着人类历史的海洋。他们既不稍成即安，也非永不餍足，而是在不断进步中充实自己并享受生活的快乐。一些比较有出息的作家、艺术家在捕捉中国当代社会基层民众的发展时，虽然没有完全摒弃那种知识分子的审美趣味，但却进行了与时俱进的艺术调整，自觉地超越了自我世界，从汲汲挖掘中国当代社会基层民众的一些保守自私、故步自封的阴暗痼疾转向着力表现他们主动创造历史的敞亮心胸和伟岸身影。中国当代文艺思想界如果忘却自己身上肩负的历史使命，不能摆脱狭隘利益的束缚，克服各种理论偏见，就不可能看到这种惊涛拍岸的艺术潮流，还会在纷乱的艺术潮流中迷失方向并被历史潮流所抛弃。这是中国当代文艺思想界重新检视中国当代知识分子包括作家的人文精神状况的现实基础。

在推倒虚假的偶像和勇立潮头唱大风地改变中国当代文艺界既有的利益结构的过程中，中国当代文艺思想界的"大丈夫"将为此而受到迫害、遭到仇视、甚至牺牲。正如18世纪末期德国哲学家费希特所指出的：大丈夫"至死忠于真理；即使全世界都抛弃她，他们也一定会采纳她；如果有人诽谤她，污蔑她，他们也定会公开保护她；为了她，他们将愉快地忍受大人物狡猾地隐藏起来的仇恨、愚蠢人发出的无谓微笑和短见人耸肩表示怜悯的举动"[6]。中国当代文艺思想界重新讨论人文精神能否出现费希特所说的这种对崇高和人的尊严的强烈感受和不怕任何艰险而去完成自己的使命的大丈夫？这将是中国当代文艺思想界重新讨论人文精神成功与否的试金石。

参考文献：

［1］王晓明、张宏、徐麟、张柠、崔宜明：《旷野上的废墟——文学和人文精神的危机》，《上海文学》1993年第6期。

［2］中共中央马克思、恩格斯、列宁、斯大林著作编译局：《马克思恩格斯选集》第3卷，人民出版社，1995，第12页。

［3］熊元义：《在文艺批评中进行文艺理论的建构》，《理论与创作》2008年第3期。

［4］［6］费希特：《论学者的使命、人的使命》，商务印书馆，1984，第46页、第46页。

［5］黑格尔：《小逻辑》，商务印书馆，1982，第31-36页。

第二节　元文学批评与具体文学批评

在中国当代文学理论界，由于受到西方后现代主义的影响，不少文学理论家纷纷放弃了统一的、无所不包、笼盖一切的文学理论体系的重建，热衷于具体文学批评。2002年，文学理论家王先霈指出，统一的、无所不包、笼盖一切的文学理论体系不大可能重建了。当代"社会需要的是多种不同取向的文学批评：政治的文学批评、文化的文学批评和审美的文学批评，它们各有其适用范围和存在价值，它们应该相交相切、相互吸纳，不能相互替代也不应该互相排斥"[1]。2004年，文学批评家陈晓明在宣告元文学理论的终结和文学批评的开始时认为，建立一个元文学理论体系已无必要，已无可能。这种元文学理论的历史使命已经结束，它随同那个一体化的思想和文学时代已经结束。而西方现当代文学理论实际只是现当代文学批评的理论化或历史化。[2]陈晓明后来甚至认为，在欧美的文学批评活动中，"文学原理"常常只是对文学批评的概括和归纳；中国当代文学批评界应借鉴这些国外文学理论的发展。[3]然而，我们认为，杰出的文学理论家却绝不放弃对于文学批评的批评，或者说是元批评。这种对于文学批评的批评不仅有助于文学批评的提高和完善，而且有助于文学批评家的文学批评自觉和文学批评的有序发展。尤其是在中国当代文学批评被各种利益关系绑架时，这种对于文学批评的批评无疑有助于文学批评界解决中国当代文学批评的各种乱象。杰出的文学理论家如果不能穷追不舍地探究元批评，就不能克服特定时代文学批评的局限并超越这种特定时代文学批评。这些不同时代的文学批评就将在互相否定中互相埋葬。而文学批评史却不是这种不同时代的文学批评互相否定、互相埋葬的"死人的王国"。正如19世纪德国哲学家黑格尔在考察哲学史时所指出的：全部哲学史是一有次序的进程，"每一哲学曾经是、而且仍是必然的，因此没有任何哲学曾消灭了，而所有各派哲学作为全体的诸环节都肯定地保存在哲学里。但我们必须将这些哲学的特殊原则作为特殊原则，和这原则之通过整个世界观的发挥区别开。各派哲学的原则是被保持着的，那最新的哲学就是所有各先行原则的结果，所以没有任何哲学是完全被推翻了的"[4]。文学批评史也不例外，既不是长生的王国，也不是"死人的王国"，而是一有秩序的进程。杰出的文学理论家就是在把握这种文学批评发展秩序的基础上对于文学批评的批评。在中国当代文学理论界，王先霈较早探究了元批评，还提出了圆形文学批评论。然而，这种圆形文学批评论并没有很好地解决元文学批评与特定时代文学批评之间的矛盾。

一、对于文学批评的批评与圆形文学批评论的提出

在深入探究元批评时，王先霈严格地区分了元批评和文学批评，认为对于文学批评的批评或者说是元批评是文艺学的有机组成部分，而文学批评则不属于文艺学范围。"在文学界，文学批评也是职有专司……与文学理论研究有不言自明的分工。"[5]王先霈对文学批评与文学理论的区别来源于美国当代文学理论家勒内·韦勒克。1949年，勒内·韦勒克提出："在文学'本体'的研究范围内，对文学理论、文学批评和文学史三者加以区别，显然是最重要的。"认为"似乎最好还是将'文学理论'看成是对文学的原理、文学的范畴和判断标准等类问题的研究，并且将研究具体的文学艺术作品看成'文学批评'（其批评方法基本上是静态的）或看成'文学史'"[6]。在这个基础上，勒内·韦勒克尖锐地批判了"文学批评"兼指所有的文学理论的通常用

法，认为"这种用法忽略了一个有效的区别"，即"亚里士多德是一个理论家，而圣-伯父基本上是个批评家。波克主要是一个文学理论家，而布莱克默则是一个文学批评家"。[7] 从不少中国当代文学批评家轻视甚至忽视文学理论的倾向中可以看出，王先霈在文学批评学的研究范围内对文学批评与文学理论的区别是很有价值的，有助于中国当代文学批评界在区别文学理论家与文学批评家的基础上重视文学理论家对于文学批评的批评，推动当代文学理论的发展。

20 世纪 80 年代中期，为了促进中国当代文学批评的科学化和民族化，王先霈较系统地展开了对于文学批评的批评。20 世纪 90 年代初期，王先霈看到西方现当代文学批评学派"各执一端、各偏一隅"，"把文学的性质的某一个侧面孤立起来、凝固起来，故意无视其他侧面的存在"，倡导理想的文学批评即圆形文学批评，认为"一个文学批评学派，一种文学批评方法，是文学批评历时发展的螺旋和共时并存的圆圈上的一个点、一段弧。当批评家从这一个切入点进入的时候，他意识到还有其他切入点可供别人选择。文学批评的'圆形'性质，可以体现在某个批评文本中间，可以体现在某一批评主体身上，也可以体现在一个时代、一个民族的文学批评的整体中间。每一个点、每一段弧是独特的，整个圆是连贯的、浑然整体。我们期望的，就是这样无限丰富的圆形文学批评"[8]。这种对于文学批评的批评和对圆形文学批评的提倡无疑是对中国当代文学批评界盲目移植和简单照搬西方现当代文学批评理论倾向的反拨，是对中国当代文学批评界不科学的文学批评方式的匡正，虽然在日益恶化的中国当代文学批评生态环境中收效甚微，甚至几成绝响，但却有助于中国当代文学批评的有序发展。

首先，这种圆形文学批评论有助于中国当代文学批评界纠正各种文学批评学派的偏颇，有助于文学批评的提高和完善。圆形文学批评论认为各种文学批评学派是"文学批评历时发展的螺旋和共时并存的圆圈上的一个点、一段弧"，各有其长处，各有其弱点乃至盲点。这有助于文学批评家客观公正地把握各种文学批评学派。在中国当代文学批评界，对于文学批评的批评是相当匮乏的。即使偶尔出现对于文学批评的批评，也往往不是理论的。不少对于"酷评"的批评就很少是理论的。有的文学批评家在把握"酷评"时尖锐地指出，有些文学批评家仅仅是为了"酷评"而"酷评"，认为这种"酷评"归根结底是从个人情绪出发，从个人利益出发。这种对于"酷评"的批评不是在把握文学批评发展秩序的基础上把握"酷评",虽然颇为尖锐泼辣,但却不是理论的。其实,正如文艺理论家陈涌所说的:"不但对敌斗争,而且在革命队伍内部一些严重的思想斗争,在开始阶段,'矫枉必须过正,不过正不能矫枉',也往往是必要的,避免不了的。"[9]在历史变革的转折关头,为了扭转文学批评的颓风,不少开创新局面的文学批评往往以"深刻的片面"面貌出现。在中国当代文学批评界,有些文学批评家很不满"颂赞"满天飞的文学批评现状,极为推崇享有世界声誉的德国当代文学批评家赖希-拉尼茨基的文学批评观,即真正的文学批评,就必须做到一针见血、毫不留情,真正的文学批评家,就必须唾弃为人要厚道的庸俗哲学,甚至认为毁掉作家的人,才配称文学批评家。这就是"矫枉必须过正,不过正不能矫枉"。但是,优秀的文学批评家却不能止于这个片面的历史阶段,否则,就很可能从一个极端走向另一个极端。这将很不利于文学批评的提高和完善。

因此,中国当代文学批评界既要看到赖希-拉尼茨基的文学批评观要求文学批评家在文学批评时唾弃为人要厚道的庸俗哲学的可取一面,也要看到这种文学批评观要求文学批评家毁掉作家很不可取的一面。如果文学批评家只是毁掉作家的人,那么,文学史就将成为黑格尔所批判的"死人的王国"。中国现代作家鲁迅坚决反对文学批评家在嫩苗的地上驰马,认为如果那些作家不是天才,便是常人也留着。这就是说,中国当代文学批评界在提倡赖希-拉尼茨基的文学批评观时如果始终看不到这种文学批评观的局限并努力克服之,就不仅无助于中国当代文学走向成熟和伟大,而且很可能阻碍中国当代文学批评的有序发展。而圆形文学批评论则力求克服各种文学批评学派的弱点乃至盲点,可以有效地遏制中国当代文学批评的片面发展。

其次,这种圆形文学批评论对西方现当代文学批评的深入批判,有助于中国当代文学批评汲取西方现当代文学批评的长处和克服西方现当代文学批评的弱点乃至盲点。王先霈看到西方现当代文学批评普遍有非美学化倾向,认为许多文学批评学派"不是从文学现象出发,从中抽象出概念、判断,而是从与文学没有直接关系的某一学科的立场出发,用文学来演绎、论证那些学科的理论"。不少"文学批评家热衷于政治批评、文化批评、心理学批评、语言学批评,就是较少把文学当作文学来审视。诸如女性主义文学批评、后殖民主义文学批评,就是意识形态性质强化和审美性质弱化的表现"。在这个基础上，王先霈深入地批判了西方现当代文学批评的两种非美学化倾向，即文学批评的超文本化和文学批评的唯文本化，认为"文学批评的超文本化，不关心对作品的细致审察，乐于把文学批评变为理论的推演，也是经常可以见到的。与之相反，文学批评的唯文本化，完全不理会作者的创作心理和文化背景，把文本孤立起来，使文学批评成为技术操作"[10]。王先霈对这些西方现当代文学批评学派不同程度地忽略和抛开文学的审美特质的批判是切中肯綮的。

二、圆形文学批评论与"强制阐释"论的比较

随着中国当代社会的转型，中国当代文艺理论界出现了对西方现当代文艺理论从基本肯定到基本否定的历史转向。有些文学批评家强烈不满西方现当代文学理论在中西当代文化交流中的强势地位，尖锐地批判了西方现当代文学理论，认为西方现当代文学理论没有涵盖中国文学，这种在西方文化土壤上生长起来的理论之树，很难真正在中国文化土壤上落地生根、开花结果。有的文学批评家认为西方当代文学理论脱离文学创作经验，无力解读文学文本。西方当代"文论家大都是学院派，相对缺乏创作才能和体验。本来，这种缺失当以文学文本个案的大量、系统解读来弥补，但学院派却将更多精力耗于五花八门的文学理论（如'知识谱系'）的梳理。这些文论家的本钱，恰如苏珊·朗格所说，只有哲学化的'明晰'和'完整'的概念。他们擅长的方法也就是逻辑的演绎和形而上学的推理。这种以超验为特点的文学理论可批量生产出所谓的'文学理论家'，但这些理论家往往与文学审美较为隔膜"[11]。有的文学批评家则提出西方现当代文艺理论的根本缺陷是"强制阐释"，并将这种"强制阐释"概括为四大特征："第一，场外征用。广泛征用文学领域之外的其他学科理论将之强制移植文论场内，抹煞文学理论及批评的本体特征，导引文论偏离文学。第二，主观预设。论者主观意向在前，预定明确立场，无视文本原生含义，强制裁定文本的意义和价值。第三，非逻辑证明。在具体批评过程中，一些论证和推理违背了基本的逻辑规则，有的甚至是明显的逻辑谬误，所得结论失去依据。第四，混乱的认识路径。理论构建和批评不是从实践出发，从文本的具体分析出发，而是从既定理论出发，从主观结论出发，颠倒了认识与实践的关系。"[12]这种对西方现当代文学理论的猛烈批判是中国当代文学批评家在中国当代社会转型阶段盲目排斥西方现当代文学理论的产物，而不是对西方当代文学理论的科学把握。

与"强制阐释"论相比，圆形文学批评论不仅更为准确地把握了西方现当代文学批评的弱点乃至盲点，也看到了西方现当代文学批评的长处。"强制阐释"论认为中国当代文学理论颠倒了理论与实践的关系，即中国当代文学理论来自外来文艺理论的生硬"套用"，文学理论与文学实践处于倒置状态。因此，中国当代文学理论的发展应重新校正长期以来被颠倒的理论与实践的关系，抛弃对一切外来文学理论的过分倚重，回到对中国当代文学实践的梳理和总结。这种"强制阐释"论虽然是中国当代社会转型的产物，但却片面地把握了西方现当代文学理论和中国当代文学理论的发展，不过是一种历史虚无主义和关门主义而已。王先霈对中国现当代文学批评借鉴国外文学批评没有全盘否定，而是认为这是十分必要的。

王先霈在深入批判中国现当代文学批评时指出，在 20 世纪前期和后期，中国文学批评曾经较多地向国外借鉴，这无疑是十分必要的，但其中多次出现过把在别种文化土壤中生成的文学批评理论与方法简单照搬到中国的现象，较少产生本土文学批评学派。[13]这种批判无疑较为辩证。此其一。

"强制阐释"论认为，西方现当代文学理论脱离文学实践，源自对其他学科理论的直接"征用"，文学理论与文学实践处于倒置状态。这种对其他学科理论的完全排斥是狭隘的。王先霈则没有完全否定西方现当代文学批评借用外学科的理论，而是肯定了不同学科理论的互相影响。王先霈在深入批判西方现当代文学批评学派时指出，20 世纪文学批评的许多学派是借助于外学科的理论建立起来的，诸如心理学、文化学、社会学、语言学、哲学乃至若干自然科学学科，文学批评都曾经从它们那里或借用基本构架，或借用术语，或借用方法。而文学批评不能只是借贷和引进，还要为其他学科提供创新的动力和启示。[14]这种批判显然较为通透。此其二。

"强制阐释"论认为西方现当代文学理论是在西方文化土壤上生长的理论之树，很难在中国落地生根、开花结果。因而，中国当代文学理论的发展必须从中国文学实践出发，全方位回归中国文学实践。这种中国当代文学理论立脚的基础未免太狭窄了。中国当代文艺批评界重视中国当代文艺理论的民族创造是非常可取的，但极力推动中国当代文艺理论的民族化则是很不可取的。而王先霈则尽管同样强调"有文学创作而后有文学接受，有创作和接收而后有文学理论批评"，但他却认为文学理论批评并不完全依附于文学创作，它借以立论和企图诠释的并不限于同时代的文学创作，而是面对已经产生的全部文学创作。[15]这种中国当代文学理论立脚的基础应该是比较开阔的。此其三。

然而，晚出20余年的"强制阐释"论虽然在对西方现当代文艺理论的把握和批判上，既不如圆形文学批评论对西方现当代文学批评的把握辩证，也不如圆形文学批评论对西方现当代文学批评的批判通透，但却在不少资深文学理论家的竞相推崇下产生了轩然大波。这种搅起的尘埃恰似浮云，虽然暂时糊住了一些文学理论家的势利眼，但却难以在历史长河中留下痕迹。这些资深的文学理论家恐怕看重的是文学批评家在社会上的位置，而不是他在文学批评发展秩序中的位置。这既不利于当代文学批评界百家争鸣的开展，也不利于当代文学批评的有序发展，并在一定程度上恶化了中国当代文学批评的生态环境。

在探究西方现当代文学理论强制阐释产生的根源时，"强制阐释"论区别了前见与立场，认为"前见，是一种知识背景，是一种由生存和教育语境所养成的固定辨识和过滤原始认知模式。这种模式以潜意识甚至是集体无意识的方式而存在，并非自觉地发生作用。立场则不同。立场是一种主动、自觉的行为表达，是一种清醒意识的选择。它经过理论的过滤和修整，以进攻的姿态而动作。前见是可以根据对文本的认识而修正的，而立场是不可改变的，它主导、驾驭、操纵阐释，使阐释的结果服从立场。立场的积极进攻和强制，立场的自觉意识和动作，都决定了在实践的层面上它高于前见"[16]。在这个基础上，"强制阐释"论进一步地区别了"强制阐释"和"合理阐释"，认为当文学文本与立场不合甚至相反时，如果文学批评家以既定目标为目标，为实现目标而肢解文本，重置文本，使文本符合理论，就是强制阐释；相反，如果文学批评家能够改变或放弃立场，以文本为依据，做出新的确当阐释，则是合理的阐释。1949年，勒内·韦勒克就深刻地把握了这种理论和实践的关系，认为"我们常常带些先入为主的成见去阅读，但在我们有了更多的阅读文学作品的经验时，又常常改变和修正这些成见。这个过程是辩证的，即理论与实践互相渗透、互相作用"[17]。如果将"强制阐释"论限定在对文学批评家在阐释文学作品时违背认识规律的现象的批判上，那么，它是站得住脚的。然而，"强制阐释"论并不在文学批评中探究理论和实践的关系，而是进一步地探究了文学理论的生成规律。这就很难站住脚了。

"强制阐释"论在探究文学理论的生成规律时,认为:"文学理论的生产必须依据文学的实践和经验,离开文学的实践和经验,就没有文学的理论。理论可以自我生长,依据逻辑推演生长理论,但其生成依据一定是实践,并为实践所检验。……理论来源于实践,任何理论、任何立场都从实践出发。文学理论的生成也是如此。"[18]这就没有看到文学理论的生产不仅依据文学的实践,而且依据人类社会的实践。英国当代文艺理论家特里·伊格尔顿曾深刻地指出:"在文化实践领域内工作的人不会错把自己的活动看作是绝对重要的。男人女人都不是光靠文化过活的,在历史上绝大多数人从来都没有靠文化过活的机会,现在少数人之能幸运地靠文化过活是由于那些不能这样做的人的劳动。任何文化或批评的理论如果不从这个最重要的事实出发,并始终牢记这一点,我看,那是没有多大价值的。没有一份文化的文献同时不是野蛮的状态的记录。"[19]文学理论的生产必须从这个最重要的事实出发,而不仅是文学的实践出发。特里·伊格尔顿看到了西方现当代文学理论同这个社会的政治制度的特殊的关系,认为西方现当代文学理论"在有意或无意地帮助维持这个制度并加强它"。这是"强制阐释"论在批判西方现当代文学理论时没有看到的,因而远远不如特里·伊格尔顿的文艺思想深刻。

法国当代文艺理论家茨维坦·托多洛夫在倡导对话批评时认为:文学"批评是对话,是关系平等的作家与批评家两种声音的相汇"[20]。在这种对话中,文学理论家与作家的关系是平等的。也就是说,文学理论家在进行文学批评时不会完全跟着文学创作后面跑,甚至"颂赞"满天飞,而是与作家平等对话,否则,就会大大地降低文学理论家的地位。法国当代美学家米盖尔·杜夫海纳就看到文学批评"似乎总是陪伴着文学,有时是跟随着它之后,有时是走在它之前"[21]。因而,文学理论家在文学批评时不会止于阐释,还会在阐释的基础上做出一定的是非判断。米盖尔·杜夫海纳在探究文学批评的作用时认为,文学批评家的使命可以有三种:"说明、解释与判断。"[22]而判断一是鉴别文学作品的价值,二是鉴别文学作品的精神境界的深度。中国现代作家鲁迅在比较"躲避时事"的"小摆设"与"杀出血路"的小品文时认为,"躲避时事"的"小摆设"将粗犷的人心磨得平滑即由粗暴而变为风雅,是抚慰与麻痹,而"杀出血路"的小品文则是劳作和战斗之前的准备,是休养。但是,鲁迅却没有止于这种阐释,而是在看到它们不同的基础上,从身处风沙扑面、虎狼成群之境的人的根本需要出发否定了前者而肯定了后者,认为前者是小品文的末途,后者是生存的小品文。[23]"强制阐释"论将文学批评的使命局限于说明和解释这两项了,排除判断这一项了,因而在一定程度上阉割了文学批评的本质。

三、圆形文学批评论的缺陷

圆形文学批评论虽然努力汲取西方现当代文学批评的长处和竭力避免西方现当代文学批评的弱点乃至盲点,但它却和"强制阐释"论一样,没有深刻把握西方现当代文学批评的意识形态属性,因而难以彻底克服西方现当代文学批评的弱点乃至盲点。

一是这种圆形文学批评论只强调了文学批评家思维方式的完善,而没有深入把握文学批评家在社会分工中本应承担的社会责任,因而无法把握文学批评家"说什么"与"怎么说"的辩证关系。王先霈认为,圆形文学批评的"圆""体现在对客体的把握程度和主体思维活动的运转形态两个方面"。客体,就是文学批评的对象,主要是文学文本。文学批评家不只是要发现、了解文学文本的各个方面、各种联系,还要把所有的要素、成分、关系构成一个整体,构成自成起结、首尾相应的、螺旋上升的链环、圆圈。

在文学批评中,文学批评家究竟是应该从生动的具体现象蒸馏出抽象的观念,还是应该以细腻敏锐的艺术直觉捕捉一瞬间对文本的感悟?哪样才是文学批评家正当的合理的思维方式,才能够达到对文本比较完满、深入、精细的把握,才能够作出有价值、有意义的审美判断呢?王先霈认为:"解开困惑的途径仍然在于,把思维方式由直线递进的单向延伸改变为圆圈环绕的螺旋上升。如果把批评家的艺术直觉作为思维活动的起点,那么,它一开始就具有向理性提升的动势,而深刻的理性洞见总是与精细的艺术直觉如影随形。如果把某种理论见解作为思维活动的起点,那么,理论见解一开始就努力吸取艺术直觉的充实和修正,活跃微妙的审美感受总是与清朗缜密的理性互融互渗。"[24]

这种圆形文学批评论虽然强调了文学批评家思维方式的完善,但却忽视了文学批评家在社会分工中本应承担的社会责任,很难适应社会和文学的历史变革时期。在社会和文学的历史变革时期,文学批评家首先应该弄清自己"说什么",而不是一味地纠缠在"怎么说"上,否则,就会迷失方向。其实,文学批评家"怎么说"取决于文学批评家"说什么"。在文学批评家

"说什么"与"怎么说"的辩证关系上,文学批评家说的对与不对是关键,至于文学批评家怎么说则是次要的,绝不能抽象地规定文学批评家"怎么说"。也就是说,文学批评家是说"是"即肯定,还是说"不"即否定,并不取决于文学批评家自身,而是取决于文学批评家所把握的文学批评的对象。如果文学批评的对象值得说"是"即肯定,文学批评家就应直说"是"即肯定;如果文学批评的对象不值得说"是"即肯定,文学批评家就应直说"不"即否定。这才是实事求是的,才是符合文学批评规律的。如果不首先在文学批评家"说什么"上弄清是非,而只强调文学批评家"怎么说",就是本末倒置的。鲁迅曾经在论"文人相轻"时指出:"凡批评家的对于文人,或文人们的互相评论,各个'指其所短,扬其所长'固可,即'掩其所短,称其所长'亦无不可。然而那一面一定得有'所长',这一面一定得有明确的是非,有热烈的好恶。"[25]鲁迅不仅认为文学批评家要有明确的是非和热烈的好恶,而且认为这是以真正的"所长"为前提的,而不是凭空的。

在中国当代文学批评界,这种"掩其所短,称其所长"的文学批评很盛行。有的文学批评家认为,不管是文学批评,还是更广义的文学研究,都是为了发现和守护优秀的文学作品。这位文学批评家公开提倡中国当代文学批评的责任就是阐释中国当代文学的价值,并在中国当代文学中发现优秀的文学作品并使之经典化。[26]这种"不管所非和所憎"的文学批评是不符合文学批评发展规律的,很容易陷入自相矛盾的泥淖。在当代文艺批评史上,一些显赫的文艺批评家在文艺批评中"只是唱着所是,颂着所爱,而不管所非和所憎",陷入了自相矛盾的泥淖。

20世纪80年代中期,中国当代美学家李泽厚认为:"追求审美流传因而追求创作永垂不朽的'小'作品呢?还是面对现实写些尽管粗拙却当下能震撼人心的现实作品呢?当然,有两全其美的伟大作家和伟大作品,包括如陀思妥耶夫斯基、托尔斯泰、歌德、莎士比亚、曹雪芹、卡夫卡等等。应该期待中国会出现真正的史诗、悲剧,会出现气魄宏大、图景广阔、具有真正深度的大作品。但是,这又毕竟是可遇不可求的。如果不能两全,如何选择呢?这就要由作家艺术家自己做主了。"本来,李泽厚认可大作品在艺术价值上比那些"小"作品高得多,但他却在尊重当代作家艺术家的自主选择下放弃艺术的价值高下选择,甚至为了肯定当代作家艺术家的自主选择,进而否定了文艺作品存在审美价值高下之分，认为"选择审美并不劣于或低于选择其他，'为艺术而艺术'不劣于或低于'为人生而艺术'。但是，反之亦然。世界、人生、文艺的取向本来应该是多元的"[27]。这种自相矛盾不过是李泽厚在文艺批评中囿于狭隘利益的结果而已。美国当代文艺批评家苏珊·桑塔格晚年在反思1964年提出的反对阐释时认为："尽管我并不笃信'现代'，但维护新作品，尤其是那些一直遭人轻视、忽略、误判的作品，比为自己喜欢的那些老作品进行辩护，似乎更有用。"苏珊·桑塔格虽然为了维护新作品而反对阐释，但是，苏珊·桑塔格却在新作品和老作品之间放弃了必要的价值高下选择。苏珊·桑塔格说："我所称赞的那些当代作品，并没有十分偏离我所崇敬有加的那些杰作。欣赏那种被称为'事件剧'的表演形式的放肆劲儿和风趣，并没有使我对亚里士多德和莎士比亚稍有懈怠。我曾经赞成——现在也赞成——某种多元的、多形态的文化。那么，就不存在等级了吗？当然，存在一种等级。如果我非得在'大门乐队'与陀思妥耶夫斯基之间作一选择，那么——当然——我会选择陀思妥耶夫斯基。但是，我非得进行选择吗？"[28]苏珊·桑塔格放弃艺术的价值高下选择，并不是她没有看到陀思妥耶夫斯基比她所称赞的那些当代艺术作品在价值上高，而是她为了维护那些当代艺术作品。

　　李泽厚和苏珊·桑塔格虽然都积极肯定当代艺术作品，但他们却是清醒的，没有随便将当代艺术作品抬高到与伟大文艺作品并驾齐驱的地步。而不少中国当代文学批评家却盲目地进行了文艺造神运动，竟然认为长篇小说《小姨多鹤》的文学成就远远高于长篇小说《百年孤独》，长篇小说《秦腔》在美学上已经超过了《红楼梦》，长篇小说《生死疲劳》超越了短篇小说《变形记》。这种中国当代文学经典化运动不过徒增笑料而已。正如19世纪德国哲学家黑格尔所说的："凡是始终都只是肯定的东西，就会始终都没有生命。生命是向否定以及否定的痛苦前进的，只有通过消除对立和矛盾，生命才变成对它本身是肯定的。"[29]如果文学批评"只是唱着所是，颂着所爱，而不管所非和所憎"，而是"像热烈地主张着所是一样，热烈地攻击着所非，像热烈地拥抱着所爱一样，更热烈地拥抱着所憎"，就不仅没有生命，而且它所发现和守护的"优秀的文学作品"恐怕难以经受历史的风吹雨打。其实，鲁迅很快就认识到文学批评家不能"只是唱着所是，颂着所爱，而不管所非和所憎"。在不到一个月再论"文人相轻"时，鲁迅进一步地指出，文人既不应该随和，也不应该回避，不能"只是唱着所是，颂着所爱，而不管所非和所憎",而是"像热烈地主张着所是一样,热烈地攻击着所非,像热烈地拥抱着所爱一样,更热烈地拥抱着所憎"。[30]这就是说,文学批评家不仅得有明确的是非和热烈的好恶,而且这种明确的是非和热烈的爱憎是以真正的"所是"和"所非"为前提的,而不是盲目的。

二是这种圆形文学批评论没有深入地把握圆形文学批评与其他各种文学批评学派的辩证关系,陷入了自相矛盾的泥淖。王先霈一方面"鼓励文学批评的多样化,鼓励多种文学批评之间的互谐",认为"文学批评的多元化是文学的进步和繁荣的结果,也是文学进步和繁荣的标志。……各个文学批评学派在这些方面各有其长处,各有其弱点乃至盲点。所以,它们才各有其独立存在的必要,不能用一种取代和排斥其他各种文学批评学派"[31]。另一方面又不满足于此,期待理想的文学批评,认为"文学批评的发展以及文学批评的理论的发展,也不是直线推进,也是螺旋环绕地前进。古代的圆形批评,偏重于思维的综合、偏重于整体把握,对局部的精细解剖往往较为忽略,即使作局部的细节的分析,手段也较单调。现代文学批评,……有许多又走入另一极端,以致缺乏整体感,缺乏灵气,缺乏审美的韵味。现代的圆形批评期望两者在更高层次上的综合。这种综合不但可以体现在某个批评文本、体现在某一批评家的批评活动中,而且,一个民族、一个时代的文学批评也可能是多种文学批评的圆形组合。文学批评不但在史的纵向发展上近似一串圆圈,在横向上,现代文学批评可以是许多圆环连结而成的圆圈。我们期望的,就是这样无限丰富的圆形批评"[32]。这是自相矛盾的。既然圆形文学批评既要避免琐碎的、机械的、程式化的分析,也要避免笼统的、模棱两可的、缺乏根据和证明的论断,并确认文学的审美本性,确认文学批评思维的全面与批评视角的独特的统一,即在汲取各个文学批评学派的长处时竭力避免它们的弱点乃至盲点,那么,这种理想的文学批评就必然要取代和排斥其他各种文学批评学派,而不可能与其他各种文学批评学派互谐。这种自相矛盾严重地制约了圆形文学批评在中国当代文学批评界的发展。

四、元文学批评与具体文学批评之间的矛盾

圆形文学批评论是中国当代文学理论家深入批判西方现当代文学批评和中国当代文学批评的产物,而不是他们集中反映中国当代社会转型阶段的人民对文艺的根本要求的结果,因而难以在中国当代文学批评中扎下深根、结出硕果。10年后，王先霈在推动文艺理论的本土化时文学思想有所调整，不仅积极推动文学批评家思维方式的完善，而且强调了文学批评家在当代社会分工中本应承担的社会责任。2002年，王先霈深刻地认识到"观念、理论的转变是社会转型的必要准备"，而中国当代社会"在文化领域、精神领域，分工没有充分的发展，观念的生产与实务活动没有拉开距离，缺少专业的、独立的、'积极的、有概括能力的'、以替社会生产观念为生命活动形式的思想家群体"[33]，认为这严重地制约了中国当代原创文学理论的产生。其实，中国当代社会并不缺少专业的、独立的、"积极的、有概括能力的"的思想家群体，而是这些思想家并没有完全承担他们在当代社会分工中本应承担的社会责任，因而在历史变革中格外乏力。

王先霈在批判中国当代社会物质劳动和精神劳动的分工没有充分发展的同时，强调了思想家包括文学批评家在社会分工中本应承担的社会责任，不仅认为"一时代也有一时代之文学理论批评，文学理论批评会随着时代变换而改变其形态、范式"，而且认为文艺理论的本土化不能停止于"翻译"外国人的思想，"而要从中国的文化土壤中、从现代中国人的'情绪化存在'中，提炼出自己的话语，并且融入本民族的语言体系，与本民族精神形式的传统相衔接"。并要求中国当代文学理论批评"沿着这样的路径，撰写一部至若干部崭新的'易经'，新的哲学和美学经典？我们的文学理论，在介绍、引进海德格尔、福柯理论的同时，以更多的精力思索、把握本民族的生存状态和生存体验，自然会有话要说、有话可说，构建自己独特的观念，独特的理论体系，而不会失语"[34]。与"强制阐释"论相比，这就深刻地把握了中国当代文学理论发展的科学途径，即中国当代文学理论批评的发展不仅是对中国当代文学实践的科学梳理和总结，而且是对中国现当代人的生存状态和生存体验的深刻思索和把握。2014年，"强制阐释"论认为："文学理论是关于文学的理论，本质上是对某一特定时期文学实践的经验总结和规律梳理。其中最重要的，是文学理论对文学创作取材、构思、技法以及对文艺作品审美风格、形式构成、语言特质的理论归纳和概括。"[35] 2015年，又说："文学理论的生产必须依据文学的实践和经验，离开文学的实践和经验，就没有文学的理论。"[36]这未免太狭隘了，在一定程度上是历史的倒退。

本来，王先霈可以在这个基础上将文学批评家思维方式的完善和文学批评家在社会分工中本应承担的社会责任有机结合起来，有力地推动圆形文学批评在中国当代文学批评界的发展，但他却受到中国当代文学批评界的非意识形态化倾向的影响，没有深入地探究和解决这一矛盾，从而丧失了中国当代文学理论批评发展这一难得的历史契机。

王先霈在把握文学创作和接受与文学理论批评的关系时，一方面认为"有文学创作而后有文学接受，有创作和接受而后有文学理论批评"，另一方面又认为"文学理论批评有时是走在时代的前列，为文学创作开辟新路；有时是跟在文学创作的后头，被社会所带动、被文学创作的浪潮所裹挟"。既然文学理论批评是在文学创作和接受之后，那么，这种文学理论批评又是如何有时走在时代的前列并为文学创作开辟新路的呢？这一矛盾是文学理论家在把握文学理论发展时不能回避的。但是，王先霈却没有深入地探究和解决这一矛盾。王先霈一方面要求"每个文学理论家批评家往往有自己关注和熟悉的专门领域和研究重点，但他的心里要装着文学世界的全部、整体，就是说，要意识到、要承认整体的存在"，认为文学的边界是开放的，即文学理论批评所借以立论和企图诠释的不限于同时代的文学创作，它面对的是已经产生的全部文学创作，另一方面又认为"一时代也有一时代之文学理论批评，文学理论批评会随着时代变换而改变其形态、范式"。王先霈不仅看到海德格尔、福柯代表的西方人的处境毕竟不是人类全体共同的处境，处境的某些共通也不注定体验的相同，而且认为中国现当代人的生存体验恐怕主要不是"畏""烦"和"疯癫"，而可能是"易"——"变易"之"易"。这种对中西方现当代人的生存体验的区分是十分深刻的。在这个基础上，王先霈认为中国现当代文学是有价值高下之分的，"求变拯危是鲁迅《狂人日记》以来中国文学不歇的旋律。然而，鸣响于鲁迅作品中的是对于变易的呼唤、期盼和预测，后来在许多作家作品中却成为对短时段里某些变动过程的记叙，实际是以不变的心态模写现实。缺少对'易'的体验和思索，是它们失去震撼力和启悟力的原因"[37]。王先霈看到了文学理论批评与它的时代是不可分的，在打破文学的边界后又从中国现当代人的生存状态和生存体验出发确定了中国现当代优秀文学的边界。这一矛盾是元文学批评与特定时代文学批评之间的矛盾。而文学批评就是在不断解决这一矛盾中发展的。

在对于文学批评的批评中，王先霈不仅凸显了元文学批评与特定时代文学批评之间的矛盾，而且揭示了文学理论与文学存在这两种意识形态绝不完全是鸡生蛋或蛋生鸡的关系。遗憾的是，王先霈并没有推动中国当代文学理论界解决这些矛盾，而是搁置了对这些矛盾的解决。

参考文献：

[1][10][15][24][32][33][34][37] 王先霈：《中国文学批评的解码方式》，华中师范大学出版社，2010，第116-117页、第116页、第114页、第92页、第93页、第119页、第120-121页、第120页。

[2] 陈晓明：《元理论的终结和批评的开始》，《中国社会科学》2004年第6期。

[3] 陈晓明等：《当下的批评是不是学问》，《人民日报》2014年8月15日。

[4][德] 黑格尔著，贺麟、王太庆译：《哲学史讲演录》第1卷，商务印书馆，1959，第40页。

[5] 王先霈、胡亚敏主编：《文学批评导引》，高等教育出版社，2005，第1页。

[6][7][17][美] 勒内·韦勒克、奥斯汀·沃伦著，刘向愚等译：《文学理论》，文化艺术出版社，2010，第32页、第32页、第33页。

[8][13][14][31] 王先霈主编：《文学批评原理》，华中师范大学出版社，1999，第282页、第279页、第280页、第281-282页。

[9] 陈涌：《陈涌文论选》，人民文学出版社，2009，第445页。

[11] 孙绍振：《文论危机与文学文本的有效解读》，《中国社会科学》2012年第5期。

[12] 张江：《强制阐释论》，《文学评论》2014年第6期。

[16][18][36] 张江：《前见与立场》，《学术月刊》2015年第5期。

[19][英] 特里·伊格尔顿著，何百华等译：《文学原理引论》，文化艺术出版社，1987，第250页。

[20][法] 茨维坦·托多洛夫著，王东亮、王晨阳译：《批评的批评》，生活·读书·新知三联书店，1988，第175页。

[21][22][法] 米盖尔·杜夫海纳著，孙非译：《美学与哲学》，中国社会科学出版社，1985，第137页、第156页。

[23] 鲁迅:《鲁迅全集》第 4 卷, 人民文学出版社, 1981, 第 575-577 页。

[25][30] 鲁迅:《鲁迅全集》第 6 卷, 人民文学出版社, 1981, 第 299 页、第 336 页。

[26] 陈晓明:《批评的责任》,《人民日报》2015 年 5 月 22 日。

[27] 李泽厚:《中国现代思想史论》, 东方出版社, 1987, 第 263-264 页。

[28] [美] 苏珊·桑塔格著, 程巍译:《反对阐释》, 上海译文出版社, 2011, 第 336-337 页。

[29] [德] 黑格尔著, 朱光潜译:《美学》第 1 卷, 商务印书馆, 1979, 第 124 页。

[35] 张江:《当代西方文论若干问题辨识》,《中国社会科学》2014 年第 5 期。

第三节 当代文艺批评的走向

通常情况下,文艺研究一般包括文艺发展史、文艺理论和文艺批评三个领域,其中,文艺批评对文艺的研究与发展起着至关重要的作用。可以说,文艺的发展和繁荣,离不开文艺批评的发展和繁荣,文艺批评应是整个文艺事业发展和繁荣不可缺少的组成部分;文艺批评繁荣和发展的重要标志理应是批评理论的层出不穷、批评派别的分门别类、批评风格的多姿多彩、批评方法的革故鼎新。但在当代中国,文艺批评的历史与现状却不容乐观,文艺批评学的发展更是停滞不前。应该说,文艺批评与文艺批评学是一对相互连接的范畴,后者以前者为研究对象,也是对于前者实践经验的理论概括和提升;反过来,后者可为前者提供指导,从而使前者更具科学性和审美性。近十几年来,当代中国文艺批评出现的乱象始终饱受质疑责难,但是,与此相比,当代中国文艺批评学的自身建设虽然或原地踏步或停止不前,却很少遭受质疑责难。可以说,这两者对比,反差强烈的现象突出、深刻地反映了我们的文艺批评界不重视理论的状态与倾向;并且可以说,这种不重视理论、不认真对待理论的状态、倾向(做法)已经在一定程度上严重地制约了当代中国文艺批评学的良性发展。当然,当代中国文艺批评学的发展、建构或原地踏步或停止不前的主要原因，应该说，也与其自身的发展密切相关，尤其与当代中国文艺批评学的发展、建构和当代文艺批评实践相互脱离的实际状况密切相关。因此，当代中国文艺批评学的发展、建构应从整体上把握当代文艺批评的发展规律，将各种文艺批评满足现实需要的程度与在发展历史中的环节作用有机结合起来，客观公正地把握和评价各种不同文艺批评的地位、贡献和不足，并在此基础上吸收其所取得的积极成果，从而推动当代中国文艺批评的良性发展。这才应是当代中国文艺批评学的真正的生长点。

诚如黑格尔研究哲学史所得出的结论："如果我们要想把握哲学史的中心意义，我们必须在似乎是过去了的哲学与哲学所达到的现阶段之间的本质上的联系里去寻求。"[1]"全部哲学史是有必然性、有次序的进程。这进程本身是合理的，为理念所规定的。""每一哲学曾经是、而且仍是必然的，因此没有任何哲学曾消灭了，而所有各派哲学作为全体的诸环节都肯定地保存在哲学里。……各派哲学的原则是被保持着的，那最新的哲学就是所有各先行原则的结果，所以没有任何哲学是完全被推翻了的。"[2]对哲学的研究是如此，对当代中国文艺批评学的研究也应如此。当代中国文艺批评学在深入地梳理、总结、反思当代中国文艺批评的发展历史时，既不能认为各种各样的文艺批评都是合理、正确的，也不能认为各种各样的文艺批评都是相互否定的，而是应该努力把握、细致梳理当代中国文艺批评"有必然性、有次序"的发展历史进程。而且，从当代中国文艺批评界对文艺批判精神的认识上以及当代中国文艺批评界在把握文艺批评主体"说什么"与"怎么说"的关系上，我们就能够看出当代中国文艺批评这种"有必然性、有次序"的发展进程。

首先，当代中国文艺批评界对文艺的批判精神的认识是不断推进的。如，某些批评家在高度宣扬文艺的批判精神时，不但严重脱离了文艺批评的对象，而且严重脱离了我们所面对的现实生活。文艺批评家洪治刚就曾向作家提出如此要求："对现实生活的拒绝和批判应该坚决、彻底和深入，永远保持这样的行动热情——如同堂·吉诃德那样挺起长矛冲向风车，即用敏锐和短暂的虚构天地通过幻想的方式来代替这个经过生活体验的具体和客观的世界。"[3]被称为"先锋批评家"的李建军提出："批评是一种揭示真相和发现真理的工作。虽然进行肯定性的欣赏和评价，也是批评的一项内容，但就其根本性质而言，批评其实更多的是面对残缺与问题的不满和质疑、拒绝和否定。是的，真正意义上的批评意味着尖锐的话语冲突，意味着激烈的思想交锋。这就决定了批评是一种必须承受敌意甚至伤害的沉重而艰难的事业。""批评即行动，它体现的是一种堂·吉诃德气质，一种充满内在热情和实践勇气的英雄气质。"[4]青年文艺批评家谢有顺提出："批评要发挥起它固有的否定与批判的力量"，认为"批评也是一种写作""批评既然是一种写作，不是法律，也不是标尺，就不可能是完全客观的、公正的、符合大众的普遍准则的，也不可能是'是非自有公论'，它更多的是批评家面对作品时有效的自我表达"。[5]可以说，类似这样的文艺批评家在否定现实生活中存在的黑暗、邪恶势力以及对现实生活的决绝、彻底的拒绝、批判的同时，也拒绝、否定了现实生活存在的光明、正义的力量。换言之，即类似文艺批评的拒绝和批判，看似决绝、彻底，但它们却从根本上脱离了现实生活中的批判力量。正如著名文艺批评家熊元义一再强调的："真正的文学的批判精神和建构精神是辩证统一的。因为这种文学的批判精神是作家的主观批判和历史的客观批判的有机结合，是批判的武器和武器的批判的有机统一，是扬弃，而不是彻底的否定。作家的批判必须和现实生活自身的批判是统一的。否则，作家的批判就是'用头立地'。"[6]

其次，当代中国文艺批评界在文艺批评主体"说什么"与"怎么说"的关系上，其把握、认识程度也是不断详尽而深入的。美学教授、文艺批评家肖鹰在批评新世纪"先锋批评""在对当前消费现实的直接认同中放弃了文学批评的批评性"时，认为文学批评的独特价值"不是在作品中寻找现实的投影或时代的印证，而是揭示蕴藏在作品深处的作家独特的文学气质和深刻的人生情怀，从而展开对超越现实的人生意义（意味）的理想诉求。这种理想性的精神内涵，决定了文学批评必须保持对作品（和现实）的距离，即它在说'是'的同时也要说'不'，反之，在说'不'的同时也在说'是'。对于现实，'先锋批评'过去只说'不'，而现在只说'是'"。据此，肖鹰希望"先锋批评""恢复对文学的信念和虔诚，在借文学对现实说'是'的同时，揭示文学对现实所说的'不'"[7]。而一些富有坚实理论思想基础的文艺批评家则不赞成抽象地规定文艺批评说"是"与说"不"，他们认为文艺批评既可以只说"是"，也可以只说"不"，"文艺批评是说'是'，还是说'不'，不取决于文艺批评自身，而取决于文艺批评所把握的对象。如果批评对象值得说'是'，批评主体就应该说'是'；如果批评对象不值得说'是'，批评主体就应该说'不'。这才是实事求是的。即批评主体说的对与不对是关键，至于批评主体怎么说就不是很重要。不问批评主体说什么，而是质问批评主体怎么说，就是本末倒置。"[8]

因此，我们认为，当代中国文艺批评学的发展与建构只有认真梳理、总结和反思当代中国文艺批评"有必然性、有次序"的发展进程，才能客观、公正地把握、评价各种不同的文艺批评实践在中国当代文学艺术史上的地位与贡献，并能够在此基础上兼收并蓄地吸收当代中国文艺批评实践所取得的积极成果。当代中国文艺批评学在梳理、总结和反思当代中国文艺批评这一"有必然性、有次序"的发展进程的同时，还应既要审视当代中国各种文艺批评实践满足现实发展需要的重要程度，也要审视各种文艺批评实践在当代中国文艺批评发展史中的主要环节作用，并能够将这二者有机统一地结合起来。

在当代中国文艺批评发展历史上，有众多合理、正确的文艺批评，因为是拒绝、批判现实的，因此，有的时候就可能不如某些迎合现实狭隘需要的荒谬、错误的文艺批评影响大。在这个时候，当代中国文艺批评学就不能被那些在历史上曾产生影响（甚至是轰动效应）的一些文艺批评所左右，也不能只认强弱甚至党同伐异，而是要透过历史的种种假象，明辨是非和追求真理。但是，当代中国文艺批评这一"有必然性、有次序"的发展进程却被当代中国文艺批评界的种种乱象遮蔽了。而当代中国文艺批评界的种种乱象概括起来说，大体主要有两种：一种是一些优秀的有理论深度的文艺批评总是被湮没于众多话语鼓噪声中，而难以起到引导的作用；另一种是文艺批评的较高形态与较低形态总因千头万绪、错综复杂，而难以出现文艺批评的更高形态取代较低形态的趋势或局面。而究其实质，当代中国文艺批评界的这类种种乱象，就是因为一些文艺批评家，看似声名显赫却不追求真理、不坚持真理，而总是囿于小圈子利益或追逐个人功名利益，尤其是近些年来，文艺批评界似乎成为盲目吹捧、博取名利的主战场，一时间，文艺批评标准、尺度扭曲变形，商业批评、圈子批评、广告批评、媒体批评、文化酷评以及伪文艺批评、泛文艺批评渐成气候，文艺批评的独立品格与价值判断日渐流逝，文艺批评的学术性、说服力和公信度明显削弱，一些批评家几乎近于文化掮客，对待文艺批评对象"不是举之上天，就是按之入地"，"捧杀"与"棒杀"淹没了文艺真相。这也可以说是当代中国文艺批评界的腐败。

"自古英雄出少年"，而当代中国文艺批评界近些年来却出现了一种很不符合文艺发展规律的、十分不正常的怪现象，即相对激烈、尖锐的文艺批评常常多出于一些年龄较大的文艺家，却很少出自年轻的文艺批评家。难道当代中国社会没有或者绝少青年文艺批评家，或者当代中国青年文艺批评家都圆滑世故了吗？在正常情况下，手轻脚健的青年文艺批评家应该是最无忌惮而勇往直前的，然而，当代中国许多青年文艺批评家却动辄慑服于所谓权威、环境的压力，既不敢提出自己的观点大胆批评，也不敢挑战权威进行突破，以至于文艺批评的青年人才危机日益突出。因而，当代中国的文艺批评家们必须从个人利益、小集团利益的禁锢中解放出来，才能真正地追求真理、坚持真理，才能彻底地铲除当代中国文艺批评界的种种腐败与乱象。那么，文艺批评家如何从个人利益、小集团利益的禁锢中解放出来追求真理呢？

首先，文艺批评家需要有追求真理的勇气。正如有文艺批评家所指出的，文艺批评家应该具备一种精神，一种大无畏的批评勇气。这种大无畏的勇气是坚持真理、追求真理的勇气，而不是无知无畏的鲁莽。衡量文艺批评的高下优劣可以从不同的方面入手，可以与很多的标准、尺度、原则相关，诸如文艺批评家的修养、思维、意识、视野等等，但，其中非常重要的一点，也是当代中国文艺批评领域十分欠缺，最需要大力培育、大力增强的品格，即文艺批评坚持真理、追求真理，不畏权势、权威，也不畏世俗偏见和时尚风潮的勇气。诚然，当代中国若想要重新获得文艺批评的说服力、公信力和学术性，尚需要在各个方面施力，但是最需要施力的是文艺批评勇气的真正回归。同时，在当代中国社会里，文艺批评家尤其是青年文艺批评家坚持真理、追求真理有可能将会丧失众多发展机会，甚至将会被排斥在文艺批评圈之外。因此，当个人利益、小集团利益与客观真理发生冲突时，文艺批评家坚持真理、追求真理的勇气就显得尤为重要和可贵。

其次，文艺批评家需要理论的彻底。诚然，文艺批评家如果没有坚持真理、追求真理的勇气，不彻底破除各种主观主义倾向，就不会进一步地在理论上澄清是非。但如果文艺批评家在理论上不彻底甚至糊涂，就不可能反思和总结当代中国文艺批评的发展规律并在这个基础上真正把握真理。当代中国文艺批评界之所以"酷评"横行，不是因为有些文艺批评家主观动机的善意或恶意，而是因为不少文艺批评家在理论上不彻底，甚至存在误区。也就是说，文艺批评家追求真理不但需要大无畏的勇气，而且需要理论的彻底。在当代中国文艺批评史上，不少文艺批评的分歧就是这种理论的不彻底的产物。

如文艺理论家王先霈就曾讥讽嘲笑过当代中国文学理论批评，认为最近几十年，无论社会还是文学都正在经历大的变革，而"我们的文学理论批评是不是能够和社会的大变动协调、同步呢？20世纪80年代初期，我们的文学理论批评遇到过一次明显的尴尬，破土而出的朦胧诗、意识流小说，使它一时无所措手足，这类作品不能在它那里得到有效的解释，甚至不能得到承认。几乎同时，大众文学的繁盛又使它遭到同样的尴尬。……若干次尴尬和挫折引出的结论是——我们原有的文学理论，最大的弊病是它的偏狭性，它立脚的基础太窄小了！"[9]据此，王先霈先生将当代大众文学与传统通俗文学等量齐观，认为古代中国诸如刘勰、胡应麟、李贽、金圣叹、冯梦龙等大理论家"并不都无视当时的俗文学，文学视野的宽阔有助于他们理论的丰富性"[10]，而当今文学理论家遭遇的困境是"根据传统观念不能进入文学殿堂的文本，如今却在社会生活中、在大众的文学接受中占据了显赫的地位。这就使固有的文学理论不但感觉窘迫，而且面临自身生存的危机"[11]。因此，王先霈呼吁，当代中国文艺理论观念应该变革，即"每个文学理论家批评家往往有自己关注和熟悉的专门领域和研究重点，但他的心里要装着文学世界的全部、整体，就是说，要意识到、要承认整体的存在"[12]。可以说，这样的文艺观念变革论，提出承认文学艺术世界的"整体的存在"虽然不错，但却未区隔文学艺术世界的优劣、好坏，因而也就必定在文艺批评实践中，容易丢弃高与下、是与非的价值判断标准，从而在某种程度上也就拒斥了文艺批评。毫无疑问，这种文艺观念变革论是粗鄙存在观文艺观的一种表现。这种粗鄙存在观文艺观主张面对新的文艺创作现象应从中梳理、概括出新的文艺理论思想。可以说，表面看来，这种主张也并没有什么错误，但实质上它却没有区隔新出现的文艺创作现象的优劣、好坏，于是也就很容易陷入"凡是新的都是合理的"庸俗哲学的泥潭。例如，王先霈举例说，在白话通俗文学异军突起的明代，"既有大量思想低下、艺术粗糙的作品，也有代表文学新方向的杰作；这两部分之间有着千丝万缕的联系，难以截然分割。李贽、金圣叹、冯梦龙认真地研读了这些作品，由此出发，开始了文学观念以及文学批评方式的变革"[13]，尤其是李贽的"迩言为善"说，提出了"唯是街谈巷议，俚言野语，至鄙至俗，极浅极近，上人所不道，君子所不乐闻者"之言为善。据此，王先霈要求我们今天的文艺理论家"对自己身边至鄙至俗、极浅极近的文学""也应给予更充分的注意，努力从中提炼出新的美学原则"[14]。但是，我们应该看到，李贽的"迩言为善"说实际上并没有严格审查辨别那时的白话通俗文学的优劣、真伪，同时，他的"迩言为善"说也是十分片面性的。诚然，我们的文艺理论家、文艺批评家的确应该充分注意"自己身边至鄙至俗、极浅极近的文学"，但我们绝对不能一概而论，从而放弃对"至鄙至俗、极浅极近的文学"的甄别、批判与改造，反之，就可能会为低俗的文艺作品大开绿灯。

相反，另一位文艺理论家王元骧则坚决反对将当代消费文化与传统通俗文化等量齐观。如王元骧在他的《审美超越与艺术精神》一书中写道："消费文化虽然以通俗文化的形式出现，但它作为后工业社会出现的一种资本主义商业文化是与传统的通俗文化有着本质的区别的"[15]；王元骧"从接受主体、社会功能和产生的社会历史条件这三个方面严格地区别了过去的通俗文化和当代的消费文化。接受主体不同在于，通俗文化的接受主体一般是广大群众；而消费文化的接受主体则是一些'引领时尚的中产阶级'。在当代中国，实际上是一种为'新富人'们所把持和享受的'新富人文化'。社会功能不同在于，通俗文化虽然由于它的明白晓畅、通俗易懂为广大人民群众所喜闻乐见，但其中许多优秀作品在丰富群众的精神生活、提升群众的道德情操方面与审美文化是相辅相成的，与审美文化一样具有永恒的价值和典范的意义；而消费文化则是一种没有思想深度的，人们即时的、当下的、'过把瘾就扔'的、及时行乐的玩物，完全成了一种'享乐文化'。二者产生的社会历史条件不同在于，通俗文化是在民间自发产生的，是人民大众自娱自乐的方式；消费文化则完全是一种后工业社会的商业文化，是一种完全被资本所操纵和利用的文化。它不仅以刺激感官、挑动情欲、为资本创造巨大的利润为目的，而且还以这种纯感官的快感把人引向醉生梦死、及时行乐，也是一些国家进行意识形态输出，为推广霸权主义、强权政治扫清道路的工具，即霍克海默、马尔库塞、弗洛姆所说的'控制文化''操纵文化'"[16]。在这种认识基础上，王元骧在他的《论人、文学、文学理论的内在张力》一文中，强调"真正美的、优秀的、伟大的作品不可能只是一种存在的自发的显现，它总是这样那样地体现作家对美好生活的期盼和梦想，而使得人生因有梦而变得美丽。尽管这种美好生活离现实人生还那么遥远,但它使我们在经验生活中看到一个经验生活之上的世界,在实是的人生中看到一个应是人生的愿景,从而使得我们不论在怎样艰难困苦的情况下对生活始终怀有一种美好的心愿,而促使自己奋发进取;在不论怎样幸福安逸的生活中始终不忘人生的忧患,而不至于走向沉沦。"[17]为此,王元骧进一步强调,"并非那些轰动一时、人人争读的作品都可以称作是文艺的。克尔凯郭尔在谈到什么是人时说:'人是什么?只能就人的理念而言……那些庸庸碌碌的千百万人不过是一种假象、一种幻觉、一种骚动、一种噪声、一种喧嚣等等,从理论的角度看他们等于零,甚至连零也不如,因为这些人不能以自己的生命去通达理念。'这'理念'就是'本体观'。这话同样适合于我们看待文艺。所以真正的文艺并不像那些'日常生活审美化'的宣扬者所说的那样只是供人娱乐消遣的,与之相反,它是在当今被消费文化、娱乐文化、商业文化重重包围夹攻下维护人自身价值的一道防线,它的目的就在于使现代社会人在走向物化、异化的险境中在灵魂上得到一种拯救"[18]。可见,王元骧毫无保留地批判、否定了那些"只是供人娱乐消遣的"文学艺术作品。实际上,这种文艺观念显然是虚无存在观文艺观的表现。这种文艺观虽然其彻底抵制和批判一切文化、文艺垃圾的主张值得肯定、赞许,但它却从伟大的文学艺术作品的观念和人类的某种完美理想状态出发,彻底否定了现实的存在即多种多样文艺作品现实存在的权利,从而陷入了虚无主义那种不作具体分析、盲目否定一切的泥潭。也就是说,这种文艺观只是关注了一般的文艺作品与伟大的文艺作品之间的差距,却没有发现一般的文艺作品与伟大的文艺作品之间的辩证联系,所以,我们认为,虚无存在观文艺观实质上是取消文艺多样性存在的文艺观。

总之,通过上述分析,应该说,完全认同现实、没有看到文艺世界存在差别的粗鄙存在观文艺观,与彻底否定现实、没有看到文艺世界相互联系的虚无存在观文艺观是各执一端的两种文艺观。我们认为,当代中国文艺批评界需要在深入地批判这两种文艺观的过程中,理应坚持辩证地批判现实的科学存在观文艺观,也就是"既承认人的局限性,又承认人的超越性。它既不是完全认同现实,也不是彻底否定现实,而是要求既要看到理想和现实的差距,又要看到现实正是理想实现的一个阶段。也就是说,我们针对现实提出某种理想,与人们在实现这种理想时达到了什么程度是两回事。我们绝不能因为人们没有完全达到这种要求，就全盘否定他们的努力"[19]。因此，当代中国文艺批评学的发展、建构应该穿透种种纷繁乱象，应该基于梳理、总结和反思当代文艺批评的历史发展规律，努力把握当代文艺批评"有必然性、有次序"的发展进程，在深入批判未看到文艺世界相互联系的虚无存在观文艺观与未看到文艺世界存在差别的粗鄙存在观文艺观的过程中，坚持辩证地批判现实的科学存在观文艺观，兼收并蓄地吸收当代中国文艺批评所取得的优秀成果，从而不断提高、丰富和完善自己，积极推动中国当代文艺批评的健康发展。

参考文献：

[1][2] 黑格尔：《哲学史讲演录》第1卷，商务印书馆，1959，第7页、第40页。

[3] 洪治刚：《信念的缺席与文学的边缘化》，《文汇报》2005年7月3日。

[4] 李建军：《批评家的精神气质与责任伦理》，《文艺研究》2005年第9期。

[5] 谢有顺：《批评应"挟着风暴与闪电"》，《南方都市报》2005年9月13日。

[6] 熊元义、蔡琨：《当代文艺思潮的走向》，中国文联出版社，2007，第52页。

[7] 肖鹰：《沉溺于消费时代的文化速写——"先锋批评"与"〈秦腔〉事件"》，《文艺研究》2005年第12期。

[8] 王书才：《文艺批评应在接力中发展》，《文艺报》2011年6月10日。

[9][10][11][12][13][14] 王先霈：《文学理论基础的广泛性与本土性问题》，《华中师范大学学报》2002年第2期。

[15][16] 王元骧：《审美超越与艺术精神》，浙江大学出版社，2006，第198页、第164页。

[17] 王元骧：《论人、文学、文学理论的内在张力》，《文艺争鸣》2007年第11期。

[18] 王元骧：《文艺本体论的现实意义与理论价值》，《浙江大学学报》2007年第5期。

[19] 宗志平、熊元义：《论王元骧的审美超越论》，《云梦学刊》2007年第5期。

第六章　强化当代文艺批评的历史批评

第一节　文艺批判与现实批判

中国当代文艺界普遍意识到思想贫乏已严重地阻碍了中国当代文艺走向辉煌的阶段。有的认为，中国当代文艺既不缺乏技巧和语言，也不缺乏感觉，缺乏的是"一种精神和思想的力量"；有的指出，中国当代文艺思想能力薄弱，大多数作家明哲保身，纷纷沉溺于日常生活的琐屑，即使偶尔流露出一些对社会不公的不满，充其量也就是个"怨而不怒"。因此，中国当代文艺批评界强烈要求文艺回到思想的前沿。而中国当代文艺回到思想的前沿，就是要求中国当代作家、艺术家不是回避这个时代的根本矛盾，躲在象牙之塔中咀嚼一己的悲欢，而是站在这个时代的前沿，力求克服现存冲突，感受并反映时代有生命力的律动。

作家、艺术家解决现存冲突基本上有两种方式：一是前瞻，即作家、艺术家从未来吸取自己的诗情；一是回望，即作家、艺术家从过去寻找精神的家园。有时候，这种回望也是相当迷人的。但是，人类社会是前进的，而不是倒退的。因此，真正伟大的作家、艺术家都是站在历史发展的先进行列的。正如恩格斯所称赞的文艺复兴时期的巨人："这是人类以往从来没有经历过的一次最伟大的、进步的变革，是一个需要巨人而产生了巨人——在思维能力、激情和性格方面，在多才多艺和学识渊博方面的巨人的时代。"这些巨人与那种实际上是"惟恐烧着自己手指的小心翼翼的庸人"是判然有别的，他们具有"成为全面的人的那种性格上的丰富和力量"，"他们的特征是他们几乎全都处在时代运动中，在实际斗争中生活着和活动着，站在这一方面或那一方面进行斗争，有人用舌和笔，有人用剑，有些人则两者并用"[1]。俄国文学和思想界，始终站在人民解放斗争的最前列，由于他们卓有成效的创造活动，使文学和思想的斗争成了政治斗争的先导，为第一次俄国革命作了重要的思想准备。

19世纪俄国大文艺批评家杜勃罗留波夫尖锐地指出当时俄国社会是个黑暗的王国："在这个黑暗世界里，没有神圣，没有纯洁，也没有真理；统治着这个世界的是野蛮的、疯狂的、偏执的专横顽固，它把一切正直和公平的意识都从这个世界里驱逐出去了。……在这个人类的尊严、个性的自由、对爱情和幸福的信仰、正直劳动的神圣都被专横顽固粉碎成尘埃，都被赤裸裸地践踏的地方，这样的意识是不可能存在的。"[2]以至于这个黑暗王国里的"每一个受尽压抑的个性，只要稍微从别人的压迫底下解脱一点出来，他自己就会努力去压迫别人"[3]。19世纪俄国大文艺批评家别林斯基这样区分和肯定了俄国的进步文学："在这社会中，新生的力量沸腾着，要冲出来，但被沉重的压迫紧压着，找不到出路，结果只引起了阴郁、苦闷、冷淡。只有在文学里面，不顾鞑靼式的审查制度，还显示出生命和进步的运动。这便是为什么作家的称号在我们这儿受人尊敬，为什么即使是轻才小慧的人，在我们这儿也很容易获得文学上的成功的原故。诗人的头衔，文学家的称号，在我们这儿早已使灿烂的肩章和多彩的制服黯然失色了。"[4]在别林斯基这种区分的基础上，杜勃罗留波夫提出了衡量作家或者个别作品价值的尺度，这就是："他们究竟把某一时代，某一民族的（自然）追求表现到什么程度。"[5]认为莎士比亚之所以站在平常作家队伍之外，是因为他指出了人类发展的几个新的阶段，而俄国作家奥斯特罗夫斯基的杰出就在于他挖掘和表现了与当时俄国人民生活的新阶段相呼应的性格。这种俄罗斯的坚强性格和任何专横顽固的原则都是势不两立的，"他是意志集中而坚决的，百折不回地坚信对（自然的）真实的敏感，对（新的理想）满怀着信仰，乐于自我牺牲（就是说，与其在他所反对的原则底下生活，他就宁使毁灭）"[6]。可是，中国当代有些作家、艺术家不但远离人民的沸腾生活，而且成了"惟恐烧着自己手指的小心翼翼的庸人"。正如有人所指出的，当代中国文艺不能满足人民的精神需求，主要原因不在于我们还不够娱乐，而在于面对着这个时代急剧变化、千差万别的复杂生活，当代中国文艺缺乏足够的思想力量——在文学上，这就是缺乏洞察力、理解力、表现力，所以就不能直指人心、打动人心，就不能保持与民众之间深切的对话和交流。有些文学作品甚至还存在肢解社会生活的严重倾向。这些文学作品在反映正义力量和邪恶势力的斗争中往往是正不压邪，正义力量在邪恶势力的打击下纷纷溃退，有的甚至被碾得粉碎。正义力量虽然没有完全放弃反抗和斗争，但与邪恶势力的横行相比，软弱得令人灰心丧气；有些文学作品虽然反映了一些官员腐败行为，但普遍认为这种腐败现象是不可避免的，不但批判不力，甚至还引起人们对腐败现象的羡慕；有些文学作品看不到变革历史的真正的物质力量，对现实生活的发展是迷惘的，甚至是绝望的；有些文学作品不能开掘现实生活中真正有生命力有价值的东西，不能挖掘沉重生活中的真善美，即不能以真美感动人，就只能以眩惑诱惑人心。

1952年，匈牙利文艺批评家乔治·卢卡契在《健康的艺术还是病态的艺术？》一文中认为，这种反常、病态艺术并不在于对病态的描写，而完全在于判断标准的颠倒。由于判断尺度的颠倒，最重要的标志就成了这样：渺小被当成伟大，歪曲竟成了和谐，病态的被当作正常，垂死的和死亡的被作为生命的法则。这样一来，艺术最重要的精神和道德基础就丧失了。"现代艺术家们认为在道德和不道德、正当和错误之间没有什么差异。正如我们在纪德那里所看到的，这种超然转变成了一种对这种差异的激烈抗拒；在我们从美国文学里看到的对犯罪和疯狂的赞美中，这种抗拒达到了它迄今为止的顶峰。"[7]卢卡契还深入地挖掘了这种恶劣的文艺创作现象产生的社会根源，认为这是一个没落的阶级社会的产物。"艺术家对社会的错误态度使他对社会充满了仇恨和厌恶；这个社会又同时使他与所处时代的巨大的、孕育着未来的社会潮流相隔绝。但这种个人的与世隔绝，同时也意味着他的肉体上和道德上的变形。这类艺术家在所处时代的进步运动中都做了徒劳的短暂的客串演出，而最终经常是成了死对头"[8]。

中国当代文学那些肢解社会生活的倾向偏离了人类文明发展的大道，没有站在历史发展的先进行列，绝不是真正的"艺术创新"，而是偏见。尽管这种"艺术创新"在一定程度上开拓和活跃了艺术的思维空间，但是很难结出真正的艺术成果，尤其在中国当代文化多元化的语境中，这种"艺术创新"往往陷入没有是非的境地。有些作家与贺敬之、丁毅执笔的新歌剧《白毛女》"对着写"，认为白毛女真傻，怎么不嫁给黄世仁呢？黄世仁可以说要什么有什么，要钱财有钱财，要地位有地位，要势力有势力，要文化有文化；而王大春呢？要什么没有什么，要钱财没有钱财，要地位没有地位，要势力没有势力，要文化没有文化。还是黄世仁要比王大春可爱。1990年代方方的中篇小说《何处是我家园》虽然和新歌剧《白毛女》都是写20世纪三四十年代的下层妇女，但前者却和后者是"对着写"的。20世纪40年代，贺敬之等人所塑造的白毛女对奴役她们的黑暗世界是反抗的。白毛女对黄世仁的认识是清醒的："你把我看成什么人了！黄世仁他是我的仇人！就是天塌地陷我也忘不了他跟我的冤仇啊。他能害我，能杀我，他可别妄想使沙子能迷住我的眼！"对黄世仁的压迫是反抗的："我就是再没有能耐，也不能再像我爹似的了，杀鸡鸡还能蹬打他几下哪，哪怕是有一天再把刀架在我的脖子上吧，我也要一口咬他一个血印。"这种反抗也是彻底的："想要逼死我，瞎了你眼窝！舀不干的水，扑不灭的火！我不死，我要活！我要报仇，我要活！"贺敬之等人肯定了白毛女的这种斗争。而到了20世纪90年代，当代中国作家所反映的不傻的"白毛女"对她们所处的屈辱世界是屈服的。在中篇小说《何处是我家园》里，那位不傻的"白毛女"秋月不是嫁给"黄世仁"，而是甘心情愿地接受比黄世仁还要坏的地头蛇查老爷的玩弄。这位秋月和她的伙伴凤儿忍受不了贫穷的煎熬，自甘堕落。凤儿说："没钱的时候，我们就不是人，就得做些不是人做的事。"秋月也说："我不甘心过这种贫苦的日子，我只要能生活得舒适，不管怎么做都行。"这位秋月为了过上舒适的日子，居然放弃了矿工宝山的真挚爱情，心甘情愿地让地头蛇查老爷蹂躏和玩弄。秋月虽然已心知查老爷欺骗了她，虽然已明白查老爷确如人所说的是笑面虎，虽然知道查老爷安排她走是想要长久地得到宝红，可她想，就是明白了这些我又能拿他怎么办？如她一样渺小的人们的生活都是操纵在查老爷们手上的，由他任性编织。纵是看透看穿了，也还不是得依从他们？如果反抗了，未必就比服从了好些吗？而既然是渺小的一群，能做到什么反抗？不就是赔上自己的一条命，与其这样，莫如由他去好了。看来，秋月不是没有意识到她在受欺骗和被玩弄。但是，秋月却没有多少反抗和抵触，甚至越来越有点自得其乐了。这种在不改变不合理的现存秩序的前提下从下层阶层跻身到上层阶层的思想倾向在一定程度上强化了这种不合理的现存秩序。

2003年，金海曙编剧、林兆华导演的话剧《赵氏孤儿》虽然是元代杂剧

《赵氏孤儿》的改编，但它从根本上颠覆和瓦解了这个中国悲剧存在的基础。元代杂剧《赵氏孤儿》非常典型地反映了中国悲剧那种前赴后继、不屈不挠地同邪恶势力斗争到底的抗争精神，而金海曙编剧、林兆华导演的话剧《赵氏孤儿》中的赵氏孤儿却否定了这种文化认同："不管有多少条人命，它跟我也没有关系！"话剧中的赵氏孤儿这种只有现在的人生抉择已经割断了历史或者真实历史。但是，话剧中的赵氏孤儿这种人生抉择却得到了有些人的肯定和认同。话剧《赵氏孤儿》中的赵氏孤儿拒绝复仇就是脱离真实的集体，臣服于更强大的虚幻的冒充的集体。当有更大的利益时，他就迅速地抛弃了屠岸贾，可见，这个赵氏孤儿并非难舍屠岸贾。话剧《赵氏孤儿》中的赵氏孤儿放弃报仇，既不是原谅，也不是忘记，而是割断。所以这是一种彻底的背叛，也是最后的背叛。这个赵氏孤儿虽然相信程婴所说的真相，但他却不认账："就算您说的都真，这仇我也不报！"这个赵氏孤儿自有一套活法和价值观念，他认为自己的身世似乎是命运强加给他的一个多余的东西，他不能接受这个历史的包袱。在话剧《赵氏孤儿》中，晋灵公是灭赵的真正的罪魁祸首。赵氏孤儿真正的仇人实际上是晋灵公，是他假手屠岸贾完成灭赵行动的。赵氏孤儿后来没有任何负担地跟晋灵公走了。这不仅是放弃复仇，更是认仇为父，即主动地趋炎附势。赵氏孤儿这种放弃就是一种背叛，一种对家族的彻底背叛。如果元代杂剧《赵氏孤儿》的赵氏孤儿、清代长篇历史小说《说岳》的陆文龙、曹宁的文化认同，是从认贼作父到为父报仇，那么，当代话剧《赵氏孤儿》中的赵氏孤儿绝不认同，则是认贼为父。总而言之，话剧《赵氏孤儿》的这些背叛绝不是一种个体的"独立"或"个体的自由"，而是更深的奴役和臣服。也就是说，这些背叛都是对弱势一方的背叛，而认同的却是强势一方。这些所谓的"艺术创新"不但没有推动思想的进步，反而误入歧途。

在中国文学史上，为什么元代杂剧《赵氏孤儿》、清代长篇历史小说《说岳》强调养子的认祖归宗？因为它们集中地表现了中华民族在异族铁蹄下绝不妥协的抗争精神。在纪君祥的元杂剧《赵氏孤儿》中，程婴不是在赵氏孤儿长大成人后马上告诉他的身世，而是在赵氏孤儿进入书房后，遗下手卷，在赵氏孤儿看了手卷并产生疑惑后，才对赵氏孤儿说明真相。在钱彩编次、金丰增订的长篇历史小说《说岳》中，王佐断臂潜入金营，在对陆文龙讲了

"越鸟归南""骍骝向北"的故事并让他看了图画后,才告诉他真相。无论是赵氏孤儿,还是陆文龙,都是在中华民族的文化认同中认祖归宗的,并在这种认祖归宗中摆脱了对外族的人身依附关系。因此,这种对外族的人身依附关系的摆脱就是一个民族争取独立的斗争。

在中国古代寓言《愚公移山》中,不但有个体和群体的矛盾,即智叟和愚公的冲突,而且蕴涵了群体的延续和背叛的矛盾。《愚公移山》只是肯定了愚公的斗志,却忽视了愚公子孙的意志。智叟看到愚公的有限力量,而没有看到愚公后代无穷尽的力量,所以,智叟对愚公移山必然是悲观的;愚公不但看到自己的有限力量,而且看到了后代的无穷力量,因而,愚公对自己能够移走大山是乐观的。不过,愚公却没有看到他的后代在移山上可能出现背叛。愚公子孙后代只有不断移山,才能将大山移走,而愚公的子孙如果不认同愚公的移山而是背叛,那么,移山就会中断,大山就不可能移走。在元杂剧《赵氏孤儿》中,赵氏孤儿长大成人后,也有可能认贼作父而不是报仇雪恨。这就是说,前人的抗争精神能否在后人身上得到延续,不仅要保存后代的生命,而且要教育后代继承和发扬这种抗争精神。因此,伟大的文学作品能够超越一时的强弱,反映历史发展的必然趋势,并在这个基础上塑造和培育民族精神,而不仅仅停留在改造国民性上。

的确,人们在现实生活中往往为一些短视的"世论"和"混乱"的表象所迷惑,而伟大的文学作品可以促进人们对整个历史运动的认识,从而超越短视的"世论"和穿透"混乱"的表象。当代作家张承志1990年代以来先后在《清洁的精神》(《十月》1993年第6期)、《沙漠中的唯美》(《花城》1997年第4期)、《美的存在与死亡》(《新京报》2004年10月10日)等散文作品中反复地讲述了这样一个故事,即一个拒绝妥协的美女的存在与死亡的故事,提出了"世论"和"天理"的尖锐冲突。故事中那个能歌善舞的美女,生逢乱世暴君,以歌舞升平为耻,于是拒绝出演,闭门不出。可是时间长了,先是众人对她显出淡忘。但世间总不能少了丝竹宴乐;在时光的流逝中,不知又起落了多少婉转的艳歌,不知又飘甩过多少舒展的长袖,人们继续被一个接一个的新人迷住,久而久之,没有谁还记得她了。在这个拒绝妥协的美女坚持"清洁的精神"的年月里,另一个舞女登台并取代了她。没有人批评这个舞女粉饰升平和不洁,也没有人忆起仗义的美女。更重要的是,世间公论这个舞女美。晚年，这个拒绝妥协的美女哀叹道："我视洁为命，因洁而勇，以洁为美。世论与我不同，天理难道也与我不同么？"张承志认为"天理"与"世论"是根本不同的。这种"世论"只认强弱，不认是非，绝不相信历史发展是正义终将战胜邪恶的过程，即黑格尔所说的"永恒正义"的胜利。

在邪恶势力的强大压力和打击下，我们是妥协退让和屈膝投降，还是坚守理想和奋起抗争？当希望姗姗来迟时，我们如何忍受这漫长黑夜的煎熬和暴虐毒箭的侵扰？的确，对于无数的个体来说，也许抗争是前途渺茫的，甚至是没有希望的。因此，很多人都松懈了斗志，放弃了理想甚至做人的尊严。这就是一些人在日益强大的邪恶势力挤压下不是跻身邪恶势力的行列，就是在轻松逗乐中化解强大的压力。他们随波逐流，在迎合中混世；他们麻木不仁，在屈辱中生活。"世论"就是这些人苟活的产物。张承志所说的"我们无权让清洁地死去的灵魂湮灭"，无疑是对这种苟活哲学的坚决抵制。作家虽然选用某一顷刻，即"只能是可以让想象自由活动的那一顷刻了。我们愈看下去，就一定在它里面愈能想出更多的东西来。我们在它里面愈能想出更多的东西来，也就一定愈相信自己看到了这些东西"[9]。但这"一顷刻"既包含过去，也暗示未来，使得前前后后都可以从这"一顷刻"中得到最清楚的理解。如果一部文学作品没有对整个历史运动的准确把握，它所反映的这"一顷刻"就不可能让人看清前前后后。正如马克思、恩格斯所指出的："在阶级斗争接近决战的时期，统治阶级内部的、整个旧社会内部的瓦解过程，就达到非常强烈、非常尖锐的程度，甚至使得统治阶级中的一小部分人脱离统治阶级而归附于革命的阶级，即掌握着未来的阶级。所以，正像过去贵族中有一部分人转到资产阶级方面一样，现在资产阶级中也有一部分人，特别是已经提高到从理论上认识整个历史运动这一水平的一部分资产阶级思想家，转到无产阶级方面来了。"[10]伟大的文学作品正是在把握整个历史运动的基础上摒弃"世论"而伸张"正义"的。尤其当历史发展盛行小人得志、正不压邪的现象时，伟大的文学作品可以帮助人们穿透铁屋子，看到一丝光亮。可以说，这种伟大的文学作品是人们度过漫漫的长夜不可或缺的。

在现实生活中，这种未来的真正的人不是一成不变的，而是不断发展和变化的。柳青的长篇小说《创业史》就深刻地反映了未来的真正的人的历史交替。在《创业史》中,郭振山就从未来的真正的人演变到未来的真正的人的反面。土改前,郭振山是穷佃户们崇拜的英雄,他满足了他们藏在内心不敢表达的愿望;土改后,郭振山变富了,不再能体会困难户的心情了。当土改期间下堡村赫赫有名的人物郭振山拿定最后的主意给自家当家而不给贫雇农当家了时,他就演变了。"不是前两年的郭振山了。他表面上是共产党员,心底里是富裕中农了。"郭振山的演变不仅是一个人的演变,也是一个阶级的社会地位发生变化后的演变。《创业史》深刻地反映了这种历史分化,"在合力扫荡了残酷剥削贫农、严重威胁中农的地主阶级以后,不贫困的庄稼人,开始和贫困的庄稼人分化起来"。郭振山和梁生宝的分道扬镳就是这种历史分化。1953年的春天,一大批能够自己率先富起来的共产党员却把自己的命运和任老四这样的吃不饱饭的穷人的命运绑在一起。他们没有钻到姚士杰的四合院和富农一起称兄道弟就着猪头肉喝酒"傍大款",而是钻进了穷人的草棚屋,忍受着蚊虫的叮咬和任老四们一起制订互助组的生产计划,这就是梁生宝等真正的中国共产党人的本色。在历史上,未来的真正的人不是固定不变的,而是不断发展变化的。作家只有深入生活,不断地开掘和发现不同时代不同时期的未来的真正的人,才能创造出不同于以往的人物形象。而中国当代文学那种躲避崇高的创作倾向却极力消解这种未来的真正的人,结果,中国当代文学的人物形象出现了"好人不好,坏人不坏"的现象。这是一种黑格尔在《小逻辑》中所批判的所谓"实用主义的"写历史的办法,即"近代特别有所谓'实用主义的'写历史的办法,即由于错误地把内心和外表分离开,于论述伟大历史人物时常常陷于罪过,即由于抹煞了并歪曲了对于他们的真实认识。不满意于朴实地叙述世界史英雄所完成的伟大勋绩,并承认这些英雄人物的内心的内容也足以与其勋业相符合,这种实用主义的历史家幻想着他有理由并且有责任去追寻潜蕴在这些人物公开的显耀勋业后面的秘密动机。这种历史家便以为这样一来,他愈能揭穿那些此前被称颂尊敬的人物的假面具,把他们的本源和真正的意义贬抑成与凡庸的人同一水平,则他所写的历史便愈为深刻"[11]。可见,这种追寻潜蕴在历史人物公开的显耀勋业后面的秘密动机的方法是一种十分拙劣的"实用主义的"写历史的办法。

　　作家、艺术家在解决现存冲突的过程中必然对现实生活进行深刻而有力的批判。有的作家、艺术家认为,作家、艺术家对社会上存在的黑暗现象,对人性的丑和恶当然要有强烈的义愤和批判，但是不能要求所有的作家、艺术家用统一的方式表现这种强烈的义愤和批判。有的作家、艺术家可以站在大街上高呼口号，但是也要容许有的作家、艺术家躲在小房子里悄悄地用小说或者诗歌或者其他文艺的样式来表现他对社会上这些不公正的黑暗的事情的批判。的确，作家、艺术家对现实生活的批判形式是多样的，不能一律。但是，这种文艺批判必须始终站在人民解放斗争的最前列。否则，这种文艺批判就不可能真正到位。而这绝不能被视为是对真正作家、艺术家的苛求。也就是说，作家、艺术家对现实生活的批判是内在的，不是外在的；是在肯定变革历史的真正的物质力量的同时，否定阻碍历史的发展的邪恶势力，不是以人类的某个绝对完美的状态来否定当下的现实生活；是站在劳苦大众的立场上，不是站在人类的某个绝对完美的状态上。总之，文艺批判是作家的主观批判和历史的客观批判的有机结合，是批判的武器和武器的批判的有机统一，是扬弃，而不是彻底的否定。而在中国当代文艺理论史上，文艺的自我实现论和文艺的审美超越论却割裂了作家的主观批判和历史的客观批判的有机统一。文艺的自我实现论和文艺的审美超越论这两种文艺理论形态，虽然前后出现，但在本质上是一样的，都构想了一个与现实世界完全对立的理想世界。

　　文艺的自我实现论不是建立在现实世界中，而是建立在理想世界里，并且这个理想世界是彻底否定和排斥现实世界的。这种文艺的自我实现论认为，当理想社会实现时，人不仅是调节外部自然的强大力量，而且是调节自身内部自然的强大力量。唯其在那时，人的价值才充分获得实现，人类的"正史时代"才开始。而在现实生活中，人由于受制于各种自然力量和社会力量的束缚，因此，往往自我得不到实现，自己不能占有自己的本质，自身变成非自身。只有在艺术活动中，主体和客体不再处于片面的对立之中，客体成为真正的人的对象，并使人的全面发展的本质力量对象化；只有在艺术活动中，人自身复归为全面的完整的人。即"把审美活动作为一种超越手段，并通过它实现在现实世界不可能实现的一切"。这种文艺的自我实现论将艺术世界和现实世界完全对立起来了。这种文艺的自我实现论只是看到了人的异化，而没有看到人的发展。在这种残酷的异化劳动中，虽然工人自身异化了，但是人类仍然在发展。虽然异化劳动生产了赤贫、棚舍、畸形、愚钝和痴呆，但奇迹般的东西、宫殿、美和智慧也在异化劳动中生产出来了。显然，这种文艺的自我实现论只看到了人在艺术世界里的发展，而没有看到人在现实世界中的发展，以及这二者的联系。

而21世纪初中国文艺理论界提出的审美超越论也不是在现实世界中完成的，而是在理想世界中实现的。这种审美超越论认为："当作家有了这样的一种理想和追求，那么，对他的作品来说，描写卑琐、空虚、平庸就成了对卑琐、空虚、平庸的超越；描写罪恶、苦难、不平就成了实现对罪恶、苦难、不平的超越；描写压迫、剥削、奴役就成了达到对压迫、剥削、奴役的超越，这样，文艺也就成了人类为了摆脱和改变现状、实现生存超越愿望的一种生动而集中的表现。唯其在美的文艺作品中，一切美丽的幻想、想象、期待和企盼本质上都是源于人们这种追求超越的渴望，所以，它才能成为引导人们前进的火炬。"在艺术世界里，作家、艺术家虽然可以批判甚至否定现实世界中的丑恶现象，但是克服这种现实世界中的丑恶现象却只有在现实世界中才能真正完成。正如马克思所说："批判的武器当然不能代替武器的批判，物质力量只能用物质力量来摧毁。"文艺对现实世界的超越，可以超越邪恶势力，但绝不能超越正义力量。否则，文艺作品所构造的理想世界就完全成为与现实生活对立的另一个世界。也就是说，文艺对现实世界的超越，是肯定正义力量的同时否定邪恶势力，不是构造一个与现实世界完全对立的理想世界。

文艺的自我实现论和文艺的审美超越论这两种形态在一定程度上不过是西方马克思主义美学家赫·马尔库塞文艺思想的翻版。与恩格斯要求艺术对现实关系的真实描写不同，赫·马尔库塞认为艺术只有服从自己的规律，违反现实的规律，才能保持其真实，才能使人意识到变革的必要；认为艺术是一种虚构的现实，"作为虚构的世界，作为幻象，它比日常现实包含更多的真实"[12]。在赫·马尔库塞看来，艺术所服从的规律，不是既定现实原则的规律，而是否定既定现实原则的规律，而艺术的基本品质，就是对既成现实的控诉，对美的解放形象的乞灵。赫·马尔库塞认为"先进的资本主义把阶级社会变成一个由腐朽的戒备森严的垄断阶级所支配的世界。在很大程度上，这个整体也包括了工人阶级同其他社会阶级相等的需要和利益"[13]。这就是说，工人阶级已为流行的需要体系所支配。而被剥削阶级即"人民"越是屈服于现有权势，艺术将越是远离"人民"。可见，赫·马尔库塞只看到了人民被统治阶级同化的一面，而忽视了他们斗争的一面。也就是说，赫·马尔库塞在强调作家、艺术家的主观批判力量时，不但没有看到人民在现实生活中的革命力量，而且完全忽视了文艺对这种人民的革命力量的反映。马克思在《资本论》中高度科学地概括了历史发展的两条道路：一是采取较残酷的形式，一是采取较人道的形式，并明确地反对历史发展采取较残酷的形式。因此，作家不但要深入地批判有些采取了较残酷的形式的历史发展，而且要积极地追求和促进未来历史的发展采取较人道的形式，促进历史发展尽可能地符合人类的理想。也就是说，正义力量终将战胜邪恶势力的这种历史真相虽然在现实生活中很难看到，但在伟大的文艺作品中却可以强烈地感受到。

参考文献：

[1] 中共中央马克思、恩格斯、列宁、斯大林著作编译局：《马克思恩格斯选集》第4卷，人民出版社，1995，第261-262页。

[2][3][5][6] 杜勃罗留波夫：《杜勃罗留波夫选集》第1卷，上海译文出版社，1983，第288页、第329页、第358页、第401页。

[4] 易漱泉、曹让庭、王远泽、张铁夫选编：《外国文学评论选》下册，湖南人民出版社，1983，第10页。

[7][8] 乔治·卢卡契：《卢卡契文学论文集》第1卷，中国社会科学出版社，1980，第452页、第448-449页。

[9] 莱辛：《拉奥孔》，人民文学出版社，1979，第18-19页。

[10] 中共中央马克思、恩格斯、列宁、斯大林著作编译局：《马克思恩格斯选集》第1卷，人民出版社，1995，第282页。

[11] 黑格尔：《小逻辑》，商务印书馆，1986，第293页。

[12][13] 赫·马尔库塞等：《现代美学析疑》，文化艺术出版社，1987，第35页、第22-23页。

第二节　文学伦理学批评与当代文学的道德批判

在中国当代社会由模仿挪移阶段转向自主创新阶段之际，不少文学理论家不能与时俱进，不敢突破，而是搁置当代文学理论分歧，甚至限制和阻碍当代文学理论争鸣。而文艺批评家聂珍钊则没有小成即安，而是积极解决当代文学理论分歧，勇于批驳一些流行的理论成见。2004年，在把握创作自由和社会责任的辩证关系的基础上，聂珍钊深入地探究了作家包括文学批评家的社会道德责任，提出了文学伦理学批评，在一定程度上推动了当代文学理论的发展。

一、作家的社会道德责任不可推卸

20世纪70年代末以来，中国文学界不是在把握创作自由和社会责任的辩证关系的基础上追求创作自由，而是推卸作家包括文学批评家在社会分工中本应承担的社会责任，片面强调创作自由。而文学伦理学批评则在把握创作自由和社会责任的辩证关系的基础上尖锐地批判了那些片面追求创作自由的倾向，认为作家包括文学批评家不能缺乏社会道德责任。文学伦理学批评坚决反对把创作自由同社会责任对立起来，坚决反对狭隘把握作家包括文学批评家的社会责任，以为创作自由就可以不负社会责任，担负社会责任即没有创作自由。[1]这种批判不仅切中要害，而且相当深刻。有些作家包括文学批评家之所以片面追求创作自由，是因为他们割裂了创作自由与社会责任的辩证关系。

1990年代中期以来，有些作家包括文学批评家在抵制文学批评时提出："在怎么活的问题上，没有应当怎样不应当怎样的模式，谁也不能强求谁。"[2]近20年后，仍有作家在抵制文学批评时认为："大千世界，人各有志，每个人都有权力自由选择自己的生活方式和入世方式，作家从来就不是别样人物，把作家的地位抬举得太高是对作家的伤害——其实在中国，作家的高尚地位，基本上是某些作家的自大幻想。"[3]这些作家包括文学批评家在抵制文学批评时强调了选择的自由，但却忽视了人在自由选择时所应承担的社会责任。这至少是对20世纪法国哲学家和文学家萨特的存在主义思想的肢解。萨特指出，人就是人。这不仅说它是自己认为的那样，而且也是他愿意成为的那样——是他（从无到有）从不存在到存在之后愿意成为的那样。人除了自己认为的那样以外，什么都不是。但是，人要对自己是怎样的人负责。萨特在《存在主义是一种人道主义》这篇著名论文中指出："只要我承担责任，我就非得同时把别人的自由当作自己的自由追求不可。我不能把自由当作我的目的，除非我把别人的自由同样当作自己的目的。"[4]萨特认为，当我们说人对自己负责时，我们并不是指他仅仅对自己的个性负责，而是对所有的人负责。所以，"人在为自己作出选择时，也为所有的人作出选择。因为实际上，人为了把自己造成他愿意成为的那种人而可能采取的一切行动中，没有一个行动不是同时在创造一个他认为自己应当如此的人的形象。在这一形象或那一形象之间作出选择的同时，他也就肯定了所选择的形象的价值；因为我们不能选择更坏的"。在萨特看来，"我们选择的总是更好的；而且对我们说来，如果不是对大家都是更好的，那还有什么是更好的呢？"[5]因此，作家包括文学批评家的自由选择绝不能推卸他们在社会分工中所应承担的社会责任。

在把握创作自由与社会责任的辩证关系的基础上，文学伦理学批评强调了作家包括文学批评家的社会道德责任。文学伦理学批评尖锐地批判了当代文坛那些搁置甚至放弃文学的道德批判的偏向，认为作家包括文学批评家的社会道德责任是不可或缺的。聂珍钊尖锐地提出："任何创作与批评都必须承担道德责任。作家有创作和虚构的自由，批评家有批评和解释的自由，但是不能违背社会公认的道德准则，应该有益道德而不能有伤风化。文学教唆犯罪或损害道德是不能被允许的，批评家仅仅把这些看成艺术虚构和艺术审美是不负责任的。无论作家创作作品还是批评家批评作品，都不能违背文学的伦理和损害道德。因此，文学批评绝不能在由竞争法则主导的文学市场里放弃自己的社会责任，相反，它应该用更严格的批评维护文学市场的伦理秩序和道德规范。"[6]这种对作家包括文学批评家的社会道德责任的强调有助于扭转那些搁置甚至放弃文学的道德批判的偏向。

不过，作家包括文学批评家的社会责任却不仅有社会道德责任，而且有其他社会责任。马克思、恩格斯在考察统治阶级中间的分工时不但深刻地指出思想家包括作家在这种社会分工中的社会角色，而且深刻地指出这些思想家包括作家在这种社会分工中的社会责任。马克思、恩格斯指出，思想家包括作家是从事精神劳动的，不仅从属于他所属的阶级，而且积极编造这个阶级的幻想和思想。而这些思想和幻想则不仅仅是社会道德。因此，这些参与编造他们所属阶级的幻想和思想的作家包括文学批评家不但要明白他们的社会角色是社会分工的产物即不是高人一等的，而且不能忘记他们在这种社会分工中的社会责任。马克思、恩格斯明确地指出，"一定时代的革命思想的存在是以革命阶级的存在为前提的"[7]。马克思、恩格斯坚决反对把统治阶级的思想与统治阶级本身分割开来，认为这是使统治阶级的思想独立化。马克思、恩格斯深入地批判了这种统治阶级的思想独立化的严重后果，认为这是社会虚假意识形态产生的思想根源。这就是说，作家包括文学批评家参与编造他们所属阶级的幻想和思想不仅仅是社会道德，因而他们在这种社会分工中的社会责任不仅仅是社会道德责任。不过，虽然文学伦理学批评没有从精神劳动和物质劳动的社会分工中把握作家包括文学批评家的社会责任，但却从人的发展中把握了作家包括文学批评家的社会道德责任。这是中国当代文艺理论界在对人的认识上的发展。

在把握人类发展的基础上，文学伦理学批评深入地把握了人的基本特点即在人的身上善恶共存的特点，认为"无论是社会中的人，还是文学作品中的人，都是作为一个斯芬克斯因子存在"。这种"斯芬克斯因子"是由两部分组成的：人性因子与兽性因子。这两种因子有机地组合在一起，构成一个完整的人。在人的身上，这两种因子缺一不可，但是其中人性因子是高级因子，兽性因子是低级因子。而人同兽的区别就是前者能够控制后者。[8]文学伦理学批评这种对人的发展的把握，与1980年代中期刘再复的人物性格二重组合论相比，看似有些类似，实则根本不同。文学伦理学批评虽然认为人是作为一个斯芬克斯因子存在的即在人身上是善恶共存的，但却强调人同兽的区别，强调人身上的人性因子对兽性因子的控制。也就是说，人物性格二重组合论是将人身上的兽性因子释放出来，而文学伦理学批评则推动人身上的人性因子对兽性因子的控制即择善弃恶，做一个有道德的人。这不但符合美善战胜丑恶的人类文明发展规律，而且是与中国当代社会转型相适应的，在一定程度上推进中国当代文艺的健康发展。

二、文学应该引人择善弃恶

文学伦理学批评正是因为看到文学能够帮助人完成择善弃恶而做一个有道德的人，所以特别强调文学的教诲作用，认为"文学的功能有可能是多方面的，但基本功能只能是教诲功能"[9]。在文学的审美功能与文学的教诲功能的关系上，文学伦理学批评坚决反对文学的基本功能是审美功能，文学的基本价值是审美价值，而是认为"文学的审美功能则只是文学教诲功能的衍生产物，是为教诲功能服务的"[10]。文学伦理学批评强调文学的核心价值不在于为人类提供娱乐，而在于以娱乐的形式为人类提供教诲，的确有利于克服当代文化艺术界"过度娱乐化"的偏向。但应看到，即使文学的基本功能是文学的教诲功能而不是文学的审美功能，也将在不同的历史时期发生变化，而不是固定不变的。中国现代作家鲁迅在杂文《小品文的危机》中区分了不同的小品文，不仅认为那种小巧玲珑的"小摆设"虽然是"艺术品"，与万里长城、丈八佛像等宏伟的大建筑却无法相比，而且认为身处风沙扑面、虎狼成群之境的人所要的是坚固而伟大的耸立于风沙中的大建筑，锋利而结实的匕首和投枪，而不是那种由粗暴而变为风雅的"小摆设"。[11]而在和平时期即所谓"天平盛世"，文学的审美作用、娱乐作用就比较突出。有的作家明确地指出："如果我们追求的是安定团结，就要创造一个歌舞升平的局面，就不能把歌舞里面搞得火药味十足，好像不知道还要跟谁斗一场。"[12]不过，有些当代文学作品在强化和突出文学的审美娱乐功能时，却排斥了文学的其他功能，即这些当代文学作品将文学的情感升华、道义和道德的教化功能大大压制，而将官能娱乐的功能大大强化，如娱乐感官、娱乐好奇心、娱乐窥视欲等等。

18世纪末期，席勒在区分艺术的庸俗的表现和高尚的表现时深刻地指出："表现单纯的热情（不论是肉欲的还是痛苦的）而不表现超感觉的反抗力量，叫作庸俗的表现，相反的表现叫作高尚的表现。"[13]中国当代文学在片面追求单纯娱乐时就大量出现了这种艺术的庸俗表现。有些作家纯粹为了娱乐，脱离历史胡编乱造，甚至肆意歪曲历史；有些作家在表现一些满足生理需要的东西时格外夸张，甚至不少细腻描写成为游离部分；有些作家不是开掘沉重生活的有生命力、有价值的东西，而是完全再现犯罪过程或近于暴露个人隐私；有些作家甚至有意无意地添加一些恶俗笑料和噱头，而这些恶俗笑料和噱头正如古希腊哲学家柏拉图所批判的，它满足和迎合人们心灵的那个低贱部分，养肥了这个低贱部分。

席勒虽然认为作家、艺术家可能庸俗地处理自己的对象和卓越地处理他的对象，但却仍然认为伟大的东西和渺小的东西是客观存在的。而聂珍钊则认为美是主观的而非客观的。聂珍钊强调："至于文学的美，就审美而言它并非是先验存在的，而是审美的结果"，"没有审美，则没有美。美是事物的一种非物质属性。事物是先验的、客观存在的，而美是非先验的、主观的。对文学作品的审美是一种主观心理判断,因此通过审美而得到的美必然是主观的而非客观的。重要的是,美在同审美的关系中,审美是因,美是结果,因此审美同美是两个相互联系但内涵完全不同的概念"[14]。美绝不是主观审美的结果。马克思曾尖锐地指出,劳动产品的美虽然是工人劳动生产的,但却被他人享受。在异化劳动中,劳动生产了美,但是使工人变成畸形。这种工人的活动对他本身来说是一种痛苦,但却给他人带来享受和生活乐趣。[15]在这种异化劳动中,美和审美是分开的。因而,美不是审美的结果。如果文学作品的美取决于审美主体,那么,作家就可以推卸自己的社会责任,甚至可以蜷缩在自我世界里挖掘内心隐秘和自我臆测幻想。那种过于夸大文学批评家对文学作品的阐释作用的论调,就助长了有些作家不是在文学创作上精益求精而是在炒作上费尽心机的不良习气。在杂文《小品文的危机》中,鲁迅在区分"杀出血路"的小品文与"躲避时事"的"小摆设"的基础上认为,这两种小品文都能给人愉快和休息,但是,"躲避时事"的"小摆设"将粗犷的人心磨得平滑即由粗暴而变为风雅,是抚慰与麻痹,而"杀出血路"的小品文是劳作和战斗之前的准备,是休养。[16]这两种小品文的根本不同绝不是接受主体决定的,而是小品文的内在特质决定的。"杀出血路"的小品文自然含着挣扎和战斗,是生存的小品文;而"躲避时事"的"小摆设"则是作家在"白色恐怖"笼罩下苟全性命的产物,是小品文的末途。这就是说,即使文学的主要目的就是借助教诲的功能帮助人完成择善弃恶而做一个有道德的人,也不是所有的文学作品都能做到的。即使能够做到,也有程度差异。因而,文学作品的美是客观存在的。

其实,聂珍钊在文学批评中并不否认文学作品的美是客观存在的。他坚决反对肢解文学作品,要求挖掘蕴藏在文学作品中的道德教诲价值,明确地认为,审美主体所获得的愉悦的审美感受是文学作品带来的。[17]聂珍钊对《哈姆雷特》的解剖就不是总结自己的审美感受,而是挖掘出其中所蕴涵的伦理价值。聂珍钊认为,《哈姆雷特》在道德批评看来,一是性格悲剧,一是恋母情结;而在文学伦理学批评看来则是伦理悲剧。

在聂珍钊看来,在《哈姆雷特》中,老国王同哈姆雷特是父子关系,新国王同哈姆雷特是新的父子关系。新国王劝说为父亲的死而悲伤不已的哈姆雷特:我请你抛弃了这种无益的悲伤,把我当作你的父亲;我要给你的尊荣和恩宠，不亚于一个最慈爱的父亲之于他的儿子。新国王克劳狄斯企图在他同哈姆雷特之间建立起一种新的伦理关系，这就是要哈姆雷特"把我当作你的父亲"，继承他的王位。因而，哈姆雷特无法解决在复仇过程中所遭遇到的伦理困境，因为如果复仇他就可能犯下弑父、弑君和弑母的乱伦大罪，而如果放弃复仇则又不能履行他为父复仇的伦理义务与责任。这种伦理两难困境最终导致哈姆雷特的悲剧。[18] 显然，哈姆雷特的悲剧是客观存在的。不过，聂珍钊所设置的哈姆雷特的伦理两难困境却并不存在。因为哈姆雷特始终没有认可他和继父克劳狄斯新的父子关系即没有认贼作父，而是不断逼迫克劳狄斯犯罪。哈姆雷特对霍拉旭说：克劳狄斯"杀死了我的父王，奸污了我的母亲，篡夺了我的嗣位的权利，用这种诡计谋害我的生命，凭良心说我是不是应该亲手向他复仇雪恨？上天会不会嘉许我替世上剪除了这一个戕害天性的蟊贼，不让他继续为非作恶？"哈姆雷特对继父克劳狄斯的这种仇恨是贯穿始终的。

无独有偶，哈姆雷特有两个父亲，中国元代杂剧《赵氏孤儿》的赵氏孤儿赵武也有两个父亲。赵武在复仇上是义无反顾的，最终杀死养父屠岸贾；哈姆雷特在复仇上虽有"延宕"，但最终还是用涂着毒药的剑杀死继父克劳狄斯。2007 年，我们在解剖哈姆雷特的"延宕"时认为，哈姆雷特的"延宕"是由他复仇的特殊对象和特殊环境所决定的。哈姆雷特复仇是很容易的，但是，这种复仇既要是正义的，又要不伤害母亲。这样，哈姆雷特就不能鲁莽行事，而是寻找最佳时机。不管怎样，哈姆雷特的叔父克劳狄斯现在是国王，他的罪恶世人并不知晓。刺杀国王，无论如何，荣誉都会受到损害。哈姆雷特要求霍拉旭苟活下去，就是害怕世人如果不明白一切事情的真相。看来，即使克劳狄斯罪有应得，但世人仍然是受蒙蔽的，所以，哈姆雷特也不能不有所顾虑。至于母亲，哈姆雷特父亲的鬼魂说："无论你怎样进行复仇，你的行事必须光明磊落，更不可对你的母亲有什么不利的图谋，她自会受到上天的裁判，和她自己内心中的荆棘的刺戳。"哈姆雷特在复仇中不但要让母亲认识到叔父阴谋的真相，也要促使母亲良心的觉醒。在哈姆雷特的启发下，王后乔特鲁德觉悟了，不但看到了自己灵魂的深处，看见灵魂里那些洗拭不去的黑色的污点，她的心也被劈为两半，丢掉了那坏的一半，保留了那好的一半。[19] 因此，哈姆雷特没有认贼作父，后人岂能反认他乡为故乡？

三、当代文学放弃道德批判的恶劣倾向

在强调作家包括文学批评家的社会道德责任的同时，文学伦理学批评坚决抵制当代文学的堕落即用物质欲望取代道德追求，坚决反对当代文坛那些搁置甚至放弃文学的道德批判的倾向。本来，在人类文学史上，优秀的作家包括文学批评家都是相当重视文学的道德批判的。文学理论家陈涌曾精辟地解剖过文学的道德批判在文学创作中的重要作用。陈涌认为，优秀的作家艺术家不但有敏锐的正确的美感，而且善于从道德层面上批判地观察自己时代的社会生活。[20]陈涌虽然批判了俄国作家果戈理在政治层面上的局限，但却高度肯定了他从道德层面上对地主阶级的揭露。一位并不打算从根本上否定过去的剥削和压迫制度的作家艺术家，也可能从道德层面上揭发、批判剥削和压迫制度对人的残暴，对人性的毁灭。果戈理所写的地主阶级的人物，看似无害，但精神极度空虚、贫乏、贪婪、鄙吝、丑陋，而这些，又都是地主阶级的实际地位的必然产物，因而对它说来是本质的，以致人们不可能不从心底里鄙弃这些人间废物，以及养育这些废物的封建制度。陈涌还有力地针砭了中国现代作家沈从文在文学创作上的缺陷。陈涌认为，沈从文缺少像果戈理、鲁迅、曹禺那种强烈的道德感。在小说《雪晴》中，沈从文虽然相当细致地描写了一个寡妇接受"沉潭"这个极端野蛮残酷的处罚的过程，但对这种非人所能忍受的人民苦难，缺少感同身受的切肤之痛，缺少由于强烈的道德感所激发的激情，而这正是鲁迅、曹禺，也是19世纪批判现实主义作家那里经常表现得异常突出的。[21]但是，中国当代文学在走向世界时，却出现了搁置甚至放弃文学的道德批判的恶劣倾向。

中国当代文学对道德批判的搁置甚至放弃存在三种方式：美学的方式、历史的方式和哲学的方式。

一是中国当代文学从审美层面上搁置甚至放弃道德批判。有些文学批评家提出应当把审美理想与道德理想区别开来，认为审美判断与道德判断很不相同。文学理论家刘再复明确地说：文学批评家最不足取的是仅仅用道德家的眼光去审视文学形象。"对文学作品中的人物性格，我们的观察的确需要一种开放性的审美眼光。所谓开放性，就是应当超越狭隘的、封闭式的世俗眼光。例如，在一般道德范围内，惩恶劝善的眼光是合理的，但是，在审美范

围内，如果还仅仅是这样的眼光，那就势必要求文学作品中的种种人物要么是善，要么是恶，非此即彼，可是，这样人物形象就会变成抽象的寓言作品。而开放式的审美眼光，则要求作家和批评家既站在现实的地上，又要站在比现实更高的审美观察点上，把人看成审美对象。一旦将人看成审美对象，那么不管是什么人，其内心世界都可以具有审美意义"[22]。刘再复提出的"人物性格的二重组合原理"就是超越了真正的道德判断。所谓的"人物性格的二重组合原理"，概括地说，就是"任何一个人，不管性格多么复杂，都是相反两极所构成的。这种正反的两极，从生物的进化角度看，有保留动物原始需求的动物性一极，有超越动物性特征的社会性一极，从而构成所谓'灵与肉'的矛盾；从个人与人类社会总体的关系来看，有适于社会前进要求的肯定性的一极，又有不适应社会前进要求的否定性的一极；从人的伦理角度来看，有善的一极，也有恶的一极；从人的社会实践角度来看，有真的一极，也有假的一极；从人的审美角度来看，有美的一极，也有丑的一极。此外，还可以从其他角度展示悲与喜、刚与柔、粗与细、崇高与滑稽等等的性格两极的矛盾运动。任何性格，任何心理状态，都是上述两极内容按照一定的结构方式进行组合的表现。性格的二重组合，就是性格两极的排列组合。或者说，是性格世界中正反两大脉络对立统一的联系"[23]。

即使到了21世纪初，仍然有人认为，道德过去不是，现在更不是文学的救命稻草。恰恰是在道德终止的地方，美学产生了作用。他们强烈反对在艺术世界中进行真正的道德批判。这实际上是在艺术世界中肯定邪恶或者邪恶势力的合理存在，并为新兴中产阶级的理想人物争取合法存在。

二是中国当代文学从历史层面上搁置甚至放弃道德批判。有些美学家认为人类历史发展曾以"恶"为表现形式是必然的和普遍的。美学家李泽厚认为："历史的前进体现了二律背反。例如一方面，历史上的战争死了很多很多人；另一方面，战争也推动了历史的前进。在人类社会中，有些残酷的行为却常常推动历史的前进。彼得大帝的改革，使多少人头落地。马克思也讲过，资本主义的发展有多么残忍。我不赞成以人道主义代替马克思主义，那是肤浅和错误的。因为历史有时候并不是那么人道的，特别是古代，需要通过战争，需要通过残酷的掠夺，才能发展，历史本身就是这样。所以说是二律背反。"[24]李泽厚在这个基础上提出了所谓"历史与感情的'二律背反'"的思想。刘再复发挥了李泽厚的这个思想，认为："情欲进入社会历史范畴之后，处于不同的系统，可以显示出完全不同的价值，二重组合之所以极其复杂，其原因就在这里。简单地把性格的二重组合视为固定化的善恶的线性排列，其错误也在这里。我们仍以贪欲为例，前面已说过，人对权力、地位、金钱的占有欲，在不同的价值体系中具有不同的性质。在道德系统中，它表现为邪恶，而在历史动力系统中，它又表现为进步。"这就是"本来在道德范围内的恶——贪欲和权势欲，在历史动力的范围里则表现为善——进步作用。正视这种历史评价和道德评价的矛盾，正视历史主义和伦理主义的矛盾，正是历史唯物主义彻底性的一种表现"[25]。李泽厚还提出了情感本体论这种典型的政治与艺术的二元论思想。李泽厚说："历史总是在矛盾中前进。情感的、伦理的东西与政治的东西在不同的层面起作用，有些时候两者协调发展相互促进，但有的时候，两者的矛盾和冲突又很激烈。"即"追求社会正义，这是伦理主义的目标，但是，许多东西在伦理主义的范围里是合理的，在历史主义范围里并不合理。例如，反对贫富不均的要求，也就是平均主义的要求，在伦理主义的范围里是合理的，但在历史主义的范围里就不合理了"[26]。这种政治与艺术的二元论在承认恶是历史发展的动力的同时，不仅容忍了封建阶级和资产阶级的丑恶历史，而且将这种丑恶历史发展普遍化，认为这是中国当代历史发展不可避免的。

三是中国当代文学从哲学层面上搁置甚至放弃道德批判。有些作家为了肯定"痞子"作家或"流氓"作家，提出了粗鄙存在观。1993 年，作家王蒙将王朔的创作倾向概括为"躲避崇高"并做了高度肯定。王蒙认为，所谓"躲避崇高"，就是回避价值判断，就是不歌颂真善美也不鞭挞假恶丑，乃至不大承认真善美与假恶丑的区别。这种"躲避崇高"论认为，首先是生活亵渎了神圣，其次才有王朔。王朔撕破了一些伪崇高的假面。"躲避崇高"虽然是对个别作家创作倾向的把握，但是在相当程度上概括了一些中国当代知识分子包括作家的价值取向。在抵制文学批评时，王蒙还提出了粗鄙存在观。这种粗鄙存在观认为，寻找或建立一种中国式的人文精神的前提是对于人的承认。具体的人也是人，这就如白马也是马。坚持白马非马的高论与坚持具体的人不是（抽象的）人如出一辙。从这个意义上说"痞子"或被认为是痞子或自己做痞状也仍然是人。有真痞子也有伴痞子，正像有真崇高也有伪崇高。动不动把某些人排除于"人"之外,这未免太缺少人文精神了。如果真的致力于人文精神的寻找与建设,恐怕应该从承认人的存在做起。[27]这种粗鄙存在观不过是重弹存在就是合理的老调。黑格尔尖锐地指出:"'自由的人'是不嫉妒的,他乐于承认一切伟大的和崇高的,并且欢迎它们的存在。"[28]而人类绝对的和崇高的使命就在于他知道什么是善和什么是恶,他的使命便是他的鉴别善恶的能力。黑格尔指出:"人类对于道德要负责的,不但对恶负责,对善也要负责;不仅仅对于一个特殊事物负责,对于一切事物负责,而且对于附属于他的个人自由的善和恶也要负责。只有禽兽才是真正天真的。"[29]

显然,躲避崇高论漠视了价值高下的判断,放弃了人类绝对的和崇高的使命,它不是追求更好的,而是肯定更坏的。也就是说,"躲避崇高"论放弃了对社会进步的追求,放弃了对人的尊严和理想的捍卫。有人认为,要求作家人人成为样板,其结果只能是消灭大部分作家。这种典型的粗鄙存在观只承认人的存在,否认了人的发展和超越。这种粗鄙存在观反对虚无存在观否定多样的存在是合理的,但是,它反对多样的存在见贤思齐,就是十分荒谬的。这种粗鄙存在观不但充分肯定了邪恶或邪恶势力的存在,而且极力抵制当代文艺批评界对这些邪恶或邪恶势力的批判。

1980年代以来,随着文学的道德批判被搁置甚至被放弃,文学界出现了半个世纪前匈牙利现代文艺批评家卢卡契所批评的反常、病态的文艺现象。1952年,卢卡契在批评没落阶级的反常、病态艺术时指出:崇高的精神力量让位于本能,躯体越来越支配头脑,"这种过程在文学中是以与表现现实的、完全的,即社会性的人相对立的赤裸裸心理主义为开始的,并逐渐把人变成一堆不成形的生物,或是由松散的不受约束的团体所构成的一条没有河岸的河流,而最终为的是把人所具有的心理上和道德上的任何一种限定、任何一种方向和任何一种固定都剥夺掉了。在这种土地上生长了纪德的虚无主义,《地粮》的道德:'行动,毋需断定你所做的是好的还是坏的;去爱,毋需不安,不管你爱的是美好的还是丑恶的。'这样爱就变成了赤裸裸的情欲,情欲就变成了纯粹的性欲,而最终这种性欲甚至堕落为一种地道的生殖器崇拜"[30]。卢卡契认为这种反常、病态艺术并不在于对病态的描写,而完全在于判断标准的颠倒。由于判断尺度的颠倒,最重要的标志就成了:渺小被当成伟大,歪曲竟成了和谐,病态的被当作正常的,垂死的和死亡的被作为生命的法则。这样一来,艺术最重要的精神和道德基础就丧失了。有些中国当代作家也由"个人写作"变成"私人写作",从"身体写作"降落到"下半身写作",即"回到一种原始的、动物性的冲动状态"。当然,也有不少文学批评家不仅有力地批判了20世纪后期中国文坛盛行起来的卢卡契所批评的反常、病态的文艺现象,而且在区别不同的文学的道德批判的基础上推进了文学的道德批判的深入发展。这就是他们深入批判的抽象的道德批判。

四、当代文坛对放弃道德批判的倾向的批判

有些文学批评家虽然推崇并贩卖所谓的历史进步与道德进步的二律背反论,但却力求"鱼"和"熊掌"兼得,提出了文学的"悖论",认为这不仅是社会生活的悖论即这种"悖论"是社会生活的本真的真实,而且是文学的悖论即只有写出这种"悖论",才是好的文学作品。因而,他们高度肯定了那些无力解决历史观与价值观矛盾的文学作品。这显然是违背文学发展规律的。有些文学批评家虽然看到中国当代社会经济发展出现了一些负面的东西,但却认为这些都是中国当代社会经济快速发展的伴随物,是不可避免的。而一些作家深受这种不可避免论的影响,在文学创作中不仅对中国当代社会经济发展出现的各种不平等、不公平的、不人道的消极现象的批判羞羞答答,既不坚决也不彻底,而且对正义终将战胜邪恶的人类未来发展产生了困惑。这种不可避免论暴露了这些文学批评家在理论上的不彻底,即他们的历史观与价值观是矛盾的。

历史观与价值观从根本上是统一的。有些文学批评家之所以出现历史观与价值观的矛盾,是因为他们在历史观上不够彻底,以为恶是历史发展的动力,因而认为历史发展必然伴随邪恶横行。其实,恶绝不是历史发展的动力本身,不过是历史发展的表现形式。无论是黑格尔,还是马克思、恩格斯,都认为恶是历史发展的动力的表现形式,而不是历史发展的动力本身。在《路德维希·费尔巴哈和德国古典哲学的终结》中,恩格斯说得十分清楚:"在黑格尔那里,恶是历史发展的动力的表现形式。"[31]在这一点上,马克思、恩格斯和黑格尔没有根本的区别。他们的区别在于,黑格尔不在历史本身中寻找这种动力,反而从外面,从哲学的意识形态把这种动力输入历史,恩格斯则从历史本身寻找这种动力。因而，恶绝不是历史发展的动力本身，而是历史发展的动力的表现形式。这就是说，历史发展的动力既然可能以恶为表现形式，那么，也可能以善为表现形式。马克思正是在深刻地把握历史发展的动力的基础上，高度科学地概括了历史发展的两条道路，一是采取较残酷的形式，一是采取较人道的形式。马克思说："正像18世纪美国独立战争给欧洲中产阶级敲起了警钟一样，19世纪美国南北战争又给欧洲工人阶级敲起了警钟。在英国，变革过程已经十分明显。它达到一定程度后，一定会波及大陆。在那里，它将采取较残酷的还是较人道的形式，那要看工人阶级自身的发展程度而定。所以，撇开较高尚的动机，现在的统治阶级的切身利益也要求把一切可以由法律控制的、妨害工人阶级的障碍除去。"[32]这就是说，历史的发展采取较残酷的形式符合统治阶级的根本利益，采取较人道的形式则符合广大人民群众的根本利益。

中国特色社会主义发展道路是社会的全面进步，是历史的进步与道德的进步的统一，理应采取较人道的形式。中国当代社会发展在历史的变革和社会的转型时期出现一些采取较残酷的形式的现象则是邪路。因而，优秀的文艺批评家绝不能容忍中国当代社会发展在历史的变革和社会的转型时期出现一些采取较残酷的形式的现象。中国当代社会的一些畸形发展不仅是精神倒退，而且是历史倒退。优秀的文艺批评家对这些畸形发展既要道德批判，也要上升到历史批判，并将这种道德批判和历史批判有机结合起来。

文学伦理学批评虽然没有强调文学的道德批判是不能脱离历史批判的，但却坚决反对当代文坛那些搁置甚至放弃文学的道德批判的倾向，积极支持那些与历史批判有机统一的当代文学的道德批判，在一定程度上促进了当代文学的道德批判的理论自觉。这有助于中国当代社会全面进步。

参考文献：

[1][6][8][10][17][18]聂珍钊：《文学伦理学批评导论》，北京大学出版社，2014，第4页、第5页、第38页、第142页、第9页、第130-133页。

[2]白烨、王朔、吴滨、杨争光：《选择的自由与文化态势》，《上海文学》1994年第4期。

［3］莫言：《诺贝尔文学奖及其意义——在中澳文学论坛上的发言》，《文艺报》2013年4月12日。

［4］［5］萨特著，周煦良、汤永宽译：《存在主义是一种人道主义》，上海译文出版社，1988，第27页、第8-9页。

［7］［15］中共中央马克思、恩格斯、列宁、斯大林著作编译局：《马克思恩格斯选集》第1卷，人民出版社，1995，第99页、第43-49页。

［9］［14］聂珍钊：《文学伦理学批评：论文学的基本功能和核心价值》，《外国文学研究》2014年第4期。

［11］［16］鲁迅：《鲁迅全集》第4卷，人民文学出版社，1981，第575-577页。

［12］王蒙：《王蒙文存》第23卷，人民文学出版社，2003，第456页。

［13］席勒著，张玉能译：《席勒美学文集》，人民出版社，2011，第152页。

［19］熊元义：《文艺批评的理论反思》，学苑出版社，2013，第375-379页。

［20］［21］陈涌：《陈涌文论选》，人民文学出版社，2009，第372页、第172-174页。

［22］［23］［25］刘再复：《性格组合论》，安徽文艺出版社，1999，第495页、第60-61页、第451-452页。

［24］李泽厚：《李泽厚哲学美学文选》，湖南人民出版社，1985，第421页。

［26］李泽厚：《世纪新梦》，安徽文艺出版社，1998，第417-418页。

［27］参见王蒙：《躲避崇高》《人文精神问题偶感》等文，载丁东、孙珉选编《世纪之交的冲撞——王蒙现象争鸣录》，光明日报出版社，1996。

［28］［29］黑格尔著，王造时译：《历史哲学》，上海书店出版社，2001，第31页、第34页。

［30］卢卡契著，高中甫等译：《卢卡契文学论文集》（一），中国社会科学出版社，1980，第449页。

［31］中共中央马克思、恩格斯、列宁、斯大林著作编译局：《马克思恩格斯选集》第4卷，人民出版社，1995，第237页。

［32］中共中央马克思、恩格斯、列宁、斯大林著作编译局：《马克思恩格斯选集》第2卷，人民出版社，1995，第101页。

第三节　文艺批评不可或缺的历史批评

真正有力的文艺批评必是美学的历史的批评，不但文艺批评的美学方面是不可缺少的，文艺批评的历史方面也是不可缺少的，并且这两个方面是互相联结相互促进的。过去，中国文艺批评界曾出现过忽视文艺批评的美学方面的倾向；后来，中国文艺批评界则出现了忽视文艺批评的历史方面的倾向。而中国当代文艺批评界忽视文艺批评的历史方面恐怕是中国当代文艺批评难以企及19世纪俄国伟大文艺批评家的精神境界的重要原因。

19世纪俄国一些文艺批评家之所以伟大，是因为他们的文艺批评是美学的批评和历史的批评的有机结合。从人生短暂的文艺批评家杜勃罗留波夫身上就不难看出这一显著的特征。杜勃罗留波夫身处19世纪俄国这个黑暗的王国，"在这个黑暗世界里，没有神圣，没有纯洁，也没有真理；统治着这个世界的是野蛮的、疯狂的、偏执的专横顽固，它把一切正直和公平的意识都从这个世界里驱逐出去了。……在这人类的尊严、个性的自由、对爱情和幸福的信仰、正直劳动的神圣都被专横顽固粉碎成尘埃，都被赤裸裸地践踏的地方，这样的意识是不可能存在的"[1]。在这个黑暗世界里，欺诈、阴险和相互仇视得到了发展，善良性格的一切人道的愿望都变聋了。在这个黑暗世界里，"它的一切邪恶，它的一切虚伪，却只把种种灾祸和困苦压在那些衰弱的、疲累不堪的、在生活中毫无保障的人们身上；而对于那些有力而且有钱的人们——这同样的虚伪却变成生活的享乐"[2]，以至于在这个黑暗王国里的"每一个受尽压抑的个性，只要稍微从别人的压迫底下解脱一点出来，他自己就会努力去压迫别人"[3]。杜勃罗留波夫不但看到了当时俄国社会的黑暗势力，也看到了人民的反抗力量。这就是杜勃罗留波夫没有停留在对黑暗王国的揭露和批判上，而是在同这个黑暗王国的黑暗势力进行实际的真正的斗争中挖掘了俄罗斯的坚强性格。杜勃罗留波夫提出了衡量作家或者个别作品价值的尺度，就是"他们究竟把某一时代、某一民族的（自然）追求表现到什么程度"[4]。在这个基础上，杜勃罗留波夫高度肯定了当时的俄国作家奥斯特洛夫斯基对当时俄国黑暗王国的真实反映和有力批判。杜勃罗留波夫指出，奥斯特罗夫斯基之所以杰出，就在于他挖掘和表现了与当时俄国人民生活的新阶段相呼应的坚强性格。这是一种能够克服顽固独夫们所造成的一切阻碍的有进取心的果敢而坚毅的性格。杜勃罗留波夫认为这种俄罗斯的坚强性格和任何专横顽固的原则都是势不两立的，"他是意志集中而坚决，百折不回地坚信对（自然的）真实的敏感，对（新的理想）满怀着信仰，乐于自我牺牲（就是说，与其在他所反对的原则底下生活，他就宁使毁灭）"[5]。正是由于杜勃罗留波夫和奥斯特罗夫斯基这些 19 世纪俄国的进步批评家和作家始终站在人民解放斗争的最前列，所以他们的文学和思想的斗争成了政治斗争的先导，为第一次俄国革命作了重要的思想准备。而中国当代文艺批评最欠缺的恐怕就是杜勃罗留波夫这种直面现实的历史的批评。

自从 20 世纪 80 年代中期中国文艺批评转向后，中国文艺批评家往往停留在对文艺作品的艺术形式的咀嚼上，而不能站在历史发展的最前列对文艺作品的历史方面进行深入的批判。

德国哲学家黑格尔在把握哲学与时代的关系时曾深刻地指出：艺术和哲学，"它们有一个共同的根源——时代精神"[6]，并认为"个人作为时代的产儿，更不是站在他的时代以外，他只在他自己的特殊形式下表现这时代的实质，——这也就是他自己的本质。没有人能够真正地超出他的时代，正如没有人能够超出他的皮肤"[7]。中国当代文艺批评很少深入地把握这种文艺与时代的关系，大多是局限在文艺的内部自我循环。不少文艺批评家在拼命跻身那不合理的现存秩序中彻底丧失了从整体上把握历史运动的能力，既无力批判当代社会的黑恶势力，也发现不了未来的真正的人。其实，一个时代的文艺批评的缺陷既是自身的局限，也是时代的局限。而中国当代文艺批评界却过多地关注文艺批评自身的局限，较少甚至根本不关注文艺批评的时代局限。

20 世纪后期，中国文艺批评界的文艺思想出现了两大转变：一是自由主义文艺思想的重新崛起，二是有些知识分子包括作家的人文精神的丧失。这两大文艺思想的转变是中国当代历史发展的产物。而中国当代文艺批评界对这两大文艺思想转变的把握却都缺乏深刻的历史批判。

20 世纪 70 年代末，朱光潜的文艺思想以新的形式"回潮"了，以至于"接着讲"朱光潜美学思想的人认为朱光潜前后期的美学理论是一致的。朱光潜文艺思想的这种"回潮"是当代历史的产物，还是朱光潜文艺思想自身的发展？中国当代文艺批评界似乎过多地看重朱光潜文艺思想自身的发展，基本没有从历史层面上批判朱光潜文艺思想的这种"回潮"现象。朱光潜文艺思想的实质是自由主义，虽然20世纪下半叶以来朱光潜文艺思想增加了历史层面并在话语上有所变化，但是自由主义这个思想内核却始终没有根本变化。

随着20世纪70年代末世界自由主义思潮的重新崛起和迅猛发展，朱光潜敏锐地感受到历史的"轮回"并以文艺思想"回潮"的形式应和了这种历史的"轮回"。中国当代文艺批评界如果不能准确把握世界历史的这种深刻变化，就不可能透彻地解剖朱光潜的这种文艺思想"回潮"现象。当然，朱光潜的这种文艺思想"回潮"现象在20世纪后期的中国文艺界不是个别的，而是相当普遍的。有些作家的思想甚至以"忏悔"的形式"回潮"。如果说朱光潜文艺思想的这种"回潮"还具有某种挣脱历史束缚的解放价值，那么，20世纪90年代中期中国有些知识分子包括作家人文精神的丧失则完全是一种历史的反动。20世纪90年代中期中国有些知识分子包括作家的人文精神丧失现象绝不仅是一种精神现象。

应该说，有些文艺批评家仅从精神层面上把握和认识这种人文精神丧失现象是肤浅的。其实，中国当代一些知识分子包括作家的精神背叛是他们的社会背叛的结果。而这些知识分子包括作家的这种社会背叛又是中国当代社会发生历史演变的产物。中国当代文艺批评界如果只是在精神层面上批判这种人文精神的失落现象，而不能从历史层面上透视这种人文精神的失落现象产生的历史根源，就难以从根本上阻遏中国有些知识分子包括作家的精神霉变。

为什么中国当代文艺批评界不能从精神层面上升到历史层面对中国当代知识分子包括作家的精神霉变现象进行历史的批评呢？这是中国当代文艺批评家世界观的矛盾所造成的。

在20世纪后期中国文艺批评界，美学家李泽厚较早地提出了这种世界观的矛盾即伦理主义与历史主义的二律背反。1981年，李泽厚认为："历史的前进体现了二律背反。例如一方面，历史上的战争死了很多很多的人；另一方面，战争也推动了历史的前进。在人类社会中，有些残酷的行为却常常推动历史的前进。"[8]后来，李泽厚在与文艺理论家刘再复的对话中进一步地讲述了历史进程的二律背反即历史与伦理的矛盾，甚至为中国当代社会在有些方面采取较残酷的形式辩护，认为"追求社会正义，这是伦理主义的目标，但是，许多东西在伦理主义的范围里是合理的，在历史主义的范围里并不合理"[9]。李泽厚、刘再复等文艺批评家在20世纪80年代中期积极推动文艺批评"向内转"，就是认为中国当代社会发展不能避免这种历史进程的二律背反，并自动地放弃了文艺的历史的批判。中国当代文艺批评家的这种世界观的矛盾就是历史观与价值观的矛盾：在历史观上，他们认为恶是历史发展的动力，邪恶的横行是历史发展难以避免的；在价值观上，他们还是痛恨邪恶横行的。而历史观与价值观是统一的。有些文艺批评家之所以陷入历史观与价值观的矛盾，是因为他们在历史观上理论不彻底，不能深刻地认识恶不过是历史发展的表现形式，而不是历史发展的动力本身。

在《资本论》中，马克思在深刻地把握历史发展的动力的基础上高度科学地概括了历史发展的两条道路：一是采取较残酷的形式，二是采取较人道的形式。中国当代社会的发展应是科学发展，应是社会全面进步的发展，也就是坚决摈弃历史发展采取较残酷的形式。中国当代文艺批评家应在这个基础上对文艺作品的历史方面进行批判。而中国当代文艺批评家世界观的矛盾从根本上制约了他们进行这种深刻的历史批判。可以说，20世纪80年代中期中国文艺批评的"向内转"就是一些文艺批评家世界观的矛盾不可克服的产物。而另一些中国当代文艺批评家的世界观的矛盾则是他们将中国当代历史碎片化的产物。

中国当代历史的碎片化倾向首先表现为时间与空间的分裂。当中国当代历史碎片化时，文艺批评家如果将整个历史看成一堆碎片，那么这个世界就将成为一个互不联系的世界。在这个互不联系的世界里，任何事物都只有空间存在，而没有时间存在。这就割裂了时间与空间的辩证联系。有些文艺批评家看不到这个世界的相互联系，在否定艺术进步的同时竭力反对甄别不同文艺作品的价值高下，甚至既卖矛，又卖盾。

其次，中国当代历史的碎片化倾向表现为局部和整体的分裂。当中国当代历史碎片化时，文艺批评家如果迷信感觉，不能把握整个社会生活，就难以区分历史的假象与历史的真相、历史的主流与历史的暗流。这就割裂了局部和整体的辩证联系。有些作家艺术家包括文艺批评家迷信所谓的感觉和感悟，不但没有分清社会生活的主次，而且以历史的假象为历史的本质，以历史的暗流为历史的趋势。

最后，中国当代历史的碎片化倾向表现为个人和共同体的分裂。"当中国当代历史碎片化时，文艺批评家如果只关注个人命运的变化，而不关注个人所属的共同体的根本改变，就看不到这种个人所获得的个人自由是虚假的甚至是异化的。这种个人脱离他所属的共同体的浮沉并非整体历史改变的量变积累，而是例外。因而，这种个体命运的变化不但没有触动不合理的现存秩序，反而在一定程度上强化了这种不合理的现存秩序。这些个人在自由选择时放弃了社会责任。这就割裂了自由选择和社会责任的辩证联系。那些寄生在这种中国当代历史的碎片中的文艺批评家几乎完全丧失了理论感，不能把握整个历史运动，只见树木，不见森林。"[10]

自从20世纪80年代中期中国文艺批评"向内转"后，中国当代文艺批评在历史发展上越来越丧失锋芒，甚至模糊历史发展的真正趋势，肆意编织虚假意识形态。有的文艺批评家提出的中国"农民文化革命"论就是一种典型的虚假意识形态。这种中国"农民文化革命"论认为，赵本山——刘老根——"二人转"代表的是农民文化、民间文化、外省文化；中国"中央电视台"则是主流文化、殿堂文化、经典文化尤其是舆论导向的体现。这二者有时不无龃龉。而"赵本山在主流媒体上争到了农民文化的地位和尊严。夸大一点说，他悄悄地进行了一点点农民文化革命，使得我们的主流文艺更加宽敞自然开放亲民"。赵本山代表中国八九亿农民发出了宣言和吼声，我们农民要吃"苏格兰调情"，我们农民要上"春晚"，我们农民要上北京，要说话要忽悠你们、要与你们会说英文的会唱歌的会发号施令的城里人比试比试，怎么样？不像吗？不像也要干！我们不差钱！这几乎应该说是正在全面建设小康的中华民族面向世界的快乐与和平的宣告。可见，这种文艺批评显然混淆了具有农民身份的个人与农民阶级的区别。真正的农民文化革命应是那些维护和捍卫农民的根本利益，反映和满足他们的根本需要的文化成为主流文化的一个有机组成部分，而不是那些具有农民身份的个人跻身上流社会，成为有文化的人。这些跻身上流社会的个人往往可能最后背叛农民。在小品《不差钱》中，赵本山和徒弟小沈阳、毛毛（丫蛋）所演的农民角色只是会唱歌、想唱歌，而不是会唱反映农民命运的歌，想唱吐露农民心声的歌。因此，他们跻身上流社会除了个人命运的改变以外，根本看不到中国当代农民命运的改变。这哪里有农民文化革命的一丝影子？其实，赵本山和徒弟小沈阳、毛毛（丫蛋）本身就是地道的农民。随着他们在演艺圈走红，他们的命运的确发生了根本改变，但是他们原来所属的共同体的命运却依然故我。可以说，某些文艺批评家编造的中国"农民文化革命"论不过是在忽悠中国底层农民，是在帮忙编织虚假意识形态。

因此，中国当代文艺批评在进一步地强化美学的批评的同时亟需增强文艺批评的历史的批评的力量，推动中国当代文艺的健康发展。

参考文献：

[1][2][3][4] 杜勃罗留波夫：《杜勃罗留波夫选集》第 1 卷，上海译文出版社，1983，第 288 页、第 344 页、第 329 页、第 358 页。

[5] 杜勃罗留波夫：《杜勃罗留波夫选集》第 2 卷，上海译文出版社，1983，第 401 页。

[6][7] 黑格尔：《哲学史讲演录》第 1 卷，商务印书馆，1959，第 56 页、第 56-57 页。

[8] 李泽厚：《李泽厚哲学美学文选》，湖南人民出版社，1985，第 421 页。

[9] 李泽厚：《世纪新梦》，安徽文艺出版社，1998，第 417-418 页。

[10] 熊元义：《历史的碎片化与理论感的丧失是当代文学批评的局限所在》，《中国艺术报》2012 年 12 月 7 日。

第四节 恢复马克思主义文艺批评的批判力量

作为意识形态的形式之一，文艺不仅反映现存冲突，而且解决现存冲突。而文艺对现存冲突的解决既有可能是真实的，也有可能是虚假的。因此，我们在肯定一些文艺所包含的真实内容的同时，也要揭露和批判一些文艺所蕴涵的虚假内容。否则，文艺批评就会丧失真正的批判力量。

马克思、恩格斯在深入地批判资产阶级意识形态时提出了"虚假意识形态"这个伟大思想。可是，我们过去对马克思、恩格斯提出的"虚假意识形态"这个思想却认识不足，忽视了对现实生活中的"虚假意识形态"的揭露与批判。马克思、恩格斯在探讨意识的生产时不但挖掘了意识形态的虚假内容,而且揭示了这种"虚假意识形态"产生的历史根源和认识根源。

在马克思、恩格斯看来,这种"虚假意识形态"的产生,不是对现存冲突的反映不准确,而是统治阶级根据自己的狭隘需要炮制出来的。马克思、恩格斯认为,分工也以精神劳动和物质劳动的分工的形式出现在统治阶级中间,"因为在这个阶级内部,一部分人是作为该阶级的思想家而出现的(他们是这一阶级的积极的、有概括能力的思想家,他们把编造这一阶级关于自身的幻想当作谋生的主要源泉),而另一些人对于这些思想和幻想则采取比较消极的态度,他们准备接受这些思想和幻想,因为在实际中他们是该阶级的积极成员,他们很少有时间来编造关于自身的幻想和思想"[1]。这些思想和幻想有时是真实的,有时是虚假的。马克思、恩格斯说:"进行革命的阶级,仅就它对抗另一阶级这一点来说,从一开始就不是作为一个阶级,而是作为全社会的代表出现的;它俨然以社会全体群众的姿态反对唯一的统治阶级。它之所以能这样做,是因为它的利益在开始时的确同其余一切非统治阶级的共同利益还有更多的联系,在当时存在的那些关系的压力下还来不及发展为特殊阶级的特殊利益。"[2]革命阶级在革命时期所编造出来的关于自身的这些思想和幻想是比较真实的。但当它成为统治阶级以后,就有可能发展为特殊阶级的特殊利益。这个时候已占统治地位的革命阶级所编造出来的关于自身的思想和幻想就难免虚假了。

马克思、恩格斯在《德意志意识形态》一书中指出:"在考察历史运动时,如果把统治阶级的思想和统治阶级本身分割开来,使这些思想独立化,如果不顾生产这些思想的条件和它们的生产者而硬说该时代占统治地位的是这些或那些思想,也就是说,如果完全不考虑这些思想的基础——个人和历史环境,那就可以这样说:例如,在贵族统治时期占统治地位的是忠诚信义等等概念,而在资产阶级统治时期占统治地位的则是自由平等等等概念。总之,统治阶级自己为自己编造出诸如此类的幻想。所有历史学家(主要是18世纪以来的)所共有的这种历史观必然会碰到这样一种现象:占统治地位的将是愈来愈抽象的思想,即愈来愈具有普遍性形式的思想。事情是这样的,每一个企图代替旧统治阶级的地位的新阶级,为了达到自己的目的就不得不把自己的利益说成是社会全体成员的共同利益,抽象地讲,就是赋予自己的思想以普遍性的形式,把它们描绘成唯一合理的、有普遍意义的思想。"[3]占统治地位的资产阶级就是这样把自己的利益说成是社会全体成员的共同利益，赋予自己的思想以普遍性的形式，把它们描绘成唯一合理的、有普遍意义的思想。这种统治阶级根据自己的狭隘需要炮制出来的意识形态就是虚假意识形态。在历史上，不少帝王和造反起义的首领都炮制过这种虚假意识形态。

司马迁在《史记》这部"无韵之《离骚》"中就记载了不少这种炮制虚假意识形态的故事。在《陈涉世家》中，陈胜、吴广在举事时行卜，"卜者知其指意，曰：'足下事皆成，有功。然足下卜之鬼乎！'陈胜、吴广喜，念鬼，曰：'此教我先威众耳。'乃丹书帛曰'陈胜王'，置人所罾鱼腹中。卒买鱼烹食，得鱼腹中书，固以怪之矣。又间令吴广之次（近）所旁丛祠中，夜篝火，狐鸣呼曰'大楚兴，陈胜王'。卒皆夜惊恐。旦日，卒中往往语，皆指目陈胜"。马克思、恩格斯对资产阶级的虚假意识形态的批判，就主要挖掘了这种虚假意识形态的阶级内容。在《社会主义从空想到科学的发展》中，恩格斯首先肯定了傅立叶对资产阶级现存制度的深刻批判，"傅立叶就资产阶级所说的话，就他们在革命前的狂热的预言者和革命后的被收买的奉承者所说的话，抓住了他们。他无情地揭露资产阶级世界在物质上和道德上的贫困，他不仅拿这种贫困和以往的启蒙学者关于只为理性所统治的社会、关于能给一切人以幸福的文明、关于人类无限完善化的能力的诱人的约言作对比，而且也拿这种贫困和当时的资产阶级思想家的华丽的辞句作对比；他指出，和最响亮的词句相适应的到处都是最可怜的现实，他辛辣地嘲讽这种词句的无可挽回的破产"。然后指出，"为革命作了准备的 18 世纪的法国哲学家们，如何求助于理性，把理性当作一切现存事物的唯一的裁判者。他们要求建立理性的国家、理性的社会，要求无情地铲除一切和永恒理性相矛盾的东西。我们也已经看到，这个永恒的理性实际上不过是正好在那时发展成为资产者的中等市民的理想化的悟性而已"[4]。而对这种虚假意识形态的批判，就是和政治革命相适应的一种文化革命。

文艺作为一种意识形态，也会不可避免地包涵一些虚假内容。在文艺批评史上，不少文艺批评家就深刻地揭露和批判了文艺的这种虚假意识形态内容。鲁迅对文艺的命定神话的批判就是对文艺的虚假意识形态的批判和揭露。

鲁迅在《论睁了眼看》一文中指出："有时遇到彰明的史实，瞒不下，如关羽岳飞的被杀，便只好别设骗局了。一是前世已造夙因，如岳飞；一是死后使他成神，如关羽。定命不可逃，成神的善报更满人意，所以杀人者不足责，被杀者也不足悲，冥冥中自有安排，使他们各得其所，正不必别人来费力了。中国人的不敢正视各方面，用瞒和骗，造出奇妙的逃路来，而自以为正路。在这路上，就证明着国民性的怯弱，懒惰，而又巧滑。一天一天地满足着，即一天一天的堕落着，但却又觉得日见其光荣。在事实上，亡国一次，即添加几个殉难的忠臣，后来每不想光复旧物，而只去赞美那几个忠臣；遭劫一次，即造成一群不辱的烈女，事过之后，也每每不思惩凶，自卫，却只顾歌咏那一群烈女。仿佛亡国遭劫的事，反而给中国人发挥'两间正气'的机会，增高价值，即在此一举，应该一任其至，不足忧悲似的。"[5]鲁迅在文中所说的"前世已造夙因"的岳飞被杀见于清人钱彩所著的小说《说岳全传》。岳飞和秦桧夫妇等人的冲突，被演义为前世冤仇。小说中说，岳飞是大鹏转世，秦桧是黑龙转世；秦桧害死岳飞，是报前世大鹏啄伤黑龙的夙怨："且说西方极乐世界大雷音寺我佛如来，一日端坐九品莲台，旁列着四大菩萨、八大金刚、五百罗汉、三千偈谛、比丘尼、比丘僧、优婆夷、优婆塞，共诸天护法圣众，齐听讲说妙法真经。正说得天花乱坠、宝雨缤纷之际，不期有一位星官，乃是女士蝠，偶在莲台之下听讲，一时忍不住撒出一个臭屁来。我佛原是个大慈大悲之主，毫不在意。不道恼了佛顶上头一位护法神祇，名为大鹏金翅明王，眼射金光，背呈祥瑞，见那女士蝠污秽不洁，不觉大怒，展开双翅落下来，望着女士蝠头上，这一嘴就啄死了。那女士蝠一点灵光射出雷音寺，径往东土认母投胎，在下界王门为女，后来嫁与秦桧为妻，残害忠良，以报今日之仇。""且说佛爷将慧眼一观，口称：'善哉，善哉！原来有此一段因果！'即唤大鹏鸟近前，喝道：'你这孽畜！既归我教，怎不皈依五戒，辄敢如此行凶！我这里用你不着。今将你降落红尘，偿还冤债。直待功成行满，方许你归山，再成正果。'大鹏鸟遵了法旨，飞出雷音寺，径来东土投胎。"[6]……这个神话故事生动地演绎了岳飞和秦桧夫妇在前世的恩恩怨怨。看来，岳飞后来含冤而死乃是偿还冤债，是罪有应得。这种文艺的命定神话就是一种虚假意识形态。

在中国当代文艺界，一些中国作家自觉或不自觉地编造着这种虚假意识形态。鲁迅在致颜黎民的信中说他看电影，"但不看什么'获美''得宝'之类"[7]。因为这种"得宝""获美"往往就是一种麻醉人民的"鸦片"，就是一种虚假意识形态。王晓明对当代中国一些文艺作品所描写的所谓"成功人士"的神话进行了有力的揭露和批判,他尖锐地指出:"由广告和传媒塑造成形的那个富有、漂亮,享受名车、豪宅的'成功人士',大有充任当代中国人'现代化'想象的聚焦点的气势。事实上,这些流行想象已经蒙住了许许多多人的眼睛,使他们看不见经济发展背后的隐患,看不见生态平衡的危机,自然更看不见'新富人'的掠夺和底层人民的苦难,甚至使他们根本不关心这些事情。"[8] "倘说那'成功人士'的神话、那新的主导意识形态、那由广告和传媒合力编造的共同富裕的幻觉,早已成为新的掠夺的吹鼓手和辩护士,成为哄骗被掠夺者的蒙眼布,那么,一一戳破这些神话和幻觉,是不是也就仿佛砍断了新的压迫和掠夺的一根吸盘,给它的横行增加了障碍呢?我不禁想起鲁迅 70 年前所用的那个'大时代'的概念,当下的中国似乎就正处在这样的时代之中。在即将来临的 21 世纪,如果那新的压迫和掠夺竟然继续通行无阻,社会的前景就势必不堪设想。"[9]

有人提出,全面引进西方现代文艺理论不过是完成当代中国文艺理论的"现代知识转型",认为"文学批评和现代物理学、现代化学一样,是西方创立的学科,更准确地说,它是现代知识大转型的一部分。在这里,有必要区分'西学'与'现代知识转型'两个概念。过去,中国人文知识分子一直用'西学'来指称西方的知识体系,这种指称在逻辑学和语义学的意义上当然无可置疑,但这种指称包含着与'东方(中国)'知识体系对立的意识倾向。事实上,近代以来,中国人文知识分子绝大部分就把现代化理解为西化的过程,更不用说西方的人文知识体系,更是包蕴着西方价值准则的'西学'。如果我们不拘泥于西方/东方的简单对立,而是从近现代以来人类文明的发展来看问题,'现代知识转型'乃是人类文明发生根本性转变的标志。这种转变并不是西方对东方的霸权主义式的压迫和同化,而是自西方向东方运行的文明变迁。在这个变迁过程中,西方也同样面临现代化转变的压力"[10]。这种将文艺批评"知识化"的思想倾向在将文艺理论降低为一种"知识"的同时,也模糊了中国和西方主要资本主义国家所进行的现代化的根本差别。这种掩盖中国和西方主要资本主义国家所走的现代化道路的根本差别的"现代知识转型"也是一种虚假意识形态。

当代中国正在实现的现代化与西方主要资本主义国家的现代化既有联系,

也有差别。当代中国正在实现的现代化是在学习和批判西方主要资本主义国家的现代化的基础上走出的独特道路。只强调当代中国正在实现的现代化与西方主要资本主义国家的现代化的差别，即认为当代中国正在实现的现代化是在批判西方主要资本主义国家的现代化的基础上去创造一个不同的世界，或只强调它们的同一，都是错误的。

美国学者理查德·T. 范恩在《历史学必须全球化吗？》一文中认为存在两种不同的全球化："我并不认为历史学家的话会对政治家的行为产生多少影响，但这并不是说我们可以不负道德责任地选择谈论的话题并发表意见。这当然得取决于发展的是哪一种全球化，采取的是哪种评判标准。一种是，使第三世界国家摆脱负担，并建立起可行的国际法体系的全球化；另一种是，在某个企图将第三世界的财富吞噬到第一世界的最大银行账户中的霸权势力的控制下而产生的全球化。倘若是第一种，人们自然会对全球化另眼相看。"[11]这两种全球化是根本不同的。正如存在不同的全球化，现代化也存在不同的发展道路。在《资本论》中，马克思在深刻地把握历史发展的动力的基础上高度科学地概括了历史发展的两条不同的道路，一是采取较残酷的形式，一是采取较人道的形式。在马克思看来，历史的发展采取较残酷的形式比较符合统治阶级的统治和利益，采取较人道的形式则比较符合被压迫阶级未来的根本利益。中国当代历史是一个未完成时，中国在实现现代化的发展道路上是重复前人的错误甚至为了发展而犯罪，还是另辟蹊径？在历史的变革和社会的转型时期，当代中国有些作家对当前中国出现的一些为了历史的发展而采取一些较残酷的形式的现象不仅放逐了必要的道德批判，而且拼命地肯定并跻身那些不合理的现存秩序。当代中国有些作家拼命地肯定并跻身那些不合理的现存秩序，认为存在的价值不在于抽象的理想中，而在彻底的"现实化"过程中。即对现实的强烈参与认同，并去热烈拥抱。"既然机会这么多，那么赶紧捞上几把吧，否则，在利益分化期结束以后，社会重新稳固，社会分层时期结束，下层人就很难跃入上层阶层了。"[12]因此，这种所谓"现代知识转型"不过是一些文艺理论家跻身西方主要资本主义国家主导的不合理的现存秩序的纸糊的遮羞布。20世纪80年代以来，人们纷纷"告别革命"。在"告别革命"的声浪中，文艺批评自觉或不自觉地放弃了批判的武器。当中国当代社会发生根本转型时，我们无法真正有效地抵制各种虚假意识形态的泛滥。现在到了该恢复马克思主义文艺批评的批判力量的时候。

参考文献：

［1］［2］［3］中共中央马克思、恩格斯、列宁、斯大林著作编译局：《马克思恩格斯选集》第1卷，人民出版社，1972，第52页、第53-54页、第53页。

［4］中共中央马克思、恩格斯、列宁、斯大林著作编译局：《马克思恩格斯选集》第3卷，人民出版社，1972，第407页。

［5］鲁迅：《鲁迅全集》第1卷，人民文学出版社，1981，第239页。

［6］钱彩：《说岳全传》，岳麓书社，2009，第1-2页。

［7］鲁迅：《鲁迅全集》第13卷，人民文学出版社，1981，第357页。

［8］［9］王晓明：《半张脸的神话》，南方日报出版社，2000，第9页、第6-7页。

［10］陈晓明：《第三种批评：出路还是误区?》，《文艺报》1997年8月1日。

［11］［美］理查德·T.范恩著，吕洪灵译：《历史学必须全球化吗?》，《江苏社会科学》2004年第1期。

［12］邱华栋、刘心武：《在多元文学格局中寻找定位》，《上海文学》1995年第8期。

第七章 优化当代文艺批评的生态环境

第一节 当文艺批评失效时

当文艺批评失效时，文艺批评史家如何把握和评价各种文艺批评？尤其是当那些被批评的作家艺术家顽强抵制和不接受那些准确而透彻的文艺批评时，这些准确而透彻的文艺批评将会减弱甚至完全丧失现实影响，文艺批评史家如何把握和评价这些准确而透彻的文艺批评？

20世纪90年代以来，中国文艺界一直存在一种顽强抵制文艺批评的倾向。1994年4月，有些作家艺术家在抵制文艺批评时提出："在怎么活的问题上，没有应当怎样不应当怎样的模式，谁也不能强求谁。"这种凡是存在的就是合理的粗鄙存在观遭到中国当代不少文艺批评家的猛烈抨击，认为这是对法国哲学家和文学家萨特的存在主义思想的肢解即他们强调了选择的自由，但却忽视了人在自由选择时所应承担的社会责任。然而，不少作家艺术家在狭隘利益的束缚下拒绝接受这种准确而透彻的文艺批评，而是将它束之高阁。

2013年4月，有些作家艺术家在将近二十年后仍然认为："大千世界，人各有志，每个人都有权力自由选择自己的生活方式和入世方式，作家从来就不是别样人物，把作家的地位抬举得太高是对作家的伤害——其实在中国，作家的高尚地位，基本上是某些作家的自大幻想。"这种典型的粗鄙存在观无疑是中国当代有些作家艺术家在精神上的自我阉割。这种自我阉割现象在人类历史上是无独有偶的。18世纪末和19世纪初德国哲学家费希特曾经尖锐地指出，一个丧魂落魄、没有神经的时代对一切强有力的和高尚的东西都是麻木不仁的，无动于衷的，它把自己所不能攀登的一切称为狂想。[1]可见，中国当代文艺批评的失效不完全是中国当代文艺批评不够准确而透彻，主要还是那些被狭隘利益所束缚的作家艺术家拒绝接受它。当准确而透彻的文艺批评遭到抵制而粗鄙存在观仍受到不少作家艺术家的青睐时，文艺批评史家如何把握和评价这种粗鄙存在观？如何把握和评价批判这种粗鄙存在观但却又有局限的虚无存在观？如何把握和评价既超越这种粗鄙存在观又超越虚无存在观的科学存在观？

18世纪法国思想家和文学家卢梭在《论科学与艺术》这篇犀利的论文中尖锐地指出，一切艺术家都愿意受人赞赏。他的同时代人的赞誉乃是他的酬报中最可珍贵的一部分。如果他不幸生在那样一个民族，生在一个让轻浮的少年们左右着风气的时代，为了要博得别人的赞赏，他会做出什么事情来呢？他就会把自己的天才降低到当时的水平上去的，并且宁愿写一些生前为人称道的平庸作品，而不愿写出唯有在死后很长时间才会为人赞美的优秀作品了。"如果才智卓越的人们中间偶尔有一个人，有着坚定的灵魂而不肯阿世媚俗，不肯以幼稚的作品来玷污自己，那他可就要不幸了！他准会死于贫困潦倒和默默无闻的。"尽管才智卓越的文艺批评家在轻浮的少年们左右着风气的时代如果不肯阿世媚俗，就将默默无闻，但绝不能随现象存在而俯仰，更不能任由有着坚定的灵魂而不肯阿世媚俗的艺术家以及艺术作品在众声喧哗中淹没。否则，文艺批评家就将丧失历史感。

德国哲学家黑格尔在考察哲学史时深刻地指出：全部哲学史是一个有次序的进程。中国当代文艺批评的发展也不例外。既然中国当代文艺批评的发展是一个有次序的发展进程，那么，文艺批评史家在梳理和总结中国当代文艺批评史时就既要看到各种文艺批评满足现实需要的程度，也要看到它们在文艺批评发展史中的环节作用，并将这二者有机地结合起来。只有这样，才能客观公正地把握和评价在历史上曾经产生影响（甚至是轰动效应）的一些文艺批评。

在文艺批评发展史上，那些准确而透彻的文艺批评往往是拒绝和批判现存狭隘需要的，有时很可能就不如一些迎合现存狭隘需要的片面的文艺批评影响大。这种现象在中国当代文艺批评史上是屡见不鲜的。改革开放以来，中国文艺批评界对一些重要作家艺术家及其文艺作品进行了相当尖锐的批评。但是，这些准确而透彻的文艺批评却很少被作家艺术家认真地接受并转化为文艺创作的营养。更多的是，一些作家艺术家在经过那些尖锐而深刻的文艺批评后不仅依然故我，而且愈走愈远，甚至还成了一个时代的标杆。这不但是对文艺批评家及其文艺批评的嘲弄，而且是对真理的肆意践踏。这时，中国当代文艺批评史家就要正本清源，拨乱反正，在清理和反思中国当代文艺批评的发展中还公正于那些追求真理和捍卫真理的文艺批评家及其文艺批评。可是，中国当代不少文艺批评史家却过于重视一些文艺批评的现实影响，甚至从狭隘需要出发推崇一些有影响的片面的文艺批评，而不是在甄别是非曲直中打捞那些湮没无闻的优秀文艺批评并使之大放光芒。久而久之，这将极大地扭曲文艺批评家的创造人格，严重影响中国当代文艺批评健康而有序的发展。尤其是一些文艺批评史家在文艺批评史中根据个人关系的亲疏和好恶遴选文艺批评家及其文艺批评，更是极大地挫伤了文艺批评家的创造活力。这种文艺批评史的遴选必将遮蔽一些文艺批评家及其文艺批评，甚至遗漏一些重要文艺批评家的文艺批评成果。而这种遮蔽甚至遗漏现象不仅反映了中国当代文艺批评界的实用主义倾向，即中国当代文艺批评界对中国现当代文艺批评的发展缺乏全面而科学的反思，而是各取所需，而且反映了中国当代有些文艺批评史家"文人相轻"、互不尊重的恶劣作风，即这些文艺批评史家不是尊重文艺批评家的文艺批评成果，而是拒绝承认并吸收他们有活力的文艺批评成果。

而中国当代不少文艺批评史家之所以过于重视一些文艺批评的现实影响，不仅是因为狭隘利益的左右，而且是因为他们在理论上存在误区，以至于陷入了影响焦虑和意义焦虑中。

中国现代文学史家黄曼君认为，文学"经典既是一种实在本体又是一种关系本体的特殊本体，亦即是那些能够产生持久影响的伟大作品"。文学经典只有持续不断地被解释、接受、传播，它的内在潜力才能得以开发。文学经典的本体特征呈现于经典文本与独特阐释的结合中。对文学经典的独特的读解系统与阐释空间，是它得以持续延传、反复出现、变异衍生，真正成为经典的必由之路。"文学经典一方面作为实在本体，是文学艺术的高峰；另一方面又是关系本体，意味着一种新的文学传承阐释关系，从而也就意味着一段新的历史。"[2]黄曼君重视文学经典的阐释、传播和接受，的确是过去文学史家相对忽视的，开辟了文学经典再创造的发展空间。但是，黄曼君却没有深入地把握文学经典这种实在本体与关系本体的辩证关系。

首先,在文学经典这种实在本体与关系本体的辩证关系中,黄曼君没有甄别这两个本体谁决定谁,即谁是第一位的,谁是第二位的,而是不分主次地认为文学"经典既是一种实在本体又是一种关系本体的特殊本体"。这就很容易陷入文学经典空心化的倾向。在中国当代文艺批评界,这种文学经典空心化的倾向是颇为盛行的。这种文学经典空心化的倾向在中国当代文艺批评界主要表现为过于夸大文艺批评家的阐释作用。一是认为文学经典是在文艺批评家的炒作中产生的,即"'经典'的价值不仅不是自动呈现的,而且更是需要不断地被发现,被赋予,被创造,被命名的。一个时代的作品,如果没有被同时代人阅读、研究、评论、选择,那么,这个时代的'经典'是不会自动'现身'的"。二是认为一个阶级或集团可以炮制文学经典。即"经典并不是自然地形成的,而是被历史地建构出来的。经典的确立和崩溃的过程,反映了意识形态的兴起和死灭"。这恐怕是黄曼君始料不及的。然而,真正的文学经典是客观存在的,却不是自封的或他封的。也就是说,真正的文艺经典既不是文艺批评家捧出来的,也不是文艺批评家所能轻易否定的。有些文艺经典即使一时遭到遮蔽,也不可能永远被埋没。除非这些文艺经典是伪经典。那种过于夸大文艺批评家对文学经典的阐释作用的论调是十分有害的,将助长有些作家艺术家不是在创作上精益求精而是在炒作上费尽心机的不良习气。因此,文艺批评史家应该着力把握文艺经典的内在特质并在这个基础上探究那些文艺经典是如何产生的以及它们产生的条件,促进新的文艺经典的诞生,而不是颠倒文艺经典的各种辩证关系。

其次,在文艺经典这种实在本体与关系本体的辩证关系中,黄曼君没有严格区别文艺经典在被解释、接受、传播中的有效"增值"与无效"癌变"。黄曼君看到了文艺经典的阐释世界是有差异和矛盾的,但他却没有严格甄别哪些阐释是丰富和补充即完善,哪些阐释是变异衍生甚至是倒退的。的确,文艺批评史家可以帮助有些文艺经典有效地"增值"。人类对文艺经典的接受不是全盘地接受,而是批判地接受,即在突破各种限制和克服各种偏见的过程中吸收和发扬那些还没有成为过去而是属于未来的东西。马克思曾指出过一种意识形态现象,即"当人们好像刚好在忙于改造自己和周围的事物并创造前所未有的事物时,恰好在这种革命危机时代,他们战战兢兢地请出亡灵来为他们效劳，借用它们的名字、战斗口号和衣服，以便穿着这种久受崇敬的服装，用这种借来的语言，演出世界历史的新的一幕"[3]。但是，在这些革命中，使死人复生是为了赞美新的斗争，而不是为了让革命的幽灵重行游荡。这就是说，文艺经典持续不断地被解释、接受、传播，既有可能是内在潜力的开发，也有可能是新的东西的"附加"。文艺经典在接受过程中的再创造虽然在一定程度上扩大了原有文艺经典的影响，但是这种再创造既有可能是原有文艺经典的内在潜力的发展，也有可能是原有文艺经典的变异衍生。而有些文艺经典的变异衍生很有可能是无效"癌变"。如果文艺史家不能坚决汰除那些文艺经典在接受和传播过程中的无效"癌变"，就难以深刻把握文艺经典这种实在本体与关系本体的辩证关系。

元代杂剧家纪君祥的悲剧《赵氏孤儿》和清代剧作家孔尚任的悲剧《桃花扇》在中国当代文艺发展史上就遭遇了这种无效"癌变"。中国当代艺术家对元杂剧《赵氏孤儿》进行了不同艺术形式的改编，既有话剧，也有电影、电视。中国当代艺术家对元杂剧《赵氏孤儿》的这些改编既是再创造，也是重新阐释。但在这些改编中却有不少改编不是有效"增值"，而是无效"癌变"。中国古代寓言《愚公移山》不但有个体和群体的矛盾，即智叟和愚公及其子孙的冲突，而且有群体的延续和背叛的矛盾。《愚公移山》只是肯定了愚公的斗志，却相对忽视了愚公子孙的意志。智叟看到愚公的有限力量，而没有看到愚公后代无穷尽的力量。所以，智叟对愚公移山必然是悲观的。而愚公不但看到自己的有限力量，而且看到了自己后代延续的无穷力量。因而，愚公对自己能够移走大山是乐观的。不过，愚公却没有看到他的后代在移山上可能出现背叛。愚公的子孙后代只有不断移山，才能将大山移走。而愚公的子孙后代如果不认同愚公的移山，而是背叛，那么，移山就会中断，大山就不可能移走。元杂剧《赵氏孤儿》被数次改编就集中在这种认同与背叛的冲突上。不过，这些改编大多都是肯定了赵氏孤儿的背叛，而不是赵氏孤儿的文化认同。林兆华导演的话剧《赵氏孤儿》的赵氏孤儿就是这种背叛。这个赵氏孤儿虽然相信程婴所说的真相，但他却不认账。"就算您说的都真，这仇我也不报！"这个赵氏孤儿自有一套活法和价值观念，他认为自己的身世似乎是命运强加给他的一个多余的东西，他不能接受这个历史的包袱。在话剧《赵氏孤儿》中，晋灵公乃是灭赵的真正的罪魁祸首。赵氏孤儿真正的仇人实际上是晋灵公,是他假手屠岸贾完成灭赵行动。赵氏孤儿后来没有任何负担地跟晋灵公走了,就不仅是放弃复仇,更是认仇为父,即主动地趋炎附势。赵氏孤儿这种放弃就是一种背叛,一种对家族的彻底背叛。如果说杂剧《赵氏孤儿》的赵氏孤儿、小说《说岳》的陆文龙、曹宁的文化认同是从认贼作父到为父报仇,那么,话剧《赵氏孤儿》的赵氏孤儿绝不认同则是认仇为父。

总而言之,话剧《赵氏孤儿》的赵氏孤儿的这种背叛绝不是一种个体的"独立"和"个体的自由",而是更深的奴役和臣服。也就是说,这种背叛是对弱势一方的背叛,而认同的却是强势一方。在元杂剧《赵氏孤儿》中,赵氏孤儿长大成人后,也有可能认贼作父,不是报仇雪恨。正如钱穆所指出的:"既已国亡政夺,光复无机,潜移默运,虽以诸老之抵死支撑,而其亲党子姓,终不免折而屈膝奴颜于异族之前。"[4]这就是说,前人的抗争精神能否在后人身上得到延续,不仅要保存后代的生命,还要教育后代继承和发扬这种抗争精神。而陈凯歌编导的电影《赵氏孤儿》则放弃了这种抗争精神的教育,提倡了不把自己的敌人当敌人就没有敌人的天下无敌教育,认为抗争精神的教育是撺掇少年杀人,很不道德。这实际上是默许甚至鼓励赵氏孤儿认贼作父。电影《赵氏孤儿》虽然把赵氏孤儿看作是一个独立的生命,尊重赵氏孤儿的成长和选择,即让赵氏孤儿自己选择是否杀死屠岸贾,但却割断了赵氏孤儿与赵家的血肉联系。这种血肉联系的割断就从根本上消解了中国古代经典悲剧所塑造、传承和弘扬的中华民族不妥协的抗争精神,瓦解了中国悲剧人物在民族文化认同上义无反顾的坚守意志。

与一些丧失国家丢失政权的统治集团相比,一些较为纯粹的中国古代知识分子包括作家在文化上承担着民族的延续。这就是他们始终不渝地坚守民族文化认同。在坚守民族文化认同上,元杂剧《赵氏孤儿》与清代孔尚任的悲剧《桃花扇》可以说是中国戏曲悲剧的两朵奇葩。与其他中国悲剧作品不同,这两部悲剧超越了忠奸矛盾,在特殊年代集中反映了中华民族在残酷的屠杀和野蛮的镇压下不屈的灵魂,即绝不认贼作父。尤其是《桃花扇》,更以悲剧人物李香君和侯朝宗双双"入道"为结局开创了中国悲剧的一种独特形式。而李香君和侯朝宗双双"入道"既是对南明王朝的邪恶势力的拒绝,也是对"开国元勋留狗尾,换朝逸老缩龟头"的拒绝。与《赵氏孤儿》还有希望不同,《桃花扇》则在决绝中坚守了民族文化认同。在中国戏曲悲剧中,

《桃花扇》是少有的融历史感悟和人生慨叹于一体的悲剧，是少有的融忠奸矛盾和民族矛盾于一体的悲剧。如果说《赵氏孤儿》是一群仁人志士舍生取义，拯救赵氏孤儿，那么，《桃花扇》就是李香君和侯朝宗双双入道，放弃生育后代，超越了"遗民的大限"。这两部悲剧作品虽然一正一反，但却是异曲同工的，即它们都在反映忠奸矛盾的同时间接地反映了民族矛盾，都坚守了民族文化认同。这种民族文化认同是一个伟大民族屹立不倒的坚实根基。这是较为纯粹的中国知识分子包括作家在统治集团丢掉政权后的历史担当。从《赵氏孤儿》和《桃花扇》中可以看出，一些较为纯粹的中国知识分子包括作家没有完全依附当时的国家政权，而是较为独立地延续了中华民族的精神血脉。

中国当代文艺批评界不但较充分地把握了纪君祥的《赵氏孤儿》与孔尚任的《桃花扇》这两部悲剧作品，而且有力地批判了中国当代话剧《赵氏孤儿》、电影《赵氏孤儿》的逆向改编。

在2013年4月29日《光明日报》上，中国戏曲学会会长、资深文艺批评家薛若琳认为清代孔尚任的《桃花扇》表现了强烈的遗民情绪，传达了故国之思，亡国之痛。这是很不确切的。薛若琳一方面认为孔尚任并不是由明入清的遗民，而是地道的清朝人。孔尚任并没有反清思想，更没有复明意图。另一方面又认为孔尚任对大明这个故国先朝是留恋和缅怀的，即《桃花扇》颂扬了史可法、左良玉、黄得功忠于故国先君的忠臣，批判了刘良佐、刘泽清、田雄等投降清朝的叛臣，"流露了明末遗民的感慨与哀思"。这是自相矛盾的。为了避免这种矛盾，薛若琳认为孔尚任的思想感情经历了一个较大的变化过程即孔尚任从困顿经历和宦海浮沉中逐渐孳生了"遗民情绪"。孔尚任当年出山时满腔热情，想实现自己的抱负，但宦海沉浮，使他头脑由热逐渐变冷，于是，"他跟清朝统治阶级的关系，就有可能由合而渐离"。孔尚任对明清鼎革后四十多年的乡村仍破败不堪异常感叹，对清王朝疗治战争创伤的无能很失望。因此，孔尚任在思想感情上就转向明遗民。这是很难站住脚的。很简单，出身清朝的孔尚任即使对清王朝很失望，也未必回望明王朝，更不可能对明王朝的灭亡感到痛惜、悲哀。

其实，薛若琳在把握孔尚任思想感情的变化时既抬高了孔尚任，又贬低了孔尚任。薛若琳指出，清王朝在统一的进程中和统一的初期，在政治、经济和文化上，推行了一系列极其错误的政策，严重地阻碍了明代中后期出现的资本主义因素的萌芽,尤其是明末出现的资本主义因素的增长。直到乾隆年间,被阻断的资本主义因素的萌芽才得以缓慢地恢复,中国社会的发展至少倒退一百年。而在康雍乾时期,英国则发生了工业革命,出现了一批哲学家和思想家。而18世纪的中国,正处在所谓的"康乾盛世",但是,这个"盛世"拿到"工业革命"的坐标上去衡量,则很虚弱。其实,中国在全世界前进的洪流中落伍,就始于"康乾盛世"。这是深刻的,但却不是孔尚任所能够看到的。这是抬高孔尚任。薛若琳只看到《桃花扇》的伤感,而没有看到《桃花扇》在民族文化认同上的坚守和抗争。这是贬低孔尚任。而薛若琳之所以在把握和评价孔尚任的思想感情上忽高忽低,是因为他始终局限在明清易代这种政权更替上咀嚼《桃花扇》,而没有很好地了解和接受中国当代文艺界在把握《桃花扇》上的突破。这就不可避免地造成了那些在把握《桃花扇》上有所突破的文艺批评的失效。

中国当代文艺批评界对这种文艺批评的失效现象虽然有所探究,但却大多集中在责难文艺批评家的文艺批评不够准确而透彻上,而不是深入地解剖一些作家艺术家和文艺批评家对准确而透彻的文艺批评的拒绝接受这种现象并追究这种现象产生的历史根源。这就无法彻底根除中国当代文艺批评失效现象。中国当代文艺批评史家只有全面而深刻地把握了这种文艺批评的失效现象,准确地把握中国当代文艺批评有秩序的发展进程并至死忠于真理,拨乱反正,才能彻底根除中国当代文艺批评失效现象,有力地推进中国当代文艺批评健康而有序的发展。

参考文献:

[1] 费希特:《论学者的使命、人的使命》,商务印书馆,1984,第46页。

[2] 黄曼君:《中国现当代文学史与论》,华中师范大学出版社,2009,第14–15页。

[3] 中共中央马克思、恩格斯、列宁、斯大林著作编译局:《马克思恩格斯选集》第1卷,人民出版社,1995,第585页。

[4] 钱穆:《中国近三百年学术史》上册,商务印书馆,1997,第79页。

第二节　共同营造文艺批评的生态环境

中国当代文艺批评不景气，原因是很多的。中国当代文艺界大多从文艺批评家身上寻找原因是很不全面的。其实，中国当代文艺家缺乏接受文艺批评的雅量也是一个不可忽视的原因。而良好的文艺批评生态环境绝不是文艺批评家能够单独营造的，而是全社会主要是文艺家和文艺批评家共同营造的。

但是，中国当代有些有影响的文艺家拒斥文艺批评的气势很盛，有的文艺家在受到一些文艺批评家的尖锐批评后就不和这些文艺批评家来往，甚至视若寇仇。即使不得不来往，也是面和心不和。文艺家和文艺批评家成为诤友的现象几乎闻所未闻。这种鄙俗现象在20世纪70年代末期以来开始抬头并逐渐形成中国当代文艺界的一种暗流。1983年，胡乔木针对文学创作达到了繁荣的地步而文学批评却远没有达到繁荣的地步的现状指出："在整个新文学运动的历史上，文学批评从来是比较薄弱的一个方面。"[1]认为这是因为文学批评家的产生总比作家的产生困难得多。因此，胡乔木提出，我们更需要努力培养文学批评家，更需要爱护良好的文学批评，而这就要求有一种健康的批评空气。可惜，近40年过去了，这种健康的批评空气在中国当代文艺界仍然没有出现。这种健康的文艺批评空气之所以难以出现，主要不是因为文艺批评家缺乏能力、责任和勇气，而是因为一些有影响的文艺家缺乏接受文艺批评的雅量。

其实，中国当代文艺家并不是完全厌恶文艺批评。他们只是拒斥"说坏处"的文艺批评，还是欣然接受"说好处"的文艺批评的。可见，中国当代有些文艺家厌恶文艺批评，不是或者至少不完全是对历史上曾经出现过简单化的、幼稚而粗暴的文艺批评心有余悸，恐怕是过于计较个人的得失。这种消极现象一是反映了有些文艺家缺乏应有的自省，不能自觉地主动地优化自身的精神结构。"流水不腐，户枢不蠹。"人的精神世界也是一样，一旦失去了自我调节，必然要导致贫困和腐败。这在文艺创作上表现为审美感知力的退化，是非辨别力的异化，与人民群众离心力的增大。因此，进步的文艺家总是将自我净化作为一种贯穿文艺生命始终的自觉行动。在这个过程中，文艺批评无疑发挥了巨大的促进作用。而有些文艺家固步自封，满足现状，缺乏应有的自省，很难自觉自愿地接受帮助他们进步的文艺批评。二是反映了有些文艺家缺乏必要的自信，不能与外部世界进行广泛的交流。其实，一部文艺作品如果经不起文艺批评，或者一批就倒，那么，这部文艺作品的价值是值得怀疑的，甚至可以说是没有多少价值的。反而，不少优秀的文艺作品都是在文艺批评中日益完善起来的。在世界文艺史上，大多数成功的文艺作品都是在反复修改中出世的。而这个不断修改的过程就是批评和自我批评的过程。因此，只有那些缺乏自信的文艺家，才拒斥各种文艺批评。

在20世纪70年代后期推动中国当代美学转型的先驱茅盾、姚雪垠等大家在自觉地推动中国当代文艺批评的科学发展上既是清醒的，即能够认识到自身局限；也是自信的，即能够看到自身长处。因此，他们在文艺批评上成了真正的诤友。姚雪垠对茅盾虽然充满了敬意，但绝不是盲目的。

姚雪垠是这样对待伟大作家茅盾的，他认为"每个历史运动中的有功之士，都是历史的产儿，即参与对历史的缔造，也不能摆脱历史的局限。他们是在历史的局限中做了历史前驱的战士"[2]。而茅盾也是清醒的，认为"彼时眼光短浅，而胆大敢为，所谓箭在弦上不得不发。及今思之，常自汗颜"[3]。茅盾没有文过饰非，而是在接受文艺批评的基础上进行了自我批评。姚雪垠在文艺创作上做到了"生命不止探索和追求不止"，而在文艺批评上，他更是闻过则喜，闻过必改。阿英批评长篇历史小说《李自成》在融化西洋长篇小说同中国章回体长篇小说的手法的过程中还存在不统一的地方。姚雪垠很快就在文字风格上重新推敲一遍，修改的地方很多。[4]吴晗指出长篇历史小说《李自成》在作家叙述部分，连"满清"一词也要避免使用，不要无意中流露出大汉族主义思想。姚雪垠马上仔细检查了全书并改正了一些地方。而姚雪垠主动倾听茅盾的批评更是一种典范。姚雪垠认为茅盾对长篇历史小说《李自成》的分析和评论"实为文艺评论的典范"。姚雪垠指出，茅盾"具有十分丰富的创作经验与学力，总是从小说创作的角度看小说作品，而不同于从干枯死板的条条框框出发"。茅盾"对《李自成》第一卷和第二卷稿子所作的分析和评论，有许多是关于长篇小说的文艺技巧的共同问题"，这些是"五四"以来人们极少谈论的问题。姚雪垠认为茅盾这些分析和评论深切了解文艺家的创作意图和文艺匠心，对文艺家特别有用。姚雪垠不仅是重视茅盾的文艺批评，而且努力推动这种正确的文艺批评成为中国当代文艺批评的发展方向。这就是姚雪垠反对简单化的文艺批评，认为简单化是中国当代文艺批评与创作的大病，提倡茅盾的文艺批评。

姚雪垠还将茅盾关于《李自成》的所有来信，包括对第二卷各单元的意见，用厚道林纸粘贴，装成一册（以后的信件陆续汇集装册），并认为这些茅盾晚年留下的重要文献，会引起后代的重视。而这些重要文献之所以能为后人重视，不仅因为茅盾是"五四"新文学运动以来很有贡献的老作家，而且因为它提供了不少关于长篇小说文艺方面的精辟意见，而这种探讨正是文艺批评界多年来所忽略了的或回避不谈的。后来，姚雪垠从茅盾的信中将谈论小说文艺的部分抄出来发表，"推动重视文艺性的文艺风气"。而姚雪垠和茅盾之所以能够推动文艺批评的科学发展，是因为他们不计个人得失，不断追求真理，不断追求进步。这在姚雪垠身上表现相当突出。姚雪垠追求真理，认为他对历史"翻案的目的必须仅限于弄清历史真相，而不能是为着追求个人有所创获而标新立异"；追求进步，姚雪垠创作长篇历史小说《李自成》没有匆忙完成，而是必须在文艺上有比较显然的新探索，方才脱手。

中国当代文艺界迟迟没有出现伟大的文艺作品，批评和自我批评开展不起来恐怕是重要原因之一。从俄国文艺批评家别林斯基对俄国文艺家果戈理晚年文艺创作的批评中可以看到，19世纪俄国文艺批评尖锐和激烈的程度。别林斯基从三个方面对果戈理晚年的文艺创作进行了尖锐的批评。一是别林斯基深刻地批评了果戈理晚年文艺创作发生的可怕癌变。这就是果戈理曾经借优美绝伦、无限真诚的文艺作品，如此强有力地促进俄国的自觉，使他能够像在镜子里一样地看到自己，而现在却凭着基督和教会之名，教导野蛮的地主榨取农民更多的血汗，更厉害地辱骂他们。二是别林斯基透彻地把握了果戈理的声名迅速衰落的根本原因。在19世纪俄国社会中，新生的力量沸腾着，要冲出来，但被深重的压迫紧压着，找不出出路。只有在文学里面，还显示出生命和进步的运动。

在19世纪俄国社会里，每一个拥有所谓自由倾向的人，纵然才能如何贫弱，都受到普遍的注意；那些诚意或非诚意地献身于正教、专制政治、国粹主义的伟大才能，声名迅速地在衰落。诗人普希金只写了两三首忠君的诗，穿上了宫廷侍从的制服，立刻就失去了人民的宠爱。文艺家果戈理对自己以前的文艺作品表示不满，声言只有当沙皇满意时，才会满意。作为一个作家，尤其是作为一个人，降低了身价，这还有什么可奇怪的吗？三是别林斯基尖锐地挖掘了果戈理创作反动的《与友人书信选集》的现实动机。果戈里写成《与友人书信选集》不是一天，一星期，一月之功，也许却是在一年、两年或三年里写成的。这之间有着前后呼应的联系。在随意的抒写中可以看出深思熟虑、对最高权力的歌颂圆满地解决了果戈理在地上的境遇。这种文艺批评的尖锐程度似乎是中国当代文艺家没有感受过的。在这种文艺批评中，别林斯基提出了文艺批评应该坚守的根本原则。这就是别林斯基在《给果戈理的一封信》中指出的："自尊心受到凌辱，还可以忍受，如果问题仅仅在此，我还有默尔而息的雅量；可是真理和人的尊严遭受凌辱，是不能够忍受的；在宗教的荫庇和鞭笞的保护下，把谎言和不义当作真理和美德来宣扬，是不能够缄默的。"[5]而19世纪俄国文艺界之所以能够出现伟大的文艺批评家、文艺家和文艺作品，别林斯基的这种追求真理、不留情面、入木三分的文艺批评在19世纪俄国能够存在并发生重要作用不能不说是一个重要原因。在中国当代文艺界，别林斯基这种尖锐的文艺批评是很难出现的。即使偶尔出现这种尖锐的文艺批评的萌芽，也会遭到围攻，甚至谩骂，还被指责为是恶意的。

当然，文艺批评的存在价值并不完全取决于文艺家对文艺批评的接受。至少文艺批评还肩负着引领文艺消费和提高国民素质的重任。也就是说，文艺批评家完全可以不用理会文艺家对文艺批评过激、过敏和过当的反应。但是，文艺批评的发展和兴盛却离不开文艺家对文艺批评的接受。因此，良好的文艺批评生态环境不完全取决于文艺批评家，而是由全社会主要是文艺家和文艺批评家共同营造的。

参考文献：

[1] 胡乔木：《胡乔木谈文学文艺》，人民出版社，1999，第291页。

[2][3][4] 姚海天编：《茅盾 姚雪垠谈艺书简》，人民文学出版社，2006，第13页、第15页、第67页。

[5] 易漱泉等编选：《外国文学评论选》下册，湖南人民出版社，1983，第3页。

第三节　尊重文艺批评家的个性

在中国当代文艺批评界，不仅文艺争鸣很难开展，而且文艺批评家的个性也很难健康发展。一些拥有话语权的文艺批评家，在推崇一种类型的文艺批评时，不是尊重和兼容其他类型的文艺批评，而是排斥甚至打压另外类型的文艺批评。有些有地位、有身份的文艺批评家自觉不自觉地依傍名家权威，忽视乃至挤压一些稍显稚嫩的文艺批评新人。一些掌握话语权的文艺批评家不是尊重和容纳文艺批评的差异，而是磨平一些文艺批评家的独特个性。而文艺批评如果没有差异甚至对立，就不仅没有文艺争鸣，而且发展乏力。因此，尊重文艺批评家的个性已是中国当代文艺批评界发展和繁荣文艺批评的当务之急。

尊重文艺批评家的个性不仅有利于中国当代文艺批评的繁荣和发展，而且符合中国当代社会转型的迫切需要。中国当代社会正在从以学习模仿为主的赶超阶段转向以自主创新为主的创造阶段。在这种中国当代社会转型的推动下，文艺批评家必将提出与中国这个伟大的进步的变革时代相适应的审美理想。在人类文艺发展史上，一些审美理想的崛起往往遭到保守势力不同程度的挤压和打压。尊重文艺批评家的个性无疑有助于与伟大的进步的变革时代相适应的审美理想的崛起和发展，有助于文艺界乃至社会尊重艺术原创的审美风尚的形成。

然而，尊重文艺批评家的个性却绝非默许甚至纵容文艺批评家的个性任意膨胀，而是积极引导这种文艺批评个性在遵循人类文艺发展规律的基础上的合理发展。

首先，尊重文艺批评家的个性不是预设文艺批评家的批评立场，而是引导文艺批评家在准确把握文艺批评对象中确定批评立场。中国当代文艺批评界在把握有些作家艺术家的文艺创作上分歧很大，甚至是根本对立的。本来，中国当代文艺批评界只有更深入更透彻地把握这些作家艺术家的文艺创作，才能真正解决这些文艺批评的分歧和对立。然而，中国当代文艺批评界却不是从根本上解决各种分歧和对立，而是纠缠于文艺批评家的批评姿态。有的文艺批评家提出，文艺批评家应该有更广阔的容忍空间，看到文艺作品的差异，看到作家艺术家的千差万别，认为如果没有根本意义上的多元化，多样化实际上是不成立的。这些文艺批评家盲目肯定，甚至鱼龙不分，不管作家艺术家创作什么，都照单全收，完全被现象牵着鼻子走，肯定各种相互矛盾的文艺作品，陷入了自相矛盾的泥淖。有的文艺批评家却认为，只有毁掉作家艺术家的人才配称文艺批评家。这真是脏水与孩童不分，只看到了文艺现象与艺术理想的差距而没有看到它们的联系，"悼词"满天飞，陷入了 19 世纪德国哲学家黑格尔所批判的"死人的王国"，不但将文艺批评家和作家艺术家完全对立起来，而且拒绝与作家艺术家的平等对话。显然，这是先验地规定文艺批评家的批评立场。其实，在文艺批评实践中，文艺批评家或偏于否定，或偏于肯定，都是可以的，但是，文艺批评无论肯定还是否定，都不取决于文艺批评家，而是取决于文艺批评对象，否则，就是本末倒置的。

其次，尊重文艺批评家的个性不是认可文艺批评家的狭隘个性，甚至赞许那些拒绝与作家艺术家平等对话的文艺批评家的偏执个性，而是推动文艺批评家在把握人类文艺发展规律的基础上开拓创新，不断超越。虽然文艺批评家俯仰由人的善变和偏离人类文明发展轨道的标新立异不可取，但是，文艺批评家抱残守缺，固步自封，也不可取。19 世纪德国哲学家黑格尔在把握哲学和时代的关系时认为，哲学与它的时代是不可分的。哲学并不站在它的时代以外，它就是对它的时代的实质的知识。哲学也可以说是超出它的时代，即哲学是对它的时代精神的实质的思维，并将此实质作为它的对象。同样，文艺批评家既要与时俱进，也要在深刻把握时代潮流的基础上不断超越。中国当代文艺出现了边缘化的发展趋势。那种认为中国当代文艺并没有出现真正意义上的边缘化的鸵鸟心态是不可取的。同样，那种顺应和迎合中国当代文艺边缘化的发展趋势甚至自我矮化的庸人心态也是不可取的。与此不同，文艺批评家应在正视这种文艺边缘化发展趋势的存在的基础上坚决地抵制和批判之，而不是甘居社会边缘、自我矮化。其实，中国当代文艺在中国当代社会发展中出现边缘化的发展趋势并不可怕，这种现象在很多时代很多国家都出现过。正如一个人的成长应是全面发展的，一个社会的进步也应是全面发展的，而不是片面发展的。在特定历史时期，一个社会的某些方面突出发展甚至冒进是难免的。但是，这个社会在总体上却应是平衡发展的。中国当代社会在追赶发达国家的过程中出现了不平衡发展。而中国当代文艺边缘化的发展趋势就是这种不平衡发展的产物，而不是社会发展的必然结果。因此，中国当代文艺批评家不应甘居社会边缘，甚至自我矮化，而应主动地推动中国当代社会全面进步，坚决抵制和批判中国当代文艺边缘化的发展趋势，承担在社会分工中的历史责任，自觉地推动中华民族文化乃至人类文化的繁荣昌盛。

尊重文艺批评家的个性不是宽容甚至认可文艺批评家的主观好恶和偏见，而是促进文艺批评家在正确把握人类文艺发展规律的基础上勇于责任担当。随着中国当代社会转型，不少优秀的作家艺术家在把握人类文艺发展规律的基础上进行了艺术调整。这些作家艺术家从执着于表现自我世界和开掘人的内宇宙到超越狭隘的自我世界，自觉地把个人的追求同社会的追求融为一体，在人民的进步中追求艺术的进步。他们从甘居社会边缘和自我矮化到抵制和批判文学的边缘化发展趋势，勇立潮头唱大风，自觉地把自我的主观批判和历史的客观批判有机结合起来，把批判的武器和武器的批判有机统一起来，在时代的进步中追求艺术的进步。这是中国当代文艺的发展方向。文艺批评家理应从这种中国当代作家艺术家的艺术进步中总结出文艺发展规律，并在理论上完善与中国这个伟大的进步的变革时代相适应的审美理想，引导和推动中国当代作家艺术家继续前进，而不是漠视这种艺术进步，甚至阻碍这种艺术进步。同时，中国当代文艺批评家是有责任引导和培育年轻人喜欢甚至热爱中国当代作家艺术家在艺术调整后创作出来的优秀文艺作品的，绝不能放任年轻人在审美上因循守旧和在时尚上追新逐异。

在中国当代文艺批评界，既存在默许文艺批评家包含主观偏见的个性的倾向，也存在磨掉文艺批评家极富思想张力的个性的倾向。这都不利于文艺批评的有序发展。如果文艺批评家不是认可客观真理，不是解决矛盾和分歧，而是搁置矛盾和分歧，文艺批评就会失效。如果文艺批评家循规蹈矩，不敢越雷池一步，文艺批评就会丧失锋芒。法国当代文艺理论家托多洛夫认为："人的特性正在于能够超越主观偏见。"文艺批评不仅是关系平等的文艺批评家与作家艺术家两种声音的相汇和对话，而且是文艺批评家之间不同声音的相汇和对话。正是在这种文艺争鸣中，文艺批评跃升到一个更高的境界。因此，中国当代文艺批评界既要海纳百川，尊重不同文艺批评家的个性，而不是磨平不同文艺批评家的个性，也要化解矛盾，促进文艺批评家相互吸收对方的合理之处，超越局限，而不是一味固守文艺批评家的狭隘个性。这样，中国当代文艺批评繁荣的日子就不会遥远了。

第四节　文艺批评在反省和反馈中完善

一、文艺批评家要勇于自我批评

中国当代文艺批评家在解剖别人的同时，要更无情地解剖自己，他们在从事批评工作时不能缺失对批评自身的反思，这是文艺批评发展的不竭动力。

正如优秀的文艺作品是在文艺批评（作家艺术家对文艺作品的反复修改就是自我批评）中不断完善起来的，文艺批评的锋芒不但是在踏实的文艺批评中磨砺出来的，也是在文艺批评家对自身的真诚反省中磨砺出来的。可是，中国当代部分文艺批评家却缺乏对文艺批评自身的反思。他们在批评作家艺术家及其文艺作品时慷慨激昂，咄咄逼人，但对文艺批评自身却没有起码的反思，以至于出现了飚捧浮夸、前后自相矛盾的现象。

之所以出现矛盾，首先是因为他们崇奉的理论使然。他们推崇文艺发展的多元论，认为凡是存在的就是合理的。在中国当代文艺多元化发展的历史时期，一些文艺作品在价值观上相互对立。有些文艺批评家为了推动中国当代文艺的多元化发展，仅仅停留在探索文艺作品的意义上。他们不是努力克服现存冲突，而是跟着现象走，放弃了不可缺少的是非判断和价值高下判断，结果陷入了自相矛盾。这些文艺批评家如果没有理论上的自我批判和自我超越，就不可能走出误区。

其次，这些矛盾是他们身上的鄙俗气的产物。恩格斯曾经指出，德国思想家黑格尔和作家歌德身上有着庸人的习气，认为"黑格尔是一个德国人，而且和他的同时代人歌德一样，拖着一根庸人的辫子。歌德和黑格尔在各自的领域中都是奥林波斯山上的宙斯，但是两人都没有完全摆脱德国庸人的习气"。中国当代文艺批评家虽然没有成为奥林波斯山上的宙斯，但身上却有不少这种"庸人的习气"，即鄙俗气。他们没有把握住中国当代文艺的发展规律，没有对文艺作品进行客观公正的评价，而是过于强调个人关系的亲疏好恶。这些文艺批评家追求人际关系的和谐甚于追求真理，既不努力挖掘文艺家的独特贡献，也不客观地批评他们身上的缺陷，而是停留在对一些与个人关系密切的作家艺术家的评功摆好上。他们在取媚那些价值取向不同的作家艺术家时陷入了自相矛盾。显然，如果他们不根除身上的鄙俗气，就难以避免矛盾，甚至还会助长中国当代文艺发展中的不良风气。

要从根本上清除鄙俗气，除了改善文艺批评家发展的社会环境以外，还有必要强化他们对文艺批评自身的反思。他们需要清醒地回答，文艺批评家是从正确的美感出发的，还是屈服于淫威、取媚于权势，趋承上意或随波逐流？文艺批评家是追求符合人类历史发展趋势的审美理想，还是追逐肤浅的时尚？文艺批评家是摒弃那些陈腐的审美观念，还是以文艺为玩物并停留在浅表的娱乐上？文艺批评家是不断超越，还是结束对真理的探求？

如果没有这样的反思，就不能科学地解决文艺发展中的价值分歧，就不能有效地引领中国当代文艺的健康发展，就不能适应中国当代社会自主的创新时代，就不能具有真正的文化自觉和文化自信。

当然，文艺批评家在对自身的反思中可能出现思想的前后变化，这并不奇怪。王元化曾将人的思想的变化分为两种情况，反对绳之一律：一是作为政治变节的转向，这种思想变化屈服于外在的淫威，虽然口头上表示忏悔，但不是真心的；二是在追求真知的道路上出自内心的反省。王元化否定前者，赞誉后者。中国当代文艺批评家思想的前后变化如果不是以狭隘利益为转移的善变，而是追求真理的与时俱进，就值得提倡。

二、鲁迅的批评与朱光潜的反省

在中国现当代文艺批评史上，作家鲁迅和美学家朱光潜围绕中国晋代诗人陶潜（字渊明）的批评和自我批评是很值得回味和反思的。至少从1935年鲁迅批评朱光潜对诗人陶潜的文艺批评到1956年朱光潜在接受鲁迅这种批评的基础上的自我批判可以看出，即使是正确的文艺批评，被接受也是相当不容易的。而这场文艺论战在中国现当代文艺批评史上虽然零星有人提及，但它所蕴含的理论价值却至今无人挖掘。因此，深入地反思这场文艺论战必将在中国当代文艺批评的发展中起到积极的推动作用。

在 1935 年 12 月《中学生》第 60 期上，朱光潜以"说'曲终人不见，江上数峰青'"为题提出了艺术的最高境界，认为"艺术的最高境界都不在热烈。就诗人之所以为人而论，他所感到的欢喜和愁苦也许比常人所感到的更加热烈。就诗人之所以为诗人而论，热烈的欢喜或热烈的愁苦经过诗表现出来以后，都好比黄酒经过长久年代的储藏，失去它的辣性，只剩一味醇朴。……所谓'静穆'（Serenity）自然只是一种最高理想，不是在一般诗里所能找得到的。古希腊——尤其是古希腊的造型艺术——常使我们觉到这种'静穆'的风味。'静穆'是一种豁然大悟，得到归依的心情。它好比低眉默想的观音大士，超一切忧喜，同时你也可说它泯化一切忧喜。这种境界在中国诗里不多见"。并以中国晋代诗人陶潜为这种境界的典范，指出"屈原、阮籍、李白、杜甫都不免有些像金刚怒目，愤愤不平的样子。陶潜浑身是'静穆'，所以他伟大"[1]。朱光潜对诗人陶潜的这种文艺批评遭到了鲁迅的尖锐批评。

1935 年 12 月，在杂文《"题未定"草（六至九）》中，鲁迅从三个层面批评了朱光潜对诗人陶潜的批评。一、鲁迅指出朱光潜对陶潜诗歌把握得不全面。鲁迅认为陶潜就是诗，除"悠然见南山"之外，也还有"精卫衔微木，将以填沧海，刑天舞干戚，猛志固常在"之类的"金刚怒目"式，在证明着他并非整天整夜的飘飘然。这"猛志固常在"和"悠然见南山"的是一个人，倘有取舍，即非全人，再加抑扬，更离真实。二、鲁迅指出朱光潜对陶潜诗歌把握得不准确。鲁迅认为陶潜正因为并非"浑身是'静穆'，所以他伟大"。现在之所以往往被尊为浑身"静穆"，是因为他被选文家和摘句家所缩小、凌迟了。三、鲁迅进而指出了朱光潜文艺批评的误区。鲁迅认为，凡论文艺，虚悬了一个"极境"，是要陷入"绝境"的，在艺术，会迷惘于土花，在文学，则被拘迫而"摘句"。而朱光潜"立'静穆'为诗的极境，而此境不见于诗"。鲁迅指出，如果放出眼光看过较多的作品，就知道历来的伟大的作者，是没有一个"浑身是'静穆'"的。鼎在周朝，恰如碗之在现代，我们的碗，无整年不洗之理，所以鼎在当时，一定是干干净净、金光灿烂的，换了术语来说，就是它并不"静穆"，倒有些"热烈"。希腊雕刻现在之见得"只剩一味醇朴"者，原因之一，是在曾埋土中，或久经风雨，失去了锋棱和光泽的缘故，雕造的当时，一定是崭新、雪白，而且发闪的，所以我们现在所见的希腊之美，其实并不准是当时希腊人之所谓美，我们应该悬想它是一件新东西。在这个基础上,鲁迅提出了文艺批评的准则,认为"倘要论文,最好是顾及全篇,并且顾及作者的全人,以及他所处的社会状态,这才较为确凿。要不然,是很容易近乎说梦的"[2]。鲁迅的这种批评是相当正确的。稍有不足的是,鲁迅没能深入地挖掘朱光潜文艺批评的理论误区。

迟至20年后,朱光潜在中国新旧交替的历史时期才接受了鲁迅的这种文艺批评。可见,文艺批评被接受是相当艰难的。不过,朱光潜对鲁迅这种文艺批评的接受虽然不排除有来自外部的压力,但却是真诚的。这就是朱光潜不但接受了鲁迅的文艺批评,而且还进行了更为深刻的自我批判,即朱光潜相当深入地挖掘他在文艺批评上失误的历史根源和理论根源。

在《文艺报》1956年6月第12期上,朱光潜以"我的文艺思想的反动性"为题对他的文艺思想进行了全面而深刻的批判。这篇中国现当代文艺思想发展史上的重要文献对朱光潜的文艺思想不只有否定,还有提升,可以说是朱光潜文艺思想发展的顶峰。

首先,朱光潜承认他阉割了诗人陶潜。朱光潜指出:"在悠久的中国文化优良传统里,我所特别爱好而且给我影响最深的书籍,不外《庄子》《陶渊明集》和《世说新语》这三部书以及和它们有些类似的书籍。这些书既然是许多人所喜闻乐见的古典,当然有它们的积极的因素;而它们之所以使我喜闻乐见的却不是它们的积极的因素,而是它们的消极的因素。比如说陶潜,我把《述酒》《咏荆轲》等诗所代表的陶潜完全阉割了,只爱他那闲逸冲淡的一面。这里所谓'闲逸冲淡'的一面也只是据我的理解,而我的理解是经过歪曲得来的,就是把一点铺成全面,把全面中所有其他点都遮盖掉。"[3]

其次,朱光潜从三个方面深入地解剖了这种阉割诗人陶潜的文艺批评现象。

第一,这是和朱光潜的阶级根源分不开的。朱光潜认为接受什么和不接受什么是和他的阶级根源分不开的。朱光潜承认他由于出身于没落的封建地主阶级,在自身中找不到挽救危亡的力量;又一向轻视人民大众,也不能在人民中看出这种力量,所以对前途丧失了一切的信心。进步的青年当时就已开始在革命中看到出路,而朱光潜还想维持原有"秩序",不愿看到自己的阶级在天翻地覆中遭到毁灭,对革命是畏惧的。朱光潜眼看国家处在岌岌不可终日的危急局面,既不满意社会现实,而自己又毫无办法,只觉前途一片茫茫,看不见一条出路,势必"束手待毙"。这是一种很沉重的心情。朱光潜承认就是这种没落阶级的青年人的沉重心情,在浪漫派诗人的作品里找到了强烈的共鸣,并且好像得到了舒畅的发泄。这是朱光潜沉醉于浪漫主义特别是消极浪漫主义的重要原因。既对现实不满,只有改变现实才可以有出路;既不能改变现实而妄图逃避现实,这是绝对没有出路的,结果只有采取伪装,甚至于赤裸裸地向现实屈服,把现实的丑恶加以理想化。朱光潜畏惧革命,逃避现实,当然就看不到诗人陶潜正是因为并非"浑身是'静穆',所以他伟大"。朱光潜的这种解剖是深刻的。

第二,这是和朱光潜的政治立场分不开的。朱光潜的自我批判没有掩盖他的政治立场是相当诚实的。朱光潜承认,由于早就站在反动文学方面,他对于当时进步文学作品,采取了盲目的深闭固拒的态度,一律不读,所以完全隔膜。但是空气究竟变了,作为没落的剥削阶级的一个代表,朱光潜隐约嗅出一种大不利于自己阶级的气息,为了要保卫他多年积蓄的那一套腐朽的家当,于是以螳臂当车的气概,去抵抗革命文学的潮流。起初还只是自发的,而后来竟是自觉的。在很长的时期内,朱光潜替自己造成了一个幻想,以为自己实在是"超政治的",并且觉得自己是"清高"的。朱光潜在反省他的文艺思想的发展过程中没有掩盖他的政治立场,即由朱光潜"所鼓吹的那一套文艺理论进而与革命文艺对立作敌,再由与革命文艺对立作敌进而依靠国民党反动统治,这都是势所必然的发展"。并认为这种文艺活动客观上有利于反动统治的所谓"文化围剿"[4]。朱光潜在政治上抵抗进步文学,就必然会阉割《述酒》《咏荆轲》等诗所代表的陶潜。朱光潜的这种解剖是到位的。

第三,这是与朱光潜的美学理论分不开的。朱光潜立"静穆"为诗的极境,认为艺术的最高境界都不在热烈。在朱光潜看来,这种境界在中国诗里不多见。屈原、阮籍、李白、杜甫都不免有些像金刚怒目、愤愤不平的样子。陶潜浑身是"静穆",所以他伟大。1947年,朱光潜在《诗论》中再次指出:陶潜"在中国诗人中的地位是很崇高的。可以和他比拟的,前只有屈原,后只有杜甫。屈原比他更沉郁,杜甫比他更阔大多变化,但是都没有他那么醇,那么炼。屈原低徊往复,想安顿而终没有得到安顿,他的情绪、想象与风格都带着浪漫艺术的崎岖突兀的气象;渊明则如秋潭月影,澈底澄莹,具有古典艺术的和谐静穆。杜甫还不免有意雕绘声色,锻炼字句,时有斧凿痕迹,甚至有笨拙到不很妥帖的句子;渊明则全是自然本色,天衣无缝,到艺术极境而使人忘其为艺术"[5]。朱光潜立"静穆"为诗的极境虽然在鲁迅看来是虚悬的，不见于诗，但却和他的美学理论是分不开的。

朱光潜从两个方面对他的美学理论进行了自我批判。

（一）朱光潜对他的美学观进行了毫不留情的自我解剖。朱光潜认为："美不仅在物，亦不仅在心，它在心与物的关系上面；但这种关系并不如康德和一般人所想象的，在物为刺激，在心为感受；它是心借物的形象来表现情趣。世间并没有天生自在、俯拾即是的美。凡是美都要经过心灵的创造。"[6]这就是朱光潜的美学观。本来，朱光潜认为美感经验是人的情趣和物的姿态的往复回流。一方面，物的形象是人的情趣的返照。"因我把自己的意蕴和情趣移于物，物才能呈现我所见到的形象。我们可以说，各人的世界都由各人的自我伸张而成。"另一方面，人不但移情于物，还要吸收物的姿态于自我，还要不知不觉地模仿物的形象。[7]从后一个方面可以看出，不同的物具有不同的特点。但是，朱光潜的美学观由于看重"美是创造出来的，它是艺术的特质，自然中无所谓美"[8]。所以不知不觉地抹煞了审美对象的差异。朱光潜认为，陶潜在"悠然见南山"时，杜甫在见到"造化钟神秀，阴阳割昏晓"时，李白在觉得"相看两不厌，惟有敬亭山"时，辛弃疾在想到"我见青山多妩媚，料青山见我应如是"时，都觉得山美，但是山在他们心中所引起的意象和所表现的情趣都是特殊的。朱光潜只看到山在这些诗人心中所引起的意象和所表现的情趣都是特殊的，而没有看到甚至抹煞了这些诗人所见到的山是根本不同的。因而，朱光潜认为艺术美是艺术家的主观创造，而不反映自然美。即艺术是"艺术家不满意于现实世界，才想象出一种理想世界来弥补现实世界的缺陷"[9]。朱光潜不但认为艺术是艺术家的主观创造，而且认为艺术是"为我自己"的。朱光潜附和英国小说家劳伦斯的"为我自己而艺术"这句口号，认为真正的大艺术家大概都是赞同劳伦斯的。在这个基础上，朱光潜认为艺术是人的生命的自由活动。在《文艺心理学》中，朱光潜认为"生命"其实就是"活动"。"实用的活动全是有所为而为，受环境需要的限制；艺术的活动全是无所为而为，是环境不需要人活动而人自己高兴去活动。在有所为而为时，人是环境需要的奴隶；在无所为而为时，人是自己心灵的主宰。"艺术和游戏一样，"都是为着享受幻想世界的情趣和创造幻想世界的快慰"[10]。在《谈美》中，朱光潜认为人生来就好动，生而不能动，便是苦恼。动愈自由即愈使人快意，所以人常厌恶有限而追求无限。"现实界是有限制的，不能容人尽量自由活动。人不安于此，于是有种种苦闷厌倦。要消遣这种苦闷厌倦，人于是自架空中楼阁。苦闷起于人生对于'有限'的不满，幻想就是人生对于'无限'的追求。游戏和文艺就是幻想的结果。它们的功用都在帮助人摆脱实在的世界的缰锁，跳出到可能的世界去避风息凉。"[11]因此，朱光潜认为"最感动人的文艺大半是苦闷的呼号"。艺术家"不但宣泄自己的苦闷，同时也替我们宣泄了苦闷，我们觉得畅快"[12]。这种艺术是不反映人类社会生活真善美战胜假恶丑的。正如朱光潜所自我批判的，这就把艺术与社会的血肉联系割断了。

（二）朱光潜对他的文艺批评观进行了深刻的自我批判。朱光潜倾向印象派的批评这种"欣赏的批评"。印象派批评家反对"法官"式的批评，因为"法官"式的批评相信美丑有普遍的标准，印象派则主张各人应以自己的嗜好为标准。印象派批评家也反对"舌人"式的批评，因为"舌人"式的批评是科学的、客观的，印象派则以为批评应该是艺术的、主观的。朱光潜在《谈书评》中集中地概括了他的文艺批评观。朱光潜认为："人人都说荷马或莎士比亚伟大而我们扪心自问，并不能见出他们的伟大。我跟人说他们伟大么？这是一般人所谓'公平'。我说我并不觉得他们伟大么？这是我个人学识修养范围之内的'公平'，而一般人所谓'偏见'。批评家所要的'公平'究竟是哪一种呢？'司法式'批评家说是前一种，印象派批评家说是后一种。前一派人永远是朝'稳路'走，可是也永远是自封在旧窠臼里，很难发见打破旧传统的新作品。后一派人永远是流露'偏见'，可是也永远是说良心话，永远能宽容别人和我自己异趣。这两条路都任人随便走，而我觉得最有趣的是第二条路，虽然我知道它不是一条'稳路'。法郎士说得好：'每个人都摆脱不开他自己，这是我们最大的厄运。'这种厄运是不可免的，所以一般人所嚷的'客观的标准''普遍的价值'等等终不免是欺人之谈。"[13]朱光潜认为"客观的标准""普遍的价值"等等终不免是欺人之谈，充分地暴露了朱光潜文艺批评观的缺陷。这种文艺批评的极端就是"我批评的就是我"，完全无视客观存在的批评对象。朱光潜承认这种印象派批评是与主观唯心论分不开的，它只能导致文艺领域的无政府状态，而且单凭文艺批评家的个人好恶对作家和文艺作品作些任意的歪曲。朱光潜的这种自我批判是击中要害的。

而朱光潜承认他所鼓吹的这一套文艺理论是与革命文艺对立作敌的，在文艺批评中缩小和凌迟诗人陶潜就是必然的。

朱光潜在自我批判中虽然不能说都是准确的，但至少有两点是相当深刻的。一是文艺批评观制约于美学观，"美的问题之所以重要，因为对于美的看法就是文艺批评的根据。要承认美有客观标准，真正的文艺批评才有可能，否则就势必流于全凭主观印象，成为所谓'印象主义'的批评"[14]。二是文艺批评家对文艺作品的褒贬取决于文艺批评家的美学理论，朱光潜承认，他之所以深恶痛绝文艺宣传，是因为"它与我的美学理论不相容"。接着，朱光潜在把握他文艺思想矛盾的基础上反省了他所鼓吹的那套美学理论并深刻地指出这是一个幻想。朱光潜指出："文艺'为革命'，在我看来仿佛是个奇谈。文艺'反革命'是不是奇谈呢？一点也不是奇谈，这番话除了反对当时的革命运动之外，不能有其他的意义。我所鼓吹的那套美学是在文艺与政治之间画了一条严格的界线的。在很长的时期内，我替自己造成了一个幻想，以为自己实在是'超政治的'，并且觉得自己是'清高'的。但是客观事实的发展就把我自己作了一个活生生的例子，对这种幻想和我所鼓吹的那套美学，给了一个强烈的讽刺与无情的否定。到了抗战中期，我终于以自许'清高'的'超政治'的高唱'思想自由'的号手，投靠到我一向厌恶而且一度反对的国民党反动统治那边去，拿我的一点文艺知识，辛辛苦苦地为它服务。"[15]

显然，朱光潜的这种自我批判不但挖到了自己在文艺批评上失误的历史根源和理论根源，而且揭示了他所鼓吹的那套美学理论在现实生活中的破产。至少朱光潜在鲁迅文艺批评的基础上看到了他的文艺批评与他的文艺思想是分不开的。而在朱光潜的文艺批评的缺陷和文艺思想的缺陷这两者的关系中，朱光潜文艺思想的缺陷是起决定作用的。也就是说，朱光潜如果不能克服他的文艺思想的缺陷，就不可能从根本上克服他的文艺批评的缺陷。

本来，朱光潜应该在这种自我批判的基础上继续前进，达到更高阶段。但是，朱光潜的文艺思想却在20世纪70年代末期以新的形式"回潮"了，以至于"接着讲"朱光潜美学思想的人认为朱光潜前后期的美学理论是一致的[16]。这就是说，20世纪70年代末期，随着历史的转轨，朱光潜在一定程度上否定了鲁迅的批评和自我批判。其实，20世纪70年代末期以来，朱光潜文艺思想的这种"回潮"现象在中国文艺界不是个别的，而是相当普遍的。

尤其是这种"回潮"的文艺思想逐渐占据主导地位后，就不但打断了中国当代文艺理论发展的进程，而且极大地助长了20世纪70年代末期以来中国文艺理论的片面发展。从朱光潜的这种自我批判和否定之否定中，我们不难看出中国当代文艺批评发展的症结所在，就是理论的贫困和批评的艰难。

三、李希凡的桑榆之思

推进中国当代文艺批评的发展和深化，不仅是一个理论问题，而且是一个实践问题。中国当代文艺批评裹足不前的重要原因之一就是不少文艺批评家始终停留在理论上空转，而不是在实践中扎实地推进中国当代文艺批评的发展和深化。而中国当代文艺批评界如果真正推进当代文艺批评的发展和深化，就不能不努力解决当代文艺理论的分歧并在这种解决中推进文艺批评的发展和深化，就不能积极开展文艺争鸣并在这种文艺争鸣中推进文艺批评的发展和深化，就不能不提倡文艺批评家的自我批评并在这种反思中推进文艺批评的发展和深化。随着中国当代社会转型，中国当代不少优秀的文艺批评家与时俱进，勇立潮头唱大风，提出并完善与中国当代社会这个伟大的进步的变革时代相适应的审美理想，自觉地超越了狭隘利益的束缚和克服一些理论偏见。在中国当代文艺批评家文艺思想的这次调整中，伏枥之年的李希凡在回顾近大半个世纪文艺批评的风云时所进行的反思包括自我批判是格外引人瞩目的。

伏枥之年的李希凡的反思包括自我批判绝不以大人物自居，不仅诚恳，而且境彻而理融。

（一）伏枥之年的李希凡的反思包括自我批判是为了探讨真理，而不是为了纠缠个人的得失，甚至为了发泄个人意气。

李希凡坚决反对有些文艺批评家在反批评时不是把别人的批评看成是文艺批评发展的必要环节，而是认为这是人身攻击。李希凡尖锐地批评了那种对待批评的错误态度，认为这种对待批评的错误态度表现的第一个方面，就是在反驳别人批评的时候，不是把批评看成是对于问题的争论，而认为是对他个人的攻击。这就把本来是原则问题的争论引到非原则的个人纠纷里去。这种对待批评的错误态度表现的第二个方面，就是在反驳别人批评的时候，不是采取与人为善的商讨问题的态度，而是采取了一种冷嘲、讥讽、奚落的态度。这就不是为了探讨真理，而是为了发泄个人意气。李希凡认为：对待批评采取这种错误态度，"不仅批评本身收不到应有的效果，而且会助长一种坏风气，影响到青年人的对待批评的态度"[17]。伏枥之年的李希凡的反思包括自我批判绝不迎合一些狭隘需要，甚至发泄个人意气，而是追求真理。

20世纪50年代中期，中国文学批评界对"新红学"的批判极大地提高了文艺界乃至全社会对中国古典长篇小说《红楼梦》的认识。但是，20世纪70年代末以来，中国文学批评界对这场文学批评运动的总结和反思不仅过于侧重在意识形态层面上，基本没有注意新生文学批评力量的崛起和发展这个层面，而且不分是非地遮蔽这场对新红学的批判运动在中国当代文学批评史上的进步作用，甚至认为它引起了一场影响深远的政治斗争风暴，而李希凡、蓝翎与俞平伯在红学上的商榷不过是不自觉地充当了这场政治斗争的工具而已。这显然是不符合历史事实的。李希凡认为毛泽东在《关于〈红楼梦〉研究问题的信》中提出的要求是反映了历史前进方向的。袁水拍的《质问〈文艺报〉编者》这篇犀利的短评就是按照毛泽东的指示写出的。袁水拍在这篇短评中尖锐地批评了当时中国文艺界轻视马克思主义新生文艺批评力量的倾向，认为"对名人、老人，不管他宣扬的是不是资产阶级的东西，一概加以点头，并认为，应毋庸置疑；对无名的人、青年，因为他们宣扬了马克思主义，于是编者一概加以冷淡，要求全面，将其价值尽量贬低。我们只能说，这在基本上是资产阶级贵族老爷式的态度"。"他们的任务不是怎样千方百计地吸引新生力量来壮大、更新自己的队伍，反而横躺在路上，挡住新生力量的前途。"[18]如果我们把袁水拍所说的"资产阶级的东西"换成"错误的东西"，"马克思主义"换成"真理"这些概念，尽量抹去政治色彩，那么，袁水拍在质问《文艺报》编者时所指出的这种现象是否存在呢？并在今天是否愈来愈严重呢？袁水拍进一步地指出："许多报刊、机关有喜欢'大名气'、忽视'小人物'、不依靠群众、看轻新生力量的错误作风。文化界、文艺界对新作家的培养、鼓励不够，少数刊物和批评家，好像是碰不得的'权威'，不能被批评，好像他们永远是'正确'的，而许多正确的新鲜的思想、力量，则受到各种各样的阻拦和压制，冒不出头；万一冒出头来，也必挨打，受到这个不够那个不够的老爷式的挑剔。资产阶级的'名位观念''身份主义''权威迷信''卖老资格'等等腐朽观念在这里作怪。"我们把袁水拍所说的

"资产阶级"这些定语抹掉,袁水拍所说的"名位观念""身份主义""权威迷信""卖老资格"等等腐朽观念是不是在今天还很盛行?在中国当代文学批评界,不少文学批评家互不尊重,"文人相轻",不能真诚接受对方合理的文学批评成果。这种互不尊重、"文人相轻"难道不是"名位观念""身份主义""权威迷信""卖老资格"等等腐朽观念在这里作怪?这些"名位观念""身份主义""权威迷信""卖老资格"等等腐朽观念的盛行严重阻碍了新生力量的崛起和发展。正如斯大林所尖锐批评的:"我们现在应当抛弃那种对本来已经提拔起来了的文学'显贵'再加以提拔的贵族习惯,由于这些'显贵'的'伟大',我们的年轻的、默默无闻的和被大家所忘记的文学力量正处于不断呻吟之中。"[19]而中国当代不少文艺批评家却局限在意识形态层面反思这段文艺批评历史,看不到"名位观念""身份主义""权威迷信""卖老资格"等等腐朽观念的盛行,不能从历史发展中吸取智慧,以至于这种历史沉渣重新泛起,愈演愈烈。

而文艺理论家刘再复在反思中国当代文艺批评历史时,就不是在把握历史发展规律的基础上探讨真理,而是从个人恩怨出发把握文艺批评历史。刘再复认为,他和作家姚雪垠在20世纪80年代的文艺论争的起因是姚雪垠不满他没有支持姚雪垠的中国当代文学研究会。首先,这是不符合历史事实的。姚雪垠的确是中国当代文学学会创会会长,不过这个中国当代文学学会成立于1979年7月广西南宁,会址设在广西师范大学,1980年会址迁到广东广州中山大学,1984年会址迁到湖北武汉华中师范大学至今。1992年8月更名为中国新文学学会。[20]刘再复说姚雪垠曾写信要求他支持姚雪垠在武汉即将成立的中国当代文学研究会,而北京已有一个当代文学研究会,而且已挂靠在中国社会科学院文学研究所,因而他没有答应姚雪垠的要求。[21]显然,刘再复所说的这个起因不过是刘再复的臆造。其次,1986年至1988年,姚雪垠与刘再复的文艺论战不过是姚雪垠与刘再复在文艺理论上的分歧的必然产物。绝大多数人可能只知姚雪垠的小说创作,而不知姚学垠在中国现代文艺理论发展上的贡献。其实,姚雪垠不但在文学创作上开辟了一条历史小说创作的新路,而且在现实主义文学理论和长篇历史小说美学上也取得了独特贡献,形成了较为完整的体系。与文学创作相比,姚雪垠在文学批评实践中所取得的文艺理论成就毫不逊色,完全可以跻身中国现当代文学批评大家行列。姚雪垠的这种中国现实主义文学理论与以追求自由为目的的中国现代自由主义文艺理论形成了鲜明的区别，是以追求真理为目的的。而刘再复的文学主体论在20世纪80年代复活并发展了中国现代自由主义文艺理论。因而，姚雪垠与刘再复的文艺论战是不可避免的。刘再复不从文艺理论发展上解决这种理论分歧，而是认为这是个人的意气之争，即姚雪垠对刘再复谢绝他的要求很生气，因而"炮轰"刘再复，而刘再复则"以牙还牙"，挖苦姚雪垠的长篇历史《李自成》顺从政治意识形态。这种对历史真相的掩盖是无助于中国当代文艺批评界进一步地解决中国当代文艺理论分歧的。

因此，中国当代文艺批评家的反思包括自我批判应在把握历史发展规律的基础上探讨真理，而不是从个人恩怨出发把握文艺批评历史。否则，文艺批评家的反思包括自我批判将无助于中国当代文艺批评的有序发展。

（二）伏枥之年的李希凡的反思包括自我批判既不是像有些文艺批评家那样自视一贯正确，也不是像有些文艺批评家那样彻底否定过去，而是既有坚持，也有发展，即不断完善过去的认识。这与那些随风摇摆甚至变来变去的文艺批评家是很不相同的。

伏枥之年的李希凡在回顾近大半个世纪文艺批评的风云时总结出两种批评，一种批评是批评就是惩罚，一种批评是毛泽东的批评，即这种批评是为了帮助青年知识分子进步，甚至爱护和培养，更不是强人所难！李希凡在由衷肯定毛泽东的批评的基础上进行了自我批评。首先，李希凡认真清理了他在1957年的那种"左"的、教条主义的文艺思想。李希凡坦承在1957年把刘绍棠那篇《我对当前文艺问题的一些浅见》作为所谓"右派"文艺观来进行批判的也有他一份，并深感内疚。[22]其次，李希凡绝不讳言他在年轻气盛的时候所犯过的幼稚病和粗暴的错误。李希凡虽然强烈反对那种认为《红楼梦》是"生活实录"的论调，但在批评王蒙的短篇小说《组织部新来的年轻人》时却犯了这种错误。这就是李希凡不认为中国首善之区的北京存在官僚主义，并用这种条条框框评论了这部文学作品，还给作家扣上了一顶大帽子，就不自觉地陷入了小说是中国当代社会"生活实录"的误区。[23]李希凡还对他过去轻视考证工作进行了自我批评，认为"曹雪芹的身世经历，特别是《红楼梦》，只是一部未完成的杰作，确实也需要科学的考证工作"[24]。

李希凡不但勇于自我批评和承担责任，而且在新的批评实践中不断完善过去的认识。这就是说，伏枥之年的李希凡的反思包括自我批判绝不是思想洗澡，更不是重新包装，而是既有坚持，又有发展。在哄抬胡适和贬低鲁迅的浪潮一浪高过一浪的中国当代文艺界，李希凡没有完全否定过去对胡适、俞平伯等新红学家的批判，仍然认为中国古典长篇小说《红楼梦》感人的艺术魅力，绝不只是俞平伯所说的那些"小趣味儿和小零碎儿"，更不是胡适所谓的"平淡无奇的自然主义"，而是伟大的现实主义对封建社会的真实反映和艺术形象的深刻概括和创造。李希凡认为，如果没有1954年的"评俞平伯批胡适"运动，《红楼梦》深广的思想艺术价值是不会得到重视的，"红学"也不能有今天这样的繁荣和发展，持续地具有"显学"地位。[25]

首先，李希凡仍然高度肯定毛泽东对中国古典小说《红楼梦》的批评，认为"迄今为止，我仍没有看到，给《红楼梦》以崇高、正确而深刻的评价，有谁超过鲁迅和毛泽东"[26]。在这个基础上，李希凡高度肯定毛泽东批评《红楼梦》的历史视角，认为这是读小说的一个重要视角，一个高明的视角。这就是说，毛泽东把《红楼梦》当历史读，绝没有损害《红楼梦》；相反，只把《红楼梦》说成是一本"爱情小说"，倒是贬低了《红楼梦》的价值。恩格斯读巴尔扎克的《人间喜剧》，称赞《人间喜剧》"给我们提供了一部法国'社会'特别是巴黎'上流社会'的卓越的现实主义历史"，列宁则把托尔斯泰的文学作品誉为"俄国革命的镜子"，都是把巴尔扎克、托尔斯泰的小说当历史读。李希凡认为，正因为毛泽东"对《红楼梦》的认识评价是如此之高——可以当作历史读，他才那样不能容忍'新红学派'把《红楼梦》说成是曹雪芹的'自传'，或是什么《红楼梦》的基本观念是'色空'等等的主观唯心主义的呓语"[27]。

其次，李希凡在文学与时代的关系上仍然坚信作为上层建筑之一的文学作品，总是在"一定的社会条件下创造"，是在"相当的基础上产生"的。李希凡提出了"还原历史真实"论。这就是李希凡结合《红楼梦》产生的时代把握了《红楼梦》的人物形象，并尖锐地批判了文艺理论家何其芳的"典型共名"说和俞平伯的"钗黛合一"论。何其芳认为，阿Q精神是"人类普通弱点之一种"，还说什么爱哭的女孩子，就是林黛玉的"典型共名"，一个男孩子喜欢很多女孩子，又被许多女孩子喜欢，就会被称为"贾宝玉"，这"突出的性格特点"，就是贾宝玉的"典型共名"，李希凡认为这是抽象的人性论。没有阶级社会的阶级压迫和剥削以及它们统治下的文治武功，上层建筑、意识形态，人类哪来的这样屈辱的"精神胜利法"。而当人们还原历史真实时，就不存在这种"共名"现象。如果人类只停留在"鸡犬相闻老死不相往来"，那倒绝不会产生阿Q的"人类普通弱点"，可人类也不可能取得今天的发展。如果这种所谓"共名"现象，就是这些伟大文学经典的意义和价值，它有什么思想意义？[28]俞平伯认为，林黛玉、薛宝钗虽然是情场冤家，但曹雪芹却把这两美合二为一。而李希凡则认为，林黛玉、薛宝钗是现实生活中典型环境中的典型形象，虽不是对立的两极，却也绝不是可以混同的"合一体"。"薛宝钗和林黛玉一样，都是《红楼梦》中不朽的文学典型，形象非常丰满，是一个性格复杂的'真的人物'，毫不逊色于林黛玉。但薛林双绝并非'钗黛合一'。钗黛二人性格迥异，所谓'双峰对峙，两水分流'，各具特有的人生底蕴和精神内涵，不止她们的音容笑貌，情态各异，就是她们的美丽与智慧，也有着不同的风格和神韵，是曹雪芹的如实描写，不是实为一人的幻笔。"[29]虽然伟大文学经典存在超越时代而属于未来的东西，但仍然是时代决定这些伟大文学经典独特的意义和价值。

因此，与何其芳的"典型共名"说和俞平伯的"钗黛合一"论相比，李希凡从《红楼梦》产生的时代出发无疑更能把握《红楼梦》中的典型人物独特的意义和价值。在这个基础上，李希凡不仅重申马克思主义文学典型论，而且继续以此理论总结曹雪芹《红楼梦》的成就，认为曹雪芹《红楼梦》的杰出成就在于它深刻地反映了封建末世的错综复杂的社会生活的真貌，如实描写，并无讳饰地塑造了如"过江之鲫"的个性各异的——典型环境中的典型性格——"真的人物"。"在中国文学史上能写出这样典型的有才能的作家，只有曹雪芹；能写出每个人都是典型的作品，也只有一部《红楼梦》。"[30]而《红楼梦》的魅力无垠，首先是在人物创造上个性化的描绘与刻画。这是站得住脚的。而中国当代文艺在向审美属性和自身特殊规律转靠的过程中，从"无情节、无人物、无主题"的"三无""淡化时代、淡化思想、淡化性格"的"三淡"，到进一步"向内转"，推崇"题材的心灵化、语言的情绪化、主题的繁复化、情节的淡化、描述的意象化、结构的音乐化"，通过创造"内化心象"、空灵、悠远、朦胧、隐晦的意境，以追求文艺作品的非历史化、非社会化、非现实化为旨趣。这种文艺创作倾向虽然是对庸俗文艺社会学的惩罚与反叛，但却走向了极端。中国当代不少文学作品尤其是一些长篇小说由于受到这种文艺创作倾向的消极影响，既没有写出"真的人物"，也没有莎士比亚化，以至于不堪卒读。

李希凡认为，自《红楼梦》问世以来，很长时间都停留在索隐抉微的泥潭里，这是旧红学的局限。新红学反对捕风捉影的索隐，可事实上他们的考证不过是改变了索隐对象罢了！新红学的根基是自传说。[31] 21世纪初期，刘再复则提出了"贾宝玉是曹雪芹人格的化身"这种变相的自传说，即《红楼梦》是曹雪芹的精神自传，认为薛宝钗和林黛玉的冲突不仅是贾宝玉灵魂的悖论，而且是曹雪芹灵魂的悖论。[32]在这个基础上，刘再复提出了"钗黛互补"说，认为薛宝钗投射儒家文化，重教化、重伦理、重秩序；相反，林黛玉投射的是庄禅文化，重自然、重自由、重个体。这两者有冲突，但都有道理，可以互补。[33]刘再复认为：人在现实社会中并没有自由，它受制于现实的各种规范，而文学所以不会灭亡，就因为它可以让人类在瞬间赢得对自由的体验。因此，从根本上说，文学是生存在无限的"时间"维度上，不是生存在有限的"时代"维度上。"《红楼梦》中的父与子冲突、钗与黛冲突、甄与贾（宝玉）的冲突，其内涵都不仅属于一个时代，而且是属于无数时代的永恒的人性冲突与心灵冲突。"[34]这就是说，文学与现实是根本对立的。因而，刘再复宣称《红楼梦》完全是曹雪芹个人天才的力量，不是时代的力量。《红楼梦》不是时代的产物，而是反时代的产物，即反时代潮流、时代风气、时代套式的产物。[35]正如19世纪德国哲学家黑格尔在把握哲学和时代的关系时所指出的，哲学与它的时代是不可分的。哲学并不站在它的时代以外，它就是对它的时代的实质的知识。哲学也可以说是超出它的时代，即哲学是对它的时代精神的实质的思维，并将此实质作为它的对象。[36]文学与它的时代也是不可分的，既不站在它的时代以外，也超越它的时代。显然，刘再复夸大了《红楼梦》超越它的时代的一面，而没有看到《红楼梦》并不站在它的时代以外的一面。伏枥之年的刘再复的反思不仅没有克服文学主体论的缺陷，而是在相互吹捧中强化了这种片面之论。刘再复在演讲中提到周汝昌对他的口头奉承，即他关于《红楼梦》真俗二谛的互补结构的对话可以说是两百年来对《红楼梦》的最高认识水平。[37]而刘再复则多次吹捧周汝昌，认为周汝昌是中国文学第一天才曹雪芹的旷世知音或卓越知音。[38]这种自吹自擂和相互吹捧的文艺批评不过是谋取圈子利益最大化而已,绝不可能推进文艺批评的有序发展。

(三)伏枥之年的李希凡的反思包括自我批判没有重新包装,甚至做和事佬,而是仍然保持战士本色即敢于批评,敢于揭露真相。

李希凡坚信,没有文艺论争就没有文艺进步,认为文艺论争是学术争鸣的重要方式。李希凡积极参与文艺论争,不怕稚嫩,不怕匆促,认为即使扭曲的批评也可以在新的批评实践中纠正,直面的批评有助于双方提高。伏枥之年的李希凡对胡适的批评,揭露了胡适的真面目;对胡乔木的批评,则揭示了中国知识分子的软肋。这些文艺批评充分表现了李希凡的战士本色。

首先,伏枥之年的李希凡对"大学问家"胡适的批判,揭露了胡适的真面目。

第一,李希凡从文学上批判了胡适的浅薄和无知。李希凡认为胡适对《红楼梦》的理解和评价不但是浅薄和无知的,还多多少少带有洋场绅士轻视优秀民族文化遗产的异味。1960年,晚年胡适对《红楼梦》的评价越来越低,不但没有修改他在20世纪20年代对《红楼梦》的评价即"《红楼梦》只是老老实实的描写这一个坐吃山空,树倒猢狲散的自然趋势,因为如此,《红楼梦》是一部自然主义的杰作",而且还挖苦曹雪芹的文化修养,认为曹雪芹"是个有天才而没有机会得着修养训练的文人——他的家庭环境、社会环境、往来朋友、中国文学的背景等等,都没有能够给他一个可以得着文学的修养训练的机会,更没有给他一点思考或发展思想的机会。在那个贫乏的思想背景里,《红楼梦》的见解当然不会高明到哪儿去,《红楼梦》的文学的造诣当然也不会高明到哪儿去"。李希凡严厉地痛斥了胡适对《红楼梦》的这种偏颇评价,责问"胡适不是熟读'中国古典'的大学问家吗?如果他真正得到了传统文化的'修养和训练',真正读懂了《红楼梦》,怎么会连曹雪芹及其伟大杰作《红楼梦》的深厚文化底蕴都没有一点体会和认识!"[39]

第二,李希凡从政治上揭露了胡适的真面目。李希凡指出,早在"五四"后期,胡适就在那里挑战马克思主义的"意识形态"了。在民族危亡的时刻,"胡适一方面大肆宣扬什么老子所谓的'不争'学说,和他的'不抵抗主义'的和平主义;一方面又向日本侵略者献言献策,说什么'只有一个方法可以征服中国,即彻底停止侵略,征服中国民族的心',并成为汪精卫的'低调俱乐部'的成员。甚至直到抗日战争激发起中华民族的大觉醒和大反抗,并终于取得伟大胜利以后,他还以中日两败俱伤而哀叹他的'不抵抗主义'的不得实现"[40]。李希凡对"大学问家"胡适的批判不仅有助于中国当代文艺批评界看清哄抬胡适和贬低鲁迅这种文艺思潮的实质,而且有助于中国当代文艺批评的有序发展。

其次,伏枥之年的李希凡尖锐地批评了"大理论家"胡乔木,认为胡乔木在20世纪80年代有时给文艺界"添了不少乱"[41]。这种过人的胆识恐怕是不少人望尘莫及的。20世纪80年代初,胡乔木为了否定文学的党性原则,硬把列宁的"党的文学"的译文改成了"党的出版物"。李希凡尖锐地批评道,在俄文里,俄国人都认为列宁讲的就是"党的文学",你中国人有什么资格在中国语言里修改?这是很不实事求是的。尤其是胡乔木的一些患得患失的做法令人难以理解。李希凡认为,胡乔木批评了周扬的"社会主义异化论",随即又写诗一首表达"兄弟"情谊;批评了胡绩伟用新闻的人民性代替党性原则,紧跟着就赋诗一首表达"兄弟"情谊。这样的做法使人难以理解。"如果是彼此间的观点不同,可以研究探讨,这不损害同志或兄弟情谊;如果批评是代表党,表达党的意见,双方都是党的领导干部,都懂组织原则,批评就是批评,干吗迫不及待用这种方式套近乎!这样做的结果,只能是制造混乱"[42]。李希凡对这种历史真相的披露无疑有助于人们深刻地把握中国当代文艺批评发展史。否则,人们就很难真正弄清中国当代文艺批评发展一些思想分歧的症结所在。随着时间的流逝和在场的人去世,一些历史真相渐渐模糊。与伏枥之年的李希凡的反思包括自我批判相反,有些文艺批评家不是追求真理,还原历史真相,而是随意打扮历史,甚至制造一些流言蜚语。这是无助于人们认识客观历史存在和总结历史发展规律的。

李希凡无论是对胡适的批评,还是对胡乔木的批评,都是为了广大苦难人民如何从阶级压迫、阶级剥削下解放出来,获得生存权、温饱权、发展权,成为社会和国家的主人。李希凡深刻地认识到,薛宝钗虽然活得很苦很累,甚至晚景凄凉,但是她对自我真实个性的牺牲是有助于巩固封建社会秩序的;而林黛玉对人间至情、儿女真情的追求至少动摇了封建社会秩序。因而,李希凡绝不赞同俞平伯的"两美合而为一"的"钗黛合一"论,认为空灵而又执着于"情"的林黛玉岂能听了薛宝钗的一番封建道德说教就改变了她的叛逆性格，与薛宝钗合为"一身"？薛宝钗与林黛玉这两个不朽文学典型是有本质不同的即两种不同的美质，她们岂能合一？而刘再复则反对把薛宝钗和林黛玉完全对立起来，认为薛宝钗和林黛玉是两种不同美的类型，贾宝玉对她们两个都爱。这是重弹"钗黛合一"论的老调。不过，刘再复从哲学上进一步地论证了这种"钗黛合一"论，认为薛宝钗体现俗谛，林黛玉体现真谛，而"俗"与"真"二者并非势不两立，而是相反相成。[43]这种钗、黛互补，正是曹雪芹的灵魂悖论，也正是中道智慧。这种中道智慧就是不仅没有敌人，甚至没有坏人。刘再复认为，林黛玉是个悲剧，薛宝钗则是更深刻的悲剧。林黛玉尚可用眼泪宣泄自己的苦闷，而薛宝钗却连眼泪也被冷香丸浇灭。因此，比起林黛玉，薛宝钗是更深的一种悲剧。这是本可以成为自己却无法成为自己的悲剧。[44]其实，薛宝钗企图以金锁玉，迫使贾宝玉就范。但是，贾宝玉却没有就范。因而，薛宝钗的婚姻不幸在一定程度上是自找的或自作的。刘再复没有更深入地批判泯灭自我个性和他人个性的薛宝钗的助纣为虐，而是为这种封建统治阶级的帮凶开脱。这不是偶然的。刘再复曾将中国文化传统分为大传统和小传统，认为大传统是孔、孟、老、庄等建构的尚和、尚文、尚柔的传统；小传统是农民起义的造反传统。而这一传统极端尚武，争夺的双方均极为残酷，这是真正你死我活的战争。[45]刘再复提出破小传统，立大传统，就从根本上否定了广大苦难人民从阶级压迫、阶级剥削下解放出来并成为社会的主人的抗争。难怪刘再复看不到或不想看到曹雪芹的情感轩轾即活着的薛宝钗"纵然是齐眉举案"，也终被丈夫无情地遗弃，而死去的林黛玉却活在贾宝玉的"终不忘"和"意难平"的真情怀念里。

可见，李希凡的桑榆之思不仅毫不留情地解剖了他在年轻气盛的时候所犯的幼稚病和粗暴的错误，而且深化和完善了过去的一些认识，彰显了真理的力量。如果文艺批评家都勇于这样自我批评，就会虚心接受批评并在文艺争鸣中逐步完善对真理的探讨。因而，李希凡这种修正错误和追求真理的反思包括自我批判无疑有助于中国当代文艺批评的有序发展。

参考文献：

[1][13] 朱光潜：《朱光潜全集》第8卷，安徽教育出版社，1993，第396页、第425页。

[2] 鲁迅：《鲁迅全集》第6卷，人民文学出版社，1981，第422-430页。

[3][4][14][15] 朱光潜：《朱光潜全集》第5卷，安徽教育出版社，1989，第12-13页、第37-39页、第28页、第37页、第38页。

[5][12] 朱光潜：《朱光潜全集》第3卷，安徽教育出版社，1987，第266页、第341页。

[6][7][8][9][10][11] 朱光潜：《朱光潜美学文集》第1卷，上海文艺出版社，1982，第153页、第466页、第153页、第200页、第129页、第191页、第499页。

[16] 参见凌继尧：《三看朱光潜的美学思想》，《解放日报》2008年10月13日。

[17][18][22][27][41][42] 李希凡：《李希凡文集》第6卷，东方出版中心，2014，第214页、第352-353页、第412页、第251页、第397页、第398页。

[19] 张炯主编：《中国新文艺大系（1949—1966）理论史料集》，中国文联出版公司，1994。

[20] 张永健、熊德彪主编：《与时代同行》，中国文联出版社，2013，第3页。

[21][32][33][34][35][37][38][43][44][45] 刘再复：《随心集》，生活·读书·新知三联书店，2012，第115页、第20页、第20页、第130页、第131页、第130页、第275页、第248页、第37页、第165页。

[23][24][25][28][29][30][31] 李希凡：《李希凡文集》第1卷，东方出版中心，2014，第692页、第686页、第686页、第683-684页、第423-424页、第419页、第687-688页。

[26][39][40] 李希凡：《李希凡文集》第2卷，东方出版中心，2014，第547页、第548页、第551页。

[36] 黑格尔：《哲学史讲演录》第1卷，商务印书馆，1959，第56-57页。

第八章　文艺批评家的社会责任与文艺批评家的气度

第一节　文艺批评家的社会责任

中国当代社会正从以模仿挪移为主的赶超阶段转向以自主创新为主的创造阶段。在这个伟大的进步的变革时代，文艺批评家在文艺批评中不仅应自觉承担自己在社会分工中的社会责任，而且要推动广大作家、艺术家认真履行他们在社会分工中的社会责任。这是当代文艺批评家不可推卸的社会责任。

首先，文艺批评家应在把握当代文艺发展规律的基础上促进当代文艺的有序发展，而不是跻身于那些有势力的作家、艺术家的美容师和广告员的行列。正如19世纪德国哲学家黑格尔在考察哲学史时所指出的：全部哲学史是一有次序的进程。"每一哲学曾经是、而且仍是必然的，因此没有任何哲学曾消灭了，而所有各派哲学作为全体的诸环节都肯定地保存在哲学里。但我们必须将这些哲学的特殊原则作为特殊原则，和这原则之通过整个世界观的发挥区别开。各派哲学的原则是被保持着的，那最新的哲学就是所有各先行原则的结果，所以没有任何哲学是完全被推翻了的。"[1]文艺发展史也不例外，既不是长生的王国，也不是"死人的王国"，而是一有次序的进程。

文艺批评家推动当代文艺的有序发展，就是科学地解决当代文艺发展的基本矛盾，即当代文艺发展方向与当代文艺多样化发展的矛盾，强调进步文艺对其他文艺的引领。文艺批评家如果科学地解决当代文艺发展的基本矛盾，就既要尊重批评对象，也要克服自身的鄙俗气。文艺批评家尊重批评对象，不是盲目肯定作家、艺术家的一切，甚至不分作家、艺术家有意义的艺术创新和无意义的艺术创新，而是平等地对待批评对象。即使在否定批评对象时，文艺批评家也能在汲取批评对象的合理内核的基础上将批评对象作为文艺发展的一个必要环节予以扬弃，至少能欣赏批评对象的才华和肯定批评对象的艺术探索和创作努力。这种对批评对象的尊重在肯定批评对象时还不难做到，但在否定批评对象时就很难做到了。有些文艺批评家甚至认为毁掉作家、艺术家的人才配称文艺批评家。这是偏颇的。如果文艺批评家只是毁掉作家、艺术家的人，那么，人类文艺史就将成为黑格尔所批判的"死人的王国"。

中国现代作家鲁迅曾坚决反对文艺批评家在嫩苗的地上驰马，认为如果那些作家不是天才，便是常人也留着。虽然那些质疑和否定的文艺批评并非毫无价值，而是文艺批评发展不可缺少的环节，但是，最终确立文艺作品在文艺史上的地位的却不是这些质疑和否定的文艺批评，主要是那些肯定阐释和深度开掘的文艺批评。因此，中国当代文艺批评界很有必要强调文艺批评家在文艺批评时应尊重批评对象。

文艺批评家克服自身的鄙俗气，就是文艺批评家除了追求真理和捍卫真理以外，绝不趋炎附势。这就是文艺批评家在文艺批评中不能仅看作家、艺术家在社会中的位置，而是主要看作家、艺术家在文艺这一有秩序的发展进程中的位置。但是，有些文艺批评家却不是在把握当代文艺发展规律的基础上客观公正地评价作家、艺术家的贡献，即主要看作家、艺术家在文艺这一有秩序的发展进程中的位置，而是以个人关系的亲疏远近和个人利益的得失代替文艺历史发展规律，即停留在对一些与个人利益密切相关的作家、艺术家的评功摆好上。这种鄙俗气严重恶化了当代文艺的生态环境，以至于不少优秀的文艺作品淹没在众声喧哗中，难以出头。本来，一些错误的东西在遭到批评后就应销声匿迹，而不是仍然招摇过市。但是，在这种恶劣的当代文艺生态环境里，那些错误的东西却不但没有低头认错，反而更有影响。而不少文艺批评家却不辨是非，而是追逐影响大的、甚至以影响大小为判断标准，这就严重地恶化了当代文艺的生态环境。因此，当代文艺批评界如果不能摒弃这种庸俗习气，优化当代文艺批评的生态环境，就不可能真正推动当代文艺的有序发展。

其次，文艺批评家如果推动当代文艺的有序发展，就要勇于理论创新。不少有识之士已深刻地认识到，中国当代社会发展已经到了一个特别需要大理论的重要阶段，而大理论的出现只有依靠创新。中国当代理论界简单地接受西方理论就永远建立不起能够解释中国社会现象的科学或者中国社会科学。这种大理论创新需要各方面共同努力，因而当代文艺批评家的理论创新是他们不可推卸的社会责任。

在人类文艺批评史上，那些出色的文艺批评家往往又是出色的文艺理论家。这种现象并不是个别的。在西方文艺批评史上这种一身而兼二任的并非稀见。中国古代许多文艺批评家同时兼任文艺理论家。但是，不少中国当代文艺批评家却沉溺在历史碎片中，丧失了理论感，不是完全被文艺现象牵着鼻子走，就是在文艺作品中进行自我灵魂冒险。法国文学理论家茨维坦·托多洛夫在倡导对话批评时认为：文学"批评是对话，是关系平等的作家与批评家两种声音的相汇"。在这个基础上，托多洛夫尖锐地批评了教条论批评家、"印象主义"批评家和历史批评家，认为教条论批评家、"印象主义"批评家以及主观主义的信徒们都只是让人听到一种声音即他们自己的声音，而历史批评家又只让人听到作家本人的声音，根本看不到批评家自己的影子。这都是片面的。而"对话批评不是谈论作品而是面对作品谈，或者说，与作品一起谈，它拒绝排除两个对立声音中的任何一个"[2]。在这种对话批评中，文艺批评家与作家、艺术家的关系是平等的，作家、艺术家应该允许回答而不是把自己当成被崇拜的偶像，不是一方完全依附于另一方。这就是说，既然文艺批评不仅有作家、艺术家的声音，还有文艺批评家的声音，那么，文艺批评家就既不能只是跟着文艺创作后面跑，甚至"颂赞"满天飞，也不能只是对文艺批评家自我的发现，甚至自言自语。

然而，在中国当代文艺批评界，有些文艺批评家在文艺批评中只是看到文艺批评家的独白，认为文艺批评绝不是从它所批评的文艺作品中产生出来的，而是从文艺批评家个人的人生经验和所受的教育总量中，从人类悠长丰富的文艺传统中，从文艺批评家所置身的广阔深厚的生活世界中一点一滴累积形成的；有些文艺批评家在文艺批评中则只是看到作家、艺术家的独白，认为文艺批评家在面对文艺作品时所有的理论成见都要抛开，而是要回到文艺作品的具体阐释，从中发现文艺作品的意义，或者提炼出文艺作品的理论素质。这两种偏向虽然在割裂对话批评上是对立的极端，但却都反对文艺批评家在面对文艺作品的时候有一把或几把尺子。显然，这些文艺批评家在强烈反对教条主义文艺批评时没有真正看到这种教条主义文艺批评的根本缺陷，即教条主义文艺批评的根本缺陷就是没有正确地把握文艺批评家的尺子与文艺作品的辩证关系。鲁迅曾尖锐地指出："我们曾经在文学批评史上见过没有一定圈子的批评家吗？都有的，或者是美的圈，或者是真实的圈，或者是前进的圈。没有一定的圈子的批评家，那才是怪汉子呢。"在这个基础上，鲁迅认为："我们不能责备他有圈子，我们只能批评他这圈子对不对。"[3]鲁迅这里所说的"圈子"就是文艺批评手中的尺子。既然文艺批评家在文艺批评时需有一定的圈子，那么，他就不能不从一定圈子出发。因此，首先，我们不能责备文艺批评家有一定圈子，只能批评他这圈子对与不对；其次，我们在判断文艺批评家的圈子对与不对后，还要看文艺批评家把握了这个圈子与文艺作品的辩证关系与否。在这两者之间，圈子固然重要，但这个圈子与文艺作品的辩证关系却更重要。这就是文艺批评家针对作家、艺术家提出某种理想要求与作家、艺术家在文艺创作中实现这种理想时达到了什么程度是两回事。这是绝不能混淆的。文艺批评家绝不能因为作家、艺术家没有完全达到这种理想要求，就全盘否定他们在文艺创作中所取得的成就和做出的努力。在文艺批评史上，不少文艺批评家的圈子虽然早已被扬弃，但是他们对文艺作品的真切感悟和精妙解剖却仍然闪耀着思想的光芒，发生着持久的影响。因此，文艺批评家不能放弃手中的尺子，而是应在自觉反映不同时代的民族和阶级对文艺的根本要求的文艺批评中勇于变革这些尺子。

在人类文艺批评史上，不少文艺批评分歧究其实质是理论分歧。但是，不少中国当代文艺批评家却没有意识到这一点，很少从理论上解决文艺批评分歧。尤其是一些有影响有地位的文艺批评家不仅热衷于摆出各种花架子，而且非常傲慢，对待那些尖锐的泼辣的文艺批评不是宣布"罢看"，就是斥为"酷评"，几乎无从理论上的全面回应，遑论他们从理论上解决这些文艺批评分歧了。这不但解决不了文艺批评分歧，反而影响了当代文艺界人际关系的和谐。

然而，文艺批评的深化却是有赖于文艺批评的理论分歧的解决的。在中国当代文艺批评界，有些文艺批评家虽然艺术感觉还算比较敏锐，但却在理论上是软弱和不彻底的，提出了一些似是而非的概念。这不但没有解决理论分歧，反而进一步地扩大了文艺批评界的理论分歧。有些文艺批评家在诊断中国当代文艺的缺失时就犯了这种弊病。这些文艺批评家认为中国当代文艺的缺失首先是生命写作、灵魂写作的缺失。这显然没有抓住中国当代文艺缺失的要害。作家、艺术家的能力虽然有高低大小，但只要他是真正的文艺创作，就是生命的投入和耗损，就是灵魂的炼狱和提升，就不能不说是生命写作、灵魂写作。这种对中国当代文艺缺失的判断没有深入区分生命写作、灵魂写作的好与坏、高尚与低下，而是提倡生命写作、灵魂写作这些抽象空洞的概念。这是不可能从根本上克服中国当代文艺缺失的。

有些文艺批评家不是从理论上把握整个历史运动，而是热衷于抢占山头，甚至画地为牢。"底层文学"这个概念就是这些文艺批评家抢占山头的产物。21世纪初，文艺批评界有感于中国当代文坛所有最有活力、最有才华和最有前途的青年作家、艺术家几乎无生活在社会底层的这种现象，提出了中国当代作家、艺术家直面现实、感受基层的深入生活的方向。这种深入生活的方向既不是要求广大作家、艺术家只写中国当代社会的底层生活，也不是要求广大作家、艺术家肢解中国当代社会。而"底层文学"这个概念却狭隘地圈定了作家、艺术家的创作范围。这是理论不彻底的产物。首先，社会底层生活是整个社会生活不可分割的有机组成部分。底层人民的苦难就不完全是底层人民自身造成的。作家、艺术家如果仅从底层人民身上寻找原因，就不可能深刻把握这种底层人民的苦难的历史根源。这就是说，作家、艺术家如果不把底层生活置于整个社会生活中把握，就不可能透彻地反映底层生活。其次，文艺批评家可以提倡广大作家、艺术家反映底层生活，但是，广大作家、艺术家却不能局限于这种底层生活，而是应从这种底层生活出发，又超越这种底层生活。作家、艺术家只有既有入、又有出，才能真正创作出深刻的文艺作品，才能达到高远的艺术境界。因此，文艺批评家如果不能从理论上把握整个历史运动并在这个基础上推动当代文艺的有序发展，就不能有正确的是非判断和价值高下判断，甚至还将陷入自相矛盾的泥淖，从而丧失文艺批评的锋芒。

最后，文艺批评家在中国当代社会转型阶段要积极推进广大作家、艺术家在中国当代社会转型中与时俱进，完成与伟大的进步的变革时代相适应的艺术调整。中国当代社会在追赶发达国家的过程中出现了不平衡发展，中国当代文艺的边缘化发展趋势就是这种中国当代社会发展不平衡的产物，而不是社会发展的必然结果。正如一个人的成长应是全面发展的一样，一个社会的发展也应是全面进步的。在特定历史时期，一个社会的某些方面突出发展甚至冒进是难免的，但是，这个社会在总体上却应是平衡发展的。因而，优秀的中国当代作家、艺术家绝不能甘居社会边缘，甚至自我矮化，而应站在人类历史发展的前列，坚决抵制和批判中国当代文艺边缘化的历史发展趋势，自觉地承担在社会分工中的社会责任，积极促进中国当代社会的和谐发展和全面进步。

参考文献：

[1] 黑格尔著，贺麟、王太庆译：《哲学史讲演录》第1卷，商务印书馆，1959，第40页。

[2] 茨维坦·托多洛夫著，王东亮、王晨阳译：《批评的批评》，生活·读书·新知三联书店，1988。

[3] 鲁迅：《鲁迅全集》第5卷，人民文艺出版社，1981。

第二节　文艺批评家的气度

在中国当代文艺批评界，不少文艺批评家缺乏文艺批评家的气度，不仅不能在文艺争鸣中虚心接受对方思想的合理之处，而且放弃精神责任担当，以至于一些文艺争鸣不但没有提高彼此的认识，而且还演变为宗派争斗，甚至引起外力干预。这种不良现象在中国当代文艺批评史上屡见不鲜。

本来，文艺批评史既不是长生的王国，也不是19世纪德国哲学家黑格尔所批判的"死人的王国"，而是一有次序的进程。而中国当代文艺批评史在一些文艺批评家那里往往不是这一有次序的进程，而是中断的。这些文艺批评家在把握20世纪50年代中国文艺批评史时就漠视中国当代文艺批评史的有序发展。

中国当代文学批评界在20世纪50年代中期展开的对以往《红楼梦》研究的批判运动不仅是两种不同文艺观的较量，而且是新生文学批评力量对既得利益群体的冲击和崛起，是打破既得利益群体形成的铜墙铁壁，给不可胜数的年轻力量开辟出路，可以说在文艺批评界起到了解放文艺思想的巨大作用。这是不可抹杀的。但是，不少文艺批评家在梳理这场文艺批评运动时不是承认它在《红楼梦》批评史上的积极作用，而是认为它引起了一场影响深远的思想政治斗争风暴，而李希凡等人与俞平伯的《红楼梦简论》的商榷不过是不自觉地充当了这场思想政治斗争的工具而已。这是不符合历史发展实际的。如果李希凡等人与俞平伯的《红楼梦简论》的商榷只是思想政治斗争的导火索，那么，这场文艺争鸣不过是不自觉地充当了这场思想政治斗争的工具就还算说得过去。然而，这场文艺争鸣在《红楼梦》批评史上却起到了划时代的作用，即《红楼梦》从闲书变为"封建社会末世的百科全书"并举世公认。如果文艺批评家看不到1954年"红学革命"的这种划时代作用，而是仅从思想政治斗争出发把握这场"红学革命"，就将阉割中国当代文艺批评发展史。这就是说，文艺批评家如果不能把握文艺批评史这一有次序的进程，而是割断这种有序的文艺批评史，就既不可能公正地对待前人的文艺批评成果，也不可能做出自己独特的贡献。因此，文艺批评家应该在前人认识的基础上继续前进，而不是各说各话，甚至来回折腾。

中国现当代文学批评家俞平伯在遭到批评后既没有固执己见，也没有来回折腾，而是在超越过去的基础上继续前进。这就是俞平伯晚年超越索隐考证歧路，强调中国古典长篇小说《红楼梦》是小说，属于文艺的范畴，提倡多从文、哲两方面加以探讨。晚年俞平伯在全面比较"索隐派"与"自传说"的基础上认为："索隐派"与"自传说"虽然在研究方向和研究方法上不同，但都把《红楼梦》当作一种史料来研究，"只蔡视同政治的野史，胡看作一姓家乘耳。既关乎史迹，探之索之考辨之也宜，即称之为'学'亦无忝焉。所谓中含实义者也。两派门庭迥别，论证牴牾，而出发之点初无二致，且有同一之误会焉"[1]。在深刻反省的基础上，俞平伯既反对"索隐派"与"自传说"喧宾夺主，钻牛角尖，认为这是求深反惑，又不废索隐与考证之功，认为可以从历史、政治、社会各个角度来看《红楼梦》，并明确地提出从文、哲两方面探讨《红楼梦》应是主要的。俞平伯的这种红学观的调整不是折回，而是在超越过去的基础上更上一层楼。而有些"重写文学史"的文艺批评家却肢解俞平伯晚年的红学观，彻底否定了1954年"红学革命"，结果红学界沉渣泛起，至今为患，难以根除。与晚年俞平伯相反，中国现当代美学家朱光潜晚年则没有在自我批判后继续前进，而是来回折腾。

20世纪50年代中期，朱光潜在接受鲁迅文艺批评的基础上进行了相当深刻的自我批判，即朱光潜非常深入地挖掘他阉割晋代诗人陶渊明的历史根源和理论根源。如果朱光潜在这种自我批判的基础上继续前进，就有可能达到更高阶段，但他却在20世纪70年代末期以新的形式"回潮"了，以至于"接着讲"朱光潜美学思想的文艺理论家认为，朱光潜前后期的美学理论是一致的。这就是说，20世纪70年代末期，随着中国当代历史的转轨，朱光潜在一定程度上否定了他在20世纪50年代中期的自我批判。这不是否定之否定，而是折回。这种文艺思想的折回是不利于中国当代文艺批评有序发展的。因而，文艺批评家如果不是在捍卫优秀文艺传统的基础上继续前进，而是在割断这种优秀文艺传统中反复和"折腾"，就很难成气候。

近些年来，我们和文艺理论家王元骧进行了多次文艺讨论。我们力争在这些文艺争鸣中不断完善，而王元骧却依然故我。即使我们已经指出了王元骧在辩证法这个概念上犯了知识错误，也没有真正触动他。2011年，我们在全面梳理王元骧的文艺观时认为：20世纪80年代以来，我们虽然猛烈地批判了过去相当泛滥的"非此即彼"的思维方式，但仍然没有摆脱形而上学的思维方式。这就是我们在思维方式上用"亦此亦彼"的思维方式代替"非此即彼"的思维方式，而不是用唯物辩证法代替它。有些人将辩证法和"亦此亦彼"的思维方式混同，认为唯物辩证法就是"亦此亦彼"的思维方式，是绝对排斥"非此即彼"的。王元骧提出："如果把辩证法，把对立统一理解为非此即彼，一方吃掉一方，当然有些不妥；但若理解为亦此亦彼，理解通过辩证思维，可以取别人之长，补自己之短，使自己的认识更加全面、完整、减少片面性，并且使之不断地有所超越，有所前进，这不是很好吗？"[2]这是严重违背唯物辩证法的。恩格斯明确地界定了唯物辩证法，认为"辩证的思维方法同样不知道什么严格的界线，不知道什么普遍绝对有效的'非此即彼！'，它使固定的形而上学的差异互相转移，除了'非此即彼！'，又在恰当的地方承认'亦此亦彼！'，并使对立通过中介相联系；这样的辩证思维方法是唯一在最高程度上适合于自然观的这一发展阶段的思维方法"[3]。显然，"亦此亦彼"的思维方式不是真正的唯物辩证法。

我们曾经指出，这种"亦此亦彼"的思维方式在逻辑上表现为将形式逻辑和辩证逻辑对立起来，甚至排斥形式逻辑。它只讲矛盾的双方共存和互补，否认矛盾的双方相互过渡和转化；看到了事物相互间的联系，忘了它们的相对静止；它只见森林，不见树木，仍然是一种形而上学的思维方式。因此，我们不但要从"非此即彼"这种形而上学的思维方式中挣脱出来，也要摆脱"亦此亦彼"这种形而上学的思维方式的束缚，真正坚持唯物辩证法。[4] 2014年，王元骧依然故我，没有纠正过去在思维方式上所犯的错误，仍然认为避免认识事物从一个片面走向另一个片面，从一个极端走向另一个极端，就要做到"亦此亦彼"。[5]这还是彻底否定了"非此即彼"。这种完全否定"非此即彼"的"亦此亦彼"的思维方式显然不是唯物辩证法的。

王元骧不仅在思维方式上不是辩证法的，而且在把握作家的自我表现与人民创造历史活动的辩证关系、文艺的审美超越与人的现实超越的辩证关系上也是不够唯物辩证的。这就是王元骧在强调文艺对现实生活的反作用时过于夸大了这种文艺的反作用即认为它是本体的。

其一，我们认为真正优秀的文艺作品应是作家的自我表现与人民创造历史活动的有机结合，而不单纯是作家的自我表现。而王元骧则不仅认为文艺作品是作家自己人格的投影，而且认为文艺作品所表达的审美理想不仅仅只是作家的主观愿望，同样也是对于现实生活的一种反映即对广大人民群众的意志和愿望的一种概括和提升。这种将作家的主观愿望完全等同于广大人民群众的意志和愿望的审美超越论不过是一种精致的自我表现论。

首先，王元骧认为文学作品所反映的是作家对"人应该是什么"的憧憬和想象。王元骧认为："文学所反映的不仅是'实是的人生'而且是'应是的人生'。"这种应是的人生"是作家心目中的'应是人生'，在优秀的文学作品中，这种'应是的人生'的图景虽然不一定在作品中直接描绘出来，却通过作家对现实人生的审美评价让人强烈地感受到。所以凡是优秀的作品它在反映现实生活的同时也必然体现着对现实生活的超越"[6]。

其次，王元骧认为作家和人民群众对"人应该是什么"的憧憬和想象从根本上是一样的。王元骧认为："文学作品所表达的审美理想愿望自然是属于主观的、意识的、精神的东西，但它之所以能成为引导人们前进的普照光，就在于它不仅仅只是作家的主观愿望，同样也是对于现实生活的一种反映，因为事实上如同海德格尔所说的'形而上学是"此在"内心的基本形象'，'只消我们生存，我们就是已经处在形而上学中的'。理想不是空想，它反映的正是现实生活中所缺失而为人们所热切期盼的东西,在这个意义上,作品所表达的审美理想从根本上说都是以美的形式对于现实生活中人们意志和愿望的一种概括和提升,所以鲍桑葵认为'理想化是艺术的特征','它与其是背离现实的想象的产物,不如说其本身就是终极真实性的生活与神圣的显示',是现实生活中存在于人们心灵中的一个真实的世界,是人所固有的本真生存状态的体现,它不仅是生活的反映,而且是更真切、更深刻的反映,它形式上是主观的,而实际上是客观的。"[7]

这完全是王元骧不切实际的自我幻想。在现实生活中,不同的人对"人应该是什么"的憧憬和想象是很不相同的。恩格斯在把握人类社会历史时指出:"人们自己创造自己的历史,但是到现在为止,他们并不是按照共同的意志,根据一个共同的计划,甚至不是在一个有明确界限的既定社会内来创造自己的历史。"[8]他们的意向是相互交错的。这就是说,人类社会历史绝不是按照单一方向活动的愿望发展的,而是按照不同方向活动的愿望及其对外部世界的各种各样作用的合力的结果。在中国当代社会,底层民众只想保护自己辛苦劳动的果实,过上有尊严的生活,而一些权贵集团成员则千方百计地抢劫和掠夺底层民众牺牲生命和尊严所创造的财富并将这些财富转移到国外消费和享受而不被清算。他们的"应是的人生"是绝不相同的。作家到底表现谁的"应是的人生"呢?王元骧认为文学作品所表达的审美理想愿望不仅仅只是作家的主观愿望,同样也是对于现实生活的一种反映即对于现实生活中人们意志和愿望的一种概括和提升。这就是把作家心目中的"应是的人生"和广大人民群众的心目中的"应是的人生"完全等同起来了。如果作家心目中的"应是的人生"和广大人民群众的心目中的"应是的人生"是完全等同的,那么,作家还有必要深入生活吗?即使同是作家艺术家,他们对"人应该是什么"的憧憬和想象也是很不相同的,甚至是根本对立的。

在中国当代社会,有些作家艺术家渴望堕落,躲避崇高,而有些作家艺术家则向往自由,追求崇高,他们对"人应该是什么"的憧憬和想象是迥然有别的。这就是说,王元骧的审美超越论既没有严格区别不同的人对"人应该是什么"的憧憬和想象的不同,也没有严格区别作家和人民群众对"人应该是什么"的憧憬和想象的不同,而是把作家的主观愿望和广大人民群众的意志和愿望完全等同起来,不过是一种精致的自我表现论而已。

2012年，王元骧在反驳我们时一方面认为文学"只反映契合主体所需要的那些方面"，另一方面又要求作家的心胸是"社会的共鸣器"。[9]这是完全不可能的。作家所愿望看到的样子（"应如此"）与广大人民群众所愿望看到的样子（"应如此"）不可能自然而然地吻合。我们认为，这两者的差异只能在作家的"批判的武器"与"武器的批判"的有机结合、作家的主观批判与人民群众的历史批判的有机结合中化解，否则，作家的心胸就很难成为"社会的共鸣器"。如果作家的心胸自然是"社会的共鸣器"，那么，人类文艺史就不会出现那么多违反自己阶级同情和政治偏见的伟大作家的文学创作了。

其二，我们强调文艺的审美超越有时可以先于人的现实超越，但是，这种文艺的审美超越必须和人的现实超越有机结合并反映这种人的现实超越。正如作家艺术家对现实世界的批判不能完全脱离人民的历史批判，否则，这种文艺的批判就是软弱无力的。王元骧则强调文艺的审美超越可以脱离人的现实超越而独立发展，认为人在现实生活中是异化的，而文艺所表现的"理念的人"即"自由的人"是超越这种异化的人的，真正的文艺就是促使"理念的人"即"自由的人"转化为"现实的人"。这种"理念的人"即"自由的人"是理想的，不是历史的，没有反映自由逐步实现的人类历史活动。而人类的历史活动不仅存在异化，也是自由的逐步实现。文艺如果不和这种自由逐步实现的人类历史活动相结合，就必然和现实世界完全对立。

王元骧强调真正的文艺应凭借审美理想，"为人们在经验生活中创造一个经验生活之上的世界，让人们在实是的人生中看到一个应是人生的愿景，使得人们在艰难困苦的情况下对生活始终怀有一种美好的心愿，而促使自己奋发进取；在幸福安逸的生活中始终不忘人生的忧患，而不至于走向沉沦"，即真正的文艺通过对个人心理的影响达到对社会心理的改造，抵制中国当代社会奢靡、享乐的风气蔓延。[10]王元骧对中国当代社会奢靡、享乐之风包括宣扬拜金主义和享乐主义的大众文化的抵制和批判是我们非常赞同的，但是，王元骧割裂文艺的审美超越与人的现实超越的联系却是我们不敢苟同的。我们强调文艺的审美超越与人的现实超越是相互促进的，而不是完全脱节的，因而，文艺的审美超越应和人的现实超越有机结合并反映这种人的现实超越。而王元骧则没有深入地把握人在精神生活上的审美超越与人在物质生活中的现实超越的辩证关系。也就是说，我们强调作家的主观创造和人民的历史创造的有机结合，作家的艺术进步与人民的历史进步的有机结合，认为那种割裂作家的主观创造和人民的历史创造的有机结合、作家的艺术进步与人民的历史进步的有机结合的文艺本体论无论使用何种理论或概念包装，都没有超越狭隘的自我表现论，不过是以精致的自我表现论代替了赤裸的自我表现论而已。

王元骧批判我们"把反映与创造两者对立起来"了，认为人在物质生活中是异化和物化的，真正优秀的文艺是超越这种异化和物化的，可以拓展人的境界，提升人的人格，促进人的自由解放。而我们批判王元骧没有将文艺的审美超越建立在人的现实超越的基础上，在王元骧看来则是无的放矢的。我们认为，作家在文艺创造中可以超越人的异化和物化，难道人民在创造历史中不能超越人的异化和物化？王元骧只看到了杰出的作家的审美超越，而没有看到人民的现实超越。这种割裂作家的艺术进步与人民的历史进步的有机结合的文艺就不可避免地陷入仅仅表现作家自我的狭隘境地。王元骧认为文艺的审美超越可以先行于人的现实超越，并强调这种文艺的审美超越对现实人的异化和物化的批判。的确，文艺的审美超越有时是人的现实超越的先导。但是，如果现实的人始终沉溺在异化和物化中而没有任何现实超越，就难以真正接受文艺的审美超越。正如马克思所指出的："光是思想力求成为现实是不够的，现实本身应当力求趋向思想。"[11]现实的人接受文艺的审美超越绝不是完全被动的，甚至是强制的。那些强制灌输的应是的人生愿景是不可能在现实生活中生根发芽的。这就是说，文艺的审美超越如果不能与人的现实超越有机结合并反映这种人的现实超越，就不仅行之不远，而且难以深化。

1991年，文艺理论家陈涌在把握启蒙与革命的辩证关系时就深刻地批判了那些以启蒙代替革命的新启蒙论，认为这种新启蒙论顶多也只能说是一种幻想，一种良好的主观愿望。陈涌尖锐地指出："启蒙是为了革命，革命也需要启蒙，启蒙不能代替革命。广大群众的觉悟，归根到底是要在改造旧世界的过程中来实现的。思想有时可以走在生活的前面，但不可完全超脱物质生活。"[12]因而，陈涌认为："在剥削制度、压迫制度还存在的条件下，到底改变旧制度是更根本的，还是启蒙、教育或者说改造国民性是更根本的呢？能不能在旧制度、旧社会还未改造以前，在整个民族，整个社会范围内改造国民性，进行所谓'立人'呢？这是不可能的。人是受一定物质生活条件决定的，要改造人首先要改造他的物质生活条件，你没有改变他的物质生活条件，大多数人还在剥削压迫的制度下受苦受难，不首先使他们在剥削压迫制度下解放出来，要在整个民族，整个社会范围内改造人，改造国民性，进行'立人'的工作，这顶多也只能说是一种幻想，一种良好的主观愿望。"[13]我们在把握文艺的审美超越与人的现实超越的辩证关系时认为，文艺的审美超越是以人的现实超越为基础的，而不是完全独立的。这种文艺的审美超越必须和人的现实超越有机结合并反映这种人的现实超越。否则，文艺就完全成为作家主观创造的产物。在这个基础上，我们批判了那种完全脱离人的现实超越的文艺的审美超越论，认为它不自觉地陷入了唯心史观，是理论贫困的产物。这和陈涌对以启蒙代替革命的新启蒙论的批判没有根本区别。

王元骧的审美超越论之所以陷入了唯心史观，是因为他将不属于本体论的目的论纳入了本体论。王元骧认为本体论包括实在论的维度与目的论的维度，目的论是本体论原本固有的，而"目的论在自然观上虽然是唯心的，但在历史观上却是唯物的。原因就在于'在社会历史领域内进行活动的，是具有意识的、经过思虑或凭激情行动的、追求某种目的的人；任何事情的发生都不是没有自觉的意图，没有预期的目的的'[14]。正是这种有目的、有意识的活动，使得人摆脱自然决定论的地位，通过自己的活动而使世界按照人的目的和愿望发展，同时也在这一过程中使人自身不断地走向完善"。概括地说，正确地认识人，就不能只问"人是什么"而还应该问"人应该是什么"[15]。这种说法是很难站住脚的。恩格斯虽然认为"在社会历史领域内进行活动的，是具有意识的、经过思虑或凭激情行动的、追求某种目的的人；任何事情的发生都不是没有自觉的意图，没有预期的目的的"，但是，这种"在历史上活动的许多单个愿望在大多数场合下所得到的完全不是预期的结果，往往是恰恰相反的结果，因而它们的动机对全部结果来说同样地只有从属的意义"[16]。恩格斯明确地指出这种人的自觉的意图和预期的目的对于历史只有从属的意义，而不是本体的。也就是说，人的自觉的意图和预期的目的对历史有影响，但却不具有决定的意义。而王元骧却将这种只有从属的意义的人的意图和目的纳入到本体以内，就不可避免地陷入了唯心史观。

王元骧针对文艺争鸣提出了论辩原则，认为在开展文艺争鸣时，文艺批评家如果能准确地理解对方的思想，抓住彼此之间思想的根本分歧，从根本上把正误是非的道理说透彻了，那么，无须给对方扣上多少帽子，对方的理论也会不攻自破。[17]这些论辩原则是我们非常赞同的。可惜的是，王元骧并没有遵循这些论辩原则。在反批评时，王元骧只引用了我们的结论而阉割了这个结论的理论前提，就认为我们全盘继承了"打棍子""扣帽子"这种简单粗暴的作风。这种割裂结论和前提的联系的反驳是不能真正解决文艺理论分歧的。这就是说，王元骧在文艺争鸣中不仅缺乏文艺批评家的气度，而且不够尊重对方，没有真正把握对方在理论上的发展，而是割裂对方理论前提和结论的联系，在自我证明中驳斥对方的结论。王元骧的这种自我证明既无助于中国当代文艺争鸣的正常开展，也无助于中国当代文艺理论的有序发展。

参考文献：

[1] 俞平伯：《索隐与自传说闲评》，《俞平伯全集》第6卷，花山文艺出版社，1997，第435页。

[2] 王元骧：《审美超越与艺术精神》，浙江大学出版社，2006，第329页。

[3] 中共中央马克思、恩格斯、列宁、斯大林著作编译局：《马克思恩格斯选集》第4卷，人民出版社，1995，第318页。

[4] 邓树强、熊元义：《中国当代文艺理论的分歧及理论解决》，《河南大学学报》2011年第4期。

[5][6][7] 陈飞龙、王元骧：《求实严谨的科学态度　求真创新的学术精神——王元骧教授访谈》，《文艺理论与批评》2014年第2期。

[8] 中共中央马克思、恩格斯、列宁、斯大林著作编译局：《马克思恩格斯选集》第4卷，人民出版社，1995，第732-733页。

[9][10][15][17] 王元骧：《理论的分歧到底应该如何解决》，《学术研究》2012年第4期。

[11] 中共中央马克思、恩格斯、列宁、斯大林著作编译局：《马克思恩格斯选集》第1卷，人民出版社，1995，第11页。

[12][13] 陈涌：《陈涌文论选》，人民文学出版社，2009，第148页、第147页。

[14] 中共中央马克思、恩格斯、列宁、斯大林著作编译局：《马克思恩格斯选集》第4卷，人民出版社，1995，第247页。

[16] 中共中央马克思、恩格斯、列宁、斯大林著作编译局：《马克思恩格斯选集》第4卷，人民出版社，1995，第248页。

第三节　文艺批评的尊严

20世纪90年代中期以来，随着文艺发展的多元化和文艺批评化解各种文艺分歧的能力的式微，文艺批评逐渐丧失了尊严。这种文艺批评的尊严的丧失不仅在于有些作家抵制合理的文艺批评，而且在于不少文艺批评家不能接受正确的文艺批评。这就是中国当代有些文艺批评家在文艺批评实践中互不尊重甚至相互排斥的倾向。这不但严重妨碍文艺争鸣的正常展开，而且严重阻碍文艺批评符合规律的科学发展。

20世纪50年代中期，中国文艺批评界展开了对以往《红楼梦》研究的激烈批判运动。20世纪70年代末以来，中国文艺批评界对这场文艺批评运动的总结和反思似乎侧重在政治层面上，很少从新生文艺批评力量的崛起和发展的层面上进行深入的总结和反思。其实，中国文艺批评界在20世纪50年代中期展开的对以往《红楼梦》研究的批判运动不仅是无产阶级文艺思想与资产阶级文艺思想的斗争，而且是新生文艺批评力量对既得利益集团的冲击和崛起，是打破既得利益集团形成的铜墙铁壁，给不可胜数的年轻力量以出路。在1954年10月28日《人民日报》上，袁水拍在质问《文艺报》编者时指出了一个至今仍被人们忽视的现象，这就是对名人、老人，不管他宣扬的是不是资产阶级的东西，一概加以点头，并认为"应毋庸疑"；对无名的人、青年，因为他们宣扬了马克思主义，于是一概加以冷淡，要求全面，将其价值尽量贬低。如果我们把袁水拍所说的"资产阶级的东西"换成"错误的东西"，"马克思主义"换成"真理"这些概念，尽量抹去政治色彩，那么，袁水拍在质问《文艺报》编者时所指出的这种现象是否存在并在今天是否愈来愈严重呢？袁水拍进一步地指出："许多报刊、机关有喜欢'大名气'、忽视'小人物'、不依靠群众、看轻新生力量的错误作风。文化界、文艺界对新作家的培养、鼓励不够，少数刊物和批评家，好像是碰不得的'权威'，不能被批评，好像他们永远是'正确'的，而许多正确的新鲜的思想、力量，则受到各种各样的阻拦和压制，冒不出头；万一冒出头来，也必挨打，受到这个不够那个不够的老爷式的挑剔。资产阶级的'名位观念''身份主义''权威迷信''卖老资格'等等腐朽观念在这里作怪。"我们把袁水拍所说的"资产阶级"这些定语拿掉，袁水拍所说的"名位观念""身份主义""权威迷信""卖老资格"等等腐朽观念是不是在今天还很盛行？在当代文艺批评实践中，不少文艺批评家互不尊重，"文人相轻"，不能真诚接受对方合理的文艺批评成果。这种互不尊重、"文人相轻"难道不是"名位观念""身份主义""权威迷信""卖老资格"等等腐朽观念在这里作怪？这些"名位观念""身份主义""权威迷信""卖老资格"等等腐朽观念的盛行严重阻碍了新生力量的崛起和发展。有人相当尖锐地提出"我们现在应当抛弃那种对本来已经提拔起来了的文学'显贵'再加以提拔的贵族习惯，由于这些'显贵'的'伟大'，我们的年轻的、默默无闻的和被大家所忘记的文学力量正处于不断呻吟之中"[1]。中国当代不少文艺批评家虽然很不情愿提及历史上曾经指出过这种普遍现象的人，但却否定不了这种铁的事实。

中国当代文艺批评界有多少人认真倾听那些年轻的、默默无闻的和被大家所忘记的文艺批评力量的呻吟？中国文艺批评界在20世纪50年代中期以来对以往《红楼梦》研究等展开的文艺批判之所以演变为政治批判运动，重要原因之一就是有些文艺批评家囿于既得利益，拒绝和抵制正常的文艺批评的开展。有些文艺批评家不是接受真理，而是固步自封；不是追求真理，而是依附强权。这种不认是非只认强弱的状况已造成人才难以出现的不合理的秩序。因此，中国当代文艺批评家在文艺批评实践中不仅要讲真话，而且要追求真理和捍卫真理。文艺批评家只有追求真理和捍卫真理，才能仰赖外部力量（包括政治力量或资本力量）打破这种人才难以出现的不合理的秩序，至少可以在一定程度上规避这种不合理的秩序所造成的危害，才能展开较为充分的文艺争鸣并有效地推进文艺批评的健康发展。

文艺批评家追求真理和捍卫真理，就是在文艺批评中自觉遵循文艺批评发展的规律，不断超越自我局限，而不是固步自封。

中国当代文艺批评界的"文人相轻"，互不尊重，主要是一些文艺批评家不是互相尊重彼此的文艺批评成果，而是拒绝承认并吸收其他文艺批评家的文艺批评成果。有的文艺批评家不是在相互辩诘中彼此促进，共同提高，而是避开正面交锋，自说自话；有的文艺批评家参与文艺争鸣不是为了认识真理和追求真理，而是为了捞取名声资本，哗众取宠；有的文艺批评家不是认真辨别对方的正确与否并吸收其正确的一面，以便丰富和发展自己，而是故步自封。中国当代文艺批评家这种不太自重的行为不但很难赢得作家乃至全社会的尊重，而且很难推进中国当代文艺批评的有序发展。

有的文艺批评家在尖锐批评当代文艺批评界"文人相轻"现象时指出，中国当代文艺不是没有经典和大师，而是不少文艺批评家对于经典和大师不敢承认。这位文艺批评家认为，中国当代文艺出现了经典和大师，但是，不少文艺批评家厚古薄今、"文人相轻"，漠视这些经典和大师的客观存在，只是看到甚至夸大中国当代作家、艺术家的局限，却没有看到他们早已跻身大师行列。其实，中国当代一些文艺批评家对同时代作家、艺术家过分挑剔甚至苛刻并没有错。所谓爱之深、责之切。一些文艺批评家即使以伟大作家、艺术家为标杆要求甚至衡量同时代作家、艺术家，也不为过。中国当代文艺批评界对同时代作家、艺术家的这种敦促至少可以避免一些作家、艺术家精神懈怠的危险。因此，中国当代一些文艺批评家对同时代作家、艺术家过分挑剔甚至苛刻与其说是文人相轻，不如说是文人相激。

其实，中国当代文艺批评界的文人相轻很少发生在文艺批评家与作家、艺术家之间，主要发生在文艺批评家之间。中国当代文艺批评界存在一种严重轻视甚至排斥文艺理论的倾向。有些文艺批评家因为有些人混淆了以理论为指南与以理论为公式的根本区别而轻视文艺理论甚至排斥文艺理论，认为强调文艺创作是否符合文艺理论而忽视文艺创作的个体化、自由化特征是中国现代文艺史上的重大失误之一。这种认识不但是片面的，而且是对中国当代文艺理论家的理论成果的严重轻视。在中国现代美学史上，美学家朱光潜虽然强调宽容别人和我自己的异趣，但是他承认文艺的趣味是有高下的。在这个基础上，朱光潜提出了"纯正的趣味"这个美学概念，认为"不仅欣赏，在创作方面我们也需要纯正的趣味"[2]。这就是说，在不断创新不断发展的文艺趣味中，有的文艺趣味是纯正的，有的文艺趣味则是低下的。因此，文艺的趣味既要不断推陈出新，也要充分体现人类文明发展的前进方向。而中国当代文艺批评家必须从理论上深刻思考人类文明发展的前途命运以及中国当代社会发展与人类文明发展的辩证关系，并在这个基础上深刻地把握中国当代文艺的发展方向和发展规律，而不是囿于地域和当下的局限并在强调文艺趣味的多样化中纵容低下趣味的流行。

其实，有些文艺批评家之所以轻视文艺理论甚至排斥文艺理论，恰恰是因为他们在理论上陷入了误区。这些文艺批评家认为，在这个世界上，文艺自由地表现自由和美才是最根本的道理。从文艺与现实的关系来看，文艺描绘现实的生活和理想的生活，展现的是人类对真正的生活的渴望。优秀文艺作品的超越时空的永恒价值，既因为它是自由创造的，亦因为它表现了人性的自由品格，还因为它本身就创造了人自由的方式，使人在未必自由的现实中表达和体悟自由之美。或者说，在不自由或不完全自由的现实中只有艺术相对而言是最自由的。中国现代文艺史上，往往存在着强调文艺对现实的服从关系而反对文艺对现实的"超越"的倾向。[3]这种认识显然是片面的。文艺对现实的服从关系与"超越"关系是统一的，不是对立的。一些当代西方马克思主义文艺理论家就割裂了文艺对现实的服从关系与"超越"关系的辩证关系，割裂了作家对现实生活的主观批判和人民对现实生活的历史批判的有机结合。西方马克思主义文艺理论家赫·马尔库塞的文艺思想就比较典型。赫·马尔库塞明确地认为："艺术所服从的规律，不是既定现实原则的规律，而是否定既定现实原则的规律。"[4]艺术的基本品质，即对既成现实的控诉，对美的解放形象的乞灵。赫·马尔库塞之所以割裂文艺对现实的服从关系与"超越"关系的辩证关系，是因为他没有看到资本主义社会里的人民的斗争力量。赫·马尔库塞认为："先进的资本主义把阶级社会变成一个由腐朽的戒备森严的垄断阶级所支配的世界。在很大程度上，这个整体也包括了工人阶级同其他社会阶级相等的需要和利益。"这就是说，在先进的垄断资本主义制度下，工人阶级同现有社会合而为一。而被剥削阶级即"人民"越是屈服于现有权势，艺术将越是远离"人民"。因此，艺术只有服从自己的规律，违反现实的规律，才能保持其真实，才能使人意识到变革的必要。[5]可见，赫·马尔库塞只看到了广大人民被统治阶级奴化和同化的一面，而忽视了他们抵制和抗争的一面。因而，赫·马尔库塞在强调作家、艺术家的批判力量时，不但没有看到人民在现实生活中的革命力量，而且完全忽视了文学艺术对这种人民的革命力量的反映，即艺术对解放斗争的贡献不能由被压迫阶级出现（或不出现）在艺术作品中来决定。秘鲁作家略萨提出的文学的"反抗精神"在一定程度上发挥了赫·马尔库塞的这种文艺思想。略萨认为："凡是刻苦创作与现实生活不同生活的人们，就用这种间接的方式表示对这一现实生活的拒绝和批评，表示用这样的拒绝和批评以及自己的想象和希望制造出来的世界替代现实世界的愿望。"在这个基础上，略萨要求文艺对现实生活进行坚决、彻底和深入的拒绝和批判，即"重要的是对现实生活的拒绝和批评应该坚决、彻底和深入，永远保持这样的行动热情——如同堂·吉诃德那样挺起长矛冲向风车，即用敏锐和短暂的虚构天地通过幻想的方式来代替这个经过生活体验的具体和客观的世界"[6]。显然，略萨所提出的这种文艺的"反抗精神"既是空洞的，也是苍白无力的。这种对现实生活的坚决、彻底和深入的拒绝和批判在否定现实生活中的邪恶势力的同时，也拒绝了现实生活中的正义力量。也就是说，这种对现实生活的坚决、彻底和深入的拒绝和批判不但从根本上脱离了客观历史存在的革命力量，而且没有深刻地反映这种客观历史存在的革命力量。

但是，马尔库塞、略萨的这种文艺思想却被中国当代一些文艺批评家毫无保留地引进了。有些傲慢的文艺批评家甚至在中国当代文艺批评界已深入地批判马尔库塞、略萨的文艺思想后依然固我，仍然片面地强调文艺对现实生活的"超越"而忽略文艺对现实生活的服从关系。这些傲慢的文艺批评家在文艺批评中往往是随波逐流，不辨是非，甚至只认强弱，而不是追求真理和捍卫真理。在这些文艺批评家那里，中国当代文艺批评是一个彼此互不联系的差异世界。

德国哲学家黑格尔在考察哲学史时曾深刻地指出：全部哲学史是一有次序的进程。"每一哲学曾经是、而且仍是必然的，因此没有任何哲学曾消灭了，而所有各派哲学作为全体的诸环节都肯定地保存在哲学里。但我们必须将这些哲学的特殊原则作为特殊原则，和这原则的通过整个世界观的发挥区别开来。各派哲学的原则是被保持着的，那最新的哲学就是所有各先行原则的结果，所以没有任何哲学是完全被推翻了的。"[7]中国当代文艺批评的发展也不例外。我们从中国当代文艺批评界对文艺批评主体"说什么"与"怎么说"的关系、文艺的批判精神的把握上不难看出，中国当代文艺批评就是一种有次序的发展进程。有的文艺批评家指出中国当代"先锋批评"没有在借文艺对现实说"是"的同时揭示文艺对现实所说的"不"，而是对于现实现在只说"是"，认为这种"先锋批评"从过去只说"不"到现在只说"是"是丧失了文艺批评的立场。而有的文艺批评家则反对这种抽象地规定文艺批评说"是"与"不",认为文艺批评既可以只说"是",也可以只说"不"。文艺批评是说"是",还是说"不",不取决于文艺批评自身,而取决于文艺批评所把握的对象。如果批评对象值得说"是",批评主体就应该说"是";如果批评对象不值得说"是",批评主体就应该说"不"。这才是实事求是的。而批评主体说的对与不对是关键,至于批评主体怎么说则是次要的。不问批评主体"说什么",而是质问批评主体"怎么说",这是本末倒置的。19世纪俄国文艺批评家车尔尼雪夫斯基说得好:文学批评家不必拘泥于以前觉得这同一位作家的作品是好还是坏,而应该特别注意文学作品的价值。"对于值得赞扬的作家一视同仁地赞扬,对于不值得赞扬的人则一概不歌颂。"[8] 由此可见,中国当代文艺批评界对文艺批评主体"说什么"与"怎么说"的关系的认识是逐渐深入的。

同样,中国当代文艺批评界对文艺的批判精神的认识也经过了一个不断深化的过程。有的文艺批评家在高扬文艺的批判精神时不但脱离了现实生活,而且脱离了批评对象。这些文艺批评家对现实生活的坚决、彻底和深入的拒绝和批判在否定现实生活中的邪恶势力的同时,也拒绝了现实生活中的正义力量。也就是说,这种文艺的拒绝和批判从根本上脱离了现实生活中的批判力量。有的文艺批评家则强调真正的文艺的批判精神是作家的主观批判和人民的客观批判的有机结合,是批判的武器和武器的批判的有机统一,是扬弃,而不是彻底的否定。由此可见,中国当代文艺批评界对文艺的批判精神的认识是不断推进的。因此,文艺批评家只有认真梳理和总结中国当代文艺批评这种有次序的发展进程,才能客观公正地把握和评价各种文艺批评观在历史上的地位和贡献。

中国当代文艺批评史既然是一个有次序的发展进程,那么,文艺批评家在梳理和总结中国当代文艺批评史时就既要看到各种文艺批评观满足现实需要的程度,也要看到它们在文艺批评发展史中的环节作用,并将这二者有机地结合起来。只有这样,才能客观公正地把握和评价在历史上曾经产生影响(甚至是轰动效应)的一些文艺批评。在文艺批评发展史上,有些优秀的文艺批评是拒绝和批判现存狭隘需要的,有时很可能就不如一些迎合现存狭隘需要的片面的文艺批评影响大。这时,文艺批评家就要正本清源,拨乱反正,在清理和反思文艺批评发展史中还公正于一些追求真理和捍卫真理的文艺批评家及其文艺批评。可是,中国当代不少文艺批评家则过于重视一些文艺批评在现实生活中的影响,甚至从狭隘需要出发推崇一些片面的文艺批评,而不是在辨别是非中并打捞那些湮没无闻的优秀文艺批评并使之大放光芒。久而久之,这将极大地扭曲文艺批评家的创造人格,严重影响中国当代文艺批评的有序发展。

文艺批评家追求真理和捍卫真理,就是在文艺批评中切实有效地推动作家、艺术家创作出伟大文艺作品并促进这种伟大文艺作品引领当代文艺的有序发展。

文艺批评家不仅要在文艺批评的自身发展中追求真理和捍卫真理,而且要在推进文艺创作的健康发展中追求真理和捍卫真理。这种追求真理和捍卫真理主要就是文艺批评家推动作家、艺术家创作出既符合本时代需要又符合人类文明发展需要的伟大文艺作品,并以这种伟大文艺作品引领当代文艺的有序发展。否则,文艺批评家仍然很难完全赢得作家、艺术家乃至全社会的尊重。

然而,不少文艺批评家却在中国当代多元化的文艺潮流中自我放逐,甘愿堕落成为文化掮客。有的文学批评家认为应该"是文学作品给文学立法,而不是文学批评给文学立法"。他们认为文学世界是无限丰富的,作家的每一次写作都是对以前文学作品的一次挑战,所以文学批评家要更多地尊重作家作品,尤其是尊重作家的原创。其实,这种文艺批评观并不新鲜,不过是克罗齐派文艺批评观的翻版。朱光潜在扼要地概括克罗齐派文艺批评观后指出,这是一种"创造的批评"。这种"创造的批评"认为艺术作品的精神方面时时在"创化"中,创造欣赏都不是复演。"真正的艺术的境界永远是新鲜的,永远是每个人凭着自己的性格和经验所创造出来的。"[9]朱光潜在全面把握克罗齐派文艺批评观的基础上指出了这种文艺批评观无法克服的困难即忽略了艺术的价值高下判断,这自然对于文艺批评是一种困难。文艺的多样化的发展是有价值高下的,而不是等量齐观的。毛泽东在看到作家几乎没有不以为自己的作品是美的这种情况时尖锐地指出,文艺批评既要容许各种各色艺术品的自由竞争,也要促使较低级的艺术逐渐提高成为较高级的艺术,促使不适合广大群众斗争要求的艺术改变到适合广大群众斗争要求的艺术。[10]这就是说,在作家、艺术家都以为自己的作品是美的情况下,文艺批评家不能放弃是非判断和价值高下判断,而是严格甄别较低级的艺术与较高级的艺术并促使较低级的艺术逐渐提高成为较高级的艺术。因此,文艺批评家不能拜倒在作家、艺术家作品的脚下亦步亦趋,而是正确地鉴别作家、艺术家作品的好坏和价值高下,积极引领文艺有序而健康地发展。

的确,文艺批评家应该正视任何一部特定文艺作品中的种种奇特古怪之处,正视其中不"得体"的因素,但是,文艺批评家却不能被文艺作品的这种种奇特古怪之处和不"得体"的因素所吓昏,"一定得有明确的是非,有热烈的好恶"。否则,"他先就非被'轻'不可的"(鲁迅语)!在文艺发展史上,有些文艺作品的奇特古怪之处和不"得体"的因素看似创新,实则倒退,偏离了人类文明发展的大道。文艺批评家固然不应该傲慢,但也不应该随和。文艺批评家的才能就充分体现在这个尺度的拿捏和掌握上。但是,有的文艺批评家却要求文艺批评家应该有更广阔的容忍空间,看到文艺作品的差异,看到作家、艺术家的千差万别,认为如果没有根本意义上的多元化,多样化实际上是不成立的。这种文艺创作的多元论虽然包容了有意义的奇特古怪之处,但却纵容了无意义的奇特古怪之处,就是"什么都行"。这种文艺创作的多元论显然是一种"亦此亦彼"的形而上学思维方式。思维离不开判断,它总是既有所肯定也有所否定,哪有什么只是肯定从不否定的"思维方式"呢?这种"亦此亦彼"的形而上学思维方式只看到了事物相互间的联系,没有看到事物之间的质的差别,因而不可避免地搞中庸调和。而文艺批评家放弃必要的价值判断则无异于缴械投降。因此,中国当代文艺的多样化发展不能完全各行其是,漫无依归,而是有发展方向的,即创作出既符合本时代需要又符合人类文明发展需要的伟大的文艺作品。

中国当代社会正在走向伟大时代。德国作家歌德曾经提出过一个衡量上升时代的文艺指标,即认为"一个时代如果真伟大,它就必然走前进上升的道路,第一流以下的作品就不会起什么作用"[11]。虽然中国当代社会容许各种各样的文艺作品的存在,但是那些优秀的文艺作品却不能淹没在众声喧哗中,应该积极发挥引领作用。因此,有出息的文艺批评家首先要站在历史的制高点上发现和把握优秀的文艺作品。所谓站在历史的制高点,就是从理论上认识和把握整个历史运动并自觉地站在整个历史运动的前列。其次,有出息的文艺批评家要大力增强这些优秀的文艺作品对其他文艺作品的引领作用。

也就是说，有出息的文艺批评家要辩证地把握优秀的文艺作品和其他文艺作品的复杂关系，不但要指出其他文艺作品和这些优秀的文艺作品的差距，而且要善于挖掘其他文艺作品所蕴含的精华部分并促进广大作家、艺术家见贤思齐。这样，中国当代文艺批评界就必须自始至终地反对这样两种偏向：一种是虚无存在观，就是从伟大文艺作品观念出发，只承认伟大文艺作品，而看不到各种各样的文艺作品现实的合理存在。这就陷入虚无主义泥淖了。这种虚无主义倾向只看到了一般文艺作品和伟大文艺作品的差距，而没有看到它们之间的辩证联系，这实质上无异于取消了文艺的多样存在。一种是粗鄙存在观，就是从文艺世界全部、整体的存在出发，要求包容并承认文艺世界的整体存在，而不区分这个文艺世界的好坏和优劣。这就陷入了庸俗哲学泥淖了。这种庸俗哲学倾向要求从新的文艺创作现象概括出新的文艺理论思想固然不错，但它却没有认真区分新的文艺创作现象的好坏和优劣，这实质上就是承认凡是新的文艺创作现象都是合理的。的确，中国当代文艺批评家需要充分注意自己身边至鄙至俗、极浅极近的文艺，但绝不能放弃对这种至鄙至俗、极浅极近的文艺的批判和改造。否则，就为媚俗、庸俗、低俗的文艺作品大开绿灯。

因此，中国当代文艺批评家既不能只是看到文艺世界的联系，也不能只是看到文艺世界的差别，而是既要看到文艺的理想和文艺的现实的差距，又要看到文艺的现实正是文艺的理想实现的一个必要阶段。也就是说，我们针对文艺的现实提出某种文艺的理想，与作家们在实现这种文艺的理想时达到了什么程度是两回事。我们绝不能因为有些作家、艺术家没有完全达到这种理想要求，就全盘否定他们的切实努力和点滴进步。只有这样，中国当代文艺批评家才能既看到文艺世界的联系，也看到文艺世界的差别，积极引导中国当代作家、艺术家创作生产伟大的文艺作品，共同开创中国当代文艺发展的欣欣向荣局面。

在把握广大作家、艺术家在创作生产伟大文艺作品上的切实努力和点滴进步的同时，文艺批评家还要锲而不舍地推进这些切实努力和点滴进步形成滚滚向前的文艺潮流。而中国当代文艺批评在这个方面却是差强人意的。中国20世纪90年代中后期崛起的现实主义文艺潮流本来可以在不断深入地把握中国当代社会发展的基础上发展为参天大树。但是，这种现实主义文艺潮流在20世纪末期发生了骇人的畸变,出现了伪现实主义文艺倾向。有些文艺批评家尖锐地批判了这种伪现实主义文艺倾向。但是,这种文艺批评却不但没有在接力中发展,反而淹没在众声喧哗中。而大多数文艺批评家则与这个现实主义文艺潮流共沉沦。与19世纪俄国优秀的文艺批评相比,中国当代文艺批评的发展软肋是明显的。

19世纪俄国批判现实主义文艺潮流的确涌现了不少具有世界影响的大作家大作品,但是,如果没有别林斯基、车尔尼雪夫斯基和杜勃罗留波夫等一批卓越的文艺批评家的推波助澜和保驾护航,这个批判现实主义文艺潮流就不可能横无际涯。而这些卓越的文艺批评家虽然前后出现,但是他们在推进俄国进步文艺的前进上却是一脉相承的,就是接连不断推动俄国进步文艺冲破当时黑暗世界的禁锢,绽放绚丽的自由之花。正如别林斯基所指出的,在这个黑暗世界里,新生的力量沸腾着,要冲出来,但被沉重的压迫紧压着,找不到出路。而俄国进步文艺却显示出蓬勃的生命和进步的运动。别林斯基高度肯定了这种俄国进步文艺,认为正是因为这种进步文艺的出现,所以在俄国诗人的头衔和文艺家的称号早已使灿烂的肩章和多彩的制服黯然失色了。当作家果戈理的文学创作出现思想危机,即把谎言和不义当作真理和美德来宣扬时,别林斯基没有默尔而息和随波逐流,而是拍案而起和愤怒声讨,有力地批判了俄国批判现实主义文学的畸变现象,促进了俄国进步文艺的向前发展。继起的杜勃罗留波夫在别林斯基对俄国进步文艺这种肯定的基础上提出了衡量作家或者个别作品价值的尺度,就是"他们究竟把某一时代、某一民族的(自然)追求表现到什么程度"[12]。杜勃罗留波夫指出,奥斯特罗夫斯基之所以杰出,就在于他挖掘和表现了与当时俄国人民生活的新阶段相呼应的坚强性格。这是一种能够克服顽固独夫们所造成的一切阻碍的有进取心的果敢而坚毅的性格。杜勃罗留波夫认为这种俄罗斯的坚强性格和任何专横顽固的原则都是势不两立的,"他是意志集中而坚决的,百折不回地坚信对(自然的)真实的敏感,对(新的理想)满怀着信仰,乐于自我牺牲(就是说,与其在他所反对的原则底下生活,他就宁使毁灭)"[13]。而俄国进步文艺正是在这些杰出的文艺批评家持续不断地向前推动下蓬勃发展的。其实,中国当代文艺界不能说完全没有俄国这种进步文艺的成分的存在,只是浪花偶现,而不是形成汹涌澎湃的文艺潮流。这是中国当代文艺批评界难辞其咎的。中国当代文艺批评家在推动这种进步文艺前进的过程中力量过于分散，没有在化解差异中形成合力，甚至难以深入。

20世纪90年代中期，有些文艺批评家提出中国当代有些文艺作品丧失了人文精神。这引起了中国文艺批评界的极大反响和极大关注。不过，这仅仅局限在精神层面上把握人文精神的失落现象。有的文艺批评家则进一步地从历史层面上探究了中国当代一些作家的精神背叛，认为这种精神背叛是这些作家社会背叛的结果。而这些作家的这种社会背叛又是中国当代社会发生历史演变的产物。在这个基础上，他们提出了中国当代作家直面现实、感受基层、超越局限、精神寻根这种价值取向。可是，中国文艺批评界这种更深入的解剖和更高的理论发展却淹没在众声喧哗中，几乎无人问津。

2009年，文艺批评家阎纲提出现在"应是文艺政策调整时"，强调文艺立法刻不容缓，认为现存的文艺政策不大适应21世纪以来的文艺创作环境，需要进行必要的调整。[14]有的文艺批评家提出中国当代文艺应积极开掘和表现与21世纪中国人民生活的新阶段相呼应的性格和精神气质，重铸中华民族魂。应该说，这些都是中国当代文艺健康发展的点穴批评。但是，这些振聋发聩的声音仿佛散发在太空中，没有任何回音。其结果，中国当代不少优秀的文艺批评往往淹没在众声喧哗中，既不能对中国当代文艺创作形成持续影响，也不能引导中国当代文艺创作的健康发展。中国当代文艺批评处在这种状态里是很难赢得作家乃至全社会尊重的，当然也就不可能有尊严。

参考文献：

[1] 参见张炯主编：《中国新文艺大系（1949—1966）理论史料集》，中国文联出版公司，1994。

[2] 朱光潜：《朱光潜美学文集》第2卷，上海文艺出版社，1982，第253-254页。

[3] 参见刘中树、许祖华主编：《中国现代文艺思潮史》，华中师范大学出版社，2009，第369-375页。

[4][5] 赫·马尔库塞等著，绿原译：《现代美学析疑》，文化艺术出版社，1987，第46页、第22-23页。

[6] 略萨著，赵德明译：《给青年小说家的信》，上海译文出版社，2004，第6页。

[7] 黑格尔：《哲学史讲演录》第1卷，商务印书馆，1959，第40页。

[8] 车尔尼雪夫斯基：《车尔尼雪夫斯基论文艺》中卷，上海译文出版社，1979，第153页。

[9] 朱光潜：《朱光潜全集》第8卷，安徽教育出版社，1993，第372页、第378页。

[10] 毛泽东：《毛泽东选集》第3卷，人民出版社，1991，第869页。

[11] 歌德著，朱光潜译：《歌德谈话录》，人民文艺出版社，1978，第78页。

[12][13] 杜勃罗留波夫著，辛未艾译：《杜勃罗留波夫选集》第2卷，上海译文出版社，1983，第358页、第401页。

[14] 阎纲：《文艺警钟为何而鸣》，作家出版社，2012，第411-412页。

第九章　中国当代文艺批评家的任务

第一节　别林斯基的文艺批评及其对中国当代文艺批评的意义

19世纪上半叶，俄国伟大文艺批评家别林斯基不仅深刻地认识到作家是他的时代的产物，而且积极推动俄国文学对俄国新的社会运动的深入反映，认为"文学本身不仅反映了这种倾向，还要促使这种倾向在社会中的成长，不仅是不落后于它，还要更加超越它"[1]。别林斯基的文艺批评不但牢牢地植根于俄国社会和文学发展的历史进程中，而且有力地推动了这个历史进程。中国当代文艺批评界如果脱离这个俄国社会和文学发展的历史进程来总结别林斯基的文艺批评实践，就难以准确地把握别林斯基文艺批评的神髓。何况，别林斯基所批评的一些文艺现象都不同程度地出现在中国当代文坛了。因此，科学地总结别林斯基的文艺批评实践是有助于中国当代文艺批评健康而有序的发展的。

19世纪俄国文学的辉煌不是突然冒出来的，而是经历了从模仿阶段到独创阶段的发展过程。这种过渡阶段往往是众声喧哗、模糊混沌的。别林斯基没有迷失，而是在这种众声喧哗、模糊混沌中深刻地把握了俄国文学的前进方向，积极引导俄国文学走上正确的道路。这就是别林斯基在深入地把握普希金、果戈理等人的文学创作中有力地促进了俄国文学的根本转折，即一个旧的历史时期的结束和新的历史时期的到来。

别林斯基深刻地勾勒了俄国文学发展的历史进程："有过一个时期，在俄罗斯，没有一个人肯相信，俄国的智慧，俄国的语言，能够有什么用处；一切外国的废物很容易在神圣的俄罗斯被视为天才杰作，而自己俄国的东西，即使是天禀卓著的，也受到漠视，单单因为它是俄国的东西的缘故。"这个历史时期总算过去了，现在却临到了另外一个历史时期，"荷马、莎士比亚和拜伦，在我们看来，都不算什么一回事，因为我们已经有了自己的了"[2]。在这两个历史时期，俄国文学都是幼稚的、不成熟的。尤其是对这后一个历史时期，别林斯基认为"这个时期也该结束了"。在这个历史转折关头，别林斯基不但猛烈地抨击了那些幼稚的高调，而且积极促进俄国文学的根本转折。其实，中国当代社会的发展也正由赶超的模仿和学习阶段逐渐转向自主的创造和创新阶段。在这个历史进程中，中国当代文艺界不但出现了19世纪上半叶俄国文学界曾经出现的种种倾向，而且出现了作家、艺术家的艺术调整，即有些作家、艺术家正逐步从对自我内心体验的感受转向对人类社会生活根本变化的关注，从对"小我"的揭秘转向对"大我"的表现。中国当代文艺批评家在这种中国当代文艺转折关头不应失语，而应像别林斯基那样积极推动这种中国当代文艺的艺术调整。

俄国文学的新时期是由俄国两个伟大作家普希金和果戈理开创的。别林斯基鲜明地指出："俄国的长篇小说和俄国的中篇小说是从果戈理开始的，正像真正的俄国诗歌从普希金开始一样……果戈理把新的因素带进了我们的文学……从果戈理起，开始了俄国文学和俄国诗歌的新时期……"[3]别林斯基高度肯定普希金和果戈理的文学创作，积极推动了这种俄国文学新时期的到来。这种既是现代的又是俄国的俄国文学有何特征呢？首先，这种真正的俄国民族文学同时既是全人类的，又是民族的。两者都不应该，也不可能缺少另一个而存在。其次，这种真正的俄国民族文学是面向现实生活的，即力求描写和刻画并非作家梦中所幻想的东西，而是社会、现实里面实有的东西。这个现实"生活已经不是快乐的筵席，节日般的欢腾，而是工作、斗争、穷困和苦难的经历"。俄国作家"与其说是神往和欣喜，宁可说是忧思和诉苦；与其说是恣情地欢呼，宁可说是质询和研究"[4]。普希金和果戈理规定了这样一种美学评判的标准。其中，果戈理对俄国文学的影响是巨大的，不仅是一切年轻的有才能之士都投身到他所指引的道路上来，就是若干已经颇有声名的作家也都离开原来的道路，走到他的这条道路上来。[5]这条真正的坚实的道路是一条走向独创的、从一切异己的和旁人的影响下解放出来的坦直大道。

从别林斯基对果戈理文艺创作的变化的深刻把握中可以看出，别林斯基不仅推动了俄国民族文学沿着真正的坚实的道路前进，而且促进了保留有生命和进步的俄国进步文学的健康发展。别林斯基深刻地把握了果戈理创作的变化：

一是果戈理从《狄康卡近乡夜话》到《小品集》的变化。别林斯基深刻地指出："喜剧性还并不构成果戈理全部作品的基本因素。它主要是泛滥在《狄康卡近乡夜话》里面。这是一种快乐的喜剧性，迎接美好的大千世界的青年人的微笑。"而"在《小品集》所收录的中篇小说中，果戈理从快乐的喜剧性转变为'幽默'，对于他来说，幽默是包括在真实生活的观照以及生活理想跟生活现实的矛盾中"[6]。别林斯基从多个层面肯定了果戈理文学创作的这种转变，认为果戈理在俄国小说散文方面完成了俄国文学的变革。别林斯基比较看重悲剧的审美价值，认为"如果没有悲剧，生活就会变成通俗笑剧，就会变成浅薄的情欲和小情欲、微不足道的利益、极不值钱的计谋等等的华而不实的戏弄……悲剧事物——这是在长期干旱的酷热和窒息之后使生活为之一新的甘霖暴雨……"[7]别林斯基在把握果戈理作品时没有只看到可笑的因素、喜剧性的因素，而是深入地挖掘了果戈理喜剧作品的悲剧意义。别林斯基认为，喜剧性绝不是果戈理的才能的支配的、压倒的因素。果戈理小说的显著特点在于那总是被深刻的悲哀和忧郁之感所压倒的喜剧性的兴奋，即开始发笑，后来悲伤。在这种敏锐感受的基础上，别林斯基对真正的喜剧性和真正的幽默进行了深刻的把握。别林斯基坚决反对把"可笑"和"幽默"理解为插科打诨、漫画，认为真正的喜剧性和真正的幽默不是对一切奇突的外表，或者用庸俗的双关语，或者用平庸的俏皮话，来引人发笑，"对这种喜剧性来说，外表本身并不显得可笑，而是作为人的灵魂的内在世界的表现，他的见解和感情的反映，这才是可笑的"[8]。别林斯基进而挖掘了果戈理喜剧作品独特的审美价值，即那深刻的幽默、无穷的讽刺。别林斯基认为果戈理的喜剧性或幽默既有平静的、淳朴的幽默，即一种平静的、在愤怒中保持平静、在狡猾中保持仁厚的幽默，也有严峻而露骨的幽默，即一种苦辣的、恶毒的、无慈悲的幽默，它咬得你出血，刺透你的皮骨，直言无隐。[9]果戈理的这种幽默"不宽恕猥琐，不隐藏、也不粉饰它的丑恶，因为一方面迷醉于描写猥琐，同时也激发人们对它的厌恶"[10]。而"只有盲目的浅薄之徒才看到那是琐屑和无聊，却不知道就在这些琐屑和无聊上面，呜呼！——转动着整个生活幅度"[11]。

中国当代有些文学批评家似乎拒绝这种迷醉于描写猥琐的文学创作，提出中国当代不少文学作品并不缺少直面生存的勇气，并不缺少揭示负面现实的能力，也并不缺少面对污秽的胆量，却明显地缺乏呼唤爱，引向善，看取光明的能力，缺乏辨别是非善恶的能力，缺乏正面造就人的能力。这是荒谬的。那些迷醉于描写人的猥琐的中国当代文学作品的根本缺陷不是缺乏看取光明的能力，而是缺乏对付那些猥琐的坚硬鞭子，不能激发人们对那些猥琐的厌恶并消灭它。

二是果戈理后期出现精神危机，出版了反动的《与友人书简选粹》。在世界文学批评史上，一些蹩脚的文学批评家往往以自身利益的得失为标准划分有才能的作家和没有才能的作家，甚至结成利益群体。别林斯基坚决反对这种浅薄的文学批评，而是为真理而斗争。别林斯基鲜明地指出："自尊心受到侮辱还可以忍受，只要一切问题都局限在这里，我在理智上还是能对这个问题沉默不语的，然而到得真理与人的尊严受到侮辱，这却是不能忍受的；在宗教的庇护下和鞭子的防卫下把谎言和不道德当作真理和美德来宣传，这是难以沉默的。"[12]对别林斯基来说，文学批评只是为真理而斗争的手段。当果戈理后期出现精神危机时，别林斯基没有姑息，而是尖锐地批判了果戈理的这种精神堕落，表现出一个追求真理的真正文学批评家的勇气。别林斯基深刻地指出了19世纪俄国文学两种文学的不同历史命运。在《给果戈理的信》中，别林斯基指出："在这个社会中，一种新锐的力量沸腾着，要冲决到外部来，但是，它受到一种沉重的压力所压迫，它找不到出路，结果就导致苦闷、忧郁、冷漠。只有单单在文学中，尽管有鞑靼式的审查，还保留有生命和进步。这就是为什么在我们这里作家的称号是这样令人尊敬，为什么甚至是一个才能不大的人文学上是这样容易获得成功的原故。诗人的头衔，文学作家的称号在我们这里早就使肩章上的金银线和五光十色的制服黯然失色。而这也就是为什么，在我们这里，任何一种所谓自由倾向，甚至即使是才能贫乏的人的，都特别受到大家普遍关注的原故，这也就是为什么一些不管是真诚地还是不真诚地，卖身投靠正教、专制制度、国粹的伟大的才能，他们的声名立刻就会下降的缘故。"[13]诗人普希金只写了两三首忠君的诗，穿上了宫廷侍从的制服，立刻就失去了人民的爱戴。当时俄国最紧要的和最迫切的民族问题就是消灭农奴制度，取消肉刑，尽可能严格地去实行至少已经有的法律。而作家果戈理却出版了反动的《与友人书简选粹》，为了基督和教会教导野蛮的地方势力向农民榨取更多的钱财，教导他们把农民骂得更凶。果戈理的这本《与友人书简选粹》"写成，不是一天，一星期，一个月，也许，是一年，两年，或者三年；从其中可以看到联系，从漫不经意的叙述中可以看出一种深思熟虑，在对当政掌权者的歌颂之中称心如意地安排了虔诚作者尘世上的地位"。果戈理不仅作为作家，而且是作为一个人的身价降低了，这有什么可以奇怪的呢？在这个基础上，别林斯基对俄国文学的堕落尤其是对果戈理的精神癌变进行了不妥协的批判和斗争，促进了保留有生命和进步的俄国进步文学的健康发展。在这种激烈的斗争中，别林斯基没有彻底否定果戈理的文学创作，而是严格区分伟大的《钦差大臣》《死魂灵》与反动的《与友人书简选粹》；没有计较个人利益或小集团利益的得失，而是自始至终都为真理和正义而战。

20世纪90年代以来，中国文学界曾经多次出现像果戈理这种精神堕落的现象，但却很少有像别林斯基这样的文学批评家毫不妥协地阻止那些中国当代作家的堕落和蜕变。相反，这些精神堕落的作家在这个换脑不换位的时代竟然纷纷粉墨登场，成为不少文学批评家热捧的对象。

在推进俄国文学的发展和成熟时，别林斯基不仅是推动俄国民族文学健康发展的斗士，即坚决反对把俄国民族文学的民族的与人类的分成两个完全格格不入的、甚至是互相敌对的性质[14]，而且是促进保留有生命和进步的俄国进步文学发展的革命民主主义战士。也就是说，别林斯基不是空洞地抽象地为真理而斗争，而是积极推动俄国进步作家站在人民一边，通过奇妙的艺术的和深刻的真实的创作强大有力地促进俄罗斯的自觉，即走向这种幸福境界的道路：社会的最崇高与最神圣的利益就是将本身的福利一视同仁遍及于社会每个成员。[15]

在推动俄国文学的根本转折的同时，别林斯基全面地把握了文学创作和文学批评的辩证关系，有力地推动了俄国文学批评的根本转折。

别林斯基深刻地指出："作为进行批判的主体的批评的内容跟作为被批判的客体的文学的内容是一个东西，差别只在于形式而已。"[16]文艺创作与文艺批评的关系是复杂多样的，别林斯基既看到文艺创作跟文艺批评携手并进，互相影响，也看到文艺创作和文艺批评的矛盾，即有时一位新的天才发现了新的艺术领域，把盛行一时的批评远远地抛在自己后面；有时文学批评在批评中所完成的思想运动赶在旧艺术的前面，打倒旧艺术，为新艺术扫清道路。这就是说，文学批评在新旧艺术交替中发挥着巨大作用。这种战斗是残酷的、顽强的。果戈理的新作品《死魂灵》所引起的热烈赞美和冷酷辱骂，就是旧原则和新原则冲突的结果，是两个时代的斗争。别林斯基坚决反对把俄国文学界对《死魂灵》的抵抗的原因归结为有些人对成功和天才的嫉妒，认为这是狭隘的。在这个基础上，别林斯基按照文学批评对从事文学批评的人的态度来说区分了两种不同的文学批评，一种是真诚的、恳挚的批评，有信念、有原则的文学批评；一种是抱有打算的、做买卖的文学批评。别林斯基坚决抵制后一种这类抱有打算的、做买卖的文学批评，认为深奥的道理是钻不进那些腐烂的心灵里去的。[17]

在深刻把握俄国文学批评冲突的实质的基础上，别林斯基积极推动了俄国文学批评的根本转折。如果没有俄国文学批评的这个根本转折，就不但没有 19 世纪俄国文学批评的辉煌，而且也很难出现 19 世纪俄国文学的辉煌。如果没有别林斯基、杜勃罗留波夫和车尔尼雪夫斯基等一批卓越的文学批评家的推波助澜和保驾护航，19 世纪俄国批判现实主义文学潮流就不可能浩浩荡荡、横无际涯。这些卓越的文学批评家虽然前后出现，但是他们在推进俄国进步文学的前进上却是一脉相承的，就是接连不断推动俄国进步文学冲破当时黑暗世界的禁锢，绽放绚丽的自由之花。当果戈理的文学创作出现思想危机即把谎言和不义当作真理和美德来宣扬时，别林斯基没有默尔而息和随波逐流，而是拍案而起和愤怒声讨，有力地批判了俄国批判现实主义文学的畸变现象，促进了俄国进步文学的向前发展。继起的杜勃罗留波夫在别林斯基对俄国进步文学这种肯定的基础上提出了衡量作家或者个别作品价值的尺度，就是"他们究竟把某一时代、某一民族的（自然）追求表现到什么程度"[18]。杜勃罗留波夫指出，奥斯特罗夫斯基之所以杰出，就在于他挖掘和表现了与当时俄国人民生活的新阶段相呼应的坚强性格。这是一种能够克服顽固独夫们所造成的一切阻碍的有进取心的果敢而坚毅的性格。杜勃罗留波夫认为，这种俄罗斯的坚强性格和任何专横顽固的原则都是势不两立的，"他是意志集中而坚决的，百折不回地坚信对（自然的）真实的敏感，对（新的理想）满怀着信仰，乐于自我牺牲（就是说，与其在他所反对的原则底下生活，他就宁使毁灭）"[19]。而俄国进步文学正是在这些杰出的文学批评家持续不断地向前推动下蓬勃发展的。

别林斯基不仅探讨了文学批评发展的一般规律，而且深入地探讨了俄国文学批评发展的基本特征及其肩负的历史使命。别林斯基深刻地指出了俄国文学批评与俄国文学创作的关系："当艺术还没有形成的时候，批评是不可能酝酿成熟的；特别是我们的批评，更需要许多事实，许多经验，才能够壮大起来，坚强起来，取得自己独创的面貌……"[20] 在这个基础上，别林斯基批评了俄国文艺批评家谢维辽夫不符合俄国文学发展实际的文学批评观。谢维辽夫认为："当我们还没有奠定民族的、被科学所培养并以对文学史的深刻研究为基础的批评之前，我们的文学是不会产生具有民族风格的伟大作品，却只能产生一些断片和小作品的。"别林斯斯基驳斥了这种偏颇的文学批评观，认为"只有当几个才能卓著的人物忽然陆续出现的时候，我们才会有文学。普希金、格利鲍耶陀夫和果戈理相继出现，却没有等到先有什么批评"[21]。在这个基础上，别林斯基进一步地指出了俄国文学批评的基本特征及其肩负的历史使命。

首先，别林斯基将俄国民族文学包括文学批评的发展分为两个历史时期，一个是诱惑和绝望的历史时期，"起初，占支配地位的是一种不能自已的敬佩之情；似乎一切都是美好的，伟大的，不朽的；权威们像奥林波斯山上的神一样主宰着众生，甚至不屑于屈尊俯听一下赞美的歌声。并且，这是一座人烟多么稠密的奥林波斯山啊！"一部未完成长诗的片段被认为是文学界的一大收获；每一篇拙劣的小说都被认作是巧夺天工之作。一个是反拨、批评和分析的历史时期，"名流受到了严格的考察，冒名顶替的人失去了桂冠，卓有功绩的人得到了应有的尊敬，奥林波斯山上人烟稀少起来了，可是它的空寂是令人企敬的，因为少数的、但却是明亮的星星在它的峰顶上闪耀着不灭的光辉"。别林斯基热爱真理，追求真理，而且积极推动俄国文学批评这个反拨、分析时期的到来。别林斯基认为："若要热爱真理，就应该为真理牺牲自己先前所拥有的思想、习惯、成见。"俄国文学批评这种转变的根本就是广大文艺批评家热爱真理，追求真理，而不是迷信作家的权威和名望，不是崇拜作家的爵位和地位。中国当代文艺批评界迷信作家的权威和名望、崇拜作家的爵位和地位的风气很盛,急需走出这种诱惑和绝望的历史时期,转向反拨和分析的历史时期。

接着,别林斯基深刻地阐明了俄国文学批评在俄国文学发展中所肩负的历史使命。在一个愚蠢而又荒谬的历史时期,在一个一切庸才获胜、冒名顶替之风盛行,审美口味低劣,艺术、真理、常识遭到贬低的历史时期,别林斯基反对文学批评家默尔而息、无动于衷,大力提倡文学批评家挺身而出主持公道。别林斯基认为:"当这种人看到可怜的庸才或者卑鄙的阴险之徒亵渎他所宠爱的艺术的神圣和伟大,看到他们对于华而不实的无聊作品谬加赏叹,对于优美作品信口雌黄,把丑陋不堪入目的作品,艺术的私生子,拿来冒充作创造性的作品的时候,难道能够默然无动于衷吗?……难道他因为害怕受到被激怒的庸才的陷害,或者担心被人加以'诽谤者'之名,能够默尔而息,不挺身出来主持公道吗?"这就是文学批评家"给予每一个人以应有的赞扬,让卓有功绩的人受到尊敬,庸碌无能的人受到揭发,每个人占有他的一席之地吧!"而文学批评"必须指导人们的审美口味和关于典雅事物的理解,拓广人们对典雅事物的爱好。我们现在已经不再被煊赫的阀阅家世、无功而得的声誉所迷惑,那么,我们为什么还要被文坛上煊赫的声名和名不副实的权威所迷惑呢?声名不算什么,重要的是事实"[22]。真正的文学批评必须严格甄别真正的诗人与冒充的诗人、真正的诗人的作品与冒充的诗人的作品。别林斯基尖锐地指出了当时俄国的读书界缺乏对文学的要求,"在好书和坏书被同样贪婪地阅读,古利扬诺夫君的《歌手们》和普希金的诗博得同样成功的地方,我们看到的只是对读书的爱好,却不是对文学的要求。只有等到我们的读书界变得人数众多起来,求全责备和严厉苛刻起来的时候,文学才会出现"。在文艺消费这种鱼龙混杂的情况下,别林斯基认为文艺批评的目的"不仅追求科学的成功,并且还追求教育的成功"[23]。这就是说,文学批评应该对于社会起到家庭教师的作用。这种文学批评的目的和担当的责任是崇高的。

别林斯基反对那种以为文学批评是轻而易举的、任何人都能做到的一门行业的论调,认为这是大错特错的。别林斯基认为,文学批评才能是一种稀有的、因而是受到崇高评价的才能。别林斯基尖锐地批判了俄国文学界不尊重真正的文学批评的不良习惯,这种习惯经常攻击文学批评家,仿佛他们竭力贬低俄国文学应有的权威，认为那种尖锐的文学批评就是恶意的贬黜。别林斯基所批判的这种文艺现象在中国当代文艺界可谓屡见不鲜。有的文学批评家甚至认为，长期以来，文学评论家总是拿着显微镜去寻找中国当代文学的局限，厚古薄今，甚至"文人相轻"，不敢承认中国当代文学经典和大师的存在。这种对文学批评家的非难是站不住脚的。其实，正如别林斯基所指出的，任何一种文艺学批评——不管它是严厉的还是宽容的，不管它是偏颇的还是错误的，都不能毁灭一个真正的天赋。"正像错误的意见不能损害一个有才能的人，真理也不会贬低一个有才能的人，可能贬低的只是那些徒拥虚名的人，从而可以说，对文学的独立的判断无论在哪种情况下都不可能有害处，而常常却是有益的。"[24]那些害怕文学批评的作家、艺术家是极其不自信的。人民群众不会长久地迷恋于错误的与畸形的东西，或早或迟始终会承认真正的与美好的事物的价值。

在推动俄国文学和文学批评的转折中，别林斯基不仅深刻地认识到文艺批评是运动的美学，文艺批评是美学的批评和历史的批评的有机统一，而且身体力行。可以说，别林斯基的文艺批评就是这种运动的美学，就是这种美学的批评和历史的批评的统一。

首先，别林斯基的文艺批评是运动的美学。

别林斯基在比较文艺批评与文艺理论时虽然看到了文艺理论的局限，但却坚决反对文艺批评是文艺批评家的个人意见的表达，认为文艺批评不断地进展，向前进，为科学收集新的素材，新的资料。"这是一种不断运动的美学，它忠实于一些原则，但却是经由各种不同的道路，从四面八方引导你达到这些原则，这一点就是它的进步。"[25]文艺批评就是要在局部现象中探寻和揭露现象所据以显现的普遍的理性法则，并断定局部现象与其理想典范之间的生动的、有机的相互关系的程度，而不是仅仅根据文艺批评家的感觉和意见任意妄为地、毫无根据地进行判断的所有一切。[26]其实，别林斯基的文艺批评就是这种运动的美学。

别林斯基不仅尖锐地批评了一些作家及其文学作品，而且有力地批判了各种文艺思潮，极大地促进了俄国文学和文学批评的进步。美国当代文艺理论家韦勒克认为，别林斯基与那些埋没无闻的敌手不停的论战损害了他的文学批评。[27]这是很不准确的。文艺论战不仅可以激发和活跃文艺批评家的思维，而且可以丰富和补充文艺批评家的思想。而中国当代文艺批评界拒绝文艺论战，搁置理论分歧，不但没有形成文艺界真正的团结，而且极大地助长了不分是非的庸俗习气。其实，别林斯基的文艺论战是俄国文学新旧冲突的产物。果戈理击败了俄国文学中的两种错误倾向——矫揉造作的理想主义和充满讽刺的教诲主义，为其他艺术家在艺术园地上开辟了新的道路，完成了俄国文学的变革。[28] 别林斯基的文艺论战不但是这种俄国文学变革的反映，而且为俄国进步的发展清除了前进的障碍。因此，别林斯基的文艺论战绝不是为论战而论战，而是为了俄国社会的发展和俄国文学的进步而论战，有力地推动了俄国文学健康而有序的发展。从别林斯基对一些斥责和蔑视果戈理的歪理邪说的廓清上可以看出，如果没有别林斯基无情的清扫，果戈理这个俄国文学的典范恐怕就会长期淹没在众声喧哗中，俄国文学新旧权威的交替就无法顺利完成。

19世纪上半叶俄国文学批评界对于果戈理的才能，没有一个人是漠然处之的：不是热烈地爱他，就是把他衔恨入骨。尤其是果戈理的长篇小说《死魂灵》问世后，既引起了俄国文学批评界一些人的热情赞美，也引起了俄国文学批评界一些人的冷酷辱骂，甚至遭到了俄国文学批评界一些人的攻击，认为果戈理长篇小说里的一切优良的东西都"淹没在胡闹、恶俗和废话的混合里面"，"我们觉得惊奇的是这部长篇小说里占压倒地位的低劣趣味和恶劣腔调"，"语言和文体是最不规则而野蛮的"，等等。别林斯基在有力反击这些攻击的同时深刻地阐明《死魂灵》的价值。别林斯基鲜明地指出："果戈理是一位伟大的诗人，《死魂灵》是一部伟大的作品。"[29] 但是，有些肤浅的人在果戈理小说中只看到可笑的因素、喜剧性的因素，尤其在《死魂灵》中只看到"是笑死人的东西，并且有些地方是过分夸张的"。别林斯基有力地批判了这种浅见，认为果戈理小说所唤起的不是轻松的、欢乐的笑声，而是痛苦的、辛酸的笑声，即这笑声包含多量的辛酸和悲痛。而"《死魂灵》的意义、内容和形式，是'透过世人看得见的笑和他们看不见、不明白的泪，对生活特定范围的观照'。在这里面，正是包含着果戈理喜剧作品的悲剧意义；这使它脱出了普通的讽刺作品之列"。《死魂灵》是艺苑中一部极其伟大的作品。[30] 这种文学批评不但消除了人们片面的狭隘的思想、习惯、成见，而且推进了人们对果戈理艺术作品的深刻认识，并打扫了俄国文学的前进道路，推进了俄国文学的健康发展。

其次,别林斯基的文艺批评是美学的批评和历史的批评的统一。

历史的批评与美学的批评的有机统一这一文艺批评最高原则是别林斯基深刻反思欧洲文学批评尤其是俄国文学批评发展的结果,而不完全是抽象思辨的产物。别林斯基在反对把批评庸俗化的倾向时明确地指出:"用不着把批评分门别类,最好是只承认一种批评,把表现在艺术中的那个现实所赖以形成的一切因素和一切方面都交给它去处理。不涉及美学的历史的批评,以及反之,不涉及历史的美学的批评,都将是片面的,因而也是错误的。"[31]这种美学的历史的批评,既是别林斯基深刻地把握诗人和他所处的时代的辩证关系的产物,也是别林斯基对艺术自身深刻认识的结果。别林斯基在把握美学的批评和历史的批评的辩证关系时虽然在不同时候存在不同的偏重甚至矛盾,但在追求美学的批评和历史的批评的有机统一上却是一以贯之的。

别林斯基在探讨巴拉廷斯基优美典雅的诗歌现在已经并不具有从前具有过的那种价值时认为,这样的现象不外乎有两个原因:一个原因在于诗人才能的程度,另外一个原因在于诗人在里面起作用的那个时代的精神。别林斯基深刻地把握了诗人和他所处的时代的辩证关系,认为"任何人都不可能站得比大自然所赋予他的才禀更高;可是,时代的历史的和社会的精神若不是把诗人的天赋才禀唤醒到它们所固有的精力的高度,就是削弱并瓦解它们,使诗人做得比他所能够做的要少一些。诗人同他那个时代的关系往往是双重的:他或者是在那个时代范围内不能为自己的才能找到非常重要的内容,或者是不遵循现代的精神,因而不能利用时代为他的才能所能够提供的非常重要的内容。这两种情况的结果都只能有一个——那就是才能的过早衰落和正当获得的荣誉的过早损伤"[32]。别林斯基在把握诗人同他那个时代的辩证关系时看到了诗人所处的时代的决定作用,"如果拥有丰富的现代内容,即使是一个才能平平的人,越写下去,也越会坚实起来,而如果仅仅侈谈创作行为,那么,即使是一个天才,也免不了逐步下降"[33]。这是相当深刻的。中国当代不少文艺家就是在回到文艺自身中走进死胡同的。正是在这种深刻把握诗人和他所处的时代的辩证关系的基础上,别林斯基既强调一定要在对时代、对历史的现代关系中,在艺术家对社会的关系中考察每一部艺术作品,也反对忽略掉艺术的美学需要本身,认为"当一部作品经受不住美学的评论时,它就已经不值得加以历史的批评了",而是追求美学的批评和历史的批评的有机统一。

在对艺术自身的认识上,别林斯基虽然认为美是艺术的不可缺少的条件,没有美也就不可能有艺术,但他却坚决反对为艺术而艺术,为美而美,认为光是有美,艺术还是不会得到什么结果的,特别在我们今天是如此。"如果设想艺术不是尘世间的事情,艺术应该悬空在虚无缥缈的云端里,世间的苦难和希望都不应该烦扰艺术的神秘灼见和诗意观察。由这种创作力量创作出来的作品,不管多么规模宏大,也不会走进生活中去,不会唤起现代人或后代人的喜悦和共鸣。"[34]因此,别林斯基一方面完全承认艺术首先应当是艺术,另一方面认为纯粹的、与世隔绝的、无条件的艺术在任何时候、任何地方都不存在。尤其在俄国,现在能够推动社会自觉的平庸的艺术作品比那种除了艺术却不能促进自觉的艺术作品要重要得多。"我们的时代是敌视纯艺术的,在这个时代不可能有纯艺术。既然是在一切都要批判的时代,是在生活的分化的时代,是在预感到新的而否定旧的时代,现在艺术就不是主人,而是奴隶,它是为对它不相干的目的而效劳的。"[35]别林斯基明确地认为纯艺术的批评是一种片面的、偏颇的和不怀好意的东西。这种狭隘的美学批评看不到社会运动对艺术强有力的影响,是不可能存在下去的。

韦勒克在批评别林斯基时认为,别林斯基既没有看出历史批评与审美批评的冲突,也没有看出对于作家的美学要求和社会要求之间存在冲突。[36]这种对别林斯基的指责是言过其实的。其实,韦勒克所说的这个历史的批评与美学的批评的冲突在别林斯基时代就已被意识到了,并不新鲜。别林斯基在深入反思俄国文学批评发展的基础上认为,历史的批评与美学的批评是能够有机地混合为一的。这就是作家艺术家只需做自己社会和自己时代的公民、儿子,就能把自己的追求同社会的追求融为一体。

别林斯基还提出了衡量伟大的艺术家的尺度。别林斯基指出:"在一个画家,当然,伟大的优点是那自由挥动画笔和支配调色的本领,可是光靠这本领,还不能够构成一个伟大的画家。"[37]而深刻的内容等,便是衡量伟大的艺术家的尺度。因此,别林斯基高度肯定了那些强有力地促进俄罗斯自觉的文学创作,认为"文学是人民的自觉,是我们目前还不很多的社会的内在的、精神的利益的表现"[38]。别林斯基坚决反对作家艺术家像鸟儿似的为自己唱歌，坚决反对艺术成为一种生活在自己小天地里、同生活的其他方面没有共同点的纯粹的、与世绝缘的东西。

不幸的是，别林斯基所批评的这些恶劣的文艺现象在20世纪80年代以来的中国文坛泛滥起来了。20世纪80年代初期，中国文艺界出现了"表现自我"的思潮；20世纪90年代中期，中国文艺界出现了"躲避崇高"的思潮。这些文艺思潮推动中国当代文艺逐步从对人类社会生活的关注转向对自我内心体验的感受，从对"大我"的表现转向对"小我"的揭秘。有些文艺创作在这种蜕变中甚至堕落为自娱自乐的游戏，完全丧失了社会担当。而中国当代文艺批评自20世纪80年代以来在强调美学的批评时却自觉或不自觉地抛弃了历史的批评，完全无力阻止这些中国当代文艺的退变和堕落。这是中国当代文艺批评界在中国当代历史发展中失语的根本原因。中国当代文艺界的别林斯基安在？

参考文献：

[1][5][12][13][35]别林斯基著，辛未艾译：《别林斯基选集》第6卷，上海译文出版社，2006，第585页、第575页、第464页、第471页、第36-37页。

[2][3][6][7][11][16][17][20][26][29][30][31][32][33][34][37][38]别林斯基著，满涛译：《别林斯基选集》第3卷，上海译文出版社，1980，第438-439页、第291页、第293-294页、第346页、第438页、第599页、第662-663页、第615页、第574页、第437页、第492页、第595页、第529页、第501页、第585页、第504页、第298页。

[4][9][10][21][22][23][25]别林斯基著，满涛译：《别林斯基选集》第1卷，上海译文出版社，1979，第155页、第196页、第195页、第346页、第212-214页、第326页、第324页。

[8][28]别林斯基著，辛未艾译：《别林斯基选集》第5卷，上海译文出版社，2005，第346页、第362-365页。

[14][15][24]参见别林斯基著，辛未艾译：《别林斯基选集》第6卷，上海译文出版社，2006，第471页、第598页。

［18］［19］杜勃罗留波夫著，辛未艾译：《杜勃罗留波夫选集》第 2 卷，上海译文出版社，1983，第 358 页、第 401 页、第 173 页。

［27］［36］韦勒克：《近代文学批评史》第 3 卷，上海译文出版社，2009，第 350 页、第 338 页。

第二节　当代文艺批评家的任务

文艺批评家和美学家特里·伊格尔顿与马修·博蒙特博士围绕文艺批评家的任务展开的对话集《批评家的任务》[1]不仅是特里·伊格尔顿文艺思想发展的完整呈现，而且是世界当代文艺思想发展的精炼浓缩。中国当代文艺批评界对特里·伊格尔顿并不陌生，他的文艺理论专著《马克思主义与文学批评》《文学原理引论》《沃尔特·本雅明：或走向革命批评》《美学意识形态》《甜蜜的暴力》《后现代主义的幻象》和《理论之后》等，不同程度地影响了中国当代文艺思想解放运动，同时，也存在个别文艺批评家表面推崇特里·伊格尔顿，实则与特里·伊格尔顿的文艺思想背道而驰的现象，比如，特里·伊格尔顿既反对殖民主义，也反对民族主义，竭力避免在反对殖民主义的同时陷入民族主义，认为这两者之间并不存在着必然的联系，而有的文艺批评家却在反对殖民主义时，深陷民族主义的泥淖，这大概是中国当代文艺批评界的悲哀。

在近半个世纪的文艺批评生涯中，无论是社会主义处于高潮时期，还是低谷阶段，特里·伊格尔顿既没有彷徨畏缩，也没有左右摇摆，而是在大量的、有时甚至相矛盾的思想传统中仍然坚守着马克思主义，与那些欺世盗名的所谓马克思主义文艺批评家格格不入，坚定地从事马克思主义文艺批评。在日益恶化的当代文艺批评生态环境里，特里·伊格尔顿的这种马克思主义理论定力是相当宝贵的。可以说，《批评家的任务》不仅有助于中国当代文艺批评家自觉担负其历史任务，而且有助于当代文艺批评家免疫力的提高，以防被那些忽左忽右的文艺批评家所忽悠。

在资本主义社会，特里·伊格尔顿在参与文学斗争中始终坚守马克思主义文艺批评，对所谓"纯"文艺理论进行了坚决有力的批判。

首先，特里·伊格尔顿认为所谓"纯"文艺理论不过是神话，任何文艺理论都是为了加强特定的人们在特定时间里的特定利益的。特里·伊格尔顿在深刻把握西方现代文艺理论同这个社会的政治制度的特殊的关系的基础上，尖锐地指出西方现代文艺理论在有意或无意地帮助维持这个制度并加强它。在解剖西方各种现代文艺理论后，特里·伊格尔顿进一步地指出，即使是在避开各种具备现代意识形态的行动中，文学理论也表现出它与这些意识形态无意识的牵连，并且恰恰是在它运用文学文本时认为是很自然的那种美学的或非政治的语言中暴露出它的优越感、性别歧视或个人主义，因而，特里·伊格尔顿认为："真正应该反对的是文学理论中所包含的政治性质。"[2]特里·伊格尔顿深入地把握了美学的政治史，认为美学不是简单的艺术或艺术产品，而是工艺品特有的意识形态在18世纪盛行的方式，换言之，"美学不等同于任何艺术话语，它指的是一个非常具体的历史话语，这个历史话语开始于18世纪，并设法以一种贴合早期资本主义意识形态的方法来重建艺术作品"[3]。

其次，特里·伊格尔顿在否认文艺批评的"非政治"形式存在的基础上，认为"社会主义是相较之当下更令我们期待的时代，社会主义文艺批评家的首要任务是要参加大众的文化解放这项事业"[4]。这虽然没有深入地把握人民大众的文化解放与现实解放的辩证关系，但却超越了狭隘的文艺批评。马克思、恩格斯在把握人类的社会分工时深刻地指出：分工以精神劳动和物质劳动的分工的形式在统治阶级中间表现出来，"在这个阶级内部，一部分人是作为该阶级的思想家出现的，他们是这一阶级的积极的、有概括能力的玄想家，他们把编造这一阶级关于自身的幻想当作主要的谋生之道，而另一些人对于这些思想和幻想则采取比较消极的态度，并且准备接受这些思想和幻想，因为在实际中他们是这个阶级的积极成员，很少有时间来编造关于自身的幻想和思想"[5]。这就是说，包括文艺理论家和文艺批评家的思想家是从事精神劳动的，不仅从属于他们所属的阶级，而且积极编造本阶级的幻想和思想。

马克思、恩格斯坚决反对把统治阶级的思想与统治阶级本身分割开来，深入批判了统治阶级的思想独立化的严重后果，认为这是社会虚假意识形态产生的思想根源。因此，文艺理论家和文艺批评家不仅要深刻反映不同时代的民族和阶级或集团对文艺的根本要求，而且要及时反映不同时代的民族和阶级或集团的审美需要和审美理想。特里·伊格尔顿不但没有忘却文艺理论家和文艺批评家在社会分工中的社会责任,而且牢记了这一社会责任。特里·伊格尔顿认为:"在文化实践领域内工作的人不会错把自己的活动看作是绝对重要的。男人女人都不是光靠文化过活的,在历史上绝大多数人从来都没有靠文化过活的机会,现在少数人之能幸运地靠文化过活是由于那些不能这样做的人的劳动。任何文化或批评的理论如果不从这个最重要的事实出发,并始终牢记这一点,我看,那是没有多大价值的。没有一份文化的文献同时不是野蛮的状态的记录。"[6]在这个基础上,特里·伊格尔顿不仅指出了社会主义文艺批评家的首要任务,而且强调了这个任务,认为"我们需要牢记我们的这个任务,以防止以为社会主义批评家的任务只是写写有关亨利·詹姆斯的马克思主义评论而已"[7]。因此,特里·伊格尔顿高度肯定了文艺批评家的角色的巨大变化,即"之前躲在自己的小角落里草草写着无伤大雅之作的文学批评家,忽然露出了锋芒,从奥尔巴赫、巴赫金,到燕卜荪、瑞恰慈,再到萨义德"[8],认为文艺批评家是对修辞的细析和公共话语两方面意义进行理想结合的特殊人物。特里·伊格尔顿不仅这样说,而且这样做。特里·伊格尔顿曾结合莎士比亚悲剧作品对美国的霸权主义美梦和霸权主义贪婪进行了深刻有力的批判——在解读莎士比亚的悲剧《李尔王》时,特里·伊格尔顿认为,李尔王是绝对统治权妄自尊大的典范,想象自己无所不能。李尔王在暴风雨中终于认识到他的脆弱和限度,减少了他妄自尊大的幻想,最后从幻觉中被救赎了出来。在这个基础上,特里·伊格尔顿尖锐地指出"西方,特别是美国,总的来说,并没有汲取李尔的教训,它对这个世界贪得无厌,竟然在盛怒之时想冒险将世界打个粉碎,塞入其无法满足的胃中"[9]。悲剧和喜剧一样,取决于承认人类生活的本质有缺陷,美国则是个根深蒂固的反悲剧社会,它所具有的自满和傲慢,使得它难以接受这一点。特里·伊格尔顿虽然仅仅批判了美国文化,但这种批判的犀利程度,在中国当代文艺批评家身上很少能看到。

特里·伊格尔顿不同于那些不坚定的机会主义文艺批评家,无论何时,即使在世界社会主义运动遭受重大挫折时,他都牢记社会主义文艺批评家的首要任务不动摇,并尖锐地批判了狭隘的自由主义的局限,"呼吁个人自由当然不表示随即你就可以幸灾乐祸地迎接资本主义复辟,而是你至少要能指出另外的可选择的做法"[10]。"特里·伊格尔顿的思想跟詹姆逊的一样,不能从历史唯物主义的传统中抽离出来,它们对不断发展的历史唯物主义思想有着重大贡献"[11],对历史唯物主义传统的坚守,并不是因为特里·伊格尔顿在理论上缺少原创,当然,也绝不是说特里·伊格尔顿的思想是狭隘甚至封闭的。特里·伊格尔顿认为:"任何有助于实现人类解放这个战略目标的方法或理论,通过对社会进行社会主义改造以造就'更好的人',都是可以接受的,只是这种开放既不是盲目的,也不是多元的。结构主义、符号学、精神分析、分解论、接受理论等等,所有这些以及其他研究方法,都有可资使用的价值的东西,但却清醒地看到并不是所有的文学理论都服从于实现人类解放这个战略目标。"[12]不过,目的和手段是有矛盾的,特里·伊格尔顿对这种目的和手段之间的矛盾和多元论的误区是有深刻认识的:"无论我们思想如何解放,如果试图把结构主义、现象学和精神分析结合起来,可能导致的结果就不是文学上的辉煌成就,而是精神崩溃。有些批评家能标榜自己的多元论,是因为他们心目中的各种方法最终并不都是不同的"[13];伊格尔顿强烈地感觉到马克思主义对其他理论方法收编的危险,认为"这种收编是种不保险的权衡之举,不足取"[14]。他还尖锐批判了詹姆逊"过于多元化,到了有屈服于折中主义的危险的地步"[15]。不过,虽然特里·伊格尔顿感觉到目的和手段之间的矛盾,但却没有从根本上解决它。这个目的和手段之间的矛盾曾出现在20世纪80年代中期中国文艺批评界兴起的"方法论热"中。中国文艺理论家认为,马克思主义对其他理论方法既要有所借鉴,更要有所改造,绝不能混合折中。这就从根本上克服了目的和手段之间的矛盾。

当代文艺批评家是否自觉地担负这种社会主义文艺批评家的首要任务?不少文艺批评家不但拒绝担负这种社会主义文艺批评家的首要任务,而且将文艺批评等同于谋取狭隘利益的工具。在中国当代文艺批评界,那些标榜多元论的文艺批评家在文艺批评中是盲目的,以至于陷入了自相矛盾的困境。有些自以为是马克思主义文艺理论家的人在总结和反思中国现当代文艺理论发展时不仅提出了中国文艺理论建设全方位回归中国文艺实践的发展方向,还非常错误地总结了中国现当代文艺理论的发展,认为中国现当代文艺理论脱离文艺实践,源自对外在理论的生硬"套用",理论和实践处于倒置状态。因而,这些文艺批评家提出中国当代文艺批评的发展有赖于重新校正长期以来被颠倒的理论和实践的关系,抛弃对一切外来先验理论的过分倚重。这不仅彻底忘却了文艺批评家的社会责任,而且没有看到外来先进理论在中国古代文艺批评转向现当代文艺批评的过程中的推动作用。这些文艺批评家在把握文艺理论发展上认为，没有文艺的产生和存在，就不可能有文艺理论的出现。而文艺理论是关于文艺的理论，本质上是对某一特定时期文艺实践的经验总结和规律梳理。其中，最重要的是文艺理论对文艺创作取材、构思、技法以及对文艺作品审美风格、形式构成、语言特质的理论归纳和概括。这不仅逆时代潮流而动，而且没有看到文艺理论必须反映不同时代的民族和阶级或集团对文艺的根本要求，很容易陷入文艺的纯审美论的泥淖。

在中国当代文坛，文艺理论很不受重视，甚至越来越边缘化。虽然中国当代社会转型亟需理论包括文艺理论创新，但是，这种轻视甚至忽视文艺理论的倾向在中国当代文坛却仍在搅动潮流，大有黑云压城之势。特里·伊格尔顿对敌视文艺理论的倾向的有力批判无疑有助于中国当代文坛遏制这种轻视甚至忽视文艺理论的倾向的坐大。

首先，特里·伊格尔顿尖锐地批判了敌视理论的倾向。特里·伊格尔顿在批判爱德华·萨义德时虽然肯定萨义德对西方文化的抨击，认为萨义德从一种饱含西方文化的立场来抨击西方文化，这对西方文化产生的影响势必更深。对执政势力而言，防范这种批评总是比防范纯粹来自外部的批评要难得多，但他认为明白萨义德不是一位理论家，而且和他的伟大的同路人诺姆·乔姆斯基一样，不仅藐视理论，而且敌视理论这一点很重要，特里·伊格尔顿有力地反击了这种反对理论的倾向，认为这种"反对理论本身就是一种理论立场"[16]。

特里·伊格尔顿相当鄙视这些反对理论的倾向，认为"许多对理论的反对要么错误，要么微不足道"[17]。特里·伊格尔顿尖锐地指出，文艺批评家在文艺批评时不可能不受理论支配，那些对理论持敌视的态度的人常常意味着只反对他人的理论而忽略自己的理论。正如经济学家凯恩斯所说的，那些厌恶理论的经济学家，或宣称没有理论可以过得更好的经济学家，不过是受一种较为陈旧的理论支配罢了。这对于反对理论的文艺批评家来说，也是如此。特里·伊格尔顿认为："倘若没有某种理论，且不说这种理论是何等抽象和含蓄，我们首先就不会知道什么是'文学作品'，或者我们如何去阅读它。对理论持敌视的态度，常常意味着只反对他人的理论而忽略自己的理论"[18]，这种对反对理论的倾向的批判可谓一针见血，入木三分。

其次，特里·伊格尔顿认为文艺理论是重要的。特里·伊格尔顿觉得"理论是重要的，因为它对我们习以为常的做法提出疑问"[19]，在社会转型时期，理论往往起到先导作用。随着中国当代社会转型，不少作家、艺术家进行了与时俱进的艺术调整。这就是不少作家、艺术家自觉地把审美批判和历史批判有机结合起来，把批判的武器和武器的批判有机统一起来。他们不是汲汲挖掘人民大众的保守自私、封闭狭隘的痼疾，而是在批判人民大众的缺陷的同时有力地表现了人民大众创造当代历史和推动当代历史发展的伟大力量。这不是狭隘的自我表现论和躲避崇高论所能把握的。因此，中国当代文艺批评家应超越这种自我表现论和躲避崇高论，大胆理论创新，全面肯定并积极推进广大作家、艺术家的艺术调整，积极推动广大作家、艺术家在主观批判和客观批判的有机结合、批判的武器和武器的批判的有机统一中化解作家、艺术家与人民大众的差异，创作出气魄宏大、图景广阔、具有真正深度的大作品。

特里·伊格尔顿特别反对那种认为只有当文艺理论用以说明艺术作品时该理论才有价值的假设，认为这是"市侩实用主义"。文艺理论不只是文艺批评的高级形式，文艺理论不仅能够有力地阐释艺术作品，而且可以凭自身能力使人大开眼界。有的时候，理论甚至比理论所阐释的艺术作品更令人兴奋，更引人入胜，比如"理论家弗洛伊德的理论远比查理·金斯莱的童话《水孩子》迷人得多，理论家福柯的《词与物》显然比小说家查尔斯·金斯利的小说更引人注目"[20]。因此，特里·伊格尔顿尖锐地批判了那种敌视理论的倾向，认为"我们永远不能在'理论之后'，也就是说没有理论，就没有反省的人生"[21]。

最后，特里·伊格尔顿认为文艺理论是文艺批评的高级形式，是任何人都可以参与进来的。特里·伊格尔顿认为：文艺理论"不应只将自己解释成批评的高级形式。但是当它分析文本的时候，文本仍然可以被充分地把握"[22]。这就是说，文艺理论即使是文艺批评的高级形式，也能够更深入地把握文艺作品，即理论做细读工作的能力胜过实践批评。特里·伊格尔顿在把握莎士比亚戏剧时指出了一个有趣的现象："一方面我们需要根据这些现代思想研究莎士比亚，另一方面我们应该承认，在某种意义上，他在很多方面都走在了我们前面。"[23]莎士比亚在很多方面走在了我们前面即不少地方值得我们学习，如果我们不能根据现代思想研究莎士比亚戏剧，就不可能挖掘出这些值得我们学习的地方。特里·伊格尔顿从哲学上对莎士比亚的悲剧《麦克白》进行了批评。这就是特里·伊格尔顿对麦克白与麦克白夫人的口角的哲学阐释："就在着手杀死国王之前，麦克白和其夫人爆发了一场传统的人性信仰和'进步地'拒绝这种信仰的冲突。麦克白：适合男子汉敢做的一切，我都敢做，/没有人比我做得更大胆。麦克白夫人：你要是敢做敢为，方是男子汉；/超越自我，才是英雄好汉。这是麦克白与麦克白夫人两类人之间的口角。麦克白之辈认为，对人性的约束是对创造力的约束，而在麦克白夫人看来，身为人就是要不断超越这些约束。对麦克白夫人来说，不自量力地想要超越这些对创造力的约束，就是毁灭自己，在追求成就一切之举中变得一无所获。这就是希腊人所称的狂妄。在麦克白夫人看来，人性是不受约束的：人性在一种可能的无止境过程中，可以随心所欲地、自由地创造和重新创造自己。你获取得越多，就越接近人性。"[24]特里·伊格尔顿认为麦克白和麦克白夫人之间的冲突是有限、必死、必要的约束与傲慢自大之间的冲突。麦克白夫人相信没有内在限制的无止境的自我实现，而麦克白则认为人应该尊重人的局限，这样才能做自己。麦克白"做得太过了，袭击他人"，这正是他性格上的傲慢自大。《麦克白》是浮士德神话的政治共鸣，对于无限的致命信仰。而这正存在于美国的霸权主义美梦里。[25]这种对美国的霸权主义美梦的批判是深刻有力的。这种哲学批评不仅没有远离文艺作品，反而更深刻地把握了文艺作品，远比单纯的文艺批评深刻。

然而，不少中国当代文艺批评家却竭力解除了文艺批评的理论武装，认为文艺批评家的批评活动不能拿着理论的条条框框教条化地去硬套具体的文本，不能用既定的理论去要求作家、艺术家照样创作。也就是说，在面对具体的文艺创作、具体的作品文本时，文艺批评家所有的理论成见都要抛开，要回到文本的具体阐释，从中发现文本的意义，或者提炼出文本的理论素质。这是根本站不住脚的。意大利现代艺术批评史家里奥奈罗·文杜里，在把握艺术史、艺术批评与美学之间的关系时尖锐地指出："艺术的历史需要一种理论，以便甄别出一件绘画或雕塑是否是艺术作品。假使批评家唯一依靠的是他自己的感受，最好还是免开尊口。因为，如果抛弃了一切理论，他就无法确定自己的审美感受是否比一个普通路人的更有价值。"[26]其实，文艺理论是有助于文艺批评家解释艺术作品的,而不是相反。特里·伊格尔顿深刻地指出,文艺批评是按照"文艺"的构成标准对艺术作品进行挑选、分类、纠正和改写的,"没有某些先人之见,我们压根儿辨认不出何为艺术作品"。对一艺术作品完全客观的批评,"若不是从某一特定角度切入,就会难以理解"[27]。而文艺批评概念"最大的用处,是使我们可以接触艺术品,而不是将我们与艺术品隔绝。它们是理解艺术品的方式。其中有些方式比另一些方式更为有效,不过这种差别和理论与非理论的差异没有联系。批评概念,即使是无用且模糊的批评概念,也并非一个猛然落入我们与作品之间的屏障,它是用来进行文学批评的一种方式,有的批评概念有用,有些没用"[28]。因此,文艺理论绝不是"隔"在文艺批评家与文艺作品之间的厚网,而是更好地把握文艺作品。

不过,特里·伊格尔顿虽然有力地批判了敌视文艺理论的倾向,但却强调文学无本体论的统一,认为"文学或许是一个哲学上的可疑概念,但它仍然是一个有影响力的客观存在的事实"[29]。文学作品的特征不仅有很多,而且不同,文艺批评家可以用不同方式来解读。这无疑为文艺批评家阐释无边界打开了大门。特里·伊格尔顿认为文学没有本质,没有一套概念能向我们展示文学作品的全部意义,不同的概念可以发现文学作品的不同特征。但是,这些不同的概念却并不都是彼此和谐一致的。如果认为文学作品可以接纳不同的理论方法,那么,岂不是说文学作品是各种矛盾的大杂烩?岂不是说作家在精神创造上是崩溃的?特里·伊格尔顿显然意识到了这一点,提出了文学作品的真正含义,认为文学"作品的真正含义,既不刻在石头上,也不是放任自流的;既不是专制主义的,又不是自由放任的"[30]。文艺批评家可以用不同方式来解读文学作品,但是,并不是所有对文学作品的诠释都是文学作品的真正含义。既然有些解读文学作品的方式有效,有些方式则无效,那么,文学作品就不可能接纳不同的理论方法。特里·伊格尔顿虽然看到了"一"和"多"的矛盾,但却没能很好地解决它。

《批评家的任务》系统地勾勒了特里·伊格尔顿文艺思想的发展历程,展示了其文艺思想逐步成熟和蜕变扬弃的历程,特里·伊格尔顿没有回避自己过去不成熟的思想,而是在梳理这种思想发展时坦承了思想变化的原因,显然,这比那些单纯的思想史家的梳理和总结更能激发人的思想活力。更难能可贵的是，尤其无论是赞同的，还是反对的声音，特里·伊格尔顿都有回应，其中，特里·伊格尔顿既有捍卫和批驳，也有对自我的反省和修正，表现出了真正马克思主义文艺理论家博大的胸怀。

具体而言，首先表现在特里·伊格尔顿的思想胆识，他始终坚守马克思主义和坚决抵制时尚。特里·伊格尔顿在青年时代坚持选择爱德华·卡彭特为研究对象，他认为，如果说历史上有的较次要的人物能凭借其不起眼、边缘化却又是万事通的角色成为典型，那么卡彭特便是其中的一员，伊格尔顿坚持认为卡彭特为了解整个19世纪末的反主流文化提供了令人惊讶的途径。[31]卡彭特在文化史上的命运再次证明了真正的思想家并不会轻易被遗忘，对于真正的思想家，即使在历史上被边缘化甚至被遗忘，也终将重新走到中心。而当卡彭特再次成为时代的偶像和时代突然掀起了一阵卡彭特时尚时，特里·伊格尔顿拒绝参与其中——在追求真理的艰难道路上，特里·伊格尔顿是不慕时尚的。

其次，特里·伊格尔顿在理论上很有胸怀，他从不讳言20世纪西方其他重要的理论家包括威廉斯、维特根斯坦、卢卡奇、戈德曼、本雅明、阿尔都塞、福柯、阿多诺、拉康、詹姆逊和齐泽克等对他的影响。比如，特里·伊格尔顿坦诚其在悲剧研究上曾受到雷蒙德·威廉斯的悲剧理论的影响，有些影响甚至在文献中看不到，换句话说，"如果特里·伊格尔顿本人沉默不语，后人恐怕就无从知晓"[32]。显然，这与那些动辄占有别人精神劳动成果的精神剥削群体相比，坦诚的特里·伊格尔顿简直就是划破沉沉黑夜的星星。在承认自己曾受到其他理论家的影响的同时，伊格尔顿还深入地辨别了他与这些理论家的分歧，比如，特里·伊格尔顿对雷蒙德·威廉斯的"文化唯物主义"这个范畴的质疑，既凸显了真假马克思主义的交锋，也反映了马克思主义创新与变异的冲突，特里·伊格尔顿尖锐地置疑了"文化唯物主义"这个范畴，深刻地指出："这个范畴抗拒马克思主义的立场，但同时又是对马克思主义的模拟，这就是为什么它会如此隐晦曲折的原因。"[33]特里·伊格尔顿对"文化唯物主义"范畴的批判，不仅是马克思主义的，而且有助于中国当代文艺理论界甄别那些打着马克思主义旗号而又贩卖着其他货色的各种假马克思主义。另外，就悲剧问题，特里·伊格尔顿也言简意赅地指出了他与雷蒙德·威廉斯的分歧——雷蒙德·威廉斯认为悲剧既是常见的又是能够被超越的，而特里·伊格尔顿则认为悲剧的确很普遍，但不是通过这样或那样的悲剧形式就可以的，倘若做不到人性的超越，那悲剧永远都会在这里，而且，只要我们是历史动物，我们就不可能完全超越悲剧。

再次，特里·伊格尔顿在体系上留有空白，他指出了很多他本人尚未涉及的理论领域和没有来得及完成的理论课题。比如，特里·伊格尔顿认为接受理论大多是由哲学唯心主义的模子浇铸成的，因此，他打算发展一种唯物主义的接受理论，但却没有完成[34]；再比如，特里·伊格尔顿觉得"马克思主义对其他理论方法的随意收编的做法太过乏味，不足取，但却很难知道如何抵制这种乏味的做法而又不至于陷入对立的错误"[35]；另外，特里·伊格尔顿一直与酷儿这方面的理论保持着适当的距离，并非不感兴趣，他在《克拉里莎被强暴》中说："我谈论的性别思想多是从精神分析的层面展开分析的，超过了从政治层面进行分析，这个局限，我应该改正"[36]；特里·伊格尔顿还认为"文化唯物主义"其实是日益流行的新历史主义运动的英国分支，其与传统的艺术社会学在理论上的区别一直以来都不是很明确，对此，伊格尔顿也没有深入展开。"文化一直是政治的深化，也是政治的一个潜在的置换。"[37]特里·伊格尔顿虽然是莎士比亚戏剧研究专家，但他对莎士比亚戏剧的兴趣是意识形态和理论方面的，而不是历史方面的，他没有在历史方面下多少功夫："我不能同时处理理论和历史两个方面，虽然历史领域的研究我也能胜任。这个工作还有待完成"[38]；特里·伊格尔顿在文艺理论专著《本雅明》中提到从没有一种马克思主义的喜剧理论，在那之后，特里·伊格尔顿在文艺理论专著《甜蜜的暴力》中发展了一种马克思主义的悲剧理论，但到现在仍然没有马克思主义的喜剧理论："我一直有兴趣多写些喜剧方面的东西，但我没有从马克思主义的喜剧理论这方面来做特别的思考。我一直对荒诞喜剧很有兴趣，一方面因为贝克特，一方面因为王尔德，还有一方面是因为爱尔兰的一种普遍的揭穿真相的艺术，悲喜剧在爱尔兰是一种传统。"[39]伊格尔顿在悲喜剧上有创作实践，但却没有形成理论。以上这些特里·伊格尔顿的缺憾，正是中国当代文艺理论家的用武之地，比如中国当代表演艺术家陈佩斯曾尖锐地指出，中国当代文艺批评界基本上没有喜剧理论，而且深入地探究了造成中国当代喜剧理论阙如在思想方法方面的根源。的确，中国当代文艺批评界很少从中国当代喜剧艺术实践出发，认真总结中国当代喜剧艺术的基本规律，并在这个基础上建构中国当代喜剧理论，而是止于援引其他理论批评中国当代喜剧艺术，中国当代喜剧批评的迷失与这种中国当代喜剧理论的阙如不无深刻关系。在这个娱乐至死的时代，中国当代文艺理论家在喜剧理论发展上应有时不我待的紧迫感。

不过，我们更感兴趣的是，特里·伊格尔顿指出自里根与撒切尔政权出现以来，西方资本主义社会发生了太多剧烈的变化，他认为"总体变更当然是以撒切尔主义的出现为标志的"[40]。这种剧烈变化是什么？这种总体变更又是什么？这种总体变更在思想上造成了什么影响？西方马克思主义又是如何应对这种总体变更的？中国国内有没有与撒切尔主义对应的思潮？撒切尔主义在中国国内有什么反应和影响？中国当代文艺理论界是如何应对的？有些问题是特里·伊格尔顿在其他地方陆续解答了，有些问题恐怕是特里·伊格尔顿无法解答而亟需中国当代文艺理论家做出解答的。

《批评家的任务》既是特里·伊格尔顿对马修·博蒙特提问的回答，也是特里·伊格尔顿与当代思想家系列性的思想对话，其中，包括文艺思想对话，从中不但呈现出特里·伊格尔顿是如何思考的，而且看到他是如何把握当代思想家的思想的；不但看到特里·伊格尔顿受到哪个思想家的影响，而且看到他是如何超越这些思想家的。与此同时，《批评家的任务》还是特里·伊格尔顿的思想传记，不但有他的思想发展历程，而且有他与其他理论家的思想交锋，这种系列性的思想交锋不仅可以活跃思维，而且可以激发思想。因此，在缺乏直接思想包括文艺思想交锋的中国当代文艺批评界，中国当代文艺理论家不仅应该参与进来，而且还要与特里·伊格尔顿进行对话，《批评家的任务》不应像一颗没有氛围的星星划过天空，而应成为中国当代文艺思想交锋的引线，这是中国当代文艺批评界在中国当代社会转型时期不可或缺的。

参考文献：

[1] 特里·伊格尔顿著，王杰、贾洁译：《批评家的任务》，北京大学出版社，2014。

[2][6][12][13][18][35] 特里·伊格尔顿著，刘峰译：《文学原理引论》，文化艺术出版社，1987，第229-230页、第250页、第246-247页、第232页、第1-2页、第138页。

[3][4][7][8][10][11][14][15][16][19][22][23][25][29][31][32][33][34][36][37][38][39][40]特里·伊格尔顿著，王杰、贾洁译：《批评家的任务》，北京大学出版社，2014，第207页、第289页、第289页、第165-166页、第202页、第13页、第137-138页、第162页、第135-136页、第166-177页、第113页、第184页、第178页、第68页、第48页、第142页、第126-127页、第180页、第186页、第185页、第167-168页、第152页。

[5]中共中央马克思、恩格斯、列宁、斯大林著作编译局：《马克思恩格斯选集》第1卷，人民出版社，1995，第99页。

[9][17][20][21][24][27][28][30]特里·伊格尔顿著，商正译：《理论之后》，商务印书馆，2009，第174-180页、第98页、第84页、第213页、第114-115页、第61-62页、第91页、第91页、第92-93页。

[26]里奥奈罗·文杜里著，迟轲译：《西方艺术批评史》，江苏教育出版社，2005，第4页。

结语　建构新时代的文艺批评

中国当代社会正从赶超的时代转向创造的新时代。与这一中国当代社会转型时代相适应，中国当代文艺批评家应及时地调整文艺批评的立场。

首先，中国当代文艺批评家在这个创造时代应站在人类历史发展的前列，自觉地承担在社会分工中的历史责任，坚决抵制和批判中国当代文艺边缘化的历史发展趋势，而不是甘居社会边缘，甚至躲避崇高、自我矮化。

不可否认，中国当代文艺出现了边缘化的发展趋势。有的文艺批评家在批判中国当代一些作家艺术家自我矮化的倾向时，否认这种文艺边缘化发展趋势的存在，认为中国当代文艺并没有出现真正意义上的边缘化。这并不是实事求是的。其实，中国当代文艺在中国当代社会发展中出现边缘化的发展趋势并不可怕，这种现象在很多时代、很多国家都出现过。真正令人担忧的是，一些作家艺术家不是抵制和批判中国当代文艺边缘化的发展趋势，而是顺应和迎合它，甚至躲避崇高，自我矮化。这些作家艺术家反对作家艺术家人人成为样板，认为这只能消灭大部分作家艺术家。他们认为，"大千世界，人各有志，每个人都有权力自由选择自己的生活方式和入世方式，作家从来就不是别样人物，把作家的地位抬举得太高是对作家的伤害——其实在中国，作家的高尚地位，基本上是某些作家的自大幻想"。这种只承认人的存在而否认人的超越和发展的粗鄙存在观认为，作家艺术家是人民的一分子，强调作家艺术家应该从自我出发来写作，从自己感受最强烈的地方入手，写自己最有把握的那一部分生活，甚至认为如果作家艺术家从表现自我出发的文学作品超越他的个人恩怨，那不过是作家艺术家的痛苦和时代的痛苦碰巧是同步的，而不是作家艺术家应负的社会责任。这就把人民的思想感情与人民本身分割开来了，使这些思想感情独立化。在这些思想感情独立化中，文学艺也独立化了。这就放弃了作家艺术家在社会分工中的社会承担。一些作家艺术家在这种粗鄙存在观的影响下竟成了"唯恐烧着自己手指的小心翼翼的庸人",他们不是直面现存冲突并积极解决这种现存冲突,而是搁置甚至掩盖现存冲突。

中国当代社会在追赶发达国家的过程中出现了不平衡发展。中国当代文艺边缘化的发展趋势就是这种不平衡发展的产物,而不是社会发展的必然结果。正如一个人的成长应是全面发展的,一个社会的进步也应是全面发展的,而不是片面发展的。在特定历史时期,一个社会的某些方面突出发展甚至冒进是难免的。但是,这个社会在总体上却应是平衡发展的。因此,中国当代文艺批评家应主动地推动中国当代社会全面进步,坚决抵制和批判中国当代文艺边缘化的发展趋势,自觉地推动中华民族文化的伟大复兴。

其次,中国当代文艺批评家在这个创造时代应与中国当代社会转型阶段相适应,及时地调整文艺批评的立场,而不是固步自封,甚至囿于狭隘利益,先验地规定文艺批评的立场。也就是说,中国当代文艺批评家应勇立潮头唱大风,在推动中国当代文艺多样化发展的基础上把握文艺发展方向,坚决抵制高端的东西被平庸的东西淹没的发展趋势,积极引领中国当代文艺的有序发展。

在中国当代社会转型阶段,作家王蒙没有固步自封,而是与时俱进,及时地调整了文艺批评的立场。20 世纪 90 年代中期,王蒙热烈地欢呼市场经济的到来,认为这种市场经济提供了人人靠正直的劳动与奋斗获得发展的机会。而计划经济无视真实的活人,却执着于所谓大公无私的人,认为,"中国这么大,当然只能是有各式各样的作家",而要求作家人人成为样板,其结果只能消灭大部分作家;中国当代文艺批评界应从承认人的存在出发,既"承认人的差别而又承认人的平等,承认人的力量也承认人的弱点,尊重少数的'巨人',也尊重大多数的合理的与哪怕是平庸的要求"。从这个意义上说,"痞子"或被认为是痞子或自己做痞状的也仍然是人。王蒙坚决反对要求中国当代作家向鲁迅看齐,认为中国当代"作家都像鲁迅一样就太好了么?完全不见得"。这就只承认人的存在,否认了人的发展和超越。2013 年,王蒙看到"我以我语戏九州"的胡说八道、巧言令色正代替着"我以我血荐轩辕"的深邃与悲苦,看到掷地喷饭的段子代替着掷地有声的思想,看到黄钟喑哑、瓦釜轰鸣的颠倒局面来临，看到标新立异却并无干货的忽悠和炒作的井喷，看到哗众取宠的薄幸儿大量出现，坚决反对一味市场化，强调政府、市场与专家在文化生活中起到恰如其分的均衡、适当的良性互动互补作用。王蒙在感慨唯独缺少权威的、有公信力、有自信力的专家队伍时认为，"我们仍然可以不懈地追求独到、高端的思想智慧。尤其是，我们可以勇敢地告诉大家，除了传播上的成功还有学识与创造上的成功，除了传播上的明星还有真知灼见的学人与艺术家，除了搞笑的段子还有或应该有经典"[1]。王蒙在中国当代社会转型阶段调整了文艺批评立场，从强调多样化的文艺发展到追求蕴涵独到、高端的思想智慧的经典创造："越是触屏时代，越是要有清醒的眼光，要有对于真正高端、深邃、天才的文化果实苦苦的期待。"从害怕中国当代作家都像鲁迅到为中国当代文艺界很难出现像鲁迅、茅盾这样的好作家而忧心忡忡，提出了中国当代文坛除了要有给人挠痒、逗人笑的东西，更要有能提高整个社会精神品位和文化素质的文艺作品，认为这才是一个国家的文化实力所在。王蒙这种文艺批评立场的调整是与中国当代社会转型阶段相适应的。从王蒙文艺批评立场的转变中可以看出，中国当代文艺批评家在中国当代文艺多元化发展中不能随波逐流，而应在把握文艺发展方向的基础上有力地推动中国当代文艺走向成熟和伟大。

但是，中国当代有些颇有影响的文艺批评家却脱离文艺批评对象，先验地规定文艺批评的立场。有的文艺批评家认为文艺批评家应"毁人不倦"，提出文艺批评家与作家的关系应是"鲇鱼"与"沙丁鱼"的关系。因为"鲇鱼"的凶猛，而使船舱水中的"沙丁鱼"不敢懈惰，它们必须拼命地挥发全部体能不停地躲避鲇鱼的攻击，因此反而变得更壮硕、更灵动，生命力更加勃发，因而也就活得更长久。这位文艺批评家认为中国当代文坛应该多些"鲇鱼"，这样中国当代文学就会变得更好些。因而他们极为赞赏德国当代文坛享有世界声誉的文艺批评家赖希-拉尼茨基的文艺批评观，即真正的文艺批评就必须做到一针见血、毫不留情，真正的文艺批评家就必须唾弃为人要厚道的庸俗哲学，甚至认为毁掉作家的人才配称文艺批评家。这种文艺批评观要求文艺批评家在文艺批评时唾弃为人要厚道的庸俗哲学是可取的，但要求文艺批评家毁掉作家却是不可取的。如果文坛尽是这种毁掉作家的文艺批评，那么，文艺史就成了"死人的王国"。而文艺史却绝不是这种"死人的王国"。因而，这种偏重否定的文艺批评观未免有些矫枉过正。在中国当代不少文艺批评演变为文艺表扬、文艺表扬退化为文艺吆喝、文艺吆喝沦落为文艺交易这样一个历史时期，颁发作家艺术家"死亡证书"的文艺批评虽然不失为一剂猛药，但却不宜过分膨胀。一些作家艺术家之所以不愿接受这些"毁人"的文艺批评，是因为这种文艺批评只看到了现实与艺术理想的差距而没有看到它们的联系。也就是说，这些"毁人"的文艺批评在抨击作家艺术家文艺创作的缺陷时没有看到他们的艺术努力和艺术进步。

而有的文艺批评家则提出，那种认为凭借文艺批评家热捧、炒作，可以使一部文艺作品、一个作家艺术家走红是不现实的；认为一个或几个文艺批评家写点偏激的"酷评"，就可能让一部文艺作品销量下跌、一个作家艺术家声名受损，也是夸张的。由于文化市场的介入和喧嚣，文艺作品前景的主动权、作家艺术家利益的获取途径，已经由过去的文艺批评家说了算，转而变成由文化市场说了算。在文艺批评左右不了文艺创作的情形下，文艺批评家与作家艺术家应是诤友关系。这位文艺批评家没有批判中国当代文艺发展由文化市场说了算的发展趋势，而是在认可这种中国当代文艺发展趋势的基础上认为文艺批评家应该不吝赞词，并应当审慎地提出不足与局限。这对文艺批评的肯定与否定不是一视同仁的，即文艺批评的肯定是没有限制的，而文艺批评的否定却是有限制的。这种偏重肯定的文艺批评观在肯定中国当代文艺的多元化发展时很容易陷入自相矛盾的境地。这种对鱼龙混杂、盲目肯定的文艺批评观既不可能纠正"毁人不倦"的文艺批评观的偏颇，也不可能在中国当代这样一个黄钟喑哑、瓦釜轰鸣的历史时期力挽狂澜、拨乱反正。

其实，无论文艺批评的否定，还是文艺批评的肯定，都不取决于文艺批评家，而是取决于文艺批评对象。如果文艺批评对象值得肯定，文艺批评家就应该毫不保留地肯定；如果文艺批评对象不值得肯定，文艺批评家就应该毫不留情地否定。文艺批评家是不能先验地规定文艺批评的肯定与否定的，否则，就不可能准确地把握文艺批评对象。中国当代文艺批评界曾尖锐地批判过这种错误。有的文艺批评家在尖锐批判对于中国当代社会现实现在只说"是"的"先锋批评"时认为，这种"先锋批评"从过去只说"不"到现在只说"是"，丧失了文艺批评的立场。其实，文艺批评既可以只说"是"，也可以只说"不"。文艺批评是说"是"，还是说"不"，不取决于文艺批评自身,而取决于文艺批评所把握的对象。如果文艺批评对象值得说"是",批评主体就应该说"是";如果文艺批评对象不值得说"是",批评主体就应该说"不"。这才是实事求是的。而批评主体说的对与不对是关键,至于批评主体怎么说则是次要的。不问批评主体"说什么",而是质问批评主体"怎么说",这是本末倒置的。中国当代文艺批评界之所以一再地出现这种低级错误,是因为一些文艺批评家的狭隘利益作祟。

最后,中国当代文艺批评家在这个创造阶段应尊重作家艺术家包括文艺批评家的艺术原创,而不是遮蔽和抹煞之。但是,不少文艺批评家在清理和总结中国当代文艺批评发展史时却不是尊重文艺批评家的文艺理论贡献,而是遮蔽和抹煞之。在中国当代《红楼梦》批评史上,李希凡等人对中国古典长篇小说《红楼梦》的批评是划时代的。但是,不少文艺批评家却千方百计地抹煞李希凡等人的《红楼梦》批评的贡献。余英时将李希凡等人的《红楼梦》批评概括为"封建社会阶级斗争论",认为它"对于《红楼梦》研究而言毕竟是外加的,是根据政治的需要而产生的。它不是被红学发展的内在逻辑所逼出来的结论。而且严格地说,'斗争论'属于历史学——社会史——的范畴,而不在文学研究的领域之内。在这一点上它不但没有矫正胡适的历史考证的偏向,并且还把胡适的偏向推进了一步"。"斗争论"虽可称之为"革命的红学",但却不能构成"红学的革命"。有的文艺批评家认为1954年李希凡等人的《红楼梦》批评在当时只是不自觉地充当了一场影响深远的学术批判的工具而已。他们就这样被时代所选择,成为时代的弄潮儿。这些文艺批评虽然"刺耳",但却站不住脚。20世纪50年代中期,中国文艺批评界对"新红学"开展了激烈的批判运动。这场对新红学的批判运动极大地提高了文艺界乃至全社会对《红楼梦》的认识,空前地推动了《红楼梦》的普及,以至于"红学"一跃成为世界瞩目的中国"三大显学"之一。胡适认为《红楼梦》只是老老实实地描写这一个坐吃山空、树倒猢狲散的自然趋向;《红楼梦》不过是一部自然主义的杰作。俞平伯认为《红楼梦》在世界文学中的位置是不很高的;《红楼梦》与中国的闲书性质相似,不得入于近代文学之林。而李希凡则认为《红楼梦》不只可以昂然进入"世界文学之林",而且完全可以名列前茅,可称为世界文学的珍品,毫不逊色。[2]

从《红楼梦》批评史上看,中国当代文艺批评界在1954年对新红学的批判不仅极大地提高了中国古典小说《红楼梦》在世界文学中的地位，而且在《红楼梦》批评史上起到了划时代的作用，即《红楼梦》从闲书变为"封建社会末世的百科全书"，并举世公认。这恐怕不能完全从思想政治斗争层面把握和认识1954年这场"红学革命"。20世纪80年代以来，中国文学批评界对这场文学批评运动的总结和反思竟不分是非地抹煞了这场对新红学的批判运动在中国文学批评史上的进步作用。21世纪初，中国文艺批评家敏锐地发现被社会认可的中国当代有才气、有前途、有活力的青年作家基本上远离社会基层的这一严重现象并有针对性地提出了中国当代作家感受基层、精神寻根的价值取向。2004年以来，不少文艺批评家在热衷探讨似是而非的所谓"底层文学"时画地为牢，完全漠视这种中国当代文艺理论的发展，似乎这是他们的重大发现。其实，人类社会生活是一个整体，而社会底层是社会生活不可分割的一部分。中国当代作家如果画地为牢，就不可能真正把握难以改善的社会底层民众生活的实质，即社会底层民众生活的苦难不完全是自身造成的。中国当代不少文艺批评家这种抢占山头的游击习气既遮蔽和抹煞了文艺批评家的文艺理论贡献，也严重妨碍了中国当代文艺理论发展的深化。

而中国当代文艺批评家如果尊重文艺原创，就必然服膺和遵循客观真理。这种对客观真理的服膺和遵循，就是文艺批评家自觉地遵循文艺发展规律，绝不为那些偏离人类文明发展轨道的标新立异所左右。在这个创造时代，绝大多数文艺创新不是突变的，而是渐进的。中国当代文艺批评家应善于积累点滴文艺原创并在这个基础上进行文艺理论的反思和创造，促进中国当代文艺的飞跃发展，而不是停留在串糖葫芦上。这不但有利于提升民族文化创造的自信心，而且有利于中国当代文艺走向成熟和伟大。但是，中国当代不少文艺批评家却不是在把握文艺发展规律的基础上客观公正地评价作家艺术家包括文艺批评家的文艺贡献，而是以个人狭隘利益的得失和个人关系的亲疏远近代替文艺发展规律。这些文艺批评家严重地沾染上了可怕的鄙俗气。他们追求文艺界人际关系的和谐甚于追求真理。这类文艺批评家既不努力挖掘作家艺术家包括文艺批评家的独特贡献，也不客观公正地梳理和总结中国当代文艺发展史，而是停留在对一些与个人利益密切相关的作家艺术家包括文艺批评家的评功摆好上。19世纪德国哲学家黑格尔在考察哲学史时曾深刻指出：全部哲学史是一个有次序的进程，"每一哲学曾经是、而且仍是必然的，因此没有任何哲学曾消灭了，而所有各派哲学作为全体的诸环节都肯定地保存在哲学里。但我们必须将这些哲学的特殊原则作为特殊原则，和这原则之通过整个世界观的发挥区别开来。各派哲学的原则是被保持着的，那最新的哲学就是所有各先行原则的结果，所以没有任何哲学是完全被推翻了的"[3]。人类文艺发展也不例外。既然中国当代文艺发展史是一个有次序的发展进程，那么，文艺批评家在梳理和总结中国当代文艺发展史时，就既要看到文艺作品在现实生活中的影响，也要看到它们在文艺发展史中的环节作用，并将这二者有机地结合起来。只有这样，才能客观公正地把握和评价在历史上曾经产生影响（甚至是轰动效应）的一些文艺作品（包括文艺理论），真正保护中国当代作家艺术家包括文艺批评家的创造力。

参考文献：

[1] 见王蒙：《触屏时代的心智灾难》，《读书》2013年第10期。

[2] 参见李希凡：《李希凡自述——往事回眸》，东方出版中心，2013，第192页。

[3] 黑格尔：《哲学史讲演录》第1卷，商务印书馆，1959，第40页。

后　记

《中国当代文艺批评发展论》一书是获准立项的"国家社科基金艺术学重点项目：中国当代文艺批评发展论"的最终成果。该著作虽署了本人的姓名，但它也是凝聚着参与该项目的所有成员的心血之作。在本著作即将付梓之际，本人应在这里照例写下一些平常场合难以道出的感谢话。

首先，最应该感谢的人却已不在这个世界上了。他就是著名文艺理论家、原《文艺报》理论部主任熊元义博士。熊元义先生自2012年1月为内蒙古民族大学特聘教授。在任内蒙古民族大学特聘教授期间，熊元义先生殚精竭虑，带领该校从事中国现当代文学专业教学、科研的教师为学科建设和发展做出了重大贡献。正是在熊元义先生的筹划、主持下，"中国当代文艺批评发展论"获准了2014年度"国家社科基金艺术学重点项目"，也正是在大家为完成项目而努力工作之际，熊元义先生却因突患脑出血、医治无效于2015年11月15日在北京溘然长逝。熊元义先生的学术声名和学术成就正如日中天时，却壮志未酬，转眼长逝，不仅令一众亲朋好友悲恸惋惜，更令文艺理论界和艺术界遭受了重大损失。熊元义先生的匆匆离去也使本已完成近半的科研项目一度中断。不得已，2017年底，"中国当代文艺批评发展论"项目主持人变更为我本人，项目延期一年半后终于结题。回顾这些，就是说，没有熊元义先生的精心筹划、论证，就不会有该高级别科研项目的获准；没有熊元义先生多年潜心勤奋的研究做基础和业已完成的多篇论文，就不会有《中国当代文艺批评发展论》一书的付梓。虽然我们永远没有机会对他表达我们的谢意和敬意了，虽然我们再也看不到他阅读时的舒眉静穆，谈天时的从容自如，讲座时的说论侃侃，然而，我们又仿佛时时都能感受到他的情、他的意、他的才以及他正义凛然、率真勇敢、文笔如刀的存在。在项目结题、最终成果付梓之际，可以告慰天堂里的熊元义先生了，愿熊元义先生在天之灵永远带着爽朗的欢笑生活在自己所愿望的阳光世界里。

在付梓之际，还有一些人是我必须深深感激的。他们是该科研项目成员以及浙江师范大学的杨和平先生、淮北师范大学的陈乃平先生，感谢他们的辛勤付出和真诚扶助。没有他们的付出和扶助，也是不会有本书问世的。

在写作、整理、修改过程中得到过许多学术前辈和学界朋友的支持，他们都深深地记在我心里，在此不再一一列举和表示感谢了。

李明军

2021 年 11 月 18 日